历史人物
小说

大汉开国

丞相萧何

萧风 刘星亮 萧垠 著

中国书籍出版社
China Book Press

严肃性和民间性
——读长篇历史小说《大汉开国丞相萧何》

贺绍俊

我们正在享受历史书写繁荣所带来的文学和影视的盛宴，也让当代的读者一次又一次地重新审视历史人物的风采。汉代是被作家们重点关注的一个历史时段，特别是刘邦开创汉朝并迎来汉初的兴盛，对于善于从历史中获取借鉴的中国人来说，值得反复品咂。谈到这段历史，自然绕不开"汉初三杰"——张良、萧何、韩信。刘邦曾坦诚地说，他之所以能够得天下，完全得力于这三个人："夫运筹策于帷帐之中，决胜于千里之外，吾不如子房。镇国家，抚百姓，给馈饷，不绝粮道，吾不如萧何。连百万之军，战必胜，攻必取，吾不如韩信。此三者，皆人杰也，吾能用之，此吾所以取天下也。"从历史书写的角度说，汉初三杰都是值得作家深入挖掘的历史人物，但也许是囿于史料的不足，专门以这三位历史人物为主角的历史小说还不多见，我曾看到过一部写张良的长篇历史小说，也记得有一部以韩信为主角的电视连续剧，扮演韩信的是颇有阳刚气质的演员张丰毅。至于萧何，似乎还没有引起哪一位当代作家的足够兴趣。因此当我读到由萧风、刘星亮、萧垠合著的长篇历史小说《大汉开国丞相萧何》（中国书籍出版社出版）时，不由得眼睛一亮，这大概是第一部书写萧何的长篇历史小说，它开了风气之先。

这部小说具有严肃的历史态度和严谨的历史书写。在当今娱乐化时代，一部历史小说能够坚持严肃和严谨这二"严"是非常可贵的。据我所知，汉初历史是被作家演义化的重点对象，比如张良即被演义为一位谋略大家，至于韩信，都快成为网络游戏的主角了。但历史不能仅仅当成娱乐快餐来消费，我们仍需要像《大汉开国丞相萧何》这样的作品，以二"严"的方式去面对历史。先说严肃的历史态度。这一点首先表现在作者对于史实的尊重。但有关萧何的史料很有限，最主要的史料便是司马迁《史记·萧相国世家》。如果拘泥于有限的史料，是不可能写出一部长篇小说来的，作者必须发挥文学的想象。显然这部小说的故事情节离不开作者的文学想象,但作者基本上严肃地把握了一条文学想象的原则,这就是以司马迁的《史记·萧相国世家》为本,作者在此基础上确定了萧何的基本人格和历史定位。这一切体现在作为书名的关键词上:开国丞相。作为汉朝的第一位丞相,萧何不仅协助刘邦打下了天下,而且还制订了治理国家的大政方略。小说围绕汉朝的"开国"做足了文章,从刘邦只是一名小小的亭长起,萧何就发现了他具有帝王气质,不仅帮助他,而且不断勉励他,使他在创业的征途上增强了自信。而在刘邦打天下的过程中,萧何更是辅佐在他的身边。"镇国家,抚百姓",这是刘邦对萧何功绩的概括,小说自然应该从"镇国家,抚百姓"的层面来塑造萧何,但这六个字高度抽象,如何形象地表现出来,不仅考验作者的叙述能力,而且也有赖于作者的思想判断能力。而小说的叙述证明了作者的理解是相当到位的。比如小说写到刘邦率先攻下咸阳后,专门用一章的篇幅来写萧何花费精力收集秦王朝的竹简和图籍。因为萧何的这一举动非常重要,他收集竹简和图籍,在此基础上研究秦朝的法律制度,为新王朝的奠基作了扎实的准备,也使得秦政的先进内容得到了延伸发展,功莫大焉。作者的思想判断能力还体现在围绕"汉初三杰"来发展情节上。刘邦的成功与"汉初三杰"的贡献密不可分。"汉初三杰"可以说就是一个整体,张良、萧何、韩信起的作用各不同,他们之间又相辅相成,共同演绎了一场打天下的大戏。作者显然认识到这一点,因此他们并没有孤立地来写萧何,而是通过充分展示"汉初三杰"之间的关系来写萧何,这不仅增强了小说的情节性和戏剧性,而且也真实地反映了历史。

民间性是这部小说的另一特点。民间性体现在两个方面,一是充分挖掘和利用民间传说。中国传统社会里民间传说之风特别强盛,这正是中国传统文化重视历史的表现,历史上发生的很多事件无法进入正史,但在民间也许就会口口相传,逐渐成为民间传说。尽管在长期的流传中,人们会对传说进行加工,施以夸张想象的成分,但不可否认的是,其内核是有历史依据的。这部小说中似乎包含了不少民间传说,有些是广泛流传的民间传说,有些则是在萧何的故乡或一些特定的历史地域流传的,看来作者为搜集这类民间传说颇下了一番工夫。体现民间性的另一点则是作者在小说叙述上基本采用了民间故事的叙述方法。

我注意到三位作者中有两位姓萧。我想他们一定是将萧何作为自己宗族的先辈深表敬仰的。事实上,阅读这部小说我能够明显感受到这样一种敬仰之情渗透在叙述之中。中华文化具有祖先崇拜的传统,这也是家族叙事在小说创作中特别发达的原因之一,中华民族的精神也是通过宗法精神、宗族精神得以具体展现和落实的。当萧氏后人来书写萧何时,无疑也是企图弘扬萧何身上所凝聚的可贵的中华民族精神,因此会怀着一种敬仰的姿态来书写,这其实也是他们严肃的写作态度的体现。略感不足的是,他们的敬仰中似乎又包含着一些"为尊者讳"的传统观念,因此妨碍了他们的客观性。比如,"成也萧何,败也萧何",这是一句家喻户晓的谚语,这句谚语来自萧何对韩信的处理方式。韩信的能力最初不被刘邦所识,是萧何的力荐,以及萧何的"月下追韩信"的真诚和执着,才有了韩信后来的辉煌。但后来韩信被解除兵权,图谋反叛,又是萧何将其骗入宫中,将其处决。因此人们以这句谚语形容不论成功还是失败都缘于同一个人。作者也许觉得这句谚语所概括的历史事实有损于萧何的形象,便将其改写为萧何也是受骗者,一切不过是吕雉在玩弄宫廷权术阴谋。我以为这样改写历史并不妥当。事实上,正视历史丝毫不会损害萧何的形象,相反如果我们将其放在国家利益的大背景下来认识这段历史,更能彰显出萧何的博大情怀来。因为当时韩信图谋反叛,如果成功的话,必然会带来国家的动乱,使百姓再次卷入到战争的苦难之中,此时此刻,萧何不应该狭隘地从朋友之义出发站在韩信的一边,而是应该从国家利益出发,阻止韩信的反叛行为。萧何当时确实是这样做的,可以想见当时他这样做也是要下很大的决心的。后来萧何因为这一行为遭到诟病,恰恰反映出人们对于历史的评价有着不公平之处。那么,今天我们就应该理直气壮地还历史以公平。如果小说能以这种方式来书写这段历史也许更妥当,写出萧何在面对国家利益与朋友之情的冲突时抉择的艰难,写出萧何的大义凛然,写出萧何的博大胸襟,同时也纠正了一句谚语中包含的对萧何的不公正评价。总之,我的苛责之词是希望作者能通过小说将萧何的历史形象塑造得更加丰满。

序

中国历史上的汉朝以及汉代的中国人,其实已不只是一个时代或一个民族的特定发展阶段,而是一种精神象征。中国人被称为汉人,中国文化被称为汉文化,中国历代治政理想追慕汉唐盛世……无不以汉代作为典范。

汉朝是中国历史上的一个真正的英雄时代。"文景之治""汉武盛世""昭宣中兴"……一次次的发展高潮,使西汉在汉平帝时期(公元元年),全国人口达6000万左右,成为占当时世界人口三分之一的大国;汉朝文化多元而统一,科学技术适用而发达,儒家文化逐步成为主流意识形态,取得独尊地位并促成了东亚文化圈的建立,蔡伦改进造纸术,张衡发明世界上第一台能够预报地震的候风地动仪,并发明了浑天仪,巴郡落下闳等人制定的《太初历》第一次将二十四节气订入历法而成为后世中国农耕文明的法典式气候规则,张仲景因《伤寒杂病论》而被尊为中华"医圣"、中医之祖,公元前一世纪的《周髀算经》及东汉初年的《九章算术》则是数学领域的杰作,民间五运六气医学……一系列的文化成就,使汉朝与约略同时期欧洲的罗马帝国并列为当时世界上最先进的文明而强大的帝国,从而使形成中的华夏族在汉朝以后逐渐地被称为"汉族"。

汉代这个幅员广大、文化灿烂的中华帝国呈现出一派蓬勃生机,在那时,国家的统一、民族的团结,终于迎来了国家的安宁和国际的和平,迎来了社会的繁荣与昌盛。"匈奴不灭,何以家为"的口号,成了民族和时代的一致呼声;在那时,有无数建功立业,雄姿英发的豪迈人物;在那时,不但有"号令文章,焕焉可述"(司马光《资治通鉴》卷二十二)的皇帝,而且有"上佐天子,理阴阳,顺四时,下育万物之宜"(司马迁《史记·陈丞相世家》)的宰臣;在那时,不但有"通古今之变,究天人之际,成一家之言"的学者,而且有萧何、韩信、张良、樊哙、曹参、夏侯婴、彭越、英布、周勃、周亚夫、卫青、李广、霍去病、张骞、傅介子、常惠、赵破奴、陈汤、苏武等名臣名将。因此,这个时代,不愧为中华民族发展史上真正的英雄时代。后世将中国人称为"汉人",与这个时代的世界性影响是分不开的。

英雄的时代培育了英雄的人民,也孕育出了卓越的民族精神,并体现出了这个时代的精神素质。当时思想家们给人们提出的口号是"下长万物,上参天地"(董仲舒《春秋繁露·天地阴阳》)。在最终意义上说是"举凡一切,皆归之以奉人"(董仲舒《春秋繁露·立元神》)。正是由于这一英雄的时代,更加彰显了这一时代的英雄;也正是由于这一时代的英雄,更加突显了这一时代。也正是在这一时代,出现了小说《大汉开国丞相萧何》所介绍的主人公萧何。

大汉开国丞相萧何是整个汉朝的开创性人物。汉初三杰——西汉建立时的萧何、张良、韩信这三位开国功臣,汉高祖刘邦曾以提问的方式问道:"吾何以得天下?"他自己随即答道:"我之所以有今天,得力于三个人——运筹帷幄之中,决胜千里之外,吾不如张良;镇守国家,安抚百姓,不断供给军粮,吾不如萧何;率百万之众,战必胜,攻必取,吾不如韩信。三位皆人杰,吾能用之,此吾所以取天下者也。"在一定程度上说,是他们建立了西汉王朝,稳定了西汉政权,促进了西汉的前期发展。在"汉初三杰"之中,人们多说"之首"应是萧何,而萧何之功则表现在:

> 提携一名亭长,成就一个帝王,奠基一个王朝,定名一个民族;
> 追回一名智者,成就一军主帅,推进一朝大业,辅正一个时代;
> 推荐一名旧友,成就一代贤相,形成一种治政,积累一代辉煌;
> 舍弃一名儿子,延续一门香火,完成一种大义,成为一生知己。

这就是小说《大汉开国丞相萧何》要告诉我们的历史真实,这也就是千古一相萧何值得我们永远研究、永远学习、永远追寻、永远发扬其精神的可贵之处!这同时也是我们研究历史要有现实感、研究现实要有历史感的文化情怀!

从民族精神的层面看萧何,他将一个近于市井之徒的人提携、辅佐成一代开国帝王,成就王业,不仅定名了后来世人将当时的朝代及其中国人代称为"汉朝""汉人""汉语""汉字"……的历史根源与历史感情,而且证明了中国的发展在那一时代的确奠基了真正的英雄时代,与后来的唐朝一道,让治者学者、圣者强者、胜者达者追慕汉、唐;将一个有名利之心却又不敢积极争取、想有所得却又不愿有所失的这样一个较具性格缺失而又能担帅任的智者追回并推上主帅重位,以此成为汉世大业的卓越功臣,成为那一时代"上参天地、下佐天子"的真正英雄,并成为其"生死一知己";临终推荐一位与自己有些过节的人执掌相印,"萧规曹随",审时度势,顺应民意,"无为而治",积累力量,沉淀划策,奠基强盛,成为治模,正如百姓所谓"萧何定法律,明白又整齐;曹参接任后,遵守不偏离；施政贵清静，百姓心欢喜"……

从个人品质的层面看萧何，克己为国、律己待民、虐己事主、义己存友，正是小说《大汉开国丞相萧何》要告诉我们的萧何品质。他为国为民，不入京城为官；当刘邦率军攻入咸阳后，独有萧何与众不同，去丞相府和御史府将国家档案图籍一一搬运出来，收藏好，继而加以分类整理，为楚汉战争的决策和汉朝的立国起了重大参考作用……他将自己的一切都奉献给了汉王朝，以至于刘邦对他也三次下跪……汉代人讲"仁以待人，义以正己"，他为了义以存友，竟然将自己的小儿子萧同，调换韩信的独子韩平，并安全地送到南粤保护起来，延续了韩家的香火……这已不只是一种为国、为民、为主的克己与律己待民，甚至是一种虐己，其易子存孤之举，烛照千古，光耀人寰。以至韩信后裔在湖北蕲春县狮子镇何氏宗祠内珍藏的《何氏家谱》也心悦诚服地记载："何先世实韩姓系出，淮阴侯宗室萌难时，酂侯易子存孤，计延侯嗣。"……

从文学真实的层面而论萧何，以楚汉相争的历史为内容的文学作品不在少数，大多以恢宏的战争场面为内容，在故事情节和人物性格等表现方面用力不足，而小说《大汉开国丞相萧何》独辟蹊径，在忠于历史的前提下，选用民间故事和传说，进行必要的虚构，不仅使情节曲折生动、人物形象鲜明，而且在内容上反映了秦的灭亡到楚汉战争这类重大的历史事实，摒弃了戏说、穿越的手法，描写的主要人物和设计的重要情节，均有史可稽，符合历史的真实。除严格采撷文献所载的内容外，还吸取家谱、传奇、戏曲等作品中的精彩养分，融为一体。所以，这是一部名副其实的历史小说。

从文学内容的层面而论萧何，以中国古代文化名人为主角的文学作品如《苏东坡》《孔子》《欧阳修》《范仲淹》《王羲之》《杜甫》《李白》《鲁班大师》《大明医圣李时珍》《越王勾践》……被相继推出。与这些历史人物相比，萧何是中国历史上一位杰出的思想家、政治家，被誉为千古一相和中国宰相第一人，甚至可以说没有萧何，就没有刘邦的大汉帝国。所以，从题材的角度看，小说《大汉开国丞相萧何》的独特之处，在于对战争基本上采取避实就虚的写法，把主要的篇幅放在写战争中的人物形象，写萧何与刘邦等人之间的矛盾纠葛，成功地塑造了萧何形象，同时也塑造了刘邦、韩信、张良、樊哙、项羽等一批历史英雄人物，结构紧凑，情节生动、曲折。诸如对斩蛇起义、火烧栈道、"鸿门宴"、"萧何月下追韩信"、"四面楚歌"、"项羽自刎"、"换子救孤"等脍炙人口的故事，都有生动描写，具有较强的可读性。

萧何被誉为千古一相和将法律系统运用于政府管理的中国第一人。萧何在历史上的贡献，小说所反映的主要表现有四个方面：第一，组织策划起义，把刘邦扶持到领袖的位置上；第二，发现、推荐韩信，统帅三军，击败项羽，结束楚汉战争，刘邦称帝；第三，兴修水利，发展生产，稳定社会，建立巩固的后方基地，从而使刘邦在楚汉战争中，取得最后的胜利；第四，帮助刘邦制定一系列的规章条文，为管理国家打下了坚实的基础。二十多年之后，文景盛世的出现，是必然的结果。所以，小说《大汉开国丞相萧何》的出版必将成为弘扬中华文化的一件大事，意义十分重大。

是为序。

萧洪恩

二〇一六年三月十五日

于武汉南湖荒斋

（作者为华中农业大学教授）

目 录

第一章	萧何奉命访留县	001
第二章	泗水河畔识刘邦	010
第三章	断然谢绝青云路	019
第四章	刘邦如愿当亭长	031
第五章	两头肥猪巧破案	037
第六章	凶犯大舅吴县丞	050
第七章	金钱买通彭御史	059
第八章	萧何赠送五百钱	070
第九章	咸阳街头遇始皇	078
第十章	贵不可言夸刘邦	087
第十一章	刘邦吕雉成佳偶	096
第十二章	聚义之前斩白蟒	105
第十三章	啸众聚义芒砀山	118
第十四章	招兵买马助刘邦	127
第十五章	关押吕雉作人质	134
第十六章	萧何设法救吕雉	140
第十七章	义军智取沛县城	149
第十八章	萧何组建萧家军	158

第十九章　刘邦项羽结金兰	166
第二十章　分兵两路取咸阳	171
第二十一章　萧何设计"借"张良	180
第二十二章　刘邦抢先克咸阳	189
第二十三章　专收竹简和图籍	198
第二十四章　项伯连夜访张良	206
第二十五章　范增巧设鸿门宴	211
第二十六章　项军毁焚咸阳城	218
第二十七章　忍气吞声当汉王	226
第二十八章　萧何主张去南郑	234
第二十九章　赠送韩信元戎剑	242
第三十章　韩信弃楚投汉王	250
第三十一章　制服烈马显奇能	258
第三十二章　谈兵论战惊萧何	265
第三十三章　韩信临刑吐豪言	272
第三十四章　萧何月下追韩信	282
第三十五章　拜将风波罚樊哙	290
第三十六章　韩信治军斩殷盖	297
第三十七章　留守汉中固后方	304
第三十八章　韩信睿智破咸阳	311
第三十九章　萧何喜获夜明珠	318
第四十章　项羽被诳攻齐赵	324
第四十一章　韩信费琪结良缘	332

第四十二章	刘邦侥幸占彭城	337
第四十三章	项羽神威败刘邦	343
第四十四章	张良设计激韩信	349
第四十五章	萧何楼烦搬骑兵	357
第四十六章	册立刘盈为太子	363
第四十七章	陈平离间除范增	370
第四十八章	萧何寻得金疮药	376
第四十九章	四面楚歌战垓下	383
第五十章	项羽自刎乌江边	389
第五十一章	伪游云梦捕韩信	396
第五十二章	萧何功劳堪第一	405
第五十三章	韩信萧何得贵子	412
第五十四章	易子存孤义盖世	419
第五十五章	自污名节实无奈	429
第五十六章	锒铛入狱蒙大冤	437
第五十七章	刘盈即位图新治	444
第五十八章	酂城造律名青史	453
第五十九章	软硬兼施为封王	459
第六十章	吕雉暗使偷包计	466
第六十一章	审氏尽出馊主意	472
第六十二章	萧何磊落照人寰	480

第一章　萧何奉命访留县

1

夜黑如墨，静谧萧然。

突然，一条金蛇咬破了黑夜。金蛇渐游渐近，只见一团团光斑。啊，看清了，原来是成千上万支火炬！

此夕何夕？秦末时期。

此事何事？农民闹事。

就是这全国各地大大小小的农民闹事，酝酿了三年之后的中国历史上第一次农民起义，时间是秦二世元年（公元前209年）。后来，汉朝的司马迁在《史记》中这样写道："陈胜者，阳城人也，字涉。吴广者，阳夏人也，字叔。陈涉少时，常与人佣耕，辍工之陇上，怅恨久之，曰：'苟富贵，无相忘。'庸者笑而应曰：'若为庸耕，何富贵也？'陈涉叹息曰：'嗟乎，燕雀安知鸿鹄之志哉！'……"陈涉有翻天大志，大泽使蛇化龙。秦二世元年七月，他和吴广在大泽乡揭竿为旗，斩木为兵，中国历史上惊天动地的第一次农民起义开始了。

司马有记，后人皆知。

可历史上的事，有史笔记下的，也有史笔没有记下的，这很自然。

这里是江苏的留县，农民闹事了。其实中国的农民，忍辱负重，苦捱岁月，木然如牛，不到万不得已，谁愿拿血肉之躯，来试官府这把利刃钢刀？可一旦突破万不得已的底线，那就是驯牛发烈，黔首狮吼。此刻，这上万名留县百姓，发烈了，狮吼了！他们从四面八方涌来，举着火把，喊着骂着，挤到了留县县城的城门底下。

领头的汉子，名叫杨春。二十来岁年纪，虽不是五大三粗的莽汉昂藏，却是秀目修眉的一表人才。他站在人群的最前头。他的后头，是黑漆漆的一口棺材，棺材的盖子放在一旁，棺内的死者，是四十来岁的中年汉子胡德良。

留县县令来这里上任才半年。此人姓高名朝毅。很有意思，他姓高，却是一位身材矮小之人。他常自嘲说："矮有什么？当年齐国的晏子，为国使楚，滔滔雄辩，大义凛然，不辱使命，他不就是一个矮子！"新县令俨然以齐国晏子自居。街上有无知孩童喊他"高矮子"，他只是笑笑；而县衙中的许多属员，偶然叫他一声"矮哥"，他也不加责备。高县令还常说，"为官者显示威严，不靠板着面孔装正经，而要靠肚子里的真本事。同时手里要有几招霹雳手段。"他的真本事就是法令条文背得滚瓜烂熟；他的镇得住人的威严就是不怕突发事件。的确，他办事果敢。

就在昨天，高矮子命县衙吏掾全员出动，并让他们带上衙役，前往各地催缴税银。临行前他给众人打气道："大家不要心慈手软，该恶就要恶，该凶就要凶！当今世道，就是一个'钱'字。皇上向我要钱，要得对。皇上是为了我们大秦朝。有钱就有大秦朝，钱越多大秦朝就越强大。我自认为我是个能吏，是个好官。能吏好官的标准是什么——钱！就看他搞不搞得到钱？向谁要？向老百姓要，羊毛出在羊身上。黔首百姓，生来就是交粮纳税的，生来就是受人支使的，什么'民为贵，社稷次之，君为轻'，这是胡说八道的儒家狗屁！人间永远有贫富贵贱之分，我等就是来管理这些下等人的。这些下等人其实并不穷，乌龟一块壳，有肉在肚里，只要去挤，油水还是蛮丰富的。你等尽管放开胆子去要，放开手脚去收，不要怕前怕后畏首畏尾。出了麻烦，有我矮哥给你们顶着！"

有了县令如是之言，吏掾们何忌之有？于是他们如猎鹰一般，张开翅膀扑向乡村，一阵搜刮，果然收获不小。可跑到黄村的时候，一个叫黄石才的农民竟敢顶撞，据理力争，抱着家中的一袋麦子不肯放手。当衙役们的鞭子和拳头向他倾泻下来时，突然站出来一个打抱不平的中年汉子胡德良出手阻拦。但终因寡不敌众，一顿拳打脚踢，鞭落如雨，可怜胡德良被活活打死了！

吏掾们赶着大车，迅速地回到了县里。

高县令对吏掾的表现非常满意，于是设宴嘉奖。他举杯道："无有大事无有大事，浩浩大秦，死一黔首，乃小蚂蚁耳。何况他是抗税不交，该死！别怕，一切有我矮哥给你们担着。来，喝酒！"

却万万想不到，蒙昧黔首也有翻脸的一天，此时此刻，上万支火炬，正在城门前烈烈燃烧。

"慌什么？"矮子县令大喝一声站起来，接着说道，"每逢大事有静气，不信今时无古贤……咱们当官的，吃皇粮的，面对突发事件，要的就是一个'静'字，要冷静……几只小跳蚤能翻得了卧榻上的被子吗？走，到城头上看看去！"

这个上任才半年的县令，有意要大家看看他处理突发事件的真功夫。

可是，当他带着吏掾们登到城墙上，望着那一片火炬，那黑压压一片浩荡人群，特别是望到那黑漆漆一口棺材时，这个自诩为果断勇敢的矮子县令，一下子浑身哆嗦起来："我……我胸口有点疼！"

一个属员赶快把他扶到了城墙下边。另一个属员连忙搬过来一个小墩让他坐下。

外边，拍打城门声、叫喊声、嘈杂声阵阵袭来，高县令越发慌乱了："这，该怎么办？"

有个谷姓吏掾献计道："大人勿慌，身体要紧。我看要马上采取这样两手：首先，和他们对话，尽量把他们劝导回去，此为上策；其次，要让县衙卫队赶快集合，以防万一。"

高县令忙道："说得好！我这就赶快回去布置县衙卫队的事。这劝导嘛……老谷你的口才好，本县令授你以权，你就全权代表去对话吧。"说完便急忙开溜。

谷吏掾"咚咚咚"爬到城门顶上，放开喉咙喊道："父老乡亲们！请静一静。你们有什么事，可以有理有节地向县堂大人上达，不要采取这种行动嘛！"

杨春指着那棺材说："官兵欺压百姓，滥杀无辜，我们要求严惩凶手，讨还公道！"

农民一齐吼道："严惩凶手！讨还公道！"

谷吏掾喝道："他抗税不交，罪有应得！"

"胡德良是打抱不平！"

"胡德良是主持公道！"

谷吏掾又喝道："什么主持公道！他是煽动抗税，死有余辜！"

"他没有煽动抗税！我们全都交了税！"农民纷纷喊道。

杨春道："我们每丁都交了三十文，怎么没交？"

谷吏掾道："县衙晓谕，每丁增加二十文，你们交了没有？"

"今年大旱，田中颗粒无收。那三十文还是我们借贷来的。"

"周边的县都没有增加，唯有我们留县增加二十文，这是何道理？"

谷吏掾："百姓纳税，天经地义。叫你们交多少，你们就得交多少，这就是道理。"

杨春厉声喝道："你这是蛮道理！——狗官！"

"狗官！狗官！"

"昏官！贪官！"

"是强盗，是行抢的官！"

一老者哭诉着："老天爷啊！你睁开眼睛看看吧，这样子下去，我们老百姓还有个什么活头啊？强盗们抢，还有个律法可以制裁，可这些官吏们如此抢劫，谁个来治他们？如今这是什么世道啊？"

"不要信口胡说！说出来的话，泼出去的水，小心你回不去！"谷吏掾吼过以后，转换口气说，"乡亲们，'人不为己，天诛地灭'，利害权衡，大家想想。你们都有家有室，都有妻儿老小，不要陷到麻烦里拔不出来啊！回头是岸，现在还来得及，我劝你们不要听信小人蛊惑，都回去吧。"

这句话颇有作用，一下撞到了许多人的心坎上，于是一些胆小怕事的农民便踌躇起来，好些人开始向后退缩。

杨春见状，赶快喊道："乡亲们，可怜德良兄弟正值壮年，家有妻小，就为几句公道话，便死于狗官之手。他是为大家而死的，我们能置之不管吗？不能，我们一定要向官府讨回公道，一定要叫杀人者偿命！"

有人喊："叫杀人者偿命！"这一喊，开始退缩的人重新振作起来。

许许多多的人跟着喊："杀人偿命，天经地义！"

趁着这又一次奋起的群情，杨春振臂高喊道："我们要冲到县衙讲理去！来呀，把这城门撞开！"

农民们早就准备了一根用来顶撞城门的大树，在杨春的指挥下，在一片震天的吆喝声中，城门终于被撞开了。

当农民们汹涌向县衙奔来之时，矮子县令正在大堂边一间小房里惊悸筛糠。谷吏掾急匆匆地走了进来。

"老谷，怎……怎么样？"

"衙役们已经布置好，齐刷刷守在衙前的台基上，防止暴徒冲进大堂。大人，为安全起见，我想你还是先从后门出去避一避吧，这里由我们来对付。"

"好好好！还是老谷你想得周到。老谷，你放心，事情过后，我一定向上司为你请功。"说到这里，县令又不无担心地问道，"老谷，你估计能守得住吗？"

"大人放心，我谷某心里是有数的，别看这些乡下佬人多势众，农民嘛，都有个软肋，怕来真格的，他们最怕——血。我等会儿白刀子进红刀子出地捅死他几个，保管他们作鸟兽散。哈哈哈哈！"

谷吏掾打着哈哈，一身豪气，转过身，向前衙大步奔去。这样子的人，其实才配当县令。

接下来呢，果真就是见血时刻。农民们涌到衙前，望着灯笼映照下的那一把把明晃晃的出鞘钢刀，他们全怔住了。但在杨春的呼唤下，一些不信邪的愣头青还是冲了上去。于是，噼里啪啦的一场厮杀、拼打开始了……最后，当真的是血溅眼前，尸横遍地。见此情景，一些农民就给吓住了，后退了，散开了。

当杨春准备再一次冲上去之时，却被一双长满老茧的大手紧紧地拽住了。回头一看，原来是他的老爹。

2

提到留县，许多中国人不知；而提到沛县，许多中国人却深有印象，因为这里出了个历史大人物——汉高祖刘邦。

只不过那时他还不算大人物，即使在朋友圈中，他也算不上老大，还只是一个跟班，在家里排行第三，大家习惯叫他"三哥"。大哥是谁呢？

萧何也！

萧何是沛县丰邑人，与刘邦同乡。秦朝崇尚法家，依法治国。以严刑峻法治国，并非以公平公正治国，更谈不上以人为本的人道主义治国了，对法律条文精通者，便是社会上受人重视的杰出人才。萧何就是这样一位高才，所以担任了沛县的主吏掾。秦朝时，县衙里的官员，称为吏掾。而那个为主的辅助县令办文案、主管县廷郡吏进退的人员，便称为主吏掾。

沛县县城里有一座酒楼，门前大旗杆上垂着一长方形大旗子，巍巍然如同军中帅旗，那旗上三个篆字"四季春"十分醒目，据说是托关系找到京城咸阳，再托关系，找到丞相李斯写的。李斯当时不仅是大丞相,而且是大书法家。这三个字果真是李斯手笔?是也,非也,询问萧何便知。

几个月前,在几案边,萧何端着酒杯,抿了一口,然后淡淡一笑,说:"不是也是,是也不是,是是非非,非非是是,何必认真深究?你就好好喝你的酒吧。哈……"

呼朋唤友,喝酒吃菜,从古至今,一以贯之。四季春的菜,主要是狗肉。沛县的大店小店,也都卖狗肉。不仅是沛县,当时的中国,人们都时尚吃狗肉。这是何原因呢?难道那时候的中国,狗比猪多?不得而知。既是时尚,那么养狗的就多,杀狗的屠夫也就多。从前那个胆子天大,跑到皇宫殿上去刺杀秦王的荆轲,就是个屠狗的。

话说这一天,四季春的店堂之内,正中央的一张大酒案上,摆满了酒菜,居中的当然是一大盆好狗肉。围着酒案,有八条汉子席地而坐。这八个人就是当时的把兄弟刘邦、樊哙、夏侯婴、卢绾、周勃、灌婴、雍齿、王陵。

狗肉好香,而且好看:红红的椒片,绿绿的青葱,黑黑的花椒,黄黄的姜丝,那金黄的长条条就是狗肉,那白白的方块块就是猪肉。据说狗肉加猪肉,两肉相融,才能出味。这样好看又好吃的东西,让你一看就会垂涎三尺,一箸入口,那是三春难忘啊!

"哎哟哟,我是口水都流出来了哟!"

说这话的是雍齿,只见他伸出筷子,就要往盆子里去夹,却被刘邦伸手啪地打了一下。刘邦喝道:"就你嘴馋!萧何没来,谁也别想动口。"

夏侯婴端起酒杯:"不动口,闻一闻总可以吧?"他吸着鼻子可劲儿闻酒香,哥儿们哈哈而笑。

这时进来一个人,却是曹参。众人问:"萧何呢?"

曹参回应道:"他呀,管的事多,比县令还忙。"

樊哙大咧咧说道:"就你们这些当官的,成天到晚忙、忙、忙!哪里当得我这杀狗的!我自由得很,爱杀我就杀,不爱杀我就四处逛,喝酒吃肉睡大觉,几多痛快!"

夏侯婴道:"你哪天不杀狗,我们就没有狗肉吃,多不痛快!"

众人齐道:"是呀是呀,你一痛快,我们就不痛快了。"

樊哙憨笑道:"好嘞!为了哥儿们的痛快,以后我就少一点自个儿的痛快,少喝点酒,少睡点觉。"

刘邦一直望着门外,突然喊道:"好了好了,萧何来了!"

且来看看这位萧何是个什么模样?三十出头,中等身材,不胖不瘦,白皙的面庞,稀疏的胡须,两只眼睛精泛亮光,眼珠里显出一种纯净的清澈,清澈中透溢着一种睿智,睿智中蕴含着一种善良……

萧何跨进大堂的时候,只见酒案边八条汉子一齐站起,对着他喊了一声"大哥",随即一起跪了下来。

萧何一愣,莫名其妙地问道:"你们……这是做什么?"

只听众人齐声祝福:"祝大哥福如东海,寿比南山!"

萧何恍然大悟："哦，原来如此。快起来快起来。谢谢，谢谢众位兄弟！"

刘邦拍拍萧何的肩膀："看你，忙得连自己的生日都忘了。"

萧何笑道："又不是整生，你们何必这样郑重其事？"

今天是萧何的三十五岁生日。他们这个圈子里，有一条规矩：不管哪位弟兄生日，不管是整生还是散生，大家都要聚在一起，举杯相庆。这规矩，这惯例，使大家愈加团结，心心相印，觉得有一种家的感觉，甚至胜过家的感觉，真的是比亲兄弟还要亲。

刘邦带头举杯，大家一齐站起，向萧何祝寿。萧何望着案上菜、杯中酒，望着刘邦，望着各位兄弟，一股浓浓的激情涌上心头，不由得鼻子一酸，连连说："谢谢，谢谢大家，谢谢各位兄弟！"

雍齿首先下箸，刘邦开怀畅饮，樊哙大啖大嚼……一时间，酒席上便热闹起来。夏侯婴举杯对萧何说："大哥，祝贺你，来，干！"

萧何喝了一口，抿抿嘴唇道："哎，人到中年，事业无成，有什么值得祝贺的啰？"

刘邦道："大哥过谦，你在沛县当上了主吏掾，也算是个风云人物吧！"

"是呀是呀，在这县里，你是一人之下，好几万人之上啊！"

"你离那个县令的宝座，也只有一步之遥了。"

萧何摇了摇头，笑道："天下这么大，就算当上一个县令，又算得了什么？"

刘邦立即接道："对，大哥心存天下，志向远大，是我等的榜样！"

樊哙道："对，县令太小了，我们大哥以后要做郡守，做……"

萧何连忙道："不不不！我不是那个意思。我是说，我这个人有几斤几两，适宜做什么事，我自己知道，我永远是个做副手的胚子。我生来就是个做实事的人，不是个当官的命……哦，我今天来找众位兄弟，就是要和大家商量商量，有件事，要请兄弟们给我拿个主意。"

"什么事？"

萧何道："有人要推荐我到京城去做官。"

"嚯，说当官，这官运就来了！"

"这可是大好事呀！"

刘邦却皱了皱眉头，问道："这么突然，谁要推荐你到京城去呢？"

萧何说："这件事啊，说来可就话长了……"

3

"……最近出了个大事，你们不会不知道吧……对对对，就是留县的血案。老百姓冲到了县城里，和衙役们对打起来。结果死了四个百姓，一个衙役也被石头砸死……这可是个大事啊！老天保佑，这事儿没有发生在我们沛县……没错，我们沛县的罗县令不是个坏种，也不是个马大哈，还算是个懂事的人。一个县，一方天，出不出事，地方上安不安宁，老百姓过不过得下去，就在于那个县令。许多的麻烦和乱子，其实只要那个县令稍许聪明一点，只要他把那颗良心稍许放正一点，许多乱子都是可以避免的。留县的那个高县令，我见过的，夸夸其谈，言过其实，一口的假牛皮。这种人往往就是惹祸的胚，这不，不是闹出来个大乱子吗？"

"……没错，上头派人来了，来的这个官，就是朝廷派来的一个御史，姓张……奇怪的是，发生在留县的乱子，这张御史却不到留县去，倒是找到我们沛县来了。我们罗县令开始还有点慌张，以为张御史是来查我们沛县什么事，可御史一开言，方才知道，他不是来查罗县令的什么事，而是来向罗县令借人……对对对，就是借我萧何。罗县令后来告诉我，张御史是这样说的：'留县出事，惊动朝野，皇上命本御史前来勘查。按理说，是留县出事，我应当前去留县；但本御史算得是一个既清明又精明之能吏，我知道，如今之县官，往往是骗上欺下，黑白倒颠，他们会好酒好饭地招待着我，好言好语地哄骗着我，可是真情实况他们是一点也不会透露给我的。旁观者清，所以我为了解留县之事，却跑到你们沛县来，而且，我别开蹊径，自己只做指导，借你们一个人去具体承办此事。听说你们县里有一个主吏掾，名叫萧何的，此人在全郡吏掾考核中名列第一，办事公正，正好又不在留县当差，派他协助本御史勘查留县之案，没有徇私舞弊之嫌，何乐而不为？'……"

"对不起对不起，萧某有点自吹之嫌了。不是自吹，我只是为了把这事儿说清楚而已。反正，承蒙张御史的看重和信任，我就接下了到留县去访查事件真情的任务……"

"你们是知道我萧何的为人和性格的，我办事，就讲个实在。办事前，如果我觉得这事吃不消办不好，我一定会直截了当地予以拒绝，免得耽误人家的事；可一旦接下了这个活，那我就一定会认真对待，起早摸黑，兢兢业业，一竿子插到底。"

"这么说，你到了留县？"樊哙忍不住插话了。

"是啊。"萧何继续滔滔不绝地说，"这眼下的秋天啊，早晨的空气真好！那一日，天刚麻麻亮，我骑着马儿启程了。风儿凉爽，吹在我的脸上、身上，惬意得很！但是，当马儿跑到离黄村还有两里路的地方，我停了下来。这个地方有我一个远房亲戚。我就把马儿寄在他的家里。为何要这样做？因为我不愿骑着马儿高高在上地出现在农民的面前，农民最讨厌骑在马上耍威风的人……我就这样走了两里路，到了黄村。"

"前头我跟你们说了，这次留县的农民和县衙冲突，县衙死了一个衙役，农民这边死了四个，连同上一次被官员打死的那个胡德良，一共六个人。恰恰这五个死掉的农民都是黄村的。我走进村口不远，随意地走到一户人家，想不到，这正是那个胡德良的家里。只见堂屋中间摆着一个香案，案上立着一块木牌，上边写着'胡公德良之灵位'，旁边点着香烛，还有三颗红枣，一杯清茶。一个头缠白布的年轻妇女跪在灵前，伤心地哭着。一个三四岁的小孩坐在门槛上，一边哭一边喊，'娘，我饿！娘，我饿……'那妇人便拿过一颗红枣，递给孩子。一颗红枣，又如何能疗饥止饿呢？正好，我的身上带着干粮，我就从衣兜里掏出一块大饼，递给孩子。孩子接过大饼，立马就啃起来。接着我就对那妇人说，'大嫂，看你家这个坛干水尽的样子，只怕是粒米无存哟！来，我这里有几个钱币，你拿去买点儿粮食吧。'那妇人望着我这不速之客，迟疑着。我说'大嫂放心，我是个正派好人，从这村子出去两里地，有个给人治跌打损伤的刘大爷，他就是我的老表哥。来，这几个钱币你就拿着吧。'那妇人终于接过了我的钱币，对着我就是一跪……"

"我喝着那妇人给我泡的茶，听她讲着乡间疾苦，讲着她男人的冤死，讲着那另外死去的四个黄村百姓……接着，她就带着我走出来，去访那另外的几个死者之家。没走出几步，碰到一个村上的愣头青，他指着我说：'你这冤枉鬼，你这杀人凶手，你倒是自己送上门来了！'"

"这个小伙子是把我弄错了，他把我看成了留县的那个姓谷的吏掾。他这么一嚷嚷，引得另一个年轻汉子跃到了我的眼前。他目光凶凶地看着我，一副要打人的样子。我问道：'你是谁？'他道：'我行不改名，坐不改姓，杨春，听见没有？留县带头闹事的就是我！你们是来抓我的吧？来呀，我在这里等着哩！可在你们还没有把我枷起来之前，我要为我们冤死的乡亲们出出恶气，出出冤气！'说着便扬起手来，对着我脸上，啪啪就是两个耳光。"

"我萧何几时被人这样打过？这是欺辱我啊！可是，我没有生气，也没有还手。我知道，他们是误会了我，他们是有冤无处申的苦哈哈老百姓啊！这时候，那个妇人连忙拦住杨春，叫道：'他是好人啊！他还拿钱币给我去买粮食……'"

"可是这妇人的叫嚷声，被一片闹闹嚷嚷之声盖住了——原来几十个百姓从四边围上来，不问青红皂白，指着我质问着，骂着，喊叫着，'打死他！打死狗官！打死狗官……'"

"这下，我可就有点怕啦！这农民，这老百姓，他们是好人，可是他们到底不是知书达理的人，所谓群氓，唯尔等是指也。他们意气冲动之下，动起拳头来，可不是好玩的啊！说时迟，那时快，当那雨点般拳头落到我头上身上时，突然有人叫道，'不要打他！他不是留县的那个姓谷的吏掾，你们搞错了！'这个人是谁？原来就是杨春的老爹。这个老头，他竟然认得我，他说我是沛县的，是沛县的主吏掾萧何。老百姓一听到'萧何'二字，竟然一下子就把举着的拳头给放了下来。各位弟兄，这不是说我萧何名声如何香，只是说这萧何两个字还不是太臭。"

"本来就香嘛！哈……"众人异口同声。

笑过之后，萧何喝了一口茶，不再说话。

樊哙："怎么不说话了？往下说啊。"

萧何故意说："你们一笑，把我的话柄给打断了。我刚才说到哪儿啦？"

刘邦："说你萧何的名字不臭。"

"哦，对对对。"萧何继续说，"误会消除，乡亲们便簇拥着我，到了杨春的家里。

一杯清茶，大家就坐在地坪里，你一言我一语，一五一十把这事情的原因首尾给说了个清清楚楚：事情的起因，是因为大家对县里增加的二十文税银不满；由于这税银，县衙的吏掾和农民发生冲突；胡德良出来讲公道话被打死，因而导致了上万农民冲击县城……

"听了之后，我的心里颇为沉重。我就自己掏钱，叫杨春到镇上买了一些米、面和猪肉，请大家吃一个便餐。我代表官府，向老百姓作了道歉。晚上，宿在杨春的家里。就这样，我在这乡间茅舍一共住了十二天。白天，我在这个村子以及临近的村子走访；夜晚，我就和农民们扯闲话，唠家常，在这些闲话家常中，我进一步地了解和核实情况。告别了黄村的乡亲，我没有回沛县，却到了留县县城，要听听留县这边的人是怎么说的。我认得留县县衙里一个人，是谁？一个煮饭的何师傅。此种人，往往是公道之人。结果，他讲的和黄村百姓所言，一模一样。

"我回到沛县，就赶到驿馆里，去向张御史作汇报。我说：'这次我在乡下走访了一十二天，和乡民以及各方人等交谈了一百三十八次，又到了留县县衙，与内衙人员交谈六次，对于这次留县事件，基本有了一个清楚的了解。'张御史问：'那你说说这次事件的症结何在？'我说：'大人是要听真话，还是要听假话？'那张御史一愣，继而道，'萧何啊，你说话的口气就不同，我就喜欢你这种说话的口气。我当然是要听真话，你说，你尽管说，哪怕是说不得的话，是大逆不道的话，你都可以说，我这里是太上老君在上，百无禁忌。你说，你快说！'"

第二章　泗水河畔识刘邦

1

四季春酒楼里，萧何侃着，哥儿们依然在津津有味地听着。

"我萧何，敢讲话，但也要看人来，这就叫'逢人且说三分话'。大秦朝官威赫赫，你一片好心讲真话，要是碰到个不进油盐，不对路的上司，那你的真话不光不讨好，还可能被指为狂言犯上，落得个身陷囹圄，甚至身首异处的下场。看得出来，此官不光是个肯为朝廷分忧，也是个对百姓心存体恤之人。于是，我就开口道，'那就恕我直言了。现在，赋税名目繁多，数不胜数，什么田粮税、人头税、户口税、牲畜税、蚕桑税、农具税等等，仅人头税一项，数量之大，就十分惊人，所谓'头会箕敛、千钱一畚'，一个人要交一畚箕的钱，一畚箕至少要装一千钱，占一个农民全年收入的七成之多。时下民间流传'男子力耕，不足粮饷；女子纺绩，不足衣服'的歌谣，说明如今百姓们连起码的生计也无法维持了。'"

"这张大人十分震惊地说，'竟然有这等事？'我说，'赋税还只是一个方面，农民最怕的还有永无休止的徭役。'戍、作、漕、转'就像勒在农民脖子上的四根绞索，使得农民喘不过气来。修长达一二千里的驰道，修万里长城，修毗连万顷的阿房宫，修纵横几十里的骊山陵墓……每年都要动员上百万的民夫参与其中，仅骊山一处每年需民夫七十万。如此民不堪负，因而导致官逼民反。'"

"张大人听得目瞪口呆，不禁叹道，'老夫久居京城，只知天下太平，民歌盛世，对此却一无所知，真是惭愧啊惭愧！'接着，他向我询问道，'对于这种状况，你觉得需用什么办法缓解？'张大人见我欲言又止，就说，'有什么想法，尽管说，说错了无妨，本御不予追究。'"

"我凭着自己多年在官场所积累的知识，凭着我对当今世道的细心观察，就对张大人说道，'本来，自商鞅变法以来，朝廷一直实行严刑峻法，目的在于驱使百姓勤于耕作，勇于征战。这样的治国方法，对促进改革，发展生产，增加国力，统一六国，都发挥了一定的作用。但是，应当法随时变，现在天下已经统一，形势发生了根本的变化，朝廷却不仅没有因势利导，做出相应的变革，反而变本加厉地推行严刑峻法，认为压迫愈严，百姓愈不敢反抗，总是把'设重刑而奸尽止'这句话挂在口头。这样的做法，非常不妥！再进一步，恕我说得一针见血，如今这般推行严刑峻法，其目的已不是为了改革，不是为了推进耕战，而是为了从百姓身上榨取更多的财富和劳力，以保障高官贵族穷奢极欲的生活需求。所以，严刑峻法的作用，只能是适得其反,成为架在百姓脖子上的钢刀,使得天下百姓生活在水深火热、担惊受怕之中。卑职以为,朝廷仅只奉行法家学说,是走不通的,这样下去只会越走越险,最后就会走上绝路!'"

"越说,我就越来了劲头。我也顾不上去瞧张大人的脸色,继续滔滔滚滚说道,'我以为朝廷要来个改弦更张,把那套法家学说暂时放到一边,要力倡孔孟的儒学,要以民为本,注重百姓的民生利益;辅以老子的道家学说,尽量做到无为而治,减轻百姓的负担。当然,法家也不要丢掉,可以辅以法家的主张,进一步完善法制规章。这种治国方略,就叫博采众长,将三家学说融会贯通,交织并用,如此这般,国家才会长治久安,繁荣昌盛!'"

"我讲完了。抬头看那张大人,他绷着脸,一言不发。我心里边正有点打鼓,忽然他开言了,喃喃说,'言之有理,所言甚是!其实,我也是这么认为的。而且,萧大人啊,我跟你实话实说吧,朝廷内部也有大臣持此观点呢,只是为数不多,还没有形成一股力量。现在整个朝廷被李斯、赵高等人掌控,真言正理,难以上达圣听,所以你所说的这些恐怕一时之间很难做到啊。'"

"我赶紧说,'大人讲的是实在话。朝廷大政方针,的确一时难改。大事难为,我们可以先做小事,比如如何处理这次留县事变,大人你是完全可以做主的。'于是,我就把我了解到的详细情况,向张御史细说了一遍。最后我说,'现在看来,此次事件,表面上已经平息,但事情远远没有结束,民怨仍在沸腾。所以下官斗胆进言,请大人督促县令,迅速抚恤死者家属,开仓放粮,赈济饥民,消除百姓们的怨气。若果能如此,大人则功德无量,留县百姓就会永志不忘了!'"

"我的这番话,真的把张大人给打动了。只见他连连点头说,'有道理,说得好,说得好!老夫功德事小,国家安危事大。你的这些建议很好,我定当督促办理。'于是,留县的这桩恶性案子,最后就得到了一个良性的处理,对以杨春为首的闹事农民,不予追究;对先后被打死的五个农民,予以抚恤;关于留县农民每人必须多缴二十文税银的土政策,予以撤销;开仓放粮,赈济百姓;而对那个满口大话,成事不足,败事有余的高县令,予以停职,听后处理。终于,黄村百姓、留县百姓心满意足,欢欣鼓舞。这都是感谢好官张御史啊!"

"更要感谢萧何你这位好主吏掾啊!"刘邦笑道。

"是呀,没有萧大哥的一番苦口良言,哪能有张大人的正确决策?"曹参说。

"大哥你为老百姓做了一件大好事啊!"大家一齐嚷道。

刘邦举杯说道:"俗话说,修桥补路,儿孙一长路。就是说,为百姓弭祸、消灾、谋利,这是添福添寿的好事。大哥是做好事之人,今天正好是他三十五岁生日,来来来,为大哥的添福添寿,干杯!"

"为大哥添福添寿,干杯!"大家一齐敬酒,干杯。

刘邦又问:"大哥,要把你调到京城去,大概就是张御史这个伯乐,看上了你这匹千里马吧?"

萧何笑道:"我算个什么千里马啰?这都是张御史的抬举。我现在就是来和你们商量此事的……"

2

留县事件,如此妥善处理,各方各面,皆大欢喜。

这一天,萧何又来到驿馆,看望张御史,二人尽兴聊了许久。萧何离开之后,张御史独自在回味着萧何的言谈,眼前总是浮现着萧何的形象,觉得自己这次下来不光办好了一件大事,而且还发现了一个难得的人才。他在房间里踱步沉思,一会儿,在心中暗自做出了一个决定。

第二天巳牌时分,张御史一行四抬大轿,来到沛县县衙。县令罗大人和几位属员连忙跪在门口迎接。张御史走出轿子,罗县令跟在他屁股后头,连连恭维道:"大人辛苦,大人辛苦!大人再次光临,敝衙又一次蓬荜生辉!卑职治县无方,还望大人多多赐教!"张御史坐定后笑道:"罗大人客气了。贵县主吏掾萧何此次协助本御办案,使留县事件得到妥善处理,民众心悦诚服,朝廷甚为满意。本御高兴啊!老百姓感谢我,我说,还要感谢一个人——萧何。此人实乃贵县的精英才俊啊!这也是罗大人调教有方,这就是人们常说的'强将手下无弱兵'吧。"

"多谢张大人夸奖,多谢张大人!"罗县令得到上司如此夸奖,心里美滋滋的。

接着,张御史开门见山,提出要求:"此次本御到下边来,不光是处理好了留县事件,而且,还有个意外收获……"

"喔?"罗县令有些好奇地望着御史。

张御史不急不慢地说:"现如今朝廷正处在多事之秋,急需延揽精英,此次恰恰发现了萧何这个难得的人才,本御想推荐他入京供职,不知罗大人能否割爱?"

一听这话,罗县令立即满面堆笑,说:"好事啊,大好事啊!这是大人对萧何的抬举,也是萧何的造化。我这个人啊,没别的长处,就是喜欢成人之美,既不挡人家的财路,更不挡人家的官路。但是,这个萧何呢,既是个有办事能力的人,也是个有脾气有个性的人,他自己是不是愿意呢?这我就不敢保证啦。"

"罗大人,那就有劳你去问一问,看他心中有何想法?"

"好的好的,我立马就去办,立马就去。"

刚才张御史这么一说,使得罗县令的心里涌出来多种滋味:一是欢喜,张大人夸我们沛县的属员嘛,当然离不开我这个领头雁;二又有点酸溜溜,张大人把自己的一个下属夸得如此之高,还要把他调到京城去,相形之下,自己毕竟就逊色了……罗县令是个聪明人,他想好了:让他走吧,上头要调他,我能挡得住吗?再说,萧何这样被上司赏识的人才,如果不走,说不定我这位子,就有可能成了他的呢。

于是罗县令就把萧何请到一个茶馆里,笑嘻嘻地说:"萧大人呀,恭喜你呀!恭喜你青云有路,京城那边要调你去呢。"

闻此喜讯,萧何的脸上却并没浮现什么笑容——他有些犹豫。生于斯,长于斯。一个太阳正在心中冉冉升起,气势磅礴的计划开始出现的时候,怎会轻言放弃、轻言离开呢?

事后他就来到这四季春酒楼,要这些哥儿们给他拿主意。

大家七嘴八舌道:"当然去啊,水往低处流,人往高处走啊,打着灯笼也难找的好机会啊,去啊去啊,去做京官啊。下次我们弟兄们到了京城,也好有个落脚的地方啊,我也弄个吏掾当当!"

唯有刘邦,却是一声不吭。

萧何就问:"三弟,你有何高见?"

刘邦抿了一口酒,笑道:"你去京城么,我倒是有一个陋见……"

众人:"什么高见?快说呀!"

刘邦又抿了一口酒,慢吞吞地说:"依我看是去也要得,不去也要得。"

樊哙便道:"你这是什么高见?等于没说!"

刘邦又笑道:"高见嘛,要得有,得今儿个晚上才有。"

萧何忙问:"晚上才有?三弟,此乃何意?"

"我要晚上回到家里,拿出我那本八卦秘籍,烧上香,拜一拜,打上三卦,再到秘籍上查上一查,看你是去好,还是不去好?那时自然知晓。"

樊哙笑道:"哈哈,原来三哥是个八卦大师,我怎么一直不知道呢?我从小就听爹娘讲什么八卦八卦,可如今三十多岁了,还搞不清什么七卦八卦。三哥,你快讲讲,这八卦到底是个什么东西?"

"现在不讲八卦,现在喝酒。"刘邦又举起酒杯说道,"来来来,让我们再一次举杯,为大哥的添福添寿,干杯!"

萧何忙道:"大家添福添寿,大家添福添寿,干杯!"

3

这是一个美好的初秋之夜,月朗星稀,凉风习习。白银般的皓皓月辉,把苍茫大地照得如同白昼。这里是个荷塘,荷叶田田,秋虫唧唧,几个追逐嬉戏的青蛙,把那池塘之水,弄得扑扑有声。

池塘边,此刻有两个人在走着,说着。

刘邦说:"大哥,你还是走吧。说心里话,我是舍不得你走,可是,替大哥前途着想,沛县太小了,到了京城,那水面是无边阔大啊!"

萧何说："我已经想好了——不去。"

"为什么？"

"舍不得弟兄们啊！特别是舍不得三弟你！"

"不不不，男子汉，别这样婆婆妈妈的。舍不得娇妻，做不了好汉；这舍不得朋友，也做不了大事啊！"

"就是为了做大事，我才不想离开这里，不离开三弟你。"

"此话怎讲？"

"三弟，你听我说，我萧何只有两个本事。一，我善于做具体事，兢兢业业，能做好，不塌场；二，我的眼睛有毒，会看人，我只要挨着你刘邦走，我就可成大事。"

"你看出了我的什么啦？"

"你刘邦啊，你——将有大任降临于你！"

"什么大任？我会当县令？"

"县令算得了什么大任？"

"郡守？"

"还不算大。"

"御史……丞相？"

"还要大！"

"皇帝……难道我会当皇帝？"

"差不多吧？"

"哈哈哈哈，我会当皇帝？有意思，有意思，大笑话，大笑话！萧何你真会说笑话！"

"三弟啊，说你会当皇帝，现在看来的确是个笑话，不过，你以后会成为一个大人物，这，我是绝对没有看错的！"

"我会成为大人物，你真的会看相？"

"看相谈不上，但说这话我有三个根据。"

"三个根据，在哪里？"

"这根据就在你的身上啊。第一，大家都愿意和你交朋友，说明你有惊人的凝聚力。"

"嘿嘿……"

"第二，你的身上是不是有七十二颗黑痣？"

"是啊是啊，的确有，就在这大腿上。"

萧何饶有兴趣地："三弟，咱们这么多年的兄弟，你这些黑痣，我只是听说过，还从来没有见识过噢。"

刘邦忙说："大哥是不是不相信？来来来，我就给你瞧瞧。"

说着，刘邦就在这荷塘边的一块石头上坐下，把那宽宽松松的大裤腿，向上一捋——果然，他那大腿上，八排，每排九颗，七十二颗黑亮亮的痣。

"真是有点奇怪啊！"萧何一见，微笑着对刘邦说，"这痣，别人有吗？没有，只有你有，这就叫异秉。"

"一饼？"刘邦愣愣地看着萧何，急切地问道，"你说什么？什么一个饼两个饼？我这些黑痣抵得上一个大饼？"

萧何笑道："不是大饼，是说你有一种天生的秉性、禀赋，说你与众不同。"

"确实，我刘老三就是天生的与众不同，与我两个哥哥就不同嘛，从我娘怀我起就不同。"

"我知道。三弟的出生之谜，这就是你身上的第二个异秉。"

刘邦的出生之谜，萧何不是听刘邦自己讲的，而是从旁人口中听到的。

那一年春天，刘邦的母亲王含始回娘家，刚住了三天，因放心不下家里的事，便急急地往回赶。那天，她走在回家的路上，爬上杨家坳，脚步沉重，实在走不动了，就在一棵大柏树下坐下，一会儿就昏昏欲睡着了。忽然天昏地暗，风狂雨骤，电闪雷鸣，山摇地动。刹那间，那乌云又像是被大刀劈开一道缝隙似的，从那缝隙之间，跃现出一道强烈的金光。谁知那金光竟是一条金龙！只见那金龙身长数丈，鳞爪清晰，盘旋在苍穹之中。接着，金龙从空中跃然而下，跃到了王含始的身边。这王含始却全然不知，仍在酣酣地熟睡……

这时，在那棵大树的不远处，正站着一个人，此人就是刘邦的爹刘执嘉。天色不早了，未看见妻子归来，他放心不下，就来接妻子。走到杨家坳上，就碰上了这场大雨，他清清楚楚地看到那条金龙，绕着他的妻子舞动了一圈，然后就昂首摇尾跃到空中，向着苍穹，翩翩而去……

不一会，云收雨霁，彩虹映日。王含始仍在酣睡，刘执嘉赶快上前，喊醒妻子。妻子揉揉眼睛，打个呵欠，愣愣地望着丈夫。说来也怪，刚才一场大雨，王含始的衣服却一点也没有打湿。就连刘执嘉的衣服也干爽如故。夫妇俩回到家里，一切如常，以后王含始就怀上了。

刘执嘉颇为诧异，就把这奇遇悄悄告诉了一个亲戚。那亲戚又把此事告诉了另一个亲戚……以后萧何也就知道了。

刘邦说："这事儿传出去，好些人不信，说刘家乱扯弹，往自己脑壳上贴金！"

萧何说："人家不信我信。不光我信，当今的始皇帝也信。"

听得萧何如是说，刘邦连连说道："是啊是啊，还吓得我到外边躲了一晌呢。"

这又是怎么回事呢？原来京城皇宫里，掌管天文历法的太史令观测天象，忽然发现东南方祥云密布，竟然有天子气！于是立刻上报，令始皇帝大怒。太史令说："皇上稍安勿躁，微臣自有化解妙法，请皇上去那一方巡游便了。皇上乃真命天子，去到那里，真命天子的浩然正气，必然会压住那一团还未成形的小小王气。"于是始皇帝就到了这沛县。

萧何说:"反过来看这事,不恰恰证明你刘邦有王者气象吗?这就是我要说的第三个根据。三个根据,确凿无疑,三弟你生成就是一个当皇帝的相。"

刘邦心里美滋滋的,不再言语,只是"嘿嘿"笑着。

萧何又说:"不过,相归相,能不能变为事实?那还不一定。皇帝的宝座历来是不轻易送人的,要靠用力去夺,去'夺',懂吗?"

刘邦:"好,你就和我一块去夺!哈……"

4

这一夜,两个醉醺醺的哥儿们在荷塘边讲了这一番大逆不道之言。夜深了,萧何回到了家里。

萧夫人铺好床,催萧何早点儿歇息。萧何却在房中走来走去——他还沉浸在兴奋之中。他不断地讲述他的那班兄弟,特别是讲他的三弟刘邦。

萧夫人道:"你呢,把你那个三弟说得如同天花粉一般,可我在外头听到的就不一样,你这个三弟呀,名声很不好呢。"

"人家说他什么啦?"

"说他呀,说话不实在,喜欢吹牛皮;好吃懒做,不务正业;在人家店子赊欠了东西,不还钱,是个无赖;还说他呀,在男女之事上,稀里糊涂,常常和一个姓曹的寡妇搞到一起……萧何呀,你不大不小也是一个县衙的主吏掾,怎么要去和他交朋友?我说你呀,舆论汹汹,你可要注意噢,古来有教训,交友不慎,要出大麻烦的呀!"

"谢谢夫人的规劝。夫人你是一片好心,但刘邦这个人,我是看准了的。这世间,有的人在小事上规规矩矩,和和气气,可到了关键时刻,害起朋友来,胜过豺狼虎豹;而有的人,在一些小事上,似乎是个稀里糊涂的浑人,但在大是大非上,却是一个地道的仁人义士。"

"我真不明白,你怎么就交上了这么一个朋友?"

"夫人啊,我就跟你说说,我是如何与刘邦相识的吧……"

那天,萧何办完公事,萧何从衙门走出,曹参追上来,说:"公务忙了一天,到河里去游几圈,放松放松,怎么样?"萧何说:"我不会游泳,你自己去吧。"可曹参执意要拉着萧何去河边看热闹。

二人到了河边,一瞧,嗬,这儿还真的蛮热闹!泗水河哗哗流淌,激浪扬波,许多老少男子在河中游泳,人头涌动,水花四溅。而在河流拐弯处的那一大片沙滩,却是一片雪白,只见那沙粒在阳光照射下闪闪夺目。

曹参脱掉衣服,像鸭子一般跳到水里游了起来。萧何就站在沙滩上,欣赏着河中的一切。

在游泳的人群中，一名男子格外引人注目。他时而仰泳，时而侧泳，游姿不断变换，动作十分矫捷。过了一会儿，好像游够了，从水中站起来，走到岸上，躺倒在沙滩上。这个时候，我正注视着这个人，只见他长得虎背熊腰，浓眉大眼，肥厚的下颌，漂亮的胡须。此人是谁？就是后来中国的大人物，刘邦是也！

当时，刘邦的几个好朋友樊哙、卢绾、灌婴、雍齿、王陵等人也跟着上了岸，水淋淋赤条条地倒在沙滩上休息。

曹参游了一会儿，也走上岸来，陪着萧何在沙滩上溜达。

突然传来一阵呼救声，大家闻声，向前边的河里一望，只见河中露出半个人头，那人头一沉一浮，时隐时现……怎么办？大家都很着急，正不知如何采取行动时，刘邦断然跃起身来，跑步向前，跃入河中，向那个一浮一沉的人头游去，可待他游到那个点儿时，那个人头却又不见了踪影。刘邦很快一个余身，潜入水中，片刻之后，那个溺者的上半身已被顶出水面。只见溺者双手在不停地挥舞着，扑打着……见此情形，樊哙也连忙跃入水中，拉住那人的手就往岸边游。可是，当游到岸边的时候，却不见了刘邦！

一时间，大伙儿着急起来——可不能救了这一个，又死了另一个啊！

正在大家茫然不知所措的时候，樊哙已经将那溺者拖上岸来。这时大家猛然看到了刘邦——原来他紧紧抱住那溺者的双脚，在这溺者被拖上岸来的同时，刘邦自己也就被拖上来了。他救了人，他自己也被人救了。可见他在力不从心、面临灭顶之灾时仍临危不乱，是何等的机智！

众人看到这样的情形，都惊讶不已，赞叹不已。他们纷纷上前，来抚慰刘邦，捶背的捶背，抚胸的抚胸。刘邦脸色煞白，一直在大口大口地吐着水。过了一会儿，刘邦已停止吐水，脸色也慢慢地红润起来，大家才松了一口气，关切地问："三哥，你没事吧？"刘邦一笑，那股子诙谐劲又来了，说："我到阎罗殿去应卯，可是阎王爷不要我，所以我又回来了！"众人大笑，七嘴八舌地说开了："我们三哥就是命大！这么个大贵人，阎王爷怎么敢要？阎王爷若是要去了，我们不就没有三哥了？大难不死必有后福，三哥以后一定会做大官，干大事……"

再来看那个被救之人。

此人醒过神来之后，大家指着刘邦告诉他，是这位壮士救了他。于是他对着刘邦，纳头便拜，连连说道："谢壮士救命之恩！"但这刘邦，不答话，不言语，却朝他脸上啪啪就是两个耳光。众人一愣，萧何也是一愣：这个人，此乃何意？

那樊哙更是不解，对着刘邦嚷道："三哥你这是作甚？你没发疯吧？"

刘邦却说："你知道什么？我救人要救到底，他是被落水鬼附了体，不把鬼魂打掉，他还是不能脱离危险，懂吗？"

见刘邦如此神秘兮兮，大家便不再作声。

刘邦这才将那人扶起，问道："这下你清白了吧？"

"清白啦清白啦！"

"记得起自己的名字吗？"

"记得起，我叫周勃。周文王的周，勃勃生机的勃。"

刘邦笑道："嚯，还文绉绉的呢，是不是个什么鸟文人？"

周勃说："我不是什么文人，我是个吹鼓手。"

"好，吹鼓手好，热闹。"刘邦指着众人说，"这些都是我的朋友。周勃，我把你从阎王老子那里拉回来，今后你就是我的朋友，我们就是一家人了。"

萧何讲述着那天一幕，见夫人听得津津有味，便继续讲着：

"我当时把这些都看在眼里，觉得此人非同寻常，这是一个大仁大勇的人，也是一个临危有智的人，也是一个喜交朋友、善交朋友的人。我终于忍不住，走上前去与刘邦打招呼说，'这位壮士，本人可否也与诸位交个朋友？'那刘邦不知道我是谁，盯着我，有点狡猾地笑笑，半天没有说话。曹参便向刘邦介绍说，'这是县衙的主吏掾萧何。'一听我萧何二字，他那狡猾的笑容，就变得有点和善与真诚了。哈哈，萧何二字还是有人买账的！"

"刘邦就和我交谈起来，一问一对，我和刘邦还是同乡呢，都是丰邑人。他说，'好好好，咱们这圈子里又多了一个朋友……'曹参插嘴道：'还有我一个呢。'刘邦笑着，'对，两个，大家都是朋友！'在一旁的樊哙却连连说，'不行不行！'我问'为何不行，就因为我是当官的？'他竟然说，'和贼可以交朋友，和强盗也可以交朋友，就是不能和当官的交朋友，天底下最可怕的人，就是当官的人！'"

"刘邦却不以为然说，'四海之内皆兄弟，都可以交朋友嘛！你樊哙是个杀狗的，卢绾是个读书的，灌婴是个做买卖的，周勃是个吹鼓手，都是人嘛，官场里头也有好人。樊哙你一篙子打一船人，要不得哟！樊哙你快向这两位官朋友道个不是吧。'"

"那个樊哙，倒也是个可爱的粗人。听刘邦这么一说，果然就不好意思地笑笑，走到我和曹参的面前说，'两位官朋友，请多多包涵，以后我们就是朋友，就是兄弟啦！'就这样，我就入了刘邦的把子朋友圈。"

说到这里，萧夫人终于说道："听你这么说来，这刘邦倒也不是一无是处，可是，他到人家店子里吃饭不给钱，这种吃白食的做法，那还是要不得吧？"

"哈哈，夫人啊，你这是只知其一，不知其二，人家是喜欢刘邦吃白食，是欢迎刘邦吃白食呢。"

"你乱嚼，一个人开店子，竟然喜欢别人来吃白食？我不信！"

"绝不是乱嚼，这其中，是有个道理的。"

第三章　断然谢绝青云路

1

萧夫人连连摇头道:"哪有这样的事?他吃白食,人家还欢迎他?不可能,不可能。"

萧何说:"的确有这样的事。这里面是有个缘故的:那东门街上有个张老头,西门街上有个李老头,两个人都开小店子。刘邦一坐到张老头店里吃,生意就红红火火地好起来,这店里的人气就来了;可刘邦一旦不在这里吃,这人气没了,座位上就空空如也。而当刘邦坐到那个李老头的店子里时,李老头的店子里也就立马热闹起来。你看怪不怪?这就说明刘邦这个人啊,是一个带人气的人,是一个带财气的人。所以,店老板们不光不嫌弃他,而且还特别欢迎他来吃白食呢。"

萧夫人笑道:"噢,原来是这样。这真是怪事!"

萧何又道:"还想不想听我再讲一讲刘邦的事啊?"

"以后再讲吧,今天是你的生日,我得慰劳慰劳你呀。"

"又给我准备了什么好吃的呀?可我今天已经吃得饱饱的啰!"

萧夫人一笑:"我晓得你吃得饱饱的呢。你呀,就只知道吃!还有一件事难道你就不想?"

萧何会意,于是狡黠一笑,说:"想,怎么不想哟?"

萧何就势将夫人拥到床前……

良宵美景,既望的月儿,正挂在西边的苍穹,整个沛县的县城、乡野,正处在一片静静的安谧之中。这是一个平安的夜,温馨的夜。慢慢地,月儿落下去了,东方的天边,映出一片晨曦,这晨曦越来越光亮,越来越红火,幻成一团红光,忽然跃然一下,那红光就变成了一个红红的大绣球,那是一轮红红的朝日。这一轮朝日,就把它的无限红光遍洒大地,辉映在沛县县城的家家户户。

红罗帐内,这对老鸳鸯还没有醒来。昨夜,交颈缠绵,恩恩爱爱,老夫老妻,别有滋味。一觉睡去,格外的酣畅香甜。

一阵敲门声,终于把萧夫人惊醒。她拍拍萧何,说:"快起来,快起来。"

萧何迷迷糊糊地说:"别嚷了,今天我们衙门休息,你就让我再睡一会吧。"

萧夫人却道:"你还是快起来,你听,院子里有人敲门哩。"

萧何的住宅,是一个小小的四合院。这小院,呈现着一种典型的江淮民居风格:

北边，是砖木结构的三间屋子；东边和西边，是两面略显白色的粉墙；南边，就是那两扇雕花的院门。此刻，这小小院门正在啪啪作响，有人在使劲敲门。

萧夫人简单地梳洗一下，就急急地走过去，把门打开，只见一个汉子，挑着一担箩筐，贸然地闯了进来。

萧夫人忙问："你是谁？"

那汉子笑道："这是沛县主吏掾萧何萧大人的家吗？"

萧夫人道："是啊，这是萧何的家。你要干什么？"

那汉子放下箩筐，嘘了一口气："啊——终于找到了！"

说话间，萧何已经走到院子里来了，指着那汉子喊道："杨春，你怎么找来了？"

杨春看到萧何，高喊一声"恩人啦"，对着萧何倒头就是一拜，一个响头。

萧何赶紧把他扶起："不敢当不敢当！杨春，你这么大老远地跑到沛县来，有什么事？"

杨春道："我是特地来找你萧大人的，我是代表乡亲们来向你萧大人感恩的啊！"

原来，由于萧何走访乡村，向张御史上达民意，终于使得留县血案得到妥善处理，除掉了多余的苛税，减轻了百姓的负担，民心得到安抚，百姓心存感激，所以就由杨春作代表，带着老乡们送给萧何的礼物，前来拜谢恩人。

这时，杨春已把箩筐里的礼物全部拿出来、有小米、红枣、腌鱼、腊肉，有干鸡干鸭，还有一只大白鹅。

一见这些东西，萧夫人马上板着脸说："不行不行！首先，感谢你，感谢乡亲们的情意。但是这些东西我们绝不能收，我家萧何是个清廉之人，如果替老百姓办点事就收老百姓的礼，那岂不成了贪官？"说着，便把那些东西一样一样捡回到杨春的箩筐里。

杨春执意不肯，又把那些礼物一样一样地拿出来——两个人争来推去，纠缠起来。

最后，还是萧何笑着打圆场道："好好好，受之有愧，却之不恭，乡亲们的一片心意我心领了。杨春，你还没吃早饭吧？夫人，快去下碗面，打两个荷包蛋……"

杨春连忙说："不不不，我吃了早饭的。我还要赶到街上去买萝卜种子，下次再来，告辞了告辞了！"

杨春一走，萧夫人就埋怨萧何道："你平常从不收人家礼物的，今天你这是怎么啦？"

萧何说："送礼的都是一些苦哈哈的老百姓，他们把家里最珍贵的东西拿出来，说明他们是真心实意地对待我，如果强行推掉，会伤他们的心。搞一个圆通的办法吧，把他们的礼物留下来，折合成铜钱，以后我再买上礼物，到黄村去回拜他们，不是两全其美吗？"

萧夫人笑笑说："哦，这样办也好。还是我的主吏掾老公想得周到。"

吃过早饭，萧何从家中出来，信步向街上走去。像自古以来中国许多有作为的男子汉一样，萧何也是一个不爱守在家里的人。他喜爱工作，喜爱自己的那一间执笔为文的县衙厢房。他依然习惯性地走向县衙，走进那间厢房，刚一坐下，忽然醒悟到：哦，今天县衙放假休息呢。于是又从县衙里走了出来。

他去找他的那另外一个家：他的那一班好弟兄们。

弟兄们聚会的地方有几个点，其中一个点就是横街上的"满天星狗肉店"。樊哙就在这里杀狗，他既是屠夫，又是老板。前边是门面和店堂，狗肉案板在这里一字儿排开。走过店堂是一个后院，这里就是屠狗场，场子的左边，摆着十几个笼子，笼子里面关着狗，笼子的外面也拴着几条狗。这些狗的眼睛里，充溢着一种恐惧的神情。动物不是人，但动物也怕死。狗是有灵性的动物，所以对即将到来的死亡格外敏感，眼睛里也就布满一种异样的恐惧。

场子的右边有一个大灶台，只见大锅里沸水翻滚，热气升腾。一个伙计正向那灶膛里添柴，弄得烈火熊熊，水雾腾腾。另外两个伙计将已杀死的毛狗放入锅里，不一会从沸水里拖出毛狗，开始刮毛，开肠破肚……

店子前边的门面上，一块块狗肉堆积如山，有皮狗肉和无皮狗肉，挂满一架又一架。此时，正是顾客盈门，伙计们称秤的称秤，砍肉的砍肉，忙个不停。那个五大三粗的老板樊哙，拿着雪亮的砍刀，忙着给顾客砍肉。

当萧何走进店来时，樊哙欢喜地嚷道："大哥，你来了？好！兄弟们差不多都来齐了，怕你今天又要做公务，所以没喊你。他们都在茶室里。"

这樊哙虽是个粗人，但也有一个高雅的情趣：喜欢品茶。狗肉店是一个腥膻之地，可这里别有天地，前台有个账房，从那账房向里走，穿过一条窄窄的走廊，走下一个石阶，就是一块菜园。樊哙用竹子在这菜园旁边搭了一个竹楼。竹楼的楼上堆着杂物，楼下就装饰成了一个雅致的茶室。这茶室，就成了哥儿们聚会倾谈的好地方。

刘邦、曹参、夏侯婴、卢绾、周勃、灌婴、雍齿、王陵全都坐在这里。

萧何走了进来。

刘邦嚷道："大哥来得好！大哥好口福，今天喝新茶，喝好茶。"

萧何微笑着："什么新茶好茶？还不就是那南方的什么绿茶一把青？"

卢绾说："不是不是，今天这茶，不是绿茶，是——黑茶。"

原来，卢绾的一个朋友，去南方做生意，从南方楚国地方的一个边远山区，带回来几十斤被称为黑茶的东西，北方人因常吃狗肉和牛羊肉，对于茶是特别的需要，十分的嗜好。据说，这黑茶最能解肉食之毒，对人体最有好处。

说话间，刘邦已给萧何倒上了一杯黑茶。只见这杯中茶色，果然不一样：似金、泛黄、呈红。萧何端起来抿了一口，点头道："果然不是凡品！"说着，咕嘟嘟一口将茶喝下。

刘邦又给他沏上一杯。

大家边喝茶，边聊天。刘邦是见多识广之人，卖弄地说："你们知道这黑茶产于何地？"

卢绾说："听说这是楚国来的，产于楚国的边远山区一带。"

刘邦道："没错，是在楚国的边远山区。可具体来说，是边缘山区的什么地方呢？你们不知，我知。那地方叫梅山，是一块没有开发的荒蛮之地。那地方的人是野人，那地方的山是野山，那地方的茶是野茶。黑茶，野茶也！这野，不是坏事是好事，不是骂它是捧它。正因为野，所以这茶就有一股原始之味，天然之香，就有一脉幽远之神韵！"

大家一齐赞道："三哥见多识广，佩服！"

狗肉店里喝黑茶，自然就想到了今天的中餐。吃什么呢？当然又是撮一顿好狗肉。这原料不难，坐在狗肉铺子里，伸手就是。要做得味道好，关键是厨师。于是樊哙就指着刘邦道："还得你来呀！"

刘邦说："我是只会吃，不会做呢。"

萧何笑道："不是要你自己做，是要你去喊那个曹大嫂。樊哙，对不对？"

樊哙忙接嘴："对对对。"

大家一阵笑。于是刘邦就笑着，屁颠屁颠地跑出去了。

这曹大嫂就是北门街上的曹寡妇。她是"四季春"酒楼的老板娘，这班弟兄们最爱吃她做的狗肉。此人是刘邦的老相好，为人泼辣豪爽，她把刘邦的弟兄也当成自己的弟兄。弟兄们也把她当自己人。

一会儿，刘邦又屁颠屁颠地领着曹寡妇跑回来了。

曹寡妇首先笑吟吟地和众位兄弟打了个招呼，然后扎脚捋手，兴致勃勃地走进厨房，她要到那里去显神通，去展示她的烹调手艺。

大约一个时辰之后，香喷喷的狗肉就摆在了茶室的几案上。

喝酒，吃狗肉，侃大山……卢绾忽然问道："忘了一件大事了——大哥调往京城，什么时候动身啊？"

2

刘邦向大家宣布道："大哥已经决定，留在沛县，不去京城了。"

众人表示疑问："这是为什么呢？为什么不去呢？青云有路为什么不去攀呢？"

萧何道："不去京城，有两个原因，第一，三弟那天晚上已经给我算了八卦，那八卦里已经给我透露天机，那天机到底是什么？暂时不可泄露。反正就是，不去京城留沛县，此为最妙。第二，这也是最主要的原因，我要是去了京城，哪来你们这些熟面孔？哪来你们这些好兄弟？哪来这样的狗肉宴？哪来这样的气氛，这样的友情，这样的快乐？哪里去找这一颗颗真实的滚烫的心……"

说着，萧何的声音哽咽起来，眼里的泪水情不自禁地往下滴。

刘邦见状，连忙上去抱着萧何。接着，所有弟兄一起伸出手来，抱成了一团……

刘邦已经醉了，他躺在竹榻上睡着了。当他迷迷糊糊醒来时，见弟兄们都已散去，唯有萧何还在旁边守着他。刘邦接过萧何递过来的一杯黑茶，喝了一口，把茶杯往案上一放，说："大哥，上街遛遛去！"

两人一遛，就到了沛县的县衙门前。

刘邦说："大哥，到你办事的地方去瞧瞧好吗？"

萧何答应一声，领着刘邦走进大门。因为今天休息，这里只有一个门房老头在值班。两人走过甬道，拐过一条走廊，走进一个房间，这里就是萧何办事的厢房。

此房，不算豪华，但也肃然规整。这是一种老式的砖木结构的屋子，窗户上雕刻着古色古香的花纹，板壁上粘贴着黄绫。房间里摆着一张茶几，茶几两边，各摆着一个矮矮的坐墩。左边的墙上挂着一个条幅，上边用篆体写着"忠于职守"四个字。右边墙上挂着另一个条幅，上边用隶书写着"路漫漫其修远兮，吾将上下而求索"。正中靠墙的窗边，放着一张深黄色的柏木做的书案，案上摆着一个铜墨盒，笔架上搁着两支毛笔，书案旁边，是一个深红色的木墩。

刘邦站在这屋子里，从他那脸上和眼中，看得出他很觉新奇。他颇有一点乡下人进城的味道。他久久地盯着书案边的那个木墩，眼睛里放射出一种兴奋、羡慕的光芒。他问萧何："平时，你就是坐在这里办公事吗？"萧何点头道："是的。"

刘邦饶有兴致地走到书案边，就在那木墩上坐了下来。他抚摸着书案，那种兴奋神情，就像后来的中国人所写的《西游记》里头，那个孙悟空坐在花果山水帘洞的那把猴王的交椅上一般。他坐着，品味着，又拿起案上的那支毛笔，嘿嘿笑了两声，说："刀笔，刀笔。大哥，笔如刀啊，你这个主吏掾，平时就是使用这刀笔，在这里为县令办理文案的吗？"

萧何笑着说："是啊，我不会做工，也不会种田，就是靠这杆笔在这职位上，长年耕耘，默默做事。"

"好啊，你这才是男子汉做的大事啊！一杆笔，主宰他人祸福生死，这就叫作权力。这人比人，我不如你呀，你看你长年累月在这里当个主吏掾，可我刘老三只能整天在这大街小巷里游游荡荡，不是你带我进来，你们这衙门公房是什么样儿，我都还不知道呢。到底三弟不如大哥，刘邦不如萧何！"刘邦一个劲地说，"大哥啊，你就把你这主吏掾借给我，就让我在这里坐上十天半月，也好过一把当官的瘾。"

"好啊，就请你来给我坐上一段时间，让我好好歇息一下，放松放松。"萧何随和地说。

刘邦又笑道："想是这么想，只可惜，我刘老三没读什么书，这墨黑的大字，倒是认得几箩筐，可你笔下那星星点点的小字，我是几行也写不出来，所以，今天只能在这里过过干瘾，哈……"

深秋的下午，天气格外凉爽，刘邦和萧何就在这街上溜达着，一会儿，走到了南门的尽头，再向前走，就到了泗水河的河边上。望着那静静流淌的秋水，迎着那呼呼吹来的河风，刘邦不禁溜出一句话来："子在川上曰，逝者如逝夫，不舍昼夜。"

萧何一愣，惊讶道："三弟，谁说你没读书？这是孔夫子的名言啦，你用在此处，恰如其分！"

"什么，这是孔夫子的话？我不知道啊，我只是随口而出的。"

"你随口而出的话能达到孔夫子的水平，了不得，了不得！"

刘邦却自豪地高声而道："孔夫子算什么，我是以后的皇帝啦！"

萧何赶快叫道："三弟，轻点轻点，此话让人听到不得了啊！"

刘邦不以为然："无有大事，无有大事。既然天降大任于我，老天爷就会保护我的。"

正在二人说笑的时候，突然有人在后面喊道："萧主吏掾，萧大人！"萧何一回头，原来是衙门里那个门房老头赶来了，要萧何赶快去开一个临时会议。萧何笑道："出了什么事？你这么急急忙忙的，就像死了什么人一样。"门房老头忙说："萧大人，你倒真是说中了，的确是死了个人。不过请放心，死的不是我们罗县令，也不是我们县衙的任何属员，是下边的一个芝麻大的小官——泗水亭的那个夏亭长。……萧大人，你知道这个夏亭长是怎么死的吗？"

3

秦朝实行郡县制。县的基层单位就是亭，每个县大概有几百个亭，每个亭大约有一百来户人家。沛县郊区的一个亭，因为那条泗水河流经这里，这个亭就叫泗水亭。

泗水亭的亭长突然死了。

为了处理这个突发事件，在这个休息日的下午，罗县令只好召集一个紧急会议，没有把全衙门的人都叫来，只叫来县里的主要骨干，一共是九个人。

县衙有个议事室。这些人分别坐在东边、西边、北边，那南边窗下有两个坐墩，一个墩子上坐的是罗县令，另一个墩子上坐的是吴国文。此吴国文，何人也？他是沛县的县丞。县丞是何官职？大概相当于副县长。秦始皇奉行法家路线，法家创立了一套国家管理的体制，这个体制有一个主要的手段，就是让官员系统，互相牵制，互相监督。县令管理全县，县丞监视着县令，并且有事可以直接向朝廷汇报。当然，在全县的施政事务方面，还是县令说了算。

这罗县令平常是一个比较严肃的人，但今天发生的这个事的确有点可笑，因而，

他今天的开场白也就颇有点喜剧色彩了:

"各位,临时把大家招来,是有个要紧的事,但这个事情又实在是一个可笑的事……哈哈哈哈!你们知道吗?泗水亭的夏亭长不幸去世了,当然这是个悲哀的事,可我实在忍不住要笑,我不是幸灾乐祸地笑,我是说,他的这个死,是一个笑话。知道吗,他是怎么死的?他是笑死的。这世上真的有人会笑死,哈哈哈!这夏亭长,哈哈哈,这个夏亭长,哈哈哈哈……"

夏亭长叫夏仲之,中等个子,是个胖子,年纪刚交五十,要说本事和才能,实在平平。他之所以能当亭长,就是因为家中有钱,是个大富豪。他这钱,主要是祖上留下来的遗产。听说沛县有半条街都是他家的瓦片子。他当亭长,也就是拿钱买个小官玩玩。这夏亭长喜欢玩,可是他又玩不出什么名堂来,他最大的爱好就是听别人讲笑话。谁用什么笑话把他逗乐了,他就赏给那个人银子和钱币。昨天,从安徽的凤阳来了一个算命的瞎子,给夏亭长讲了这么一个关于啰嗦的笑话。

那瞎子说:"说的是有一个人,他家有兄弟十个,他是最小的一个。此人从小读书,倒也勤奋,文章也做得好,可就是有一个大毛病,爱啰嗦。有一次,他出外经商,在旅馆里给哥哥们写信,他这样写道:'亲爱的大哥二哥三哥四哥五哥六哥七哥八哥九哥,我出门在外,已经快一个月了,我非常想念大哥二哥三哥四哥五哥六哥七哥八哥九哥,我也时常记着大哥二哥三哥四哥五哥六哥七哥八哥九哥对我的教诲:要我写信不要啰嗦。我认为大哥二哥三哥四哥五哥六哥七哥八哥九哥教诲非常正确,所以今天我给大哥二哥三哥四哥五哥六哥七哥八哥九哥写信的时候,我就告诉自己绝不啰嗦,我的这封信,一定要让大哥二哥三哥四哥五哥六哥七哥八哥九哥满意,大哥二哥三哥四哥五哥六哥七哥八哥九哥看了我的这封信之后……'"

这瞎子一本正经、满面严肃地讲着这个笑话,他反反复复地如转车轱辘一般地念叨着大哥二哥三哥四哥五哥六哥七哥八哥九哥……于是效果就出来了,这夏亭长被逗笑了,这一笑就停不下来,旁边的人也觉得有趣,也跟着笑起来。可笑着笑着,就不对头了,那夏亭长的笑声和笑脸,就出现了异样——他本来就吃甘食肥,心脑血管早就有了毛病,这一激动,麻烦就来了,只见他突然一口气喘不过来,满面涨红,向后一仰,四脚朝天——死了。

他竟然笑死了!

罗县令讲完这个笑话,大家也哈哈一阵笑,纷纷说:"乐不可极,乐极生悲,笑不能过,笑也会笑死人的哟!这人啊,当然要少哭一点,但以后也要少笑一点为好。"

接着罗县令又道:"不过话又说回来,这夏亭长到底是我们县里的一介小官员,没有功劳有苦劳,对他的死我们还是应该表示哀悼。"

静默了一会,罗县令说:"现在,会议进入正题,这泗水亭亭长一职应该尽快安排一个人顶上。该推荐一个什么人?特意请大家来议一议。"

听到此话,萧何脑子里面立刻灵光一闪:三老弟刘邦不是很想搞个官来玩玩吗?

到县里来当刀笔吏没有机会，也没有那个本事，这个走乡游村的民间亭长，他倒是挺合适的。

"我提议一个人选，泗水亭的村民刘邦。"萧何脱口而出。

事发突然，大家都没有思想准备，故无人吱声。过了一会儿，有人点头，轻声道："那个人我认识，也还要得。"

但，吴县丞马上反驳道："不行不行，那个人我也认得，是个流里流气的乱弹鬼，他怎么能当亭长？那不行那不行！"

萧何的肚子里，立马就想好了为刘邦说项的道理，正待要开口时，却听吴县丞又说道："县令大人，我看是这样好不好？今天我们不一定确定具体人选，只是给大家透一透风，大家分头去考察考察，了解了解，过那么三四天后再聚在一起，把大家物色的候选人都提出来，再合议合议，这样做不是更为周到而稳妥一些吗？"

罗县令一听，觉得有理，就表态道："吴大人这个意见好，我看大家就照此办理，分头下去，各自物色合适的人选，三天之后我们再议。"

散会。罗县令已经盼咐厨房安排了晚餐，当然，吃的又是狗肉宴。饭罢，已是掌灯时分，萧何出了大门，去找刘邦，找到樊哙门前，樊哙说他刚走，到曹寡妇家去了。

4

这条巷叫曹家巷。除三家杂姓，其余十二户人家全部姓曹。巷子尽头的倒数第三户，此时，那个堂屋里，油灯正亮着。这堂屋不大，四边的板壁粉刷得雪白，屋子里干干净净，几案、坐墩擦抹得光光亮亮。看得出，主人是个能干人。这屋子的主人就是曹寡妇。这里也是刘邦和他的弟兄们常来常往的地方。这时，弟兄们坐在木墩上，正吃着花生、瓜子，喝着芝麻豆子茶。曹寡妇生就一个好客的性格，她望着油灯旁这些正在喝着吃着的男子汉们，感到一种油然的亲切，特别是看着他的刘邦，靠墙坐着，叉开双腿，两只手撑在膝盖上，白布大褂敞开着，露出那个肥壮的白白的大肚皮……曹寡妇窃窃地笑着，心里面是一脉说不尽的浓浓的爱意。

樊哙跟着萧何来到了曹寡妇家里。刘邦问及县里到底死了什么人时，萧何把刚才会议的情况一一说了。

大家一阵笑过之后，那刘邦便侃侃而谈："这个泗水亭亭长，我志在必得！一个人到底能做多大的事，我心里明白，我刘邦的特点就是能大、能小，不能中。要不，我就做最大最大的事；要不，我就做最小最小的官。那中不溜秋的什么县令啦，主吏掾啦，那种坐在屋里拿笔杆子的生涯，我做不来，我也不愿做。可是这做大事的机会呢，还没来到，那还是天上的黄月亮；但这当小官的机会如今却来到了。我刘老三最喜欢当这种小官，我就最适合当亭长。亭长是干什么的？左邻右舍扯皮打架，他是扯劝的；张家屋里没得媳妇，李家屋里没得女婿，他就是做媒的。我就最喜欢给人家做媒，我就喜欢这一杯。我要是当了亭长，包管泗水亭这一带，老百姓安居乐业，一年四季都是喜气洋洋。我是个能给大家带来福气的人，如果有谁反对我当这个亭长，那他就瞎了眼！"

樊哙叫道："三哥当亭长，我赞成！"

大家跟着喊道："我也赞成三哥当亭长！我们大家齐努力，一定要让三哥当亭长！"

"你们不要高兴得太早。老三能不能当亭长，那还不一定呢。"萧何不紧不慢地说，"刚才我不是说了，我把刘邦的名字提出来，那吴县丞不是从中插了一杠子吗？"

曹参："那个吴县丞可不是好对付的呀。"

刘邦把茶碗往几案上一放，骂道："吴县丞这鸟人！我实在与他前世无冤，今世无仇，干嘛要来挡我的官路？"

"老三不要激动。"萧何又说，"那吴县丞对你虽有微词，但也看不出有什么恶意，只是对你还不甚了解而已。只要我把你的长处充分摆出来，估计他也没有什么理由出来阻拦的。"

樊哙焦急地问道："大哥你说说，三哥到底能不能当上亭长？"

萧何道："这么说吧，如果要让老三到县衙去当一个吏掾，那我难以做到；让他当亭长这么个小官，我应该还是做得到的。因为我管的就是这方面的事，说的话在县令面前也还有一定的分量。如果这点事都做不到，那我萧何在沛县十几年主吏掾，不是白干了？"

樊哙欢喜雀跃道："这么说，三哥的亭长当定了！"

大家一齐欢呼："三哥的亭长当定了，当定了！"

刘邦高兴极了，涎着脸，凑到曹寡妇面前："老伙计啊，听到没有？我要当亭长啦！"

于是夏侯婴就起哄道："来来来，当着众位弟兄的面，香一个！"

众人一齐打趣："香一个！香一个！"

刘邦笑问曹寡妇："怎么样，可不可以呀？"

曹寡妇啐道："你这死鬼！"

"哈哈哈哈……"

5

夜深了，东门街上那一溜屋子，全都是黑漆漆的，家家灯火熄，老少已安眠。但有个窗户里仍透出一丝光亮。窗户下，灯盏旁，寂寂地坐着个男子。他手中端着一个小酒杯，在闷闷地喝着小酒。此人，脸上瘦瘦的，眼中阴阴的，他就是沛县的县丞吴国文。

对面，一张雕花镂叶的卧榻，榻上被翻红浪，被里拥着红装，就是他的老婆晏氏。

此时，这晏氏欲望正浓，在一个劲地催她老公："夫君夫君，你快来呀！"

她老公烦了，腻了，把酒杯往案上一扣，喝道："你没看我正有事吗？"

"什么事啊？"

"我有公事！"

"在家里办什么公事啊？成天到晚在衙门里批批点点，累死累活，你还没干够啊？你只是个县丞，又不是县令，即便是个县令，回家也有个休息的时候啊。你这么热心公事，朝廷怎么就没给你多发饷银呢？"

"到底是妇道人家，不明事理。我说的公事，里面就有白花花的银子。"

晏氏是个听不得银子的女人。丈夫这么一说，她来劲了，将被子一掀，趿拉着鞋，晃到案前，偎在老公身边，连忙问："哪来的银子？这是个什么样的公事？你快说吧，我们家里如今缺的就是银子啊！……姑爹的那个邻居，等着要钱用，打算把他的一边厢房卖掉，大小六间，只要一百六十两。我们现在七凑八凑还差四十两，夫君，你快说，你这个来银子的事，到底是个什么事啊？"

于是，吴县丞就讲到了泗水亭长这个小小官位之事：在今天下午的会上，他挡住了萧何的提议，并不是什么为公计议，而是有自己的小九九。这泗水亭长虽不算什么高位，但也不能不说是一个肥缺。拿着这顶小官帽，好好来运筹操作一番，完全可以做到公私兼顾：为公，他辛苦操劳，为县里找到了人才；为私，他可以趁机捞一把。

"你说说，这件事搞成，能搞多少？二百两？三百两？"

"五百两应该不成问题。"

"哈，我们发财了！哎，要不要给罗县令也孝敬一点？"

"绝对不可以。你不知道，那是个不转弯的人，弄得不好反而要出大麻烦——现在的问题是，我到哪里去找这样一头肥猪？"

于是夫妻俩就陷入了沉默。

突然，这县丞婆娘拍腿叫道："有了，远在天边，近在眼前，就是我们隔壁邻居——秦学周呀！"

吴县丞沉吟了一下，然后点头道："嗯，就是他。"

这秦学周，有这样几个特点：第一，他有钱。如果他没钱，找他屁用？秦学周的爷爷原本是个经营骡马生意的大商人，原籍留县，发财后才在沛县买下一幢房子；秦学周的父亲却是个浪荡公子，坐吃山空，把家产给毁掉了一大半。然而，瘦死的骆驼比马大，老爹去世后，秦学周还是继承了一大笔财产。据说，如今秦学周的箱底，不说上万，几千两银子是有的。第二，秦学周的爷爷爱财；秦学周的老爹爱嬉游浪荡；这秦学周却是另一类性格——爱名。他最喜欢人家说他聪明，有才华。然而恰好相反，他的智商不高，书读得实在不好。可为了张扬自己的名气，他偏偏在自己家里办了个学馆，把学龄孩童收拢来，由他授课，让他过瘾。据说，他把"关关雎鸠，在河之洲，窈窕淑女，君子好逑。"这首诗作了这样的解释："这首诗是什么意思呢？就是讲在河洲之上,关着一只斑鸠,一个男孩子和一个女孩子都想要这只斑鸠,于是他们就去求这只斑鸠,可是求呀求呀,两个人都没有求到。孩子们,懂了没有啊?"

这件事传了出去,好些人哈哈大笑,好些人连连摇头,都说他在误人子弟。但是家长们依然乐呵呵地把孩子送去。何也?这秦学周只是要过当先生的瘾,他不收学费,还包孩子们吃个免费中餐。

第三,秦学周人生最大的目的,就是想当个官,可七求八求,到了五十来岁也没能如愿——他运气不佳。

这下碰上了。秦学周有所求,吴县丞恰巧又盯上了他。

"这笔生意,应该搞得成!"吴县丞轻轻道。

他老婆赶快道:"事不宜迟,你赶快去找他,立马就去!"

钱可以让一个纯洁的女人失去贞洁,钱可以让一个干净的男人失去廉耻,钱可以让父子不像父子,夫妻不像夫妻,兄弟姐妹不像兄弟姐妹……总而言之,钱可以让人变得不像人了。

6

秦学周就住在吴县丞的隔壁。他正准备回卧室睡觉,听到敲门声便去开门。

当吴县丞走进来时,秦学周吃了一惊。秦学周爱名,这吴县丞有名。这有名的看不起无名的,平常二人是不相往来的。这县丞忽然深夜来访,所意何为?

只见吴县丞踌躇了一下,说,"秦先生啊,我这个人平常不喜欢多讲话,所以和你来往不多,但我对你是了解的,也是尊敬的……有这么个事:最近泗水亭长官职空缺,我是一心一意想把你推荐上去,为国选才嘛。不过,这个事呢,还得有些花费。不是我要怎么样,而是人家要怎么怎么样,明白吗?"

"不……哦哦,明白明白。"秦学周有点懵懂。这智商不高之人,面对这突然而降的好消息,似乎有点反应不过来。

吴县丞回到了家里。他老婆问:"谈得怎么样?"吴县丞道:"晦气!那傻老头嗫嗫嚅嚅,糊里糊涂的,口里说明白,也不知他是真明白还是假明白?"

正说着,外边院子有敲门声。不一会儿,秦学周就走了进来。

他嗫嗫嚅嚅的,满脸堆笑的,连连说:"多谢,多谢县丞大人栽培!"说着把手里的一个布包,向吴县丞呈了上去,里面是足足三百两银子。他还说:"上任那天,我再送二百两。"

谁说他傻?他很懂事啊。

没错,秦学周懂事;而吴县丞更懂事。他们却不料碰上了一个懂大事,懂大计的人,那就是萧何。

为了一己私利,吴县丞力推秦学周;可萧何却力挺刘邦。当然,这里面有哥儿们的成分，但萧何的确是慧眼识人才，他觉得刘邦是一个地地道道的好官能吏的材料。于是，你要红，我要白；你推甲，我推乙；你说东，我说西，为了泗水亭长人选之事，萧何以及赞同萧何意见的人，就和吴县丞以及他的一些人发生了激烈争论，双方意见相持不下，把个罗县令也弄得很为难。

然而，萧何到底是萧何，倘若连这么个小事都不能摆平，那以后又怎么能成为什么大汉三杰之一呢？

第四章　刘邦如愿当亭长

1

　　人生在世，少不了人与人斗。民间如此，官场更是如此。要当官，就要斗，对手多多，危机四伏，虎视眈眈，位子就是那么几把，你不斗倒对方，你的屁股又如何坐得上去？要坐得上去，就要把对手搞翻，要善于巧妙地抓住对方的辫子。但他人的辫子很难发现，所以不是那么容易抓的，但也有成功地抓住别人辫子的时候。之所以能这样，是由于你长期的谋划，周密的设计；而有时，却是出于不经意，是一种偶然，踏破铁鞋无觅处，得来全不费功夫。

　　这一次，刘邦可以说是没费吹灰之力，就捡了一个大元宝：吴县丞的一根软肋，一条辫子，就被刘邦无意间给攥上了。

　　事情是这样的：沛县城南有一条街，叫凤翥街。街的中段，有一幢双层楼房。第一层是一间宽敞的堂屋，堂屋四周烧着十支大蜡烛，堂屋中间点着两盏大油灯，油灯下，摆着一张长长的大条案，条案四周人头攒动，喧声嚷嚷。

　　原来，这是沛县一个有名的赌场。这天晚上，有两个人正在条案上面开赌，只见那案面上涂着好几组红黑相对的图案。那赌客就站在这条案的这一边，那庄家就站在另一边，旁边还有几位看客。赌客将自己的钱押在红的或者黑的图案上。庄家摇晃着一个铁盒子，片刻后揭开盖子，如果骰子是红，赌客押黑，赌客就输了；如果骰子是黑，押黑的赌客就赢了，赢者就可以获得五倍的盈利。这种押宝的方法，叫红黑宝，在沛县一带很是流行。

　　此刻，这个赌客就是刘邦。他也算得一个赌场高手，但不知为什么，今天手气很不好，连连失利，可他颇不甘心，决定再赌一把。当庄家摇动铁盒子的时候，刘邦抬头扫了一眼对面的看客。看客里有个人，就是县衙里那个吴县丞。吴县丞也是人，当然也常来这里看一看，赌一赌。人之常情嘛，没什么好大惊小怪的。刘邦心想，这家伙总与自己作对，如今我要当亭长，他偏偏给我设卡，好不恼杀人也！一时心猿意马，随便地押在红上。待那庄家把盖子一揭，开出来的却是黑——刘三哥又输了。他付了账，再一抬头，吴县丞却不见了。

　　"再来一把，再来一把！"旁边看客一齐吆喝着。

　　"老子不来了！"刘邦站起身，袖子一甩，走了。

　　天上没有月亮，只有几颗疏星。刘邦沿着凤翥街信步往前走。这里边的街道显得幽暗而寂静，右边，是一个院子，院门开着，窗户里点着灯，两个人影映在那窗户上，好像是一男一女，只见那男的搂着那女的，还在那女的脸上给啃了一下。

这刘邦，以后是叱咤风云的大人物，他有虎虎大威。但有时候却又有一种孩子似的搞恶作剧的顽劣心理。这种心理就驱使着他蹑手蹑脚地走进了院门。这男女之事刘邦经历多多，何足道哉？但是，用自己的眼睛去瞧他人如何云雨，倒是从未有过。他要新鲜新鲜，刺激刺激——他要去偷窥一回。

刘邦走到窗下，舔破窗纸，竟然是两个熟人呈现在眼前：男的就是那吴县丞，那女的叫薛翠萍。这女人三十七八岁年纪，不仅生得标致，而且长得健壮，沛县许多男人就喜欢她这种健壮。但此人并不是娼，她是有老公的。老公是裁缝，地道一个老实人，因床笫功夫不行，便甘拜下风，对老婆的风流行径，深表理解，每当来了客人，他就主动让贤，搬到东厢房去睡了。

刘邦此时此刻发现了两个秘密，第一，这道貌岸然的吴县丞有个姘头薛翠萍；第二，他听到了如下一番谈话。

吴县丞搂着薛翠萍说："明天晚上我也是这个时候……"

薛翠萍连忙道："明天晚上你不能来。"

"是不是罗县令那个老贼要来？"

"哎呀，什么老贼老贼的，说得多难听呀！你和县令应该是兄弟嘛，何况什么事都得有个先来后到，他和我好，在你之前。我还想哪一天把你和他请到我家来一块儿喝酒呢……"

"切切不可！你和姓罗的这一腿，我知道。但我这人并不介意，我还想知道你和他的一些细节呢。但姓罗的却不然，他如果知道我和你的事，对我对你，都是很不利的。记住一句话：男女之事要久长，嘴巴管牢莫乱讲。"

听到这里，窗下的刘邦几乎要高声大笑起来。谁说今天赌输了？在这里，他可是个大赢家。吴县丞要卡他刘邦，刘邦要反击他吴县丞，刚才这两个秘密，不就是一把最好的反击利器吗？

当然，还得去找萧何，大主意得由他来拿。

刘邦匆匆到了萧何家。萧夫人却说"他这么晚了没回来，我还得找你要人呢"。刘邦嘿嘿笑着，拱手一揖，转身便走。

在樊哙的店子里，刘邦边笑边说，把刚刚那一幕，如此这般说了一遍。大家听了很是激动，纷纷喊道："整他一下，狠狠地整他一下！平常奈何他不得，这下抓到把柄了，把他整倒，三哥的亭长就稳拿了……"

萧何却默不作声。当然，他也是高兴的，激动的；但他深知，要想把他人整倒，光靠激动是不行的。只见他在房中踱来踱去，片刻即停，说："好，机会到了，一定得抓住，但取胜的关键是要让他二人争斗起来。"

2

吴县丞，是刘邦当亭长的主要阻力，县令和县丞一闹，萧何就可以利用矛盾，让县令来否定县丞的意见，于是，刘邦的阻力自然而然地化解了。

那么，如何让他二人争斗起来呢？

王陵说："这还不容易？先把这个秘密悄悄告诉罗县令，当吴县丞和薛翠萍混在一起的时候，再把他带到那个窗前去，不就……"

刘邦连连说："不行，不行！如果告诉罗县令，他就会知道我们已经识破了他的秘密，那他还会跟着我们到那个窗户下去吗？所以只能既要让他知道那狗日的吴县丞动了他的爱物，又不能暴露我们对这个秘密的了解，这就是一个难点。"

萧何称赞道："三弟说得不错。"

曹参问道："那又有什么办法破这个难点呢？"

萧何道："办法嘛，我倒是有一个，这就要看王陵的本事了。"

王陵一愣："我刚才说的办法又不行，我还有什么本事？"

萧何说道："你会画图，你就画一张美人图。"

"美人图？"王陵说，"画谁？"

"就画那个薛翠萍。"萧何点头笑了笑。

王陵乐了："这倒是我的拿手。"

刘邦茫然地："画这么一张美人图，又如何能让县令和县丞争斗起来呢？"

萧何笑道："有了美人图，自然就会有好戏看。"

王陵的家，离薛翠萍的家不远，王陵对薛翠萍是熟悉的。为了画这一张画，王陵对薛翠萍更加留意了，常常暗地里盯着她。每当薛翠萍下河洗衣的时候，或是到菜市买菜的时候，他都在暗暗观察。终于，薛翠萍的五官、相貌、身材、衣着都在他的脑子里活动起来，几天工夫，一幅漂亮的美人图就给画出来了。

刘邦看到这张图，赞不绝口："像，像，就像活的一般！"接着就问萧何道："大哥，你说，接下来的戏该如何唱？"

萧何笑道："让我一个人去唱独角戏吧。"说罢，拿起画就走了。

萧何回到县衙，在自己办事的厢房里，关上门，悄悄地翻出吴县丞签署的文书，仔细琢磨他的笔迹。然后模仿着在图画上写下："窈窕美人，薛氏翠萍，拥美入怀，无限柔情。造相赠之，国文手笔。"

原来，在县衙里，大家都知道吴县丞能画画，特别是会画人物肖像。他这个特长，罗县令也是知道的。所以，萧何才出了这个主意。那么，下一步该如何走呢？

3

一个高明的兵法家，他懂得与对手进行斗争的时候，有时需要迂回侧击，有时则需要正面进攻。今天萧何采取的就是一种正面进攻的方法。

他首先到吴县丞的厢房门口，向里瞅了瞅，见吴县丞不在，便走了进去，把自己袋子里的那一张美人图拿出来，放在书案上，用一沓公文盖着。然后匆匆来到罗县令的签押房，见罗县令正在批阅公文，故意咳嗽一声，趑身准备退出。

罗县令抬头见是萧何，说："萧大人，有事请进。"

"罗大人，你忙，以后再说吧。"萧何踟躅着。

"不要紧，来来来，坐，坐。"罗县令忙招呼。

萧何问："大人，有句话，不知当讲不当讲？"

罗县令一笑："萧大人今天是怎么啦，说话吞吞吐吐的！"

"今天我想说说县丞吴大人的事。"

"吴大人什么事，说吧。"罗县令有点惊异。

萧何装得十分谨慎："其实我和吴大人是很好的朋友，虽然为泗水亭长候选人之事，我们有过争执，但这都是为了公事，并不影响我们之间的私交。从朋友的角度出发，这件事我本不应该讲；但从公事公办的角度来说，这件事我还是应该向你禀报一下……"

罗县令见萧何绕了这么大一个弯子还没进入正题，感到不是一般的小事，于是催促道："到底有什么事，你就直说了吧。"

萧何环顾左右后说："近日，我偶然发现吴大人在悄悄地作画，好像是一张美人图。在公务时间画这种东西，是不是有损衙门形象？请大人斟酌。"

罗县令正色道："有这种事？"

"卑职不敢造次。"萧何表情严肃。

罗县令起身道："走，看看去！"

萧何跟着罗县令来到吴县丞的厢房内。果然在书案上翻出了那张美人图。

萧何凑上去一看，故作惊讶地："哎呀，好一个绝色美人！"

罗县令见图上的女人竟是自己的姘头薛翠萍，气得脸色铁青，浑身发抖，一时说不出话来，只是喃喃地说了一声"这……"

萧何轻声地说："大人，你也不必过于看重这件事，下属有时行为不够检点也是常有的事，不足为怪，只要在适当时候提醒提醒就行了。"

而罗县令仍在嘟哝："你看这，这，这，成何体统？这种事竟然发生在一个县丞身上，我不看重，今后这一县的吏治会是个什么样子？"

"唉，我悔不当初啊！"萧何佯装懊悔地说。

罗县令倒反问："你，什么意思？"

萧何说："我和吴县丞是同僚，又是好朋友，你如果把这事儿捅出去，今后我们还怎么共事啊？"

罗县令为了稳住萧何，忙说："这你尽管放心，我会知道怎么处理的。"

萧何诺诺，连忙退出。他明白，这张图在县令心中会产生什么样的后果。他的计谋成功了，心里乐呵呵的。

4

罗县令将美人图放回原处，嘴里就像塞着几只绿头苍蝇，吞也吞不下，吐也吐不出。如果不是牵涉到自己，他可以置之不理，但此时此刻，他不能不想：吴国文这狗娘养的，平日里显得比谁都正经，想不到他也打野食，更想不到他今天竟打到老子的碗里来了！这把妒火，在罗县令的身上形成了一股腾腾的热力，这热力就驱使着他在这天晚上悄悄地溜到了凤薏街。见四下无人，便走近那个他常常光顾的院子，在外面的窗下，看到薛翠萍在吴县丞的怀里撒娇呻吟，那股浪荡劲，比在自己怀里还要浪。瞬间，他的脑子轰的一下就要爆炸了，恨不得冲进去将这对狗男女一顿暴打，打他个体无完肤。可是，理智教他不能鲁莽，只好闭上眼睛，悄悄退了出来。

于是就出现了第二天的县衙大堂上的舌战。

大堂上，罗县令主持商议泗水亭亭长人选之事。

吴县丞大声说："我觉得还是秦学周当亭长适宜。至于刘邦这个人嘛，大家一定都知道街头巷尾对他的议论吧？他游手好闲，不务正业，不学无术，只会吃喝玩乐。这样的人怎么能够担当一亭之长呢？还请大人详察。"

罗县令眼望着萧何："萧大人，说说你的看法。"

萧何侃侃而谈："罗大人，我总是记着你的一句话，看人要看大节。据卑职所知，刘邦确实不拘小节，但他为人豁达，精明能干，敢于负责，人缘好，有豪气，且能见义勇为，助人为乐，士农工商都乐于和他交朋友，这些都是难能可贵的。以他的才干，当个亭长是绰绰有余的。他才三十多岁，血气方刚，正是做事的好时候。而秦学周已经年过五十，老气横秋，迂腐有余，生气不足，亭长一职，断难胜任。"

吏掾们连连点头称是。

吴县丞着急了，马上反唇相讥："罗大人，想我华夏乃文明礼仪之邦，如果启用一个胸无点墨、知识浅薄之人出任一亭之长，岂不贻笑大方？"

不等县令开口，萧何立即据理力争："吴县丞说刘邦是胸无点墨，知识浅薄。请容我就'知识'二字谈一点个人的看法。这世上有两种知识，一种来自书本，一种来自阅历，各有所长，各有所用。如果死啃书本，终日闭门不出，不知世上万事，此种人书读得再多，均不可致用，于己于民于朝廷，皆无任何益处。而那些阅历丰富者，则能洞察事理，明辨是非，善于应对，遇事不慌，临危不乱，纵横捭阖，则大事小事都可成也。朝廷和百姓都需要能做事的人。刘邦就是后者。至于说他'游手好闲，吃喝玩乐'，他全是为了广交朋友，这些朋友就可以成为他以后履行职责的有力助手，有朋友有助手的亭长，那才是一个办事快、效率高的好亭长。我认为泗水亭亭长一职，非刘邦莫属。"

萧何一番话说得头头是道，有理有据，听者无不佩服。连吴县丞也找不到分辩之词了。

罗县令见时机已经成熟，正好给吴县丞一个难堪，便说："萧大人讲得好！泗水亭亭长一职，就由刘邦接任。"

一锤定音，泗水亭亭长这朵大红花，就落在了刘邦的身上。

这一天艳阳高照，泗水河欢波笑浪，泗水亭熙熙攘攘，老百姓扶老携幼，红男绿女，打伞的，戴斗笠的，祝贺的，看热闹的，提着篮子来做小买卖的……一派热腾腾景象。

街市尽头，有一个高高的门楼，门楼上方写着三个篆字：泗水亭。

刘邦站在这门楼底下。

樊哙说："新官上任，应该高高地站在门楼上头啊，你站在这下头干什么？"

刘邦却道："要得老百姓爱，就要从上面走下来，站下头，离老百姓近，这是做官的根本。"

萧何闻言，道："刘亭长这话说得好！你果然是块当官的料。"

刘邦笑起来："我要不是块料，大哥又如何看得上我？哈……"

刘邦的弟兄们都来了，簇拥着站在他两旁。此时，鼓乐齐鸣，唢呐高奏。那周勃嘴里含着唢呐，呜啦呜啦地吹得正欢。

刘邦生来就是个爱热闹的脾气，望着这眼前景象，不禁心花怒放，口无遮拦地说："当官好啊，过瘾啊！"

萧何却严肃地说："三弟呀，这官我是给你弄到手了，下面的戏该如何唱，就看你的了。你可得给我脸上增添一点光亮才是啊。"

弟兄们也在附和："我们也要伴福增光哩。"

刘邦嘿嘿笑着："那是，那是。"

说来也巧，刚学剃头，就碰上个络腮胡子——刘邦刚当上亭长，就发生了一起棘手的案子。

第五章　两头肥猪巧破案

1

　　泗水亭的管辖范围内有一个葫芦村，葫芦村的村尾上有一个茅草屋子，里面住着年轻的两口子，男的叫赵大，他老婆没有名字，就称李氏。赵大没什么手艺营生，靠砍柴度日，不多言语，地道一个老实疙瘩。老婆李氏却是一个颇有几分姿色的女人，粉粉嫩嫩，水水灵灵，难免有些招蜂引蝶，所以花销也就要大些。

　　这天，李氏又吵着问赵大要钱。

　　赵大急了，就说："前天不是给了你好些钱吗？"

　　李氏嚷道："我买了一对手镯子，买了一块布料，还买了一点胭脂水粉，全用完了，哪里还有钱？"

　　赵大说："我们这样的贫寒人家，买米买油盐的钱还不够，买那些没用的东西做什么哟？"

　　李氏一听，立即就撒起泼来，又哭又嚎："我的个老娘哎，我的命怎么这么苦噢？嫁了个没用的家伙，如今穿没穿得，用没用得，好东西我没吃得。我的个老娘啊，我的个老天啊……"

　　赵大一听，立即吓住了，连忙安慰说："莫哭，莫急，都怪我，都怪我！我马上砍柴去，把柴卖了，就有钱了。"

　　赵大拿起柴刀走了。

　　李氏破涕为笑，给自己泡了杯蜂蜜开水，美滋滋地喝了起来。一会儿，忽然听到一声猫叫，李氏心里明白，这是他心爱的人儿来了，便回应一声猫叫。

　　此人名叫王三。就住在沛县街上，没有正经职业，常来乡下游玩。邪念所使，他和李氏就碰上了，眉来眼去，火花一碰，勾搭成奸，到如今已足足一年。

　　王三进到屋里，李氏柔情满怀，两人云雨一番之后，李氏忽然提出："你我是做露水夫妻，还是做长久夫妻？"

　　王三一愣，反问道："大姐你的意思是……"

　　"弄死他！"李氏咬牙切齿地说，"这家伙越来越讨厌了，蠢得像头猪，一棍子打不出一个闷屁来，身上还有一股臭气，望着他我就恶心。你给我赶快弄死他！"

　　王三犹疑着，李氏等着他的话。

　　"你害怕了？好多女人把亲夫谋了都没查出来，你怕个什么？"

　　"我不是怕，我是想，应该有一个周全之策。"

"你就快想呀！"

王三眼睛滴溜溜一转，真是眉头一皱，计上心来，果然想出了一条毒计。

他对着李氏的耳朵唧唧咕咕说了一通。可怜的赵大，活生生一条命就送在他俩的手里了。

就在这一天下午，赵大从外面卖柴回来。往常他回家来，妻子冷冰冰，脸上严如霜。今日的李氏却特别热情，又是倒水，又是给他送洗脸手巾，把个赵大弄得云里雾里。李氏嗲声嗲气地说："大哥哥，我今天回了一趟娘家。我娘说我对你脾气不好，她说夫妻一场不容易，百世修得同船渡，千世修来共枕眠。我娘讲得对啊，我以后要好好地待你！"

一番话，差点把赵大的眼泪都给引出来了。

接着，李氏从厨房端出一钵炖好的香喷喷的猪肉，说是老娘特意慰劳女婿的。赵大很高兴，就大口大口吃起来，并连连说："香，香，真好吃！"

吃着吃着，忽然间，他捂着肚子，痛苦地喊道："哎哟，痛！好痛啊，好痛……"

他丢下筷子，刚想站起身来，一个跟跄就倒在地上，口里嚷着，身子翻滚着，豆大的汗珠在脸上滚动着……片刻工夫，便无声无息了。

王三从角落里钻出来，和李氏把赵大的尸首抬到卧榻上。

当李氏正准备喘口气休息一下的时候，王三却扯过一张席子铺在地上。他要干什么？没想到，他在这死人面前，不但不感到害怕，反而生发出一种反常的兽性——他把李氏摁到了席子上……

这葫芦村有个更夫，大家喊他张大爷。打三更的时候，当他走到赵大的茅草屋前时，隐隐约约看到两个人影。过细一看，却又不见了。他若无其事地继续向前走，刚走几步突然又折回来，终于看清这两个人原来是李氏和王三。他觉得有点奇怪，不由喊了一声："你们在干什么？"

王三厉声道："你管我们干什么？少管闲事！"

张大爷一听，立刻知趣地走了。

梆声远去，夜风劲吹，王三和李氏便趁着夜风，把这茅草屋给点着了，一场大火就呼啦啦地烧了起来。

火光烛天，噼啪声响。许多人都从睡梦中惊醒，奔向赵大的茅屋，只见茅草屋已被化为灰烬，只有几处尚有余火，还在冒烟。他们已束手无策，只能白白地望烟兴叹。

李氏坐在地上，哭着喊着："我的夫呀，我的大狗子呀，你为何睡得那么死哦，怎么喊你都喊不醒，怎么拖你都拖不动，我的大狗子，你死得好苦呀……"

天亮的时候，刘邦带着卢绾来到现场。

2

最近，县丞吴国文的心情很有点烦。第一，烦他的上司罗县令那双眼睛。这些日子里，罗的眼光似乎总是不大对头。他心里在嘀咕：难道我和薛翠萍的事儿，他已经觉察到了？不可能吧，我自己做得严丝密缝，那个薛翠萍也不会到处去乱讲啊，罗县令应该不可能知道；难道我从秦学周手里收受三百两银子的事情，他知道了？也不可能，秦学周这老头再痴再呆，也不至于自己醒自己的门子，我也从没向任何人透露啊。第二，烦那个秦学周。这个糟老头子就像狗皮膏一样粘着，躲都躲不开。

正烦着他时，外边院子有人敲门，黑灯瞎火的，吴县丞的老婆刚刚把门打开，就闪进一个人来，此人又是秦学周。他是来要求退还银子的，这已经是第三次找上门来了。

记得第一次是一个下午，他听说亭长的位子被刘邦坐去了，便来要求退银子。"吴大人！"他在外面喊着。听到他的喊声，吴县丞立刻躲到里面的房里。吴夫人便把秦老头迎进客厅，倒了杯水，恭恭敬敬请他坐下。秦学周屁股刚挨一下木墩，立马又站起，急切地说："吴夫人，我要找吴大人，我有急事啊！"

"跟你老人家说呀，我家老吴没在家里，他到衙门里办事去了。"

"我到衙门里去找过他，人家说他今天下午没去。"

"哦，对了，他是回来过一趟，可刚喝了杯水就出去了。你明天到衙门里去找他吧。"

"这……吴夫人，那就请你转告一声吧。是这么回事，既然泗水亭亭长已经由刘邦当上了，我也就不抱希望了。我秦学周办事，一是一，二是二，拿钱买货，货没到手，钱当退还，此乃公平交易之常理也，望夫人转告之，切切，切切。"

秦学周走了。

吴县丞从里面房里走出来，骂道："这老不死的迂夫子，送出去的礼，泼出去的水，哪里还有退还的道理？"

吴夫人却道："不能说他没道理，'得人钱财，与人消灾'，你灾没给他消掉呀。"

"什么消灾不消灾！我这是给他送官送福。而且，这官与福，现在也不是完全没有一点希望啊！"

就在此时，想不到秦学周又趑回来了。吴县丞来不及回避，两人一睹面，就显得极为尴尬。

秦学周狠狠地瞪了吴县丞一眼，说："你们这是……嘿！"

吴县丞张口结舌地："这……"

吴夫人只好连连说："秦先生，对不起对不起，我见他昨晚睡得太晚，就叫他好好休息一下……"

吴县丞就着台阶下:"是呀是呀,身子有点不舒服……"

吴夫人笑着:"秦先生,你请坐。"

秦学周仍然站着,说:"吴大人,今天咱们就不说客套话了。我秦学周已经是年过半百之人,这一辈子就有个特点,从来不占人家一分钱便宜,但人家也不能占我半点便宜!"

吴县丞不满地反问:"秦先生,你怎么能这样说呢?我一个县里的县丞,怎么谈得上要占你的便宜呢?不错,这次亭长是没有给你拿到,但东方不亮西方亮啊,难道就没有别的位子可以坐吗?"

"别的位子,还有希望?"这一下,又把秦学周的那点官瘾,给挑逗起来了。

于是,吴县丞和他老婆就你一言我一语,连哄带逗带骗,把秦学周这个老小孩又给逗笑了。秦学周就这样被打发走了,那三百两银子也暂时保住了。

昨天晚上他又来找过一次,磨了很久才把他哄走。今晚上他又找来了。

吴县丞只好耐着性子给这个老小孩解释道:"别的位子暂时还没有空缺,我这是实话实说,不哄你。但是,泗水亭这个亭长位子你还是有可能坐得到的。"

秦学周失望地问:"刘邦已经坐上去了,他还会让出来吗?"

"你别着急,刘邦可能是坐不长久的。何也?他刚一上任,他所管辖的葫芦村便出了个纵火案,并且出了人命,县里要他限期破案。这样的案子,叫我们县衙的老经验去破,一年半载都难得断清楚,凭他刘邦那丁点儿本事,能吃得消吗?他那里破不了案,我这里再煽一把火,他不乖乖下台才怪!"吴县丞几乎是连哄带骗。

秦学周这老小孩,于是又天真地笑道:"嘿嘿,这么说,那我还是有希望的哦。"他"嘿嘿嘿嘿"地谢过吴县丞,打个拱手告辞了。

他一走,吴县丞长叹一口气:"这三百两银子不好赚啊!"

听丈夫这句话,吴夫人心里不由也涌上一丝伤感,便道:"夫君呀,为了这个家,你也的确累苦了!夫君,你刚才说刘邦碰上的这个纵火案,到底是怎么回事?"

"这个事看来蛮复杂,有的说是纵火案,有的说是不小心起火。不管怎么说,反正是死了人,这就够他刘邦喝一壶了。这么个不学无术的白丁混混,想破这个案子,笑话!"

吴夫人喜道:"但愿他破不了,那秦老先生就……那我们的银子就……"

突然,又听得院子里砰砰的敲门声。

吴县丞不由怒道:"这狗娘养的秦老傻瓜,又找来了!他是不是发了疯了?"

可当吴夫人打开院门时,出现在眼前的却是王三。

这王三进得门来,一把抱住吴县丞的腿,跪在地上,连连喊道:"舅父舅母,你们要救救我啊!"

原来,这个王三,就是吴县丞姐姐的儿子,纵火案已经发生两天,他终于做贼心虚,觉得厄运就要降临了。尽管他和李氏合谋时,是那样胆气冲天,竟然就在赵大的尸体旁边干那种失去人性的苟且之事，在那种仙与神的感觉中，他飘飘然地点着了那茅屋。当他望着那大火熊熊燃起之时，竟然还微笑着感叹道："这杀人放火也没啥了不起啊，很容易啊！"可是，当许多老百姓围了上来，当许多咒骂声在他耳边响起，当刘邦和卢绾来到现场，特别是当他在昨晚的梦里，梦见自己被押到了县衙大堂时，他的心理压力越来越大，再也承受不了啦，他只好来抱舅舅的腿杆子啦。

王三把事情发生的前前后后陈述了一遍。吴县丞方才知道，泗水亭纵火案，居然是眼前这个孽畜、自己的亲外甥干的。自己的烦心事尚未摆平，突然又冒出来一个这么大的烦心事。他被气得头脑发涨，简直快要炸开了。他不好如何咒骂这个孽畜，只是提起一脚，把这个孽畜踹了个嘴啃泥。

吴夫人立刻上前拦住丈夫，把他扶到墩子上坐下，接着，又扶起这个不争气的外甥。

王三大声地哭着嚎着。此时，那气憯了的吴县丞反倒有几分清醒，轻声说道："轻点！让隔壁邻居知道，你死路一条！你说说，这些事，除了你和李氏，还有谁知道？"

"有，有一个打更的张大爷……"王三就把那天晚上，他是如何碰到更夫的事讲了一遍。

吴县丞沉吟不语，在房中来回踱步。然后，就向王三如此这般地交代了一番……

3

案发后的第二天早晨，刘邦和卢绾来到火灾现场，只见周围站着许多看热闹的男女老少。刘邦对着这堆灰烬，久久地凝视着。然后，他把目光移向灰烬旁边的那块门板，门板上盖着一床草席，草席下边就是那个已被烧死了的赵大。刘邦揭开草席，看了看那张已烧得面目全非的脸，不禁倒抽了一口冷气。他转过头去，恰巧与一双眼光相碰，那是死者的妻子李氏的眼光。这一碰，好像给了李氏一种威慑，她的眼皮立即不由自主地向下一垂。瞬间，一种直觉涌上了刘邦的心头：这是一宗谋杀案，凶手就是眼前这个女人。不过，理智马上告诉刘邦，这直觉只是直觉，只是自己心里的一个想法而已，人命关天，决不能贸然行事。我必须郑重查勘，把案情弄得明明白白，把案子断得清清楚楚，方显我新任亭长的本事。如果仅凭心中的瞬间想法胡乱判断，很可能造成冤案。不负责任，草菅人命，那只是狗官贪官所为。我刘邦可不是那种人，不得做那种造孽的事。

想到这里，刘邦就朝李氏走了过去。李氏为了掩饰心中的慌乱，立刻嚎哭起来："我的大狗子哎，你死得苦哟！我的大狗子哎，你怎么喊都喊不醒？大狗子我的夫啊，你把我一个人丢在这里，我怎么活啊？大狗子啊……"

刘邦问道："你就是赵大的妻子吧？"

旁边有人连忙介绍道："赵大嫂，这是我们的刘亭长。"

李氏喊道:"亭长大人,你要为我做主啊!"

刘邦问:"火是怎么起的?"

李氏怯生生地回答:"昨晚大约三更时分,我被噼啪的声音惊醒,睁眼一看,大火烧到了房门口。我不顾一切往外跑,发现我的大狗子还没有出来,就折转身去叫他,可是大火已经封门,进不去了,只好在外面大声喊他……可怜我的大狗子……"

卢绾问道:"你睡觉前,灶膛里的火熄灭了没有?"

李氏眼睛一转,好像想起了什么:"哎呀,我昨晚睡得很早,可能是忘记熄火了,我真该死!"

刘邦想了想说:"如果灶膛里没有熄火,那么当时这灶膛就会烧起来,怎么会等到三更半夜才烧房子呢?"

"是啊,是啊,这有道理,有道理……"大家都连连点头道。

当大家在交头接耳、窃窃私语的时候,刘邦突然看到人群里有一个瘦瘦的老头,那老头的眼光一碰到刘邦的眼光,立刻就垂下了眼帘。这时,刘邦的直觉又来了——这人一定与案子有关。于是,当那个老头想偷偷溜走的时候,刘邦便喊道:"那位老人家,请不要走!"

一个乡民上前把那老头拦住,对刘邦说:"他是更夫张大爷。"

刘邦走到更夫面前说:"张大爷,昨天晚上你打更的时候,看见什么意外的情况没有?不用怕,看见了什么尽可如实说出来,我们不会使你为难的。"。

大家都说:"张大爷,没关系,亭长面前,尽管说呀。"

张大爷略一迟疑,说;"我看见两个人影在这茅草屋前呆了一下。"

"两个什么人?"

"好像……好像是一男一女。"

卢绾问:"那男的是谁,是个什么样子?"

更夫说:"个子和你差不多。"

卢绾笑道:"看清楚没有,是不是我?"

更夫摇头道:"好像不是。"

刘邦突然指着李氏说:"那个女的呢,是不是她?"

李氏一听,如雷霆击顶,吓得连忙跪倒在地,喊道:"不是我,不是我!亭长,不是我呀!"

刘邦微笑一下,对李氏说道:"赵大嫂快起来。我并没有怪你呀,你怎么吓成这个样子?这岂不是此地无银三百两?"

听刘邦这么一说,人群里纷纷议论起来。

接着,就听刘邦大声说道:"乡亲们,这火是怎么烧起来的?看来只有赵大的老婆最清楚。为了替死去的赵大负责,也替赵大老婆的清白负责,本亭长需要对她进行一次仔细的盘问。大家都辛苦了,回去休息吧。"

人们纷纷散去。

刘邦叫两个亭丁留下保护现场，不许任何人接近赵大的尸体。然后对李氏说："请赵大嫂跟我们走一趟吧。"

李氏恐惧地哀求："刘亭长，这火不是我放的呀！"

"我们也希望不是你放的。正是为了证明你的清白，所以才要向你仔细问明情况，这有什么不好呢？"刘邦转身，朝外指了指，说："走吧。"

李氏无奈，只得跟着他们走了。

在泗水亭那个高高的门楼子后头，是一个大院落。这院落就是亭里的公房。

刘邦和卢绾把李氏带到了这里。这天晚上，这里将成为亭长的公堂，这新官就要在这里审理他上任后的第一个案子。对此案，亭长大人已经胸有成竹。

4

公堂里灯火通明，刘邦坐在正中，旁边站着卢绾和樊哙，还有两个亭丁。这是刘邦当亭长以来第一次审案，也是他生平第一次当主审官。于是他油然想起，那一次他随着萧何走进县衙，坐在萧何的那个木墩子上，颇觉过瘾，可那是过的干瘾。今夜，是来真格的了，刘邦顿感踌躇满志，浑身上下充满一种浓浓的兴味。

刘邦绝对相信自己的直觉——这女人就是谋杀亲夫的凶手，只要我唬一下，她肯定会老实招认。女人嘛，底气往往要差一些，何况，如今已经是一副极度恐惧的神情，就是说，她已经无路可走，只能低头认罪了。

开审了，刘邦正儿八经，满口官腔，大着嗓门叫李氏把如何谋杀赵大，如何点火烧屋的事情说出来。可万万没有想到，这女人闭口不回答刘邦的提问，却又哭又闹地咬着一句话："我是冤枉的呀，我怎么会自己害自己的男人哦？我那大狗子你死得冤啊，死得苦啊！"

刘邦没辙了，坐在那张条案前干瞪眼。

樊哙见此情形，气不打一处来，走上前去一把抓住李氏的头发，喝道："你这贱婆娘，你是不打不开口吧？"他举着拳头正要落在李氏脸上时，刘邦一个箭步冲上去，抓住他的手，示意他休得鲁莽。又对亭丁说："先把李氏带了下去！"

待亭丁将李氏带走之后，樊哙问道："三哥，你这是何意？"

刘邦道："你三哥虽然没当过官，但我知道，这审案子是逼不得的，如果是用拳头打出来的招供，别人就会说是屈打成招，是不能定案的。这就正好给那些等着看我刘邦笑话的人提供了口实，我这第一把火岂不烧了自己？"

卢绾连忙说："到底还是三哥有头脑。"

"嘿嘿！"樊哙搓着手，憨笑道，"有道理。那么，这李氏怎么办呢？"

刘邦说："没抓到确凿证据之前，暂时放她回去吧。"

王三正按照他舅舅吴县丞交代的计策进行活动，忽然听人说李氏已被刘邦带去盘问，不由吓出一身冷汗。他想，女人胆小，要是嘴巴守不住，吐了真情如何得了？于是悄悄去找李氏。刚走出不远，突然听到有人喊"三哥"，一看，恰恰就是李氏。王三一把将李氏拽到道旁的树林里，得知李氏在刘邦那里守口如瓶，感到十分高兴，也很感动，压在心中的石头轻轻落下了。高兴之余，两人又紧紧地抱在一起——真是一对不知死活的孽种。

县衙里果然传出话来了，说刘邦不通文墨，不懂法律，违反程序，对无辜的李氏进行逼供。罗县令一听，十分恼火，因为刘邦是他刚刚冒着非议新任命的亭长，如果他真的不会办事，这不是给他难堪吗？于是就把刘邦传去问话。

刘邦见了县令，竟然理直气壮地说："我这人虽然不懂什么诗云子曰，但大规矩我还是懂的，朝廷的王法我也是知道的。我只把李氏叫去问了问，就说我搞逼供，真是无中生有，造谣中伤！不过我的确怀疑，这是一桩纵火案，主犯就是那个李氏。"

罗县令说："光怀疑有什么用？如今，我是县令，你是亭长，我给你两句话，第一，你不能冤枉好人；第二，限你七天之内把案子破了，这样才好向上下有个交代。你知道吗，好多人对你当亭长有所非议，是我在顶着。如果这第一把火烧砸了，你这亭长位子还怎么坐？连我的脸上也不好看啊！"

刘邦点头称是，耷拉着脑袋退了出来。他的脑子里简直就是一缸酱，分不清东南西北，本想去找大哥萧何问计，却不知不觉走出了县衙大门。

忽然有人在他的肩膀上拍了一下。他抬头一看，此人人正是萧何。

不等刘邦开口，萧何便笑着说道："怎么，刘三哥平日的豪气到哪里去了？"

刘邦就说了两个字：倒霉。

"走走走。"萧何示意往前走。于是两人边走边谈，谈的自然是这桩纵火案。

"你想要李氏开口，就得要点她的死穴，光靠威吓是不行的。"

"我也知道要点她的死穴，可她的死穴在哪里呢？"

萧何笑道："这个嘛，我已经找到了。"

刘邦一听，蹦了起来，高兴得像个小孩子，问道："大哥快说，死穴在哪里？"

萧何不紧不慢地丢出一句："莫着急，到我家里去，慢慢告诉你。"

奇怪的是，萧何把刘邦带到家里的时候，不到客厅里喝茶，却到后院的猪圈里去了。

猪圈里，两头猪正在吃食。

刘邦不解其意，苦笑一下，打趣道："大哥，你是不是手头缺钱，想托我把这两头猪卖了？"

萧何笑着说："大哥再没有钱，也比你老三要多几个吧？告诉你，要想破案，就要在这两头猪身上做文章。你且仔细看着它们嘴巴的活动……"

刘邦突然叫道："大哥不要说了。"

萧何一愣："这么说，你明白了？"

刘邦道："我明白了，明白了。"

萧何笑道："你明白什么？倒是说出来听听。"

"两头猪，是不是这样……刘邦在萧何的耳边嘀咕一番，把个萧何弄得拊掌大笑，高声道："我就知道你是一盏灯，只要一点，立刻就会明亮起来！"

"嘿嘿。"刘邦一笑，说，"大哥夸奖。"

我说过，你将来要成大事，此言一定不虚！"萧何说得郑重其事。

刘邦来劲了，充满信心地拍了一下胸口："县令限我七天破案，何需七天？明天我就要破给他看看！"

萧何提醒道："明天的事还须要做好充分准备，决不能粗心大意，只有安排周密，才能出奇制胜。"

刘邦突然收了笑容，做出一副谦虚的样子，说："请大哥多多指教，帮我烧好这第一把火。"

萧何道："好，我们再仔细商量商量。"

5

这是一个初冬的上午，在这个火烧屋旁边的坪场上，摆着一张几案，几案边坐着罗县令、吴县丞、刘邦、萧何、曹参等人。另一个墩子上坐着李氏，两个亭丁护立在她旁边。

整个坪场上挤满了熙熙攘攘的乡村看客。看客队伍里当然少不了樊哙、周勃等刘邦的那帮朋友。

一切部署停当，刘邦向罗县令请示："大人，审讯马上就要开始，请大人指教。"

"好，我先说几句。"罗县令起身说，"诸位，本县泗水亭发生了这起火灾，还死了一个乡民，这是很不幸的。种种迹象表明，这是一起人为的灾祸。今天这场审讯是很特殊的，本令不仅没有审过，而且闻所未闻。请大家务必保持场内秩序，静观刘亭长审理。"

"各位大人！"刘邦向在座官员一揖，然后对场内民众大声道，"乡亲们！大家都知道，大前天，这里发生了一起恶性火烧案，可怜的赵大被烧死了。大家觉得赵大的死有点不明不白，本人也深有同感。可是，赵大的妻子李氏却坚持说，赵大是被火烧死的。李氏，现在我再次问你，赵大真的是睡着了被火烧死的吗？"

李氏一口咬定："亭长大人，我绝没说谎，我家赵大是睡着了，我喊他喊不醒哪……"

"你还在狡辩！"刘邦继续道，"好，现在我们也不强行叫你认罪，下面就让证据来说话吧。"他大声喊道："把那两头猪带上来！"

"猪？把猪带上来干什么？"民众在惊奇地议论着。

在卢绾的安排下，几个亭丁把两头猪赶到了坪场中央。

只见一个亭丁手里拿把尖刀，扼住左边那头猪的头，一刀捅进了它的脖子，顿时血流如注，那猪哀鸣几声，倒地而亡。另一个亭丁将用铁链子锁着的另一头猪，拴在一块大石头上。

接着，他们把许多柴禾堆在这一死一活两头猪的身上。吴县丞起身，轻轻问："这是玩的什么花样？"

萧何把他按下，说："吴大人，稍安毋躁，耐心往下看吧。"

"对，既来之则安之，静观其变吧。"

"烧！"刘邦一声令下，亭丁便在两堆柴禾上同时点起火来。

顿时，两堆熊熊大火，噼噼啪啪燃烧起来。可怜那头活猪被烧得声声惨叫，而那死猪自然是寂寂无声。

片刻工夫，两堆灰烬呈现在人们面前。拨开灰烬，是两头烧得乌焦的死猪。

罗县令走到死猪旁边，左看右看，始终不解其意，便问道："刘亭长，我是来看你破案的，不是来吃烤猪肉的。你，这是何意？"

刘邦笑道："破案的关键就在这里。"说着走到被铁链拴住的那头猪面前，掰开它的嘴，说："大人请看。这头猪是不是满嘴的灰尘？"

罗县令一看，说："是有满嘴的灰尘。"

刘邦解释道："这就是说，它在被烧的时候张口嚎叫，灰尘自然就进入了口内。"他又走到先被杀死的那头猪面前，掰开它的嘴，说："大人请再看，这头猪的嘴里干干净净，没有一丝灰尘，你说这是为什么？"

罗县令道："因为这猪事先已经死了，火烧时没有张口嚎叫，所以灰尘就进不到它紧闭的嘴里。"

"对。"刘邦说，"大人，我焚猪的目的就是想证实赵大是先死后烧，还是先烧后死？"他举手一挥，两个亭丁就把赵大的尸体抬了上来。

刘邦俯下身子，将赵大的嘴巴掰开让罗县令瞧："大人你看，这赵大的嘴里是不是有灰尘？"

罗县令仔细看过，晃了一下头说："没有"。

刘邦说："由此可见，赵大在大火之前就已经死亡，而不是如李氏所说，她丈夫是被大火烧死的。"

罗县令点头："对，是这样。"

这时，官员和民众啧啧称奇，唏嘘不已。

"请大人归座,卑职就要开始审案了。"刘邦请罗县令归座后,走到李氏面前,用手扯住李氏,走到赵大面前,掰开赵大的口,问道:"你看看,他口里有没有灰尘?"

李氏颤声回答:"没有。"

刘邦追问道:"那就是说,你丈夫在起火之前就已经死了,对不对?"

李氏本来还想抵赖一下,可刚一抬头就见萧何威严的目光像利箭一样射过来,他终于扛不住了,哭着道:"是的,他……他是被我毒死的。"

这个妇人为什么这样害怕萧何呢?原来在案子发生的第二天下午,萧何就到了废墟现场,后面跟着一个衙役。他察看着那一堆灰烬,然后蹲下身来,抽出两根未烧尽的树枝,将其折断,仔细观察火烧的程度。

乡亲们陆续从四面八方走来,盯着萧何,希冀有什么奇迹出现。

萧何起身,拍了拍手上的柴火灰,走到赵大的尸体旁,撑开手指量了量赵大的身长,抬了抬他的手和脚,又翻开他的眼皮,看了看瞳孔,没有发现可疑之处。

李氏注意着萧何的一举一动,双目不时显露出惊恐的神情。

萧何望着远方,沉思片刻,然后用手掰开赵大的嘴看了看,露出不易为人觉察的惊异。

李氏恳求地说:"萧大人,我的大狗子死得好惨啊!你要为他申冤啊!"

萧何从容地说:"你别着急,先回答我几个问题,你丈夫最近生病没有?"

"没有。昨天还上山砍柴了。"

"哦!"萧何又问,"昨晚进餐没有?"

"吃了两大碗饭,还吃了好多肉。"

"吃了好多肉?"萧何注意地问,"昨天是他生日吗?"

"不是。"

"那就是你的生日?"

"也不是。"

"那是什么日子,值得你买那么多肉吃?"

"我娘见我们好久没吃过肉了,昨天送了我一块肉。"

"哦,你娘送的!"萧何想了想,继续问道,"是炒肉,还是炖肉?"

"是炖肉。"

"他是不是喝了好多汤?"

"汤!"李氏略显紧张,"汤……"

萧何紧追不舍:"究竟喝了多少?"

"只喝了一点点。"

"嗯。"萧何点点头,安慰说,"赵大嫂,人死不能复生,你也不要过于伤心,好好保养自己吧。"

"谢谢萧大人！"李氏喘了一口气，脸色更白了。

萧何见乡亲们都在关注此事，便说："乡亲们，请你们放心，这放火的凶手，我们迟早会查出来的！"

6

李氏的防线彻底崩溃了，只好把作案过程交代出来，当提到情夫王三的时候，吴县丞立即站起来喝道："你不要信口开河，随便牵扯别人！"

李氏一下子愣住了。

罗县令感到其中有诈，便说："吴大人，今天审案主审官是刘亭长，请你不要干预。"

吴县丞只好尴尬地坐下。

罗县令用手指了指："李氏，你继续交代。"

李氏就竹筒里倒豆子，哗啦啦把一切都讲了出来。

在场的官民对李氏无不切齿痛恨。

刘邦对罗县令一揖，说："县令大人，李氏审问已毕，请大人明示。"

罗县令宣布："将李氏押到县衙收监，听候发落！"

一场特殊的审讯就此结束。但李氏的情夫王三尚逍遥在法网之外，他按照舅父吴县丞的指使又做了什么手脚呢？对此，刘邦尚不清楚，但早已在萧何的掌控之中。

人们纷纷散去。萧何对刘邦说："虽然李氏交代了合谋者王三，但还没有人证。只有人证物证俱全才能定罪。现在，你随樊哙去一个地方，在那里，你可以得到想要的东西。"

刘邦问："你不去吗？"

萧何晃了晃头："我还要回县衙有事。"

樊哙催促道："三哥，走吧。"

樊哙将刘邦带到了更夫张大爷的家，王陵早就在门外候着。一进门，刘邦便看见一个矮矮的柜子上放着几块银饼。他还没开始询问，张大爷便主动说道："刘亭长，这是王三送来的不义之财，我绝不会要的，全部充公。"

接着张大爷就将王三来他家的情况娓娓道出：

昨晚，王三悄悄地敲开了老人家的门，把这些银子放在他的柜子上，然后抽出一把匕首，对老人说："我开门见山和你说吧，前天晚上，你看见了不应该看见的事，你看见了不应该看见的人。本来，我不必和你啰嗦，可以来一个干净利落。但我王三是个讲仁义的人，先礼后兵吧，这里给你两条路：或者你听我的话，拿着这些银两，立马远走高飞；或者，你不识时务，不要银子要匕首，那就让这匕首说话！不过，银子是个好东西,你一辈子也攒不到这么多,我相信你是个明白人,会要银子的,是不是?"好汉不吃眼前亏,张大爷为了敷衍王三,于是就点点头,接过了银子,让那王三笑了笑,满意离去。

其实王三走到张大爷家的时候,有两个人跟踪着他,那就是王陵和樊哙。王三一走,他们就到了张大爷家,好言稳住并保护这个老头。

此刻,张大爷把全部情况如实端出来了,刘邦高兴地说:"好!这下既有物证,又有人证。张大爷,请你马上跟我们到县衙去当庭作证,好不好?"

张大爷说:"当然好,为民除害,我也有责。"

当天晚上,罗县令在县衙正式升堂,审讯王三和李氏。更夫张大爷出庭作证,案情真相大白。两罪犯只得低头认罪,当庭画供。

案破了。县令给刘邦的七天期限,仅用了三天。他的第一把火就这样漂漂亮亮地烧完了。

王三入监,死期不远。可是,他的舅舅吴县丞并未死心,为延续姐丈家的香火,还在兴风作浪,妄图翻案。

第六章 凶犯大舅吴县丞

1

今年并不是吴县丞的本命年,可为什么倒霉事一桩接着一桩呢?真叫人烦心!街头巷尾,舆论对他的影响很不好。是啊,吴县丞是县衙里的堂堂副长官,而那个王三却是谋杀亲夫案里的奸夫罪犯,恰恰这王三又是他的外甥,这影响能不坏吗?走在街上,他知道许多老百姓都在指他的脊梁骨,可以想见他心里有多难受。面对此情此景,他只能强装镇定,主动找罗县令说:"罗大人,这王三是我的外甥不假,但我平素和他很少往来。他如今做下如此恶事,要是我的亲生儿子,我早就一顿乱棒把他打死了。我姐姐生下这样的孽障,我真是气愤,气愤已极!"

罗县令皮笑肉不笑地回答道:"老吴,你这个气愤,我表示理解。不过,一切还只能让国法来说话,我是爱莫能助啊!如今案子已破,但尚未判决,为公平公正起见,你还是回避为好,以免引起舆论哗然。这样对你只有好处。"

于是一连三天,吴县丞就待在家中喝闷酒。这天下午,他姐姐突然找来了。

姐姐问:"兄弟啊,三儿不会有事吧?"

吴县丞气恼地说:"杀了人,能够没有事吗?"

姐姐一听,嚎啕大哭:"我的亲弟弟,你得想个办法呀!我就这么个儿子,要是有个三长两短,叫我怎么活呀?"

吴县丞很是为难地说:"姐姐,三儿是你的儿子,我的外甥,我这胳膊肘能向外拐吗?无论如何,我都会给他想办法。可是如今,不是我讲了话就算得数的,那个罗县令阴阳怪气,待我不冷不热。特别是那个萧何,处处与我作对,我想做的任何事情,都受到他的掣肘,我很是为难啊!一般的事,我都比较难办,这样的大事,就更难办了。这桩案子,要是让刘邦单独去破,肯定是一筹莫展,可是萧何一插手,就势如破竹。现在,道理全是他占着,民情民意都在他那边,这一次,三儿只怕是……"

姐姐急了:"难道三儿真的会押赴刑场?哎呀,我的三儿呀,我的心肝宝贝呀……兄弟,你这当舅舅的一定要救他呀,他可是我们王家的一根独苗呀!"

"我是想救他,可是你叫我如何救得了?"

姐姐嚷道:"依你的口气,我的三儿就只有死路一条啦?兄弟,不管你做得到做不到,你一定要救我的儿子!不然老姐姐这条命今天就丢在这里。兄弟,你可要知恩图报,你不能忘了,你这条命是老姐姐我给捡回来的呀……"

吴县丞没有想到姐姐会提起这多年未曾提及的往事。原来他们只有姐弟二人,他三岁的时候，爹娘相继去世，七岁的姐姐就带着他东家讨、西家求，苦苦地挨了三年。后来，一个好心的远房亲戚收留了他们姐弟俩，可才几年，那个远房亲戚也去世了。十二岁的姐姐又当爹又当娘，才把弟弟拉扯大。他十岁的时候，到菜园子里玩耍，突然被一条蛇咬了，是姐姐用嘴拼命吮吸他的伤口，然后就背着他往县城找蛇医敷药。当他醒过来的时候，姐姐却已经昏过去了……姐姐十五岁的时候，嫁给了卖豆腐的姐夫王白贵。夫妻二人起早贪黑，勤扒苦做，咬着牙关，勒紧裤带，拼命地把弟弟送去读书，所以才有了吴县丞的今天。

此刻，这老姐姐就坐在地上，一把眼泪、一把鼻涕，回忆着苦难的家史，细数着从前的苦事，把个吴县丞和吴夫人说得抽抽噎噎地哭起来。

终于，吴县丞擦了一把眼泪，在案上一击，发誓道："姐姐你放心，救不出外甥，我这当舅舅的就不是人！"

2

一轮明月当空照。

这里是离县城不远的一片田野，庄稼早已割掉，田里干干的，在初冬的晚风里，散发出一种泥土的芳香。田野对面有一个高高的土台子，台子上赭色的围墙里耸立着三幢木楼，木楼的檐下挂着一盏盏红色的灯笼。这里就是沛县的驿馆，每当朝廷和郡上来人，就下榻在这里。

月光下，有个人在走来走去，谁？就是罗县令。他不时地望望对面那一排灯笼，心里在思索着上边派来的彭御史，不知此人好不好服侍？

上一次，为查留县血案，朝廷派了个张御史，那个人秉公办事，忠于职守，把个恶性案子做良性处理，使得风波平息，方方面面都很满意。那是一个办事的人，算得一个为朝廷出力、为百姓分忧的好御史。

不到半年，上边又派来了这个彭御史。他是来做什么的呢？近来，沛县没有发生什么案子，周边县里也没有出什么事情，他为何而来？真叫人难以猜测。不过，他既然来了，就必有缘故。身在官场，还须小心对待。首先得摸摸这个人是个什么心思，什么脾气？

迎接上司，少不得一顿酒宴接风。饭后，罗县令送彭御史进入客房。

彭御史坐下，说："听前任御史张大人说，你们沛县幅员辽阔，土地富饶，果然如此。你能够在此地为官，福分不浅哟！"

罗县令忙说："卑职托大人洪福，勉力为之而已。"

彭御史说："听说你手下有一班能人，说明你这县令会用人，为政有方嘛。"

罗县令心中暗喜，说："谢大人夸奖！这次张大人没来，不知他老人家身体可好？"

彭御史一听，马上显露不悦之色，沉吟一下，说："张大人嘛，身体倒是还好，但他自恃清高，不入官场流俗，竟然擅议朝政，有诽谤朝廷之嫌，已经被始皇帝给罢黜了。"

罗县令听后一惊，不由在心中叹道："官场险恶啊！昨天的重臣，今天就成了百姓，幸亏我和他没有瓜葛。"

于是两人就沉默下来。

良久，罗县令起身说："时候不早，请大人歇息，卑职失陪。"说完就走了。

走廊外边立着一位花枝招展的姑娘。这是县里面不成规矩的安排，是专为上级官员服务的陪侍女郎。但这种安排也得看人来，上次张御史来，就没有安排这种招待方法。因为罗县令知道那位张公是个正人君子，不好这一杯。此次，怎么对待这位彭大人呢？

罗县令默了默神，想到彭御史刚刚讽刺张御史的那句话"他自视清高，不入官场流俗"，那么，这彭御史就一定是个能入流俗的了，于是罗县令向姑娘递了个眼色。

此御史非彼御史，他是需要这个、喜欢这个的。

当彭御史在剔牙打嗝的时候，这个花枝招展的姑娘就来送茶水。彭御史一见，乐不可支。他这方面的演技颇为娴熟，此种事他做得多也！于是就乘着酒兴接过茶杯，顺势在姑娘的手上摸了一下。那姑娘也不是初出茅庐，只见她莞尔一笑，嗲声嗲气的一声"大人——"就拥入这彭大人的怀里……

第二天，罗县令陪着彭御史在沛县逛街。彭御史一个劲地问：沛县城里有哪些特色小吃？县内有哪些著名的土特产？有些什么可以消遣的地方？等等。

这些消息，很快在县衙的同僚中散布开来，也自然地传到了吴县丞的耳朵里。吴县丞由此判断：此人有三爱：爱吃喝，爱女色，爱钱财，归纳成一个字——贪。

好啊！不怕他贪，就怕他不贪。这么说，我那外甥的事，就有地方可以进门了。他的官比罗县令大了不知多少，他若出面，当然就是天牌压地牌。可是，和他见面之后，怎么说呢？就这么直通通地把银子送上去，他收不收呢？弄不好就会偷鸡不成反蚀一把米。

吴县丞正在犹豫的时候，他老婆的一句话，突然使他改变了主意。

3

吴夫人端着一杯茶在喝，无意中讲了这样一句话：这天底下的事，有时候，叫作三讨不如一偷。

这句话启发了吴县丞：是啊，这讨，是个打弯弯的事；这偷，是个直截了当的事，何必要找那个彭御史去打弯弯呢？这衙门的方方面面我无不熟悉，不如干脆就来一个直截了当的——把王三给偷出来。

此时，王三已经被押在县里的大牢里。不可能明火执仗地去劫狱，吴县丞当然没有那么傻。要用偷梁换柱、金蝉脱壳的方法，把他巧妙地弄出来才行。而这关键是要有个合适的人。夫妻二人一合计，于是就想出一个人来：姚桂。

吴县丞问："那个姚桂靠得住吗？"

夫人说："他是三儿的表弟，很重义气，做事灵活又稳重，当然靠得住。"

第二天，这个姚桂就来到了他们家中。吴县丞打量着他，问道："你就是姚桂？"

"是的。"

"姚桂呀，你与表哥王三的关系怎样？"

"他是我姑妈的儿子，我们从小一起长大，相亲相爱，两人就只多了一个脑袋。"

"他现在被关在牢房里，你想不想去救他？"

"想啊，我昨天梦里都在牢房里见到了他，就是苦于没有办法把他救出来。"

"我教你一个办法，你愿不愿意去？"

那姚桂立即站起，坚决地表示："只要能救表哥出来，姚桂我赴汤蹈火，在所不辞！"

吴夫人连忙道："姚桂，好孩子，有义气！"

吴县丞立即拿出一块布帛，那布帛上圈圈点点画满了图形。他指点着说："这是县衙里面的地形图，这是卫门，这是牢房，这里一条通道可以进入马厩，记住，这是后门，直通官道……"

吴县丞边说边做手势，姚桂心领神会，频频点头。吴县丞又把一个包袱交给他，说："你进去把这个包袱交给三儿，到时候按我说的去做就行了。"

姚桂接过包袱，说："知道了，请放心。"

接着，吴夫人就提到了一个关键性的问题：姚桂如何进去？

姚桂茫然地望着眼前这位足智多谋的吴县丞。

吴县丞注视着姚桂的脸，微微地笑着……

第二天晚上，月黑风高，万籁俱静，一个窈窕女子手提竹篮，从吴县丞家里悄悄地走了出来，直往县衙而去。此人就是乔装改扮的姚桂。这姚桂本来就生得眉清目秀，经过一番精心打扮之后，倒还真有几分女人的姿色。

他按照之前的筹划，来到关押着王三的监牢门口。门口的卫兵上前盘问一番，便让他进去了。姚桂走到监牢里面东张西望，寻找王三。一个巡视的狱卒问道："你是什么人？"

姚桂镇定地回答："探监的。"

"探谁？"

"王三。"

"你是他什么人？"

"我是他妻子。"

"妻子？"狱卒用欣赏的目光仔细端详着姚桂。姚桂故意装出一副女子害羞的模样，巧妙地躲过了狱卒的目光。

"哈哈，长得还不赖啊！"狱卒一边笑一边检查姚桂手中的篮子，说，"你给他送来什么好吃的？"

姚桂把盖着篮子的布微微揭开，回答说："有酒有肉，还有馒头。"

狱卒一听有酒有肉，便垂涎三尺，连忙凑上去闻了闻，然后呵斥道："一个杀人犯，还吃什么酒肉？把酒肉留下来！"

"这……"姚桂故意做出一副舍不得的样子。

狱卒不由分说，一把将篮子夺过，又问："你那包袱里是什么东西？"

姚桂坦然回答："给他带来几件换洗的衣服，是不是也要看看？"

这时，狱卒已沉迷于酒肉的香味，哪里还顾得上再查包袱，于是手一挥："去去去，看你的丈夫去吧！"

姚桂心中暗喜，立刻去寻王三的号子。他走到一间号子前，见了王三，便故意高声哭喊道："我的夫君啦，你可吃苦啦……"

王三茫然地望着栏杆外的漂亮女人。他想这一定是别人的妻子。在叫自己的丈夫，与己无关，便没有搭理。

姚桂见王三没有认出自己，只好把他的名字喊出来："王三啦，我的夫啊！"王三心想，我没有成亲，哪来的妻子？这女人一定是认错人了。可她明明是在叫自己的名字，这就怪了！于是疑惑地看着姚桂："你是……"

姚桂小声地："你是坐牢坐懵了吧，连我都认不出来了？"说着便掀起头巾的一角。

王三揉揉眼睛，终于恍然大悟："姚……姚桂你？"

姚桂连忙高声道："夫君，你饿了吧，我给你送吃的来了。"他一边将馒头递给王三，一边用眼睛瞟着那个狱卒。

只见那狱卒正在津津有味地吃着酒肉，吃着吃着，便哈欠连天，接着就是鼾声大作——这酒里是下了药的。

大功即将告成。姚桂迅疾地走到那狱卒身边，从他身上掏出钥匙，打开牢门。把自己身上的女装脱下来，给王三换上。又把狱卒的衣服脱下来，自己穿上。然后，将狱卒背到牢房内，将牢门锁上。再拿出那张地形图，对王三进行一番指点后，提起那个放着包袱的篮子，和王三一道转身往外走去……

正在这时，曹参来了。王三一见，吓得直打战，拔腿就走。

曹参吼道："站住！"

王三只得站住。

曹参："你是什么人？"

姚桂这时已冒充成了狱卒，便上来回答道："她是来给丈夫送牢饭的。"

"她丈夫是谁？"

"王三。"

曹参打量一下这个女人，说："哦，是来找王三的。好，你走吧。"

王三心中正在暗喜，不料曹参突然揪住姚桂的衣领问："你是谁？"

姚桂连忙道："我是新来的狱卒。"

曹参欲擒故纵，放走王三，却把姚桂关在那个笼子里了。

王三得以出狱，心里是高兴的，不过是一种惶惶恐恐的高兴。他不由自主地顺着别人设计好的路线，找到了那个马厩。他看到一匹枣红马在悠闲地嚼食，旁边一个马夫在打瞌睡。他按照姚桂的吩咐，从那个包袱里拿出一身官服穿在身上，又从衣服里抽出一把防身的短剑看了看。他的勇气一下子涌上来了，于是大摇大摆走进马厩。当他正要解那匹枣红马的缰绳时，那个睡觉的马夫突然惊醒，看到眼前这穿官服的人，就问："大人有事吗？"

王三冷冷地打着官腔："本官有紧急公务，需要出去一趟。"

马夫闻言，不再多问，就将缰绳解开交给王三："大人，请上马。"

王三翻身上马，离开马厩，奔出大门，向着官道策马而去。

星光下，王三迅疾奔驰，出了县衙，就离开了是非之地。夜风飕飕，夜色里树木和田野的清香沁人心脾，他惬意极了，心想，天下还是舅舅好！要不是舅舅的能耐，哪有这一身打扮？哪有这么好的马匹？有马就能逃，有马就有了自由。他迎着夜风，听着哒哒的马蹄声，不禁想起了两句话：脱得钩儿归大海，打开石锁走蛟龙。今晚这事儿，就应着这两句话。心里一高兴，就止不住哈哈地笑了起来。

古人有云：笑早者，祸哉！这不，灾祸果然就来了——当王三的马儿在官道上迅跑时，那马儿突然一声嘶叫，滚翻在地，王三也随即咕噜噜翻了几个跟头，栽倒在路边。

半晌，王三才回过神来，脑袋晕晕乎乎的，不明白此为何事？但他分明看到，这路中央横着一根粗粗的绊马索。

4

王三看到绊马索，马上就明白了：他奔向的不是自由，而是一个预设的圈套。然而，一股求生的欲望在升腾，他不甘认栽，他要冲出圈套，赶快逃跑。

王三刚站起身来，只听猛的一声吼叫："逃犯休走！"只见几个汉子从道旁闪了出来，为首的就是夏侯婴。

王三不认识夏侯婴，以为自己遇上了响马，故而装腔作势地喝道："本官是县衙的吏掾，现有公务在身，你们还不快与我闪开！"

夏侯婴故意装作一副疑惑的样子，看了看王三说："县衙的吏掾？可是，我怎么觉得你这位大人这么面生呢？"

王三脑子一转："老爷我平日出行都是坐轿，你们这些外人怎能认识本官？"

夏侯婴微微一笑："非也非也！我认识你，你是吴县丞……的外甥。是与不是？"

王三急了，连忙大叫："休得胡说！赶快让开，耽搁公务你吃罪不起！"

"我倒要看看，是我吃罪不起，还是你吃罪不起？"夏侯婴一声令下，"弟兄们，给我拿下！"

话音刚落，几个汉子一跃而上。王三抽出短剑，还想抵抗，被夏侯婴一脚踢落在地。汉子们把王三按倒，一条绳索把他结结实实地捆成了一个粽子。

此时已是三更时分，只见沛县县衙的监狱外，有两个人正在焦急地等待，他们就是萧何与曹参。

忽然响起嘈杂的人声，夏侯婴押着王三回来了。他一进大门，就喊道："大哥！"

萧何一看，满意地说："夏侯贤弟，辛苦了！"

夏侯婴说："大哥真是神机妙算，一切都在你的预料之中。你看，这脱网的鱼儿，我给你抓回来了。"

曹参把五花大绑的王三推进牢房以后，对夏侯婴说："你们也该好好休息了。"

此时，萧何心里的一块石头总算落地了。他在心里说："王三啊王三，你是跑不掉的。不光是你，你那个知法犯法的舅舅也是跑不掉的。"

然而，法律单纯，官场却十分复杂。这个案子的结局到底会如何？

5

天快亮的时候，在那张雕花镂叶的舒适的卧榻上，吴县丞正做着一个好梦。梦见他的外甥、姐姐的宝贝儿子王三，昨夜里按照他的设计和安排，顺顺当当从监牢里逃出来了。重获自由的王三，并没有来到他的家里，只因此处有危险。所以他按舅舅事前的吩咐，骑着马，奔跑了将近二百里，到了沛县的邻县——微山县。吴县丞的一个亲戚在微山县东边的小山镇里做山货生意，王三就在这里隐居下来。这倒真是个几乎与世隔绝、县府衙门鞭长莫及的好地方。

在梦里，吴县丞和姐姐坐着马车，来到那个小山镇。看到了他们可爱的宝贝疙瘩王三。那家亲戚还特意炒了一盘山里打来的麂子肉。正当他美滋滋地喝着山里米酒，品尝着麂子肉的时候，县衙门房老易的一阵喊声把他惊醒了……

原来，因为王三的案子，需要吴县丞做个回避，所以罗县令就叫他这几天在家中歇息，不要去县衙办事。但此刻老易送信来说，县衙今天要开会，吴县丞一定要参加。

他匆匆吃过早饭，便往县衙走。一路上还在犯着嘀咕，不知发生了什么事？当他走进县衙大堂的时候,只见衙门的所有人员都已端坐在此,而且比平时还多了个大人物——那个来沛县巡视的彭御史。

坐定之后,罗县令对御史道:"大人,敝县沐浴圣恩,近年可算风调雨顺,国泰民安,下官不才,还望大人多多赐教。"

彭御史听了,没有立即回答,一副不置可否的神情,令人难以捉摸。片刻之后,向堂内扫了一眼,只见人人正襟危坐,脸上表情各异,于是微露笑容,问道:"刚才罗大人所言,诸位以为然否?"

听御史的口气,是在征求大家的意见。吴县丞心想,这是个露脸讨好的好机会,便连忙站起来,说:"启禀御史大人,罗大人所言不虚,近年来县内确是民风淳朴,讼事不兴,田粮丰稔,市井繁荣,百姓无忧,安居乐业!"

听吴县丞如此一说,另一吏掾马上附和道:"县台大人治县有方,万民称颂,我们也伴福沾光。每一个在职的官员都恪尽职守,廉洁奉公,没有徇私舞弊、贪赃枉法之嫌。"

御史听到这些话,满意地点点头说:"看来贵县确实治理得不错,这样就可以请皇上放心了。"

正当满堂高兴,笑逐颜开的时候,萧何站出来说话了:"御史大人!刚才各位大人所言,卑职不敢苟同,不知可否容我一禀?"

御史微微一笑,颇为大度地挥挥手说:"言者无罪,这位大人尽管大胆讲来。"

萧何脸色一变,以严厉的口吻说道:"凡事只说好听的,一味唱颂歌,这不是一个对朝廷对百姓负责的态度!应该有喜报喜,有忧报忧,绝不容许文过饰非,混淆黑白!远的不说,就说最近吧,县内发生了一起杀人命案,罪犯在铁的事实面前已经低头服罪,只待行刑处决。可其家属买通官府,企图越狱逃跑……"

御史忙问:"跑了没有?"

萧何回答:"幸亏我们早有防备,才没有让其得逞。"

御史又问:"犯人越狱逃跑,何以见得是买通官府呢?"

"罪犯身着官服,腰挂短剑,冒充官员,骑上县衙的马匹,堂而皇之地通过门卫,朝官道飞奔。不买通官府,哪来的这一身装束?不买通官府,又何以能如此胆大妄为,畅通无阻?"萧何一口气把事情说完,最后丢了一个反问。

众官听后,议论纷纷。吴县丞的额头上已冒出了一丝丝冷汗。

然而,对于昨晚发生的越狱逃跑之事,罗县令竟一无所知。听萧何如此一说,不觉有些紧张,急忙问道:"什么,什么,越狱逃跑,官府沟通,这到底是怎么回事?萧大人,你可把我给弄糊涂了!"

于是萧何就把昨天晚上智擒王三的传奇故事,详细叙述了一遍。

对于萧何的话,罗县令是相信的;但萧何把这样的事在御史面前公开抖搂出来,心里却又非常不满——这不是当着上司的面打自己的嘴巴吗？

御史到底是老于世故的，此时已看出了罗县令的心思，便说："罗大人，刚才萧大人所言之事，你打算如何处置？"

罗县令心里烦躁，一时不知如何答对，但毕竟也是在官场混过多年的人，还是有他的应付办法，稍一定神，便从容说道："请大人放心，卑职定当秉公处置。"

御史软中带硬地说："一个县幅员辽阔，发生一两起杀人命案倒不足为奇，犯人越狱也是常有的事。但如果真如萧大人所言，有官员牵涉其中，那就不可等闲视之啦！"

听如此口气，罗县令知道，此事还须认真对待才行，便说："卑职一定尽快查明此事，向大人禀报。"

"好。"御史起身说，"那我就等着吧。"说罢起身离去。

送走彭御史，大家也准备离开时，罗县令说："请诸位再留片刻。刚才萧大人所言，我相信不会是子虚乌有，至于被买通的官府是哪一家，我想绝不会超出在座的诸位。刚才御史大人的话，你们也都听得明白，不彻查是不行的。我希望这当事人及早悔过，来个负荆请罪，以免铸成大错！"

吴县丞心里一直在打鼓，罗县令的话好像句句都是对自己说的，此时恨不能找个地洞钻进去，可地洞在哪里呢？

第七章　金钱买通彭御史

1

吴县丞惶恐地从县衙回到家中，在房中焦急地来回走动。吴夫人连忙送上一杯热茶。吴县丞接过茶杯，向地上猛地一摔。

吴夫人被这突然的举动吓了一跳，惊异地问道："你今天是怎么啦？"

吴县丞咬牙切齿道："萧何这一帮混蛋，竟然处处与我作对！"

吴夫人一听，意识到情况不妙，提心吊胆地问道："怎么，三儿没有救出来？""不但三儿没有救出，连我自己也陷进去了！"

"他们抓住了你的把柄？"

"抓没抓住把柄先不说，我总归是他的舅舅，担着重要的干系。"

"你在县里是一人之下万人之上，只要没有抓住把柄，他们又能拿你怎么样？你不要自己吓自己！"

"你不知道，现在御史大人已经在干预这件事，我落到他的手里，不但乌纱不保，恐怕还有性命之虞！这御史迟不来早不来，偏偏在这个时候来，真是！"

"御史有什么了不起！御史不也是人吗？"吴夫人脱口而出道，"你常说'钱可通神'，难道通不了一个御史？"

吴县丞不觉眼前一亮，对呀，用钱买通御史，这确实是一个好办法呀！在没有实施逃跑方案之前，本来就想到了这花钱买命的方案，只是由于一时怕肉疼，舍不得，所以就惹下了这麻烦。亡羊补牢，拿钱开路，现在还来得及。想到这里，脸上乌云消散，望着眼前这位足智多谋的妻子，感叹道："夫人啊夫人，你不愧是我的贤内助啊！"

再来看看这位彭御史。

他不是一个靠真才实学和扎实政绩而升迁上来的正经官员，而是官场里一只地道的野鸡。他本是一个粗通文墨的小混混，之所以能混进官场，且身居高位，靠的是一个亲戚的亲戚，那人又是朝中权贵赵高的一个亲戚的亲戚。这点子瓜藤柳叶的关系，使得他受用无穷。他花天酒地，妻妾满堂，故也有手头拮据的时候。最近，到京城的一户亲戚家借钱。那亲戚说："不是我不借给你，你的屁股下面就放着钱，只要你伸手去拿……沛县那地方，是很富裕的，你去巡视巡视，待上那么十天半月，钱不就自然来了？"于是他就来到了沛县。

吃也吃了，玩也玩了，在他的暗示下，罗县令也给他送了不少土特产。但是那硬通通的黄白二货，却并没有人送上门来。也难怪，凡事都得有个由头，人家不会无缘无故地来给你送钱。但他并不着急，他愿意持着钓竿慢慢地等，今天他似乎已经看到，那些官员中就有一条鱼即将在他的钓钩旁游动。

夜色降临，彭御史正在和那个姑娘嬉戏，突然传来敲门声。这使他十分扫兴，只好让那姑娘到里边屋里暂时回避一下。当看到吴县丞拎着个包包走进房间时，御史大人的脸上突然笑靥如花。

瞬间，只见他笑容褪去，故意问道："县丞大人，这么晚了有什么事啊？"

吴县丞支支吾吾："是这个……"

"有公事明天到堂上去说不行吗？"

吴县丞虔诚地望着彭御史，那眼里似乎立马就要涌出眼泪来。突然，他对着彭御史扑通就是一跪。这突如其来的举动，倒是惹起了御史大人莫大的兴趣：这吴县丞今夜一定是有大事相求。

吴县丞跪在地上，痛心疾首地说："下官徇私枉法，罪在不赦，求大人网开一面，从轻发落！"

彭御史一听，明白了十之八九，这一定就是自己要钓的一条大鱼。于是问道："那个纵容凶犯越狱的难道是你？"

吴县丞低头说道："卑职有罪！"

彭御史一本正经地训斥："你堂堂一个县丞，为何要不顾自己的前程，做出这等违法之事？"

吴县丞跪在地上，连连磕头道："大人，卑职也是不得已而为之啊！罪犯王三是我姐姐的儿子，他们王家单传四代，就只有这么一根独苗。眼看儿子就要处斩，姐姐哭得死去活来。作为弟弟，难免心生恻隐，故而出此下策。只怪卑职一时糊涂，置国法官箴于不顾，犯下这不可饶恕的罪行。这法不能容，可人间亲情也是可以理解的啊！恳请大人垂念卑职姐弟情深，网开一面，谅情轻责，卑职将没齿不忘大人的大恩大德！"

彭御史看着吴县丞这番表演，又望望他身边的那个包包，暗暗把这件案子给掂了掂，又把自己的能力和身后的靠山给掂了掂，终于，他的心里有底了。

但凡善于钓鱼的人，自有一套钓鱼的办法。于是装作既同情又为难的样子说："看来你还是个重情重义的血性男儿！可是，这么大的事，于情可谅，于法难容，我能有什么办法呢？"

吴县丞见御史态度并不怎么强硬，而且这"于情可谅"四字，似乎给他指出了一线希望，于是趁热打铁亮出底牌说："只要大人肯为卑职说话，县衙上下谁敢不听？这里是一千两银子，大人不要误会，不是说你要银子，而是去打点别人需要银子，为我办事怎么还能让你老人家为我出银子？"说着，就站起身来，把那包银子放到几案上。

御史看着放在面前的银两，微露笑容，说："你这不是在给我出难题吗？"

吴县丞又是一跪，道："请大人一定体谅卑职的苦衷！"

"起来，起来。"彭御史说，"让我想想吧，能帮的我一定会帮。"

吴县丞站起，说："大人自有回天之力。你就是王三的再生父母，我吴国文的亲人！"

彭御史"哈哈"一笑。

这一天是个可怕的日子。天上刮着刺骨寒风，下着蒙蒙细雨，刑场四周满插的旌旗哗啦作响，号角呜咽，刽子手的鬼头刀闪烁着寒光，整个场上透着一派恐怖气氛。

老百姓摩肩接踵而来。

衙役们簇拥着罗县令走上刑场。县令在公案前就座，然后大喝一声："带人犯！"

衙役应声，将王三与李氏押了上来。王三一路走一路叫："舅父救我——"

衙役喝道："闭嘴！"

此时，吴县丞却不知到何处去了。萧何与曹参交换着眼色，会心一笑。

围观的群众屏住呼吸，静静地看着。只见衙役们把王三和李氏分别绑在两个木桩上。

一切准备就绪，县令便高声下令："开——刀！"

就在大刀将要落下之际，只听得一声"刀下留人！"便见彭御史威风凛凛而来，在场人等不由一震。

县令走到御史面前，说："大人，此案已经三审六问，审得明明白白，上方已有批文，大人为何阻刑？"

御史说："此案尚有纰漏，必须重审！"

县令疑惑地问："为何又要重审？请大人明示。"

御史摆开架子说："本御刚才不是说了此案尚有纰漏吗？还要怎么明示？"

罗县令不知这位大人葫芦里卖的什么药，但又不好再问，只能干瞪眼了。

有什么办法？官大一级，犹如泰山，既然御史大人这么说了，就只能按他说的办。何况，此事摆在众目睽睽之下，以后即算有什么麻烦，这负责挑担子的，当然就是他了。

就这样，王三、李氏竟然给保全了性命。

在一个静悄悄的角落里，有个人笑了，那就是沛县县丞吴国文。

2

这件事之后，刘邦、萧何等一帮兄弟气得简直要吐血了。

樊哙气得一拳擂在几案上，大声吼道："真是无法无天，太气人了！"

大家齐声附和，闹闹嚷嚷。

"弟兄们息怒！"萧何笑着说，"坐下，都坐下。"于是大家便抑制住心中怒火，坐了下来。

夏侯婴却依然愤愤不平，说："我们费了好大工夫才将那兔崽子拽回来，现在可好，就凭御史一句话，那杀人犯的狗头就给保住了，这是什么狗屁世道！"

周勃不紧不慢地说："哎呀，你们急什么？御史既然说要重审，那就看他怎么审吧。"

曹参虽然心中十分着急，但知道如今着急也没用，便说："怎么审？还不就是走走过场，甚至可能连过场都不走。依我看呀，所谓重审，实际就是不审。唉！可怜那个赵大啊，他的冤仇不能报，我们也算是白忙活了！"

樊哙依然气鼓鼓的，问道："你们咽得下这口气吗？"

夏侯婴的气倒是消了不少，诙谐地说："气有什么好咽的？一个屁把它放了就是。"说得大家转嗔为笑。

刘邦也笑了，说："好了好了，还是听听我们萧大哥怎么说吧！"

萧何清清嗓子，装腔作势地说道："我说啊——说什么呢？我的话也就是刚刚夏侯婴那句话——心中有气，就把它当一个屁放了。"

樊哙显得有些失望："原来你也只会放屁哦。算了，喝酒喝酒！"

"慢点慢点。"刘邦连忙说，"大哥肯定有话说，不把他肚子里的话掏出来，不准喝酒！"于是众人的目光一齐投向萧何。

只见萧何微微一笑，然后认真地说："我说你们呀，就只看见王三，怎么就不看见他那一身官服呢？"

夏侯婴说："官服谁没看见？我不但看见他的官服，还看见他的佩剑哩。"

"对呀，他不但有官服，而且还有佩剑。"萧何说："你知道那些东西是谁的吗？"

任敖不假思索道："不是偷的就是捡的，反正不是他自己的。"

"既不是偷的，也不是捡的，都是他舅父给弄来的。"萧何不紧不慢地说。

曹参附和道："我也这么想，一定是他舅父在后头玩名堂，可是我们下一步该怎么办呢？"大家用期盼的目光望着萧何。

于是萧何便从容不迫地说："你们且听我慢慢道来。县府要杀一个小混混王三，本来就像杀鸡那么容易，用得着那位御史大人来干预吗？可这御史大人为何又偏偏要来关心这王三呢？他关心的不是王三，而是他的舅舅吴县丞。他和吴县丞无亲无故，为何如此热心呢？这背后肯定有交易。而这背后是什么交易，谁也弄不明白，你我手中都无有证据。恐怕连县令大人对于彭御史的这种反常行为，如今也是一头雾水呢。"

樊哙嘴快，可有时也能一语中的，他的插话还真是说中了："什么交易，还不就是银子？"

萧何笑而不语。

曹参问道："彭御史一个朝廷命官，也敢这么徇私枉法，他就不怕朝廷治他的罪吗？"

萧何叹道："朝廷？现在的朝廷，正如孟子所说'上下交征利，而国危矣'。大秦帝国已千疮百孔，岌岌可危，这一点，彭御史这些京官们，要比我们看得清楚，都知道捞钱留退路。他们出来，天高皇帝远，有权不用，有钱不捞，谁也不会那么愚笨。"

刘邦听了这番话，特别地愤愤不平："既然如此，这样的朝廷还要它做什么？不如趁早将它废了！"

众人一听，立马应和起来，纷纷嚷道："三哥说得对，这样的狗屁朝廷，快快把它废了！"

萧何连忙制止道："轻点轻点，被旁人听到，是要杀头的啊！"接着又小声说："废，只是迟早的事。现在全国各地，到处堆满干柴，只要引火一点，这烈火自然就会把它烧掉。"

樊哙兴奋地喊道："那我们就把烈火烧起来，烧掉那狗屁朝廷，让我们三哥当皇帝！"

"对对对，让我们三哥当皇帝！"大家又嚷起来。

萧何扬扬手，示意大家冷静，说："弟兄们说得好，你们的三哥必当皇帝，只是目前还未到时候。大家沉住气，等着那一天吧！"

"好，我们就等着三哥当皇帝的那一天！"

"你们瞎嚷嚷什么呀？"刘邦口里这么说，心里却是热乎乎的。他颇为得意，但又有点不好意思，不便将心里的喜悦表现出来。因为自己只是个亭长，离皇帝的宝座还差十万八千里。当皇帝，现在还是做梦呢。刘三哥当然不是个只会做梦的人。他会做梦，但他更知道要做实事。实事大事做得越多，离皇帝的宝座就越近。他想好了，于是就说："别把话扯散了，还是来说说王三吧。我们抓了王三，搅了吴县丞的局，他们肯定会怀恨在心，俟图报复。就是说，我们如今好比坐在虎口里。我认为不光要想到如何进攻他人，也要想到如何不被他人的进攻所伤害才是。"

听刘邦这么一说，任敖不无担心地道："是啊，他们不会加害于我们吧？"

萧何满有把握地说："三弟的话有道理，说明他想得周到。不过，暂时还不至于这样。"

"何以见得？大哥你是在宽大家的心吧？"刘邦问道。

"不。"萧何摇摇头，说，"我这么说，有三个根据：这个案子可以说已经家喻户晓了，处理不好就会激起民愤，所以，他们不会操之过急，只能采取拖延的办法，此其一也；他们这一招，已经扫了罗县令的面子，罗县令也不是一盏省油的灯，不会就这么轻易放过他们，此其二也；这三嘛，我们这一帮弟兄，要文有文，要武有武，在沛县是一股相当强大的势力，他们也不敢轻易来碰的。"

刘邦说道："有道理，很有道理！"

众人也连连点头称是，不再言语，屋子里就静默下来。

这一方静默了，另一方又怎么样呢？

3

吴县丞又一次带着封好的银子，来到驿馆，看到御史，立即跪下道："大人，今日之事，卑职感恩匪浅，结草衔环，永志不忘！"

御史连忙扶起吴县丞，笑着说道："起来起来。举手之劳，何恩之有？"

吴县丞站起说："敢问大人，我甥儿何时可以开笼放雀？"

御史见吴县丞如此急于求成，觉得他不懂为官之道，心中不悦，便没好气地说："路得一步一步走，现在留下他一条命就算不错了。以后的事情将更加难办，会要费些时日，比如县令已经判斩，上司已有批文，这些关节都待疏通，也还需有些必要的打点，明白吗？"

吴县丞听了这一番话，不免有些气愤，心想这个人真是贪得无厌！但气愤又有什么用，权攥在他的手里，现在还得求他呀。只好强装笑脸，点头表示明白，并无奈地拿出那包银子，说："请大人先收下这点薄礼，不成敬意，事情办成后，卑职还将重重相谢。"

御史拍了拍银子，说道："好了，你就耐心等着吧。"

御史送走吴县丞，拿起银子掂了掂，自语道："难怪那些京官争着往下面跑，果然如此！"

御史接过银子，就在想下一步该怎么做了。

他想，今天突然打乱了罗县令的部署，自己必须登门拜访，才能消除罗县令心中的不满。解铃还须系铃人嘛，这个案子，自己毕竟还不好直接插手。

御史走进县衙时，罗县令果然是余怒未消，一脸的不快。没法子，只好笑容可掬地说："罗大人！怎么，不高兴啊？"

罗县令淡淡回答说："高兴不起来。"

御史依然笑着："这也情有可原。来来来，坐下说话。"

二人坐着，良久无言。后来还是县令忍不住开口打破了沉默："彭大人，恕我直言，今天我是按大秦律典处决凶犯，你事先也不打个招呼，就把整个局面搅了，你叫我今后怎么断案？"

御史显得有些为难地说："今天我是有些唐突，不过，等到打招呼，那人头岂不都落地了？这一点还要请罗大人谅解。"

罗县令余怒未消，说："此案证据确凿，审理程序完备，犯人供认不讳，上面已有批文。我问你，这纰漏何在？"

这一问早在御史的预料之中，所以能从容对答："罗大人，我说'纰漏'，这只是一句托词。"

罗县令对彭御史这句话似乎没有听懂，只是呆呆地望着眼前这位御史大人。

御史看到罗县令这副模样，便解释道："你知道，这犯人王三乃是吴县丞的嫡亲外甥。吴大人是你的左右手，你杀了他的外甥，他会有什么想法？"

罗县令对吴县丞本来就心存芥蒂，御史这么一说，反倒引起他的厌恶，于是毫不犹豫地回答道："王子犯法与庶民同罪，他还能有什么想法？"

御史没想到罗县令这么不进油盐，顿时感到此人不好对付，要不是拿了人家的银子，他早就拂袖而去了，可是拿人家的手软呀！只好耐着性子，继续磨蹭下去："你还不知道，王三越狱时穿的那一身官服可是吴县丞给他的呀！"

罗县令当然知道，不仅官服，连佩剑也是吴国文给的，所以口气强硬地说："按秦律，窝藏包庇犯人，帮助犯人越狱者，与犯人同罪！"

御史见罗县令如此冥顽不化，便改变了态度："这么说，你要治吴县丞的罪？"

罗县令坚决地说："当治则治，决不姑息！"

御史见与县令话不投机，便更加强硬地说："我要是不依呢？"

罗县令还是不肯退让："你是朝廷命官，难道不维护朝廷的法纪吗？"

御史觉得此人不可硬压，硬压的效果会适得其反，于是缓了口气说："朝廷的法纪当然应该维护，但有时遇到内部的特殊情况，也不得不变通处理。你与吴大人共事多年，我相信你们之间还是有较深情谊的，是不是？我这也是替你们着想啊！"

罗县令本来想借此整一整姓吴的，以出那口夺美之气，但官场法则在提醒他：如今这御史大人明明在袒护吴县丞，如果坚持与他作对是没有好果子吃的。于是沉默下来，且看他还说些什么。

御史看到罗县令的态度有所转变，便进一步开导说："你若来个顺水推舟，就能显出你的宽怀大度。那么，吴县丞必将感你的恩德，今后更加死心塌地效忠于你，你又何乐而不为呢？"

罗县令心里已经接受了御史的劝导，但还须将自己所担干系洗清，便故作为难地说："可我怎好向同僚和百姓交代啊？"

御史诡谲一笑说："你就把一切推在我的身上好啦！然后我就将这个案子压下来复查，查他个三年五载，你们则一切如常，相安无事，等到时过境迁，这事不就不了了之啦？"

罗县令要的就是这句话，这样既好向同僚和百姓交代，又没有把自己和吴国文的嫌隙明朗化，一举两得。但他还有一个顾虑需要这位御史大人给他消除，于是又说："这样做好倒是好，就怕萧主吏掾他们不会善罢甘休。"

这在御史看来不是什么大不了的事，所以他底气十足地说："县丞有事，县令不加追问，他一个主吏掾怎敢多管闲事？何况有我扛着，你怕什么？"

罗县令把道路清扫得干干净净，把四方八面的关系摆得平平整整，他又高兴了。

御史见罗县令被说通了，完全站到了自己这一边，也高兴了。

王三的案子，就这么给搁起来了。

没过多久，刘邦却又碰上了另一件麻烦事。

4

话说这一天，刘邦和樊哙、卢绾从一家饭店门口经过，偶然看到几个人正在店里面寻衅闹事。这寻衅之人，是横行乡里无恶不作的李豹和他的几个狐朋狗友。起因是李豹看到年轻的老板娘长得漂亮，便起了歹心，动手调戏她。老板娘是个正派人，啐了李豹一口。李豹恼了，挥手甩了她一个耳光。

刘邦看到这一幕，心里愤愤不平，便冲到李豹面前，质问道："这位兄弟，怎么随便打人？"

李豹语气强硬地说道："你是什么人？多管闲事！我就是打了，你想怎么样？"

樊哙轻蔑地说道："堂堂男子汉欺负一个女人，也太不要面子了吧？"

李豹望着面前这个大块头，毫不畏惧，瞪眼叫道："我要不要面子关你什么事？狗咬老鼠，多管闲事！"

樊哙见他那副神气，耐不住性子，举起拳头冲上去，吼道："今天老子就要来咬咬你这只老鼠！"

刘邦连忙拉开樊哙，对李豹说："路见不平有人踩，说句公道话有什么不可以的？"

李豹横蛮地扬着下巴，大喊了一声："在我李大老爷面前，没有你们说话的余地！"

刘邦听了这话也生气了，厉声问道："你当这是谁家的天下？"

李豹大言不惭道："我李家的天下！"

"真是有眼不识泰山，你知道跟你说话的人是谁？"卢绾提醒着对方。

李豹并没在乎来者何人，傲慢地回答："就是始皇帝来了，我也不认得。"

卢绾见他如此猖狂，十分愤怒，便大声言道："你睁开眼睛看看，他就是泗水亭亭长刘邦。"

李豹瞟了刘邦一眼，不觉鄙视一笑："哼，我道是谁？原来是泗水亭的痞子刘三。"

刘邦听了此话，再也按捺不住了，只见他"嚓"的一声，将那柄鱼肠宝剑抽了出来，说："你不认识刘亭长，我叫你认认这个！"

李豹一见，哈哈大笑，立即亮出自己的大刀，说："好啊，你胆敢与爷较量？我这四十八斤的金背大刀，正饿得哇哇叫哩！"

樊哙提着大戟，跃到李豹跟前道："我这玩意也重不了多少，只有五十二斤，好多时日未吃荤了！"

李豹叫道："好啊！既然你上门送死，那就让我先收拾你这个浑小子再说！"

话音未落，李豹劈面就是一刀砍了过来。樊哙闪身一躲，举着大戟，来了个举火烧天第一招。两人一来一往，从店里打到店外，一连战了二十余合，打得不可开交，难分胜负。卢绾见樊哙一时半会儿打不败李豹，便拔刀冲上前去相助。说来也怪，樊哙和李豹一对一，打个平手，现在加了个卢绾，二对一，还是平手。

可见李豹这家伙功夫不一般。那几个跟随他的混混根本不敢近前，只能在一旁瞎起哄。

这时，陆续围拢来一些看热闹的人。

刘邦心想，李豹这家伙不把我亭长放在眼里，竟然公开侮辱我。今天不治他一下，以后在大庭广众之中，叫我怎么好说话？于是下决心除掉这个丧门星。只见他把剑一挥，从背后杀了上去。

李豹一个人对付樊哙和卢绾，还勉强可以坚持。可现在刘邦加进来，他要对付三个人，就感到十分吃力了。尤其是刘邦的剑术招招厉害，杀气腾腾逼过来，只好使尽全身力气，挥舞大刀向刘邦一刀刀砍去。

刘邦见李豹来势凶猛，便卖了个关子，做出一个逃跑之态，跳出了圈子。李豹轻蔑一笑，又全神贯注去迎击樊哙和卢绾。就在此时，刘邦机敏地一转身，绕到李豹的背后，瞅准空档，顺手朝他的背部猛刺一剑，不偏不倚，正好刺中他的心窝。瞬间，一柱鲜血喷射而出，李豹倒在血泊之中。

怪哉！围观者既不惊奇，也不惋惜，反倒拍手称快。

于是，刘邦这个泗水亭亭长杀人的消息，就迅速地传播开来。

5

消息很快传进了县衙。罗县令、吴县丞、萧何与曹参等人听了之后，自然反应不同，态度各异。他们分别赶到现场和周边地域，或明或暗地进行察访，得出了不同的答案。

罗县令召集所有官员，进行案例讨论，说："诸位大人，泗水亭亭长刘邦刺死李豹一案，事实清楚，他本人也供认不讳，现在应如何结案？请各位畅所欲言，发表高见。"

一吏掾说："大人，卑职以为，人命关天，必须严厉惩处。若失之粗疏，则民心难服。刘邦是泗水亭亭长，知法犯法，大秦律法明文规定，杀人偿命，吏杀人罪加一等。"

吴县丞趁机附和："是啊，对这种知法犯法之人，决不能姑息，姑息即是纵容，纵容则遗患无穷！"

萧何并不慌张，因为他对此案详情了解得一清二楚。不错，刘邦是杀了人，这是不争的事实，可他杀人的动机和具体情节乃是断案的前提，如果不弄清楚就会是非混淆，黑白颠倒。此刻，他心中有底，胜券稳操，于是侃侃而谈："罗大人，卑职以为，刚才二位大人的发言有失偏颇。因为大秦律法虽然严苛，但也不能一成不变。就说'杀人偿命'吧，也有变通之规定，即要根据因何杀人，杀的什么人，在什么情况下杀人等情况而定。如果杀的是坏人，就不在此列。"

吴县丞反问道："李豹是不是坏人？"

萧何回答说："据卑职所知，李豹确是一个不法之徒。"

罗县令道："何以见得？萧大人，请往下讲。"

"好。萧何滔滔不绝地说，"始皇三十年四月，李豹纠集一伙流氓，惹是生非，将西乡李家村李斌打成重伤，至今残废，生活不能自理。同年八月，李豹指使张平、赵子良盗窃斗平里张四爹耕牛一头，影响春耕，致使斗平里稻谷歉收。经县衙侦破，杖笞四十，罚劳役一百二十日。罗大人，你还记得吗？"

罗县令连连说："哦，记得记得，确有此事。"

萧何继续说："始皇三十二年六月，李豹欺行霸市，压价收买农副产品，致使农民不敢进城买卖，造成流通不畅，民生受损。同年十月，李豹纠集流氓打砸城内长升酒楼，该店遭到极大损失，以致关门歇业。始皇三十三年正月十五日，老百姓闹元宵、玩花灯，李豹乘着人山人海的机会，公开调戏妇女，抢劫妇女的金银首饰……等等，罪行诸多，历历在案，可以查阅。"

吴县丞反驳道："萧大人，你说的这些都是李豹的前科，已经结案，李豹即便有错，也不致死于非命呀！"

萧何继续道："我所举例证，均已结案不错，但是，这次李豹又在酒店寻衅滋事，出手打人。刘邦挺身而出，予以制止，作为一名亭长，实为分内职责。李豹却不听劝阻，反而举刀直取刘邦性命，逼使刘邦自卫反击，才伤重而死。因此，不能孤立地就事论事，而应联系前科，全面判断，方能明辨是非，伸张正义！"

当吴县丞还想辩论的时候，突然传来"咚咚咚"的堂鼓之声，众官为之一震。

许多百姓走进大堂，跪在县令面前，为刘邦洗脱罪名。

一个老人首先说道："老爷，小民特来禀告，李豹常纠集歹徒，横行乡里，鱼肉百姓。日前幸亏刘亭长见义勇为，为民除害，实乃我百姓之幸！望老爷明察，秉公而断，不要冤屈刘亭长！"

萧何连忙抓住话头，说道："大人，老大爷代表百姓说出了肺腑之言。按大秦《贼法》第八款之规定：好人杀死坏人，无须偿命，还要给予奖赏。"

百姓们连忙说道："大人，对刘亭长应当奖赏，不该责罚啊！"

罗县令心想，有这么多人为刘邦开罪，正好省了我与众官员磨嘴皮子的工夫，于是顺水推舟道:"萧大人言之有理,就按大秦《贼法》第八款结案,上报泗水郡。诸位以为如何?"

官员们大多了解这些情况,认为罗县令这样处理合情合理,纷纷说道:"大人决断英明!"

大堂之上,众人一边倒,只有吴县丞沉默不语,心想自己错失了这么好的一个报复机会,实在可惜!要扳倒萧何一伙,还真不容易。不过,来日方长,咱就走着瞧吧!

第八章　萧何赠送五百钱

1

刘邦杀人之事，经过萧何一番周旋，转危为安，转罪为功，县里上报泗水郡，郡里认定为自卫还击，为民除害，不但不予追责，反而封了一个"除害勇士"的称号。一时间，刘邦再次成为名震四方的人物。

这一天，万里无云，艳阳高照。各家商铺照常开门营业，街上行人依旧，吆喝声、笑闹声不断。

忽然，街尾锣鼓齐鸣，喇叭高奏，一支游行队伍徐徐向街心走来。市民闻声，翘首而望。只见队伍前面，樊哙、卢绾抬着一块木牌，上书"为民除害"四个大字；乐队中，周勃在使劲吹奏喇叭。刘邦身披写着"除害勇士"的大红绸带，骑着高头大马，跟在乐队后面，不时微笑着向市民招手致意。王陵、灌婴等众兄弟，在队伍前后维持秩序，生怕刘三哥会被人伤害似的。

市民跟在刘邦身后，一边走一边议论："刘邦为民除害，造福梓里，真英雄也！"

"刘邦一表人才，处事果断，当个小小的亭长，真是大材小用了。"

"县令让他打马游街，就是对他的奖赏，今后必将委以重任。"

……

刘邦虽然听不清这些对他的溢美之词，私下里却早已把人们向他投来的赞许目光，统统收在眼里，心中就像灌了蜂蜜一样，感到无比的甜蜜。

如此大张旗鼓地宣扬一个人物，在沛县并不多见，因此刘邦一时便成了名噪乡里的英雄。

樊哙看到刘邦这种被鲜花簇拥的场面，心里痒痒的，忍不住说道："三哥成了英雄，这里边也有我的一份功劳呢。要不是我和卢绾帮忙，你还对付不了那个混混李豹呢。是不是，三哥？所以三哥的那根大红绸带，我也要戴上一戴啊！"

"是啊，一个好汉三个帮嘛，刘邦全仗你们了！来来来，快戴上。"刘邦说着，把绸带戴在樊哙身上。

樊哙装模作样，昂首阔步地走着，惹得大家都笑起来。

卢绾拍拍樊哙的肩膀，说："各人面前一块天，万事不可强求。你还是老老实实卖你的狗肉吧！"

樊哙一笑说："闹着玩的，哈……"

很多事情只是热闹一时而已，时过境迁，谁也不会再去提起。刘邦也渐渐淡出人们的视野。

刘邦自己也已经从那热闹场面里走了出来，干他那些爱干的事。

这一天早晨，他正在树下舞剑，卢绾走过来，说："三哥，又在练剑？"

刘邦边舞边说："这剑呀，三天不练就生疏了。"

卢绾招呼道："来来来，歇会儿吧。"

刘邦仍然没有歇手，丢出一句："有事快说，没事快走！"

卢绾提高嗓音说："告诉你一个好消息，你听不听？"

刘邦不以为然地说："算了吧，你能有什么好消息？"

卢绾见刘邦不相信自己，便故意说道："你不感兴趣？那好，我走了，以后别后悔啊。"

2

卢绾吊起了刘邦的胃口，刘邦立即停下，命令似地喊道："你给我站住！"卢绾转身说道："怎么，又想知道是不是？"

刘邦走过去，一边擦汗，一边说道："说吧，什么好消息？"

"听说上面又要派五百民夫去骊山修筑始皇陵墓，县里正在物色合适人选去押送哩。"

"这与我有什么关系？"刘邦淡淡地说。

"呃，三哥，这可是一个好机会啊！"卢绾说。

刘邦问："此话怎讲？"

卢绾见刘邦仍然没有反应过来，便语带挑逗地说："三哥，听说京城比沛县大得多，大街小巷横七竖八，什么东西应有尽有，特别热闹。吃的是山珍海味，穿的是绫罗绸缎，出门三步都能见到大官。那可是个人人向往的地方啊！我活这么大，只是听说过，连做梦都想去见识见识哩！难道你不想去？"

这么一说，果然就把刘邦的兴趣给勾起来了。他兴奋地说："卢绾，要是去了京城，兴许还能看到始皇帝啰？"

"是呀是呀！"卢绾得意起来，说，"三哥，去找大哥要了这趟差事吧！"

"去找大哥……"刘邦天生是个爱热闹的人，很想去京城看看外面的世界，可又觉得自己去向萧何开口，有点不好意思，故显得有些腼腆。

卢绾猜到了刘邦的心思，便说："三哥，你是不好向大哥提此要求吧？哎呀，兄弟之间，有什么不好意思的？要不然我跟你一起去。"

"好吧，那就去试试。"刘邦终于决定了。于是对屋内喊道："爹，我有事去，不吃早饭了！"

刘执嘉闻声奔出，问道："你又要去哪儿？"

卢绾随着刘邦一边走一边回答:"大爹,我们去县里办事。"

刘执嘉望着他们远去的背影,嘟哝着:"这么大的人了,成天到处乱跑,也不见做个什么正经事。唉,什么时候才能长成个当家理事的大老爷们儿噢?"

刘邦和卢绾一同来到萧何办事的厢房,见萧何正在翻看竹简,便在门上敲了几下。

萧何说声"请进",一抬头,见是刘邦和卢绾,连忙放下手中的竹简,起身说道:"哎呀,是什么风把二位吹来了?"

刘邦笑着说道:"东南西北风。"

萧何也笑着说道:"刘邦,你真会开玩笑,我快四十了,从未听说过东南西北风一同刮的呀。"

刘邦做着手势,说道:"没想到我们的萧大人也有未听说过的事。你想,风这么绕一个圈,不就是东南西北风了?哈哈哈哈!"

"就你的名堂多!"萧何笑过之后说,"你们是无事不登三宝殿,今天来此有何贵干?"

刘邦略一迟疑,说:"来看看大哥不行吗?"

卢绾附和着:"对对对,来看看大哥。"

刘邦接上卢绾的话茬:"再说,我杀了李豹,你极力为我开脱,我还没来得及感谢你呢。"

"哎哟,我们的老三什么时候学会说漂亮话了?"萧何佯装奇怪。

卢绾却说道:"士别三日,当刮目相看嘛,他当了这么久的亭长,你也该刮刮目了。"

萧何微微一笑,不以为然地说:"刮不刮目是我的事,不过,他的鼻子比狗还灵,今天肯定嗅到了什么,对不对,兄弟?"

刘邦心里明白,大哥肯定看出了他的心思,但还是不想直接开口,还装模作样地嗅了嗅,对卢绾说:"我没嗅到什么,你呢?"

卢绾当然知道刘邦说这话的意思,便对萧何说:"你说他的鼻子灵,再灵也灵不过你大哥啊!是的,我们今天的确是有事而来。"

萧何问:"何事?"

卢绾道:"听说县里将派遣五百民夫去骊山换役,不知押送的吏员确定没有?"

萧何淡然地道:"罗大人刚才还在和我商量这哩。"

刘邦急忙问道:"有没有确定派谁去呢?"

"还没有。"萧何认真地说,"民夫人数众多,都是没有经过调教的,就像一匹匹野马,没有相当本领的人是管束不住的,所以罗大人还在慎重考虑。"

卢绾急忙建议:"大哥,你去跟罗大人说一声,派三哥去吧。"

"这个……"萧何故作担心地说,"我觉得老三是热心有余,稳重不足,就怕罗大人不会答应噢。"

刘邦见萧何竟然如此评价自己，脸刷地一沉说："谁稀罕这鸟差事？他不答应，我还不愿去哩！"

"什么，你说这是鸟差事？"萧何知道刘邦这话明明是言不由衷，倒觉有趣，便语带挑逗地说，"押送五百民夫去京城，浩浩荡荡，好不威武，就像一员带兵的将军，多有意思啊！到了京城，看到那繁华都市，定会流连于良辰美景之中，乐不思归的。运气一好，还可能看到始皇帝出巡。这样的美差，你到哪里去找啊？"

刘邦听萧何如此一说，心里更加痒痒的，但又碍于刚才那句"不愿去"的话，还是强逼自己不直接开口，继续利用卢绾来为自己说话，于是对卢绾说："卢绾，听见没有，差确实是美差，可惜与我无缘啊！"

卢绾也是个明眼人，见刘邦老是在"做戏"，竟忍不住给他捅了出来："三哥，大哥面前何必扭扭捏捏，求求他去向罗大人要了这趟美差不就得了？"

刘邦一笑，借着卢绾这个台阶，涎着脸说："大哥，趁县令还在考虑，你就去帮我要了这趟差事吧！"

萧何故意问道："你不是说不愿去吗？"

刘邦这回倒是真的有点不好意思了，说："嘿嘿，那不是我的心里话。"

萧何："这么说，你是想去的啰？"

刘邦："想去，真的想去。"

"嗯……"萧何似乎在思索着什么，然后说，"这里到京城千里迢迢，山拦水阻，风沙漫天，人烟稀少，你能吃这种苦吗？"

刘邦坚定地说："'吃得苦中苦，方为人上人'嘛，你还不相信兄弟我能吃苦吗？"

萧何当然是了解他这位三弟的，只要他答应了的事，就可放心让他去干，于是微微一笑说："快去准备吧，这趟美差就是你的啦！"

卢绾一听，心生疑惑，问道："你说的算数吗？"

刘邦也问："是啊，你不是说县令还在慎重考虑吗？"

萧何笑了笑说："其实啊，我早就帮你把这趟美差给要过来了。"

刘邦喜不自胜，说："大哥，原来你在逗着我们玩啊！"

萧何认真地说："我自作主张把这趟差事接过来交给你，是因为我相信你能够胜任，我完全可以放心。刚才，我是故意试探一下你的决心。"

刘邦立即信誓旦旦："请大哥放心，我刘邦上刀山下火海，一定把这趟差事圆满完成！"

3

沛县衙门有一个不成文的规矩，即每当有人出远门办事，若时间较长又比较辛苦，吏掾们就要送点礼金，送多少呢？一般都是二百钱左右。这一次刘邦要押送民夫去京城，天遥地远的，很不容易。所以，也不例外，除了曹参、夏侯婴、任敖等几个要好的朋友送三百钱外，其余每人送了二百钱。

这一天晚上，萧何拿出三百钱准备送给刘邦，但反复想了想，觉得刘邦不同于一般的同僚和朋友，礼金也不应和其他人等同，于是悄悄地从夫人的私房钱箱里又拿出二百钱，凑成五百钱。

第二天，待众人送上自己的奉钱散去后，萧何握着刘邦的手，语重心长地说："贤弟，此去京城路途遥远，跋山涉水，来回的路上要谨慎小心。这可是公务在身，比不得寻常在家。到了京城，看看京城和我们这地方有什么不同，这对你以后的作为会有好处的。这也是我推荐你去押送民夫的目的。只要你切记'不要贪杯，多看少讲'八个字，我就放心了。现已时至深秋，严冬将至，你要注意冷暖，保重身体！"

刘邦激动地说："请仁兄不必挂念，我都记下了。"

随后萧何从衣襟里取出五百钱，放到刘邦手里，说："贤弟，这里有五百钱，是我的一点心意，请予笑纳。"

刘邦连忙扬手拒绝，说："仁兄如此厚礼，弟断不敢受。"

萧何微微一笑，说道："你我弟兄，情同手足，何必见外？"说着把钱塞在刘邦手里。

"这……好吧，仁兄的好意，愚弟就愧领了！"刘邦随热泪夺眶而出。

真乃是做得人情千日在。这五百钱体现了患难中的人生真情，给了刘邦莫大的鼓舞，也让萧何得到了应有的回报——这是后话。

4

时光如白驹过隙，很快就到了出发的前一天。这天上午，一队一队的民夫在坪上集合，队伍参差不齐，每个人都将随身携带的被褥胡乱地捆着，布袋里装着一些换洗的衣服，还带有各种各样的铁制工具。刘邦、卢绾在队伍中穿梭，检查民夫的装束。萧何来了，刘邦就向萧何报告："人都到齐了，准备也差不多了，只待明天出发。"

萧何拍拍刘邦的肩膀，点头称赞，然后对民夫大声说："各位弟兄，你们即将离开家乡，去为始皇帝修造陵墓，一路上要听从刘邦和卢绾两位老爷的指挥，平平安安去，平平安安回。回来的时候，我还在这个地方迎接你们，好不好？"众民夫异口同声回答："好！"可是很明显听得出来，这个回答并没有充足的底气，显得有些力不从心似的。

就在此时，一个民夫突然跑到萧何面前噔地跪下，哭着说道："大人，小人张虎，家有老母卧病在床，需要侍奉汤药。兄长去年去京都服徭役，至今未归。还望大人开恩，放我回去，来世变牛变马，再来报答你的恩德！"接着又有几人上前跪诉，禀报自己家中的各种困难。

一个说："我家有老父，风烛残年，也须侍奉，大人开恩吧！"

一个说："我妻生下儿子刚刚三天，无人照料，也请大人开恩啊！"

一个说："服这徭役，说走就走，家里什么都未作安顿，孩子们嗷嗷待哺，我怎能撒手不管啊？"

下跪者越来越多，诉苦的声音也越来越高，萧何看着眼前这情景，心中油然涌来一阵忧伤。

刘邦一时乱了方寸，不住地搓着双手，心想这些民夫竟然当着萧何的面，给我出难题，这不是让我下不来台吗？对于这趟差事，自己已经对萧何拍了胸脯，如今还没有出发就发生了这样的事情，以后行到路上，自己如何驾驭呢？他越想越不是滋味，于是没好气地喊道："你们嚷嚷什么，谁家没有难处？要是都请开恩，这差事还怎么完成？"

卢绾也强硬地说道："朝廷的圣旨，大秦的王法，谁敢违抗！"

萧何却连忙摆手，制止他们。随后对张虎等人平和地说道："各位弟兄请起！"

民夫们纷纷起身后，萧何说："我萧某给大伙说句良心话，为活人修陵墓古已有之，既然朝廷下了圣旨，我们也是不得已而为之。各位家中有难处也是事实。怎么办呢？不去当然是不行的。"萧何停了停，望着众人脸上那为难的表情，继续说道："弟兄们，抗旨是要杀头的啊！这一点我想大家也是清楚的。我看这样吧，给你们宽限三天，回去料理好家务，家里无人照顾的，请亲戚朋友暂时关照一下。只是你们要尽量快点安排好，三天过后，无论如何都要上路。"

卢绾见萧何做如此安排，连忙上前小声提醒萧何道："如此一来，误了朝廷规定的时限怎么办？"

不等萧何回答，刘邦便凑过来说："我觉得大哥这办法好。如果他们老是牵挂着家里，走路也会没劲。只要把家事安排好了，晚一点动身，这也无妨，我们起早贪黑，加快脚步，这三天时间不就走出来了？"

萧何笑了笑说："刘亭长讲的对，家里耽搁的时间，路上可以补回来。"说着向刘邦翘翘嘴："去，向大家宣布吧。"

刘邦转身对众人喊道："弟兄们！大家回去吧，三天以后准时到这里集合！"

众民夫顿时喜笑颜开，一哄而散。

张虎得到这三天的宽限，心里十分高兴，快步回到家中，推开大门，口里叫着"娘"，扑到娘的卧榻前。

张老太太听到喊声，连忙撑起半个身子说："儿啊，你怎么回来了？"张虎说："我说家里有个生病的老母，那县里的萧大人就准我告假三天，回来侍奉汤药，并请个亲戚来帮忙……"

张老太太唉声叹气说："唉，还侍奉什么汤药？就让我这把老骨头入土为安吧！"

张虎连忙说："不！我去京城之后，不要多久，就可以换哥哥回到家了。目前就暂请表姐来侍奉你老人家，好吗？"

张老太太显得有些为难地说："你表姐家里事情也多，就别去难为她了。"张虎充满信心地说："你放心吧，姐夫在家里，表姐抽空过来一下也是无妨的，我这就去请她。"说罢出门去了。

像张虎这样的家庭还有不少，得到萧何的三天假期之后，都抓紧作好了安排。

5

三天的时间很快过去了，民夫们按时来到坪上，告别了前来送行的亲友，随着刘邦开始了去京城的艰难之旅。

刘邦走在前面，后面跟着长长的民夫队伍，卢绾押后，蜿蜒向京城进发。

队伍离开之后，萧何为了解除民夫的后顾之忧，吩咐下属把民夫家中的情况做个调查，督促各亭、里对困难户给予帮助。他自己首先想到的是当初第一个跪倒在地的张虎，不知他的老母病体如何？于是决定先到张虎家里去看一看。

第二天上午，萧何带着一位县城最有名的郎中，来到张虎的家里。只见一个中年妇女，挑着水桶从外面进到屋内，把水倒进水缸里，又忙着做饭。屋内有一个老太太在咳嗽。妇女放下炊具，走到老太太榻前，问道："姨妈，你又咳嗽了？"老太太说道："没什么，他表姐，你也该休息一下了。"

萧何轻轻地敲了敲门框，老太太和中年妇女转过头，见一个中年男子和一位长者来到门前，一时竟不知所措。萧何自我介绍道："我叫萧何，是县衙当差的，听说张虎的母亲病了，特请这位先生来给她瞧瞧。"

表姐连忙迎上，笑道："两位先生请进。"接着对老太太说："姨妈，先生给你瞧病来了。"

老太太不知道来者何人，便不以为然地说："先生？我这病吃了药也不见好，唉，不瞧也罢。"

萧何安慰道："老人家，这位先生医术高明，你的病定能治好。"说着便示意郎中给老人看病。

郎中开始把脉，开方。然后对妇女说："先服三贴，再看情况而定。"

妇女欣喜地接过药方，连声说："谢谢先生！"

萧何叮嘱："你好好侍奉她老人家，过几天请先生再来。"

萧何从张虎家离开之后,又到了第二户人家。这户人家院子里有一老妪在洗尿布,屋里有一个年轻女子,正坐在榻前给孩子喂奶。萧何看到这一切,满意地笑了。随后便和老妪交谈,又到屋里看了看孩子。太阳快落山的时候,萧何起身告辞,老妪笑着将他送出门外。

在以后的日子里,萧何还走访了一些民夫家属,嘘寒问暖,为他们排忧解难,深得大家的爱戴。

6

刘邦的队伍历尽艰辛,总算到达了骊山的修墓工地。骊山位于京城东南隅,群山绵亘,婉若游龙。无数的工棚在山脚下排开,星罗棋布。数十万民夫就在此劳作,运土的挑着泥土送往远处;石匠们在石料场凿打石头;铁匠们在工棚内锻打锄、锹、钎、铲等工具,一派繁忙景象。

刘邦见了工地负责的吏员,递上缣帛文书,施礼道:"沛县押送官刘邦见过大人!沛县五百民夫,今天已送达工地,请大人清点。"

工地吏员接过文书,看了一遍,说:"刘亭长,请稍等片刻。"说着从抽屉内取出一张缣帛,写好收条,交给刘邦,然后说:"上次送来的民夫是三百八十人,其中病死四十五人,因伤致死二十五人,逃跑一十五人,尚有二百九十五人,五天之后交付与你,烦请带回沛县。"

"五天之后?"刘邦听说要在这里待上五天,不觉有点意外,但转念一想,正可以利用这几天时间,看一看京城的面貌,何乐而不为?便说:"卑职等候大人吩咐。"

办完交割手续,刘邦的任务就完成了一大半,便和卢绾一道轻轻松松到咸阳城里等候、休息去了。这天晚上,刘邦躺在卧榻上翻来覆去睡不着,心里老想着萧何描述的京城的繁华景象。不知过了多久,感到小腹发胀,便起身外出小解。他这一折腾,把睡在旁边的卢绾也弄得睡意全消,将刘邦的一切偷偷看在眼里。刘邦小解完了,回到榻上还是睡不着,抬眼一看,只见卢绾鼾声大作,便翻身起来,往外走去。卢绾一见,自己的伪装竟骗过了刘邦,不禁暗暗发笑,马上起身,悄悄尾随而去……

第九章　咸阳街头遇始皇

1

刘邦从驿馆出来，信步走着，见前面一片光亮，便加快脚步，来到京城的闹市区。哎呀，这里简直是另一个世界！只见街道两旁店铺林立，灯火辉煌，人来人往，熙熙攘攘。他就像小孩一样在人隙中穿行，走走停停，东张西望，陶醉在这仙境般的天堂之中。

卢绾把一切都看在眼里。他一边欣赏夜景，一边盯着刘邦，生怕这位三哥做出什么不好的事情，惹出什么难缠的麻烦来。

一家酒店的招牌十分显眼，店里店外灯光闪闪，食客络绎。刘邦来到店前，闻着酒的香味，听着店内的猜拳行令声，不禁停了下来，踟蹰片刻，终于抵挡不住这巨大的诱惑，抬脚走向店中。可是刚一迈步，耳边猛然响起萧何的声音："不要贪杯……"他醒悟了，只好狠狠地吞了一口涎水，转身向前走去。卢绾见状，暗自一笑，继续跟着向前。

刘邦兴味索然地来到一个比较僻静的地方，只见一家店铺门口挂着大红灯笼，灯笼上面"凝香院"三个字鲜明夺目。打扮妖艳的姑娘晃来晃去，不少纨绔子弟出出进进。刘邦刚走到门口，就被鸨婆缠住，说："这位爷，进去玩玩吧！院里的姑娘多水灵，多温柔！高的矮的，肥的瘦的，随你挑。来吧来吧！"说着就把刘邦拉进大门。

卢绾一见，赶忙一个箭步上前将鸨婆推开，低低吼了一声："你想干什么？"

鸨婆被这突如其来的举动吓了一跳，可定睛一看，面前站着的竟是一位风流倜傥的公子，于是嬉皮笑脸地说："哟！这位爷，长得这么俊，何必这么凶呀？来了，就一起玩玩吧！"

卢绾二话没说，拉起刘邦就走。二人正要快速离开，可那鸨婆脸色一黄，蛮横说道："且慢！何必走得那么急呢？告诉你们，现在进来了就别想轻易出去！"

卢绾停下脚步，问道："你要怎样？"

鸨婆道："怎样？告诉你们：玩一玩，客客气气走人；不玩，也可以，拿银子照样走人。"

刘邦听了，不禁眉毛一竖，说："天下哪有这种规矩？"

鸨婆语气十分强硬："我这里就是这种规矩！"

卢绾满不在乎地对刘邦说："别跟他磨牙，我们走！"

卢绾刚欲迈步，却被鸨婆的手一挡，一个趔趄，差点摔倒。卢绾不料这鸨婆竟然还有一手功夫，这一挡，挡得他气不打一处来，于是怒向鸨婆说："你敢打人？"

鸨婆毫不示弱，双手叉腰道："不教训教训你，不知道老娘的厉害！"说罢举手一挥，立即涌出来三四个打手，对刘邦和卢绾动起手来。

刘邦和卢绾使出浑身解数，和他们对打了几个回合，最后才勉强占了上风，赶快逃离这是非之地。

刘邦和卢绾跑了许久，累得气喘吁吁，回头一看，见已将那些追赶的打手甩掉，便放慢脚步，来到一个小巷子里靠在墙壁上喘气。

平静下来以后，卢绾埋怨道："你怎么跑到那种地方去了？"

刘邦说："我只在门口看了一下，脚都没有站稳，就被她拉进去了。"

卢绾继续说："你去看什么？大哥是怎么嘱咐你的，你都忘了吗？"

刘邦说："我哪能忘了？大哥只是说'多看少讲，不要贪杯'，也没说那种地方看都不能看啊。"

卢绾仍在埋怨："他虽然没有说，但是你自己就不会想想，那可是一种是非之地呀！今天要不是我跟着你，还不知会闹出什么乱子来。"

刘邦觉得有理，说道："这么说来，今天是多亏你啦？"

卢绾微微一笑道："你出门在外，我不关照一下，那叫我来干什么？谁叫你是我的三哥啊！"

这最后一句话，使得刘邦颇有点感动。于是他就笑着对卢绾作揖打拱，表示感谢。

卢绾摆摆手说："兄弟之间，不要这样子了。"

刘邦和卢绾离开那个小巷子，消失在夜幕之中。

第二天，刘邦和卢绾悠闲地来到大街上。这京城街头的白天比夜晚更加热闹繁华，车水马龙，小贩的吆喝声、顾客的叫喊声，不绝于耳。他俩东张西望，徜徉在人流之中。

突然传来官兵驱赶人群的呵斥声，街上的人群立即骚动起来。

刘邦和卢绾好奇地向街心望去，只见一大队人马浩浩荡荡而来，前面有兵卒鸣锣开道，随后而来的就是身披铠甲、手持兵器的卫士，接着是一辆巨大的车驾。那四匹驾车的马是清一色的枣红高头大马；那车驾是一乘装饰华丽的重舆辒车，是始皇帝的座车，后面还有一辆黄罗伞盖车，是随行的辌车。车驾徐徐行驶，后面跟着一队骑马的官员。

这车驾上坐的，就是威名震六合的始皇帝。

街道两旁已经挤得水泄不通，市民们在呆呆地看着，窃窃地议着。

刘邦听说是天子出游，便拼命往前挤。卢绾也跟着他挤到了人群最前沿，目不转睛地注视着越来越近的始皇帝车驾。只见始皇帝从车窗中探出头来，向围观的人群招手致意。那神情，那仪态，好不威风！刘邦一时间看得目瞪口呆，简直不知道自己是在梦境之中，还是在现实的世界里。

终于，大队人马渐渐远去，围观的人群也各自散开了。而刘邦却站在原地，想入非非，望着始皇帝远去的方向，不禁脱口而出："大丈夫当如此也！"随即，旁若无人地向那车驾的方向信步走去，边走边自言自语道："不知刘邦何日也能如此？"

卢绾在后头紧紧跟随着，听刘邦竟然说出这等话来，不禁吓了一跳，急忙捂住刘邦的嘴，轻轻说道："你乱嚼什么？京城之中，耳目甚多，万一被人听到，是要掉脑袋的呀！"

2

刘邦闻言，刹那间就从自我陶醉的梦境之中清醒过来，惊讶地张大了嘴巴，没想到自己会情不自禁地说出那种话来，幸好没有捅出什么娄子。老天保佑，老天保佑！

在京城待了两天，刘邦一行的归期已经到来。虽然心里有很多的留恋，但还是归心似箭，对家的感情最终战胜了对繁华世界的向往。于是，刘邦和卢绾带领着已经完成工期的民夫们，踏上了回家的路途。

路上走了两个多月，他们终于回到了阔别的家乡。因昨天已经有人快步回沛县传信，所以这天一大早，萧何等人就在城门前等候。直到晌午时分，才见刘邦带着队伍鱼贯而来。民夫们一个个充满着喜悦，洋溢着笑意——千里服役，活着归来，谁能不笑？萧何、曹参急忙迎了上去，远远地叫着"刘邦，卢绾——"，刘邦、卢绾也连忙奔过去，与萧何、曹参抱作一团。

萧何走到队伍面前，大声说："弟兄们，你们辛苦了！我和曹大人来迎接你们，为你们祝福！今天你们平平安安回到家乡，就是万幸。大家都想家了吧？你们的亲人也在想你们哩。赶快回家去与亲人团聚吧！"

民夫们听了，一股暖流涌上心头，激动不已，情不自禁地欢笑着，呼叫着，纷纷奔向自己的家园。

见此情景，萧何、刘邦等人的脸上，都露出了欣慰的笑容。

民夫中有个人叫张龙，他就是被弟弟张虎替换回来的。在骊山的时候，听弟弟说娘卧病在床，所以他比谁都归家心切，一经开笼放雀，便快步如飞地回到家中。"娘——"他连连呼唤着，多想尽快见到他多病的娘啊！可推门一看，堂屋里、卧房中都不见娘的人影。顿时，一种不祥之感袭上心头——难道她老人家已经……他心中凉了半截，不敢再往下想，一屁股坐在门槛上，痛苦地低下了头。

就在这个时候，突然响起轻轻的脚步声。张龙抬头一看，只见娘提着菜篮从外面回来，不禁喜出望外，连忙起身扑向娘。母子重逢，千言万语一时不知从何说起，只是紧紧抱着，也不知过了多久，两双手才慢慢松开。张龙接过菜篮，扶着娘进到屋内。

母子俩坐下来之后，张龙看着娘的脸，高兴地说："娘，没想到你还这么好，刚才……我还以为见不到你了！"老太太微微一笑，说："我原来也这么想，多亏了县衙的萧大人，他帮我从县城请来郎中，很快就把我的病治好了。"张龙听了，十分感动，说道："那得好好谢谢萧大人啊！"

3

萧何与刘邦、樊哙等一帮兄弟陆续来到四季春酒楼。见人已到齐，萧何便道："众位弟兄，刘邦和卢绾出色完成押送民夫的差事，平安返里了。今天我和曹参特设此宴，为之洗尘，狗肉和酒管够，大家尽兴，畅饮叙怀吧！"

"谢了！"刘邦一拱手，二话没说便动起手来。他那大碗喝酒大块吃肉，狼吞虎咽的饕餮形象，显然是太亏嘴了。樊哙开玩笑地说："三哥，看你那德行，馋得比我还凶！"卢绾在一旁解释说："樊哙兄弟，你有所不知，来去京城半年，他几乎戒酒了，回来也该补偿补偿嘛。"夏侯婴觉得奇怪，问道："怎么，那么大的京城，没有酒喝？"刘邦一边喝，一边嘟嘟囔囔说道："临行时，大哥嘱咐我少喝酒，所以看着酒也一直不敢喝。"萧何笑着说："我是怕你在外喝酒误事，所以才那样叮嘱你。你看，你一平安回来，我便设下酒宴作为补偿。今天你就放开海量喝吧！"

酒喝到微醺，夏侯婴说："三哥、卢绾，你们到了京城，开了眼界，有什么好听的，好看的，也给我们大家说说呀！"刘邦马上答应："好啊好啊！"大家都盯着他，准备听他讲新闻。他却一直装模作样，只顾自己喝酒，迟迟没有开口。樊哙急不可耐地说："三哥，你摆什么架子嘛，怎么半天不开腔？"刘邦依然慢条斯理地道："别性急嘛，你一催，我就不知从哪里说起了。"

卢绾故意抢先说道："三哥，你不说，我来说……"

刘邦这下可急了，手一扬，说："慢来慢来，还是我来说说始皇帝出巡的事吧。"

众人一听，好奇地问："你见到始皇帝了？"

刘邦自豪地回答道："见到了，见到了！那天，我们到街上去玩，突然听到一阵吆喝，原来是始皇帝出巡，我和卢绾便一起上前观看，那场面呀……啧啧，真的壮观得没法形容！"把大家的胃口吊起来以后，他却又慢条斯理地喝酒吃肉。见卢绾又一次要说话的样子，他这才绘声绘色地将当时见到始皇帝的情景说了一遍。

听了这一番话，大家都激动起来，憧憬地说："当皇帝真威风！"

卢绾立即没好气地说："他呀，就是羡慕皇帝威风，险些闯下大祸呢！"

萧何注意地问："怎么回事？"

于是卢绾把刘邦见到始皇帝时的言行举止陈述了一番。

樊哙听后，说："三哥，你的胆子真大，那儿是说这种话的地方吗？"

灌婴也说："幸好，你们刘家祖宗坐得高，保佑了你，没有被线人听见，要是被他们听见了，恐怕小命都难保！"

刘邦有些不好意思，笑了笑说："我啊，就是一时冲动，把大哥'多看少说'的话给忘了,所以才险些酿成大祸。"

萧何微微一笑,说:"'少说'并不等于'不说',该说的一定要说,你刚才这一句就说得好,你见到始皇帝后的那句话,也说得好。"

众人一听,萧何竟然没有责备刘邦,反而赞同他所说的那些险些惹祸的话,便不解地望着萧何:"大哥你说什么?三哥说出那种话来,你还夸他?"

萧何认真地说:"三弟能说出那种话来,说明他胸怀大志,与众不同嘛!说不定有朝一日他真的能当上皇帝哩!"

夏侯婴笑着说:"三哥,你若真的当了皇帝,我还是给你管理马厩。"

萧何看着刘邦说:"那可就屈才啰!起码得封个侯吧,啊?"

刘邦听了之后心里美滋滋的,加上酒劲发作,便得意忘形地哈哈大笑,指着在座的人说:"对,封侯,你,你,还有你……个个封侯拜相,同享荣华!"

夏侯婴接着起哄道:"现在我们就推举三哥为刘皇帝好不好?"

夏侯婴这么一说,大家立即响应,纷纷乘着酒兴,将刘邦推到正位端坐,一个个整冠行礼,高声三呼:"刘皇帝万岁,万岁,万万岁!"

曹氏闻声而出,大笑道:"你们这是发什么疯?"

夏侯婴看到曹氏,兴致愈加高涨,连忙说:"噢,皇后娘娘驾到,来来来,受为臣的一拜。"说着就是一揖。

众人也跟着行礼道:"娘娘千岁,千千岁!"

曹氏佯嗔道:"看你们,吃酒放疯,把我店里闹成什么样子?"

夏侯婴借着酒兴,要将玩笑推向高潮,指着曹氏道:"今天要闹就闹个底朝天!来,你和我们三哥干脆来一个拜堂成亲吧!"

曹氏连忙躲过夏侯婴,笑着呵斥道:"你这酒疯子,你要死了!"说着拔腿就跑……

一帮兄弟就这样喝酒吃肉,笑闹忘形,直喝得天昏地暗,醉倒在几案边。刘邦作为今天的主角,更是被大家灌得不省人事了。唯有萧何还勉强可以分清东西南北、醉里乾坤。他知道这四季春酒楼就是弟兄们的"家",就让大家在这里做个美梦吧,于是他独自一人跟跟跄跄回到家中,倒头便睡。

4

第二天,萧何来到县衙。罗县令将刘邦大大夸奖一番之后说:"萧大人,你这个举荐人也立了一功啊!"

萧何谦虚地说:"大人过奖了,这都是刘邦的本分,大人的洪福,卑职何功之有?"

就在两人谈得正欢之时,一个衙役进来报告说:"吕公求见。"

罗县令高兴地说:"快快有请!"

萧何起身说："你有客人，卑职就告辞了。"

罗县令连忙摆手说道："萧大人请坐，不要紧的。这位吕公是我的朋友，日前刚从单父迁来，你不妨见见面，以后又多一个朋友。"

萧何便重新坐下。

不久，一个老头进来，拱手道："县堂大人万福！"

罗县令连忙起身相迎，道："朋友相见，何必客气！"接着便对萧、吕二人做介绍，说："这位是我的好友吕公。这位是本县主吏掾萧大人。"

萧、吕二人互相施礼之后，三人先后坐了下来。

罗县令说道："这位吕公在山东单父一带是名望很高的贤达，只因避祸，才迁来本县。"

吕公欠欠身，对萧何说："还望萧大人多多关照！"

萧何也欠欠身说："萧何才疏学浅，请吕公不吝赐教！"

"好了好了，今后大家都是朋友，就不必客气了。"罗县令笑着继续说道，"不知吕公今日到敝衙有何贵干？"

吕公回答说："哦，是这样，我想明日在寒舍举办便宴，对大人及本地官绅贤达略表谢忱，请二位大人务必赏光。"

罗县令笑着说："吕公美意，盛情难却，罗某恭敬不如从命啦。"

吕公迟疑一下，为难地说道："老朽对贵地风俗习惯不太熟悉，还要请二位多多指教，以免礼数不周，贻笑大方。"

罗县令迟疑一下，对萧何说："这个嘛……萧大人交游甚广，又很热心，就请萧大人前去帮忙张罗张罗如何？"

萧何见县令已经开口，不便推却，便道："承蒙大人抬举，萧何一定效力。"

随后，三人又天南地北交谈起来。

萧何离开县衙之后，在路上遇到骑马归来的夏侯婴，便问："夏侯贤弟，又遛马去了？"

夏侯婴从马上跳下来，说："是啊，大哥，你又在忙什么？"

萧何说："吕公要宴请县里的官绅贤达，罗大人叫我去帮忙张罗张罗。"

夏侯婴问道："吕公，什么吕公？"

萧何："就是从山东单父那边迁来的吕文，县令最好的朋友。"

说话间，灌婴来到跟前，问及最近的活动时，萧何告知为吕公张罗设宴之事。灌婴说："这么说，又有酒喝？"

萧何说："酒当然是有喝的，只是又得破费一点。"

灌婴轻松地说："那当然啰。"

萧何又说："我想叫刘邦也去，你们看怎么样？"

灌婴想了想说："好，他肯定也会乐意参加的。"

夏侯婴便说："走，把这个消息告诉他去。"

一条小街上，刘邦一个人在没精打采地走着。夏侯婴一见，便叫了一声"三哥"。刘邦抬头，见萧何、灌婴和夏侯婴正向他走来，便停下脚步，却一言未发。

萧何等人见刘邦有些异样，便问他发生了什么事？刘邦在弟兄面前毫不掩饰地说出一件令人为难的事：今天早上在"四季春"醒来之后，老板娘曹氏提出要和刘邦拜堂成亲，做名正言顺的夫妻。可是刘邦心里并没有这个意思，他觉得曹氏不是自己理想的配偶，只能做做露水夫妻，于是婉言谢绝了她。曹氏很伤感，眼里噙着泪水，久久地默默无言。见此情景，刘邦心里也很不好受，却又不知如何宽慰曹氏……

萧何与夏侯婴听了，正不知做何表示，灌婴却首先开口了："这有什么好犹豫的，堂堂一个刘三哥，还怕找不到媳妇？来个快刀斩乱麻，一刀两断不就得了。"

萧何断然地说："不，不行。这种事不像你卖布一样，你给钱，我撕布。感情上的事不能快刀斩乱麻，弄不好是要出事的。"

灌婴反问一句："那要怎样？"

夏侯婴插话了："依我看，先就这么耗着，再慢慢想办法将曹氏说通，如何？"

"嗯。"萧何点点头说，"现在看来，也只能如此。"

听了弟兄们一席话，刘邦心中的郁结得到缓解，情绪一下子又好了起来，他转换话题说："你们这是干什么去？也不叫我一声！"

夏侯婴笑笑，说："这不是叫你来了吗？"

刘邦焦急地说："什么事？快说。"

萧何开门见山地说："是这么回事，罗县令的好友吕公设宴请客，你愿不愿去？"

刘邦一时摸不着头脑，淡淡地说："什么吕公吕婆？没听说过。"

萧何笑了笑，说："吕公非等闲之辈，是罗县令的座上客。这次宴会将有不少达官显贵参加，难道你肯失去这种交朋结友的好机会？"

刘邦觉得这的确是个好机会，心里已经痒痒的了，可口里依然淡淡地说："我和吕公素不相识，这个高枝我就不攀了吧？"

夏侯婴看出了刘邦的心思，于是故意说道："听说吕公有两位如花似玉的千金，难道你就不想去摘他一朵？"

灌婴也在一旁敲着边鼓："三哥又不是什么攀花高手，你说这些有什么用？"

刘邦听他们这么一说，便更加按捺不住了，但他嘴上却还是说："就是嘛，花是见人就能摘的吗？"

萧何默不作声，只是微笑着看他们演戏。

夏侯婴一本正经地说："三哥实在不愿去，那就算了，我们走吧。"

"走走走。"灌婴附和着。

他们一唱一和，果然使刘邦再也憋不住了。他说："哎，你们急什么？让我考虑考虑嘛。"

"这有什么好考虑的？想去就去，不想去拉倒。"夏侯婴说。

刘邦缓和地说："去结识结识那位山东吕公，和他交个朋友当然也是好事。"

萧何这才笑着拍拍刘邦的肩膀说："我就知道你会去的。"

夏侯婴激将地说："是嘛，这种场合哪能少得了我们三哥？"

萧何摆摆手说："好了好了，大家先回去准备准备，明天准时赴宴。"

萧何等三人走了。刘邦摸摸口袋，自语道："赴宴，赴宴，可囊中羞涩，难道就这样空着手去？"他无奈地摇了摇头，艰难地迈开了脚步……

5

吕公的家坐落在县城街尾，是一座三进的深宅大院，房屋宽敞，光线明亮，里外装饰一新，颇有气派。

这天下午，萧何来到吕公家中，和他商量明天宴客的一些程序细节。

吕公将他延进客厅，寒暄一阵之后，又领他看了看里外三个厅堂。萧何略一思索，说："吕公是罗大人的好友，明天慕名而来的客人肯定不少。按照我们当地的习惯，来客按礼金多少分上、中、下三厅入席。我看就在上厅设二席，中厅和下厅各设八席如何？"

吕公点头表示同意："如此甚好。"

萧何接着说："到时候，上宾由你亲自接待，一般宾客由我来安排就是。至于收受礼金就请曹大人负责好了。"

吕公见萧何把自己的事情安排得如此周到，连忙拱手说："区区小事烦劳二位大人，容吕文日后相谢。"

萧何连忙回礼道："吕公不必客气，你初来敝县，我们当尽地主之谊，何况你是我们县令大人的朋友，我更应该鼎力相助。"

吕公微微一笑，拱手说道："那一切全仰仗萧大人了。"

不一会儿，吕雉从里屋出来送上茶水。吕公笑道："雉儿，来，见过这位县衙主吏掾萧大人。"

吕雉文雅地施礼道："萧大人万福！"

萧何接过茶水，打量着面前这位女子，见她身材匀称，衣着得体，一脸清秀，双目有神，头上扎着一个发髻，是一个十足的美女，一时竟不知说什么好。

吕公见萧何一直注视着吕雉，便说："萧大人，这是我的大女儿雉儿。"

萧何忙说："哦，雉姑娘，谢谢你啊！"

吕公对吕雉说："去把你妹妹叫来，也来见过萧大人。"吕雉应声离去。

吕雉离开后，萧何问道："吕公有几位令郎、令爱？"

吕公说："两个儿子，两个女儿，都是些不懂世事的娃娃，今后还望萧大人多多调教。"

萧何笑道："吕公说笑了。吕公调教有方，家风严谨，儿女们一定都是德才兼备，前途无量。"

说话间，吕雉领着妹妹吕嬃来到萧何跟前，说道："妹妹，这位就是萧大人。"

吕嬃大大方方地施礼道："吕嬃见过萧大人！"

萧何赞叹道："哎呀，果不出萧某所料，两位令爱出落得这么才貌双全，吕公真是好福气啊！"

吕公摇摇头说："萧大人过奖了。她们就是不爱读书，倒爱舞刀弄剑，全不像个女孩子。"

萧何听吕公这么一说，不禁想起自己的女儿红玉，那孩子不也一样吗？于是说道："哪里哪里？难得女孩子有男儿气概，我就欣赏这样的女孩子。二位姑娘的武艺一定不错，不知能否让我见识见识？"

"好，就请萧大人当面赐教！"吕嬃还没等吕公开口，自己便抢先开口说话了。说着，一转身跑到内房拿来两把剑，将一把递给吕雉。吕雉接过剑，对萧何拱手说："萧大人，那我们就献丑了。"

说罢，姐妹二人就在这厅堂之内旋风般舞起剑来。只见她们一招一式，有模有样，长剑相撞，寒光闪闪，铿锵有声。萧何一时间看得眼花缭乱，连连叫好。一套剑法舞毕，二人便来到萧何身边，拱手道："请萧大人多多赐教！"

萧何拍手夸奖道："你们的剑法堪称炉火纯青，让我大饱眼福！我的女儿红玉也在练习剑术，以后有时间我就把她带来，和你们一同练习剑术，还要请你们多加指点哩。"

吕嬃听了，十分高兴，心想，每天都是姐妹对练，枯燥得很，红玉若真的能来和我们做伴，一起练剑的话，那才更有趣味呢。想到这里，便连忙说道："好啊好啊，我和姐姐正在发愁没人和我们一起玩呢，萧大人你可一定要让红玉妹妹过来啊，到时候我们就可以经常在一起切磋剑法呢！"

萧何微笑着点点头，表示同意。

这时，窗外的红日，已经慢慢下沉了。萧何见天色不早，便起身说道："好了，时候不早，萧某就先告辞了。"

吕公父女随之一同起身，把萧何送出门外。

第十章　贵不可言夸刘邦

1

萧何回到家中。

萧夫人正在客厅里教红玉绣花。红玉对这绣花似乎不怎么喜欢，所以不论萧夫人怎样教导，红玉绣出的东西，总是不尽人意。萧夫人颇不高兴，就嘟哝着，埋怨道："你呀，就只懂得舞刀弄剑，连绣花都学不会！"红玉却顽皮道："我不是学会了吗？……我绣的这玩意儿，我觉得越看越好看呢！"

"这样子也叫好看啦？就知道强词夺理、油腔滑调，真不像是一个女孩子！"

萧何走到了客厅里，笑着搭腔道："像男孩子也不错嘛，我萧家女儿胜男儿啊！哈哈哈哈！"

萧夫人道："你呀，就只晓得宠着你这八斤宝，……又忙什么去了？这个时候才回来！"

萧何说："县令的朋友吕公明天要举办家宴，叫我去帮忙张罗一下。"

"你呀，就爱管这些闲事！"

"没办法啊！谁叫他是县令的朋友呢？又谁叫我是主吏掾呢？不过也好，一来，卖了县令的面子；二来，也可广交朋友，增强了我萧何的人脉。红玉，你近来的剑术可有长进？"

听到说剑术，红玉立即兴头涌上，蹦到爹爹面前说道："一日不见，如隔三秋，三日不见，似过九载。爹爹还是上个月见我舞过剑的吧，我就去院子里给爹爹舞上一回，保管你会刮目相看！"

萧夫人便生气道："一回来就是刀呀剑的，把个家里头给弄成了个演武场一样，别闹了，吃饭吃饭！"

吃饭的时候，萧何说道："女孩子玩刀舞剑，其实也不能说不是一桩好事。县令的那位朋友吕公，他的两个女儿不仅长得如花似玉、袅袅婷婷，而且聪明伶俐，也是生成个男孩子脾气，喜欢玩刀舞剑。吕公设宴，我想把红玉带去，让她和吕家两个女孩子结识结识。"

红玉一听，立即先发制人站起来说道："娘，你不许反驳爹爹意见，就让爹爹带我去吕家赴宴。"

萧夫人只得无奈笑道："好好好，我不反对，你去你去！谁叫你娘我生成了个糯米糍粑心呀？"

"好老娘好老娘，来来来，向我的好老娘敬酒……不不不，敬上一坨红烧肉！"

萧红玉的调皮劲儿，把萧何逗得开怀大笑起来。

第二天，萧何带着红玉，早早到了吕家。

他们来得很早，算得是第一批客人。在院子里，红玉看到靠墙的地方，两排架子，架子上插着枪矛棍棒什么的，墙上还挂着两把剑。看得出，吕氏姐妹是经常在这儿练武的。

吕公已经看到了萧氏父女，连忙迎出，把二人接到里边的左厢房。又对着右厢房喊道："雉儿，媭儿，你们看谁来了？"

两个女孩子就从对面快速地闪出。

"萧大人！"她俩向萧何施礼。

萧何对红玉道："红玉，快叫姐姐！这位是雉儿姐姐，这位是媭儿姐姐！"

虽是男孩子性格，可到底是初次外出应酬，红玉就有点怯，轻声腼腆喊道："雉儿姐姐！媭儿姐姐！"

"红玉妹妹！"吕雉拉着红玉的手，吕媭抚摸着红玉的头。望着这情景，吕公和萧何十分高兴和欣慰。萧何说："红玉你就在姐姐这里玩，我要到外边招呼客人去了。吕公，我们出去吧！"

2

这吕家曾经也是名门望族。虽然此时避难于沛县，可家里边却依然流溢出一脉繁华风格。那个大门楼，高威宽阔，门楣上写着"吕宅"两个字，两旁立着石狮子，既高雅又显气派。这时候，官绅雅士，正三五成群从四面八方赶来，走到门楼前，好些人就驻足停步，有的对着门楼指点，品评欣赏。

厅堂里，分成上、中、下三厅。三个厅都已摆好酒席。厅堂的门口，设一个收礼台，曹参在这里书写礼簿，还有一个中年人在旁边充当曹参的助手，帮忙收钱。手拿谒刺的宾客陆续进入厅堂。每收一块谒刺，曹参就将其姓名和礼金数字唱喊出来："夏侯礼金三百钱！陈全志礼金五百钱……"助手就在旁边收钱点钱。客人礼金一般都是三百、五百，最高的也不过一千。

萧何在忙碌，在指挥，只见他喊道："请各位注意啦，馈赠礼金三百钱者，在下厅就坐，五百钱者坐中厅，一千钱者请坐上厅！"

客人们便纷纷对钱入座。

刘邦来了。平时邋里邋遢的刘三哥，今天倒是穿戴整齐，脸上也是神采奕奕的。他走到厅堂门口时，萧何连忙一把抓住他的手，把他拽到旁边，悄悄说："你就别出礼金了，我已在下厅给你安排了座位！"

令萧何没有想到的是，刘邦竟然不以为然，满脸高傲地说："坐什么下厅？我得坐上厅！"萧何一愣，就皱着眉头问："你能拿出一千钱？"刘邦却不屑地冷笑道："一千钱算什么！"他大步走到收礼台前，将手中谒刺交给曹参。曹参一看，愣住了，呆呆地张着嘴，没出声。刘邦就催促道："还愣着干什么，快点唱呀！"

曹参只得苦笑了一下，唱道："泗水亭亭长刘邦礼金一万钱！"

一万钱！厅堂里，大家都怔住了。特别惊讶的是两个人：一个是萧何。他知道这三哥是在吹天大牛皮，他望着刘邦，皱着眉头。那刘邦却回望着萧何，脸上洋溢着一种顽皮的狡黠的笑容……

"泗水亭亭长刘邦礼金一万钱！"

这声音在厅堂里传唱着，一个小厮在接着曹参的声音唱，另一个小厮接着唱："泗水亭亭长刘邦一万钱！"

这声音就把另一个人给惊住了：吕公。吕公闻听，惊讶不已，连忙从内室走到厅堂里。

奇人出奇招，虚张声势，往往收获意想不到的效果。刘邦身无分文，报了个天文数字，引来满堂的惊讶！

3

萧何正在轻轻地责怪刘邦："你吹这样的假牛皮，我看你如何收场！"忽然看到吕公走来，连忙满脸堆笑，就向吕公介绍起刘邦来。说刘邦是泗水亭亭长，是如何办事能干，为人豪爽，仗义疏财；是如何爱交朋友、会交朋友；如何爱帮忙、肯帮忙云云。奇怪的是，这吕公似乎没有听萧何讲话，他的眼睛却直勾勾地注视着刘邦的脸庞。吕公盯着刘邦，然后伸出双手，拨正刘邦的头部，左右审视后，点了点头。接着又托起刘邦的双手，看了掌纹看指纹。继而又走到刘邦背后，先按按刘邦的双肩，然后张开大拇指和食指，就成了个八字形，用此做尺子，量了量刘邦的肩宽、背宽、背长，然后就听他吐出来四个响亮的字："贵不可言！"

萧何有点纳闷，正要向吕公询问，可县令以及许多贵客都已来到厅前，萧、吕二人连忙趋前迎接。

济济一堂，人头攒动，满堂瑞气。萧何作为主持人讲了几句开场白之后，东道主吕公端着酒杯，向满堂宾客致意："各位大人，承蒙抬爱，今日光临寒舍，吕文感激万分，现在我来敬各位一杯，请！"只见满厅堂里，众人高举酒杯，一饮而尽。又见萧何走到刘邦席边道："三弟，今天你和吕公是初次见面，吕公就这么赏识你，这知遇之恩，实在难得，还不快来敬吕公一杯！"刘邦知趣，连忙起身，走到吕公面前："吕公，我刘邦敬你一杯！"吕公喜形于色，和刘邦把杯一碰，仰脖一饮而尽。

当酒宴热热闹闹的时候，有两个女孩子正在旁边的厢房里盯着、看着。刚刚吕公给刘邦看脸相看手相的时候，她们就在盯着看着。这两个女孩儿就是吕雉和萧红玉。

红玉叹道:"呵,刘邦就是这个样子呀!"

吕雉忙问:"你认识这个刘邦?"

"爹经常说起他。"

"说他怎样?"

"说他是赤龙投胎。"

吕雉闻言,蓦地一惊:"赤龙投胎……你爹爹还说了什么?"

红玉说:"我爹爹还说,这刘邦很会办事,罗县令蛮喜欢他,常在人前夸他。而且,这个人的人缘特别好,朋友特别多。他交朋友,既交坐轿子的,也交打赤脚的,叫花子他都可以引以为友。他还有一件特别奇特的事,他无论到哪个酒肆去吃饭,人家都不要他的钱。"

"有这样的事?"

"千真万确,人家还盼着他去白吃白喝呢!"

"那就奇啦!可酒肆老板为什么要这样做呢?"

"酒肆老板有利可图呀!——哪个老板不是盼着自己店子生意好啊?他刘邦往那店子里一坐,那店子生意立马就好起来了。"

"这可真是奇事!"

"是啊!这刘邦,就是奇人一个。"

酒阑人尽,宾客已散。这时已经是傍晚时分。萧何指挥仆人们在厅堂里收拾着。

吕公面带着无比满意的微笑,走上来说道:"萧大人,今日的宴会,既办得热热闹闹,又办得井井有条,吕文心里高兴呀!我这份好心情,是萧大人你给我带来的。你辛苦了,老夫深深感谢!"

萧何忙道:"吕公抬爱了,萧何粗鲁,恐怕多有疏漏之处,还请吕公多多包涵!"

"哪里哪里!萧大人,容吕文改日登门叩谢!"

当吕公把萧何送到大门口时,萧何想到了一件事,觉得还是说清楚好一些,就言讲道:"吕公,这个刘邦是我的一个拜把兄弟,行事粗鲁,有时还喜欢吹点子不着边际的牛皮。但这个人的心地倒是满好的。他没什么钱!他今天在谒刺上写着一万钱,其实没拿一个子儿。我身上也一时没带这么多钱,我兄弟的事,也就是我的事,改日我一定替他补上!"

吕公连忙答道:"不要不要,萧大人见笑了,区区一万钱,何必言补?心意到了,我就高兴!这个刘邦呀,有点意思,有点意思!"

萧何便歉意地说道:"他就是这么个不谙常理的人。"

吕公却道:"我倒是觉得他与众不同:不拘小节,正说明他是胸怀大志,以后肯定能干大事。不瞒萧大人你说,吕某我略通麻衣之术,今天我粗略地看了看他的面相,使我大吃一惊。"

"不知是好是坏?"

"大富大贵，妙不可言！"

"是吗，他大富大贵？……可既然是大富大贵，如今三十多岁了，却连个家都没成呢？"

吕公眼一亮，马上问道："你说他如今还没成家？"

"高不成，低不就，一直还没有找到合适的姑娘。"

"啊，是这样，是这样！"吕公在喃喃着，默想着……

4

吕雉坐在窗前，正在想着心事。忽然见到爹爹满面笑容走进来，喊着："雉儿，雉儿！"吕雉起身问："爹爹，什么事啊？"

吕公说："别动别动，站好站好！"

吕雉就疑惑地呆站在房中间。

吕公望着自己女儿，仔细端详起来，左瞧右看，前看后看，最后双掌一击，叫道："好！配，正好相配！"

当吕雉正被爹爹这番举动弄得懵懵懂懂的时候，夫人吕媪和儿子吕泽正走了进来。吕公一把抓着吕媪的手，口中连连唤道："大喜事呀，夫人，大喜事呀！"

"什么事呀？老头子你今天是不是喝多了？"

"夫人啊，我给雉儿觅得佳婿了！"

"给雉儿觅得佳婿了？是哪个是哪个？"

吕媪一下子就喜笑颜开兴奋起来。做娘的，最关心的就是女儿的终身大事呀！她是早就听老头说过的：雉儿有个天生的贵气相，将来是要嫁一个大富大贵之人的。于是吕媪就在心中盼啊盼的。前不久就盼来一个：有一个远房亲戚，来向吕家提亲。而提的就是本县罗县令的三公子。能嫁到县令家中当儿媳，这不就是大富大贵吗？可是吕公却说："不着急，这件事当从长计议。"那个亲戚走后，吕公就说，一个县令的公子，还只是小富小贵啊！

那么，大富大贵之人在哪里呢？

当吕公说出"刘邦"两字时，儿子吕泽却以鄙视的口吻议论起刘邦，说刘邦只是一个小小的泗水亭亭长；说人们纷纷传言，刘邦四体不勤，不务正业；说刘邦游手好闲，吃喝玩乐，聚众斗殴，惹是生非，他这个亭长其实只是泗水亭的痞子一个，等等。吕公连连摇头，一一加以反驳，最后还说到他今天看了刘邦的相面，说刘邦是个大贵人，将来会成大事……

吕泽却笑道："爹爹呀，你的这相面之术，说说玩玩还可以，可你用在自己女儿身上，你会耽误姐姐终身的呀！爹爹，我看是不是这样，你费尽心思觅佳婿，你也是为姐姐好，那你就该问问姐姐自己的主意呀！"

吕媪忙道:"对对对,雉儿啊,如今摆在你面前的两个人,一个是罗县令的三公子,一个是这个刘邦。你自己说说,到底哪个好?"

吕雉叫唤道:"你们吵吵嚷嚷的,把我的头都弄晕了!让我想想,让我想想!"

是夜,吕雉在牙床上翻翻转转,左思右想,最后,决定向那些官府衙门里的清官能吏学习,也亲自去察看察看,来一个微服私访。

终身大事不轻信,不糊涂!

这里是四季春酒楼。

门前的地坪里,依然飘着那面大大的酒旗。旗下一条小路,这小路直通外边的官道。此时刻,只见官道上走来一位书生。这书生中等身材,眉目清秀,头戴方巾,足蹬云靴,手中还拿着一把纸扇。书生后头跟着一个小厮,这小厮瘦瘦的,小小的,也是眉清目秀的,他当然是这书生的书童。

主仆二人正朝四季春酒楼走来。二人进了店门,老板娘曹氏立即迎上,领着二人上楼梯,到了酒楼上。

店里还是空寂无一人,还不见一个顾客。

书童就嚷道:"我讲了来得太早了,相公你却一个劲地催催催!"

曹氏连忙道:"不早不早,马上就到客了,二位就请坐这中间席!"

这楼厅里有八张酒案。中间那张八仙案特大,特红,特光亮。请客人坐中间席,这是对这两位客人的敬重,抬举。

小书童不客气,一屁股就坐于那案边一张红墩上。

书生却不落座。他望望中间席,又瞧瞧旁席,最后走到右手边角落里,靠窗户的那张席前坐下。他招招手,那书童也就赶快走过来,挨着他坐了下来。

他觉得这红案的位置好,靠着窗户,往右边一瞧,就可以俯瞰楼下;往左边一瞧,就可以观察整个厅景;对中间一瞧,就把中间那张八仙案给牢牢地抓在眼中,而他在角落,人家不会瞧他,就是瞧,也瞧不仔细,瞧不周全。

细心,有算计!

这就是吕雉!

为了私访,她特意来了个女扮男装。而且在事前托哥哥吕泽进行了打听:刘邦和他的一帮哥儿们,最喜欢喝酒,常去之地就是这四季春酒楼。

已经陆陆续续来了几个客人。

可那刘邦以及一帮狐朋狗友,却为何还没有出现呢?莫非他们今天又去别的妙景胜地了?

5

正疑惑间,一帮子人来了。

五个人。他们是:萧何、刘邦、曹参、夏侯婴、樊哙。

一上楼,他们就走到中间那张八仙案旁,围席而坐。

樊哙吆喝了一声。曹氏就笑嘻嘻地出来了……一个酒保送上来酒菜。也给窗户边的书生和书童上了酒菜。中间八仙案的哥儿们满酒满杯地喝开了,他们的话匣子也打开了——

首先是萧何开口问:"吕公那一顿酒宴,你们吃出什么名堂没有?"

大家品味着,回顾着。首先是曹参答道:"排场不小,来了那么多的人,而且是县令亲临,可见这吕公不是等闲之辈。最有牛皮的,当属我们三哥,一个子没丢,却满堂里高唱着礼金一万,居然诳得吕公把他待为上宾,小弟我真正是佩服!佩服!"

刘邦心里高兴,却连连摆手道:"哪里哪里,要不多亏萧大哥、曹参你们在那里操作,为我刘某遮羞挡丑,我哪有胆子在那里睁着眼睛说瞎话啊?我能够瞒天过海,全仗二位包涵呢。来来来,我向二位敬一杯!来来来,干!"

萧何与刘邦碰杯饮酒。

饮酒的时候,萧何的眼光悄悄地向着那个角落扫过去,他看到了那个书生……

只见萧何又低头思索道:"说来也怪,这吕公明明看穿了这一万礼金是个虚数,可他却并没有计较,相反,还引起他的浓厚兴趣。"

"什么兴趣?"夏侯婴问道。

萧何却对刘邦道:"三弟,吕公是看了你的面相的,记得吗?"

刘邦道:"是啊是啊,我被他前后左右地看了一番,他还说我贵不可言,我也不知这吕老头是什么意思,他是不是在拿我开心啊?"

"绝不是,你走了之后,吕公又和我谈起你,当我说你还没有成家之时,他竟然十分高兴,还连连说要帮你物色合适的女子。我看呀,他八成是想要你做他的乘龙快婿啦!"

夏侯婴一听,连忙嚷道:"哈哈!我家三哥这次是走桃花运了!"

樊哙也嚷道:"我早就说过,今年的春景、春色是特别的好,我家三哥一定会摘到鲜花一朵。这一次,果然应验了是不是!"

"哎呀呀!"只见那刘邦嚷道:"吕家的千金小姐乃是浑身长刺的玫瑰,我又如何能下得手啊?来来来,不谈风月,莫说女人,喝酒喝酒!"

那一厢角落,书生和书童坐着,喝着,吃着。他们也在悄悄看着,听着。刘邦说吕家千金浑身长刺,吕雉的眉头就重重地皱了一下。但她当然是不好说什么的。

她正准备继续听下去、观察下去,却见那中间八仙案边的刘邦站起身来,端着酒杯向自己这里走来。

原来刘邦已经看到了这位眉目清秀的书生，他就十分豪爽地走近前来，对书生说："这位公子，这位小哥，来来来，和我们大伙儿一块儿来坐着吃吧，别冷冷清清地待在这里，和我们一块来热闹热闹吧！"

果然，这位刘邦真的就是一个豪爽性格，就是一个喜欢交朋友的人，是个见人就熟的人。而且，当他走到自己面前时，吕雉分明清清晰晰地看到，刘邦不仅是身材高大，而且外表颇为奇伟，那浑身上下还放射出来一种浓烈的男人气息，男人味！刹那间，吕雉就感到自己被吸引了。

可是，在嘴上，吕雉却推托道："谢谢，我们就在这儿吃好了！"

"不要这样嘛，交个朋友嘛，一起来喝杯酒吧！"刘邦是个有名的厚脸皮，所以还依然纠缠着……

"不不不，本人不会喝酒！"书生再三谦让。

刘邦伸出手来，要拽这位书生。萧何赶快走上来，拉住刘邦道："人家不会喝酒，你这是干什么呀！"说着萧何把刘邦拉到了中间席的座位上。

刚才这短短的接触，使吕雉心情波动，也可说是心旌摇荡，她觉得自己脸上热热的，鼻尖子上也沁出了汗水，她看到书童——小丫鬟梅香正望着自己，在狡黠地微笑着。

吕雉瞟了梅香一眼。接着又认真地听着那中间席上的谈话。

只见那个萧何故意放大声音，对刘邦说道："刘邦，你前向押送劳工去京城服役，这趟差事干得好，受到了朝廷嘉奖，县令是如何褒扬你的，具体又是如何犒赏你的，不要故作谦逊，快给大家说说，好好说说吧！"

首先，刘邦愣了一下，不知萧何为啥突然提出这档子事，但，刘邦本就爱吹两个钱的牛，萧何这下又怂恿他来吹，不吹白不吹呢。于是刘邦就拿着自己这一段辉煌史，轻车熟路地侃了起来……侃到最后，他还补上一句："罗县令说了，要专门为我设宴庆功，我还觉得有点不好意思呢！"

萧何忙道："这有什么不好意思的？有错就罚，有功则赏！罗县令早跟我讲过，这押送劳工，不光是苦差事，而且是危险差事，如不能如期到达京城，那是有杀头危险的。别人难以胜任，你却完成得这般圆满，当然应该重重犒赏啊！弟兄们，你们说对不对？"

"对对对，有道理，应该犒赏，应该犒赏！"

这时，老板娘曹氏又出来了，她端着一盆饭，送到了吕雉面前。她转身进厨房时，那个夏侯婴又想逗乐开玩笑，就喊道："老板娘你莫急着走啰，到我们这一席来敬酒啰！"萧何一见，就急了，这曹氏可就是刘邦的老相好呀，吕雉当然是不知道的。如果夏侯婴来个一闹一笑，那吕雉立即就会看出花脚乌龟呀，刘吕姻缘，就会烟消云散啊！于是赶快对夏侯婴吼道："不许乱来！"

那曹氏却是个蒙在鼓里的人，她依然无拘无束，走到刘邦身边道："哎呀，刘亭长，你到京城去了个把月，我这店子里就冷冷清清的，今天好了，你来了，又热闹起来了，真是要好好谢谢你呀！来，敬你一杯！"

刘邦一饮而尽，道："好好好，以后呀，我哪里也不去了，就住在你这四季春了！"曹氏来了兴致，又准备倒酒。萧何赶快把曹氏支到一边："好了好了，我们还有正事，老板娘，你忙你的去吧！"

曹氏便笑盈盈地走进厨房里去了。

那个书生和书童也就起身走了……

萧何今天的说话和神情，的确也有点儿异样。

曹参已经看出来了，于是就问："大哥你今天是怎么了？来了一个富公子，你就对我们这样挤眉弄眼，你到底是怎么回事呀？"

樊哙也说："是呀，萧大哥今天好像是另有心事呀！到底所为何事呀？"

萧何就说道："你们这些人呀，就是不见机，反应不快，刚刚还怂恿曹氏和刘邦闹闹闹，你们知道刚刚那个书生公子是谁吗？"

"他是谁呀？"众人面面相觑。

萧何揭开谜底说道："虽然她化了装，可我一眼就看出来了，她就是吕家小姐！"

众人一愣。

曹参道："这么说她是来微服私访的？"

刘邦道："她访谁啊？哈哈哈！她是来访我呀！她是来暗暗相我的亲啊！"

曹参道："三哥，她可比你要厉害啊，看你是不是吃得消啊？哈哈哈！"

第十一章　刘邦吕雉成佳偶

1

玩笑归玩笑。可是在回家的路上，刘邦却显出一副心事重重的样子。

萧何问："怎么一言不发呀？"

刘邦便以埋怨的口吻道："大哥呀，你也太不够朋友了，明明知道吕家小姐就在眼前，怎么也不向我挑明呢？"

萧何微微一笑，解释说："三弟呀，如果我当面指出她是吕家小姐，那叫人家多难为情啊。再说，人家立马就要成为你的老婆了，你还怕以后看不够呀？"

"老婆？"刘邦淡然一笑，"这八字还没有一撇呢！"

"你说真心话，你看得上人家吗？"

"当然看得上呀，连扮成个男子，都是那般撩人！而且……"

"而且她家中还那样有钱！"

"没错没错！在大哥面前我真话两句，一，看起了她的人才；二，看起了她家的钱财！你不是常常说我以后是要办大事的吗？没有钱财，就是小事也难办成啊！"

"这倒是一句大实话。"

"只是……"

"只是什么？"

"只是我刘邦这只癞蛤蟆，能不能吃到吕家这块天鹅肉啊？"

"不要这么自卑嘛！告诉你，吕公对你是十分中意的。吕小姐呢，对你还了解不够，所以今天就演了这么一出。她演，我们也在演啊。"

"那大哥你看我今天的演出怎么样？是不是有什么说漏了嘴的地方？"

"没有，很好，特别是你大哥我的表演好！我特意在她面前把你郑重吹嘘，让她对你产生好感，你放心吧，我已经让她吃下了一颗定心丸！"

"哈哈！"刘邦高兴极了，愁云顿散，又得意忘形起来，无比兴奋地给了萧何胸脯一软拳："你真是我的好大哥！"

萧何莞尔一笑，胸有成竹地说道："吕公那边我会去再加一把火。你就准备拜堂成亲吧！"

"多谢大哥成全！"刘邦一个拱手。突然他话锋一转，又踌躇起来，他想到了老相好曹氏，就说："只是，曹寡妇跟我这么多年，一旦把她丢开，一来我心里颇有点不忍，二来我也怕她不肯放手啊！"

萧何一听，故意装出一副吃惊的样子，嚷道："什么，你真的是已经上了曹寡妇的床？"

"不瞒大哥说，这些年她对我是百般柔顺，恩爱有加，所以我也就是自己管不住自己了。"

萧何正儿八经皱眉言道："哎呀，平时弟兄们说说笑笑，不过是寻个开心而已，谁知你们竟然真的走到一起了。既然如此，那你何不就娶了她呢？"萧何一副生气模样，甩下刘邦，匆匆向前走去。

刘邦赶快追上萧何，央求道："大哥，你听我说……你想，我是一个未婚男子，如果娶一个寡妇，说起来岂不有失体面，更重要的，她是命中克夫，所以才成了寡妇呀！我若娶了她，岂不会被她克死？难道你忍心让三弟去送死吗？"

闻言，萧何驻足，故作沉吟深思态："这倒是个问题！"

刘邦就继续央求道："大哥，你这次为我的终身大事做了好事，你要好事做到底啊！我就是怕她纠缠，她一纠缠，这件大好事就会被她搅黄，你要为我想一个办法啊！"

萧何便责备刘邦："你叫我想什么办法呢？你图一时快活，如今给我出难题！"

刘邦使出他那手惯用伎俩，嬉皮笑脸耍无赖，道："谁叫你是我的大哥呢？"

萧何叹道："给你刘邦当大哥，可真是一件麻烦事呀！"

2

又在四季春酒楼。不知为何，今天这酒楼的生意很不好，冷冷清清，无客上门。

大概刘三哥没来吧。

曹氏泡上一壶黑茶，倒了一碗，一个人坐在厅堂里，在正中间那张八仙案旁，喝着黑茶，想着心事。想到她的安徽宿州老家，想到幼年时的日子，想到当年自己的拜堂成亲，自然就想到了死鬼老公。老公是个老实人，是一个最勤快的人，就是太老实哟！老实到什么程度呢？在床上做那个事，也是笨笨拙拙的。啊，不怕不识货，就怕货比货，油然想到刘三哥，那才是个男人，在床上的那个猛啊，那么多的花样，他是哪儿学的呀？这种事是用不着教的……曹氏忽然感到自己脸上热辣辣的了。

来了一个客人，此人是一个瞎子，瘦瘦精精，一手夹着一把钥琴，一手拿着一个布幡，那布幡上写着六个字："张瞎子，灵八字"。这是个算命高人。

不是来算八字，他还没吃早饭呢。于是，曹氏就给他下了一碗面条，还打了一个荷包蛋。

吃完面和蛋，付了钱，瞎子准备下楼。

曹氏喊道："先生留步！"

"想算八字？"

"正是。"

"那好啊！"

曹氏让先生在中间那张席位坐下，又倒了一碗黑茶。

瞎子啜了一口，赞道："好茶！"接着又道："老板要我算八字，我这人有句顺口溜，'三个钱的八字照直讲'，我可不会转弯抹角，顺着这人家的意，尽挑好的说！"

曹氏道："我就敬佩这样的先生。"

"那请老板报上你的生庚。"

曹氏答道："甲午年八月十四寅时。"

于是瞎子就掐指推算，嘴里念念有词："甲午、乙未、丙申、丁酉、戊戌、己亥、庚子、辛丑、壬寅……寅属虎，未属羊……"然后问曹氏："这位大姐，你是要我讲黄绿还是要我讲子平？"

这曹氏也是个懂一点门道的，想了想，就说："就请先生讲子平吧。"

"那好，那我就讲子平。我是讲直八字的人，不合心意处，请不要见怪啊！"

曹氏坦然道："请先生直讲。"

瞎子绷了绷眼皮，开口说道："这个八字好大呀，此人生得体魄健壮，天性乃是聪明伶俐，性情乃是泼辣大方，有人缘，多得贵人相助。如果是经商，生意肯定不错。说到儿女，不管早晚，命中定有一子。此子以后必定是大富大贵。这是个好命呀！——可是，我刚才说了，这个八字太大。寅时属虎，虎是要吃人的，所以，克夫。夫妻不能白头偕老，只能寡居一生……八字讲完了，老板，直言之处，望乞海涵！"

久久地，却不见曹氏答言。原来，这算命先生的话，把个曹氏的悲伤心事给触动了，她情不自禁地默默地落下泪来。

只听那八字先生又喊了一声"老板！"曹氏方才醒过神来，连忙抹掉眼泪，向八字先生付了几个铜板，将其打发走了。

八字先生一走，曹氏独自一人，又趴在那张八仙案上哭泣起来。

其实这个八字先生，就是萧何买通的。要如何才能将曹氏和刘邦的情感一刀两断呢？要想个什么法子让曹氏心甘情愿地放手呢？想的就是这个法子，瞎子的这一番言说，都是萧何和他策划好了的。

日头落了，月亮升了起来。这天晚上刘邦再一次来到曹氏家中，不是四季春酒楼，而是竹林巷街尾处的那个木屋子。刘邦一进门，曹氏又是老惯例，下了一碗面条，又加了一个荷包蛋，刘邦咕嘟嘟几下吃完。饱了肚子，那个地方就蠢蠢欲动，搂过曹氏，滚到了床上，几揉几搓之后，正要大剥曹氏衣裤，却听那曹氏已经是呜呜咽咽地哭起来。

3

刘邦一听，不觉惊疑起来，连忙坐起，以诧异口吻问道："你是怎么啦？"曹氏依然哭泣，默不开言。刘邦这老爷们便放下男人架子，使出柔情手段，伸出大手掌，轻轻给曹氏揩去眼泪，又在曹氏背上轻轻拍拍，说："有什么话尽管讲出来，别窝在心里呀！"曹氏依然不出声。刘邦便大声喝道："谁欺负你了，告诉我，老子饶不了他！"这样一软一硬，一惊一乍，曹氏终于说道："三哥，听说你要娶吕家小姐为妻，有这个事吗？"

刘邦一惊，心想，这麻烦果然来了。他不想挑明此事，他还没有想到解决的办法。这萧何利用瞎子使暗计的事，刘邦并不知道呢，于是问道："你是怎么知道的？"

"你不要问我是怎么知道的，你只说有没有这回事。"

"这个……我是正想告诉你的，你倒先问起我来了。"

"这么说，是确有此事？"

刘邦看到已经无法隐瞒，只好解释说："那天我去吕家赴宴，吕公见我相貌不凡，有意将女儿吕雉许配于我……"刘邦说到这里，把话停住，现出一副很为难的样子："你对我这么好，可又不能成为正式的夫妻，事到如今，我真是为难啊！"

刘邦却万万没想到，这曹氏竟然说出来这样一句话："这有什么好为难的，你去娶她呀！"

刘邦见曹氏如此说话，不禁惊疑道："你不是在赌气吧？"

"谁和你赌气了？"曹氏认真地说，"我已经想通了，我是一条克夫的命，如果嫁给你，就会害了你，到头来我依然是守寡，这又何苦呢？"

这都是那瞎子的话在起作用。

都是萧何用的计。

但刘邦却是不知道的。

此刻的刘邦，当然欢天喜地，急切问道："你真的想通了？"

"当然是真的啦。不过，你得依我两条。"

"依你一百条都要得啦！哪两条，快说快说。"

于是曹氏就说："第一，你要知道，做个女人不容易，人家吕小姐比你小了十多岁，你以后要善待于她。"

"这个是自然的，我记着你这句话。"

"第二，你要和我生个孩子，使我以后终身有靠。"

生孩子，对于男人来说，真是太容易了，而且是件大快乐事，不过平时粗心的刘邦此刻也在思忖着：这孩子生下来，于我以后有没有麻烦呢？孩子由曹氏一手抚养，她开着个酒楼，银钱粮米是绰绰有余，应该不会有什么麻烦的。这件事对一个女人家来说，为了以后终身有靠，的确很有必要，完全可以理解。刘邦于是就连连点头同意。

曹氏道："你依我这两条，我一切都心满意足了。"

一块心中的大石头放下来了。为了让曹氏快乐，放心，刘邦爬起来，对天发誓道："我刘邦一定好好待吕家小姐；我刘邦一定好好地和曹姐生个孩子，如果有违这两条，天诛地灭！"

"谁叫你发誓了？"曹氏连忙捂住刘邦嘴巴。刘邦却一把将曹氏搂到怀里。

"你干什么呀？"

"生孩子呀，我给你生孩子呀。哈哈哈哈……"

4

就这样，顺顺利利的，刘邦就把吕雉给娶到手了。办喜事的这一天，倒还真是喜庆，热闹。

刘邦的家中，一片闹闹嚷嚷。堂屋内，大红灯笼高高挂，每个门楣都贴着萧何写的红对联，窗上贴着红喜字。正面神龛上高烧着一对红喜烛。地坪正在杀猪宰羊，厨房的灶台上是一片热气腾腾。萧何、曹参、卢绾、樊哙、灌婴、王陵、雍齿等人在这里进进出出，指指点点。那洞房布置得富丽堂皇，几上也燃着一对喜烛。瞧那刘邦，平时邋里邋遢，可今天身上穿得焕然一新，胸戴一朵大红花，兴味盎然，还对着一个铜镜左照右照呢！夏侯婴帮着刘邦在整理衣帽。刘邦的大嫂在整理着床上用品。大嫂的儿子信儿跑进来，望着刘邦嚷道："三叔今天好漂亮呀！"大嫂也笑道："你三叔这么一打扮呀，起码年轻十岁！"

外边，刘家院子前的那条土路上，锣鸣鼓响，喇叭高奏，一支长长的迎亲队伍，正簇拥着一顶大红花轿向刘家院子走来。

花轿进到院子里，放了下来。萧何领着一群人，拥着刘邦走到轿前。新郎官刘邦掀起花轿的布帘，只见新娘子顶着红盖头，浑身新衣带着花团锦簇，珠光宝气，刘邦强烈地感受到吕雉的贵气和美丽。新郎的手拉住新娘的手，牵出花轿，牵进了堂屋，牵到了立着祖宗牌位的神龛前。于是，在萧何的指点下，由曹参担任傧相，新郎新娘在这里拜了天地，拜了祖宗，拜了父母，又夫妻对拜。接着二人就入了洞房。

刘邦走上前来，揭开吕雉的红盖头，只见吕雉今天真是貌美如花，妙不可言！

就在这节骨眼上，曹氏闯到刘家院子里来了。

萧何一见，不禁眉头一皱，连忙趋前："曹大嫂子来了，请坐请坐！"曹氏不作搭理，一个劲地只往里屋冲了进去。萧何赶快一个箭步跃上，拉住曹氏说："大嫂大嫂，别急别急，先坐下喝杯茶！"萧何拽住了曹氏的衣袖，不料曹氏将手一甩，高声道："萧大人，今天我店里客人多，一下子脱不开身，没赶上他们的婚礼，现在我去向他们道个贺也不行吗？"

萧何心想：来者不善，善者不来。看来这曹氏是要来闹事了。难道那个算命妙计没有起到效用？可刘邦已拍着胸脯说，他已经和曹氏定好了君子协定的呀！这个刘三哥呀，可能是话没有说好，没有妥妥帖帖安抚好这个女人的心。事到临头，出了霉头，只能靠自己来临场发挥救急了。于是就说："曹大嫂，我们是老朋友啦，我就来讲句直话，今天是人家大喜的日子，讲的是个吉利，图的是个喜庆，所以呀，你就别……"

曹氏冷笑道："这个我懂！"她伸出粗大胳膊把萧何向旁边一扒，径直向着里屋冲了进去。萧何急了，也匆匆赶上。

洞房里，红烛正在燃烧，一些闹房的年轻人正在这里嘻哈打趣。刘邦和吕雉坐在床沿上。刘邦笑眯眯的，和年轻朋友们应酬着。他突然一抬眼，看到曹氏走了进来。老天爷呀，这冤家怎么在这个时候出现啦？刘邦敏捷，只得赶快一步趋上，轻声问道："你怎么来了？"

曹氏不理，站在房中，一声不吭。她的眼睛却对着这房间扫视起来。一看这架势，来闹房的那些小青年全都愣住了。萧何已赶了进来，一会儿曹参也来了。二人都是眉头紧皱，却见曹氏突然绽开了笑脸。她走到吕雉面前，颇为热情地说道：

"吕小姐，恭喜你呀！"

对于曹氏和刘邦的那一腿之事，吕雉是一点儿也不知晓的，所以就以为这位女客是在衷心祝福自己，于是连忙答道：

"谢谢大姐的祝福！"

面对情敌，曹氏对着吕雉上下打量起来，终于不由得说道：

"新娘子果然是年轻漂亮啊！难怪我们的刘三哥……"

"曹大嫂"——旁边的刘邦终于忍受不住了，一来，他生怕曹氏胡乱说话，因而搅了自己这么一个大好之事；同时他也很生气，这曹氏已经和自己定了友好协定，怎么讲话不算数又忽然翻脸呢？

没等刘邦说下去，那曹氏却突然对刘邦喊道：

"刘三……刘亭长，你你你——你好福气呀！"

曹氏的声音竟然有点哽咽起来。

萧何见状，赶快提醒道："曹大嫂，常言道'春宵一刻值千金'，就把时间留给这一对新人，我们这些外人还是外边喝茶去吧！"

萧何边说边向曹参丢了一个眼色。曹参会意，连忙对曹氏说：

"老板娘，走走走，到你的店子里吃夜宵去！"

曹氏没好气地说："吃什么夜宵！喜酒你们还没喝够呀？"

曹参笑道："正因为喝多了喜酒，吃多了大鱼大肉，所以要到你的店子里去吃吃狗肉，变变口味。"

萧何也道："对对对，还是大嫂做的狗肉好吃啊！"

说着，萧何和曹参就拉拉搡搡地把曹氏拥出了洞房。

樊哙等一帮弟兄正拥在堂屋里，他们已知曹氏闹房之事，大家心里都很担心，生怕那位狗肉大嫂做出一些出格事情。看到萧何等人拥着曹氏走出来，大家才长呼一口气。萧何便对大家把手一挥说："走，到曹大嫂店里吃夜宵去！"大家明白这是缓兵之计，就都嘻嘻哈哈地拥着曹氏，向外而去……

夜阑人静。洞房里的红烛也快燃完了。

本来既心急又性急的刘三哥，实在已经是按捺不住了，就开口说道："娘子，时候不早了，安歇吧！"

想不到吕雉却回答说："你要睡了吗？我可是睡意全无啊！"

"那……那就再坐坐吧。"

"刚刚来的那女人是谁？"吕雉忽然问。

刘邦一愣，但立即答应："四季春酒楼的老板娘，我们弟兄们常常去她店里吃饭喝酒，混熟了，所以她今天特来道贺的！"

吕雉并没有继续追问。但她却笑着转换了一个话题，说："我出个题目考考你好吗？"

刘邦一听，疑惑起来，洞房花烛夜的，她不睡觉，却又考什么题目？这个女人，真是有点麻烦！但他嘴上依然问道："什么题目？"

吕雉说："生米煮成了熟饭怎么办？"

刘邦一愣，以为吕雉知道了他和曹氏的关系，于是心中惊慌，来不及细想，就随口回答道："把它吃了呗。"不料歪打正着。吕雉一笑，表扬道："不愧是泗水亭长，思维敏捷，回答正确。"

刘邦忙道："谢谢娘子。题目已考，娘子安睡吧！"

没想到吕雉却说："急什么，我再出个题目，你可以回答三次。答对了，马上睡觉，若是答不出来呀——别想上床！"

刘邦笑道："天下题目，难不倒我，娘子请出题！"

吕雉顿了顿，清了清嗓子，说道："你听着，假如你有万贯家财，你认为最珍贵的是什么？"

刘邦不假思考，答："当然是金银珠宝。"

吕雉摇摇头："错了。"

刘邦接着答道："那就是田产房屋。"

吕雉依然摇头："也错了。"

刘邦却不急不慢，不慌不忙，笑望着吕雉，然后胸有成竹地说道："其实我早就想好了，我是特意留到第三次来说。"

"那你说，是什么？"

刘邦就以一种贫嘴口吻，油腔滑调，又充满柔情地说道："最珍贵的东西，就是我这才貌双全，而又能文能武的心肝宝贝——你！"

满以为吕雉会满心欢喜，满以为自己就可以上床睡觉，可以在这一方新天地里来一番云播雨耕，起伏荡漾，谁知这吕雉却面孔一板，喝道："答错了——请你出去！"

刘邦还没回过神来，却已被吕雉推着搡着给弄到了门外。接着砰的一声响，她把房门给关上了。

刘邦疑惑、懊气、恼火！他转回身，想要上去伸手捶门，可一股男子汉的自尊立马涌上心头：刚刚自己答应了，答不出来绝不上床啊，男子汉应该一言九鼎啊！

对，要想进门，要想上床，自己就得答出来。

他那伸出去要捶门的手，就已经无力地垂落下来。可是，这个题目的答案到底是什么呢？这最珍贵的东西到底是什么呢？刘邦带着这个沉重的题目，提起沉重的步伐走了……

那吕雉刚刚生硬地把刘邦推了出去，见门外没有动静，便悄悄地开门一望，却没有了刘邦的踪影。

一种怅然若失的感觉立即涌上了吕雉的心头。她忽然觉得，自己刚才这个玩笑开得有点过，太任性了，这洞房花烛夜，把自己老公这般赶出去，真是不妥，实在不妥！

吕雉有点后悔了。

5

萧何等人，拥着曹氏，又是开导又是说笑话，把她送到了店里。并没吃狗肉，又是一番劝解和安慰，然后，萧何等人就出得店来。

萧何说："我们大家就各自回家吧。"

可樊哙却说："回什么家？我们到刘家听壁角去。"

夏侯婴连忙附和道："对对对，去听听我们刘三哥和吕小姐是如何在床上闹腾的，走走走！"

大家说笑着，就走到了刘家大院门前。

只见有个人坐在大门门槛上。此人竟然是刘邦！

大家都惊愕了。而萧何明白：这里头出了故事。大家一番催问，刘邦就说出来这个考试题目。曹参急切地问："你是怎么回答的？"

刘邦无精打采地说："我说最珍贵的东西就是新娘子你呀！"

曹参不解地说："这个答案很好呀，很对呀，而且也是特别合乎新娘子的心意呀！吕雉怎么就说没答对呢？"

萧何笑了，说："的确是没答对。"

刘邦急道："大哥说说，要如何答才对？"

萧何笑道："如此灵泛聪明的刘亭长，怎么这个题目都答不上来呢？"

刘邦认输地说道："我的脑袋再聪明，也比不上大哥你的脑袋啊。"

萧何笑道："你不已经答出来了！"

刘邦一愣："我答出来了？我怎么就答出来了？"但这刘邦到底是刘邦，他默了一下神，然后恍然大悟道："对对对，我答出来了！多亏大哥提醒，我答出来了！——世上最珍贵的，就是脖子上这个脑袋！"刘邦将自己脑袋一敲，然后反转身就向屋子里跑去……

刘邦兴冲冲地跑回洞房。

此时，吕雉正坐在床沿上，为自己刚才的过火行为暗暗自责。突然看到刘邦跑了进来，嘴里还在大声喊着："有了有了！题目我想出来了！老婆老婆，我知道答案是什么了！"

看到老公如同小顽童一样，吕雉不禁笑了起来，问道："你的答案是什么呢？"刘邦指指自己的头，说："世间还有什么比这脑袋更珍贵呢？老婆，我回答得对不对呀？"

"错了，不是的！——不过，错了也不要紧，是自己老公嘛，纵然错了，也是可以上床的啊！来来来，睡觉吧！"

这下，刘邦却呆滞了，他没有响应，没有上床，反而呆呆地在心里想着："原来这萧何脑瓜子也不灵光，这题目他也没有想出来。"于是刘邦的心思就被这道难题给缠住了，喃喃道："不是指的脑袋？……那到底是什么呢？世间上什么才是珍贵的呢？到底是什么呢……"

却听吕雉笑道："就是脑袋，你没答错。你是我的聪明老公！刚才我是和你开玩笑的。你可以上床了，可以睡了。"

说着，吕雉主动伸出手臂，勾住了刘邦的脖子……

第十二章　聚义之前斩白蟒

1

　　时光悄悄流逝，转眼到了夏天。

　　这一日，罗县令召集群僚议事，他说："按朝廷规定，本县要押送一百五十名囚犯去京城服役，此举非同寻常，一般人难当此任，请各位推荐合适人选。"

　　萧何先发制人，说道："罗大人所言'一般人难当此任'，卑职以为确实如此，因囚犯大都放荡不羁，且其中不乏亡命之徒，人数又如此众多，没有相当地位和处事能力的人，的确是不能担当此任的。依卑职之见，如此重要差事，非县丞吴大人莫属。"

　　吴县丞正在自己的座位上发呆，没想到萧何突然给他出此难题，刹那间竟傻了眼。但毕竟在官场混了多年，反应还算敏捷，马上镇静下来，从容不迫地说道："谢萧大人抬举。不过，卑职年事已高，不像萧大人年轻力壮，能力过人，莫说是押送一百五十名囚犯去京城服役，就是指挥千军万马冲锋陷阵，都是举重若轻，游刃有余。我看还是请萧大人前去，最为合适。"

　　吏掾们见两位主要官员如此抬杠，都面面相觑，缄口不语，把个罗县令弄得左右为难。他沉吟一下，只好打圆场道："二位过于看重此任了。我说'一般人难当此任'，也不至于让二位大人亲自出马，杀鸡焉用牛刀？况且二位都身负重任，脱不开身，如果大家实在提不出合适人选，我看还是叫刘邦去好了。刘邦善于和各色人等打交道，应变能力强，又有去京城押送劳工的经验，驾驭这些囚犯应该是不成问题的。"

　　吴县丞像捞了一根救命稻草，马上说："县堂大人英明果断，刘邦确实是最为合适的人选。"

　　在场的吏掾们也生怕这个棘手的任务落到自己身上，都连连点头，表示赞同。

　　罗县令见下属们如此异口同声拥护自己的意见，心里不禁一喜，于是笑着说道："既然大家没有什么异议，那就这样定了。"

　　萧何想了想，却说："县堂大人定下刘邦，卑职不敢提出异议。但诚如大人所说，此举非同寻常。只因此次押送的全是犯人，而人数如此众多，天气又如此炎热，长途跋涉，其困难可想而知。所以，卑职建议多派得力助手和解差人员。这些人员离家远行的日子，县府要注意关顾他们的家属。同时，在押送的花费上，应多拨盘缠，使之用度不至困窘。这样才能让他们得以顺利到达。"

　　罗县令觉得萧何所言有理，且考虑得十分周全，于是点头同意，并把这事全交给萧何去具体安排。

散会之后，萧何立即去找刘邦，便邀曹参一块向四季春酒楼走去。进门一看，刘邦和他那一帮兄弟果然在这里聚会。

王陵看见萧曹二人，便叫起来："大家刚说起萧何、曹参，你看他们就来了！"

萧何满脸带笑道："说我什么事啊？我没有什么对不起大家的地方吧？"

"就是嘛。"曹参附和着。

刘邦马上说："哪里哪里？大家没看见你们，就像少了主心骨一样。刚才大家正在议论现在我们国家的社会状况，正想听听你们的高见哩。"

萧何说："原来是这样。那就先听听你们的高见吧。"

灌婴冲着萧何问："现在这个世道真不像话，不是这儿杀人，就是那儿放火，口里却还在说是什么太平盛世。萧大哥，老百姓过的是什么日子？你们身在官场，应该比我们更明白吧？"

王陵愤愤不平地说："始皇帝把一个国家治理得满目疮痍，还要叫百姓高呼他万岁，万万岁，真是恬不知耻！"

樊哙更是心直口快，一开口就骂："什么狗屁始皇帝，干脆把他拉下来算了！"

刘邦嘿嘿一笑说："我们都是粗人，不过是在一起过过瘾，过过发牢骚的瘾。"

萧何点点头，还没来得及开口。

曹参不想再听他们那些不痛不痒的议论，便抢先说道："牢骚以后再发吧。我与大哥因公务缠身，来迟了一步，罚酒三杯行不行？"

众人异口同声回答："行，罚酒三杯。"

于是萧何、曹参都满饮三杯。

萧何放下酒杯，用手绢抹了抹嘴说："诸位弟兄，罚过酒了，我就要跟大家说一件正经事了……"

一听说有正经事，大家兴趣陡增，忙问"什么事？"

萧何顿了顿，然后从容不迫地说："朝廷下令，要沛县押解一百五十名囚犯去骊山陵墓工地服役……"

樊哙一听，立即生气地站起来，打断萧何的话说："又是修陵墓，修陵墓！好人都派尽了，如今连囚犯也不放过。那鸟皇帝何不自己早点钻到陵墓里去？"

卢绾在一旁拍了拍樊哙的胳膊，说道："你先别咋呼，听大哥说完吧。"

刘邦也道："对，让大哥说完再说。"

萧何喝了一口酒，说："县令决定派刘邦去押送。你们说去好，还是不去好？"

这是大家始料不及的，所以一时都不知怎么说好。

又是那心直口快的樊哙坚决地说："不去，不去！现在全国上下民怨沸腾，秦始皇的宝座都快稀巴烂了，还替他去做这种事，不是傻瓜吗？"

灌婴也似乎想明白了，附和道："我们不但不该去，还应该拆他的台！"

萧何一语双关地说："拆台也好，搭台也罢，都必须要人去做嘛。要是都只说不做，台怎么拆得了？拆了也搭不起来呀！"

曹参理解萧何的话中意思，于是耐心地对大家解释说："如今老百姓深陷水火之中，我们这些血性男儿岂能坐视不理？萧大哥的话里有话，你们要动脑筋仔细想想其中之意噢。"

萧何接着说："是啊，我说的话，只可意会，不可言传，以后你们就会明白的。"

樊哙愣头愣脑地说："大哥，你就别卖关子了，什么意会、言传？我怎么也听不明白。"

萧何笑了笑说："你听不明白，但总会有人明白的，老三，你说是吗？"

刘邦似懂非懂，支支吾吾地说："是哩，是哩。"

于是萧何附在刘邦耳边如此这般说了一番。

刘邦一听，立即心领神会地连连点头，接着就对大家说："诸位弟兄，萧大哥的想法正合我意，京城这一趟，我去，一定去！"

夜阑人静，皓月西沉，兄弟们各自揣摩着萧何的话，分头向自己家里走去……

2

一盏油灯闪闪忽忽，室内一片昏黄，刘邦抱着吕雉半躺在床上。他呆呆地看着天花板，似乎有点心不在焉，一只手在随意地捏弄着吕雉的头发。

吕雉见刘邦不说话，揣度他一定有什么心事，便关切地问道："你怎么啦，是不是有什么心事？"

刘邦想试探一下吕雉，便故作为难地，把县里派自己押送囚徒的事对她说了一遍。

吕雉听了，问道："始皇帝的陵墓修了好多年了，还没有修好呀？"

"还早着哩。如今七十万民夫，夜以继日地干，怕还得一年半载才行。"

"工程这么大呀？"

"方圆几十里，当然不小咯。好多劳工有去无回，就死在那里了。"

"始皇帝真是太残忍了，把老百姓不当人！"

刘邦见自己三言两语，已经把吕雉绕进了话题之中，于是就亮出了自己今晚的正题，说："现在世道很不太平，官府横征暴敛，民不聊生，许多地方的老百姓起来造反了。我们此次前去，还不知这道路是不是畅通？况且，押送的人都是囚犯，麻烦自然很多。所以，什么时候能到达骊山，什么时候能够回来，都无法预料。我这一走，家里的担子全落在你一人身上，我真有点放心不下呀！"

吕雉倒也是个男儿性格，听刘邦这么一说，不但不表示反对，倒反转来鼓励刘邦道："我说夫君你就别婆婆妈妈的了，好男儿志在四方，越处乱世就越要去闯荡，舍不得家小当不得好汉。你去吧，放心，家里有我，天塌不下来！"

刘邦没想到，这大家闺秀竟然有这么宽广的胸怀。高兴之余，倍生爱慕，于是搂着吕雉说："你真是我的贤内助！"吕雉也兴致甚好，积极回应，二人笑着钻进了被窝……

第二天上午，萧何来到县衙，刚刚坐下，周勃、卢绾、灌婴、周苛、雍齿便一齐走了进来，叫着"大哥"。萧何连忙招呼道："各位兄弟都来了，好，好，快请坐。"

原来这些人是萧何在罗县令面前点名随刘邦去跑这趟公差的。因为他觉得他们才是刘邦的得力助手，是协助刘邦干大事的最佳人选。

待他们坐定以后，萧何说道："今天我请几位来，是想商量一下去京城的事。你们知道，现在时局非常混乱，押送的又都是囚犯，一路上麻烦一定不少，有些事情一时还难以预料。所以，我特地选派你们几位亲如手足的兄弟，和老三一同前往。你们要处处小心，遇事要多加商议，为三哥排忧解难。我在后方会随时关注你们和你们的家属，你们尽可放心前去，圆满完成这次差事。"

众人起身，抱拳道："请大哥放心，我们不惜肝脑涂地，一定不辱使命！"

"好！"萧何看到众人信心满满，便说，"为了让你们有足够的盘缠，我向县令要了大量银两，加上县衙同仁们送的一些银钱，你们就是去京城来回两趟，都足够花销了。不过，有些开销是预想不到的，所以还是要省着点花，以免届时困窘。"说罢，从箱笼中拿出一个沉甸甸的包裹，交给灌婴，说："灌婴兄弟，你是个生意人，善于理财，这些银两就由你保管、支配。记住，好钢必须用在刀刃上。"

灌婴接过包裹说："请大哥放心。"

接着，萧何又把一些路上必须注意的事项仔细交代了一番，便让众人各自回家准备去了。

时间眨眼过去三天，这天早晨，刘邦带着队伍准备出发。萧何、曹参、夏侯婴、樊哙、任敖等人赶着来送行。

刘邦连忙道："大哥，各位兄弟，你们都很繁忙，何必烦劳到此？"

曹参亲切地说："我们情同手足，理当前来送行嘛。"

樊哙粗声粗气地说："三哥，小弟这次不能与你同行，心里怪不是滋味，嗨！愿你一路平安。"说罢抱拳一揖。

萧何拉着刘邦的手走到一边，语重心长地说："兄弟，我还是那句话，凡事多留个心眼。如今始皇帝残暴不仁，倒行逆施，已经是穷途末路。我们不能为他陪葬，必须审时度势，拿出主见来，该断则断。还有，别小看这些囚犯，他们中不乏能人巧匠，有的只是不满官府才进的牢房，你可千万不要虐待他们，明白吗？"

刘邦频频点头回答："兄弟明白，请大哥放心！"

卢绾催促说："三哥，时候不早了，咱们上路吧？"

萧何听了，便偕刘邦回到队伍中，对众囚犯说："诸位！你们虽然都是阶下囚，但是，从今天起就不再受牢狱之苦了。一路上你们要听从刘亭长和各位解差的指挥，千万不能乱来！本来，你们大多数人并没有什么大罪，有的甚至完全没有罪，只因一些说不清的原因进了牢房。所以只要这次差事完成得好，我可以请求县令赦免你们，重新回到家里享天伦之乐。你们说，好不好？"

众囚犯一听，心里热乎乎的，齐声回答："好！"

萧何对刘邦说："刘亭长，你来说几句吧。"

刘邦说："我要说的，萧大人都说了。我这里只说一句：只要你们不乱来，我们会善待你们，绝不把你们当犯人看待！"

"好！"萧何说罢，向周勃、灌婴等人一拱手说，"各位弟兄，天气炎热，趁早上路吧。"

曹参、夏侯婴等人也一拱手说："前途珍重，恕不远送！"

刘邦等人也纷纷拱手，然后便毅然指挥队伍出发。

长长的队伍就像一条逶迤的巨蟒在缓缓向前游动，渐渐消失在灰蒙蒙的霭雾之中。

萧何等人仍站在那里，目送队伍远去。

节令虽已快到中秋，天气却仍很炎热。秋蝉的聒噪，令人心烦意乱。用麻绳捆着手臂的囚犯们，艰难地走在官道上。刘邦走在前面，周勃、灌婴、周苛、雍齿和几名差人夹杂在囚犯之中。押后的是卢绾。这些囚犯们衣衫褴褛，汗流浃背，一个个愁眉苦脸，默不作声，有的还在一步三回头，显然对家乡恋恋不舍。

家乡对他们也放心不下啊！

3

队伍走后，刘邦的爹刘执嘉匆匆赶来了。原来这几天他到一个亲戚家喝酒去了，今早一回来，听说了刘邦要去京城的事，便连忙赶了过来。见了萧何，问道："萧大人，刘三呢？"

萧何谦恭地答道："大伯，他已经走了。"

刘执嘉有些埋怨道："哎呀，怎么能让他去押送囚犯呢？他去京城，要出大事的呢！"说罢，拔腿就要去追。

樊哙笑嘻嘻地说："大伯，他们已经走远，你追不上了。"

曹参也说："是呀，他们走了许久了。大伯你这么大年纪，赶不上的。"

刘执嘉听他们这么一说，踮起脚朝远处望了望，不见儿子的踪影，只得唉声叹气地蹲到了地上。

萧何蹲在他身边，劝慰道："大伯，你是怕儿子出去遭遇不测是吗？你放心，他押送劳工去京城也不是第一次了，他有这方面的经验……"

这个倔老头子没等萧何说完，一跃而起说："可今天他押送的不是劳工，而是一些囚犯，这囚犯可不是好对付的啊！"

萧何却笑道："大伯啊，能在这种时候，敢去押送不好对付的人，正说明你的儿子不是等闲之辈。他聪明能干，遇事不慌，能够驾驭各种复杂的场面，这是大家公认的，连县令大人都非常佩服。你有这么个儿子，应该引为骄傲才是啊！"

曹参等人立即附和道："是啊是啊，他是我们最尊敬的三哥！没有我们三哥做不好的事，天下事难不倒你的好儿子啊！"

一席话使刘老头心里生出些许欣喜，于是缓和了口气说："看你们还在夸他！"

萧何认真地说道："不是夸，他确实是一个难得的人才，是一个顶天立地的男子汉。这都是你老人家培养教育的结果啊！"

刘老头心里更有了一点甜蜜蜜的感觉，便说："如此说来，刘三这次出去不会有什么危险？"

"不会的，你老人家就一百个放心好了！"

说罢，萧何搀起刘执嘉往回走，曹参等紧随其后。

萧何回到家中，家里人已经吃过了午饭，丫鬟翠娥正在收拾碗筷，见萧何回来，连忙招呼说："老爷回来了，还没吃饭吧？"

萧何疲惫地往墩子上一坐，说："哎呀，倒真是有点饿了。"

翠娥赶紧说："你等着，我马上给你弄饭去。"说罢进厨房去了。

萧夫人闻声出来，看见萧何坐在墩子上闭目养神，心疼地说："看你，连饭都顾不上吃，又忙什么去了？"

萧何睁开眼睛，回答说："刘邦他们去押送囚犯，我去送了一程。"

萧夫人听了，疑惑地问道："押送囚犯，去哪儿？"

萧何回答说："去京城服役。"

萧夫人不耐烦地说道："又是服役，服役！哪年哪月有个完呀？"

"快完啦。始皇帝越是这样拿着老百姓瞎折腾，他就越完得快！"萧何说着停顿一下，转而用一种神秘的口气说，"刘邦此去，很可能到不了京城！"

"那是为什么？"

"他是个聪明人，不会去为始皇帝陪葬的。"

"什么意思？"

"那些囚犯对朝廷也是一肚子怨气，就像一堆干柴，只要有人一点火，就会刹那间熊熊燃烧起来，这就是这趟差事的奥妙所在。刘邦如果看不到这一点，他就不是刘邦了！"

萧夫人疑惑地看着丈夫，问道："刘邦就算看到了你所说的奥妙，他又能怎样？"

萧何微微一笑，充满信心地说："我给他派了周勃、灌婴等几名得力助手，还给他准备了足够的盘缠，有了人，有了钱，他难道会不知道应该如何办吗？"

这时翠娥送上饭菜，并斟上一杯酒。

萧何慢慢地喝酒吃饭，心里却若有所思——他想念着那正在路途跋涉的刘邦和众位弟兄……

其实萧何就是点火种的人，他已在兄弟们心中撒下了火种，星星之火，正在漫燃、扩大，正在走向燎原之势！

4

刘邦押着长长的囚犯队伍正缓缓西行。

他们走到一条小溪边，只见溪水清澈见底，静静地流淌着。一群群小鱼在鹅卵石间嬉游。这对走得筋疲力尽、喉干舌苦的人们来说，无疑会产生一种巨大的诱惑力。

刘邦一见，大声说："大家渴了吧？解开绳索，下去喝喝水，洗洗脸，凉快凉快吧！"

众人听了就像鸭子一般纷纷扑进溪里，喝水，洗脸，有的还把水浇到头上、身上，尽情地享受这大自然的赐予。

刘邦走上一个高坡，手搭凉篷向前张望，只见前方有一座村庄。他心中不免升起一种向往，于是高声喊道："大家听着，现在天气太热，肚子又饿了，我们到前面村庄去吃饭、休息，大家快点走好不好？"

众人一听可以休息吃饭了，顿时兴奋起来，连忙上岸，继续前行。他们一身轻松，加上欲望驱使，步伐便快多了，没有多久即来到了这座村庄。

这座村庄不大，几间茅屋一字排开，屋前搭出一列走廊，上挂一排红色灯笼。一面写着"酒"字的旗幌高挑在竿，赫然醒目。旁边有个小坪场，坪场左右设有拴马桩和饮马槽。

刘邦带着队伍，来到这坪场上站定。

卢绾向酒店内叫道："店家！"

店小二应声而出："客官，用餐吗？"

刘邦指着囚犯队伍说："店家，我们这么多人，你们做得了吗？"

店小二一看，吃惊地说："哎呀！客官，我们店小，容纳不下！"

"倒也难怪。"刘邦略一思索，说，"这样吧，我们只在贵店歇息两个时辰，店钱照付。至于做饭嘛，我们自己来，只是要借你们的炊具一用。不知可不可以？"

店小二高兴地回答说："可以，当然可以。"

刘邦点点头，转身向囚犯们宣布说："你们先就地歇息。至于这顿饭怎么吃，等会再说，现在请解差人员过来一下。"

刘邦把卢绾、周勃等人召到走廊里，给他们分配任务道："你们两人去村里买两头肥猪；你们两人去买三袋面粉；你们两人去买几担蔬菜；你们两人去买几坛好酒。其余的挑水，劈柴。"

雍齿有些困惑，问道："三哥，买这么多东西，我们这些人吃得了？"

刘邦反问道："你说，我们有多少人吃？"

雍齿扫视一眼，说："就这么十二三个人吧。"

刘邦不快地说："还有一百五十名囚犯不吃吗？"

一差人奇怪地问："还给他们喝酒吃肉呀？"

刘邦认真地说："他们难道就不能喝酒吃肉？囚犯也是人，他们人犯了法，肚子没有犯法嘛！"

那差人听了有些不满，便埋怨道："刘亭长，我们从沛县出发时，萧大人说，路上的开销要省着花。只要省着点，也许能剩得几个，你刘亭长发笔小财，我们哥几个也好弄双鞋穿穿呀。"

刘邦一听，生起气来，说："你要我从囚犯身上捞油水？我可不得做那种缺德的事情！这么热的天，他们不吃好点能走得动吗？你说是萧大人交代的，不错，可现在只能由我做主。至于钱够不够用，你们不要担心，我刘邦是个大福星，没有钱，可以弄到钱，有我刘邦在，没有过不去的坎！"

众人见头儿如此说，就不再作声，便分头准备去了。

众人离开之后，卢绾便问刘邦："三哥，现在囚犯怎么安排？"

刘邦不假思索地回答说："把他们身上的绳索都解开！"

卢绾一愣："解开！要是跑了呢？"

刘邦一笑道："大鱼大肉吃个饱，酒让他们喝个够，他们还会跑吗？快去，叫他们一起动手干活。"

卢绾无奈，只得按照刘邦的吩咐，走到囚犯跟前，一个个地将他们手臂上的绳索都解开了。

囚犯们脱去束缚，获得自由，顿时觉得浑身轻松，一个个脸上洋溢着笑容，有的甩手，有的踢腿，有的摆头，有的扭腰，活像一群快乐的孩童，气氛十分活跃。

刘邦走到一个土堆之上，对着囚犯们大声发话："你们听着！现在为什么给你们把绑绳解开呢？因为你们虽然犯了罪，但也是人啦！天气这么炎热，又走了这么远的路，需要休息一下，活动一下。这里已经离城很远了，正所谓天高皇帝远，如今一切由我刘亭长说了算！打现在起，就不再绑你们了。这叫个啥呢？就叫放羊，这就是我刘某人的放羊之策。今后，我吃什么，你们也吃什么。只是你们这群羊儿要乖，要听我的指挥，不要使我为难。大家说好不好？"

众人当然十分欢喜，于是齐声回答道："好，我们听刘大人的！"只差没喊"刘大人万岁了。"

刘邦继续说："只要你们愿听我的，我一定说到做到，决不食言！"

这时，两个差人正赶着两头肥猪进了前院。刘邦指着肥猪道："你们看，猪买回来了。你们有会杀猪的吗？举起手来看看。"顿时有七八个人举起手来。刘邦高兴地说："咱们大伙儿做，大伙儿吃，吃饱吃好，提前过一个热闹中秋！"

囚犯们一听，欣欣雀跃，扎脚捋手，一齐忙活起来。杀猪的杀猪，和面的和面，烙饼的烙饼，洗菜的洗菜，干得是热火朝天。看着这热闹景象，刘邦脸上露出满意的笑容。

少时，猪杀好了，菜洗完了，饼烙好了，只是猪肉还在锅里煮着，翻滚着。刘邦望着那锅里香喷喷的猪肉，露出馋嘴之相，问道："这猪肉煮熟了吗？"

一个正在往灶膛里添柴的囚犯回答说："还要煮一会儿。"

刘邦已经急不可耐，吩咐道："替我捞两块出来！"

囚犯忙说："大人，还没熟透呢。"

刘邦摆摆手："没问题，我自有办法，你给我捞出来就是。"

囚犯只好给刘邦捞出两块肉，用个大瓷碗装了。

刘邦接过大瓷碗，走到案板边，抄起菜刀，把肉块切成一片片的薄肉，然后放到一个笊篱内，再走到灶边，拿着笊篱往锅里氽了几氽，然后倒在盘子里，丢些葱花和作料，拌了几拌，用筷子夹入口中，津津有味地咀嚼着，连连说："好吃，好吃！"他一边吃一边吩咐："拿酒来。"

另一囚犯赶快搬来一坛酒。刘邦舀了一碗，满满地喝了一口，咂咂嘴，接着把那一碗酒都灌进了肚里。囚犯又送来两张饼、一碗肉汤。刘邦在饼上倒上一些肉，放上两截葱，卷成喇叭筒，往嘴里一塞，有滋有味地连吃带喝，终于酒足饭饱。这吃法，这吃相直馋得旁边的囚犯们口水长流。

这时，厨房里的饭菜也差不多准备好了，刘邦便吩咐卢绾把大家喊到坪场上，大声说："现在，饭菜都做好了，酒也买回来了。等下你们吃的时候，要悠着点，别撑着啊。吃饱之后，我也不看着你们，各人找个凉快的地方睡上一觉，养足精神，晚上赶路凉快些。现在，大家吃饭吧！"

众人得到刘邦这句话，随即一哄而散，走入厨房。他们拿起饭菜，端起酒碗，三个一堆，五个一伙，狼吞虎咽，行令猜拳，把个小小的乡村酒店，简直闹腾得要抬起来了。

一张案板旁坐着周勃、卢绾等兄弟和几个解差人员。大家边吃边喝边看着坪场上那三五成群的自由自在的囚犯。对于刘邦这种放羊之策，他们各有各的看法，于是就悄悄议论起来：

雍齿首先开口："三哥的胆子也太大了，放出这一群野马，看他如何收拾？"

卢绾似乎并不担心，说："雍齿，三哥既然敢于将野马放出去，自然有他收拢来的办法，要你操什么空心？"

雍齿又说："不是我要操空心，我是怕闯祸。这件事关系着我的身家性命，要是出了麻烦，会把我的脑袋搭进去啊！"

周勃连忙替刘邦说话："你担心你的脑袋，难道三哥就不担心自己的脑袋吗？他又不是傻子。放心吧，他这么做总有他的道理。"

灌婴也附和道："周勃说的没错，人心都是肉做的，囚犯也是人，三哥对他们宽大为怀，以礼相待，说不定能感化他们，使他们更好地听指挥，就能顺顺利利到京城。相反，如果一味高压，打骂相加，效果可能适得其反，惹火了这些亡命之徒，一旦闹起事来，我们寡不敌众，甚至死在他们手里也未可知，那才真叫不好收拾！"

周苛也连忙说道："对对对，就是这么个理儿，三哥的做法，我看没错！"

卢绾举起酒杯说道："多人当差，一人主事，三哥是我们的头，我们跟着头儿走就行啦，别吃咸萝卜操淡心！来来来，喝酒，喝酒！"

大家觉得有酒喝，有肉吃，遇事有头儿撑着，何必去担那么多心？于是纷纷端起酒杯，大口喝酒，大块吃肉，快哉乐哉。

刘邦吃饱喝足之后，走进里屋，看到地上有一块竹凉板，于是仰面就躺倒在竹凉板上头，酣然入睡。几个差人进来，见刘邦睡了，便悄悄退了出去。

此时，已是未牌时分，解差人员都各自找了个阴凉地方睡觉去了。那些没人看管的囚犯，就算是彻底自由了。只见他们东倒西歪就地躺着，有的已呼呼入睡，有的在瞪大眼睛想心事，有的却在窃窃私语着……

就在这个时候，刚刚雍齿所担心的事情，果然发生了。

5

解差也好，囚犯也好，都找凉快地方休息去了。有的囚犯却并不知疲倦，动起了歪脑筋。一个囚犯对身边的另一个囚犯说："伙计，解大便去吧？"另一个囚犯正准备睡觉，不料被他把瞌睡搅跑了，便不耐烦地回答说："你拉屎还要找什么伴？我不去！"那囚犯碰了一鼻子灰，便起身去找厕所——其实这只是借口，他是在想开溜，悄悄溜出大院，走到村口，向四周张望一下，见无人追赶，便甩开大步，向着前边那条大道飞奔而去。

另一个囚犯已经没有睡意，他半睁着眼，用眼睛的余光悄悄地瞅着那个逃跑者。见那人成功逃脱，他的胆子也就壮了起来，决心步其后尘，几个箭步就跃到了那条大道上。

前边乌龟带坏路，后头乌龟跟着爬，接着又有好几个人脚底抹油，成功开溜。

这一动向，终于被一个差人发现了。正欲去向刘邦报告，刚走到门口，恰好遇见卢绾。

卢绾见他一个慌慌张张的样子，便问道："看你急的，什么事？"

"卢解差，跑了囚犯！"

卢绾一惊："跑了囚犯！跑了多少？"

"有好几个。"

卢绾觉得此事非同小可，赶快进屋，叫醒刘邦道："三哥，你别光顾睡觉，跑了囚犯啦！"

可刘邦却是神色不惊，翻了一个身，慢条斯理地说："不会吧？喝酒吃肉，他们还舍得走？"

那个差人着急地说："真的走了好几个！"

刘邦依然躺在竹板上，却说出来这么几句话："走了几个囚犯有什么要紧？不就是队伍里头少了几个人吗？三条腿的蛤蟆没见过，可这两条腿的人睁眼就是。现在这世上的坏人多得很，你们伸手抓几个填到这队伍里来，不就得了。这么简单的办法你们也想不出，真是没有脑子啊！"

突然，周勃急忙跑进来喊道："不好了，跑了不少犯人！三哥你得赶快想办法啊，弄得不好，只怕会全都跑光！"

周勃这一喊，刘邦才知道这事儿大了。他如梦初醒，一跃而起，吩咐道："赶紧集合队伍，清点人数！"

于是卢绾、周勃等一阵吆喝，犯人们迅速来到坪场集合。

少顷，人数清点完毕，卢绾进来向刘邦报告说："三哥，跑了二十八人。"

"什么，跑了这么多？"刘邦皱着眉头。

雍齿在一旁苦着脸说："三哥，你就是把我们当差的这十二个人填进去，还少十六个哩！"

卢绾也说："三哥啊，你要我们抓坏人填队伍，可一下子到哪儿去抓？"

周勃认真地说："三哥，这就麻烦了，跑了犯人是要砍头的啊！"

刘邦绷着脸，不吱声，似乎在思考着什么。

"哈哈哈哈！"突然，刘邦脸上愁云散去，放声大笑起来。

这突如其来的笑声把大家给弄懵了："三哥你……刘亭长你……"

刘邦镇定自若地说："放心吧，我没有发疯，我找到解决的办法啦！"

"什么办法？"

刘邦反问道："这样明摆着的办法你们都没有看到？真没脑子！这办法就一个字：跑！"

"你让谁跑？"

"大家都跑！那些跑了的囚犯，聪明，跑得好！如今这世道，畏首畏尾，循规蹈矩者死！不怕死者，敢于逃跑者就能生存！生存的欲望人皆有之，我刘某人对他们完全理解，理解！"

雍齿急忙道："他们跑了，我们怎么办？"

"先说他们，等下再说我们。"刘邦迅速走到队伍前面，对着囚犯们大声喊道："你们这些没跑的，还得去受苦，修陵墓搞得不好，就会死在那陵墓里。我刘邦给你们一条生路，学着那些人的样儿，跑吧！我说你们没长腿还是怎么的？怎么不跑？你们也赶紧跑呀！"

众人惶惑地看着刘邦，动也不敢动，不知他葫芦里卖的什么药。

一个解差担心地说:"刘亭长,这使不得呀!你把他们都放了,我们咋办?"

"那你说咋办?"刘邦一副若无其事的样子,说,"各散五方,各寻各的活路,还去京城修什么始皇陵墓?难道还想去送死吗?咱们散了吧!"

刘邦说的似乎是真心话,囚犯们将信将疑,留也不是,走也不是。不过一想到刚才那顿酒肉饭,他们又确信他不会骗人,所以谁也没有挪动半步。

"刘亭长,咱们不能散呀!"突然,一个囚犯双膝跪地说,"那些逃跑的人,他们罪行大,刑期长。可是咱们这些人都没什么大罪,既不是强盗,也不是窃贼,更不是杀人放火的罪犯。咱们大都是交不起赋税的农夫,就想着,到京城修陵墓也好,搞个一年半载,也许就能回家……"

"能回家吗?说不定不到两三个月,我们就死在工地啦!"说话的是一个三十七八岁的高个子囚犯。

"既如此,你为何不跑?"刘邦立即追问。

那汉子道:"现在,这大秦天下,到处乌鸦一般黑。去骊山修陵墓是死,跑出去又能有什么活路?"

"那你要我这个刘亭长怎么办?"

"依我看呀,既不去咸阳,也不回沛县。刘亭长你是个大好人,又是个有担负的人,你对咱们这样好,咱们就跟着你,你走到哪里,我们就跟到哪里,相信一定会走出一条活路来的!"

"你们跟着我,要走到哪里去?"

"我们相信刘亭长你心中自有主意!"

刘邦紧紧盯着那汉子,突然一阵大笑,大笑过后,一边点着头,一边说道:"这位兄弟你真不简单呀!你把我的心思给看出来了。不错,我是有那么个主意。这主意嘛,我还没和弟兄们商量,不知……"

卢绾笑道:"三哥,你那个主意,其实我早就看出来了。"

周勃认真地说:"三哥,只要是你的主意,根本不需要商量,我周勃没啥说的!"

刘邦忙问:"那其他几个兄弟呢?"

周苛道:"三哥,周勃说的,也就是弟兄们大家心里想的。把囚犯送到京城,多半是去送死,退回沛县也是一死。我们弟兄生成的就不是平凡人,三哥更不是等闲之辈,管他什么死(始)皇帝活皇帝,如今只能自己靠自己了!"

灌婴、雍齿等人也纷纷应和起来,说:"三哥,只要你一句话,我们听你的,决不三心二意!"

这时,那队伍中所有囚犯,齐刷刷跪下来,喊道:"刘亭长,我们都跟着你走,我们全都听你的!"

望着这黑压压一群,刘邦颇为激动,连忙说:"大家请起!"

囚犯们纷纷起身,静候刘邦的下文。

但刘邦却没了下文。他独自走到一边,似乎在思考什么。

是的，这时的刘邦又有些迟疑和犹豫，他走到那地坪一角，来回踱步。突然，他想起临走的时候，萧何曾经说过的一番话："如今始皇帝残暴不仁，倒行逆施，已经穷途末路。我们不能为他陪葬，必须审时度势，拿出主见来，该断则断……"

"该断则断，该断则断！"刘邦在反复念叨着，终于，这四个字成了他的定心丸。只见他果断转身，对众人说道："既然大家不愿意散，既然大家信得过我，那咱们就抱成团，一同走！俗话说'天无绝人之路'，'到哪个山里唱哪个山里的歌'，只要人活着，总会有办法找到活路，何况大家身强力壮，年轻有为，不怕没有出头之日！以后你们不要叫我什么刘解差、刘亭长，今天我也犯了朝廷的大罪，咱们同是犯罪之人，是一条绳子上的蚂蚱，是患难弟兄，你们以后就叫我三哥吧！"

囚犯队伍就像炸开了锅："三哥，三哥——"

"跟着三哥走，铁了心了！"

"跟着三哥走，我们有活路！"

"跟着三哥走，我们大块吃肉，大碗喝酒！"

"跟着三哥走，跟着三哥走……"

一阵喊声过后，卢绾问道："三哥，到处是穷乡僻壤，两眼迷茫，咱们往何处去？"

刘邦望着远方，胸有成竹地道："有这么两座山，一直装在我的心中。这两座山连在一起，在前边五十里的地方，就是芒、砀二山。芒、砀二山山高林密，那才叫天高皇帝远，那才是个藏身的好地方，咱们就去那里！那里可以养精蓄锐，那里可以积草屯粮，那里可以操兵布阵，时机一到，揭竿而起。弟兄们，走啊！"

刘邦一番话说得众人热血直涌，脚板都痒起来了，恨不得一步踏上那芒砀山。一声吆喝，队伍上路了。他们这次走的是一条崭新的路！

正在行进中，一个探路的差人忽然气喘吁吁，跑到刘邦面前报告说："三哥，前面不能走了！"

"为什么？"

差人回答说："有一条大白蟒蛇横在路上，队伍无法通过！"

凡人看见蛇，都会产生一种恐惧感，身上会起鸡皮疙瘩。

刘邦，非凡人也！

所以，他一听说有蛇，不但不惧，反而感到浑身热血沸腾，手也痒痒起来。只见他两眼圆睁，"嚓"的一声拔出宝剑，高喊道："大丈夫何惧一蛇乎？"说着大步前行，跃到路边，果然见一条长长的白色蟒蛇横亘在路上。那白色蟒蛇抬着头，口里吐着信子，尾巴左右横扫，好不吓人！众人都远远地站在刘邦身后，不敢近前。

刘邦却一个箭步，绕到白蟒的腰部，举剑向它的腰部使劲一劈。只听咔嚓一声，那蛇就被斩为两段。顷刻间，白蟒的首尾在不同的地方痛苦地滚动着，那殷红的鲜血汩汩直流……

众人一哄而上，为刘邦的勇武感佩不已。

第十三章　啸众聚义芒砀山

1

这天上午，队伍来到一座山峰之前。刘邦早就知道这个地方，此时他伸手一指说："大家看，这就是芒砀山！"

众人抬头，只见山虽不高，但树林茂密，鲜花遍地，绿草如茵，小溪潺潺，简直就是一番神仙福地的风韵。大家高兴极了，纷纷赞叹道：

"这芒砀山果然是个藏身的好地方！"

"刘亭长果然好眼力！"

山深林密，杳无人烟，这支队伍，百多号人丁，又到哪个地方栖身呢？

刘邦带着大家，来到了两峰之间的一块空阔之地。他将环境打量一番后，对众人说道："弟兄们，咱们就在这个地方安顿下来，大家看怎么样？"

众人纷纷回答："听从三哥安排！"

刘邦道："好！大家一齐动手，选好地方把茅棚搭起来。只有把住处安排好，不怕风吹雨打，才好考虑下一步做什么。所以说，现在大家先不要休息，劳累一点，先给自己造个窝吧。"

大家纷纷动起手来，砍树的砍树，剖竹的剖竹，割茅草的割茅草，干得热火朝天。刘邦这里走走，那里看看，给这个打打气，竖竖大拇指，又给那个讲讲笑话，弄得山上笑声四起，热热闹闹。中午时分，由灌婴组织起来的炊事班已经做好了午饭。吃过午饭，稍稍休息一会，大家又接着干起来了。

三天工夫，只见一座座茅棚搭起来了，一个个床铺做成了，一个个灶台也砌得像模像样了。家，一个大家，就这样建立起来了。刘邦的这帮人马，就在这芒砀山安营扎寨了。

打起招军旗，就有吃粮的。没几天，有两拨人来到山上。一拨就是前些时候逃跑的那二十八个囚犯。另一拨就是一些四处流浪或被官府追逼的人。听到刘邦聚集在芒砀山的消息，他们便投奔来了。刘邦敞开大门，全都接纳。

他们在这山上生存、练武。这里没有了官府的约束，日子过得逍遥自在。远望着这郁郁葱葱的芒砀山，到处点缀着灰褐色的茅草棚，棚内升起袅袅炊烟。山间除升起一阵阵"嘿嘿"的喊杀声之外，还不时飘送出周勃悠扬的喇叭和粗犷的民歌声，倒也是一番美丽的化外风景。

没过几天，居然出了一件不应该出的事……

2

那天下午，忽然乌云密布，狂风夹着暴雨袭来，茅棚摇摇欲坠。人们奋力抢救，全身湿透，但仍然有不少茅棚被毁。

风停雨住后，刘邦等人站在倒塌的茅棚前，良久无语。

雍齿感到有些失望，低声感叹道："唉，天不佑我，前功尽弃！"

刘邦听了颇不高兴，便随口呵斥道："什么'天不佑我'？常言道'天有不测风云，人有旦夕祸福'，天灾人祸谁人可免？事在人为嘛，茅棚垮了可以再搭，有什么好悲观的？"

雍齿自觉没趣，但仍嘴硬，与刘邦辩驳说："三哥，并非小弟悲观。我也记得有一说，叫作'谋事在人，成事在天'。我是担心，咱们选定在这芒砀山安营扎寨，有违天意，故而……"

"住口！"刘邦不禁怒火上升，训斥道，"你这是什么话？你若怕遭到天打雷劈，你立刻可以走！你走啊！"

雍齿知道自己刚刚这句"有违天意"的话是说得有点过了，连忙尴尬地笑着，上前喊道："三哥——"

可是，刘邦正在气头上，不仅没有答应，反而哼的一声，转过脸去。

在这么多人的面前，雍齿看到刘邦如此对待自己，觉得面子上过不去，便也气咻咻说道："走就走！此处不留人，自有留人处。各位兄弟，后会有期！"一个拱手甩开大步就走。

"雍齿兄弟——"灌婴急了，连忙追上前去。

刘邦看着雍齿离去的背影，十分气恼，随手捡起一块石头，掷向丛林，惊得一只山鸡扑棱棱飞起。

这天晚上，茅棚内，油灯下，卢绾和刘邦谈心。

卢绾委婉地说："三哥，雍齿心直口快，何必跟他计较？他是个冲冲脾气，我估计他走不了多远，又会回来的。"

刘邦淡然说道："人各有志，不能勉强。随他去吧！到处都有好风景，天下大得很，巴不得他能在别处闯出一片新天地来。"

卢绾依旧在做和事佬，说道："如果他能够回来，还是应该热情欢迎才是。"

刘邦的气似乎消掉了一些，但还是强硬地说："他回不回来无关紧要，日出日落，天天照样如此！"

卢绾进一步劝说道："三哥，我们现在立足未稳，正是需要人手的时候。连素不相识的人，甚至囚犯你都能接纳，难道不能容忍一个自己多年的兄弟？如果因为这点小事而伤了和气,你岂不是又少了一条臂膀?"

"这……"听卢绾一番劝说,刘邦心里已经颇有悔意,可是雍齿已经离去,又能如之奈何?只好摇摇头叹道:"可人家已经走了!"

卢绾说:"灌婴已经追去了,估计会把他给劝回来,说不定明天早上他就……"

"三哥——"正在这时,只听灌婴大声呼唤着走进棚来。

刘邦、卢绾听到灌婴的声音,一阵高兴,同时起身喊道:"灌婴回来了!雍齿呢?"

灌婴走到他们跟前,小声地笑着说:"雍齿回来了。"

刘邦、卢绾惊喜地询问:"人呢?"

灌婴用嘴向外翘了翘。刘邦明白了,连忙跨出茅棚,看见雍齿正站在门外。

雍齿像个大姑娘,嘴里喂喂嚅嚅,终于喊道:"三哥……"

"雍齿,我的好兄弟!"刘邦伸出那长长的胳膊,一把抱住了雍齿。

两个人的小小纠结,就在这拥抱之中轻轻化解开了。

第二天早晨,刘邦召集队伍在一片开阔地集合。

刘邦站在土台上大声说:"弟兄们!我们上山以来,经过大家的努力,很快安定下来了,可最近遇到了一些小小的不顺,是什么原因呢?就是因为忙于安顿生活,我们还没来得及祭天,所以老天爷就不高兴了。这天是一定要祭的,可是现在到哪里去找三牲六畜呢?现在只能行个简单的祭礼,就由我刘邦代表众位,给老天爷爷磕三个响头吧。"说着对天跪下,砰砰砰就是三个响头。接着,他指天,说道:"我们的意思到啦。老天爷也明白我们的意思啦。此刻,天上他老人家正看着我们呢,看我们是趴下,还是挺起腰杆继续干?弟兄们,如果遇到这么一点挫折就趴下,就不干了,那还算什么好汉?还谈得上什么抱成团,闯天下?告诉你们,我是不会趴下的!至于你们呢?我还是那句话,'谁要觉得跟着我不好,要走的请便'。如果想继续跟着我干,就从现在开始,重新把茅棚搭起来,把床铺做起来,把灶台砌起来。大家说好不好?"

众人高声回答:"好!"

齐刷刷的声音在山谷中回荡着,那山林中不少鸟儿也纷纷飞出树林子,展翅翱翔,喳喳鸣叫,好像是对刘邦这番话儿表示赞同,予以喝彩。

鸟儿在奋飞,飞上了无边无际的万里晴空。

青鸟喜传云外信——刘邦以前在小旅馆喝酒时认识的一个叫叔孙通的朋友给他送来了好消息……

3

俗话说:当家三年狗都嫌。就是说,你当官久了,人家就烦你,就嫌你。一个朝廷搞久了,人们也厌烦,也想换个新模样试试。

对于秦王朝，不仅仅是因为搞久了，这个王朝并不久，还只有短短的十五年；而是因为它太过了，太狠了，人们心中的怨恨积的太多了。

不错，秦王朝统一了中国，而这一盘散沙似的中国，也只能靠法家学说，以霹雳手段，来治芸芸众生。只能这样——但，不能太过。芸芸众生也是人，要讲人道。当然，完全用不讲原则的人道，你也治不好中国，治不好人。这个分寸不容易掌握，这就要靠智慧。你若不讲人道讲兽道，把个两脚人间，变成个四脚的畜生世界，那些长期忍气吞声的正义之士就要挺身而出，来推翻你这个王朝了。

当时，许多人都想乱，但乱不起来。为何？因为朝中还有个大人物——秦始皇。纵然他一片兽道，你也无可奈何。

可如今，始皇已崩，本应是扶苏接位。如果那样，中国的几千年历史，就是另一个模样——这只是假设。但历史没有假设，朝中出了个指鹿为马的赵高，据说是上天派来搞乱秦朝天下的天罡星。他杀扶苏，斩李斯，令朝政一片混乱。这正是那些正义之士日盼夜想的好时机，有人要出来造反了。果然有人反了，就在安徽蕲县的大泽乡。

贫苦农民陈胜和吴广被征发屯戍渔阳，任为屯长，奉命带着九百人，在规定期限之内赶到渔阳。不料行至途中，突然雷鸣电闪，大雨倾盆，一时间江满湖满，汪洋一片，大泽乡果然成了个大泽国。几百号人就被困在这大泽乡了。

山上有座大庙，陈胜站在庙前，望着眼前的滔滔大水，一脸茫然。

吴广轻轻走到陈胜身后，咳了一声。陈胜转过身来，见是伙计吴广，不禁心头一喜，可立马又变得忧心忡忡，懊丧地说："广弟，此次我俩领了这趟差事，算是倒八辈子霉了！"

吴广也是愁眉苦脸，回答说："是呀！雨这么下起来，根本无法行走，不知何时能够到得渔阳？"

陈胜倍加忧愁地说："此去渔阳，路隔千里，这雨却没有停止的迹象，我们困在这里动不了身，即使天气放晴，待我们走到渔阳，肯定误了期限。误期就是一个死罪啊！"

吴广看着眼前这瓢泼大雨，又回头看了看陈胜那一副无奈的神情，默默沉思着，忽然脱口而出："涉兄，咱们逃跑吧！"

陈胜一惊。他没想到吴广会说出如此话来。片刻，他摇摇头道："不行！就算你我能够跑掉，那八九百个弟兄咋办？大家都已离乡背井来到此处，人生地不熟，往哪儿跑？这么多人，目标大，很容易被官府抓到，抓到了就是死路一条啊！"

"那你说我们该怎么办？"吴广急了，大声喊道，"如此说来，不逃跑是死，逃跑也是死，那就只有在这里等死了！"

"是的，如今我们俩和这八九百弟兄，无论是向左向右，还是向前向后，等着我们的，都只有一个死字！"陈胜愤然地说，"既然都是死，何不死个轰轰烈烈？何不死个青史留名？"

吴广猛地一震。他清晰地听出了陈胜话里面的言外之意，便一把抓住陈胜的手说："涉兄，你说，怎么个轰轰烈烈法？"

陈胜，这个早就在田埂上咏叹着"燕雀安知鸿鹄之志"的不凡农夫，此时终于说出来四个大逆不道的字——"起来造反！"

"对，起来造反。涉兄所言甚是！事到如今，造反实为上策。不过咱们都是小小老百姓，就这么几百号人，能够成功吗？"

陈胜望向遥远的天边，那里依然是雨蒙蒙的一片，什么都看不到，可他却充满信心地说："路是人走出来的！只要一步一步地坚持走下去，就能达到目的。一个人只要舍得死，就能不死，舍得命，就能活命。我们肯定是能够成功的！"

吴广立即应和："肯定能够成功，肯定！涉兄，这路具体怎么走？你说吧，赴汤蹈火，老弟我都听你的！"

陈胜道："这样吧，我们先将这八九百个弟兄牢牢抓住，抱成一团，就在这大泽乡举起反旗，接着招兵买马，攻城略地，一直打到咸阳，不愁他秦朝不灭！"

"好！"吴广的心头一热，马上表示赞成，但又不无担心地说，"这些弟兄会听你的吗？"

陈胜略一思考，说道："我有个主意，你看怎么样？"说着与吴广如此这般耳语一番。吴广心领神会，点头称是。

于是，就出现了中华后人全都知晓，并常常津津乐道的一幕。

吴广按照陈胜设计的办法，在黑夜大雨之中，一个人摸到一个卖鱼的渔棚里，从那满是活鱼的鱼池中捉出一条大鱼，将一团白色的物体塞入鱼嘴，又用一根小树枝伸进鱼嘴，往里轻轻捅了几下，然后悄悄离开。

第二天，一个管伙食的戍卒手提竹篮，来到鱼摊买鱼。他挑了几条大鱼，过秤付钱之后便提着鱼回临时营寨去了。当他将最大的一条鱼剖开时，突然发现鱼肚子里藏着一团白绢。惊讶之余，展开白绢，只见那上面写着三个红色的字——"陈胜王"。

另一个正在洗菜的戍卒见了，凑过去一看，不禁大吃一惊。他抢过白绢，一边挥舞，一边喊叫："快来看啊，陈屯长是天上下凡的王爷！"

其他戍卒听到喊声，便一窝蜂围过来争相观看。听了那个剖鱼的戍卒对事情的来龙去脉一番叙述后，大家惊奇不已，议论纷纷。

此时，陈胜站在远处，望着那预期的场面，脸上绽放出满意的微笑。

第一步成功了，陈胜、吴广接着又策划第二步。

一天晚上，吴广悄悄溜到戍卒们休息的棚子外面，藏在一个隐蔽处，学着那狐狸的声音鸣叫起来。叫着叫着，那狐狸的声音里就出现了一句话："大楚兴，陈胜王……"

夜阑人静，这声音由隐隐约约逐渐变得格外清晰，向四野传播开来。

棚子内，一个戍卒正躺在床上辗转反侧，忽然听到这奇怪的声音，便一惊而起，并推醒了身边的几个同伴。大家屏住呼吸，静听棚外清晰的狐鸣之声。他们分辨着，议论着。

一个说："那声音好像是'大楚兴'！"

另一个说："好像是'陈胜王'！"

大家经过细听，分辨，最后一致确定地说道："对对对，正是'大楚兴，陈胜王'！"

一个戍卒疑惑道："这就怪了，狐狸也会说话？"

那个剖鱼的戍卒也疑惑着："鱼肚里写着'陈胜王'，这狐狸也说'陈胜王'，难道陈屯长真要当王了？"

另一个戍卒肯定地说："这还用说吗？这是天意！"

又一个戍卒不怎么明白，问道："那……'大楚兴'又是什么意思呢？"大家纷纷说道："这还不明白？现在的朝廷叫'大秦'，陈胜王的朝廷就叫'大楚'嘛！"

吴广将棚内的情况告诉陈胜。陈胜喜不自胜，连忙跟吴广走进睡棚。众人见陈胜来到，不禁升起一种神秘感，立即拱手作揖，喊道："陈胜王！"

陈胜故作惊讶，假惺惺地望望四周，问道："你们在叫谁呀？"众人回答："就是叫你呀！"陈胜装模作样地说："我几时当王啦？"一名戍卒说道："你是上天赐给我们的大王！"另一名戍卒也应和道："对，我们不去渔阳了，你领着我们去找一条生路吧！"说着，众人纷纷跪下，口称"大王"！

就在这个时候，两名监队闯门而进。

原来这八九百人的戍卒队伍，由四个人负责押送，陈胜、吴广只是副手；正位是两个县衙来的人，大家称他们为"监队"。

两名监队见这些戍卒竟然跪倒在陈胜的面前，感到不妙，便厉声喝道："你们这是干什么？"

吴广觉得时机已经成熟，可以干脆摊牌了，于是坚定地说："报告监队大人，现在大雨成灾，我们已经没有办法按期到达渔阳了。大秦法明文规定，误期定斩勿赦。与其去送死，不如放大家一条生路，让我们远走高飞吧！"

"住口！"一监队从腰中拔出剑来，呵斥道，"谁敢离队，斩首示众！"

陈胜却走上来笑吟吟地说道："大人息怒。这里不宜争论，请借一步说话。"

两名监队就带着疑惑，随着陈胜、吴广走出棚外。

那名监队依然不可一世地说道："有什么话？快说！"

陈胜还是想先礼后兵，于是就动之以情、晓之以理地说："大人，你们想想，要是大家不能按时到达渔阳，这些戍卒当然定死无疑，就是两位大人恐怕也难逃死罪。常言道'识时务者为俊杰'，我看不如见机而行，干脆把他们放了，你们也逃命去吧！"

这本是合情合理的建议，想不到这监队却不进油盐，反而暴跳如雷，大声骂道："胡说八道！看爷不劈了你！"说着举起宝剑向陈胜刺去。就在这千钧一发之际，只见吴广飞起一脚，将监队的宝剑踢飞丈多远，跟着就是一个箭步，顺手拾起那柄宝剑，转身一招'刀劈华山'，可怜那名监队立刻身分两半。另一名监队见同伴死于剑下，大叫一声，操剑杀向吴广。吴广举剑相迎。两人格斗才七八回合，陈胜瞄准空隙转到监队身后，朝其屁股猛踹一脚，这个监队顿时跌了个嘴啃泥。吴广趁机一跃而上，一剑结果了他的性命。

此时，他们身旁已经聚集了许多人——原来听到外面声响，戍卒们纷纷走出棚子，静观他们斗法。

陈胜跃上一个土堆，大声说道："弟兄们！大雨把我们阻隔在这大泽乡，不能按期到达渔阳了。按大秦苛法，误期是要处死的。大丈夫要活得轰轰烈烈才有意义，不能去做无谓的牺牲！现在，只有起来造反才是唯一的活路。始皇是个暴君，二世胡亥尤甚于父。他一共有兄弟姐妹三十四人，竟亲手杀死三十三人，只剩下他自己一个。弟兄们，胡亥对自己的亲骨肉都如此残忍，对我们这些老百姓还会当人看吗？我们活在这世上，真是猪狗不如啊！让我们站立起来，做个人吧！王侯将相，宁有种乎？我们要挺起胸膛，同心协力，推翻暴秦，建立一个新朝廷，大家说好不好？"

众人听了，为之一震。自古以来，"造反"都是大逆不道的头等大罪，不仅当事人要"杀无赦"，还要诛灭九族。今天陈屯长竟然说出如此话来，让戍卒们感到非常突然，一时不知如何回答。只见他们张口结舌，面面相觑。

吴广看到如此情形，便接着说道："弟兄们！说老实话，我和陈屯长都是不愿意去渔阳送死的。我们也不忍心看着弟兄们去送死。所以决心举起义旗，反对秦王朝。而两位监队不听劝告，阻止我们行动，且以刀剑相向，逼得我们只好将他们杀了。弟兄们，你们中间，如果打算跟我们一起造反的，热烈欢迎；如果不愿意的，决不为难你们，可以马上离队另谋生路。"

陈胜又补了一句："弟兄们，话已经说得明明白白，何去何从，你们自己选择吧！"

这个时候，有个小伙子激动地说："吴屯长和陈屯长都是为了大家好，不要说什么愿意不愿意，现在是不愿意也要愿意，这唯一的出路就是造反。谁敢说不愿意，我葛婴就割了他的头！"

陈胜一听，大喜道："这位兄弟说得好！"他接着宣布："愿意跟着造反的，请站到这边来！"

只见陈胜把手一举，几百号人纷纷向他那一边涌去。还有一些来不及打定主意的人，看着这阵势，也磨磨蹭蹭地跟着站了过去。

陈胜十分欣喜："好！从现在起，我们就是一支天不怕地不怕的造反大军。"

吴广振臂一呼："我们要打到咸阳去，推翻秦二世！"

"打到咸阳去。推翻秦二世！"众人一齐高呼。

至此，中国历史上第一次规模巨大的农民起义，就这样拉开了帷幕。

叔孙通是个江湖好汉，消息灵通，听说刘邦在芒砀山聚众起事，便带着大泽乡戍卒造反这惊人消息赶来了。这对刘邦来说无疑是个巨大的鼓舞，不亚于打了一针强心剂，于是对叔孙通少不了一番丰盛的酒肉款待。

叔孙通见刘邦对这类消息的兴趣如此浓厚，酒足饭饱之后，又向刘邦讲起了另一家起事的情况。

4

陈胜义旗一举，马上就有人响应。第一个跟着起来挺剑反秦的，就是会稽郡的叔侄俩——叔叔项梁、侄儿项羽。

那一天，项羽和项梁一起，在会稽郡杀了好些秦廷官兵，最后冲进大堂杀了郡守殷通。只见项羽的双眼布满血丝，遍身沾满血迹，站在郡守的那张大案上，扯开喉咙大喊道："府署的将尉文吏们听着，你们藏在什么地方，我都知道，要杀你们不费吹灰之力，但我不再杀人了。你们都出来，到议事堂去推举新郡守，谁敢说半个'不'字，休怪我项羽手中这把叵罗剑不认人啦！"

府署的文吏和那些准备逃跑的将尉，都诚惶诚恐地陆续走进了议事堂。他们惊魂甫定，只见项梁全身披挂，威风凛凛从内房走出，猛地将那郡守殷通的人头掼到地上，大声说道："诸位，你们现在知不知道外边的局势？陈胜、吴广在大泽乡高举义旗，建立新的王朝"张楚"。全国各地群雄四起，举义反秦。咱们会稽原本就是楚国疆域，不幸被暴秦所灭。亡国之仇，岂能不报？殷通本是楚人，可他卖国求荣，死心塌地做秦王朝的走狗。这是我们楚人的耻辱，我已把他杀了。我想这应该是一件大家拍手称快的好事。常言道'国不可一日无君'，这郡也不可一日无守。今天就请你们在这里推选一位新郡守，以便据地自立，推翻暴秦，完成楚国的光复大业。你们以为如何？"

议事堂里寂寂无声，众人低着头，双腿打战——在杀气腾腾的项梁叔侄面前，他们委实有些害怕。项羽急了，大声吼道："我叔问你们话呢，都变成哑巴了？"其中一人见再也捱不过，只好说："项将军，你是项燕将军的儿子，文武兼备，智勇双全，郡守之位，非你莫属。"众人见有人打破了沉默，便应和道："项将军，你就履行郡守之职吧！"

项梁看到自己的预谋已经实现，心里十分高兴，表面却不露声色，用谦虚的口吻说："项某不才，恭敬不如从命，就权领郡守之职。希望各位戮力同心，以灭秦复楚为己任，轰轰烈烈大战一场吧！"

众人听着，愣着……

项羽威严地呵斥道："听见没有？以后必须听我叔父提调，不得有误！"

叔孙通带来的这些好消息，使刘邦和众弟兄兴奋不已。

大家问道："三哥，现在我们该怎么办？"

刘邦站起身，走到门边，自语道："是啊，好时机果然来到了。现在我们该怎么办呢？"他不由想到了一个人，继续说："此时要是大哥在这里，该有多好啊！"

此时此刻，萧何在做些什么，他的心里又是如何想的呢？

第十四章　招兵买马助刘邦

1

陈胜、吴广大泽乡举旗，项梁叔侄会稽杀殷通的消息，迅疾地传到了沛县。

县衙里，吴县丞担心地向罗县令报告说："罗大人，陈胜、吴广和项梁叔侄分别在大泽乡和会稽郡揭竿而起，抗租税，杀官吏，闹得满城风雨，人心惶惶。陈贼正在向北扩张，不久必将殃及我县，大人恐怕要早作防范才是啊！"

由于积怨较深，罗县令对吴县丞，在心里深处总是有一种嫌厌的感觉。所以，不论他反映的情况正确与否，一概爱理不理，淡然处之。这次也不例外，只是冷冷地说了一句："不必惊慌，他们离沛县远着哩，几个草寇闹一闹成不了什么气候！"

吴县丞深知自己与罗县令之间的隔膜，他的话不会受到罗县令的重视，但刘邦上山为王的事，关系到自己的身家性命，又不得不说，还是硬着头皮说了："罗大人，听说刘邦半路上放跑了囚犯，你知不知道？"

罗县令并不惊慌，仍若无其事地说："他敢？"

吴县丞："这可是弥天大罪啊！"

罗县令："他犯了弥天大罪，只要他一回来，把他杀了就是，你着什么急？"

吴县丞："我倒是不急，不过他是不会回来了。"

罗县令："他不回来，能跑到哪里去？"

吴县丞："上了芒砀山。"

罗县令感到事态严重，不觉心里一惊，但表面上仍强装镇静。因为翠花巷那一幕给他刺激太大了，所以只要一有机会就要给他姓吴的难堪，于是说出了一番令人不可思议的话："刘邦跑到山里去做什么？他脑子有毛病啦？你就别'天下本无事，庸人自扰之'了！"

吴县丞自讨没趣，只好悻悻地说："恕卑职多嘴了！"说罢灰溜溜地走了。

一会儿，萧何回到县衙，罗县令问道："萧大人，最近外边发生了一些大事，你知不知道？"

"不知罗大人所指何事？"

"听说大泽乡和会稽郡有人造反。"

"这个，卑职也有所闻。"

"如果真的有人闹到咱们沛县来了，你会是个什么态度呢？"

萧何似乎不假思索，马上坚定地说："罗大人，我萧何还能有什么别的态度？不过就是个主吏掾的态度呗。人在官场，自有官场的规矩。你有你县令大人的规矩，那就是忠于职守，忠于朝廷。我一介吏掾，我的规矩就是忠于职守，忠于县令。无论社会上发生什么事情，你县令怎么说，我萧某就怎么做。"

罗县令听了很高兴，忙道："对对对，萧大人你这话，实在，实在。"

萧何回答道："这是做下属的本分嘛！"

罗县令又问："萧大人，我还想问你个事，听说刘邦押送囚犯并没有去京城，而是带着那些人跑到山里去占山为王了，是不是真的？"

萧何斩钉截铁地说："谣言，纯属谣言！刘邦为人厚道，做事稳重，决不会做这种傻事。大人千万不要轻信。"

罗县令笑着说："我也不信。如今这世道，什么都信不得噢！"因为这消息来自吴县丞，两相比较，他当然更相信萧何。所以也就没把此事放在心上。

曹参正在家中吃晚饭，萧何找来了。

曹参连忙迎上，说："大哥，我正准备吃完饭去找你哩。"

萧何问："什么事？"

曹参小声说："有人造谣，说三哥带着那些囚犯上了芒砀山。"

萧何狡黠地笑笑，说："不是造谣，是真的，老三的确上了芒砀山。"

"哎呀，这可不是闹着玩的！这个罪名就是造反啊！"曹参急了。

"早就应该反了！"萧何倒是若无其事似的。

曹参担心地问："你认为他们能成气候吗？"

萧何淡然道："事在人为嘛。现在朝廷腐败，民怨沸腾，陈胜、吴广和项梁叔侄在南北起事，芒砀山正是个藏龙卧虎的好地方。天时地利人和具备，只要我们同心协力，联合起来推翻暴秦，我想是完全可能的。"

曹参想了想，问道："那我们该做些什么事呢？"

"目前你和我还没有到公开出面的时候，不宜有什么引起官府注意的行动，只能静观其变。昨天刘邦派人来找我，说他现在急需壮大队伍，要我们帮他物色人选。"

"嗯！"曹参点了点头。

"我想和你商量一下，首先去找那个张虎怎么样？"萧何问。

曹参立即说："好，张虎身强力壮，见过世面，是个合适的人选。"

"那我就去找找他。衙门里如果有事，你就代为照应一下。"萧何叮嘱曹参。

曹参说："家里有我，你放心去吧。"

2

这里就是张虎的家。

萧何走进来,见张大妈正在打扫屋子,便叫:"大妈!"

张大妈抬头望着萧何,迟疑地说:"你是——"

萧何走近一步说:"大娘,你不认识了?我姓萧……"

张大妈打量一下,恍然大悟,急忙将扫帚一丢,说道:"萧大人,恩人呀!"说着一把拉住萧何的手,激动不已。

萧何拍了拍张大娘的手说道:"你还好吧?"

"好好好!多亏你救了我这条命,要不然我这把老骨头怕是能打鼓了……多谢你,多谢恩人啊!"张大娘说着就哽咽起来。

萧何握着老人的手说:"大娘,你快别这么说。应该的,应该的!"说着朝屋内看了看,问道:"张虎兄弟呢?"

说话间,张虎手拿农具从外面回来,一眼看见萧何,惊喜地喊声"萧大人!"便要下跪。萧何连忙扶住,说:"张虎兄弟,不必多礼,来,坐下说话。"

萧何接过张大娘送来的茶水,和张虎一同坐下。张虎问道:"萧大人,你这么老远地跑到乡下来有何贵干?"萧何便道:"张虎,你坐下,听我慢慢跟你说。"

萧何先扯了几句家常,接着就绘声绘色地把陈胜、吴广和项梁叔侄起义的事儿说了一遍。

张虎听得激动,情不自禁地站起身来,说:"嗨,我要是在大泽乡或者在会稽郡就好了!"

萧何故意问道:"怎么,你也想造反?"

张虎一愣。因为他不摸萧何的底细,心想我是民,他到底是官啊!所以不得不防,于是说道:"我一个耕田人,只晓得春种秋收,能造什么反呀?"

"单独一个耕田人当然造不了反,要是许多耕田人联合起来,人多势众,就可以造反了。你说是不是?"

张虎支支吾吾,不知如何回答才好。

萧何说:"关键是看你想不想造反。"

张虎心中仍在打鼓,迟疑道:"我……不想,也不敢想。"

萧何笑笑,又说:"哦,我明白了,你张虎对朝廷的苛捐杂税能够承受,对永无休止的徭役也心甘情愿,对食不果腹衣不蔽体的生活也毫无怨言是吗?张虎啊张虎,我萧何看错人了,原来你算不上一个血性男儿!你愿意就这样当牛做马一辈子,所以不想造反,对不对?这么说来,我刚才的话算是白说了。告辞!"说着,起身欲走。

张大妈在一旁急忙叫道:"萧大人,我儿子说的不是真心话。我们现在真是苦不堪言啊！萧大人，哪里有我们的活路呀？"

萧何斩钉截铁地说："活路只有一条，那就是造反！"

听萧何如此一说，张虎这才吃下定心丸。他热血沸腾，终于亮出心底："萧大人，其实我早就想造反了，就是不知道怎么反？你说该怎么办？我听你的！"

"好！"萧何欣喜地说，"你去骊山修始皇陵墓的时候，结识了一些朋友吧？"

张虎略一思索，说："和我可以共一个脑袋的朋友，大概有二十几个。"

萧何告诉他："你就把这些朋友邀集起来，把我刚才说的意思向他们说，让他们再去邀集一些人，不就是浩浩荡荡一支队伍了吗？"

张虎点点头，可又有点犯难："有了队伍，谁来当这个头呢？"

"头倒是现成的。"

"谁？"

"刘邦。"

张虎一听是刘邦，忙说："哦，刘亭长……可人家是个亭长啊。"

萧何道："昨天他是泗水亭的亭长，可现在他已经是芒砀山的山大王了！"

接着，萧何把刘邦一行在芒砀山聚众起事的情况说了一遍。张虎心驰神往，跃跃欲试，连连说："干！跟着萧大人干！跟着刘亭长干！"

"好，很好！"萧何见自己不虚此行，不禁有点喜形于色，但随即又冷静下来说道，"张虎，此事非同寻常，弄不好是要掉脑袋的！所以必须稳妥行事，见人先要试探，嘴巴不稳的人不要交底，明白吗？"

"明白。"张虎说，"我邀集了队伍，就直接去找刘亭长行吗？"

萧何一笑："怎么不行？你和他是老相识，未必还要我引荐？"

张虎也笑着："他现在是山大王了，我带着人马冒冒失失去找他，多有不便，你还是写封信吧。"

萧何一想，说："也好，正好我也有些话想跟他说。这样吧，你先去组织人马，到时候拿着我的信去找他。"

3

那天，萧何把张虎策说成功之后，心里十分高兴。回到家里，红玉见了，说："爹，看你满身泥水，又到哪里忙去了？"萧何满不在乎地回答："到乡下去了一趟。"

红玉又说："快把鞋袜换下来吧，我给你洗洗。"

萧何摆摆手说："不用了，先吃饭，吃完饭我还要出趟远门。"

"出远门，还要到哪里去？"

"留县。"

话音未落，门外有人在大喊"萧大人！"萧何疑惑地向外看去，只见杨春风尘仆仆地进来。萧何喜出望外，连忙起身迎上："哎呀，杨春，我正准备去找你，不想你就来了！快请坐。"

杨春坐下之后，萧何问道："杨春，来我这里有什么事？"

杨春说："萧大人，听说陈胜、吴广在大泽乡起义，是真的吗？"

萧何点点头，回答道："真的。不仅陈胜、吴广在起义，项梁叔侄也在会稽起义了。"

"项梁叔侄？"

"项梁是楚国大将项燕之子，他的侄儿项羽可是个了不起的人物啊！"

"就是那个力能举鼎的项羽吗？"

"正是他。"萧何接着将项梁叔侄在会稽起义的前因后果及其经过详细向杨春说了一遍。

杨春兴趣极浓地问道："萧大人，你说我去投奔项将军行吗？"

萧何见杨春如此心切，便直截了当地说："只要你有心反秦，何必舍近求远呢？"

杨春不解地："你是说……"

萧何说："现在刘邦在芒砀山起事，你可以去投他。"

杨春不知道刘邦是何许人也，所以提出了一连串的问题。萧何一一作答后，不禁大喜道："萧大人，我愿意跟随刘邦刘三哥一起闯天下！"

萧何拍着杨春的肩膀说："好，回去多邀几个朋友一同上山！"

这天午后，芒砀山茅棚前的平地上，刘邦正在舞剑，卢绾突然慌慌张张跑来说："三哥，有哨兵报告：发现一支人马，正在向芒砀山靠近！"

刘邦一怔："什么人马？"

卢绾："来历不明。"

刘邦："难道是官兵来了？"

卢绾："很有可能。"

刘邦急忙收剑，说："走，看看去！"

他们来到山门前，只见一个壮汉领着一支人马，稀稀拉拉地拖到了山脚下。这些人手里拿着大刀、长矛、木棍，也有几个扛着锄头、扁担的，一看便知是一支未经训练的散兵游勇。

队伍直奔山门而来。

守门的卫士喝道："什么人？干什么的？"

那个领头的壮汉回答说："我们是来投奔刘亭长的。"刚一抬头，正好看见刘邦和卢绾站在山门之内，不禁喜出望外，大声喊道："刘亭长！"

刘邦也认出了他，喊道："那不是张虎吗？"

卢绾走上前，叫了一声："张虎！"

张虎笑着:"刘亭长,卢解差,你们还认得我?"

刘邦说:"怎么不认得?那年去骊山之前,你说娘病了无人照顾,为此,萧大人还特意给你们三天时间安排家事,对吗?"

张虎连忙点头说:"对对对,多亏了萧大人!这次就是萧大人叫我来找你的。刘亭长,这是萧大人的信件。"说着从怀中掏出那封信,交给刘邦。

刘邦见信如见人,立即捧读起来……

信的大意是:三弟如晤,十分地想念你!你带着队伍走上芒砀山,你上得好!记得你临走时我跟你说的那四个字吗——"当断则断",这一次,你断得好!你所做的,正是我所想要做的。今天,你已经走上了这条不能回头的路,就不要回头,就要放心大胆走下去,天在助你,一定成功!我知道,现在你最需要的就是人手,需要壮大队伍。我已经说通了一个人,这人就是张虎。他已经拉起一支队伍,前来投奔于你……

刘邦读罢信,激动不已,连连叫道:"太好啦,太好啦!知我者,大哥也!,弟兄们,你们看,这——真是及时雨啊!张虎兄弟,山上请!"

卢绾刚把张虎一行领走,听得卫士又在叫唤:"三哥,你看,又来了一支人马!"

刘邦转身一看,果然又一支人马向山上走来。刘邦断定这又是来投奔他的,于是挺身而立,双手背在身后,摆出一副首领模样,等候人马过来。

杨春走在前面,带领着队伍来到山门前。杨春问道:"请问贵寨的首领可是刘邦?"

卫士说:"你问这个干什么?"

杨春说:"萧大人叫我来找他的。"

刘邦心想,这"萧大人"还能有谁?肯定又是大哥。不过他还是问了一声:"你说的是哪个萧大人?"

杨春答道:"沛县主吏掾萧何。"

刘邦不认识杨春,所以说:"你可有萧大人的书信?"

杨春也不认识刘邦,便回答说:"他叫我亲自交给刘邦。"

刘邦说:"我就是刘邦。"

"刘亭长,我终于找到你了!"杨春打量着面前这位传说中的人物,果然器宇轩昂,不同凡响,于是深信不疑,连忙拿出一封帛书说:"请看。"

刘邦看完帛书,笑着问道:"你就是杨春?"

杨春腼腆地回答说:"对,正是小人。"

刘邦高兴地说:"以后我们就是兄弟了。"说着又对杨春身后的一群青年说:"各位壮士,从现在起,我们就是一家人,请跟我上山吧!"

上山以后,刘邦吩咐集合队伍,欢迎这两支新来的兄弟。

一块宽敞的坪场,掩映在青翠欲滴的丛林中。坪场四周"刘"字大旗迎风招展,苍鹰展翅,小鸟啁啾。上千人的义军在这里集合,黑压压一片,秩序井然。刘邦站上高台,大声说道:"弟兄们!今天是个不平常的日子,张虎和杨春两位兄弟带领大队人马来到芒砀山，我们的队伍更加壮大了，这是一件大喜事啊！你们知道他们是怎么来的吗？是大哥萧何动员来的，我们要好好地感谢萧大哥啊！"

众人振臂高呼："感谢萧大哥！感谢萧大哥！"

刘邦接着说："要感谢萧大哥，就不要辜负他的期望，一定要加强练武，练就一身杀敌本领，来日好与秦军作战。你们说好不好？"

"好！"众人欢呼起来。

接着刘邦让张虎和杨春带着自己的队伍加入到义军的行列。坪场上，掌声和欢呼声顿时响成一片。

事后，萧何从张虎和杨春投奔芒砀山，参加刘邦的起义队伍这件事，深深认识到：世界不是位高权重者的世界，也不是富贾豪绅的世界，而是有心人的世界。只要你用心去做，努力去创造，任何事都能达到目的。

第十五章　关押吕雉作人质

1

　　刘邦的人马越来越多，声势越来越大，树大招风，风起云涌，外边的传言就如旋风一般盛传开来。当然，也就传到了吴县丞的耳朵里。这一天，他也顾不得会再次遭受罗县令的冷眼，急匆匆来到县衙，跑到大堂上，对罗县令说："大人，大事不好！"

　　罗县令正在批阅公文，见吴县丞冒失鬼一般鲁莽闯进，心中果然不快，便不耐烦地问道："什么大不了的事？"

　　吴县丞说："刘邦造反了，他在芒砀山聚集了千把人，正在操兵练武，可能过不了几日就要来攻打县城了！"

　　罗县令乍闻此言，不由大吃一惊，连忙放下手中笔，紧盯着吴县丞："你说的是真的？"

　　"千真万确！罗大人，这可是不得了的大事，你得赶紧想一个应对之策！"

　　是的，老百姓造反，对于当官的来说，如同洪水冲来，如同大火烧来，这是关系到他们身家性命的大事。不错，罗县令和吴县丞是有矛盾的，罗县令对这既平庸又自私奸狡的吴县丞是讨嫌的，然而，他们在本质上又是一致的，他们头上，都共同地顶着一个"官"字，他们是一条船上的人，他们有着共同的利益，在大敌当前，只能绑在一起，只能携手御敌。所以，刹那间，罗县令的态度就变了，他变得春风满面，热情地招呼吴县丞坐下，并求计于他："我们可不能坐以待毙！吴大人你有什么好主意，请你讲讲！"

　　吴县丞就是来向罗县令献妙计良方的，只听他说道："主意嘛，吴某倒是想好了一个。"

　　"那你就快说呀！"

　　"就不知道县堂大人是不是愿意得罪朋友？"

　　"此话何意？"

　　"我是说，我有一条解救危难的妙计，但要实施这个妙计，肯定对你的一位朋友不利。"

　　"这个……以朝廷利益为重，以本县安全为重，朋友乃私事，保卫县城是大事，吴大人你快说吧！"

　　"好，县堂大人有这句话，那就好说了。"吴县丞将嘴巴附到罗县令的耳朵旁边如此这般说了一通。

听完吴县丞的妙计，罗县令脸上却是一副迟疑的神情。

吴县丞有点急了，催促道："县令大人，当断不断，必有大乱呀！"

终于，罗县令叹了一口气，说道："为了国家，这位朋友，你也就怪不得我了！吴大人，一切都照你的方案办事，你去一手操办吧。"

得到县令认可，吴县丞立即施行。他派出了他的一个心腹，此人名叫朱七。

朱七来到了刘邦家中。见门口坐着一个老头，便问道："老人家是刘大爷吧？"

刘执嘉望着朱七，答道："是啊，你是……"

"我是县衙的公差。"

刘执嘉见县里公差来到，连忙起身，热情地招呼："哦，是公差大人啊，快屋里坐，屋里坐！"

朱七就随着刘执嘉进了院子。一边问道："刘大爷，你儿媳妇吕大小姐在家吗？"

刘执嘉愣了一下："你找她有什么事？"

朱七说："县堂大人要请她去一趟。"

刘执嘉又是一愣，正要问缘由，恰恰吕雉从里屋走出，见到公差，便笑着招呼道："哦，来客人啦！"

朱七忙道："这就是吕家大小姐吧？"

刘执嘉转身对吕雉说："他说县堂大人要请你去一趟！"

吕雉心生疑惑，就问："要我去做什么呀？"

朱七满脸堆笑说："我们老爷说，他和你家刘亭长是好朋友，今天是他夫人的生日，想请你去陪他夫人说说话，喝喝茶。"

吕雉一听是这么回事，很是高兴，觉得是县令夫人看得起自己，连忙说："我去我去，我先去收拾一下。"说罢就进里屋去了。

院子里，朱七和刘执嘉搭讪起来："刘大爷，你有个能干的儿子，又有这个漂亮的儿媳妇，好福气啊！"

刘执嘉便作谦道："多谢你的吉言啊，媳妇真是个好媳妇，可我那儿子到老也是个淘气包啊！"

正说着，吕雉便收拾停当走了出来，对朱七说："走吧！"

朱七对刘执嘉打了个拱手，带着吕雉回县衙去了。

踏进大门，没有去县堂大人的住室，也没去大堂，而是从左边的甬道，走进了县衙牢房的大门。

吕雉已经觉察到不妙，止步问道："这是什么地方？"

这时，朱七终于撕下一脸和蔼的假面具，冷笑道："这就是你应该来的地方！"说着，把一扇牢门打开，一把将吕雉推了进去。

吕雉被莫名其妙关进牢房，不由大怒，大喊大叫道："你们不要胡来！我要见县令,我要见县令!"

"罗大人是你想见就能见的吗?你还是乖乖地待在这儿吧!"

朱七说罢,扬长而去。

很快,萧何就知道了吕雉被关的消息。是任敖告诉他的。

萧何感到很突然,忙问:"什么时候关进来的?"

"就是刚才。是朱七把她从家中骗来的。"

萧何皱着眉头,在房子里踱步,思索。

任敖说:"大哥,你说是不是罗县令已经知道了刘邦占山为王的事?"

萧何站定,平静地说:"这是肯定的,刘邦放跑囚犯,占山为王,按大秦律,不仅刘邦当斩,就是县令也得连坐。他抓吕雉,一方面是想引诱胁迫刘邦归降;另一方面,他这是向朝廷做出姿态,表示他对刘邦决不姑息纵容,从而洗脱自己的责任。他这样做,想起到一箭双雕的作用。"

任敖愤怒地说:"罗县令这一手真是狠毒啊!"

萧何淡淡一笑道:"老弟啊,这世间之上,不狠毒的官员又有几个?不过,这罗县令和吕公是至交好友,他把吕公的女儿关起来,也只是暂时用来应付上头,他不会把吕雉怎么样的,你就放心吧。"

任敖却担心地说道:"吕雉是大家闺秀,平时娇生惯养,这牢狱之苦,她又如何受得了啊?"

萧何就道:"你不是正在管大牢吗?这就要靠你了,你要对吕雉多加照顾,要绝对保护她的安全!"

任敖用坚定的语气说道:"大哥你放心,有我任敖在,不会有事的!"

任敖走出县衙,回到了监狱。他正要去西边牢房看望吕雉时,却见狱卒牛三和另一个狱卒在说话。于是,悄悄躲到一边,偷听他们的谈话——

牛三说:"你不知道吧,西牢女号的那个犯人,美艳非常,简直叫人丧魂失魄,你若是见了呀,不发疯才怪呢!"

那狱卒却淡淡说道:"我才不稀罕哩!"

"不稀罕?你知道她是谁吗?"

"谁?"

"她叫吕雉,是刘邦的妻子,你要不要去看看?"

"她坐她的牢,我去看她做什么?"

"哎呀,你真是个老实木头呀!"牛三依然在怂恿道,"唉,我们吃这碗狱卒饭的,天天与那些蓬头垢面的家伙打交道,真是没意思啊!今天好不容易盼来了这么个大美人,何不就此和她亲近亲近,解解馋呢?机不可失啊!真是好机会呀!"

但那个狱卒却是个实在人，讲的依然是人话："牛三，人生在世，要讲点良心，你可不要打坏主意啊！"

"去你的良心，如今这世道谁讲良心？县令讲不讲良心？郡守讲不讲良心？始皇帝讲不讲良心？"

那狱卒连忙喝道："牛三你胡说什么！小心你脖子上这吃饭的家伙！"

偷听到这时，任敖终于站出，故意高声叫道："什么事谈得这么津津有味啊！接着讲，接着讲，让我也高兴高兴！"

牛三嘿嘿一笑，赶快搪塞道："我们说的是，明天打牙祭的事，又有好东西可吃了！"

"原来是这么点芝麻绿豆事啊，我还以为什么军国机密呢。"

任敖故意装出一副漫不经心的样子走了。

2

那天，朱七来请吕雉，说是县令夫人生日，要吕雉过去陪夫人说话。刘执嘉没有多在意。但到了暮色冥冥之时，还不见吕雉回来。刘老头有点不放心，就叫家人刘汉去县衙看看。

很快，刘汉急匆匆赶回来，气喘吁吁对刘执嘉说："老爷，事情不好，少奶奶被关进牢房了！"

刘执嘉急了："这是怎么回事？"

"我也不知，我是听县衙里的曹参告诉我的。他说他和萧何在想办法。要我转告老爷，叫你不要着急！"

出了这样的大事，又焉能不急？

刘执嘉就拄着拐杖，带着刘汉，急匆匆赶往县衙去。可转念一想，这件事还得先去找亲家吕公。吕雉是吕公的女儿啊，更何况吕公是罗县令的好朋友，他出面自然比我好得多。于是改变路线，去了吕家。

是夜，当油灯亮起的时候，刘执嘉和吕文一同来到县衙，走进了罗县令家中。那罗县令倒是热情，又是泡茶，又是寒暄……

吕公却是气冲冲单刀直入问道："请问罗大人，我女儿犯了哪条王法？"

罗县令故作糊涂，道："吕公你说什么？我听不明白啊！"

吕公道："这就奇了，我女儿被关进了你的大牢里，你倒说听不明白？"

"你女儿被关进了大牢里？不可能，不可能！哪有此事，哪有此事！"

吕文质问道："那我女儿到哪里去了？"

刘执嘉也连忙道："你们县衙的朱七到我们家里，说是你罗大人的夫人过生日，要雉儿过来陪着说话，热闹热闹。我还特意叮嘱了她，叫她一定要向罗夫人送个生日红包……"

吕公气乎乎地接着说道："我女儿好端端地过来送红包庆生日，你怎么就把她关到牢房里呢？我吕某平日待大人实在是心意诚恳，赤心一片，你怎么能这样？"

罗县令赶快支吾道："绝无此事！我罗某是知恩图报的人，怎会做这种恩将仇报的事呢？我夫人刚刚送一位亲戚去了，等她回来，我一定详细询问……也有可能是我手下人出于一种什么误会，对吕雉进行了扣押。我马上就去查询。吕公，刘公，你们还是先回府上，我罗某一定给你们一个圆满的答复！"

无奈，吕文和刘执嘉只得快快地走出县衙。

3

却说那个牛三，在初见吕雉之后，心里的一股欲火便熊熊燃烧了起来。他在家里端着饭碗吃晚饭，可饭里菜里映现的都是吕雉的漂亮脸庞。吃罢饭，他就在屋子里来回踱步，思量主意。最后，主意想好了，从灶屋的墙上取下一块干牛肉，切成薄片；又把一条腊鱼切成一小块一小块。重新架上锅，先炒干牛肉，加上姜和红辣椒，炒得个喷喷香！接着又炒腊鱼，然后用香椿芽子炒了个鸡蛋。接着用饭盒子装了半盒饭，再把牛肉、腊鱼、香椿鸡蛋放在饭上头……他提着饭盒，匆匆赶到牢房里。

这时，已是晚上戌牌时分。

此时的吕雉，是又惊，又疑，又怕。而最难受的，是饿，饥肠辘辘。

就在这节骨眼上，牛三提着饭盒子来了。

牛三热情喊道："大嫂，我给你送饭来了！"

牛三打开了牢房门。将饭盒子摆在石条案上，说："大嫂，饿坏了吧，快吃快吃，这是我给你炒的干牛肉，这是腊鱼，还给你炒了一个香椿鸡蛋，快吃快吃！"

吕雉也顾不得思量牛三送饭的用意，就坐到条案边，狼吞虎咽地吃了起来，吃得津津有味，无比香甜。吃罢，也顾不得礼仪，用手抹了抹嘴。

牛三凑上来问道："怎么样，味道还不错吧？"

"不错不错，贫妇感谢不尽！"

"感谢？"牛三终于开始行动了，他的脸上露出了一种丑陋的淫笑，那声音也变了个调儿："大嫂，你拿什么感谢我呢？"

"有句老话，滴水之恩，涌泉相报啊！"

牛三的身子凑了上去，拉起吕雉的一只手，摩挲着。

吕雉如逢火烧一般，把手一甩："请你放尊重些！"

吕雉赶快退到了一边。

牛三却又凑上前去，说："大嫂，识时务者为俊杰啊！你如今是被关在这里了，只怕十天半月出不去。你得有个人照应啊！我会对你好的，会千方百计关心你的。算是你我有缘,一看到大嫂你,我的心就软了!大嫂,你就从了我吧,给我欢乐吧!这有什么关系呢?你就给我几次吧!萝卜拔掉眼还在,你又不亏损什么!来来来,今天我们就来个第一次吧!"

牛三已是不能自控了,他呼呼地喘着粗气,伸出手就要去抱吕雉。这吕雉是学过功夫的,只听她一声骂道:"你这个畜生!"接着顺手就是一个耳光打在牛三的脸上。

牛三见吕雉不从,竟然还动手打自己,恼羞成怒,恶狠狠威胁道:"真是不识抬举!告诉你吧,刘邦是朝廷钦犯,如今正在悬赏捉拿。你为他守,守个屁!抓到后,他就是个杀头的罪!你还有什么想头呢?你是钦犯罪妇,你也没有好果子吃!你不如从了我,跟了我,我会让你少受罪,有了机会,我还可以把你弄出去。这算是你的造化!机不可失,时不再来,我看你还是乖乖地听我的吧!"

一股强烈性欲在牛三浑身翻腾、冲动,只见他一跃而起,一下就把吕雉压倒在地上的稻草上……

女人到底是女人,吕雉抗不过这头蛮牛,就急了,大声呼喊道:"来人啊!救命啊!来人啊!救命啊!"

正好,任敖在外边经过。闻声,推门冲进,见牛三正向吕雉施暴,便大喝一声:"住手!"接着扑了上去,抓着牛三的衣领,提了起来,向后一拽,向旁边一推,牛三一个趔趄,摔了一个嘴啃泥。

牛三爬起,摸着鼻尖和嘴上的尘土,见是任敖,便喃喃骂道:"好,好!你小子敢坏我的好事!好,好!咱们走着瞧!走着瞧……"

牛三狼狈地逃走了。

吕雉赶快谢道:"大哥,谢谢你,谢谢你!"

任敖忙道:"嫂子,我叫任敖,是县衙的吏员,专管监狱的。我和萧大哥、三哥都是好兄弟。县里把你抓来主要是那个吴县丞的坏主意。"

吕雉问:"任大哥,我家刘邦给县里出公差,在外辛苦,他们怎么还要抓我呢?"

任敖轻声说道:"现在天下闹起来了,三哥已经领人在芒砀山树旗造反。他们抓你,就是要拿你当人质。"

"啊,原来是这样!"吕雉这才恍然大悟。

任敖说:"大嫂放心,我们会尽力保护你的,萧大哥正在想办法,把你弄出去,你莫性躁,会有办法的……"

"谢谢任大哥!谢谢任大哥!"

第十六章　萧何设法救吕雉

1

任敖和牛三二人，为吕雉而打架的事情，闹到了县衙。

在县衙内，牛三仗着有吴县丞撑腰，恶人先告状，污蔑任敖保护反贼刘邦的老婆，有私通反贼刘邦的嫌疑。罗县令听了，联想到各地农民纷纷揭竿而起，义军攻城拔寨如火如荼，觉得事关重大，便立即召集众吏掾就此事进行商议。

罗县令说道："各位大人，自始皇帝驾崩，二世即位以来，各地动荡不安，朝廷岌岌可危。我县辖内也是如此，麻烦事层出不穷。月前，刘邦途中私放囚犯，后又聚众入芒砀山为寇。昨天，东牢狱卒任敖和西牢狱卒牛三斗殴，肇因原为一个女人，这个女人又恰恰是刘邦的老婆。这两件事，如为朝廷所闻，则我等难脱干系，所以，必须尽快处置，以免节外生枝。各位大人，此事当如何处理，请发表高见。"

吴县丞听后连忙污蔑道："卑职听说，狱卒任敖所为，乃是刘邦在后头唆使的。如果朝廷追究，我们只能如实上报。"

萧何听出吴县丞话外有音，不慌不忙地辩驳道："吴大人，刘邦远在他乡，他又如何能唆使任敖？如果吴大人有证据，请当堂出示，以便查个究竟，做出妥善处理。"

吴县丞看看县令，又看看众人，见全无反应，便支支吾吾起来，一时间也说不出一个所以然来。

萧何便乘胜追击，又柔中有刚地说道："如果只是'听说'，那便是捕风捉影，胡乱猜疑。没有真凭实据的话，可不是说着玩的！说轻点，如此会伤了同僚之间的和气；说重点，朝廷真要追究起来，那可就是吃不了兜着走啊！"

罗县令觉得萧何说得十分在理，便对吴县丞说道："是呀，吴大人，这种话以后就不要说了，弄不好会惹火上身的啊！"

萧何看到已经暂时压下了吴县丞，就因势利导，向罗县令说道："罗大人，现在朝廷上下，矛盾重重，穷于应付，已是自顾不暇。类似监狱里打架，还有刘邦如今是不是已经上了芒砀山这种事，等等，诸多案子，乃是多如牛毛，朝廷哪有精力来一一理会？所以，我觉得我们不要自己吓唬自己。我断定，这事儿暂时不会牵连我们的！"

罗县令点头同意道："对，对！萧大人说得有道理。不过，任敖和牛三的纠纷还是要有个判断，分清是非，不然狱中乱了规矩，以后就不好办了。"

吴县丞依旧不死心，连忙说道："罗大人，此事非常明白，任敖在东牢执事，吕雉关在西牢，任敖不恪尽职守，擅离岗位，跑到西牢寻衅滋事，故而引起斗殴。所以任敖应予严惩！"

萧何据理力争道："罗大人，此事我作了一番调查，原是牛三对吕雉非礼，吕雉大喊'救命'，声音传得满监都能听到。任敖听到呼救才从东牢赶去，看见牛三正把吕雉压在地上。任敖出于义愤，加以制止，牛三恼羞成怒，挥拳向任敖打去，才引起这次斗殴。因此，该严惩的是牛三。而任敖，倒是应该嘉奖才是。罗大人，如果真让牛三侮辱了吕雉，你在吕公面前可不好说话啊！"

罗县令听后，觉得自己已经陷入了萧何那环环相扣的话语之中，一时间不知道该如何脱身，但又觉得萧何讲的实在是字字在理。终于，他满面怒气，大声判道："这件纠纷的是非曲直，已然十分明朗。牛三恶人先告状，可恶！重责三十大板！任敖给予嘉奖！"

吴县丞败在萧何手上，虽内心不服，但又无理由申辩，只好站起来说："罗大人，近来卑职偶感风寒，身体有些不适，请求告退。"

罗县令摆摆手说道："吴大人请便吧。"

萧何见吴县丞没趣地走了，心想有了机会，便进言说："罗大人，卑职有个想法，不知当讲不当讲？"

罗县令做出请的姿势说道："萧大人请讲。"

萧何便立即说："罗大人，卑职以为不如将吕雉放了。"

罗县令不禁一怔，十分不解地问："吕雉是朝廷钦犯刘邦的老婆，放了，这个责任谁担当得起？"

萧何趁机献策道："刘邦虽然是朝廷钦犯，而吕雉既没有合谋，又不知情，有什么干系呢？现在关着她，仅是人质而已，不如放出去，放长线钓大鱼……"

罗县令对萧何的话语有所领悟，便说道："你的意思是……"

萧何接着回答说："现在，说刘邦上了芒砀山，尚无充足的证据，或许上了别的什么山也未可知。吕雉获释后，必然去寻找刘邦，我们派人暗中尾随，弄清刘邦确切的藏身地点，再派官兵围捕，就可一举抓获刘邦。这样，上报朝廷，则功莫大焉，定获朝廷嘉奖，如此一来，罗大人你平步青云，是指日可待的呀！"

罗县令心里当然高兴，可是仍装出迟疑的样子，说："此计虽好，只是还须慎重从事才行，让我再考虑考虑吧。"

萧何见罗县令如此态度，就揣度出了他心里的小九九，于是便借故告辞离去。

2

萧何从县衙出来之后没有回家，而是直接来到吕公家中。这时，吕媪正在为吕雉的事情埋怨着吕公，说当初就不该让吕雉嫁给刘三，这下倒好，福没享到，祸害倒来了。吕公在一旁听着，无可奈何，只好默不作声……

这时，吕泽已经看到萧何进来，便说："爹，娘，你们看谁来了？"

只见萧何拱手道："吕公，萧何向二位请安！"

吕公夫妇起身迎上去说："萧大人来了，快请坐！"萧何在一旁坐下来询问道："二位近来贵体康泰否？"

吕公回答说："不劳挂念，还算可以！"

吕媪一直担心吕雉的情况，便插嘴说："萧大人，可有我女儿的消息？"

萧何回答说："大小姐的事，我已在县令面前疏通得差不多了，只是……"萧何停顿下来，脸上显现出为难的表情。

吕媪见此情况，便急忙说道："萧大人，还有何难事，尽管说吧。"

萧何便说出来真实情况："不是别的，县令是个见钱眼开的人。尽管我已经向他晓以利害，但是，他没见到黄白之物，还是借故不肯放人。"

吕泽询问道："萧大人的意思，还须银子才能打开县令这个结？"萧何点点头。

吕公叹了一口气说道："我早就料到了这一点。"

吕媪这个时候也并不在乎钱的问题，便急忙说："他到底要多少？萧大人，你说个数，我们好作准备。"

萧何想了想回答说："县令也没有说具体数目，不过他向我暗示过，他曾经说，捞一个人出来，没得二百两银子是弄不好的。"

吕媪听后惊道："狮子口张得不小啊，还说是什么朋友哩！"

吕公生气道："别说了！钱就是朋友，这个时候，谁不想捞一笔油水，时过境迁想捞都没地方捞了！"

说罢转身进里屋去了。

吕泽在一旁催促说："娘，为了救大妹，再多也要想办法啊！"

一会儿，吕文拿着个包裹出来，对萧何说："萧大人，谢谢你周旋，这里有一百五十两银子，请先拿去，另五十两我随后就会凑齐送来的。"

萧何接过包裹说："此事宜急，犹恐夜长梦多。另五十两我先垫上，你再慢慢凑吧。萧某就先告辞，我要赶紧着手那些搭救吕小姐的事情去。"

吕公深深地对萧何拱手作揖。

看着萧何离去的背影，吕公眼神之中流露着无尽的感伤……

萧何从吕公家中离开之后，便直接来到县令家中。萧何悄悄走进，轻轻地叫了声"罗大人"。罗县令见是萧何，连忙起身说："请坐。"萧何在一旁坐下，佣人礼貌地送来茶水。

罗县令说："萧大人，深夜光临寒舍，想必有什么事吧？"

萧何便回答说："大人，吕雉的事，不知考虑周全没有？"

罗县令表现得十分为难，想了又想说："过去吕公有恩于我，本当结草衔环，报答于万一。只是刘邦乃朝廷钦犯，非同一般，我若不做出一点姿态，不好向上面交代。相信吕公是能够理解的。"

萧何点点头说："大人的难处，吕公完全理解。"

县令接着说道："如今把吕雉关押起来，我便可以冠冕堂皇地说话了。还是你的脑子好使，你说，放了吕雉，是为了钓到刘邦那条大鱼。你这句话说得很好，这就为释放吕雉找到了一个很好的合法的理由！这样，使我对朋友对上面都说得过去，真是一箭双雕——不不，一举两得啊！不过，萧大人，你也是知道的，现在的事情很难办，上下关系都需要去打点……"

萧何听后，心下暗想，这家伙，朋友也不放过，果真就是想要捞一点钱，于是萧何满脸堆笑，说道："卑职正在为此事焦虑，而吕公恰恰就想到了这一点，他知道大人上下打点需要银两，特地派吕泽送来一包银子，共计二百两，托卑职转交大人。"

罗县令却故意装出为难的神情，假惺惺婉拒道："我和吕公是忘年故交，用不着来这一套吧！"

萧何深知，这只是罗县令表面上的推托之词，便说道："朋友归朋友，公事还得公办。这一点吕公是很清楚的。"

县令看了看萧何放在桌子上的包袱，就说道："吕公确实是个通情达理之人。只是——此事若被外人知道，说起来不好听啊！"

萧何压低声音，凑到县令面前说："大人，天知地知，你知我知！"

罗县令一听，于是会心一笑，就把银子收到家里的柜中去了。

3

萧何疏通了罗县令，第二天上午，吕雉终于走出牢笼。

吴县丞听说罗县令放了吕雉，赶紧派人暗中了解内情……得知是萧何从中作梗，马上安排人紧紧盯着吕雉的去向。

任敖把吕雉从牢里带出，送到县城门外，觉得安全后对吕雉说："萧大人在前面路旁等你，快走吧。"

吕雉深深一鞠说："多谢任大哥！"

任敖点点头说："一家人，别客气，赶紧走吧！"

吕雉便告辞了任敖，自个儿离开了。

吕雉按照任敖指定的道路走着……一会儿，躲在树阴下的萧何看到了吕雉，突然现身，赶紧一把将吕雉拉进道旁的树丛。

吕雉见了萧何，非常高兴，正要开口，萧何做出了阻止说话的手势，又暗示吕雉回头察看……吕雉疑惑地回头，只见有一个神色诡异的人影在路旁停了一下，四处望望，然后便朝前走了。

良久，当跟踪吕雉的那个人走远之后，萧何与吕雉才钻出树丛。

跳出牢笼见青天，吕雉深深道谢说："萧大人，谢谢你救了我！"

萧何连忙回答说："先不要忙着谢我。现在你还不能回娘家，也不能去刘家，更不能去芒砀山。"

吕雉困惑道："那我去哪儿？"

萧何回答道："这个我早就已经想好了，叫红玉送你去一个地方先住几天，等风声过了，我再派人把你接回来。"

吕雉对萧何感激不尽，激动地说道："多谢萧大人，你的恩德，吕雉没齿不忘！"说着跪倒在地，叩头谢恩。

萧何见状扶起吕雉："别这样，赶快起来，我们之间无须多礼，现在必须赶紧离开这里，这里不怎么安全！"

吕雉被萧何扶起来，对萧何的话言听计从，便随着萧何朝另一条小路走去。

萧何带着吕雉，来到一个隐蔽之处与红玉汇合。萧何吩咐二人扮成乞丐的样子，全身上下弄得脏兮兮的，十分丑陋。一切处理妥当，红玉便带着吕雉前往萧何事先安排好的一个藏身之所。

她们一路上不敢逗留，直接来到胡德良的家门口，见一个三四岁的小孩在门外玩耍，便走了过去，问道："小弟弟，你们家姓什么？"

小孩眨巴着小眼睛回答说："姓胡。"

萧红玉接着问道："你爹是不是叫胡德良？"

小男孩想了许久才回答："我爹——死了。"

萧红玉又问："你娘呢？"

就在这时，胡德良的妻子从外面回来。小孩叫道说："娘，来了两个要饭的乞丐。"

胡德良的妻子很是疑惑地抬头盯着两个陌生人⋯⋯

萧红玉看了看面前的妇女问道："你就是德良嫂子吧？"

农妇上下打量红玉，半天才看出个所以然来，惊叹地说："你是萧大人的女儿？"

萧红玉微微一笑，点了点头。

农妇说道："哎哟，作孽哟！你怎么弄成这个样子？"说着爱怜地去摸萧红玉的头发，扯她的衣服。

萧红玉莞尔一笑，说："我⋯⋯等下再说吧。"转而关切地问道："大嫂，你过得还好吧？"

农妇答道："多亏了萧大人，还好！"她一把抓住红玉的手，又说："萧大人是个好人啊！看你们这个样子，他没事吧？"

萧红玉回答说："大嫂，你放心吧，他没事，很好！"

农妇疑惑地问："那⋯⋯你们这是——"

萧红玉笑了笑，把吕雉介绍给农妇。当萧红玉刚提到吕雉是刘邦妻子的时候，吕雉警觉地连忙咳嗽。红玉便连忙改口说："哦，是这样，爹叫我们来看看你。我们两个年轻女子，一路上怕遇着坏人，所以就打扮成乞丐模样。"

吕雉也在一旁说道："这个办法倒挺有效，我们来的时候走在小路上，几个公子哥儿嬉皮笑脸地走向我们，其中一个上来拦住我们说：'抬起头来让本相公看看！'其他几个人也跟着起哄，可当我们抬起头，让他们看到我们蓬头垢面的时候，便嗤之以鼻，唯恐避而不及，赶快溜走了。"

"原来是这样，这我就放心了！"农妇说道，"你看我，让你们站着说话，来来来，屋里坐。"说着农妇将二人引进屋内。

4

萧何得知吕雉已经安全藏匿起来之后，悬着的心终于放了下来。夜里突然来报，说县令大人急召自己到县衙一趟。萧何不知所为何事，只得随着衙役去了县衙。

萧何走进大堂，曹参也来了。罗县令看到二人，赶忙起身相迎，那神态，表现出一种超乎寻常的热情。

罗县令道："两位大人，请坐！"

萧何、曹参依次就座。

罗县令又道："萧大人、曹大人，请你们来，是要商议一件大事！"

萧何问道："深夜召我俩来此，县令有何大事商议？"

罗县令忧虑地说："的确是大事啊！自陈胜、吴广大泽乡举旗造反，项梁叔侄会稽杀殷通复楚以来，义军席卷大地，相继有魏、燕、赵、韩、齐各国兴兵抗秦，全国上下纷纷响应。陈胜已在陈县称王。泗水郡各县就已经蠢蠢欲动。几个月来，所辖之县，除我沛县外，全都动起来了，杀官吏，据县城，闹得鸡飞狗上架，社会动荡不安。更有甚者，据说有那么两三个县，居然串通一气，要兴兵攻沛。所以，我想把城池献给陈胜，投入义军洪流，以保身家性命。不知二位意下如何？"

萧何一听，知道罗县令心里已极度恐慌，不禁暗自高兴，于是款款谈出了自己的想法："大人，卑职认为，陈胜是成是败，尚未见分晓，千万不可贸然献城，以免铸成大错，我看还是先以保城为上策。我沛县城墙厚实，固若金汤，加之储备的粮草丰富，可供两年食用，所缺的是兵力不足。如果大人法外开恩，将牢中囚犯四百余人赦免出来，他们受了大人的恩德，定会拼命为大人效劳；不过仅凭这点兵力，守卫沛城，仍嫌力量单薄。如果大人再次网开一面，宣布不追究畏罪潜逃犯人的罪过，又可得七八百人，有了一千多人马，还怕什么义军攻城？"

曹参也附和说："萧大人所言极是！那些罪犯，关押者也好，潜逃者也罢，其实，很少几个什么罪大恶极的，大都不过有一些偷鸡摸狗之类的劣迹罢了，经过了一次牢狱的教训，多有悔过自新之心。大人若宽大为怀，既往不咎，他们自然感激涕零，争相立功赎罪。这可是一支守城的有力队伍啊！请大人三思。"

罗县令听萧何与曹参讲得头头是道，有理有据，心里的包袱卸下了一半，高兴地说："二位大人的计谋甚好，那就依二位大人的计谋而行吧！"不过接着又担心地问："萧大人，你要我将畏罪潜逃的囚犯召回来，别人犹可，但那刘邦已是一山之王了，又是朝廷钦犯，召不召他呢？"

萧何、曹参异口同声地回答说："自然更要召回。"

罗县令疑惑道："为何？"

萧何说："听说他已经聚集了上千人马，进行了严格的训练，他如果回来，不比那些未经训练的囚犯更有战斗力吗？"

罗县令还是有些犹豫地说："他知道自己干系重大，已经惊动了朝廷……他会不会听我的召唤？"

萧何极力向罗县令解释道："这个，大人尽可放心！刘邦祖居沛县，家中世代无反叛之人，虽然今天落草为寇，必有他的难言之隐。大人若赦免他无罪，将他召回，这就给他洗雪了反叛的罪名，而且又给了他一个戴罪立功的机会，他又何乐而不为呢？况且，他家有老小和亲戚朋友，我想他一定会回来的。"

曹参也在一旁说："对，大人无须犹豫了，赶快将刘邦召回来吧！"

罗县令听了点点头，可是突然之间又想到吕雉的事情，便又疑虑道："对了，还有一件事情，我关押了他的妻子，现在他妻子失踪，若问我要人，我将如何交代？"

萧何回答说："这个，大人尽可放心，刘邦是个通情达理之人，你既然放了他的妻子，他有什么理由怪罪你？"

曹参也连忙说："对，我想，他不但不会怪你，还会感谢你哩！"

在萧何、曹参的一唱一和之下，终于让罗县令下了决心。当即就要萧曹二人把他的这个意思传达给刘邦。

萧何、曹参听后，相视而笑。向罗县令拱手一揖，便告辞离去。

两人从县衙出来，吩咐一个随从去四季春叫樊哙。樊哙得到消息，急忙离开酒楼，直奔萧何、曹参处。

萧何看到樊哙来到，连忙招呼道："樊哙，快来这里坐！"

曹参为樊哙斟上一杯酒，说道："我们等你多时了。"

樊哙道："哦？什么事这么急呀！叫我来是不是有什么好事？"

"当然是好事嘛！"萧何说道，"各地的义军风起云涌，形势急转直下，大秦王朝已垮在旦夕。罗县令为保沛县，向我们求计，我们正好就汤下面，说服他赦免刘邦的反叛之罪，召他回城防卫。请你马上去芒砀山给刘邦送信，叫他即刻率领人马杀回沛县。"

曹参补充说："我们作为内应，就以白旗为号。"

樊哙一听是这么一个情况，一拍几榻，高兴地说："太好了，我马上就去！"

樊哙告辞萧何、曹参二人，快马加鞭，直奔芒砀山。

樊哙一路马不停蹄地赶到芒砀山，刘邦见了兴奋不已，拍着樊哙的肩膀说："这些天我好想你们兄弟啊，想不到你竟然来了！樊哙，有什么事？把你乐成这个样子？"

樊哙道："大好事啊！大秦快要垮台了，义军席卷各地，周边的县都已为义军占领，扬言即日就要攻打沛县，罗县令惊恐万状，请你带伍回去协助守城。"

刘邦听后喜不自胜，急忙道："真的？你说的是真的？"

樊哙肯定地点点头，回答道："萧何、曹参的意思是，我们正好趁机占领沛县，举起义旗。"他边说边从身上掏出一封信，交给刘邦，说："这是罗县令写给你的信！"

刘邦接过信，看了，大叫道："好！"

樊哙接着说："防卫是假，夺城是真。到时候，萧何、曹参举白旗为号，以为内应。"

刘邦听了，即刻召集手下，布置各部各营集合队伍，兵发沛县。队伍集合完毕，刘邦跃上高台，大声喊道："弟兄们！萧大哥派人送信来了，叫我们马上出发，进军沛县！"

众人听后一阵欢呼，争当先锋军，打头阵立头功。

刘邦说："我们这支队伍是为了反对朝廷，保护百姓而建立起来的。我们进行了几个月的艰苦训练，大家的本领有所提高，但是还没有打过仗。这打仗靠的是勇敢，常言道'狭路相逢勇者胜'，真要打起仗来，会有许多困难，甚至会有牺牲。弟兄们！敌人杀过来，要取你的性命，你们怕不怕？"

众人齐声回答："不怕！"

"好！出发！"刘邦手一挥喊着。

随着刘邦令下，众人便在周勃、灌婴等的带领下，雄赳赳气昂昂地向山下走去。

5

这时候，罗县令沉浸在萧何对自己所言的美好计划之中，一点也没有多想。还傻乎乎地一直在期待，期待着刘邦大军到来，替自己守护沛县呢！

不过这件事，吴县丞却有所察觉。看出了萧何等人的计谋，于是鬼鬼祟祟地走进大堂，见罗县令还悠闲自在地在练字，便走到他身边说："大人，听说你赦免刘邦的反叛之罪，召他回城防守，是否确有其事？"

罗县令听后满不在乎地回答说："陈胜、吴广逼近沛城，我不能将好端端的一个县城拱手送给他们，准备叫刘邦回来守城，怎么啦？"

吴县丞惊诧地说："大人，如此不妥啊！你这是中了萧何他们的奸计！"

罗县令听了，停下手中的笔道："此话怎讲？"

吴县丞道："大人，萧何、曹参本是刘邦一伙的，你难道没看出来吗？他们让你叫刘邦来防守城池，如果守住了，沛县就成了他们的天下，还会有你县堂大人的地位吗？如果守不住，你得罪了陈胜、吴广，你的身家性命就难保。大人，你要三思啊！"

罗县令听吴县丞这么一说，觉得完全在理，不禁全身一紧，一时六神无主，连忙问道："吴大人，那该咋办？"

吴县丞道："依卑职之见，先把萧何、曹参抓起来，以防他们捣乱。然后派人联系陈胜，献出县城。陈胜念你献城有功，不但不会加害于你，反而将感谢你，重用你。此实为上策啊！"

罗县令十分赞同，心想自己真是愚笨，差一点中了萧何等人的奸计。于是吩咐吴县丞："你去安排捕快，今夜子时，将萧何、曹参抓捕归案！"

吴县丞终于等到可把萧何等人一网打尽的机会了，心里不禁兴奋起来，连忙告辞离开。

吴县丞的阴谋实在毒辣，可世上没有不透风的墙，这件事恰巧传到任敖的耳中，使他不禁惊出了一身冷汗，便立马去找萧何，把这个情况告诉他……

夜晚，任敖来到萧何家门前，小声喊道："开门，开门，有急事！"

萧何、萧夫人听到急骤的敲门声，不由一阵紧张。萧何努努嘴，示意萧夫人去开门。

萧夫人走到门边，问道："谁呀？"

任敖焦急地回答说："我是任敖，夫人快开门啊！"

萧夫人听说是任敖，连忙开门。任敖闪了进来，急切地问道："萧大人在家吗？"

萧何听到任敖的语气，已猜到出了紧急情况，忙道："什么事？"

任敖着急地说："萧大人，大事不好！罗县令听信吴县丞的谗言，变卦了。今夜子时，他让吴县丞派人抓捕你和曹参。我已经通知了曹参，现在夏侯婴、曹参正在西门城堡下等你，你快想办法逃出城去吧！"

萧夫人一听，着急地问道："老爷，怎么办啊？"

萧何略一思索，镇定地说道："夫人，不要着急。我权且出去躲避几天，很快就会回来的，如果有人来找我，就说我到乡下访友去了。"

萧夫人点点头。任敖在一旁催促着说："萧大人，快走吧！"于是，萧何跨出大门，回头望了夫人一眼，眼泪夺眶而出，随即转身，毅然跟着任敖快步离去……

第十七章　义军智取沛县城

1

萧何急急忙忙别了妻子，逃出家门，跟着任敖躲躲闪闪来到西门，恰好一队巡防的士兵走过。他们闪进暗处，等巡防兵过去后，才快速爬到城墙上，与夏侯婴、曹参会合。

夏侯婴早已找来一捆麻绳，对萧何、曹参说："你们两个快，一个个放下去！"

萧何对曹参说道："曹参，你先下去吧。"

曹参推辞说："不，吴县丞最恨的是你，还是你先下吧！"

夏侯婴点点头说道："对，大哥你先下！"边说边将麻绳缠绕在萧何腰部，三人拽着麻绳，一截一截地往下放。萧何顺利地落到了城墙外。

等萧何落地后，他们又将曹参从城墙上放下去。就这样，萧何、曹参在夏侯婴和任敖的帮助之下逃出了县城，很快消失在黑夜中。夏侯婴迅速将麻绳藏好，正准备离开时，恰好另一队巡防兵过来。夏侯婴连忙装出一副若无其事的样子，打着官腔说道："你们听着，现在时局混乱，晚上巡逻要仔细点，懂吗？"

众巡防兵听了道："是！"

且说几个捕快按照吴县丞的吩咐，在房中待命。此时，吴县丞急匆匆地走进捕快房，问道："诸位，现在什么时辰了？"

一捕快回答说："戌时。"

吴县丞诡异地道："再过半个时辰，你们就去抓捕两个人！"

捕快道："吴大人，缉捕犯人是我们的本职工作，只需大人告诉我们要抓的那两人是谁？"

吴县丞道："先不要问，会告诉你们的。现在，大家喝点水，养养神，到时候好卖力气！"

众捕快回答说："是，吴大人请放心吧。"

半个时辰后，当吴县丞带着捕快们捉拿萧何、曹参时，二人早已经出了县城几十里，不知去向。

吴县丞扑了个空，不禁怒火中烧，大发雷霆。

第二天上午，刘邦带领队伍来到路口，见大家气喘吁吁，便吩咐休息会儿再继续赶路。

刘邦带着周勃和樊哙三人骑着马去前面探路，问周勃："这儿离沛县还有多远？"

周勃回答说："大约三十多里。"

突然，樊哙惊叫道："萧大哥！"

刘邦一抬头，只见萧何、曹参急急忙忙地走来。

刘邦又惊又喜，赶紧上前迎接，说："大哥，曹参，你们这么早从城里出来了？是不是出了什么变故？"

萧何气喘吁吁地说："罗县令经不住吴县丞的挑唆，改变了主意，不让你进城协防，并且下了抓捕我和曹参的命令，所以我们就逃出来了。"

曹参泄气地说道："三哥，还是回芒砀山去，看看形势再说吧。"

刘邦思索一下，沉着坚定地说："不行！好马不吃回头草，士气已经鼓起来了，只能前进，不能后退！"

萧何见刘邦如此坚决，心里高兴，鼓励说："对！咱们就一鼓作气，攻下沛县！"

刘邦听后转身命令道："弟兄们，打起精神，向沛县进发。"

起义队伍来到沛县城下，只见城门紧闭。众人喧喧嚷嚷，挥舞手中的兵器，对着城垛上的守卒，大声叫嚷要他们开门，否则立即攻进城中杀他们一个片甲不留。

吴县丞站在城墙上，对着城下的起义队伍，做出凶狠坚决的样子喊道："刘邦，你听着！你是朝廷钦犯，现在又聚众攻打县城，更是罪上加罪。萧何、曹参，尔等引狼入室，罪不可赦，如不俯首认罪，朝廷大军一到，叫尔等死无葬身之地！"

樊哙、周勃等人一听，顿时火冒三丈。樊哙跑到刘邦跟前，请求道："三哥，你下令吧！我樊哙打头阵，不拿下沛县，誓不为人！"

刘邦看着吴县丞的得意样子，怒不可遏，举剑指向城门，怒吼一声："弟兄们，攻城！"

随即，起义队伍吼着，叫着："杀、杀、杀！杀贪官污吏，杀光鱼肉百姓的贪官污吏！"

义军一拥而上，潮水般朝城门涌去。

萧何见了，急忙阻止，并大声说："慢！有道是'战以斗智为高'，强攻不如智取。小小一个沛县，焉用牛刀？"

萧何的话一出口，众人立即将目光投向他。

刘邦挥剑示意队伍停止攻城，问道："大哥所言极是，兵法有云：不战而屈人之兵善之善者也，你说怎么个智取法？"

萧何回答道："城里的守兵全都是沛县土生土长之人，长期遭受压迫，对朝廷十分痛恶。罗县令本是秦廷的污吏，贪财好色，为虎作伥，干尽坏事，沛人对他深恶痛绝。如果我们修书一封，将其罪行一一揭露，遍告城民，号召他们起来杀掉县令，相信大家会群起而响应，打开城门，迎接我们……"

萧何的话音未落，曹参插话道："萧大哥，你说的不错，城中守兵确实对秦廷心存不满。但是守兵中十有六七是县令从狱中释放出来的囚犯，他们定会感谢县令的恩德，怎会起而杀之呢？"

萧何摇摇头道："不然，他们都是被县令所捕，所关，所判，难道他们对他不恨吗？"

刘邦赞同说："对，他们怎么会向一个仇人感恩呢？"随后又催促道："大哥，你马上修书一封，送进城去。咱就把队伍扎在城下，静候城内的回应！"

萧何略有迟疑道："修书不难，只是现在城门紧闭，如何送得进去？"

刘邦略加思考，随即哈哈大笑起来，说道："大哥不必担心，这个我自有办法！"

萧何虽然不知道刘邦的办法，但深知刘邦胸藏雄兵百万，运筹帷幄于股掌之间，于是赶紧起草《劝告书》。

萧何蹲在一块四尺见方的石墩旁边，上面放置着笔砚和绢帛，萧何凝思片刻，随后握笔疾书，云："众位父老乡亲，天下苦秦久矣！民不聊生，豪杰并起。今我倡义聚众，从公议，择沛主，往应诸侯，以共成大事。如若开城早降，免致屠戮，如若罔顺天命，城破之日，玉石俱焚，后悔则晚矣！丰邑刘邦顿首叩拜。"

刘邦从萧何手中接过绢帛，认真阅读了一遍，连声说："好，写得好！萧大哥，你这封书信胜过十万雄兵！"

萧何拟好《劝告书》，刘邦连忙吩咐下去，把这封书传抄许多封。命令一下，许多人开始凑在一起用绢帛抄写《劝告书》，每抄完一张绢帛，就有人接过去，将其折叠好，绑在箭镞之上。不一会，绑着《劝告书》的箭镞，就堆积了一大堆。刘邦亲手在每一个箭镞上盖印加封。等待一切完成之后，便令弓箭手，将《劝告书》的箭镞射入城内。一边射一边大喊："城中吏卒听着，请看绢书，火速行动，不要为沛令白白送死！"

东南西北四门尽皆如此，就这样，绑有绢书的箭镞纷纷落入城中，守城吏卒和城民争抢观看。

2

这个时候，任敖奉命巡城，从地上拾到一支箭镞，展开绢帛仔细阅读一遍，欣喜异常，探身城头，对着城下的兄弟大声喊道："三哥，你放心，我这就去找城内的三老和豪杰商议书中所议之事。"说完，便噔噔噔地跑下城去。

任敖找到夏侯婴、周昌等人紧急密商。

夏侯婴说道："县令已将城门紧闭，三哥的人马不能入城，我们城内的兄弟，得尽快设法，来个里外配合！"

任敖也说："已经刻不容缓！我们是不是可以先找一些三老商量商量？"

周昌回答说："是呀，我看很有必要，并且还要先找一位德高望重的三老为头，否则群龙无首。"

任敖灵机一动，突然想到一人，连忙说："我的妻舅张三老，是一方绅士，平日瞧不起县令，对县令极为不满，找他准行。"

夏侯婴赞成道："任敖说的张三老确实比较合适。"随即三人便立即去找张三老。

来到张三老家中，任敖行礼道："舅舅，对不起，深夜来打扰你！"

张三老看到三个人匆匆来到，便询问说："你们一定有什么要事吧？"

夏侯婴答道："张三老，我们确实有一事相求！"

张三老摆摆手说道："老朽不才，承蒙各位抬爱，不胜荣幸。但凡能够尽力之处，老朽当不遗余力！"

任敖听后与其他二人相互一笑，便随即递上义军的《劝告书》。

张三老接过来，边读边赞："说得有理！不除掉罗县令，沛民无法抬头，休想有安宁之日！"又往下读了一段，激动地说："吾闻始皇在位之日，有谶言流行'始皇帝死而地分'。今陈胜裂土为王，立国张楚，正是应了谶言。"读完绢书之后，不禁高声叫道："此时不反，更待何时！"

夏侯婴看到张三老如此支持，不禁高兴道："好，就请你领衔召开全城三老、豪杰会议，以便决策！"

张三老点点头，马上转到书房，提笔赶写请柬。夏侯婴等在一旁帮忙装封。一切准备就绪之后，张三老吩咐家人和书童："你们赶快把这些请柬送到城内各位三老、豪杰手中，不得有误！"

书童们纷纷领命而去。

全城的三老二十余人在接到张三老的请柬之后，纷纷来到四季春与张三老聚会商议。张三老看到众人到齐，便向他们遍示刘邦的《劝告书》，然后严肃地说："诸位，暴秦气数已尽，大楚当兴，我等不可逆天而行，何不趁机而起，以应刘邦？"他扫视全场，见众人面面相觑，沉默不语，便接着说："沛县县令作恶多端，残害百姓，诸位痛恨不痛恨？"

众人一齐答道："痛恨！"

张三老继续说："那我们就联合起来，把县令杀了，既可为先祖报仇雪恨，又可保全沛人身家性命，诸位以为如何？"

众人齐声附和道："愿听从张三老之计！"

张三老拱拱手道："谢诸位抬爱，老朽当不负众望！俗话说，夜长梦多，不如马上去县衙，将罗县令除了。"

众人复又呈现犹豫之色，其中一位说出了他们的顾虑："张三老，我们虽然同意诛杀罗县令，以应刘邦，但事先没有准备，未曾带什么兵器，赤手空拳，如何杀得了沛令？"

张三老笑着，双手一拍，任敖、夏侯婴、吕泽、吕释之、周昌和曹无伤等立刻从内室跑出来。张三老说："诸位，这几位好汉和我们一起去县衙，沛令还能活吗？"

众人打量着夏侯婴等人，见每一个人都身强力壮，都是以一当十的好汉，便纷纷点头称赞，然后对张三老说："有诸位壮士相助，再加上张三老早已经成竹在胸，看来这件事必定成功，那我们无需多言，现在就去县衙吧。"

张三老看到众人众志成城，满意地点点头，然后说道："虽然拿下一个县衙不难，但是为了不必要的伤害，我们还是智取为好，我已经想出了一个办法，到时候大家一定要配合默契点。"

众三老听后更坚定地说："任凭张三老吩咐。"

张三老率领众人来到县衙，敲响县衙门口大鼓，然后让门卫通报罗县令，说全城三老特来与罗县令商议守城之事。

此时，罗县令正在后堂与小妾调笑，闻听鼓声，又听门卫进来报告，说众三老来商议守城之事，立即喜出望外，连连说道："好！好！好！"

众人进入县衙大堂，一一各向罗县令行礼问好。

罗县令正准备答礼，无意中瞥见几条大汉一字排开，站在他们背后，杀气逼人，令人生畏，而且他们之中的大部分人都认识，是自己的手下，不由得疑云顿起。

任敖见罗县令面呈疑色，抢步上前说道："启禀大人，萧何、曹参投靠刘邦，引狼入室，屯兵城下，你看……"

罗县令皱着眉头不等任敖说完，斥责道："这个，本官早已知道，何须你来多嘴！"

任敖被噎得无话可说。

突然，夏侯婴大跨两步，双手抱拳道："禀大人，卑职亦有军情相报。"

因夏侯婴系县衙马夫，罗县令比较熟悉，故心中无疑，便说："有什么军情，快讲！"

夏侯婴提高嗓音道："大人，刘邦兵不过千，现在竟敢在城下呐喊叫骂，扬言要攻打沛城，将满城文武杀光，你道是何故？"

罗县令反问道："何故？"

夏侯婴指着众人说："在这些三老、豪杰之中，有刘邦的奸细！"

此言一出，所有三老、豪杰，都惊出一身冷汗。

任敖等人心想："这夏侯婴发疯了？平日看他忠厚老实，今天怎么出人意料，出卖朋友，真是知人知面不知心。"

罗县令也感到十分意外，张大眼睛问道："诸位三老、豪杰，夏侯婴说的可是实情？"

张三老镇静地回答说："夏侯婴乃一介狂士，他在胡言乱语，请大人千万不要轻信！"

夏侯婴冷笑道："笑话！我夏侯婴是什么人，别人不知，难道县堂大人你也不晓吗？大人，你说我何时说过假话？"

罗县令连忙说："是呀，夏侯婴跟随我多年，他身上的每一根汗毛我都清楚。夏侯婴，你就当着本大人的面，指出谁是刘邦的奸细？"

夏侯婴轻轻地摇了摇头，说道："大人，公开指认恐有不妥，请大人回避一下，容卑职单独禀告吧！"

罗县令点了点头，夏侯婴便立刻朝罗县令走去，距罗县令尚有丈余之地，突然一个箭步，奔了上去，一把揪住县令发髻，大声一吼："狗官，哪里走！"

罗县令被这突如其来的举动吓破了胆，惊恐地想要说什么，可是夏侯婴早已经举起右手，当胸一拳，打得罗县令口吐鲜血，接着又是一拳，便结果了他的性命。等众人从惊愕中醒过神来的时候，夏侯婴已经割下罗县令的首级，提在手中，道："诸位三老、豪杰，罗县令已死，我等去开城迎接刘邦吧！"

众人这才醒悟，叫嚷着一起拥着夏侯婴向城门走去。来到城门之后，守门吏卒看见夏侯婴手提罗县令人头，吓得全身战栗，惊恐莫名，个个面如土色。

夏侯婴指着城门喝道："还不赶快开门！"

吏卒们把城门打开，让刘邦的人马蜂拥而入，沛县未费一兵一卒就被刘邦拿下。

3

刘邦、萧何等人一举拿下沛县之后，县衙张灯结彩，大摆宴席，犒劳部下。

刘邦举起酒杯说："各位父老乡亲，咱们把县令杀了，沛县的暴秦统治终于结束了，我敬各位三老、豪杰和弟兄们一杯，庆贺我们的胜利！"

众人纷纷举杯，一饮而尽。

萧何放下酒杯，抱拳说道："诸位英雄，诸位三老，有道是国不可一日无主，县呢，亦应如此。罗县令是秦廷走狗，已被我等所杀。现在必须新推一令，主持县衙政事，诸位以为如何？"众人纷纷点头，表示赞成。

张三老看到没有人表示异议，说："既然诸位说此言极是，老朽提议趁热打铁，及早推出一位怎样？"

有人说道："张三老，你德高望重，一言九鼎，你说推谁就是谁！"

张三老一听，心里高兴，扫视全场，目光最后落在刘邦身上，说："我看刘邦一表人才，文武双全，现在又是义军头领，就举刘邦为沛令，不知大家意下如何？"

众人连忙道："张三老好眼力，拥举刘邦当沛县县令正是众望所归。"

刘邦又惊又喜，却谦逊地说："天下动乱，群雄并起，推翻暴秦任重道远。我刘邦何德何能？恐难胜任，还是另举贤能，方可图谋大业。"

见刘邦谦让，曹无伤站起说："诸位，在下认为，刘邦固然不错，不如萧何深谋远虑，干练老成，又有主吏掾的工作经验，担任县令一职岂不更为合适？"

曹无伤这么一提，立即又有多人响应。

萧何慌忙站起来抱拳说："谢诸位厚爱！我萧何原是一个刀笔小吏，领兵布阵全是外行。时下正是乱世之秋，需要的是敢作敢为、力挽狂澜的英雄，只有刘邦才是理想的人选。我实在是不敢妄居县令之位，请诸位明察！"

萧何拒绝之后，雍齿站起来说："如果刘邦、萧何都不愿意的话，我推举曹参。他能文能武，人缘也好，又在县衙工作，我认为是一个比较合适的人选。"

雍齿这么一说，自然也有一些人表示赞成。

曹参见大家推举自己，不由一惊。他想自己上有老下有小，担心弄不好会累及家人，便霍然起身，说："不可，不可！我曹参是碟子里泡豆芽——自己知道自己的水有多深。平日里，动动笔杆，出出主意，倒还勉强凑合，若说治县理民，保一方平安，我以为还是刘邦最为合适。"

众人七嘴八舌，转了一个圈，还是把目光投到刘邦身上，刘邦又几番推辞。此时，樊哙却急了，按剑喝道："三哥，你向来敢作敢为，今日是怎么啦？不就是要你当个沛令吗？又不是要你性命，怕什么？"

卢绾也大声道："三哥，众位三老、豪杰诚心诚意拥你做沛令，你却推三阻四，莫非还要让秦廷再派一个爪牙来治理沛县不成？"

两个人一闹，在座的众人就是想再推别的人，也不敢妄自开口了。

萧何因势利导，说："贤弟，既然大家都推举你，那你就上任吧！"

刘邦道："承蒙诸位厚爱，在下只好勉为其难，暂领沛令之职，他日若遇贤者，立马让位。"

众人看到刘邦已经不再推辞，纷纷回道："甚好！甚好！"

刘邦又道："承蒙厚爱，那我恭敬不如从命了！"

萧何却手一扬大声说："慢！县令乃一县之主，往日都是朝廷委派，今天却一洗陈规，由公众推举，故应择一吉日举行就职仪式，以示隆重。诸位以为如何？"

众人纷纷点头赞成："萧大人说的在理。"

萧何左右看看，见没人反对，便接着说道："如果大家没有意见，那吉日就择定九月九日如何？"

众人异口同声说："就依萧大人所言。"

曹参起身，端起酒杯说："我提议，为新县令干一杯！"众人起身，举杯一起向刘邦道贺。一时间杯盘脆响，笑语声声，一扫旧衙的沉沉霉气！

宴席过后，萧何想起家人，等众人散去，便推却了刘邦继续喝酒庆祝的邀请，一个人向家中走去。

萧夫人自从萧何离家以后，日夜为他担惊受怕，此时正倚着门远眺张望，期待丈夫的归来，萧红玉和萧禄从里面走出，来到萧夫人身边。

萧红玉安慰道："娘，进屋里去歇着吧！"

萧禄也开口安慰说："娘，爹很好。他忙过这一阵子就会回来，你急什么？"

就在这个时候，萧何容光焕发，风尘仆仆，正大步地向家里走来。

萧何走到三人面前，萧夫人泪流满面，泣不能语。

萧何笑着说："没事，没事了！那天多亏任敖他们相助，才使我安全逃出城去。"

红玉因为白天的时候见到了刘邦队伍入城的壮观场面，便赞美说："还是爹的眼力好，刘邦果然是个了不起的人物！"

萧禄也连连称赞说："娘，你没去看哩，他的队伍好威风，连县令都敢杀！"

萧夫人听后担心地说："老爷，你跟着他跑，祸越闯越大，你们反的是朝廷，将来如何收场？"

萧何不禁笑着说："放心吧，我看他将来呀，小则一国之王，大则天下之君，我们还要托他的福哩。你信不信？"

萧夫人看到萧何安全归来，悬着的心便放了下来，改用语气平和地说道："你呀，真的要把他捧上天了。唉！他当王也好，当君也好，你们的事我反正管不了，带好几个儿女我就算尽职尽责啦。"

萧何一把抓住夫人的手说："这就是我的好夫人！"

一家人说着笑着进到屋内。

萧何有些疲惫，坐下来准备稍微休息一下，可刚把眼睛闭上，却又想起了什么，起身走进厢房。他从厢房搬起一架木梯，爬上阁楼，从墙壁上取下两块砖，然后伸手探入墙洞，取出一个红木小箱子，抹去箱上的灰尘，打开箱盖，现出一个红绢包裹。他将红绢一层层剥开，一颗明珠光华四射。

他拿着明珠，玩赏片刻，准备放回原处时，萧夫人却悄悄爬上阁楼，站在他的身后。萧何转身发现了她，忙说："夫人，是你！"

萧夫人调侃地问道："这是什么宝贝？还瞒着我哩！"

萧何连忙解释："夫人别误会，这是我家收藏的一颗夜明珠。先父在兖州为官时，一位高人交给他，请他妥善保管，将来要交给它真正的主人。"

萧夫人十分诧异，问："这事我怎么不知道？"

萧何说："这是爹生前私下里告诉我的，他交代不到时候，不能告诉任何人，所以，夫人你也不知情。"

萧夫人点点头，接着又问道："难道现在是时候了吗？"

萧何微微一笑，神秘地说："天机不可泄露！"

第二天，刘邦一干人浩浩荡荡，去黄帝祠祭拜天地。

黄帝祠为三开间两进，青砖平瓦，赭色围墙，祠内祠外遍插赤旗。大殿中堂供奉着黄帝塑像，像前有条案，案上摆着香烛及三牲、果品等物。殿内香烟缭绕，庄严肃穆。

张三老站在主祭位置之上，后面站着刘邦，众三老和豪杰站立两旁，其他人等站满一殿。

祭奠仪式开始，萧何作为司仪主持祭拜大典。

只见他大声喊道："奏乐！"随即锣鼓声声，喇叭齐鸣。

少顷，萧何继续喊道："祭拜先帝，三叩首！"于是张三老带头跪拜，众人也随着跪拜。

三拜九叩之后，众人起身，萧何宣布："请张三老训话！"

张三老满面红光，慷慨激昂地说道："诸位，今天是个不平凡的日子，古老的沛县已经革故鼎新，推出了新的县令，咱们老百姓要扬眉吐气了！沛县原是楚国领地，习惯称令为公。所以，我们不称沛令，以后就叫刘邦为沛公。希望沛公高举义旗，直捣咸阳，把秦廷暴政彻底推翻！"殿内响起热烈的掌声。

萧何接着喊道："下面请沛公讲话！"

刘邦声情并茂地说："众位父老乡亲，众位三老豪杰，我刘邦一介布衣，何德何能？今天受大家抬举，就任沛公之职，深感力不从心，恐难孚众望。好在有张三老等诸位三老、豪杰和大哥等诸位兄弟以及众位父老乡亲鼎力相助，我相信沛县一定能够治理好，乡亲们一定能够过上好日子。请你们相信，我一定带领义军队伍打到咸阳去，推翻秦二世！"

众人欢呼雀跃，连声高呼："打到咸阳去，推翻秦二世！"

萧何摆摆手让大家安静下来，然后大声地说："咱还有一事交代！"众人疑惑着："什么事？"

第十八章　萧何组建萧家军

1

这件事，就是要对吴县丞予以处理。

在大祭祀之后，樊哙把吴县丞押了上来，将这个恶贯满盈的恶霸污吏斩首祭旗。

祭祀完毕，众人正待离去，但见萧何拿出那颗家藏的夜明珠，举起说："大家请看，我手中这颗夜明珠，重九两五钱，隐喻'九五之尊'，乃家父在兖州为官时，受一位高人委托保管至今的。高人交代，这颗明珠的真正主人是'两把金刀割稻子'的人，你们看此人是谁？"

曹参在一旁十分困惑："萧大人，'两把金刀割稻子'是什么意思？"

萧何解释说："'刘'字里面有两个'刀'字和一个'金'字，就是两把金刀嘛！"

周勃点点头，似懂非懂，又接着问道："稻子怎么解释？"

曹参比较聪明，稍作思考便大叫道："我明白了，'季'字上面是个'禾'字，下面一个'子'字，禾就是稻嘛！所以，连起来就是'两把金刀割稻子'！"

周勃以及众人这才明白过来，笑着说道："哦，明白了，原来你说的就是刘季刘三哥！"

"对！正是如此。"萧何停了停，接着说，"刘邦敢作敢为，志存高远。我看他一定能把义旗举到咸阳，完成众位乡亲推翻暴秦的心愿，所以根据先父的遗言，今天将明珠交给刘邦。我相信，我这么做，先父也会支持的。"

说着萧何便将夜明珠双手捧到刘邦面前，刘邦双膝跪地，朝萧何三叩首，感激地说："多谢大哥！"

回到县衙，刘邦便和众人商议道："诸位弟兄，咱们经过一番努力，终于攻进沛城，聚在一起共议治理沛县的大事。俗话说，'一个篱笆三个桩，一个好汉三个帮'，以后怎么行动，还要靠大家想办法，出主意啊！"

曹参顺口道："'众人拾柴火焰高'嘛，只要大家齐心协力，没有过不去的坎？"

萧何思考一番，说："诸位，从昨日进城到现在，我一直在想，咱们现已占据沛县，虽声威大震，但不能止步，必须继续努力方能达到最终目的。当务之急则是如何扩大队伍？如何安抚民心和维护社会稳定？如何做好防守准备，抵御秦军的反扑？然后才能去攻城略地，扩大地盘。不知诸位以为如何？"

刘邦说："对，就是这个理！"

萧何又说:"要做好这几件事,首先要任命一批兄弟担任相关的职务,有职有权,才好名正言顺地行事。"

刘邦觉得十分在理,便高兴地说:"这样吧,大哥,贤者多劳嘛,就请你拟个名单,我们商量之后,公布于众,让大家遵照执行。"

萧何点点头表示同意。于是,众人都纷纷告辞离去,只留下萧何和刘邦继续商议任命人事的事宜。

经过仔细商讨之后,最后将所有任职人员的名单确定下来,两个人便立即起草告示,公之于众。

萧何负责起草公文,片刻工夫便已完成,随后便立即命人把布告贴到县衙门口,来来往往的行人看到县衙出台了新告示,纷纷争相观看。

但见布告云:

各位父老乡亲:

陈胜、吴广大泽乡首义,立国张楚,号令四方起兵反秦,各地纷纷响应。我等已杀沛令,背秦自立。为尽快整饬县务,保一方平安,特委任下列官员,望即日赴任视事。

诸官如下:萧何为丞。曹参、周勃为中涓。樊哙为舍人。任敖为门客。夏侯婴为太仆。卢绾、周苛、周昌、灌婴、曹无伤、周绁、高起、王吸、雍齿、王陵等以客从我。

此告

沛公刘邦

颁令一出,第二天,百姓纷纷挑着粮食来到县衙粮仓门口,说是为了帮助沛公打天下送来的军粮。

萧何关心地问道:"乡亲们,你们送这么多粮食来,自己家的种子和口粮都留足了吗?"

一个人说:"萧大人,你放心,咱们宁愿自己不吃,也要为沛公把军粮准备好!"

另一个人应和说:"是啊,你们吃饱了,才好去打秦军呀!"

萧何心中无比激动,兴奋地道:"太感谢你们了!"。

乡亲们送来的粮食,萧何吩咐任敖过称,灌婴记码,把粮食存放到粮仓里。

萧何见众多劳苦百姓都为推翻暴秦争做贡献,前思后想回到家中,连忙找到萧氏族长,商量着要成立一支萧家军,来参与到反秦的大业。族长很是赞同,便吩咐下人赶紧召集家族中所有青年到萧氏宗祠集合。

萧何在族长的陪同下走进祠堂,对青年们大声说道:"萧氏家族的弟兄们!我们萧家人是帝胄后裔,周庄王十五年的秋天,宋国猛将南宫长万叛乱,打死宋湣公,又杀死了大夫仇牧和太宰华督。宋国公子纷纷逃往萧邑，投靠萧邑的大夫萧大心，请求帮助。萧大心马上将这些贵族子弟和自己的家丁组成一支军队，又从曹国借来援军，一举消灭了南宫长万及其同党，平息了这次内乱。宋湣公的弟弟宋桓公即位以后，把萧大心所在的萧邑封为附庸国，称大心为萧叔。萧叔大心在国家生死存亡之秋，义无反顾，挺身而出，挽救了国家的命运，立下了汗马功劳。他是我们萧家的骄傲，我们都是他的后人，就应以他为榜样，立志光耀萧门！现在秦廷残暴不仁，正是国难当头之际，我等热血青年应当学习我们的祖先，奋起推翻暴秦，救民于水火，赢得青史留名，大家说好不好？"

萧氏家族的年轻人纷纷叫好，热血沸腾，爆发出了雷鸣般的掌声。

萧何摆摆手，让大家停下来，继续说道："大家知道，沛公刘邦经大家推举，已成了新县令。他准备休整一段日子以后，带领队伍去征讨暴秦，希望我们萧氏的年轻人能踊跃报名参军。"

萧何见在场的青年交头接耳，磨磨蹭蹭，还有人在小声嘀咕"文章都是做给别人看的"。萧何发现青年们不积极的原因，是自己的儿子萧禄没有到场，连忙大喊："萧禄！萧禄！"没有人应声。

萧何冲出祠堂，回到家中，忙问夫人道："禄儿呢？"

萧夫人正在做针线活，回答道："正在屋后习剑。"

萧何厉声道："快把他叫来！"说着在屋里找到一根绳子，等萧夫人把萧禄从后院叫来后，萧何二话没说，用绳子将萧禄绑了。

萧禄莫名其妙地盯着爹，不知自己犯了什么错。萧夫人也不知道萧何为何如此，连忙阻拦说："你这是干什么？"

萧何也并不回答，推开萧夫人，拉着萧禄便走了出去。

萧何将萧禄押进祠堂，对族长说："族长大人，逆子萧禄不与族人同心同德，请按家法处置！"

族长问："萧禄，今天族人聚会，你为何不来参加？"

萧禄回答道："聚会不就是动员投军吗？只要我肯投军，参不参加聚会有什么要紧？"

萧何一听气道："你还嘴硬！"说着便伸手欲打萧禄。

族长连忙扬手制止，问道："这么说你打算投军啰？"

萧禄坚定地回答说："自从看见刘邦的队伍进城以后，我就想投军了。"

族长笑着说："这就得了。"说着为萧禄解开绳子。

族长看了看萧何，微微一笑，然后对众人说道："现在愿意投军的，站到这边来！"

随着族长指的方向，萧禄第一个站了过去，众青年跟着纷纷站到萧禄一边。

萧何见了，抑制住内心的兴奋说："凡报名投军者，要回家征得父母或妻子的同意，安排好家事，明天到祠堂前坪集合，参加练武！"

众人听后，个个摩拳擦掌，跃跃欲试。

大家散去，萧何又和族长说了会儿话，然后拱手告辞。

发动族人投军，这个方法效果好，刚刚这么多萧家子弟在这里聚集，气氛热烈，群情激昂，萧何心中很高兴，很振奋。他哼着小调走回家来。

见到丈夫满面春风的样子，萧夫人疑惑道："瞧你这高兴劲头，谁给你升了个大官啦？"

"倒真是升大官了！我当了萧家军的军长啦！"

"萧家军？军长？……是怎么回事？"

萧何就把发动族人从军的事情向夫人讲了一遍。

萧夫人道："这么说，你是把禄儿弄到军队里去了？"

萧何道："没错，禄儿带头投军，不愧我萧家的好男儿啊！"

这时，萧延从屋里蹦跳而出。萧延虽是弟弟，可发育葱茏，个头比哥哥萧禄还高出一个头呢。听到爹爹说投军，他兴味盎然，也争着要去。

萧夫人一把拽过他，啐道："投军投军！这投军是好玩的吗？这是上战场打仗的事儿，白刀子进红刀子出，搞得不好，连性命都不保！"

萧延却道："男子汉大丈夫，就应该驰骋疆场，为国效命！"

"说得好！"萧何很高兴，赞扬儿子，同时又劝解儿子道："延儿，你的志气不错！不过你到底年纪还小，暂时就和姐姐留在家里，读书习武，也帮娘料理一些家务。"

萧延很不服，嘟哝着："爹，我都十二岁了，还小吗？甘罗十二为丞相，我十二连个兵都当不得吗？"

萧何摸摸儿子的头赞道："好儿子，等你长大了，爹一定让你投军打仗，为国家效劳！"

"那我到什么时候才算长大了？"

"起码也要等你满十六岁。"

"哎呀，那还要等整整四年呀！人家甘罗十二为丞相呀！"

萧何又笑了起来，道："可你不是甘罗呀！连萧罗都不是，只是一个小小萧延！别着急，到时候一定让你骑上战马，手持宝剑，迎风奔腾，让你过瘾！哈哈哈哈！"

2

这是一个阳光明媚的早晨，在萧氏宗祠前的地坪里，晨风呼呼，正吹拂着那面"萧"字大旗。大约二百多名萧氏子弟集合在这里，人人手持兵器，趁着大好晨光练武排阵。

首先，是萧何讲话："各位萧氏兄弟子侄们，你们离开温暖的家庭，毅然前来投军，为挽救国家危亡效力，你们是我们萧氏家族的骄傲，我对你们由衷地敬佩。希望大家刻苦操练，练好本领，将来开上战场，能英勇杀敌，连战连捷，报效国家！"

接着，萧何就把樊哙介绍给大家，说："这位樊将军是屠狗出身，他力大无比，武艺超群，请他来当练武教练，现在大家鼓掌欢迎！"萧何带着大家鼓起掌来。

樊哙还没有见过这样的场面，倒显得有点不好意思，只见他挠挠头憨笑着说道："嘿嘿！大家都是一家人，我虽不姓萧，我姓樊，可我和萧何大哥是最好的兄弟，所以我们是一家人！嘿嘿，不要客气，不要客气……这练武嘛，我也没什么好说，要说嘛，就六个字：'不怕苦，不怕死'！校场上不怕苦，战场上不怕死。有了这六个字，不论遇到什么强敌，你都能胆不怯，手不软，就会越杀越来劲，你就能当老大，当将军！萧大人，你说是不是？"

萧何连连点头道："没错，说得好，就是这么个理！——樊教头，一切按你的办，听你的，你就指挥大家练起来吧。"

"好嘞！那大家就听好啦……"

于是就在樊哙的指挥下，队伍在地坪里拉开架式，开始操练起来。只见刹那间，刀枪飞舞，喊声震天，这支刚刚建立起来的萧家军，已经呈现出一派威武之师的气象。

喊声阵阵，拼搏正酣，刘邦来了。见此情景，颇为高兴。刘邦不想干扰大家，就在旁边默默看着。萧何发现了刘邦，连忙走了上来。

刘邦拍拍萧何的肩："大哥，你们这支萧家军不错啊，像模像样啊！这些小伙子们一个个威武雄壮，将来到了战场上，都是一个个勇士，这萧家军就是一支坚不可摧的劲旅啊！"

"沛公过奖了！"萧何谦逊着。接着，萧何又说："沛公，我有这么一个想法……"

"快请言讲！"

"大哥，你来……"

萧何招了招手。刘邦就随着他走到了校场之外。

萧何道："沛公，我们现在虽然已经站稳了脚跟，队伍也在不断壮大，但真的要与强大的秦军较量，还是有些势单力薄。"

"是啊，我也是这么考虑啊！……大哥，你一定有了什么好法子？"

"我有这么个办法，我想，必须派人去与项羽叔侄联络，只有两军联合起来，我们才能不被秦军吃掉。这个办法不知沛公以为然否？"

刘邦咬着嘴唇，思索起来。一会儿，就果断说道："大哥言之有理，这个联合起来的办法好！只是派谁去项羽营中呢？这联系重任可不是一般人能够担当的啊。我看大哥你就亲自出马一趟嘛！"

萧何以谦逊的口吻，拱手而对刘邦道："如果沛公信得过我，我愿走这一趟！"

"那就有劳大哥了！"

3

萧何作为刘邦的使者，来到了项羽营中。

飘扬的战旗，闪亮的刀剑，威严的营帐。相比之下，萧何和刘邦的军队，如同一支散兵游勇，而这项家叔侄的军队，颇像一支王者之师。

萧何被引导着进了帅帐。项梁和萧何打了一个招呼后，接着和大家继续议起他的事来。这里除了项梁、项羽，还有范增、季布、钟离昧、桓楚、英布、龙且等人。

萧何坐在旁边，默默等待着。

只听项梁说道："诸位，我们会稽起义以来，各诸侯纷纷响应，如今是义军遍布各地，大有一举摧垮暴秦之势。却不料秦将章邯领军出关，横扫各国义军，结果陈、吴被章邯击败。陈、吴军败之后，内部又起哗变，两位大王先后死于暗算之手。反秦的局面突然一下发生了巨大变化，可谓是一落千丈。如今局面是，全国各地群龙无首，一片混乱。面对此种状况，我军该如何行动，如何才能挽救局势，望大家各抒己见"。

抢先发言的一位将军是季布，他说："项将军所言甚是，如果不赶快推举贤者出来总领策划，整顿兵马，重新部署，以应危局，那么，此时正在南阳屯兵休整的章邯，就会再一次虎出深山，到那时，其后果不堪设想！"

另一将军桓楚却不以为然道："章邯没有什么可怕的，项梁将军乃世家名将之后，才华横溢，文韬武略，是当今起义人士中的佼佼者，远胜于陈胜吴广之流，对付章邯，有项梁将军足矣！"

钟离昧连忙附和道："陈吴已殁，我们不如推举项梁将军为王，把义军大旗重新扛起，继续与章邯作战！"

钟离昧的提议，立即得到了英布等人的附和。

这其实正是项梁心中所想，他虽然缄口不语，但心里颇为高兴，于是脸上也绽开了微微的笑容。项梁心中是早就有一个大王梦的，如今时机来到，水到渠成，这个大王梦已经是立马可圆了！正当他想入非非之际，却见军师范增跨前一步，站了出来，急切地说："不可！不可！"

半路里一瓢冷水，项梁心中凉了半截，但他压着心中不快，装成一副雍容大度的模样，温和问道："先生，为何不可？"

于是范增陈述："陈胜、吴广之所以失败，是缺乏长远眼光，在立王之事上，不立楚后人而自立为王，这是他们失败的关键。他们贪图眼前富贵，缺乏远大目标，心胸狭隘，因而引起内斗，结果为部属所害。"他顿了顿，放慢速度说"义旗一举，四方之士皆闻风而来，这是什么原因呢？是因为人心向楚！大家都知道将军是楚将后裔，举旗起义，不是为一己私欲，而是为了灭秦复楚。如果将军立楚王的后人为王，率军诛灭暴秦，报六国之仇，这就是顺乎人心的义举，则人心悦服，诸侯响应，秦虽强，也一举可破也！"

项梁被范增这一番话给说动了，把他心中那个大王梦给融化了。项梁到底算得上能听意见，是一个从善如流的人。只见他的眼睛突然明亮，高兴地拍掌说道："先生此谋甚妙！此谋甚妙！"

接着，他立即对钟离昧说："将军，火速带人去楚地寻找楚王的后人！"

钟离昧双手抱拳应了一声"遵命！"然后转身出帐。

萧何静静地坐在一旁，心里边却生出许多的感慨！这项梁叔侄的身边，真是人才多呀，能人多啊！特别是这位范增老先生，他刚才这番话讲得多好啊，多么中肯，切中要害，多么有远见啊！真是一个难得的人才！萧何悄悄望着这位老先生，心里头油然涌上来浓浓的敬意。

萧何在项梁叔侄营中待了两天，项梁很客气，对萧何很敬重，把萧何当贵宾接待。

经过多次的探讨交流，在萧何的努力之下，项、刘两军就联合兵力一起推翻暴秦达成了联盟协议。

萧何不辱使命，告别了项梁叔侄而踏上归途。

4

墙上贴出来一张告示。

众位父老乡亲：

　　为了彻底摧垮暴秦，恢复楚国，凝聚楚地百姓，需立楚王后裔为王，特派钟离昧将军遍访各地，有提供线索者，必将重赏。

楚将项燕之子项梁谨启

几个农民看了布告，不知所以，摇摇头走开了。一农妇从屋里出来，看了布告，却有所动，然而踟蹰半晌，却悻悻然走进屋去……

钟离昧把这一切看在眼里，便跟着进去喊了一声："老大姐，你好啊！"

农妇看到钟离昧慌忙说："这位军爷请坐，我去沏茶。"说着欲进里屋。

钟离昧连忙阻止说："老大姐别客气，咱们坐下说说话吧。"

农妇打量着钟离昧，问道："你是——"

钟离昧回答说："我是项梁将军帐下的一员武将，名叫钟离昧。"

农妇一听不禁喜出望外道："你就是布告上说的钟离昧将军？"

"正是，我奉项将军之命，前来寻访楚王后裔，不知大姐你能否提供线索？"

农妇显得有些迟疑，良久才开口说道："钟将军恕贱妇冒昧，敢问将军寻得楚王后裔真是为了灭秦复楚吗？"

钟离昧笑着回答说："你放心，布告上写得清清楚楚，上面盖有项梁将军的大印，这还能有假？"

农妇，沉吟一下，终于下定决心，说道："钟将军，请稍等片刻。"说着便走进里屋，一会儿就从里屋取出一件汗衫交给钟离昧说："将军，请看！"

钟离昧接过汗衫，只见前襟上有字，却看不怎么清楚。他拿到亮处再看时，见上面竟写着："楚怀王嫡孙熊心，楚太子夫人卫氏。"还盖有国宝钤记。钟离昧看罢大喜，马上拜伏行礼。

农妇向里屋叫道："熊心，快来见过钟将军！"

片刻，只见一个十二三岁的英俊少年从里屋出来，见了钟离昧说："见过钟将军。"

钟离昧端详着这个名叫熊心的孩子，无比激动地说："我终于找到你了！小殿下，请受微臣钟离昧一拜！"说着纳头便拜。

楚王的后人给找到啦！项营里一片热闹，项梁立即着手安排：让楚王之后做名正言顺的楚国大王，筹划登基仪式，布置各种事宜。手下人找到了一处临时宝殿，这地方虽算不上金銮宝殿富丽堂皇，但也是雕梁画栋，别出一格，显得庄严肃穆。乱世年头，有此种地方，足矣。

这一天，举行登基典礼。只见项梁走上高台宣布："今天，我们在这里立熊心为楚怀王，夫人卫氏为王太后。此乃是顺应天意，合乎民心之壮举，实在是楚国的洪福，万民的幸事！现在，请吾王登基！"

说罢，卫氏夫人偕熊心款款步入正殿入座。

项梁、项羽等众位大臣伏地叩拜山呼："吾王万岁，万万岁！""太后千岁，千千岁！"恭贺之声响彻屋宇。

怀王熊心抬抬手说："众卿平身。寡人今日登基，实乃各位鼎力辅佐的结果，望同心协力，推翻暴秦，光复楚国！"

众人异口同声信誓旦旦说道："托吾王洪福，臣当不辱圣命：推翻暴秦，光复楚国！"

紧接着怀王把所有人的职务——宣布：封项梁为武信君，项籍为大司马副将军，范增为军师，季布、钟离昧为都骑，英布为偏将军，桓楚、龙且为散骑。

典礼之后，所有人赶紧领命执事，分头行动。

第十九章　刘邦项羽结金兰

1

且说刘邦。

一方面令萧何使楚，和项梁叔侄结盟，确保自己没有后顾之忧；另一方面，命众将领整顿队伍，准备攻城略地，扩大地盘。

出师在即，刘邦召集将领开会，说："各位弟兄，我们占领了沛县，又有一支萧家军加入我们的队伍，萧大哥还亲自出马，去联络项氏叔侄，现在已经到了樊将军所说攻城略地，扩大地盘的时候了。我想乘胜出击，再攻下几座县城，以扩充实力，抵御秦军。不知各位意下如何？"

樊哙早就坐不住了，急忙说道："这才像三哥说的话嘛！不打仗，我们起什么鸟义？还不如回家抱老婆上炕哩。"

将领们听了，不禁哈哈大笑起来。

曹参也道："我也认为必须夺下几座城池，方能显出我们义军的威风。三哥你就下令吧！"

刘邦见大家欢欣鼓舞，士气旺盛，很高兴，就登上点将台，大声喊道："众位弟兄！今天咱们要出发去消灭秦军了。出征之前，我要特别感谢萧家族人的积极带头！萧家弟子踊跃报名投军，为咱们义军建立了一支不可战胜的萧家子弟兵。这是萧大哥和萧氏家族所有人的功劳，在此我为萧家子弟兵记上头功！"

说罢，刘邦手举令旗，发布命令道："樊将军听令！"

樊哙出列："末将到！"

刘邦一甩令旗，吩咐道："命你率领一千二百人攻打胡陵县，不得有误！"

樊哙接到令旗，声如洪钟喊道："得令！"

刘邦又举一面令旗，命令夏侯婴率领一千二百人攻打方与县；又命令雍齿率领一千二百人固守丰邑。

随着刘邦手中令旗的挥舞，一支支威武雄壮的队伍开出沛县。

两旁百姓夹道送别子弟兵。

刘邦最后命令：余下的将军和士兵随本部行动，各路人马，凡有军情，随时报告。

几天之后，萧何从楚营回来，见到刘邦，便将使楚成功之事细说了一遍。刘邦听后，十分高兴。

刘邦和萧何端坐帐中，正在研讨军情，此时，军中捷报频传：先是樊哙已经攻入胡陵县，接着又报，夏侯婴也攻入了方与县。

刘邦难以抑制心中的兴奋，高兴道："萧大哥，好消息接连不断，旗开得胜，咱们得好好庆贺啊！"

萧何是个稳当人，提醒说："沛公，鼓舞将士，必不可少，但要抓住有利时机，才能勇往直前！"

刘邦正欲回答萧何的话，可就在这个时候，传来了一个十分不好的消息。

2

原来，固守丰邑的雍齿已投降魏相周市，丰邑城的墙头上插上了魏王旗。

刘邦听到传报，如坠冰窟，大声骂道："这个雍齿，真不是东西，全不念兄弟之情，有朝一日，我要将他五马分尸，以稳军心！"

萧何连忙劝慰说："沛公，休要生气。雍齿反叛，并不奇怪，古往今来，这是常事！"

曹参在一旁也插嘴说："雍齿本是卑鄙小人，为周市收买，在情理之中！"

萧何建议："沛公，丰邑原是沛县小邑，如今你已将它擢升为县级，是我们的大本营，有其重要意义，决不能丢失，要马上调整兵力，将它收复才是！"

曹参马上应和道："沛公，大哥所言极是。这是大事，绝不可大意！"

刘邦思考一番，说："行！就照你们说的办，胡陵、方与的兵力留下三分之一守城，其余兵力，调入本部统一指挥，收复丰邑！"

命令下达后，刘邦亲自出马，带领军队兵发丰邑。

刘邦拍马来到丰邑城墙之下，对城墙上的守卒大声喊道："我乃沛公，雍齿滚出来回话！"

雍齿嬉皮笑脸地站在城墙上答话："原来是刘季，有什么话，快点说！"

刘邦厉声说道："雍齿，你听好了！你投降魏相周市的丑事，我三哥大人大量，既往不咎！快点打开城门，让我进城。"

雍齿冷笑道："刘邦，你好不知好歹，一个街上的混混，邀集几个地痞流氓一起扯起旗子，就想打天下？别做梦了。哼！三哥？谁叫你三哥，什么三哥？狗屁！往日你把我当马骑，你怕我不记得了？现在，我已在魏王驾前为臣，魏王又授印符，又封将军给我。跟着你这个芝麻大的县令，有什么奔头？咱们现在手中都有了兵卒，你要不服气，摆开阵势，打一仗吧？我在这里等着呢！"

刘邦听了，不禁怒火中烧，马上下令攻城。

士兵们见主帅下令，纷纷争立头功，奋勇冲锋。可是丰邑城墙高厚，一时难以攻破。雍齿的士兵朝城下疯狂射箭，一会儿工夫，攻城的士兵倒下一大片，伤亡不少兄弟，刘邦无奈，只好下令收兵。

第二天，刘邦再次组织力量攻城，雍齿利用城墙的优势，命士兵放肆射箭，并加以滚木檑石，结果刘邦的攻城部队死伤惨重，丰邑城还是攻克不下。

吃了雍齿几次大亏之后，刘邦只得停止攻城，下令安营扎寨，休整队伍，等待时机再战。

雍齿得了便宜，以为刘邦害怕不敢出战了，想用激将法激出刘邦，好乘势消灭之，于是站在城头上，大声奚落："刘季你听着，你不配做我的三哥，你只不过是我脚丫子上的一根小指头。这次，我一定要气死你，你就叫我爹，叫我爷，也难雪我当年之恨……"

雍齿的部下哈哈大笑，站在旁边大声呐喊道："刘季刘季，狗屎拉稀，打不过雍齿，只会耍诡计！"

刘邦气得七窍生烟，可又想不出什么办法，只得派人找到萧何和曹参，请二人前来商量对策。

萧何和曹参急忙赶到刘邦帐前，刘邦起身相迎，说道："二位兄弟，今天雍齿如此气我，怎样才能出这口恶气？"

萧何宽慰说："沛公，胜败乃兵家之常事。我们的兵力本来不够，现在又兵分三处，更显得捉襟见肘。而雍齿得到周市的支持，和我们旗鼓相当，加上他高踞于城墙之上，一时攻不下，也是不足为怪的。雍齿这般见利忘义的小人，说几句气话，有什么好计较的？当务之急是如何采取有效措施，迅速将丰邑拿下。"

曹参接着说："萧大哥言之有理。目前，靠我们自己的力量要拿下丰邑确有困难，那就只有借助他山之石了。离我们这儿不远的彭城，有一股义军，首领叫秦嘉，我看不妨和他联络，请他助一臂之力。"

萧何连忙摇头说："秦嘉这个人狂妄不羁，又心胸狭窄，难以合作，何况最近他自己也被项羽击败。倒是项梁叔侄，势力强大，目前驻兵薛城，离这里不远。前次，我去见了他们，非常客气，已经答应和我们组成同盟，我想，如果去向他们借兵，一定不会推却。"

刘邦马上表态说："这个主意不错！那就请大哥再去薛城一趟。"

于是，萧何再次只身前往薛城，去找项梁叔侄借兵。

果然，项梁听萧何说明来意，便二话没说，立即派兵，前往丰邑。

项刘联军声势浩大地涌到丰邑城下。

雍齿不明底里，依然狂妄，看到刘邦再一次攻城，又是一阵哈哈狂笑，可他笑声未落，便被楚兵一箭射掉了头盔，吓得连忙躲到了城墙后边。

刘邦连吃两次亏，这次，他听从萧何建议，首先命联军士兵用强大箭阵，射得城墙上的守兵抬不起头来，紧接着他指挥其他士兵，抬着巨大的树干，冲上去，使劲撞击城门。

没多时，城门被撞开，联军一声呐喊，像潮水般涌进城里。

刘邦收复了丰邑城。

雍齿见势不妙，带着贴身护卫，从北门溜走了。

收复丰邑之后，楚军胜利回师，刘邦便与萧何、曹参、夏侯婴等人前往楚营，当面感谢项梁。

刘邦见了项梁，拱手作揖，毕恭毕敬道："老叔……"

3

刘邦这一声"老叔"出口，项梁心里甜蜜蜜的，觉得刘邦非常敬重他，心里有种说不出的高兴。

刘邦偷偷地瞄了项梁一眼，看到项梁脸上的笑容，知道自己的话果然恰到好处，起了作用，便继续说道："刘邦此次来，一是来给老叔送还兵马，有道是有借有还，再借不难；二是来看望老叔，感谢老叔！因为你的鼎力支持，终于让我赶跑了雍齿，收复了丰邑。"

项梁高兴地说道："好事，我们都是义军，互相支持是应该的！"

正在说话，项羽走进帐来，他是先前因为与秦嘉作战，带兵在外，不知道刘邦此次借兵之事，听项梁述说一遍原委后，于是插话道："沛公诚信第一，值得敬佩！"

刘邦初见项羽，但见此人高大威猛，威风八面，又说话爽朗。刘邦不由对项羽油然而生仰慕之情，刘邦在心中当然早已猜到，他肯定就是力能扛鼎的项羽，却佯作不知，询问道："这位将军！好生威猛，你是……"

项梁起身介绍说："吾侄项籍，小字羽。"

刘邦故装惊讶，毕恭毕敬地走到项羽面前，拱手道："久闻大名，如雷贯耳！你原来就是禹王庙前，双手举起五百斤大鼎，绕庙三周的项羽项将军啊！佩服佩服！将军名扬四海，天下无不称赞将军气魄盖天，有万夫不当之勇！"

项羽是个爱听奉承话的人，这些话又是出自刘邦那张善于逢场作戏之口，听起来就觉得十分舒坦。他知道，此时的刘邦也是闻名天下的英雄人物，便谦虚地说："沛公名传四海，今日得见，果然名不虚传。沛公，真丈夫也！你是长者，项某年轻无知，今后还望沛公不吝赐教！"

项梁看到二人你来我往，十分高兴，欣喜道："好啊，你们两人一见如故，今后联手抗秦，协力作战，实现天下百姓推翻暴秦的愿望，那就指日可待了！"

萧何趁机进言道："武信君，萧某有个建议，不知当说不当说？"

项梁一摆手，回答说："萧先生但说无妨。"

萧何于是说道："在下平日喜爱揣摩人相，吾观项羽将军与沛公均为人间蛟龙，要是二人义结金兰，一同谋取天下，击垮暴秦定会势如破竹，马到成功！不知武信君意下如何？"

项梁听了，心里微微一颤，细细一想，这正合自己心意呀！但他不露声色，而是转身问项羽说："侄儿，你的意思如何呢？"

项羽是个爽快人，自然十分高兴，便欣然答应。

萧何见项羽已经同意，便转身以眼神示意刘邦说话。刘邦心知肚明，知道这是萧何的小计谋，立即做出一种喜出望外的神情，说："在下求之不得，能与项将军义结金兰，真是我刘邦的福分！"

项梁看到大家都同意刘邦和项羽结拜之事，于是说："既然大家均无异议，那就选个日子举行结拜礼吧。"

萧何顺着杆子向上爬，连忙道："选日不如撞日，就此当着武信君和众位英雄的面，撮土为香，上拜苍天，下拜苍生，同心同德，矢志灭秦，岂不平添一段人间佳话？"

"说得好！"项梁见项羽兴趣正酣，刘邦也热情洋溢，于是就命人搬来几案，摆上香烛、供品，又搬来几坛好酒，在众英雄的祝贺之下，项羽和刘邦拜倒在地，宣誓结为异姓兄弟。

刘邦手指苍天，发誓道："刘邦跪告上苍，与项将军义结金兰，共同讨伐暴秦，患难与共，生死相随，永不负心！"

项羽也按照拟定的誓言，叩拜天地，宣了誓。

祭拜完毕，项羽和刘邦各自端起装满血酒的碗，异口同声说："干！"

众人目睹两位当今英雄如此壮举，也纷纷一饮而尽。双方的随从，立刻响起一片欢呼。项梁虽有心计，见大家如此兴致，也抑制不住内心的喜悦，说道："怀王立都盱眙，明日，咱们一同前往见驾。将此事禀明，也让他高兴高兴。"

众人喜气洋洋，纷纷点头表示赞同。

第二十章　分兵两路取咸阳

1

　　楚怀王熊心即位盱眙之后，项梁叔侄接连攻克数座城池，加上刘邦和项羽义结金兰，他们如虎添翼，一路西向，势如破竹。可不幸的是，途中遭遇秦将章邯夜袭，武信君项梁不幸牺牲。楚怀王眼看自己的得力大将离开了自己，心中万分悲恸。但他推翻暴秦的心情仍很急切，于是连忙召集群臣朝议。

　　怀王端坐大殿之中，开宗明义地说："各位爱卿，寡人今日要与大家商议推翻暴秦统治之事。前些日子，武信君亲率将士开始西征，节节胜利，连克数城。孰料中途遭遇章邯夜袭而不幸身亡，令人十分痛惜！但西征不能停止，必须再接再厉，完成武信君未竟之事业。本王欲重启西征，不知何人可担当统帅之职？请当面毛遂自荐。"

　　由于项梁遇袭身亡，楚军士气受挫。群臣突然听到怀王西征的打算，一时未反应过来，不知如何回答。同时，也因为大部分人缺乏胆量来接受西征的任务，所以缄口无语。

　　怀王扫视群臣，见他们毫无反应，便激将地说："诸位是否胆怯了？难道你们就甘愿受秦廷蹂躏，听章邯笑我楚地无人吗？"

　　项羽一听，马上喊起来，声震屋宇："末将项籍愿往！"他停了停，继续说道："我叔父武信君惨遭章邯毒手，此仇不报，愧为子侄！请大王调拨兵马五千，让我西向伐秦，端了大秦暴君的老窝！"

　　"好！"怀王见此法果然奏效，心中高兴，继续问："还有谁愿意前往？"

　　刘邦随即高声答道："武安侯刘邦愿往！"

　　怀王喜不自胜，说："项羽将军听封。"

　　项羽跪拜，应声："臣在"。

　　怀王发令："本王封你为东路伐秦元帅，先救赵，除章邯，报叔父之仇，然后取道齐、晋，直捣函谷关！"

　　"臣遵旨！"项羽起立。

　　怀王又喊："武安侯听封。"

　　刘邦跪拜，回答："臣在。"

　　怀王发令："本王封你为西路伐秦元帅，取道皖、豫，直捣函谷关！"

　　"臣遵旨！"刘邦起立。

　　怀王叮嘱两位将军："东西两路均须破除不少关隘和地方割据势力，方能攻入咸阳，灭掉暴秦。望两路元帅好自为之，尽早入关。记住：先入关者为王。"

怀王这一许诺，更激起了项羽、刘邦的雄心和自信，于是二人同时说道："微臣记下了！"

就这样，一场艰苦卓绝的反秦大战在中原以北地区轰轰烈烈地开始了。

2

西征已有数月，当刘邦的大军到达陈留的时候，城门紧闭，大军不得而进。

刘邦大手一挥，就要攻城，不料萧何极力阻止。

原来，当地有个叫郦食其的人喜好吃酒，巧舌如簧，广交朋友，名闻遐迩，人称高阳酒徒。萧何听说他和陈留郡守陈彤交好，便建议刘邦暂且按兵不动，请出郦食其，以上宾待之，令其前去说降陈彤，如此便可兵不血刃拿下陈留。刘邦欣然同意，并请萧何去办理此事。

萧何很快修书一封，派人前去邀请郦食其。郦食其早就知道刘邦的义举，愿意为他效力，于是跟着下书人来到了刘邦营地。

刘邦、萧何设盛宴款待郦食其，曹参、樊哙等兄弟作陪。郦食其酒足饭饱，高兴地领命而去。

可是数日过后，不见郦食其归来，刘邦唯恐耽误自己入关的行程，不禁着急起来，便召集萧何、曹参等人商议。他说："众位弟兄，自怀王命我西征以来，连克数城，现已到达陈留郡。郡守陈彤却闭门不出，萧大哥请高阳酒徒郦食其前去劝降，数日不见回音。唯恐有变，我等须做好强攻的准备，各位以为如何？"

萧何觉得刘邦的担心不无道理，但是凭借自己对郦食其的了解，相信他会不负所望，于是胸有成竹地说："沛公不必多虑。郦食其虽然好酒贪杯，但富有正义感，不是那种为虎作伥之徒。他与陈彤交谊甚厚，凭他三寸不烂之舌，说服陈彤归顺沛公定然马到成功。你就耐心等待吧。"

曹参对萧何看人的眼力深信不疑，对郦食其其人也有所闻，也说："三哥，大哥叫你等你就等吧。"

就在这说话间，郦食其提着酒葫芦进来了。

众人连忙起身，齐声打招呼："郦先生回来了！"

郦食其也不答话，自个儿坐下，打开酒葫芦，喝着酒。

萧何微微一笑，说："郦先生一去几日不归，可把咱们的沛公急坏了。"

郦食其不紧不慢地说："陈彤那小子，每天都是好酒好肉款待，弄得我差点把正事给忘了。"他喝了一口酒，肯定地说："你们放心，不管什么事情，到了我高阳酒徒手里，该怎么着就怎么着，不会有误的！"

樊哙见郦食其一个满不在乎的样子，有些不耐烦了，指着他说："闲话少说，你就说目前该怎么着吧！"

萧何见樊哙如此鲁莽，连忙以手示意他冷静。

郦食其又喝了一口酒，依旧不慌不忙地说："沛公，你的'刘'字大旗什么时候打到陈留城下，陈彤就什么时候打开城门，如何？"

刘邦一听，顿时兴奋得不知说什么好，连忙上前拉起郦食其的手，走出帐外，大吼一声："拿酒来！"——又一顿好酒好菜招待郦食其。

第二天一大早，陈留城内的花园里，五颜六色的花朵上面挂着露珠，晶莹剔透，婀娜多姿，在晨风中摇曳，十分诱人。郡守陈彤无心赏花，默默地走在花径上，突然，一颗小石子将脚心顶了一下，便恼怒地将石子踢得飞了起来，打在一株大理花上，花瓣纷纷落下。他瞟了一眼，继续向前走去，来到花亭坐下，双目注视着远方。

郡丞、郡尉急匆匆来到园中，四处张望，寻找陈彤，发现陈彤正坐在花亭，便向他走去，口称"大人——"。

陈彤问道："两位大人这么行色匆匆，有什么急事？"

郡丞说："郡台大人，探马报道，刘邦率大军直逼陈留来了！"

陈彤未置可否，不慌不忙地"嗯"了一声。

郡尉见陈彤如此态度，便接着问道："郡台大人，你真的听了郦食其怂恿，准备与刘邦合兵反秦？"

陈彤依然看着远方，答道："凡是明白人，谁不知道大秦已到了寿终正寝的时候。不与义军联合，别无他途！"

郡丞思索片刻，迎合说道："大人说得对，据说西征大元帅刘沛公经过一处，归降一处，看来这也是人心所向啊！"

郡尉却十分担心，怯怯地说："郡台大人，就怕刘邦的大军进得城来，烧杀抢掠，到那时，我们就会愧对百姓，无地自容啊！"

陈彤想了想，说："这个，倒不致如此吧。据各地传报，刘邦军纪严明，进城后晓谕三军，不准残害百姓、掠夺钱财。我也曾担心郡尉所说的这一点，但楚使郦食其说，他可以绝对担保，不会出现此类情况。为了确保无虞，郦食其已返回楚营，向刘邦阐明我方要求，你们尽可放心。"

郡丞、郡尉点点头，不再言语，心中都在默默祈祷，希望刘邦真的像传说中的那样开明，不会对陈留百姓做出无道的事情来。

巳牌时分，刘邦的大军高举"刘"字大纛，浩浩荡荡而来。郦食其走在最前面，刘邦、萧何、曹参、樊哙、周勃、夏侯婴等走在队伍中间。

此时，城门洞开，陈彤已经更衣整装，率郡丞、郡尉及文武官员，站立城门两侧，迎接刘邦大军进城。街道两旁，尽是看热闹的百姓。

当刘邦一行走近城门时，郦食其便向陈彤与刘邦一一作了介绍。刘邦、陈彤互相拱手致意。

大军秩序井然，果真如传说中的一样，不残害百姓，不掠夺钱财。陈彤等人一颗悬着的心便放了下来，并暗暗赞叹：有了这样纪律严明的仁义之师，何愁大秦不灭！

3

进城之后，陈彤领着刘邦一行，来到宽敞的宴会厅。厅内装饰华丽，灯火通明，酒案一字排开，壮观无比。

陈彤请众人就座之后，说："诸位，沛公大军入城，乃陈留官民之幸，特设此薄宴为大军接风，不成敬意，请赏光，干杯！"

众人干杯。

"谢谢！"陈彤继续说，"秦廷腐败，群雄并起，西路伐秦元帅刘沛公审时度势，兴仁义之师，布厚德之政，令沿途郡邑望风归附。我陈留郡也不例外，迎接大军入城，正所谓'良禽择木而栖，贤臣择主而仕'。为了顾全大局，顺应民心，我陈彤做到这一步，也算心中无愧了！"

刘邦微微一笑，说："常言道，'识时务者为俊杰'，陈公真俊杰也！你的功绩将彪炳千秋，万民感戴。为此，我敬你一杯！"说着举杯与陈彤相碰。

刘邦又说："陈留物阜民勤，粮草丰厚，为伐秦大军奠定了稳固的后方基础，灭秦大业指日可待！"

郦食其喝了一口酒，点点头说："沛公所言极是！"

陈彤说："此次合兵成功，实乃郦公之力。"

刘邦接着说："不错。郦公未用一兵一卒，平高阳，下陈留。我真是得郦公一人，犹胜十万雄兵。本帅提议，封郦公为广野君，即刻奏请怀王封赏！"

郦食其连忙拱手道："谢沛公提携！"说完，将酒葫芦送到嘴边，"咕咕"大喝几口，接着高兴地说："想不到我高阳酒徒，幸遇明主，也有今日！"

陈彤说："郦公乃旷世奇才，得到沛公重用，本就是天赐良机。"

言语一来一往，郦食其心里十分高兴，一直不停地喝酒，宴席才进行到一半，他已醉意醺醺，说话前言不搭后语。为了表示谦虚，连忙说："哪里，哪里？我算不得什么旷世奇才，世上比我高明的人多着呢！比如张子房，我就比不上他。他才是耀眼的月亮，我只算得月亮旁边一颗小小的星星哩！"

萧何听了，不由一怔，问道："你说的是不是当年博浪沙椎击始皇的那个张子房？"

郦食其点点头，回答说："正是，此人姓张名良字子房，满腹经纶，一身韬略，我看他才真的可以算个旷世奇才！"

刘邦、陈彤等人此时正沉醉于胜利的喜悦之中，只顾举酒碰杯，大声喧闹，根本未注意萧何和郦食其的谈话。

人才如花。艳花大多不香，香花大多不艳；艳而香的花大多有刺。艳者取其艳，容其不香；香者取其香，容其不艳；艳且香者取其艳香，容其有刺。

宴席过后，已是夜阑人静，萧何想起郦食其那番话，一直卧枕难眠，翻来覆去，最后还是起来穿好衣服，走到郦食其的住处。这个时候，郦食其斜卧在榻，一边抿酒，一边将炒豆一粒一粒丢入口中，怡然自得。

萧何走到门边，轻轻地敲了几下。郦食其心想，深更半夜的，是谁来搅自己的雅兴，觉得十分不快，于是傲慢地喊道："敲什么门？要进就进来！"

萧何听了，见郦食其尚未入睡，便轻轻走了进来。郦食其见来人竟是萧何，自觉刚才有些失礼，便从卧榻上滚下来，不好意思地说："不知何公驾到，多有得罪，多有得罪！"

萧何知道郦食其并非有意怠慢，便微微一笑，随和地说："郦先生无须介意。鄙人闲着无事，特来与先生讨教一二，唐突之处，望先生多多包涵。"

郦食其见萧何并不在意，便轻松地说："哪里，哪里？何公不必客气，有什么事尽管说。"

于是，萧何谨慎地说："适才先生在酒席宴上提到张子房先生，你认识吗？"

郦食其一听，不禁惊讶起来，自己当时只不过借着酒兴随便一说，没想到萧何竟然如此认真，笑一笑说："我只是随便说说，大家都当耳边风，怎么独为何公所关注？"

萧何笑笑，直说来意："郦先生，现在沛公身为西征大元帅，任重道远，急需能人辅助。你所说的张良对沛公来说非常重要，所以我特意来问你，认不认识他？"

郦食其认真地说："这个人我并不认识，只是他的大名如雷贯耳，早有所闻。"说到这里，他停下来，喝了几口酒，继续说："此人有经天纬地之才，可以跟汤之伊尹、周之吕望相比，是当今了不起的人物。据说他受过高人指点。"

萧何听了，更加好奇起来，忙问："高人，什么高人？"

郦食其神气地说："关于张子房的故事，还得从头说起。那是他和沧浪公在博浪沙椎击始皇失败，逃到下邳，躲在项伯家中时的事。"

郦食其见萧何听得如此认真，十分得意，于是一边喝酒，一边滔滔不绝地讲了起来……

4

原来，张良出身于贵族世家，祖辈和父辈是韩国三朝的宰相。至张良时期，韩国已逐渐衰落，终亡于秦。韩国的灭亡，使张良心存亡国毁家之恨。他把这仇恨集中于一点——反秦。为达到此目的，他散万金家财，东行淮阳见故人沧海君，得到一名大力士充当刺客，并让铁匠打造一柄铁椎，伺机刺杀秦始皇。

不久，秦始皇东出巡游。出于安全的考虑，秦始皇每次出巡所乘坐的车辇有五辆之多。张良与刺客狙击秦始皇于博浪沙，刺客挥椎所击的却是副车——即迷惑外人的"替身"车辆，而令秦始皇安然无恙，逃过一劫。秦始皇因此大怒，诏令天下搜寻刺客。张良不得已而暂时隐匿在下邳一带。虽然他刺秦失败，一时间却成了世人称道的英雄。

张良还有一个圯上受书的故事，也广为传颂。

小河蜿蜒东流，水流湍急，花岗石桥梁横跨河上，石桥年久失修，栏杆残缺不全，桥面当中塌下去一块，形成一个洼凼。大雨刚过，洼凼中积满水，南来北往的行人，倘若一步迈不过去，两侧即无空隙可走，只能跳跃而过。

这天一大早，张良从南边上桥，来到水洼处，往后退了两步，一提腿蹦了过去，正准备下桥时，见一老者顺着小道由北而来。其人须发皆白，脸膛红润，身穿灰色布袍，腰系绒绳，白袜云履，手拄拐杖，健步上桥，来到水洼处愣住了。

这时，张良已经走下桥了，回头看见老者愣在那儿，打算回身去帮他一把。却不料那老者退了两步，左手提袍角，右手提拐杖，向前猛走两步，使劲往上一蹦，蹦得很高，却没有蹦多远，两只脚落到水洼里，往前一迈步，两只鞋就陷在泥里了。

老者双手拄着拐杖，站在水洼边直喘气，自言自语地："人老了，不中用了！"见张良正望着他，一副不知所措的样子，便故意高声命令道："干嘛光看着我，还不快给我把鞋拾起来！"

张良望着老者，心中虽然有些不快，但转念一想，人家毕竟年岁大了，何必计较？于是走近水洼，弯下身从泥泞中将两只鞋拣出来，放在老者的脚边。令他意想不到的是，老者不但没说一个"谢"字，反而抬起左脚，命令似的说："给我穿上！"

张良抬头望了老者一眼，嘴角动了动，想说什么，但未出声，显然是忍下了，连忙用洼中水将老者左脚和鞋上的泥洗净，然后帮他把鞋穿好，接着又照此把右脚的鞋也穿好了。

老者看着眼前这个年轻人，满意地拍了拍他的肩膀，笑着说："孺子可教也！"

从老者刚才的一言一行，张良意识到此人决非等闲之辈，便上前施礼道："不知先生将以何教小子？"老者朝四下一望，指着小河旁的一棵大树说："从明天起，到第五天，早来树下等着，我有重要的东西给你。"说罢，由南端下桥走了。

张良目送老者远去，虽然心中有点疑惑，但还是决定履行与他的约定。

一晃四天过去了。第五天一早，晨光熹微，雄鸡报晓，张良翻身起床，洗漱完毕，随着熙熙攘攘的人群出城，紧走慢赶，不一会来到小桥边，朝河畔大树一看，老者早已坐在树下，身旁放着一个包袱。

张良忙上前施礼道："老丈，你早！"

老者显得很不高兴，脸往下一沉，说："是呀，我早来了。孺子与长者相约，第一个五天已经误了。且退，再过五天，早些来吧！"说罢提起包袱扬长而去。

张良愣在那里，望着那披着满身朝霞、红光四射的老者健步如飞地走了，更加坚定了第二个五天一定再来的信念。

第二个五天黎明前，灰蒙蒙的天空尚未发白，雄鸡尚未打鸣，张良便迅速起身，匆匆走到城门边，只见两扇城门仍然紧闭着，城门横杠两头的大锁也静静地挂着。他抬头看看天上的星斗，断定离天亮还早，便站那里等候开门。

天渐渐亮了，差役打着呵欠，伸着懒腰，慢慢走过来打开城门。张良连忙侧着身子从城门刚开的缝隙中挤了出去。

张良出城以后，小跑着奔向河沿。他边跑边想：今天一定会来到老者的前面。可跑到大树前一看，老者又坐在树下了。他知道又要挨老者的指责，迟疑片刻后，只好硬着头皮上前躬身作揖道："老丈，对不起，晚生又来晚了！"

老者依旧是一脸的不高兴，冷冷地说："不是你来晚了，而是我来早了。照理第一个五天没有践约，第二个五天就不应该失误了。你们这些年轻人，怎么这么不经心？东西我拿来了，可不能给你。且退，再等五天，当早来。"老者说罢，又提起包袱走了。

张良望着老者远去的背影，不免有些懊恼，只好再次无功而返。回到项伯家中之后，总是行坐不安。项伯发现他表现异常，便询问缘由。张良以无所事事、心情不好予以搪塞。项伯也再未深究。

眼看到了第四天下午，张良借口外出访友，晚上没有回到项伯家。等到深夜，他趁着月色，迎着夜风，来到小河边，见大树下没有人，忐忑的心才安定下来。于是信步走到桥上，举目四望，见一个白色的人影飘然而至，便忙退到树后，定睛观察，这才看清原来正是那位老者。

老者左臂夹着包袱，右手提着拐杖，三步两步过了小桥，来到大树之下，见没有一个人影，便叹息道："唉，那孺子又没有来，第三个五天又过去了！老夫从来没看错过人，这次怎么走了眼色？"说罢提起包袱边走边说："唉，人老了，眼睛不中用了！"

张良一听，赶紧从树后蹿出来，上前施礼道："老丈，小子等候你多时了！"

老者被突然出现的张良吓了一跳，但看到张良早已来到这里，顿时喜出望外，大笑着说："哈哈……好一个聪明伶俐的张良啊！"

张良听老者直呼自己的名字，不禁一惊，连忙问道："老丈，你何以知道小子的名字？"

老者指着大树说："来，咱们坐下说话。"

张良随着老人家在树下席地而坐。坐定之后，老者说："小子，你问我怎么知道你叫张良吗？"

张良深深地点点头。

老者微微一笑，抚摸着自己雪白的胡子，款款说道："小子，你还记得吗？在韩国城西山脚下有个陈家酒铺，我曾常在那儿喝酒。有一天赵立公一边喝酒，一边大谈五百年前的往事。他讲得眉飞色舞，在场的人听得津津有味。当时有一个风流倜傥的年轻人站出来，联系当今的实际，用铁的事实，揭露始皇无道，官场腐败，有理有据，令人信服。这个年轻人不就是你吗？"

张良听后不禁惊讶起来，原来自己和面前这位老人家早有前缘，但是听着老人家如此夸赞自己，有些腼腆、不好意思回答说："我那是初生牛犊不怕虎，班门弄斧而已，还望老丈多多赐教！"

老者摆摆手，不以为然地说道："我们这些老朽不敢说的心里话，让你这个初生牛犊说出来了。好，说得好！听了你的议论，看你是个有抱负之人，打那天起我就一直跟着你，直到今天。不但知道你叫张良，还知道你全部的所作所为。跟着你，博浪沙击车，惊了始皇，你做得对！"

张良听后，不禁惊讶道："怎么，这个你也知道？"

老者笑了笑，指着张良说："你啊，这是一件惊天动地的大事，举国上下，谁个不知，哪个不晓？"老者随即转换语气，带着几分指教的口吻说："但是，要成大事，必须要有高深学问，不可效刺客之流。做大事，要志愈圆而行愈方。有了高深的学问，才能足智多谋，大事可成。"

张良诚心诚意地说："是是，先生教导乃金玉良言。"

老者接着说："你很聪明，也肯学，上次小桥之上，叫你拾鞋，是看你有没有扶老携幼之心，有没有愿为天下人出力之心。你对一个陌生老人，拾鞋、洗脚、穿鞋，不厌其烦，可见你有禹舜之德。所以我才说'孺子可教也'，我是想收你为徒了。"

张良听后，犹如醍醐灌顶，原来老人家的所作所为早已经是有意安排的。

老者进一步挑明说："我叫你五天后来，是看你有无恒心。第一次来晚了，叫你再等五天；第二次又晚了，又叫你再等五天。最难的是第三次，只有在第四天未关城门之前出来才不会晚。我刚才来的时候，看见你不在，曾一度失望过，但是我觉得我的眼光是不可能错的，你绝不是那种人。没想到，你那个时候早已等候在这里，这说明你是个有恒心的人。我一高兴，就叫出了你的名字。"

老者边说边把包袱打开，拿出一卷书，递给张良说："给你，我说给你的东西，就是此书。"

张良接过来，借着月光一看，是一部《太公兵法》，立刻惊喜道："是太公姜子牙的兵法啊！"老者点点头说："是的，这本书正是周文王的军师姜太公所著；全书共六章，一千三百三十六言。"

张良得到此书，比得到金银珠宝还要珍贵，连忙跪地叩头感谢道："先生如此厚爱，受小子一拜！"

老者扶起张良说："不必，不必。小子请起！"老者接着叮嘱道："要精读此书，则为王者师矣，上则治国安邦，中则治家以致修身。"

张良深深地点着头，说道："先生的指点，子房一定铭记在心！"

老者觉得言犹未尽，又说道："但是，这些东西还要扶以真正创业之主，才能立功于当时，名垂于后世。要记住——功成身退。"

张良连忙说："谨遵师命！"随后又突然想起什么，抬头询问老道："请问尊师，贵姓高名？"

老者淡然地微微一笑："你记住，十三年后，济北谷城东葬一国君，坟前黄石一片即我也。"说罢起身扬长而去。

张良对老者的一番话感到匪夷所思，十三年后的事情难道他也能知道，莫非这位老者是位神人。想到这里，起身准备再向老者讨教一些事情，可是放眼望去，老人家早已经没有了踪影。张良显得有些失落，在大树之下站立许久，才慢慢转身回到住处。

第二十一章　萧何设计"借"张良

1

气若山河纳百川，师法仁义天为道。

为人处事，为国谋划，萧何一直实行仁义之道。如此，方才使得刘邦的义军得民心，立民望，而最终得天下。此原因，已然是众所周知也。而萧何心中也深深知道：仁义之师，更是迫切需要仁人高士，需要那种能辅佐刘邦成大事建大业的顶尖级人才！

话说，郦食其把盏话张良，不知不觉已经是深夜时分。此时，窗外正是皓月当空，夜虫和鸣……窗内，萧何端坐一旁，侧耳倾听。只觉内心澎湃，激动不已。

郦食其知无不言，言无不尽，滚滚滔滔一口气把张良的故事和盘托出。等到故事结尾，已是三分清醒，七分醉意，讲完之后，只觉口渴难耐，便将酒葫芦送到嘴边抿了两口，喝罢，抹抹嘴，对萧何说："张良的事，知道的就这些，我都说了。"

萧何兴奋不已，随即起身，向郦食其拱手，高声说："郦公，我要贺喜你啦！"

郦食其感到莫名其妙，疑惑地问道："何公，不知我这喜从何来？"

萧何道答："郦公，你凭三寸不烂之舌，平高阳，下陈留，立下不朽之功。沛公十分高兴，认为你一人可抵十万雄兵，封你为广野君，与你食同桌、寝同室，此乃是莫大荣耀！……郦公，还有更大荣耀在后头呢！——适才听君介绍了张良，我才知道这张良是多大一颗智星！如果能将张良请来运筹帷幄，沛公岂不就是得到了百万雄兵？沛公得此能人，兴奋之余，自然又会对你加官晋爵，这难道不是即将到来的新喜吗？"

想不到，这番话并没有令郦食其高兴，相反，郦食其倒觉得背后飕飕的，已经是酒醒一半。他没有想到，自己不经意的一番饶舌，能引起萧何这么浓厚的兴趣，关键问题是要请张良出山。请不动怎么办？请动了，又有些事不知如何处理？他开始后悔酒后失言，一时间又不知道该说些什么，就愣在原地。

萧何立即拉上郦食其的手，大声说："走，我们一同前往，将此事告知沛公！"

郦食其眼珠一转，说："慢！何公，这件事，你必须仔细想一想，切不可贸然行动！"

萧何驻足，疑虑满面，盯着郦食其，随后不禁大笑起来，说道："郦公说哪里来，我萧何做事，从来都是深思熟虑，再付诸行动，决不会草率为之。"

"智者千虑必有一失啊！这件事，你就有点失算咯！"

听郦食其如此说话，萧何感到事有蹊跷，郦公是话里有话呀！于是，萧何冷静问道:"怎么,我欲举荐张良,我做得不对么?"

郦食其见问,便担忧地说道:"何公,你把张良请到沛公帐下,做什么事呢?"

萧何不知何意,思索一番,说:"郦公,当今反秦大业刚刚开始,战事繁多。而且,秦始皇的基业,自秦孝公商鞅变法以来,一百多年的基础,坚固无比,要想摧垮它,非一日之功。俗话说:众人拾柴火焰高,人多更加好办事。"

郦食其见萧何还是不明底里,就反问道:"何公,时下沛公不是有你和我吗?"

萧何摆摆手,回答道:"一根筷子容易折,一把筷子就难以折断啦!广纳人才,这是沛公的一贯主张。如今遇此良才,我等自然要极力向沛公推荐。"

萧何如此宽容大度,一点不为自己着想,使得郦食其更加担心起来:"何公,话虽是如此说!……可是,你一心一意,为着沛公的事业着想,但你为自己想了没有呢?"

萧何不解地问道:"为自己想什么?"

"所谓'一山不能藏二虎',这句话的意思,难道你不懂!"

萧何不由豪爽一笑,回答说:"那我就不做老虎,愿做兔子,愿做绵羊!"

郦食其见萧何固执己见,感到无可奈何,但仍想开导他,说:"想当年,庞涓和孙膑都是鬼谷子的学生,他们同事魏文侯,而庞涓奸险狡诈,使尽阴谋诡计,致孙膑残疾。后来,孙膑经齐国派人营救,才得以离开魏国。这说明,这人与人,不论关系怎么好,到时候,难免也会水火不容。如此前车之鉴,何公不可不知,不可不虑!"

萧何却不以为然地说:"像庞涓这样的小人,毕竟不会太多,大多数的,只是有些缺点罢了。例如廉颇就是那种有点小缺点的好人。如果遇到了廉颇那样的人该如何办呢?我们就来效仿蔺相如吧!宽怀忍让,大局为重,自然就能互相了解,自然就能和睦相处。当年的赵国,就是因为有了蔺相如和廉颇携手,秦国、晋国才不敢随便欺侮!我等就应该效法这些古贤前辈啊!"

萧何这番话,说得有道理,而且一点也不矫情,其口气,很诚恳,很实在。郦食其虽然还在为自己为萧何隐隐担忧,却已经被萧何的坦荡胸怀给打动了,心底油然生出深深的敬意。他十分佩服地说道:"看到何公如此广阔胸怀,我也就无言可说了。好吧,张良之事,就这样定了……我们就去见沛公!"

萧何的高境界,使郦食其想到了一个字——淡。"淡"字,一半是水,一半是火。人生一半是披荆斩棘,一半是急流勇退,水火不相容。苍颉造字时巧妙地将二者融会贯通在一起,揭示了"淡"的真味,刚柔相济。月亏则圆,月圆则亏。人生的至境,不是一味地"进",也不是一味地"退"。

2

郦食其跟随萧何,来到刘邦营中。

郦食其和萧何,就把张良其人其事给讲了一遍。

刘邦似乎有点糊涂，疑惑问道："你们刚才说的是谁呀？"

萧何回答说："张良。"

刘邦从来也不知这个名字，又问道："张良是谁？"

郦食其在一旁回答说："此人祖辈，五世相韩，曾受异人传授。如今天下大乱，韩国也已经拉起一支小小队伍，张良便是这队伍的头目。沛公若是得到此人匡辅，行军布阵，运筹帷幄，奇计良策，必然叠叠而出，不愁秦之不破也！"

刘邦听出点味道来了，知道张良是一个难得的人才，不禁大悦，心想，如若真有此能人，将之招致自己麾下，那么打败秦军，到达咸阳，就是指日可待的。

但是，转念一想，又一丝担心浮上心来，于是对郦食其说："先生，此人既已相韩，怎么会归附于我呢？"

郦食其不禁也犹豫起来："是啊，是啊。……沛公所言极是，要把张良搬来，不是一件简单的事，我也正为此事发愁呢！"

萧何在一旁，却显得胸有成竹："这事我倒觉得不难。"

刘邦急切地问："快说，你有什么办法？"

萧何回答说："只要沛公修书一封，差人送往韩国，就说今起兵伐秦，为诸侯报仇，急需补充粮草，向韩国借粮五万石。而韩国地盘小，不过一县之大，自然拿不出五万石粮，那么，他们自然会派人前来商量的。"

刘邦点点头，随后却又想起什么，问道："如果韩王不派张良，而派另外的人来呢？"

郦食其略略思考一下，说："这个，我有办法。"

萧何思考问题从来就求一个周密，急忙问道："你有什么办法？"

郦食其拿起酒葫芦，喝了一口，不紧不慢说："这个你就别管，反正我把他诱来就是了。"边说边又抿了两口，故意傲慢地说："张良我倒是能保证把他诱来，只是……"

"只是什么？"萧何见郦食其说到一半停顿下来，连忙催问。

郦食其回答说："只怕我诱他来了，你们却留他不住！"

萧何坚定地说："你能诱来，沛公和我就能把他留住！"

郦食其只顾喝酒，不发一言。许久之后，才说："我即日便去韩国，诱使张良前来，二位请在营中静候佳音！"

3

第二天一大早，郦食其坐上萧何准备的马车，告别萧何、刘邦，匆匆启程。不消几日行程，便来到韩国。

韩国国王听说是楚怀王麾下西征统帅刘邦的手下大使前来，连忙让人将他请到宝殿之上。郦食其见到韩王，叩拜于地，言道："臣郦食其奉沛公将令，前来下书。"

韩王右手一摆，回答说："使臣免礼。"

郦食其起身，将沛公书信呈到韩王面前，说："请韩王御览。"

韩王展开书信，看了几行之后，脸上表情顿时突变。文武大臣看到韩王的脸色，不由紧张起来，不知书信中说了些什么，竟然使得韩王如此惊慌。

原来书信里这样写道："楚征西大将军沛公刘邦，奉书韩王殿下：始皇无道，并吞六国。二世残暴，恶贯满盈，百姓恨入骨髓。邦令统大军，布告天下，仗义除凶，以雪世愤。但，军行百里，日费万金，所缺者，独军需耳。邻近郡邑，十室九空，无处假贷。今遣使郦食其往借粮五万石，破秦之后，加倍偿还。幸念征讨之公，非为私事，望早赐发下，以济急用。临楮恳切，万惟垂照不宣……。"

韩王看过，呆坐许久，方缓过神来，担忧地对大臣们说道："众卿，沛公遣使下书，要借粮五万石。而我国小力单，这五万石数字巨大，难以凑齐，如何应对，请大家贡献良策！"

一位大臣说："我国今方初立，自费尚虚，岂能济人？"

另一位大臣说："沛公奉怀王命伐秦，实天下之公务也。借粮五万石，虽不能足其数，亦当以一半借之，若一毛不拔，恐伤大义，请大王思之。"

韩王听后，面露难色，心想，是啊，这件事办不好，就会伤了和气啊！

正在韩王一筹莫展，不知如何是好的时候，突然有一个人站了出来，上前一步，说道："主公，这事好办！"

郦食其循声望去，只见此人：魁梧奇伟，眉宇轩昂，气度不凡，非等闲之辈！

听此人如此说，韩王疑惑地问道："怎么好办？咱们是连一半都拿不出啊！"

只听那人用一种铿锵有力的语调说道："我们一粒粮也不用拿！"

韩王听后，更加疑惑，问道："这说得过去吗？"

那人回答："禀告大王，沛公来信是跟咱们借，而不是要，既然是借，就好办了。有就借给他，没有，拿什么借呢？所以说，我们一粒也不要拿嘛！"

韩王听后依旧没有消除心中的担忧，犹豫地说："可是……如何向这位使臣说呢？"

"且让我来跟他说！"

只见此人转身，向郦食其一拱手，道："请使臣回去跟沛公说，我们韩国初立，兵粮两缺，实在是筹不出这五万石粮来，请另想办法吧！"

郦食其嘴角微微勾起，看到一切都按照事先谋划的在发展，心中暗喜，于是，自己也按照事先的计策，装出十分为难的样子说："韩国确实困难，拿不出这五万石粮食，也是情有可原，可以理解。不过，我若是有负使命，回去跟沛公说不清楚啊！"

那人道："既然情有可原，怎么说不清楚呢？"

郦食其说："沛公怎能相信韩国拿不出粮食呢？他一定会责怪我办事不力。所以我想，还是请贵国派出一人，跟我去回复沛公。这样，就可为我开脱责任！"

话到这里，那人显得有些生气，高声道："怎么？我国拿不出五万石粮，就要带一个人质去吗？"

郦食其连忙解释说："这位大人别误会！我是请求贵国派一人去见沛公，因为，你们的人去说一句，比我说十句还强啊！"

这个时候，韩王便点点头，说："嗯，大使说的也有道理……那好吧，我就派一名郎官跟你去吧。"

其实，郦食其早就看出，刚才那个说一粒粮食也不拿的人就是张良，所以忙说："大王，我看就请这位先生跟我去吧。"

韩王连忙说道："他是敝国丞相，日理万机，哪有工夫？"

郦食其将起军来，故意显得垂头丧气的样子，说："那好吧，我只好回去复命，就说韩国穷斯烂矣，拿不出粮食来，看沛公如何定夺？"

说着作欲走之势。

韩王见状，急忙说："先生别急，咱们再商量商量。"

这个时候，张良见韩王为了难，不觉心生羞愧，也为郦食其的骄横态度感到气愤，于是说道："大王，去一趟刘营也不过几天时间，就让微臣去吧！"

韩王再三思考，无可奈何，说道："也只好如此了。"

郦食其看着计策成功，不禁大喜，连忙拱手道："谢韩王！"继而又转身对张良说："但得先生一往，尽善尽美矣！"

张良说："今日就先请先生到驿馆歇息，明日我与你一同前往。"

郦食其高兴地点点头，便告辞离去。回到驿馆之中，郦食其便立即伏案疾书，顷刻之间，写好一封书信，交给一随从，吩咐道："备快马，急送陈留，亲手交给萧何先生，不得有误！"

一切办妥，郦食其拿出随身带的酒葫芦，抿了一口，满意地笑起来……

第二天，张良启程，跟随郦食其前往沛公所在的地方——陈留。韩王在城外给张良与郦食其送行。

韩王交代张良说："丞相此去陈留面见沛公，须坦陈我韩国之难处，请沛公多加原宥，切莫有失两家和气。"

张良说："大王，请放心，我会注意的。"

韩王又转过身来，对郦食其说："先生此行没有达到目的，责任不在先生，而是寡人无能，请不要挂怀！"

郦食其说："哪里哪里，郦生有不当之处，请韩王多多包涵！"

韩王点点头又说："张丞相此去说明情况以后，请放他疾速归来，拜托了！"

"请大王放心。"郦食其说，"那么，郦生告辞了！"说着便与张良并马挥鞭而去。

4

在郦食其归来之前，萧何已经收到书信，连忙面见刘邦，建议为张良举行一个迎接仪式，以上客礼之。刘邦觉得如此甚妥，这样就可以给张良留下一个好印象，如果他愿意留下来一道伐秦，共谋大业的把握就大大增加了。于是，便召集众人，商议安排迎接事宜。

很快商议妥当：萧何吩咐樊哙率精兵五千，去城外五里之处摆阵迎接；吩咐周勃、王陵、卢绾、任敖四位将军，带兵三千，在城门旁边列队迎接；然后让沛公及其他文臣武将，在郡府门口迎接。正所谓：号角长鸣鼓震天，旗幡兵马掩霞烟。恭迎贵客辕门外，只为除秦喜结缘。

当张良快到陈留城的时候，五千兵马沿官道两边站立，战马嘶鸣，剑戟如林，旌旗招展，锣鼓喧天。而且那位素来不修边幅的樊哙，今天竟也破天荒地收拾打扮了一番，看上去约七尺身材，宽肩厚背，肚大腰圆，紫铜脸面，粗眉大眼，颌下一副短胡须；头戴铁盔，身穿铠甲，足下墨黑的战靴，骑在高头骏马之上，给人很威武、很精神的感觉。

张良在郦食其的陪同之下来到队伍前，樊哙一见，连忙拍马上前，下马行礼道："迎接张丞相！"

张良回礼道："将军何人？"

樊哙答道："末将樊哙。"

张良拱手道："久闻大名。郦先生，樊将军果真神勇！"

郦食其听后，微微一笑，说道："沛公麾下的将才多着哩！"

张良又对樊哙说："请将军上马同行。"

樊哙转身跨上战马，指挥军队，护卫张良向城内前进。

他们到达陈留城的城门之外，又见精兵列队，方阵摆开，彩旗蔽空，呼喊声震天动地，四将骑在高头大马上，挥舞手中的兵器，以示欢迎。

待张良走近，周勃等四将滚鞍下马，上前行礼道："奉沛公将令，迎接丞相。"

张良点点头，还礼说："请诸位将军上马同行。"

周勃等人纷纷上马，陪同张良，一同进入陈留城内。

来到郡守府门前，只见刘邦头戴雀尾冠，三道红绒披肩，蓝袍金带，满面春风，等候在郡守府门口。文官们也是鹅冠博带，神采奕奕；武将们更是顶盔贯甲，威风凛凛。

郦食其向双方介绍说："这位就是张良先生，这位就是沛公。"

张良跪拜，说："张良见过沛公！"

刘邦连忙扶起张良，带着无限敬意说："子房先生请起。"

郦食其又对张良介绍萧何,说:"这位是萧何。"

张良与萧何互相行礼。

萧何说:"久闻先生大名,今日得见,三生有幸啊!"

张良不卑不亢地说:"彼此彼此!"

众人拥着张良进入府中,刘邦、张良、萧何、曹参等分宾主入座。

坐定之后,刘邦热情地对张良说:"丞相远道而来,路途辛苦,本公谨表欢迎!"

张良微微点头,说:"谢沛公!张良不才,受到沛公如此隆重的接待,真是受宠若惊!"

郦食其按照早先的计划说道:"主公,张丞相此来,是专为解释借粮之事的。"

刘邦也装模作样地说道:"好的。丞相请讲!"

张良站起身,拱手道:"沛公,恕微臣直言,公兴仁义之师伐秦,一路之上,郡邑望风而降,兵不血刃,直达陈留,所得粮米甚多。既能开仓济民,可见并不缺粮食,何必听狂士之言,假以借粮之名,诳我张良前来呢?"

刘邦一听,非常惊讶,语不能对,本来准备好的话,早已不翼而飞。只得支吾地说:"这,这……"

郦食其见自己计划已经露馅,连忙打圆场说:"丞相不必多疑,是郦生怕回来说不明白,请丞相当面向沛公陈情,何'诳'之有?"

萧何看出张良非等闲之辈,知道已经到了说明内幕的时候,便连忙接上话茬,说:"丞相洞若观火,一语中的,郦先生就不必遮遮掩掩了。就让我萧何干脆明说了吧,沛公现在缺的,的确不是粮食,而是人才。所以,要向贵国相借的,不是粮食之'粮',而是你张良之'良'。丞相一路而来,也看到了沛公军威之壮,实力之雄,比起你单枪匹马,博浪沙椎击始皇之冒险行为胜过百倍。你若过来与沛公运筹帷幄,定能决胜千里,一举灭秦!如此,则韩仇可报,奇功可立,若依仗沛公的力量,实现你的远大理想,岂不是一件千古美事?"

张良一听,正中下怀,忙说:"知我者,何公也!"

萧何听到张良这么一说,更是高兴,问道:"如此说来,丞相愿意留下来同沛公一道伐秦?"

张良直言快语,回答说:"良愿奔驰于沛公麾下。只是此事关系重大,还得请韩王点头才行。"

刘邦不禁大喜,连忙拍拍胸脯说:"丞相言之有理,此事就由我跟韩王去说!"

5

　　刘邦为了能够顺利地把张良延至自己麾下，立即决定亲自赴韩，只见他带着高举"刘"字大旗的大队人马，行进在官道上，向着韩国而去。刘邦和张良并辔而行，萧何、郦食其紧随其后，其他文武官员夹在队伍之中，浩浩荡荡向前进发。

　　队伍快要到达韩国城外时，守卫远远看到刘邦的偌大队伍，赶忙进宫，禀告韩王。这时，韩王正在宫中焦虑踱步，只因张良一去多日，杳无音讯，不知现在是什么情况？突然下人来报，说是刘邦大队人马到来，韩王大吃一惊，以为刘邦找自己算账来了，只得赶忙带着文武百官来到城门口，准备迎接刘邦。

　　韩王站在城门口，心神不定。旁边的一位大臣提醒说："大王，振作精神，不要有失国王仪态。"

　　韩王这才马上整整衣冠，并咳嗽一声，壮起胆子，挺身而出。

　　刘邦、张良、萧何等人来到城门外。韩王连忙迎上，拱手说："沛公驾到，有失远迎，望乞恕罪！"

　　刘邦回礼道："本公来得仓促，望韩王海涵！"

　　韩王做了个邀请的手势。于是，刘邦一行便随着韩王进入宫中。

　　宾主坐定，韩王谦恭地说："沛公，日前你遣使前来借粮，因敝国国小初立，未有积蓄，无以应命。特差丞相张良前往谢罪，未知公应允否？"

　　刘邦大度一笑，说："借贷乃双方自愿之事，何以言罪？殿下非有粮不借，情有可原，恕刘邦冒昧！"

　　刘邦这么一说，韩王悬着的心立刻放了下来，说："沛公见笑了，惭愧啊惭愧！"

　　刘邦摆摆手，笑笑说："哪里，哪里？此事已经过去，也就算了，请韩王不必挂怀。"

　　韩王听后更加高兴地说："沛公真是宽仁大度，善体人意，我替韩国百姓谢谢沛公！"

　　"韩王不必客气。"刘邦说，"殿下，你没有的，我不便强借；你若是有的，我要借，你大概不会推辞吧？"

　　韩王爽朗地回答说："那是自然，凡是我有的，只要你借，决不推辞！"

　　刘邦一喜，大声说："好，我就先谢啦！"

　　可是，韩王不知刘邦要借什么，试探着问道："不知沛公，你想借我什么呀？"

　　刘邦倒是直截了当，回答说："殿下，我军中缺少一位谋士，你把张良借给我吧！"

　　韩王一听，顿时惊愕不已，一时不知如何回答。忽然灵机一动，想把问题踢给张良，便问张良："沛公想借你去，你去不去？"

　　张良答道："大王，微臣悉听大王吩咐。"

不料，张良又把问题踢了回来，韩王只好打趣道："沛公，你是否已经和张良商量好了，设下圈套让本王来钻呀？"

刘邦微微一笑，说道："韩王笑话了，本公怎会做如此之勾当？"这个时候，张良也在一边对韩王说："大王切勿误会。不过，我想咱们韩国在灭秦战争中，如果没有一点贡献，在各诸侯国面前，怎么说话？"

萧何也插嘴说："容微臣也进一言，韩王如果让丞相去沛公帐中参与谋划，灭秦之后，论起功来也有韩国一份。此乃以一人换万人之功，这样的好事何乐而不为呢？"

郦食其也参合说："是啊是啊。大王，沛公只是借，而不是要，有借有还，你尽管大方些嘛！"

韩王听众人如此一说，觉得十分有理，于是下定决心，说："好，就让丞相去吧！"但是又怕有借无还，停了一下，又说："沛公，刚才郦先生说得有理，张良我是借给你，咱可得讲信用，必须有借有还。破秦之后，早日把他打发回来，我韩国可全仗着他呢！"

刘邦见韩王已经答应，甚是高兴，至于以后的事嘛，就以后再说吧，于是连连点头表示同意。

第二十二章　刘邦抢先克咸阳

1

　　岁月如梭，光阴似箭，春去秋回，天下纷争无尽。江河东向，日暮西下，星辰依旧，江山浮沉换谁主？

　　话说将张良招致麾下，刘邦大军如虎添翼。张良新任军师，竭力出谋划策，指挥操兵练武，教之以兵法，以及如何观察地形，如何在临阵之时做出有力的攻守举措……义军战事，真是无往不胜，势如破竹，长驱直入那三秦大地……

　　刘邦身旁一帮人，看在眼里，对张良无不十分佩服，同时也默默地记着，跟着揣摩学习，其战略战术水平不断提高。在张良的辅佐之下，刘邦大军齐心合力，攻城略地，没费多久时间，就快打到咸阳城外了。

　　一天晚上，张良正在灯下翻阅《太公兵法》，不时地在一张地形图上比比画画，圈圈点点。萧何悄悄推门而进，生怕打扰了张良。张良起身道："何公还未休息？"

　　萧何回答说："我见先生房里尚未熄灯，便过来看看。"说着来到张良身边，询问说："先生手不释卷，一定是在谋划进攻咸阳的事吧？"

　　张良说："数月以来，沛公攻城略地，缴获了丰厚的粮草。如今已经打到咸阳城外，不日就要进攻咸阳，沛公命我为他出谋划策，我是不得不勉力为之啊！"

　　萧何微微一笑，接着说："前面是函谷和武关两个关隘，先生以为先取哪一个关为好呢？"

　　张良指着地形图，回答说："函谷关乃秦之北关，重兵把守，易守难攻，不宜攻打。而武关位于陕西商城东一百八十里，是秦之南关，离咸阳也就不过三百里左右。加之关上仅有数千老弱残兵，防守比较薄弱，最好是绕道直取武关。攻下武关后，再破峣关，那就易如反掌。峣关位于武关和咸阳之间，是咸阳的最后一道屏障。拿下武关和峣关之后，则连神仙也无法挽救咸阳了。不知何公以为然否？"

　　萧何点点头，赞同道："先生的谋划有理有据，此乃攻取咸阳的最佳谋略，我看沛公定会大加赞赏，依计而行。先生的头功唾手可得。"

　　张良谦虚地说道："张良有谋划不周之处，还望何公多多赐教。"

　　萧何笑着说道："萧何哪敢班门弄斧？你就快快禀告沛公吧。"

　　于是，张良拿起地形图，说："好，我这就去。"

　　张良来到刘邦营中，把自己的想法告诉刘邦之后，刘邦大为赞赏，完全同意张良的谋划，于是命令三军，挺进武关。

武关坐落于峡谷平坦高地之上，南临武关河，北面是险峻的少习山，山峰陡峭，山崖深不可测，是一个易守难攻的天然屏障。人们便把武关、函谷关、萧关、散关并称为秦之四关，是兵家必争之地。

来到城门之下，只见关城拔地而起，十分雄伟，城墙高孚，蜿蜒起伏，气势不凡。城门顶上"武关"二字已被风雨剥蚀，隐约可见。

刘邦站在城下，高声喊道："守城的将士听着，我乃西路伐秦大将军刘邦，奉楚怀王之命，领兵攻打咸阳，推翻秦朝皇帝。你等赶快打开城门，献出武关，可免于一死。如若不听劝告，顽固抵抗，必取尔等狗头！"

一老军站在城头上，向下看了一眼，见此阵势，吓得连忙缩了回去，在碉楼里面躲着……思前想后，看着这城中一帮老弱残兵，觉得很难抵挡刘邦的大军，于是又走了出来，对着城下喊道："请稍等一等，容我们合计一下。"说完立即退回碉楼里去了……

刘邦的队伍等了许久，不见动静，刘邦大喊道："你们合计好了没有？赶快回爷的话！"又过了一会，刘邦见仍无动静，火气直冒，便下令："给老子打！"

将士们放箭的放箭，撞门的撞门……待到打入城中，爬到城墙上一看，竟未发现一兵一卒。义军将士止不住哈哈大笑起来：原来这一帮鼠辈，早已吓得不知逃到哪里去了。

从武关逃出的老弱残兵，害怕得不知所措，纷纷来到峣关关下，对着城门大声叫喊着："开门！"

关上戍卒看到如此情况，问道："你们是什么人？"

城墙之下，残兵败将们高声回答："我们是武关的守军。"城上的戍卒又问："武关的守军不在那里守关，跑到这里来干什么？"城下的人慌忙回答说："武关已经被刘邦攻破，就快打到峣关了，快开门让我们进关吧！"

这时候，举着"刘"字大旗的人马，已经浩浩荡荡奔来。在戍卒刚刚把门打开让残兵入关的同时，刘邦大军加快速度乘隙涌入。两关戍卒合在一起，拼命抵抗，一阵厮杀，各有伤亡。但是，刘邦大军士气旺盛，戍卒最终还是敌不过锐不可当的义军，溃败而走……于是，武关的城头和峣关的城头，都高扬起了迎风猎猎的"刘"字大旗。

形势大好，刘邦大军攻克两关，夺取咸阳已经是指日可待，士气高涨得不得了！刘邦很为振奋，信心满满，召集众位谋士和将领，商议下一步夺取咸阳的具体计划。

2

始皇死后，二世继位，可是，秦二世宠信奸臣赵高，赐死扶苏，诛杀许多大臣。秦二世在位三年，便被赵高所杀。赵高是历史上有名的奸臣。他杀死秦二世，欲自立为王，但又怕不得民心，于是只好迎立子婴继承皇位。不久，依赵高建议，子婴废帝号，改称秦王。

子婴听说赵高暗中与他国约定，准备杀尽秦氏宗族，便决定先下手为强，设计杀死了赵高，并且下令诛灭赵高三族。从这一点来说，虽然子婴在位只有四十六天，但也算是为天下做了一件好事。

时已初冬，三秦大地阴霾蔽空，一派凄凉景象。

刘邦率军攻克武关和峣关之后，消息传到咸阳。秦三世子婴不禁茫然无措，呆坐在宝座上，顿时觉得，昔日亮丽的皇宫，今天黯然失色，似乎连这些没有生命、没有感情的宫中什物，都在呼号的北风中战栗，哭泣。

子婴愁容满面，空阔的大殿里，站着为数不多的大臣，与昔日满朝文武热烘烘的场面相比，其气氛的落差何止千丈、万丈！

子婴呆坐许久之后，待到精神稍微放松下来，便轻声说道："诸位爱卿，据探子报告，西路伐秦大将军刘邦的大军已经攻下武关、峣关，正向咸阳逼近，尔等说该怎么办？"大臣们个个形似木鸡，低头不语，好像没有听到子婴说话一样。

子婴看到如此情况，顿时怒火中烧，心想真是白养了这一帮没用的东西！于是厉声问道："尔等怎么不说话呀？难道全都哑了不成？"大臣们仍然沉默不语。子婴看到众人还是如此，便唉声叹气说："既然众位爱卿噤若寒蝉，那我们就准备出城归降吧！"

听到这里，才有一个大臣鼓足勇气，站出来，声音颤抖地说："陛下，依微臣之见，还……还是不，不可归降！我们，放弃咸阳，走……走吧！"

子婴听了，不禁落下泪来，无限感伤，道："众位爱卿，到了这步田地，叫本王怎么走啊？"

丞相上前一步，说道："陛下，胜败乃兵家常事，我们先放弃咸阳，将来还可再夺回来，要是归降，就一切都完了，所以微臣以为，三十六计走为上策。"

子婴看不到一丝希望，低声说道："如今，天下烽烟四起，楚怀王派东、西两路兵马伐秦，西路大军已逼近咸阳，东路不日亦可抵达咸阳，本王能往哪里走啊？"

一位大臣站出来，劝慰说："陛下，四海之大，何处不可周旋？"

子婴摇摇头，说道："爱卿，不论我们走到哪里，楚兵就会追到哪里，岂不是把兵灾带给了那里的老百姓？本王即位四十六天，不但没有为天下百姓做什么好事，反而给他们带来灾难，本王于心何忍？"

丞相安慰说："陛下不要过于自责，当初灭六国是始皇帝所为，苦害天下百姓，是二世皇帝的罪过，这都与你无关呀！"

子婴说："话虽这么说，始皇帝也好，二世皇帝也好，毕竟是本王的祖先。这就叫作'愿怒不用暗箭，祸延子孙'啊！现在，亡国轮到本王的头上，本王有何理由推脱罪责？现在本王去归降，刘邦如果杀本王，就算本王替祖父和叔父谢罪于天下，死也瞑目了。若不杀本王，也只是暂且苟延岁月而已。"

就在这个时候，一个内侍慌慌张张走进来，慌得差点摔倒，子婴连忙询问："何事惊慌？"

内侍语气急促，回答说："禀陛下，西路伐秦大将军刘邦送来了劝降书。"说完，捧着装着劝降书的函盒，送至子婴的龙案上。子婴捧书观阅之后，如同呆了一般，良久无语。

一位大臣轻步走上，从函盒中取出劝降书，略略扫了一眼，转给丞相，丞相看过，又往下传，观者个个面无表情。

子婴长叹一声，泪流不止，说："既不能战，又不能和，只好依书出降了。"说毕，竟然止不住嚎啕痛哭起来，这悲情又传给了众臣，金銮殿里立刻哭声一片，似乎奏响了秦国灭亡的哀乐。

真个是：繁华一去光彩消，乐曲已尽歌喉噎。咸阳内外无声息，前路凄凉无处去。谁知当年江山路，三秋无常万事休。若问天下何方乐，还看夕日照残垣。

一帮人哭过许久之后，子婴缓和一点，依然抽抽噎噎，对内侍说道："烦卿转告楚使，让沛公择定受降之日及受降之地，本王自当带着传国玉玺，如约而降。"

3

当刘邦带领全军，耀武扬威而来的时候，子婴早已带着文武百官，驾着素车，乘着白马，等候在轵道旁。

子婴以素帛系颈，口含白玉，手举降书、玉玺和三十六郡地图，目不转睛地看着玉玺，那难舍之情，跃然脸上。他想着嬴氏的天下，在这顷刻间就要易主了，其酸楚之情，溢于言表，红肿的双目涌出泪水，直线而下，宛如断线的珍珠。

刘邦一行来到，子婴连忙双膝跪下，叩首说道："婴忝为秦王，在位无德，闻将军车驾西征，情愿拜降，以安万民。"说着献上降书，刘邦左右接过，递给刘邦。

刘邦从头至尾把降书看了一遍，脸上春风荡漾，问道："你既归降，有何进献？"

子婴回答说："有秦国的传国玉玺，三十六郡地图。"说着，献上玉玺。萧何接过玉玺，转交刘邦。刘邦双手捧着玉玺，如获至宝，翻来转去的观看，爱不释手。

只见玺方约四寸，形同覆斗，印纽如龟，腹下有穿孔。周刻小篆"受命于天，既寿永昌"八字。正面刻大篆"大秦皇帝御宝"。

刘邦把玩一阵，问道："这玉玺，是不是当年始皇帝叫李斯用和氏璧磨制而成的？"

萧何回答说："正是。"

刘邦听后，哈哈大笑起来："玉玺就是天下，天下就是玉玺。如今玉玺在我刘邦手中，我今天终于有天下了！"

刘邦将玉玺递给萧何，萧何接过玉玺，将其举到空中，对着苍天大喊，宛似向世界宣布:"天下人听着,秦国三世皇帝,已将传国玉玺献给沛公刘邦!"

子婴接着又献上三十六郡的地图,郦食其接过来,也举到空中,高声言道:"天下人听着,秦国三世皇帝,已将三十六郡地图献给沛公刘邦!"

刘邦见宣布完毕,对子婴说道:"尔等既然归降了,吾将奏明楚怀王,不害你性命,你放心带领左右回城去吧!"

子婴叩头谢恩,正准备带领左右离去时,樊哙手执长戟,气呼呼冲上,拦住子婴:"慢!沛公,秦王苦虐百姓,何不杀之,以绝后患!"

萧何连忙上前阻止,说:"樊将军,不可!怀王遣沛公伐秦,就是看中了沛公的宽宏大度。他一路之上行仁义之师,到一城,归降一城,受到沿途百姓拥护,不然,兵抵咸阳何能如此神速?今天不杀子婴,更加体现沛公的宽广胸怀,将军千万不可鲁莽!"

樊哙压下火气,对萧何说:"大哥有所不知,我樊哙和秦氏朝廷有不共戴天之仇!"

萧何诧异,问:"樊将军,你有什么仇?"

樊哙显得十分激动,回答说:"我爷爷樊于期,本是秦国的大臣,因主持正义,被秦始皇逼逃燕国。其家小数百余口,斩杀于街市。当时我年仅三个月,幸被一位老仆人带着逃出京都,才幸免于难。长大成人后,不敢吐露真情,只能卖狗肉为生。你说,我的仇,我的恨,能消吗?不杀他,我怎么咽得下这口气?"

萧何听后,深感同情,但为了大局,还是对樊哙开导说道:"樊将军,始皇帝制造的人间悲剧成千上万,你樊家的遭遇,只是其中一例。要杀,就是杀一千次,一万次,也不解恨。三世皇帝子婴,仅此一人,怎么还得清这许多的血债?"

樊哙似乎并不领情,脸一扭说道:"我不管,只要我报了仇,泄了恨就行了,我就不管别人啦!"

萧何并不生气,依旧晓之以理动之以情,说道:"沛公大行仁义,美名远扬,威震天下。而统一天下的路还很长,很远,还须用仁义之旗帜,感召黎民百姓。所以,为了沛公的大业,劝将军冷静对待。再说,子婴即位才四十六天,没干什么坏事,怎能代人受过?更何况他诛赵高,已有改革图新的表现,你给他一个将功折罪的机会吧。"

樊哙似乎是铁了心,耍着性子,说道:"大哥,你说的道理,我也懂,只是心里的疙瘩怎么也解不开,今天,我非杀子婴不可!"说罢,举戟朝子婴刺去。子婴惊恐万状,连忙躲闪,然后跑至萧何的背后,身体像筛糠似的不停颤抖。子婴的随从也害怕殃及池鱼,四处躲藏。

看到如此情况,萧何厉声道:"樊将军,你不要为了报一己之仇,泄一己之恨,而毁了沛公的大业!"

樊哙也不管不顾,说道:"萧何,你闪开!让我杀了这个孽种!"

"够了!"刘邦在一旁看着,已经忍无可忍,大声呵斥说,"樊哙!你这烈性何时能改？萧何的话，深明大义，字字千金。你不要胡来！不然，因小失大，有负苍天和百姓。完不成统一天下的责任，你担当得起吗？"

樊哙看到刘邦也发脾气了，才勉强停下来！垂头丧气地站在一旁。随后，刘邦命令将子婴看管起来。于是，侍卫把子婴及大臣带走了。

4

刘邦大军浩浩荡荡开进咸阳城。他吩咐萧何等人，入城之后要安抚百姓，使义军和本地百姓和睦相处。

众人听后，都纷纷点头。

刘邦率领文武大臣，来到了秦宫。只见这里的宫殿规模宏大，有三十六宫、二十四院，兰台椒房，琼楼玉宇，金碧辉煌，光彩夺目。

刘邦不觉感慨万千，说："我刘季曾经来到咸阳，就是没有进过秦宫。今天，终于能够大摇大摆地跨进皇宫的大门了！"于是，边说边走进富丽堂皇的金銮大殿，坐上宝座，环视左右，洋洋得意。

文武大臣们，颇为见机，异口同声恭维道："大王洪福齐天！"

刘邦在宝座上左摇右晃，自我陶醉，说："我是皇帝了。诸位，你们看我像不像个皇帝？"

众人一致附和道："像，像极了！"

刘邦听了，心里甜蜜蜜的，不禁开怀大笑起来。

这时候，萧何在一旁看着刘邦一副得意忘形的样子，连忙上前，附耳提醒道："沛公，你当皇帝还不到时候，切不可急于求成，须知'欲速则不达'啊！"

刘邦心中十分不悦，开口说："怀王不是早说了'先入关者为王'吗？如今我已入关，我就是关中王了！"

萧何又说："但是，你的对手项羽可不是个等闲之辈，还是谨慎一些为好。"

刘邦虽然有些不耐烦，但是心中确实有些惧惮项羽，便摆摆手，让众人都下去休息。自己被萧何泼了一盆冷水，好心情全跑了，就很不高兴地走下宝座。

秦宫之中，到处是珠宝，琳琅满目，熠熠闪光。文武官员们见了，喜出望外，哪里还肯休息？不管什么东西，见了就拿，有人没有拿到，就哄抢起来。

萧何却与众不同，一点也不在乎这些珠宝翠玉，却对一些简陋的竹简颇感兴趣。他抱着一捆竹简走了出来，途中遇见樊哙，看到樊哙捧着一个玉雕大象，笑嘻嘻迎面而来，便问道："樊将军，你怎么也跟着拿宫里的宝物？"

樊哙一张笑脸，回答说："大家都这么拿，我再不动手就拿不着啦。"

"这是国家的东西，怎么可以据为己有呢？"

樊哙听了，不以为然，指着萧何手中的竹简，讥笑地："大哥，你不也在拿吗？"

萧何亮出竹简，说："你看这是什么？你若喜欢你就拿去。"

樊哙一看，揶揄地说："一些破竹片，有什么用？"

萧何说："别看这是些破竹片，以后可派大用场哩！"

樊哙摇摇头："我才不稀罕哩。"说着拔腿就走。

萧何连忙喊道："樊将军！"

樊哙停住脚步，问道："还有什么事？"

萧何劝说道："你还是将宝物归还原处吧。"

樊哙不禁脸一沉，说："人不能杀，东西也不能拿，那我们辛辛苦苦，提着脑袋打天下，是为了什么？"

萧何耐心地说："樊将军，打天下，是为了推翻暴秦，让老百姓过上好日子。你提着脑袋打进咸阳，捧了一个玉雕大象，脑袋换玉象，难道你的脑袋就这么不值钱吗？"

樊哙听这一说，觉得十分有理，顿时感到无地自容，于是捧着玉象，送回了原处。萧何望着，满意地点点头，笑了。

随后，萧何去找刘邦。此时，刘邦在几个官员陪同下，正饶有兴趣地欣赏宫内建筑，陶醉于雕梁画栋之间。

萧何迎面走过去，说："大王，臣有一事启奏。"

刘邦看到萧何过来，并且称呼自己为王，不禁摆起架子，问："何事？"

萧何回答说："我军进驻秦都之后，不少将领进入皇宫，打开府库，哄抢金银珠宝，绫罗绸缎。更有甚者，奸污宫女和民妇，此事关系着我军的声誉，恐民心有失，其后果不堪设想，你不可坐视不管呀！"

刘邦十分生气，命令说："绝对不许胡作非为！你马上通令全军，违者斩不赦！"

萧何领命而去。刘邦觉得文武大臣跟在身后，自己颇有些不自在，行动也有所不便，就吩咐道："各位大人，你们回营休息去吧，让我独自消遣一下。"

文武大臣只好识趣地纷纷告辞退下。

5

刘邦一个人在宫中闲逛起来。走着走着，见一个秦宫旧吏走过来，刘邦就问他："皇帝的后宫在什么地方？"

旧吏立即殷勤地回答："就在皇宫的后边，要不要小臣带大王去？"

刘邦摆着架子说道："这还用问吗？走，带我去看看！"

旧吏领着刘邦穿过几道回廊，东一转西一拐，走进一座华丽的便殿。殿外的长廊四通八达，迂回环绕，直通幽深之处。殿内镶嵌着一幅幅精致的画屏，画屏上画着青山绿水，花鸟虫鱼；牧童在牛背上吹笛，老者在江边垂钓。情态各异，栩栩如生，宛如仙境一般。刘邦边走边看，不时用手去摸摸，还用鼻子去嗅一嗅那画屏的气味。

便殿四周，是一间间的寝宫，宫内面积宽阔，陈设着各式奇奇怪怪的花木盆景、奇雕异刻。寝宫的门楣上，挂着"吴国娇娃"、"赵国脂粉"之类的匾额。每间寝宫内都有精雕细刻的卧榻，用花花绿绿的帷帐罩盖着。

刘邦走进一间寝宫，看见一张雕龙刻凤的龙床，连忙问道："这床是谁睡的？"

旧吏回答说："以前是始皇帝睡的，以后，二世皇帝、三世皇帝也睡过。"

刘邦哈哈大笑，说："今天轮到我来睡了！"说完鞋也不脱，跳上龙床，和衣而睡，还不时翻身打滚。

刘邦对这后宫的一草一木，一柱一栏，都感到新奇，目不暇接，有点眼花缭乱……他觉得自己置身于云雾之中，要飘飘欲仙了。

忽然，一群宫女翩然而至，前来迎接刘邦的光临。这些美女，有的是蛾眉半蹙，有的是酥胸坦露，有的是粉脸生娇，有的是云鬟弹翠，或纤细，或丰腴，尽皆白白净净，腰细臀肥。

她们口称"大王"，献尽娇羞媚态。刘邦一见，顿时兴奋异常，恨不得将这班美女一齐揽入怀中。他最后看中两个，便搂着一个问道："你叫什么名字？"

这个女子便娇声回答："奴叫齐姜。"

刘邦又拉过另一个，用嘴在她脸颊上吻了一下，问道："你叫什么名字？"

女子回答说："奴叫吴姬。"

刘邦高兴地连连叫好，说："好，好。今晚就你们两人陪本王睡觉好吗？"两个女子害羞地点点头，刘邦便一把将两人揽进怀中。

晚上，吴姬叫人端来热水，亲自为刘邦洗脚。刘邦闭上眼睛，让吴姬按摩，舒舒服服地享受着九五之尊的待遇。良久之后，刘邦心痒难耐，连连叫道："舒服，真舒服！"吴姬更加殷勤起来，按得更加起劲。

片刻之后，刘邦关切地说："吴姬，累了吧？你来陪我，让侍女给我洗吧！"

于是，吴姬顺从地偎依到刘邦的身边，两个侍女代替吴姬为刘邦洗脚。过了一会儿，刘邦竟大叫起来："我乐死了，乐死了！"竟一脚将脚盆踢开，翻身压到吴姬身上。侍女看到这种情况，便识趣地迅速捡起脚盆，悄悄离去。

第二天，日上三竿，刘邦打着哈欠，慢慢从被窝里钻出来，刚下床走两步，忽又返身钻入被窝，将齐姜狂吻起来。

齐姜双手勾着刘邦的脖子，嗲声嗲气地说："大王，奴伺候得怎么样呀？"

刘邦连忙回答说："好，你让我飘飘欲仙了！"

齐姜柔声说道："今晚上你还要来呀，不来，奴可不依你！"

刘邦笑着满口答应。

一连三晚，刘邦都缱绻缠绵于秦皇后宫之中。三千佳丽，犹如一大片草场，刘邦就像一头老牛，看见这些新鲜嫩美的青草，都想吃下肚去。而这些美女见了刘邦这头壮实的老牛，都巴不得让他吃上一口。所以，刘邦和佳丽如鱼得水，混得天昏地暗，不知今夕是何年。

刘邦这个地痞出身的王侯，骨子里还是甩不掉那些不良的嗜好，这次进入秦宫，看到后宫佳丽云集，美女如花似玉，心中已是平原跑马，一放难收。刘邦这般如同跑马，潇洒奔驰的时候，也就是危险慢慢向他逼近的时候……

第二十三章 专收竹简和图籍

1

　　大军入关,一时间,四下里皆是义军。咸阳城里繁华无比,在这种繁华面前,几乎所有人,都因为物欲的驱使而轰轰乱乱,争争抢抢……幸亏,萧何谏言刘邦,不准士兵胡作非为,并发出违令者斩的严令,终于,轰乱归于平静,一切又走向正轨。

　　萧何最关注的,就是咸阳城里面那些散落的竹简书籍。

　　一连几天下来,萧何都在忙于收集散落的古典文献。在丞相府中,萧何带着几个随从,一个房间一个房间地清查,将陈放在木架上的竹简、图籍取下来,整理成捆后,一捆一捆搬上独轮车,推出丞相府。

　　丞相府坐落在京都的一条巷内。战后,城巷昔日的热闹繁华已经一去不复返,此时冷清清的。只有一些义军士兵的身影,三三两两,懒懒散散,无精打采地偶尔走过。

　　萧何搜过丞相府之后,接着带领随从走进御史府,遍寻府内的每一个房间,连堆放什物的杂屋也不放过,把能找到的竹简、图籍集中起来,打好捆,搬上独轮车,推出御史府。

　　萧何把所有能找到的竹简,一车一车,拉回自己所居住的官邸。厅堂里、走廊上、卧室里,到处堆满了竹简和图籍。

　　萧夫人端着择净的蔬菜,穿过走廊时,不小心被竹简绊着脚,摔了一跤,蔬菜撒了一地,也撒在竹简、图籍之上。

　　萧何连忙上前扶起夫人,关切地问道:"夫人,没伤着吧?"

　　萧夫人语气有些埋怨:"老爷,你成天成晚地把这些竹片片,还有变了色的烂绢帛,捡破烂拟地往家里搬,堆得山一样,连走路都没有下脚的地方。这有什么用?不如让我拿去烧饭。"

　　萧何连忙说:"夫人,这万万使不得!别小看这些旧竹片、烂绢帛,这都是前人劳心费力积累起来的重要文献典籍,将来可要派大用场的啊!"

　　萧夫人疑惑道:"什么大用场?"

　　萧何回答说:"你不晓得,沛公打下天下后,就要靠这些图籍去治理天下。"

　　萧禄站在角落里,听老两口的争论,他也不了解竹简和图籍的价值,所以插嘴道:"爹,你别说得这么神乎其神,我看这些东西真没什么用,还不如让娘拿到灶里当柴烧了。"

　　萧何不觉生气,厉声训斥说:"胡说!这些竹简和图籍,记载着山川地形、关隘要塞、郡县设置、典章制度、户籍图册、人口分布等等，无论是打仗，还是治理国家，都有极大的参考价值，明白吗？"

萧禄并不明白萧何的良苦用心，说道："爹，我看好多将军、大臣都从皇宫把金银珠宝、绸缎、珍玩往家里搬。只有你，尽去收拾这些破玩意！"

萧何反问道："禄儿，你觉得他们那样做应该吗？"

萧禄回答说："不管应该不应该，反正他们那样做了。"

萧何长吁一口气，语重心长地说："他们虽然那样做了，可沛公已下了禁令，'违者斩不赦'。他们那样做是犯法呀！禄儿啊！我们做任何事，都要把眼光看远一点，不能只顾目前，要多考虑国家、百姓，不能光顾自己。只有问心无愧，活在世上才有意思，有滋味！"

萧禄听了，觉得爹的话有道理，便不再争辩。

心里有阳光，雨天也是一种浪漫。心里下着雨，晴天也是一种遭罪。人生快乐不快乐看心情，心情好不好看心态，心态中不中看修炼。人生不如意事常八九，快乐的人不是没有痛苦，只是他们都修炼了一颗强大的心，因而不被痛苦所左右，拥有强大的内心，就不是生活左右你，而是你驾驭生活。萧何就是这种能驾驭生活的人。

夫人和儿子都被说通了，萧何就指挥着萧夫人、萧禄和红玉，对厅堂里满堆着的竹简和图籍，进行清点和整理。

萧禄抱着一捆竹简，看了半天，也看不出门道，只好问道："爹，琅琊郡的放哪里？"

蹲在地上清理竹简的萧何站起身，伸了伸腰，将地上成堆的竹简扫了一眼，指着屋角的一堆，说："放那里。"

萧夫人也抱起一大摞图籍，看了看，说："我这是颍川郡的，放哪里？"

萧何看也不看，指着一堆图籍说："放这里。"

红玉也跑过来询问说："我这一捆竹简是弘农郡的，放哪里？"萧何指着另一角落说："放那里吧。"

就这样，一家人在这里你来我往，忙忙碌碌，倒也是忙得特有兴致……

萧禄已经累得满头大汗，看着面前堆积如山的这些东西，不禁好奇地问："爹，这些竹简、图籍，要摆多少堆啊？"

萧何眉头一皱，回答说："按秦朝的郡县制，有三十六郡，就摆三十六堆嘛。郡是郡，县是县，郡打捆，县打包。"

萧禄点点头，不再言语，继续整理着。

萧何吩咐说："你们将清理好的竹简、图籍，一捆捆，一包包，用绳子捆好、包好，以便今后查找。"

众人点点头，继续仔细认真地归类整理。

一切整理完毕，已经接近子时了。萧何突然之间得到这么多的宝贵财富，不禁激动得难以入睡，便拿起简卷阅读起来。

油灯闪忽，萧何端坐案前，一边翻阅竹简，一边用笔记录。不知不觉，窗外已经鸡叫。萧夫人踅进书房说："老爷，鸡都叫三遍了，赶紧休息吧，这样下去，你的身体会累垮的。"

萧何理解夫人的好意，忙说："快了，快了，马上就睡。"

萧夫人摇摇头说："唉，真拿你没办法！"说罢，无可奈何地踽踽离去。

萧何起身偷窥，见萧夫人走了，便返回书房，将油灯拨了拨，又坐下来聚精会神地翻阅一片又一片竹简……

2

刘邦虽说有大富大贵之相，可是，毕竟是乡野出身，不懂得修身、齐家、治国、平天下的这一番大道理，所以就经不住眼前的诱惑，自以为进入咸阳就万事无忧了，每天就泡在秦后宫各个佳丽的怀抱之中。

刘邦的所作所为，均由门人审食其探听之后，告知了吕雉。吕雉虽然是大家闺秀，但也算天底下最爱吃醋的女人，当知道刘邦藏身乱花丛中，流连忘返时，不由得心焦如焚，彻夜难眠，甚至捶胸顿足。

吕雉气不过，几番蠢蠢欲动，想去后宫找刘邦吵闹。但思来想去，觉得自己还是不能出面。刘邦刚刚接受子婴的投降，正是四海扬名、旭日东升的时候，如果去吵去闹，有失体统，对刘邦不利。于是，便转而想了一个办法，叫审食其去请樊哙来商量对策。

不一会儿，樊哙来到，吕雉连忙看座，上茶。

樊哙坐定，询问吕雉找自己有什么事情，吕雉故意嘴一撇，鼻子一抽，眼泪双流地说："就是为着你姐夫啊。"

樊哙看到吕雉哭泣，十分疑惑，问道："姐夫怎么啦？"

吕雉哭着说："他去后宫已是三天没有出来，被那些狐狸精迷住了！"

樊哙竟然一反常态，轻声细语地说："姐，你听我说，姐夫不久就要当皇帝了，今后三宫六院，美女成群，这是非常正常的事。你要想开点。你若硬是看不惯，就干脆返回丰邑吧，眼不见心不烦！"

吕雉见樊哙这样说，有点出乎意料，于是想了一想，说："姐不是这个意思，我是担心他的身体，已经五十岁的人，如果身体垮了，怎么治天下啊？"

樊哙一下子明白过来，连忙说："还是姐想得远，我根本没有想到这一点。姐，你说怎么办吧？"

吕雉看到时机成熟，便止住哭声，说："你能不能去后宫劝一劝他？"

樊哙显得有些为难："这……我怎么好说啊？"

吕雉便附在樊哙耳边嘀咕一番。樊哙微笑着点点头，领悟了吕雉的意思，便告辞离去，直接来到秦王后宫寻找刘邦。

樊哙打听到刘邦这时正在吴姬寝宫，于是，便蹑手蹑脚，犹如做贼一般，来到寝宫门边，从回廊的窗棂向外望去，只见窗外朝阳已透过浓郁的绿荫照到墙上；再从门缝向里张望，只见四角垂地的罗帐内，刘邦和吴姬正双双拥颈而眠。刘邦轻轻的鼾声传到门外，充耳可闻。

樊哙欲进又止，几次反复，难于举步，许久之后，终于下定决心，头一低，冒冒失失闯了进去，说："沛公，姐夫，你到底是想当皇帝，还是只想做个财主佬儿？"

樊哙的话犹如一声炸雷，吴姬吓得赶忙拿被子把头蒙了个严严实实。刘邦也一惊而起，愣愣地没有开声，不知如何应付这个场面。

樊哙继续说道："姐夫，你怎么一入宫，就混在这些宫女之中，被她们勾住了魂，摄去了魄？你也不想一想，这些女人是祸水，秦始皇、秦二世就是被他们害的。难道你要走秦朝的老路？请你马上离开后宫，还军灞上去！"

刘邦这才从梦境中醒了过来。他很为恼怒，心想：我是元帅，你个樊哙是先锋，是我的部下，有什么资格如此对我？顿时，不由胸中的火气直往上冒，厉声说："樊哙，你是什么东西，敢来教训我？这几年，我刘邦餐风露宿，出生入死，辛苦饱尝，现在休息几天，享受享受，有什么不可？你休到这里撒野！你滚，你赶快给我滚开，不然，休怪我不客气！"

樊哙肚子里没有文墨，刚才说的那番话原是吕雉教的，说完了，自己又无法应变，编不出对付的话来，竟一时慌了手脚，只是用两只瞪得大大的眼睛盯着刘邦。听刘邦喊滚，也就真的慌慌忙忙，灰溜溜地退了出来。

3

萧何知道了这件事，心里不是滋味。

他不愿意看着刘邦如此堕落，如此沉迷女色，这样下去，十分危险！

这天晚上，萧何便去找刘邦。

刘邦正横躺在牙床上，双脚从床边垂下，伸在脚盆里，两名侍女在为他洗脚、按摩。侍女娴熟的按摩，使他全身放松，感到舒服，竟渐渐地睡着了，发出了轻微的鼾声。

萧何走进来，示意侍女悄悄离开，自己接替俩侍女为刘邦洗脚、按摩。洗完左脚洗右脚，按完左脚按右脚。刘邦半睡半醒，朦朦胧胧地说"左脚"，萧何连忙按摩左脚。刘邦说"右脚"，萧何马上又换到右脚。刘邦越说越快，萧何手忙脚乱地变左变右，最后适应不了，使刘邦感到情况有异，睁开眼，发现为自己洗脚的不是侍女，而是萧何，不禁一惊而起，赤脚站在地上："萧何，为何是你？"

"我叫侍女给你熬参汤去了，怕你不舒服，我便代劳了，嘿嘿……"萧何一边不紧不慢地说，一边将刘邦拉回床边，按着他坐下，把他的脚放到脚盆里，双手接着搓揉脚掌、脚背，之后停下手，问道："沛公，萧何的手艺如何？"

　　"你呀！"刘邦不好意思地一笑，说，"手艺是不错，但是，叫我怎么好意思呢？"

　　萧何随便地说道："兄弟之间嘛，有什么不好意思？只要舒服就行。"

　　刘邦微微笑着，夸赞说："想不到你对此也是行家，手法轻轻的，真舒服！"

　　这个时候，萧何见时机成熟，连忙切入正题："沛公，现在你的舒服，正是与别人的不舒服交换而来的！"

　　刘邦听后，差不多理解了萧何的意思，但还是问了一句："此话怎讲？"

　　萧何回答说："你想，秦氏天下两百来年，他们都是舒舒服服过来的，直到子婴把玉玺节符奉献给你，失去天下，从此就不舒服了。沛公，你的舒服，其实是建立在子婴的不舒服之上的。"

　　刘邦摆摆手，辩驳说："谁叫他的祖先无道，横征暴敛，严刑峻法，将天下老百姓置于水深火热之中，不把他拉下马，百姓们哪有生路啊？"

　　萧何顺着刘邦的话，严肃地说："是呀，他们当时也是劳心费力，励精图治，才赢得六国统一。但为什么会治国无道呢？就是只为他们秦氏贵族追求豪华奢侈的生活，贪图舒服所致啊！"他停顿一下，继续语重心长地说："沛公，你刚刚进入咸阳，脚跟尚未站稳，就恋居后宫，以此为乐。你想过没有？眼下，项羽在与你争雄，诸侯在四方割据，秦军余部还在苟延残喘，伺机反扑，国尚未立，帝尚未称，任重而道远啊！恕我直言，你若如此沉迷下去，恐怕秦亡于昨日，你就会亡于明日！三弟，何必贪图一时的欢娱，耽误自己的大事，落个千古骂名？古人云'良药苦口利于病，忠言逆耳利于行'。希望你听从樊哙的劝告，振作起来，继续征服各方势力，完成国家统一的大业！"

　　萧何一席话，使刘邦立刻头脑清醒、精神振奋起来，连忙跳下牙床，朝萧何拱手一揖，诚恳地说："感谢大哥及时指点！我差点误了自己的前程、国家的大事。走，我们马上还军灞上！"

　　萧何的一番话，终于使得刘邦从恶习之中走出。可以这么形容：怀拥佳人陷美梦，一语点醒梦中人！

4

　　第二天，刘邦与萧何、张良、曹参、樊哙、卢绾等文臣武将商议军中大事。

　　刘邦开口说："诸位，我已令三军还军灞上。东路伐秦大元帅项羽和各路诸侯军，正在日夜兼程朝秦都咸阳靠近，为了尽快安定社会，抚慰民心，请大家来献计献策，看看我们如今急需要做的是些什么事？我们如何迎接项羽和各路诸侯的到来？"

萧何首先说："沛公还军灞上，向天下表明，你没有野心称王称帝，足以使项羽放心，诸侯诚服。但真正要站稳脚跟，扩充实力，还得靠百姓拥戴支持，所以当前要务是安定民心。而义军初至，其所作所为尚未为百姓所了解，何谈'拥戴'二字？故一方面要严明军纪，对公私财产秋毫无犯；一方面还必须颁布一套典章律法，使他们有章可循。只有如此，社会才能安定。"

张良接着说道："何公所言有理，没有规矩，不成方圆。有了规矩，百姓才知道我们不是流寇，而是为他们办好事的正规军队。百姓心里踏实了，才能和我们站在一起。有了百姓的了解和支持，我们才能立于不败之地。"

刘邦点头称是，便对萧何说："大哥，说说你的具体想法吧。"

萧何胸有成竹地说："军纪方面，沛公已下了禁令，我不多说，这里只谈律法问题。按秦法规定，诽谤者满门抄斩，聚众私语者也要斩首，使百姓人人自危，生不如死，这就必然造成他们与朝廷离心离德。我们可不能这么做，而应将秦法约而改之，怀柔宽恤，使百姓悦服，遂与我们同心同德。这样天下就可得而治之。"

众人听后，纷纷表示赞同。萧何继续说："我已拟定三章约法，请沛公过目，如认为可行，即向诸县父老晓谕之。"说罢将三章约法递给刘邦。

刘邦从头至尾看了一遍，连连称赞。

于是，刘邦便召集本地的三老、豪杰和旧秦吏，一起开会。只见厅内亮堂宽敞，窗明几净，条案、坐榻排列整齐，大约可容一百余人。不多久，三老、豪杰和旧秦吏陆续走进大厅。萧何连忙招呼他们入座，并指挥侍女将茶水、瓜果之类的食物分送到他们面前的条案上。

萧何见人已基本到齐，便说："请大家安静一下，现在请西路伐秦大将军沛公刘邦给大家讲话！"

刘邦站起，欠欠身说："诸位三老，诸位豪杰，诸位秦朝的官吏！我刘邦奉怀王之命，率军入关。因一路得到当地官员和百姓的厚爱与支持，攻城略地，通关破隘，所向披靡，势如破竹，顺利抵达咸阳。根据怀王'先入关者为王'的约定，我当为关中之王。我之所以来此者，是为了废除秦之一切苛刑峻法，救百姓于水火，非有所侵凌，汝等无须恐惧。为保社会安定，百姓安居乐业，我现在宣布约法三章：杀人者死，伤人及盗者抵罪，余罪量情轻重处之。希望三老、豪杰和丞、中涓、舍人等，去各郡、县、乡、里广泛告谕百姓，遵照执行。"

众人听后，纷纷表示了自己对刘邦的拥戴，对三章约法的拥护。刘邦脸上露出了满意的微笑。

会议散去，各自返回，按照刘邦的指示，把约法三章传达给所有人。老百姓听到之后，纷纷赞扬刘邦真是一个开明的人！

5

灯苗摇曳，刘邦正在帐内翻阅竹简。

内侍进来报告说："报告沛公，鲰生求见。"

刘邦便开口说道："叫他进来。"

内侍应声，退了出去。一会儿，鲰生进来施礼道："鲰生见过沛公。"

鲰生来见，刘邦不知他有什么事，于是问道："鲰先生深夜到此，有何见教？"

鲰生回答说："沛公进入咸阳，军威赫赫，纪律严明，深受百姓爱戴。但有一事，鲰生不明，不知当问不当问？"

刘邦一听来了兴趣，放下竹简，盯着鲰生问："什么事？"

鲰生看到刘邦起了兴趣，于是慢悠悠地说："关中已在沛公掌握之中，但通关外的咽喉函谷关还未派人把守，难道就不怕有人从那里进来觊觎你的王位？"

刘邦恍然大悟，说："是呀！我初到咸阳，立足未稳，百废待兴，竟尚未顾及此事。先生问得好，我马上派人驻守函谷关。"

鲰生见刘邦已经明白自己的意思，便说："恕学生多事，告辞！"说罢离去。

鲰生走后，刘邦不禁自语道："差点误了大事！"

于是连忙找人把赵昌将军叫过来，吩咐他天亮之前带领人马前往函谷关驻守。

刘邦来到队伍前，赵昌报告说："末将赵昌报告，队伍准备出发，请沛公训示！"

刘邦说："好！各位弟兄，为保关中安定无虞，特命你们前去驻守函谷关。此乃关东门户，位置非常重要，没有我的允许，任何军队不得进入关中！好了，出发吧！"

赵昌大喊一声："出发！"队伍便齐刷刷地向官道挺进。

这件事情被萧何知道了，不禁大吃一惊：函谷关是守不得的！于是连忙赶到坪场，可是赵昌的部队已经走远，只见一路扬起的灰尘，萧何心里顿时感到一片茫然……

萧何直接来到张良的营中，此时张良正在看地形图，手还在写写画画。

萧何叫道："张先生！"

张良见萧何进来，放下手中的笔说："何公来了，快请坐。"

萧何也不顾及太多，一开口便带着责怪的语气向张良询问："你这位军师，把赵昌的部队派到哪里去了？"

张良莫名其妙，疑惑道："没有啊！赵昌不是周勃的部下吗？是不是周勃派给他什么任务？"

萧何一听张良这样说道，便知道自己错怪了他，转念一想，接着生气地说道："这个周勃也太不像话了，目无军纪，擅自指挥部队，连军师都不知道！"

这时候，周勃正好来到。不等周勃开口，张良连忙问道："周将军，你给赵昌派了什么任务？"

周勃突然被这么问了一句，自然也是云里雾里，不知所云，便反问道："你一个军师，赵昌去执行什么任务，我不问你，你反倒来问我，这是何道理？"

萧何听到周勃如此说，知道这件事也非周勃所为，便更加疑惑起来，就自言自语："这就怪了！一个下级军官带着队伍干什么去了，军师不知道，将军也不知道，这岂不成了奇闻？"

张良接着又问周勃："周将军，你难道真的不知道？"

周勃气急了，心想着，再多说也无用，于是将真相直说了出来："是沛公亲自派赵昌驻守函谷关去了。"

萧何、张良不禁大吃一惊，这竟然是刘邦的决定！

刘邦根本想不到，自己做出的这个决定，日后险些酿成大祸——不过，也为后人酿造了一段动魄惊心的传奇佳话！

第二十四章　项伯连夜访张良

1

　　话说赵昌率领队伍，刚刚到达函谷关，项羽的东路伐秦大军便已经兵临城下。

　　项羽大军来到关外，只见山谷间城墙巍峨，城门紧闭，城墙顶上"刘"字大旗高高飘扬。范增看到之后往城头一指，对项羽说："将军，你看！"

　　项羽抬头，见城墙顶上飘着"刘"字大旗，顿时气得脸色发紫，须眉倒竖，立刻拔剑在手，歇斯底里地叫道："刘邦这个宵小，气煞我也，给我打！"

　　范增连忙制止："将军，不可鲁莽行事！不妨先礼后兵，问明情况再打不迟。"

　　项羽是一个脾气暴躁之人，哪能咽得下这口气，说道："亚父，你看你看，刘邦这小子，得了咸阳就把老子拒于关外，我受得了这口气吗？"

　　范增回答说："常言道'忍得一时之气，免得百日之忧'。论武力，刘邦不是你的对手，你急什么？"说罢，转头对身后的英布命令道："英将军，向关上喊话！"

　　英布答应一声，便驱马向前，对城头喊道："守关的将士听着，伐秦东路大元帅项羽将军来了，赶快开门！"

　　赵昌站在城墙之上，看到大队人马来到城下，心中不觉惊恐。可是刘邦在临行之前千叮咛万嘱咐，一定要守住函谷关，任何人不得入内。于是就在城头回话道："沛公吩咐，没有他的命令，任何军队都不准进入！"

　　英布听后又说："项将军是沛公的兄弟，为何不能进入？赶快开门吧！"

　　赵昌依旧坚持自己的使命："沛公的命令，小将不敢违抗。"

　　项羽听到这样的话，不禁更加生气，大手一挥，一声大喊："给我打！"

　　英布得到命令，立即率部勇猛向前，以迅雷不及掩耳之势，三下五除二便将城门撞开。赵昌哪里挡得住英布大军的攻势，没几个回合，英布大军就把赵部杀得伏尸满地……项羽部队顺利进得函谷关。一入关口，项羽便登上城头，亲自把"项"字大旗插在城头之上，站在旗下得意地开怀大笑起来。

　　当项羽正在攻打函谷关的同时，萧何、张良、周勃等人正在刘邦营中讨论赵昌部队驻守函谷关的事情。萧何和张良把此事的利害对刘邦说了一通，刘邦才恍然大悟，不由得着急起来，周勃也连连自责，说自己当时就不应该同意刘邦对函谷关派兵……

　　就在几个人焦急万分的时候，探马进帐报告说："禀沛公，函谷关已被项羽攻破，赵将军及手下驻兵全部壮烈牺牲！"

刘邦一惊而起，陷入一阵恐惧之中。

萧何言道："果然不出所料！"刘邦更加感到问题的严重，于是求计于萧何等人。

张良望着萧何，问道："何公，你说呢？"

萧何思索一番，道："'人到矮檐下，怎敢不低头？'现在唯有放弃武力对峙，以保存实力。"

周勃有些担心，说："难道就让项羽打进来，我们束手待毙吗？"

萧何摇摇头说："不，采取曲线迂回的办法，求得项羽的谅解。"

周勃问道："难道说让沛公去向项羽认错？"

张良点点头说："事到如今，也只能这样了。"

于是萧何便对张良说："军师，那这就要看你的啦。"张良笑而不答，只微微点头表示同意。萧何回头对刘邦说："沛公，你先别急，军师会有办法的。"刘邦听后才稍微放下心来。

再说项羽。

就在进得函谷关不远处，项羽命令部队在此扎营。

然而，坐在函谷关营中的项羽想起过关受阻的事，依然余怒未消，便开口骂道："这个刘三，太不讲交情了，竟然卡住我的咽喉，不让入关。他想占住关中为王，做梦！"

英布站在一旁说："对这种人没有什么交情可讲，只可用刀枪教训！"钟离眛也应和说："对，只有打！"

就在此时，一个卫士闯进来，递上一封帛书，说："报！咸阳派人送来书信。"

这封信是萧何起草，以刘邦的口吻，解释函谷关之误会，并向项羽致以歉意。可是项羽接过书信看也不看，火冒三丈，骂道："小痞子刘邦竟然准备在关中称王，真是岂有此理！"说罢，将帛书揉作一团，丢到了帐篷的角落里……

范增便对项羽建议说："刚才二位将军言之有理，必须趁刘邦在关中立足未稳，羽翼未丰，把他彻底诛灭，以绝后患！"说着，范增顿了一下，好像想起来什么，接着说道："刘邦以前在山东的时候，贪图财物，爱好女色。听说如今进入关中之后，财物一点也不要，美女一个也不亲近，还与关中百姓约法三章，这说明这个人的志向很远大。而且，这几天我夜观天象，看他那营帐上空的云气，都是龙虎形状，五彩的颜色，这可是天子才有的云气，小看不得啊！……所以，现在乘胜攻打刘邦为上策，良机不可坐失，要不然会追悔莫及的！"

项伯有些担心，说："刘邦久经沙场，谋士云集，如今又居关中险要之地，易守难攻，贤侄还须谨慎为之。"

项羽心高气傲，不以为然，傲慢地说："叔父尽管放心。刘邦拥兵不过十万，我四倍于他，他若敢抵抗，不啻以卵击石，怕他何来？"

范增顺着项羽的话说："对，兵贵神速，一鼓作气攻取咸阳，打他个措手不及！"

项伯还想说什么，项羽将手一扬，果断地说："本帅主意已定，明天一早让所有兵卒喝酒吃肉，吃饱之后兵发咸阳！"

项伯听到这里，不好再说什么，只好沉默无语。

项伯的心里，想起了一个人！

2

做过好事，给过他人的恩惠，其受惠者是记得的。世界真的是一面镜子，它对每个人都有公允的回报：你对它笑，它就对你笑；你对它哭，它就对你哭，自古而然。

早年，项伯因为杀人逃到韩国，遇到韩国公子张良，张良便收留项伯，将其藏匿起来，危难中救了项伯一命。这样，二人便结为好友。后来，张良遭遇始皇追捕，就躲在项伯家中。

如今，张良正在刘邦营中。明日攻打刘邦，项伯不禁为张良的安全担忧。今天项羽发号施令的声音是那般响亮，深深刺激着项伯的耳朵，更深深刺激着项伯的心，项伯是讲义气之人，想到贤弟张良，他心中自然万分忧虑。

而且，也不仅仅是为张良，项伯也是替自己的项氏家族考虑！——项伯和项羽，血脉相连，自己是项羽的季父。在从某种意义上来说，这反秦事业就是他们项家的事业，当然也就是他项伯的事业！只是有件事，项伯心中颇有点不满：在这项家军中，项伯本来是一个有着闪闪光环的人。可是，如今自己的光环，却已经被那个所谓的亚父给彻底掩盖。正是由于这个亚父的鼓噪，项羽如今气壮如牛，如同箭在弦上，只等明天天亮就要去砍刘邦的狗头！但，凡事都有两种可能：刘邦虽然兵马只有十万，可是他身旁有好一批高人谋士，弄得不好，一着不慎，项氏家族将全盘输光。这种可能不是没有的。

于是项伯深深不安，急躁不已。他觉得已经是大难临头，项氏的反秦大业似乎马上就要玩完了。他项伯不能眼见项氏家族的伟业毁于一旦，他要采取行动！

一个人影始终在他的脑海闪现，那就是张良。张良此刻就在刘邦营中，他和张良的私交，是完全过得硬的。那是铁，那是金！如今，想要挽救项羽的霸业，唯一能够走的路，就是去——夜访张良。

抱定这样的信念，项伯打马如飞，连夜赶到了张良的驻地，

3

张良一见项伯，心底里对他的来意，已经是了然于胸。但他佯作不知，连忙起身迎接道："项大哥，不知深夜来访，找我何事？"

项伯也不直接回答，而是说："子房兄弟，你赶紧离开刘邦跟我走吧，你在这里会有生命危险！"

张良显得有些惊讶："什么危险？"

项伯知道张良聪慧过人，难以隐瞒实情，只好和盘托出："实话告诉你吧，明天一早，我侄儿要攻打刘邦。刘邦那块豆腐能敌项羽这把钢刀吗？你留在这里不是送死吗？所以，你还是快快随我离开吧。"

张良却故意问道："此话当真？"

项伯回答说："你是我的恩人，我难道还骗你？"

张良无言，沉吟一会儿，直截了当说道："项大哥，子房深深感谢你！——但我不能跟你走！你想想，子房身为刘邦军师，如果为了保全自己的性命，而置主公于不顾，那就显得有些无情无义，人家以后会如何看我张某的为人呢？所以说，我是不可能离开。"

项伯听后，显得很有些无奈。

张良接着说道："项大哥，难道说你也同意项羽与刘邦开战？"

项伯脸上浮现出一种左右为难的神色。

良久，项伯说："内部起讧，互相残杀，总不是好事。我虽想劝阻，但我侄儿的脾气你是知道的，总是一意孤行，加上那个亚父的怂恿，就更加难于阻止了。如今，也别无他计。"

张良说道："这么说来，又有好多人头要落地哦！"

项伯继而说道："其实他们之间并没有什么积怨，而且还是拜把兄弟，只是这次刘邦不让他入关，他觉得没有面子，才决定要打的。"

张良一听，连忙抓住此话，趁机提出："如果刘邦登门道歉，给项将军挽回面子，他能收回成命吗？"

项伯略一思索，回答说："这倒是个办法……问题是，刘邦会愿意这么做吗？"

张良故意下套给项伯："如果刘邦肯这么做，你是否愿意从中斡旋？"

项伯便用肯定的语气回答道："这倒不难，因为面子挽回了，项羽还有什么理由要打？再说，我毕竟是他的叔父，有时他也还听我一二。"

张良心中十分高兴，连忙拉住项伯，说道："如此甚好！项大哥，现在就请你随我一同去见沛公。"

说罢，张良便拉着项伯来到了刘邦的营帐中。

刘邦正在灯下看地图。张良拉着项伯进来，刘邦赶忙起身迎接，拱手作揖，口里连连喊着"叔父……"接着纳头就拜，对项伯施以大礼。可见刘邦是个何等聪明、机警之人。

项伯见刘邦竟然对自己如此客气，颇为感动，一边扶起刘邦，一边说："沛公不必客气，快快请起，快快请起！"

刘邦扶着项伯,让他在自己的座墩上坐下来。

三人坐定,张良便把项伯所说的情况对刘邦说了一遍。刘邦大吃一惊:果然惹恼了项羽!

刘邦表现得十分谦恭,对项伯说:"叔父,我与贤侄是拜把兄弟,将军你当然就是我的叔父了。侄儿初出茅庐,若有不当之处,还望叔父多多赐教!"

项伯笑笑说:"沛公过谦了。"

刘邦经过一番客套之后,开始进入正题,按照今天下午张良为自己出的计策,诚恳地说:"这次我派兵驻守函谷关,是怕有其他军队入侵,并非存心把项王挡于关外。当初我想:这关如果没守好,弄得咸阳有失,那我怎么向项王交代呢?我的的确确别无他意。"

项伯点点头说:"原来如此!"

刘邦接着依然诚恳地说:"项王如果因此产生误会,还请叔父代侄儿解释清楚,以免引起兄弟不和。"他停了一下,进一步表明道:"我入关以后,已将府库予以封存,什么东西都不敢动用,就是想等项王来接收。项王既然来了,我怎么会将他拒之关外呢?"

张良也在一旁为刘邦解释:"将军,沛公对项王一贯忠贞不贰,我可以担保绝不会有反叛之心。"

项伯笑着说:"二位既然有此诚意,那我就为刘项两家的重新和好,来出点绵薄之力吧。"

刘邦、张良一听这话,顿时止不住喜笑颜开……

接着,刘邦为了更好地拉拢项伯,还提出来要把自己女儿嫁给项伯的儿子。张良立即拍掌称好!项伯立马就与刘邦相约,成了儿女亲家!

这样一来,刘邦的大事就好办得多了。

第二十五章　范增巧设鸿门宴

1

第二天清晨，太阳刚刚露出脸蛋儿。

项羽全身披挂，准备带兵攻打刘邦。

项伯匆匆进帐。见项羽已经准备停当，忙问："项王，你真要去打沛公？"

项羽语气坚定，回答说："不打怎么能出这口恶气？"

项伯平和地说："侄儿啊，你误会沛公了。"

项羽听了，十分疑惑："这是何意？"

项伯回答说："其实，沛公当初派人驻守函谷关，是为了防止其他军队入侵，并没有拒你之意。而且，他入关以后，封存府库，只等待你去接收，从这一点来看，就说明他对你毫无异心。此乃千真万确，张良可以担保！"

听到这里，项羽依旧心存疑惑，于是反问道："叔父，你可以担保吗？"

项伯坚定回答说："当然可以！侄儿啊，难道叔父还害你不成？当初你们联手抗秦，经过了多少险风恶浪，如今终于占领咸阳，推翻了子婴，马上就要一统天下了。这期间的过程不容易啊！此时，倘若你们两虎相斗，其后果是必有一伤，待那秦军余孽趁机反扑过来，你们功败垂成，那时就后悔莫及啊！"

项羽觉得叔父的话不无道理。但是，他又不敢轻易相信刘邦这个人，于是就说："听说刘邦这个人很有些虚伪，为人不诚，不可轻信。"

项伯看到还不能打消项羽的疑虑，只好把刘邦的意思直接告知项羽："项王，刘邦已经派人来了，说是准备今天过来向你道歉。如果来了，说明他有诚意；如果不来，再作计较不迟，你看怎样？"

项羽不禁一怔，思索良久，终于下定决心，说道："好！那我就依叔父之言，我倒要看看，他刘邦能不能有这个诚意？"说罢，就把铠甲脱了下来。

就在这个时候，范增进帐，看到项羽脱下铠甲，不禁疑惑起来："项王，你这是……"

项羽取下头盔，对范增说："亚父，不打了。"

范增十分不解，询问道："这是为何？"

项羽便洋洋得意地回答说："刘邦等一下会过来向我道歉。"

"道歉？他一个道歉能值几何？"范增十分不以为然地说道，"这只是他的缓兵之计！你要知道，刘邦是你最大的威胁，此时不打，更待何时？"

项羽得到刘邦要来道歉的消息，心里边很舒坦，很高兴，正处在一种极度的得意忘形之中，对于范增的话就不以为然："什么威胁？我要打他随时可以打，而且一打必胜，就像掐死一只蚊子一样。"

范增看项羽一副得意神态，心中十分焦虑地说："哎呀，我的项王呀！你现在打他就像掐死一只蚊子，可将来要打他，就比打死一只老虎还难呀！"

项羽哈哈大笑起来："亚父不要耸人听闻，不管什么时候，我项羽打刘邦，可以不费吹灰之力！"

这时，项伯便在一旁插嘴说："项王，刘邦等下就要来了，还是准备一下吧。"

项羽恍然大悟，马上说道："他刘邦既然甘愿登门道歉，我项羽也要以礼相待，方显出我的宽宏大度。叔父，那我们就在鸿门设宴，迎接刘邦。"

项伯点点头，退身走出帐外，准备酒宴去了。

2

项伯走后，范增依然在项羽的身边走来走去，忧心忡忡地劝诫项羽说："项王，请千万不要轻视刘邦，对你构成最大威胁的就是他。不将他除掉，你就永无安宁之日。好吧，你今天执意放弃武力，不带着人马打进城去，也成！这样更好，对我们来说，更方便——我们今天就在酒宴上杀掉他。这是大好良机啊。如果这个机会失去的话，那以后就是遗患无穷！"

项羽没有吱声。半晌，便淡然回答说："让我想想吧……"

范增看到项羽不作决定，继续唠叨说："项王，一定要当机立断，当机立断啊！我看这样安排，我现在去布置刀斧手，酒至半酣，我看你眼色，以摔杯为号——你摔杯，我动手。不置他于死地，决不罢休！"

说罢，范增匆匆出帐去了。

项羽一个人留在营帐，前思后想，觉得杀刘邦还是不妥；可是又觉得亚父的话也有道理。他处在矛盾之中，不知如何处理。

常言道：伤害别人，就是毁灭自己。纵是占尽优势，也不可为所欲为。人生贵在善良，做善良的自己，赠人玫瑰手有余香。每个人都会遇到这种人生选择，现在就看项羽如何选择啊！

在酒席宴上安排刀斧手，这件事已被项伯所知。项伯见事态严重，便暗中派人到刘邦营中，把这件事告诉了张良。

张良找到刘邦，告知此事。刘邦大吃一惊，心中油然涌上来一阵恐惧。其他人听后，纷纷建议，劝刘邦最好不要前去赴宴。但张良认为还是去为好。如果不去赴宴，惹恼了项羽，打将起来，刘难敌项，那就真的只有死路一条；前去赴宴，或许还有一线生机。

萧何在一旁思索着，觉得张良说得十分在理，所以也建议刘邦前去赴宴，并建议带上几个得力的护卫助手。

樊哙一听，便挺身而出，表示要和刘邦一同前往。

萧何对着樊哙满意地点点头，接着吩咐周勃、曹参等人，要他们带一部分人马，在离鸿门不远处的灞上路口等候。到了万不得已，那就只能与项军开战了。

刘邦见张良和萧何都主张赴宴，不得已，只好答应前往。

3

高峰披彩，流水欢歌，旭日金光万道，晨霞随风飘散。

辰牌时分，刘邦、张良、樊哙及随从人员策马来到了鸿门。韩信手执大戟，站在门口。项羽、项伯、范增等在门口迎接。刘邦等人下马，项羽迎了上去，双手抱拳，以"大哥"相称。刘邦也赶快抱拳，口中连称"贤弟"。

只见二人连说带笑，手拉手往门里走去。众人紧跟其后，进入宴席会大厅。

而樊哙作为下属，没有资格进去，只好在门外候着。

宴会厅内，条案横陈，宾主面前都摆着酒菜。项羽、范增、项伯及刘邦、张良等人分别坐定。项羽和项伯面东而坐，范增向南而坐，刘邦就坐在范增的对面，张良则坐在项羽对面。

坐定之后，刘邦便向项羽谢罪，说："当初，我和将军奉怀王之命，分东西两路攻打暴秦，将军你在黄河以北作战，我在黄河以南攻城，但是，没想到我能先将军一步进入关中。现在，苍天有眼，让我有幸能在这里又见到将军你。但是听说，前些日子，有小人在背后捣乱，污蔑我刘季想在关中称王。这完全是子虚乌有的事，都是因为小人的谗言才使我和将军之间发生误会。我进入关中之后，首先就把所有的什物都封存好，就是为了等待将军的到来。并且，我还特地让赵昌在函谷关驻守，以免有其他乱军闯进。如今，将军你已经光临，所以我已令三军还军灞上。刘季如此行事，就是等着把关中送给将军你啊！"

刘邦的一番话，说得项羽心里美滋滋的。

可是坐在一旁的范增，心里却一直在发着冷笑，总觉得这是刘邦的缓兵之计，刘邦说这些好听的话，只是为了让项羽放下戒备之心。然而，范增虽然另有打算，但在酒席宴上，也只能默不作声，他在静静等待……

刘邦信誓旦旦的一番话，使得项羽疑窦顿消，带着微笑说道："哪里哪里，愚弟才疏学浅，这关中之王，还不一定做得好呢！"

项羽用一种谦虚的口气，却说出来一句极为狂妄无理的话语。他生性傲慢自大，横蛮霸道啊！明明是怀王有言：先入关者，就是关中王。这就如同赌博，我已经红牌到手，他却活生生要把我的红牌抢去。太无理，真气人！但是，此时此刻，此种情势，刘邦根本不敢把心中道理拿出来争辩，他只能忍气吞声，脸上强做出谦恭的诚恳的憨憨的微笑。

项羽对于刘邦的这种表情，颇为高兴，颇为满意，自己心里的什么话都藏不住了，一股脑儿都溜了出来："其实，你刚刚讲的这个所谓的'谗言小人'，也不是旁人，就是沛公你的左司马曹无伤呀。如果不是他告诉我这件事情，我又怎么会生气呢？"

刘邦一听，心中一怔，不禁怒火暗烧："曹无伤……好一个曹无伤！"

范增在一旁，见项羽一直和刘邦把盏言欢，完全没有杀戮之意，心中焦急万分。于是，他频频举起手中的玉玦："玦"，决也。他是在提醒项羽，机不可失，你项羽要快下决心！你要快快摔杯啊！可项羽故作不知，未予理会，只顾着与刘邦互相敬酒碰杯。他的兴致好得很呢！

范增感到，这机会将要永远失去了，心急如焚。于是，决定自己来动手。如何动手？——只见范增站起身来，借故走出了营帐。在帐外的不远处，找到了项羽的堂弟项庄，把自己心中的急切想法告诉了项庄。

范增授给了项庄一个杀刘妙招：要项庄走进去，向项王和刘邦敬酒。敬酒之后，借给酒宴助兴为由请求舞剑，然后在舞剑的过程中，瞅个空子，杀掉刘邦！

项庄听后，连连点头，随着范增走进营帐之中。

看到范增带着项庄走进来，项羽皱了一下眉，他不知道这范增老头儿是什么意思。当着刘邦的面，他也不好多问，就当没有看见。范增为了打消刘邦的疑虑，抢先开口，说自己刚刚无意间在外面碰到项庄，项庄听说沛公在这里，很为仰慕，想来向沛公敬一杯酒。

没待项羽点头，只见项庄已经端起酒杯，双手举着来到刘邦面前，说道："项庄久闻沛公大名，特前来敬酒。"刘邦见项庄如此客气，便连忙站起身，双手接下这杯酒，一饮而尽。

项羽看到之后，开怀大笑，赞道："刘大哥好酒量！"

敬完酒，项庄便对项羽说："将军，今天沛公在此，军营里面又没有什么作为娱乐的东西，愚弟愿意舞一套剑法，给大家助助酒兴如何？"

项羽一听，十分高兴，立马拍掌叫好。

范增坐在一旁，看到一切顺利，心里油然高兴起来。他静候着血腥的一幕快快上演！

项庄拿起一柄宝剑，开始舞了起来。但见银光飞舞，寒刃飘飘，左舞右劈，招中有招……这项庄，边舞剑，边用眼睛的余光捕捉时机。他看到：此时此刻，刘邦正在和项羽交谈……项庄刷地一下，就把剑头指向了刘邦的背部。可是刚想刺去，那刘邦却转过身来，望着项庄之剑。说时迟，那时快，敏捷地将身子一偏，躲开了项庄之剑。

项庄只好继续佯装舞剑，再待时机。

就这样来来回回，项庄已经数次把剑锋指向了刘邦，杀机森森，危在眼前！

项伯坐在一旁，越看越觉得不对劲。最后终于想通：原来项庄舞剑，其实意在沛公！刘邦正身处危险之中！怎么办？已经不容思索，项伯只得拔出腰中之剑，起身离座，喊道："一人舞不如二人舞，我也来给大家助兴！"说着挥舞宝剑，与项庄对舞，时时以身体挡住项庄的剑锋，使他难以靠近刘邦。

酒席上的张良，早已看出项庄舞剑的真实意图。他内心颇急，便借故走到门外，正好看到樊哙。樊哙急切地上前问道："现在里边的情况怎么样？"

张良脸色有些苍白，低声说道："里面的情况不容乐观，现在那个项庄正在舞剑，说是助酒兴，他的真实意图却是想加害沛公。范增这个老贼真是狠毒！"

4

樊哙又急，又怒，心里骂道："想害我家沛公，除非我樊哙死了！"他就拿着剑，持着盾牌，也不待张良点头同意，朝着营帐大门冲了过去。

门口守卫的士卒看到樊哙闯门，便持戟交叉，拦住樊哙。可奈何不了樊哙的人高马大，那几个小小的守卫怎么拦得住？樊哙执着盾牌，如同一头蛮牛，把门卫撞开，闯进帷帐，面朝西方站定，一双眼睛直直地瞪着项羽，那眼角都几乎快要裂开了，头发甚至都要一根根地竖起来！

项羽等人被这突如其来的樊哙吓了一大跳，瞬间剑拔弩张。项羽问道："尔是何人？"

张良随即进来，在一旁连忙解释说："回禀将军，这是沛公的参乘樊哙。"

项羽接着问道："进来何事？"

樊哙嘴角露出一点幽默，回答说："肚子饿了，想讨口酒喝。"

项羽闻听此言，不觉有些好笑，便松弛了下来。接着吩咐左右，赐给樊哙一杯酒。樊哙拜谢，端着酒一饮而尽。项羽看到樊哙如此模样，也许确实是渴了饿了，于是又吩咐左右赏给樊哙一条猪前腿。樊哙拜谢过后，就在众目睽睽之下，把盾牌放在地上，又把猪腿放在上面，拔出剑来切着吃。

项羽见此情景，更加觉得好笑，心想，这个人竟然一点都不顾体面，很有趣！于是又问："壮士，可还能喝酒？"

樊哙高声回答道："我死都不怕，一杯酒难道还有什么可怕的？"

项羽笑笑，便又吩咐左右，再给樊哙一杯酒。

樊哙依旧一饮而尽……

樊哙虽然是有勇无谋之人，但是关键时候，也有他自己的独特套路，这就叫：猛人也会讲聪明话！只见他喝完酒，就站在这营帐之中，站在这些叱咤风云的大人物面前，直瞪瞪望着项羽，开口说道："项王，我樊哙是心直口快之人，有什么话就直接说了，不当之处，还请项王见谅。"

项羽微微一笑，示意樊哙但说无妨。

樊哙擦了擦嘴，继续说道："先前，秦王有虎狼一样野蛮残暴的心肠，杀人不眨眼，天下百姓受尽苦难，所以，后来很多人揭竿而起，立志推翻暴秦。怀王曾经和诸将约定，先入关者为王。现在，沛公先打败秦军进入关内。但是，沛公没有称王，他进入咸阳之后，一点东西都不敢动，封锁宫室，还命令三军退到灞上，为的就是等待项王你的到来。我们沛公，够义气，够哥儿们！可是，沛公如此这般，不但没有得到大王的赏赐，反而坐在这里，还要冒被杀的危险。这都是因为大王听信了小人的谗言，想杀有功之人，大王这种做法要不得！我樊哙快人快语，我要说大王不应该采取这种做法，这是有违天意！"

刘邦等人听到樊哙一番话，全都惊诧不已，想不到这莽夫的嘴里，竟然也能说出这样的话来，真是奇闻罕见，破了天荒！

项羽听了，没有恼怒，倒是觉得十分有理，没有说什么，而是招招手，请樊哙坐了下来。

一时之间，这酒席宴上，就没有人言语交谈，也没有了任何声响，大家都沉默下来，一股尴尬的气氛笼罩在宴席之中，让人觉得很不自在。

经过片刻的沉默，刘邦起身，说是要上厕所，便告辞退席，顺便把樊哙也叫了出去。

刘邦二人出去许久，不见回来，项羽便着急起来，吩咐都尉陈平出去把刘邦叫回来，继续喝酒。

厕所旁边，陈平向刘邦传达了项羽的意思。

刘邦边假装系裤带边说道："好的好的，我就来。"

陈平走了。

刘邦心中忐忑，便问樊哙："现在该如何是好？"

樊哙答道："此地不宜久留，沛公还是随我赶紧回去！"

刘邦有些迟疑："就这样不辞而别，似乎有失礼节吧？"

樊哙不以为然，把头一扭："嗨！做大事的人，何必拘于这些小节呢？现在，我们就好比鱼和肉，人家就好比菜刀和砧板，我们还去告什么辞！"

这时候，张良匆匆走来。他也是受项羽的指示，出来请刘邦赶紧回席。刘邦一见张良，心里立地有了主心骨，忙问："军师，你看咋办？"

张良也同意刘邦先行回去，因这里的情况危险之极。接着就问刘邦，身上可带了什么宝物没有？刘邦便把一对玉璧和一双玉斗拿了出来。张良接过，劝慰刘邦不必担心，项羽这边自己来搞定，要刘邦只管快快离去。

刘邦这才下定决心，迅疾返回。

归去之时，刘邦不敢再走大路，而是带着樊哙等几个人，从骊山脚下，取道芷阳，从小路奔向灞上军营。

张良就站在这里，久久没有回复项羽。他在拖延时间，估摸着刘邦已经走得很远之后，才返身进入厅中。

进去之后，张良向项羽道歉说："启禀将军，沛公不胜酒力，已经先回灞上，未能当面告辞，还请原谅。沛公走之前，特意吩咐子房，奉上白璧一双献给大王，玉斗一双献给亚父。"

项羽听说刘邦早已回到灞上，便收下玉璧，也不再追问什么。而亚父看到项羽失去了最后的机会，心中十分懊恼，接过玉斗，拔出剑来，一剑砍碎，对着项羽气愤地说："将军，不值得范增与你共谋大事！到时候夺项王天下的人，一定是刘邦，那时候我们都会成为他的阶下囚，砧上肉！"

第二十六章　项军毁焚咸阳城

1

自刘邦赴宴之后，曹参、卢绾、周勃等人都十分担心，率众兄弟在灞上路口，心急火燎地等待。他们不住地朝着鸿门方向眺望，可是始终不见有什么人影，弄得人人愁容满面，焦急万分。

曹参不安地说道："弟兄们，大王去了这么久还不见回来，只怕凶多吉少！"

卢绾也忧心忡忡："昨天我就说，项羽的军师范增是个老狐狸，从来不安好心，时时刻刻都想杀大王。鸿门的酒宴肯定杀机四伏，原来就去不得的。自古以来，会无好会，宴无好宴！而张子房先生硬说有他保驾，不碍事。现在好啦，人去了四五个时辰，还不见回来，这不碍事了吗？"

周勃一听，急得流下泪来："我的命是三哥冒死捡回来的，要是他有个三长两短，我周勃也不想活了，再等片刻，若不见三哥，我就去把他抢回来！"说着便举起手中的兵器喊道："弟兄们，我们杀到鸿门去，救大王回营！"

顿时，众兵将都激动起来，像潮水般向前涌去，准备随周勃一起杀往鸿门。就在这时，萧何突然奔来，张开双手挡在队伍前面，说："弟兄们，请站住！什么事都需要有耐心，俗说话'小不忍则乱大谋'啊！"

周勃叫道："大哥，我们不能没有大王呀！项羽有什么可怕的，我们和他拼了！"

卢绾也应和着："对！项羽是人，我们也是人，他又没有三头六臂，又不是神仙，怕他何来？"

萧何耐心地劝说道："你们听我说，我们不是怕他，而是要讲究策略。军师临行时交代切不可轻举妄动，千万要等到日落的时候，再作定夺。现在还未到申时，大家不要着急。相信军师，他会保证大王的安全，不会出事的，你们都放心等着吧！"

正在大家僵持不下的时候，远远看见两匹快马，从鸿门方向奔驰而来。不一会，渐渐看清马背上的人正是刘邦和樊哙。曹参一指，开心地笑了："大家看，那不是大王回来了吗？"说话之间，刘邦和樊哙已经来到众人面前。萧何、曹参等将士看到刘邦安全归来，立刻沸腾了，纷纷欢呼雀跃着："大王回来了！大王回来了！"

众人兴奋地前呼后拥将刘邦接进军营，扶他坐下，递水的递水，捶背的捶背，亲热异常。刘邦坐下，喝了一口水，抹了抹嘴巴，这才惊魂甫定地叹息一声："好险啊！"曹参好奇地问道："大王，怎么个险法？"

刘邦仰头将杯中水喝尽，笑了笑说："我们去的人，只有七人六骑，我和子房、薛欧、陈沛、夏侯婴、靳歙六人骑马，樊哙扮马童随行。范增老贼派英布率五千人马，离营五里迎接，声势浩大，企图吓翻我们。大家都是打仗过来的人，岂容他吓翻！我们一人顶一千人，不就有了七千人吗？比他还多两千呢！所以，他那五千人本王根本没放在眼里，他迎接他的，我走我的！"

樊哙骄傲地说："我亲眼所见，沛公就是有这个气魄！"卢绾立即应和说："我们是怀王封的西路大军，他项羽也不过是东路大军，大家平起平坐，有什么了不起！"

周勃不免洋洋得意："就是嘛！"

樊哙接着绘声绘色地叙述道："来到西营门外，往营内一看，我的乖乖！刀头对刀头，枪尖对枪尖，一排排，一队队，一眼望不到头的刀枪阵，真让人胆战心惊！"

刘邦接着说道："大营里面甲士环列，戈戟森严，金鼓雷鸣，透着一股杀气！"

樊哙似乎特别爱出风头，刘邦刚刚说完，他又抢着说起来："宴会厅只准大王和军师进去，其余者被挡在营门外，连我也进去不了，急得我恨不得一脚踹了他的营门！"

曹参听后说道："这岂不明明看出有诈吗？"

刘邦淡淡一笑："现在好了，我安全归来，一切都不再那么重要了。只是子房先生还留在项羽营中，不知道现在是什么一个情况？"说着，便陷入一阵忧虑之中。

卢绾担心地问道："军师留在项营，不会有危险吧？"

刘邦思索一下，以安慰他人又是安慰自己的口吻说道："凭他的一身本领，谅项羽也奈何他不得，加上有项伯在，大家尽可放心。"

萧何侧耳听樊哙说了曹无伤的事，于是便对刘邦说道："沛公，我看你平日对左司马并不薄，他为何要在项羽面前诬告你呢？"

"这是一条喂不亲的狗！"不提则已，刘邦一听说到曹无伤，立即怒火中烧，气愤地大声命令："传曹无伤！"

不一会，曹无伤惊恐地走进大帐。不等他开口，刘邦便厉声呵斥道："曹无伤，你可知罪？"

曹无伤见事已败露，内心惊恐，外表却强装镇静，说："末将不知！"

刘邦十分气恼，说道："你这个害群之马，告我三条罪状，致使项羽要发兵剿灭我，范增设鸿门宴，要置我于死地。幸亏项伯、子房从中斡旋，才幸免于难。不然，我们十万兄弟都会死在你的手上！你这个败类，不杀你，后患无穷，来呀，推出营门斩了！"

曹无伤根本来不及辩驳半句，便被樊哙提着衣领拖了出去。

片刻之后，樊哙回来，将曹无伤的人头掷于地上，说："报告沛公，曹无伤斩讫！"

刘邦余气未消，吼道："挂于辕门示众！"

于是，樊哙便又提着曹无伤的脑袋走出帐外。

樊哙刚出去不久，张良就笑呵呵回来了。

众人看到张良安全回营，连忙起身迎接。

刘邦询问道："军师，后来没遇着什么麻烦吧？"

张良略一迟疑，说："沛公，项羽给你出了一道难题！"

刘邦急忙紧张地问道："什么难题？"

张良回答说："他要秦三世子婴重新向他归降！"

萧何听了，不由十分惊讶："已经归降了一次，还要再来一次，于情于理都不合适啊！这不是瞎胡闹吗？"

张良解释说："为了免生事端，也为了救子婴性命，瞎胡闹就让他闹吧。如今是他强我弱，有什么办法呢？"

刘邦也只得点头低声说道："现在也只能这样了。"

于是吩咐手下把子婴带上来。

2

少顷，子婴进营，行礼落座后说："沛公有何吩咐？"

刘邦咽了咽口水，显得有些迟疑，良久才开口说话："子婴啊！当初楚王决定两路伐秦的时候，我为西路元帅，项羽为东路元帅。他和我们约定，先入关者为王。我先入关，你在我的马前归降了，理应我是关中之王吧？可现在项羽要背约，千方百计想把我吃掉。先是密谋要来袭击我的大营，没能如愿。继而又在鸿门设宴，想在宴前把我杀掉，也未得逞，如今又到你的身上做文章来了！"

子婴惶恐地连忙问道："他要拿我怎样？"

张良在一旁回答说："明天他要进城，叫你再到他的马前去履行归降仪式。"

子婴听后不禁瞪大眼睛望着刘邦说："沛公，天下哪有第二次归降的道理？"

张良气愤地说道："这就是项羽的横蛮之处！"

刘邦有些伤感地低声说道："我想的倒不是合理不合理的问题，而是你去归降，恐怕性命难保！"

萧何在一旁插嘴说："他的目的是一箭双雕，既全盘否定沛公，又消除他心头之患。"

子婴听后，十分惶恐地跪倒尘埃，哀求说："沛公救我！"

刘邦扶起子婴，无奈地说："我们自身都难保，何能救你？你赶紧带领全家逃命去吧！"

子婴哭丧着脸，泪水噙满了眼眶："沛公，我已经国破家亡，哪里还有我的安身之所？再说，鸟飞过去还有个影呢，我带领家人亡命，项羽能不尾随而至？我逃到哪里，他就会追杀到哪里，也把灾难带到了哪里。沛公，我不能这么做啊！"

刘邦见子婴临难还有爱民之心，很受感动，不禁也落下了眼泪，无可奈何地说："子婴，我实在是爱莫能助呀！"

子婴只好抹干眼泪，强作镇静地说道："沛公，各位将军，你们对我宽大为怀，现在又这么关心，子婴没齿不忘！项羽明天进城，我去归降就是，就此告辞！"说罢匆匆离去。

第二天，子婴素帛缠头，缟衣披身，绳索系臂，头顶降书，率秦文武百官，跪于轵道旁，等待项羽纳降。自古以来，没听说有两次归降的，老百姓听到这个消息之后，感到十分新鲜，都纷纷赶来看热闹，大路之上人山人海。

一会儿，猛听城东号角连声，只见层层甲士，手举黄灿灿的刀戟。项羽率众诸侯和八千子弟兵，杀气腾腾，浩浩荡荡纵骑而来。他来到子婴面前，用鞭指道："马前跪者何人？"

子婴低头回答："秦国三世皇帝子婴俯首归降。"说着，子婴身边左右将降书送到项羽手上。项羽从头至尾看了一遍，斥道："尔祖尔叔奴房六国之子孙，苦害天下之百姓，此债今天统统要由汝来偿还，汝有何话说？"

子婴断断续续答道："灭亡天下六国，是吾祖始皇所为，苦害天下百姓，是吾叔胡亥的罪孽，都不是我的过错。吾父扶苏也是奸臣害死的。我虽为秦国三世皇帝，登基仅有短短四十六天，作为亡国之君，现已无话可说。你若不杀我，也只是苟延性命，替祖先守护坟墓而已。你若杀我，我也不怨谁，算是我替先人谢罪于天下吧！项王，你若能网开一面，不杀我的文武百官和黎民百姓，我就感激不尽了！"

项羽一听大为气愤，呵斥道："胡说！你死到临头，能管我杀不杀人吗？英将军听令，把这一干人等统统杀了！"

范增迅速跑上来，大喊道："项王，杀不得！"项羽问道："为何杀不得？替天下死于秦王暴政的人报仇，有何不该？"说罢，也不顾范增的阻拦，继续命令英布把子婴等人杀掉。

英布得到命令，手起剑落，便将子婴人头斩杀于地。

看热闹的老百姓见了，大惊失色，一齐挥舞双手，跳起双脚，大声喊道："沛公有德，万代明君！项羽不仁，绝子灭孙！"项羽听到骂声，暴跳如雷，嚎叫道："英布，命令士兵给我把这些不识好歹的老百姓通通砍了！"

范增看到项羽将要酿成大错，赶紧阻拦说："项王啊，百姓无罪，杀不得呀！"

项羽吼道："他们在骂本王，这就是罪！英布，你大胆地给我杀！杀！杀！"

英布也不顾范增的阻拦，指挥士卒高举屠刀，砍向无辜的百姓。楚军一直从咸阳郊外杀向城内，顿时，尸横遍野，惨不忍睹。

咸阳城内，项羽手下士卒烧杀抢掠，奸淫妇女，无恶不作。不久之后，整个咸阳城浓烟滚滚，大火熊熊。城中的大男小女，老弱病残，一群群，一队队，从各个门洞里跑出来，潮水般涌到大街小巷。他们腋下挟着包裹，手里牵着儿女，踉踉跄跄，慌不择路，四散逃命。

楚军士兵举着"项"字大旗横冲直撞，骑着高头大马的军官，马鞍上挂着大包小包,马背上横卧着良家妇女,狂风般穿街而过。手举火把的楚卒,把一幢幢房屋点燃,顿时烈焰腾空,火光满天。雕梁画栋、气势雄伟的秦朝皇宫最终没有能逃出被焚烧的厄运,在大火中摇摇欲坠。宫内十二个铜人被烟火熏得黑不溜秋,好像披上了一件件黑绒大氅,一个个在火光中大眼圆睁,龇牙咧嘴。

项羽身跨乌骓马,在举着"项"字大纛的将士护卫下,来到正在燃烧的皇宫之前,哈哈大笑道:"痛快,痛快!暴秦也终有今日!"

范增慌忙上前劝阻道:"大王,如此纵容烧杀抢掠,会有失民心,请赶快制止!"韩信也在一旁劝谏道:"始皇有罪,与宫殿何干?现在,将军打败了秦王,皇宫当然就是你的了,何必把它们毁掉呢?这样做,会招致天下臣民不满啊!"

项羽横瞟韩信一眼,不屑地说:"谁叫你多嘴,这里不是你说话的地方!"韩信遭此斥责,心里满是委屈,但口里仍只得说:"是!"项羽看到韩信不再言语,便也不再与他计较,得意忘形地说:"秦皇是天下百姓的敌人,也是我们楚国的头号大敌。他被我打倒了,他的皇宫也一定要摧毁,要让后人不知道历史上曾经有过暴秦王朝!"

范增看到项羽如此情形,内心无可奈何地哀叹:"荒唐啊,荒唐之极!"

就这样,火海连着火海,浓烟卷着浓烟,整个咸阳城,看不见太阳,看不到星月,一片昏天黑地,血雨腥风。

一群百姓在几位老者的带领下,大声呼喊着"项王!"急急奔上。项羽闻声,驻马回头,只见百姓们匍匐在地,磕头如捣蒜。一个老人跪在地上乞求说:"项王,可怜可怜我们这些百姓吧!请你快叫兄弟们不要烧我们的房子,不要拿我们的粮食,我们还要活命呀!"另一个老人说道:"项王,沛公进入咸阳,爱护我们百姓,约法三章,秋毫无犯。你也和沛公一样,给我们一条活路吧!"

项羽不禁双眉倒竖,十分气恼,呵斥道:"什么沛公!沛公算什么?我是项王,项王!懂吗?"

老人家看到项羽如此不通情达理,说道:"项王,你为我们打垮了暴秦,不能成为另一个暴秦呀!"

项羽一听这些人竟然把自己和暴秦相提并论,怒火难遏,立即命令士兵把这些百姓统统杀掉。众士兵蜂拥而上,将跪地求饶的百姓瞬间剁成了肉泥!

项羽"哼"了一声,挥鞭跃马,扬长而去。

3

就在项羽放火杀人时,刘邦他们却在帮助人们救火逃命。

不少汉卒提水灭火,又急急地帮人躲藏。萧何则推着一辆小车,穿行于咸阳街头,沿路拾捡楚兵丢弃于地的竹简、图册。有的竹简已烧掉了简头,萧何奋力从火堆中抢出来,将火扑灭,痛惜地放入车中。咸阳街市空空荡荡,家家关门闭户,处处店门紧锁。偶尔在街上看见稀稀拉拉的几个人，多是楚军中的散兵游勇。

韩信骑着马，走走停停，漫无目的，像是逛街，又像是猎人寻找目标。走着走着，突然警觉地尖起耳朵，听到从街道深处传来撕心裂肺的呼救声。于是立即拔出楚王剑，顺着呼声，催马寻去。最后，来到一个小院落，跳下马，见里屋正有两个满脸络腮胡子的楚军士兵，按着一个姑娘，扒她身上的衣服，上衣已被撕开，胸部裸露着。姑娘拼命挣扎。一个老女人跪在旁边，一个劲地磕头，颤抖着声音说："我女儿还不满十六岁，不能呀，不能呀！"

韩信看见这幕丑剧，心中怒火万丈，抬起一脚踢翻一个士兵，用剑逼着另一个士兵的胸口，大声吼道："放手！不然我就宰了你们！"两个士兵见韩信是位将军，急忙跪地求饶："将军，我们是初犯，下次不敢了。请大人饶命！"韩信大吼一声："滚！"两个士兵慌忙拔腿而逃。

韩信转过身，安顿好两个女人，欲牵马离开，走到院门口，竟然发现萧何推着一辆独轮车也来到了这里。那车上堆满长短不一、烧掉了简头的竹简。韩信见萧何的衣着打扮及神态不同凡响，料定是刘邦属下的要员。他想，此人不去抢夺金银财宝，却沿路收捡楚军丢弃的竹简，真是好生奇怪。于是，从车上拿起几片竹简看了看，说："先生，这些珍贵的资料，将来可是大有用处啊！"

萧何见遇到了知音，便注意地盯了他一眼，笑着说："是啊！"

韩信从腰间抽出一片竹简说："先生，我这里也有一块，你看看，是否有用？"

萧何接过竹简，念道："饥熊下山，揭石见蚁，吞之入喉，竟得咳嗽而出，危乎哉！危乎哉！"念完便反复琢磨。

韩信解释道："此乃末将所刻。"

萧何盯着他，疑惑道："先生其意何指？"

韩信淡淡一笑："前日，项羽在鸿门设宴，刘邦赴会，末将有感而作！"

萧何恍然大悟，忙说："哦，其意是不是这样：一只饥饿的熊瞎子下山寻找食物，用前爪扒开石头，发现一窝蚂蚁，用舌头一舔，蚂蚁就被送到嘴里去了，往下吞时，蚂蚁却奋力向外爬，熊瞎子的嗓子痒得难受，就大咳一声，却把蚂蚁从嗓子眼里喷了出来，蚂蚁赶忙爬到石头缝里，这才死里逃生，真危险啊！真危险啊！你说的熊瞎子就是项羽，蚂蚁就是刘邦吧？"

韩信看到萧何竟然明白其中的意思，十分佩服，忙道："先生高见！"

萧何感到面前这个人是一位颇具正义感的文武全才，颇觉相见恨晚，便问道："敢问将军高姓大名？"

韩信回答说："末将姓韩名信。不知先生如何称呼？"萧何谦虚道："不才姓萧名何。"

就在这个时候，远处有人大喊："韩将军，韩将军，项王找你呢！"韩信赶紧答应一声，转身对萧何拱手道："萧先生，韩信失陪了！"说罢翻身上马，催马而去。

过了几天，项羽因为项伯前往彭城还没有回来，十分焦急，便召集众将商议。项羽焦躁地说道："叔父去彭城面见怀王，时近一月，为何还未返回？"

范增解释说："项老将军此去彭城，路途遥远，跋涉辛劳，怀王见怜，留他多住几日也是可能的。"

项羽不耐烦地说："现在是什么时候？他还有闲心多住？"

大家正在议论时，项伯风尘仆仆走进营帐。项羽见了，十分欢喜，连忙起身迎接。范增双手揖礼问道："项老将军，彭城之行结果如何？"

项伯面有难色，叹了一口气，许久才回答说："唉！我向怀王禀明，项羽功高盖世，威震天下，而刘邦力弱势孤，难以为王，愿意让王位给项羽，请怀王重新发诏，以孚众望。可是怀王说，'信者，人君大宝也。前约已定，若复更张，是失信于天下之行为。尔速回，原约不变。'"

项羽听后不禁大怒，高声说道："怀王乃吾家所立，他能做得了我的主吗？给他脸不要脸！好啊，他不重新颁诏，我就自立为王！"说罢气恼地拂袖而去。

项羽根本体会不到人心如路，越计较，越狭窄；越宽容越宽阔的道理。不与君子计较，他会加倍奉还；不与小人计较，他会拿你无招。宽容，貌似让人，实则为自己开拓道路。他不谙此道，以后要吃大亏。

这天晚上，天高云淡，星光闪烁，清风习习，万籁俱寂。项伯在营前散步，不时抬头看看天空，不时沉吟思索。这时，范增从背后散步过来，见项伯凝望天空，问道："贤公亦知天文？"项伯回头见是范增，笑笑说："原来是范老先生！对于天文不敢说知，只是某有一友人，乃韩国人，姓张名良字子房，曾对我说，为将之道，须知天文、地理。故某常常读一些有关的书籍，略知一二罢了，愿听先生指教！"范增笑着说道："贤公过谦了！老朽愿闻贤公对于眼前天象的看法。"

项伯便抱拳说道："那就恕我不揣冒昧了。军师你看，我鸿雁川寨楚营上空，虽杀气弥漫，却将星明亮；而观灞上天空，则帝星晦暗，将星朦胧。不知先生以为然否？"

范增摇摇头，指着天空说："从浮云看，贤公说的一点不差，但透过浮云，天象就大大的不同了！你看，灞上高空，云气成龙，帝星结彩，聚金璧之光，显真命之像。而我楚营，仅成武玄之势，这只不过表面上杀气腾腾，一时能制伏群雄罢了！"

项伯一听，觉得自己遇到了高人，刚才确实有些班门弄斧了，于是对范增佩服得连连称赞。范增微微一笑，不由陷入沉思之中，在夜风里站立片刻，便向项伯告辞，急步来到项羽的营中。

这时，项羽正斜坐案前，一杯接一杯地喝闷酒。范增轻轻走到项羽身旁。项羽自顾自地喝酒，根本没有发现他的到来。范增突然按住项羽端酒杯的手，项羽回头一看，尴尬道："亚父，怎么是你？"

范增坐下来关切地问："项王，什么事使你如此闷闷不乐呀？"

项羽很是忧郁地回答说:"进驻咸阳数月,暴秦被推翻了,子婴也杀了,众诸侯思乡心切,希望早点论功行赏,以便衣锦荣归。其他人也都好说,可是有一人不知如何奖赏。"

范增一下猜到了项羽的心思:"大王所说莫非是刘邦?"

项羽点点头:"是啊,按怀王'先入关者为王'的约定,刘邦先我入关,他为王本是顺理成章、合情合理的事。可这样,我就只能听他摆布了。如今怀王又不肯改诏,是以烦恼于心啊!"

范增不禁有几分埋怨地说道:"项王,老夫多次劝你除掉刘邦,可你总是不听。如果不是老将军走漏消息,那天夜里袭营成功,刘邦就被杀了。接着老臣设计的鸿门宴,本也可以除掉刘邦,可你心慈手软,最终没有下手。机会都一个个失去了呀!"

项羽听得十分不耐烦:"事情都过去了,就不必说了!"

范增辩驳道:"刘邦不除,总之是个心腹大患。老夫夜观天象,刘邦主天子之气。他要是当了皇帝,还有你项羽的什么地位?"

项羽虽然这个时候后悔不已,但也没什么办法,无奈地说道:"可是现在杀他也师出无名啊!"

范增捻着胡须略一思索,开口道:"明杀当然不妥,可我有一计,可以置他于死地!"

项羽急切地问:"亚父有何妙计?"

范增便赶紧凑到项羽耳边如此这般细说了一番。

第二十七章　忍气吞声当汉王

1

数日之后，各郡诸侯聚集在一起，等待接受项羽的分封。

项羽见众人已经到齐，便说道："众位大王，三年来，你们与本王协力合作，浴血奋战，终于以雷霆万钧之力，横扫中原大地，将暴秦送进了坟墓。你们的不朽功勋，本王将铭记在心。今天，根据功行记录，对各位进行封赏。"说罢，向身后的范增摆摆手。范增立即将分封本章递到项羽面前，项羽接过来，并看了刘邦一眼，然后照章宣布说："刘邦听封！"

刘邦没有想到自己竟然是受封的第一个，听到呼唤自己名字，呆呆地愣在原地，等到项羽再一次呼唤时，刘邦才如梦方醒，连忙回答："刘邦在。"

项羽接着说道："封你为汉王，建都南郑，管巴、蜀、汉中三郡四十一县。"说完，又悄悄看了刘邦一眼，嘴角微微地扬起，露出一丝诡异的微笑。刘邦听后，面露喜色。他想不到项羽竟然让自己管理这么大的地方，连忙感激地上前施礼道："谢主隆恩！"

接着，项羽又说道："如今寡人已自立为西楚霸王。当初章邯、董翳、司马欣三人投降于我的时候，我曾经许诺过，如果将来霸业有成，就和他们共享荣华富贵。所以，现在特封章邯为雍王，建都废丘，管咸阳以西三十八县；董翳为翟王，建都高奴，管上郡地三十县；司马欣为塞王，建都栎阳，管咸阳以东一十八县。"这三个人听封之后，心中无限激动，异口同声道："谢主隆恩！"项羽又将申阳、魏豹等一切有功人士，都论功行赏，分封诸侯。

分封仪式过后，刘邦春风满面，大摇大摆地回到军营，众谋士和武将见到刘邦回来，连忙出帐迎接。

陆贾看到刘邦脸上带着灿烂的笑容，不禁问道："沛公，今日何事这么高兴？"

刘邦得意地回答说："今天项羽分封诸侯，第一个封的就是我，管的地方比谁都宽，叫我怎么不高兴？"

随何接着问道："封你什么？"

刘邦下巴稍稍扬起，更加得意，说："封我汉王，让我去管巴、蜀、汉中三郡四十一县。"

郦食其在一旁听到，不禁好笑起来，对刘邦说："沛公，你还高兴哪？项羽这哪是封你为王，他这是把你当傻瓜，蒙你啊！"

刘邦疑惑道："怎么是蒙我啦？"

郦食其解释说："巴、蜀、汉中是什么地方，你还不知道吧？那是秦国的罪乡。秦国把犯了罪的人都发配到那里，到了那里就等于判了死刑。此地全是穷乡僻壤，土地贫瘠，连鸟都不下蛋的地方！"

刘邦一听，心中的得意与自信，立即像一道瀑布落入万丈深渊，又气又恼，一时间竟然说不出话来……

随何咬牙切齿说道："这必是范增老贼的奸计！"

郦食其点头说："范增心狠手辣，他还把秦国的三名降将章邯、董翳、司马欣封为雍王、翟王、塞王，从东、北、西三面扼控巴、蜀、汉中的出路，南面有崇山峻岭挡着，形成四面包围之势，让你老死巴蜀，永无出头之日！"

刘邦的脑袋瞬间耷拉下来了。其他武将听后，也气得一个个摩拳擦掌，军营前顿时就像炸开了锅。

樊哙跳出来大喊一声，厉声说道："楚怀王有约，谁先进关谁为关中王！项羽比我们晚三四个月才进关中，反把我们发配到不毛之地的罪乡，到那儿就别想回老家啦！这是哪门子道理？不行！我们去跟他拼了，把咸阳要回来！"樊哙这样真切的呼号，触动了大家的心声。一霎时，众将士全都义愤填膺，一齐叫道："对！去跟他拼了！"

这时候，正在房中阅读竹简的萧何，突然听到外面传来的吵闹声，连忙走到窗前，向外望去，只见将士们潮水般涌向军演场。他丢下手中的竹简，跨出大门，和正向相府跑来的陆贾相遇。

萧何忙问："外面发生了什么事？"

陆贾回答说："项羽将沛公封到巴、蜀、汉中，企图置我们于死地，引起群情激奋，要去向他讨个说法。"

萧何一听，心想大事不好，这样的话就会闹出更大的乱子，连忙奔向军演场。

只见刘邦正站在高台之上，大声说："弟兄们，项羽不顾怀王的约定，背信弃义，故意将我封到巴、蜀、汉中为王。那是什么地方？是罪秦惩治犯人的地方，崇山峻岭，交通闭塞，土地贫瘠，人烟稀少，去了，就只能老死那里。真是欺人太甚，是可忍，孰不可忍？我们能去吗？"

众人满腔怒火叫喊道："不能去！不能去！"

刘邦接着说道："所以，我们决不能让项羽任意宰割，要去讨回这个公道！"说罢便对樊哙说道，"樊哙，你带兵打头阵！"

却见萧何一个箭步，抢到台前，纵身一跃，跳到高台上，大声说："且慢！请各位冷静片刻，先听我萧何说几句，再去不迟！"

2

樊哙正在兴头上,看到这萧何竟然出来泼了一瓢冷水,很不耐烦地说:"你有什么事啊,赶紧说啊!"

只听萧何从容不迫地说道:"诸位,巴、蜀和汉中虽是穷乡僻壤,生活艰苦,但总还是可以栖身,比死要强多了吧?"

夏侯婴反问道:"大哥,我们去和项羽评理,要回咸阳,怎可与死相联?"

萧何并不直接回答,而是反问道:"我问你们,项羽的兵力有多少?"

夏侯婴回答说:"四十万,号称一百万。"

萧何接着问:"那我们呢?"

卢绾回答说:"有十万,也号称四十万。"

萧何点点头解释说:"仅就数量而言,项羽的兵力就是我们的四倍以上。你去和他拼,等于鸡蛋碰石头,不是自寻死路是什么?"

听了萧何的话,众人开始议论纷纷。

萧何停顿片刻,继续说:"自古道'小不忍则乱大谋',昔日汤王和武王,在自己势力不够强大的时候,就能做到忍让,然后经过努力,壮大自己,最后跻身于万乘大国之中。所以,我劝沛公暂时称王于汉中,韬光养晦,安抚百姓,广纳贤士,扩充兵马,积蓄物资,一旦时机成熟,再出兵收复雍、翟、塞三秦。如此,图谋天下,则易如反掌了!"

樊哙听后,便向萧何询问:"大哥,你说的道理很对,只是巴、蜀、汉中是穷山恶水之地,要积蓄物资谈何容易?老鼠尾巴上打一槌,肿起来也不大呀!"

萧何回答说:"樊将军,你是被误传所迷惑。最近,我读了关于巴、蜀、汉中的竹简,其实这些地方长期以来没有受到战争的侵扰和破坏,民风淳朴,物质基础非常雄厚。据竹简记载,秦惠文王对巴、蜀的秀美山水垂涎三尺,竟愿意把自己的五个女儿嫁给蜀王。蜀王自然求之不得,派五位壮士迎娶公主。返回途中,见一条大蛇钻入山洞,五位壮士抓住蛇尾往外拽,结果把山拽垮,五个公主和五位壮士被压在山下……如果不是巴、蜀、汉中之地藏珍纳宝,秦惠文王会将自己的五个女儿下嫁蜀王吗?"

众人被激起来的的愤怒波涛暂时平静下来,刘邦也点点头,觉得萧何言之有理,心中的冲动已经消失大半。

郦食其听后十分赞同,对刘邦说道:"大王,何公的眼光看得可远啊!"

曹参也十分同意道:"大王,项羽把你封到巴、蜀、汉中,原是想置你于死地,其实是他的失策,反而把天下让给你啦!"

萧何接着说道:"此话也正是我所想要说的。你想那汉中之地,前有汉江为荆楚之咽喉,后有孤云山、两角山为天然屏障。土地肥沃,物产富饶,真天府之国也!你到了那里,如虎归山,如龙入海,进可攻,退可守,随时可以用兵东进打天下,哪怕项羽雄兵百万,能奈我何?他这一封岂不是等于把天下拱手送给了你吗?"

刘邦越听越开心,笑着说:"这么说来,我得高高兴兴地当上这个汉王啦?"

萧何认真地点点头,回答说:"正是。"

刘邦经过一番深思熟虑,觉得也确实如此,便开口说道:"好,我听你们的!樊哙,你别带头起哄了,就好好准备准备,把大家带到巴、蜀、汉中去!"说完把手一挥,众人便各自回营。

当刘邦兴致勃勃要去汉中的时候,却情况有变。

3

这一天下午,院子里响起刘邦的脚步声,吕雉听到了,赶快对身边的审食其说:"沛公回来了,你快出去。"

审食其便赶快从后门溜了出去。

这审食其是吕雉的家人,其实也是吕雉的情夫。——刘邦常年在外,野食多多。吕雉也需要一点各方面的慰藉,人之常情也!

刘邦推门而进,看到家中正在清理箱笼,一包包,一捆捆,摆满一地。便问道:"这是做什么?"

吕雉答道:"你不是说要去南郑吗?"

刘邦却一副心事重重的样子,说:"本来我是不愿去南郑的,是萧何、郦食其他们主张暂时到那里屈居一段时间,以后再图发展,所以我就接受了项羽的封赠。可是想不到,范增那老家伙,又给项羽出了个歪点子!"

吕雉疑惑道:"什么歪点子?"

刘邦回答说:"其一,我的十万人马,只能带走三万;另外那七万呢,要划归他的属下。"

吕雉听后,心中自然有说不出的苦衷。然后便向刘邦询问"其二"是什么。刘邦默不作声,样子显得更加为难,甚至有些伤心。吕雉不知何事,急忙催问道:"话到嘴边怎么又不说了?到底是什呀?"

刘邦无奈,只好硬着头皮回答说:"阿雉,项羽不准你随我去南郑,你只能留在楚营!"

吕雉不禁一怔,半晌才回过神来,问道:"什么理由?"

"这还用说?范增怕我与项羽争天下,所以把你留下来当人质!项羽还要派人去把太公也接过来,假惺惺地表示会很好地照顾你们,你能相信他吗?"

"真是心狠手毒啊!"吕雉咬牙切齿地咒了一句。

但是,吕雉到底不是一般女人,她分得清轻重,同时也是有担负、不怕风浪的人,于是继续说道:"三哥你放心走吧!不要担心我,我知道怎么对付他们。你还记得吗,我早说过一句话,大丈夫舍不得家小,成不了大事。为了咱们的宏图大业,你只管去吧!"

刘邦感动得热泪盈眶,他望着吕雉,泪眼中饱含深情。

吕雉接着说:"你放心,我一个人在这里也能照顾好自己,你就只管做你的事业去!等到你的势力与项羽旗鼓相当的时候,你就可以搞翻他,就可以来接我啦。"

刘邦连连点头,忍不住深深地拥抱着吕雉久久没有分开。

这是一位未来的帝王对贤内助的最大的褒奖和感谢。

然后,刘邦辞别吕雉,回到军营之中。

翌日,刘邦下令三军,两天后便向汉中进发。

当先锋打头阵的就是樊哙。

樊哙心中十分不满,来到张良的营帐。张良正在看一张用绢帛绘制的地形图,当樊哙气冲冲地闯了进来,不禁疑惑道:"樊将军,大王已下令兵发南郑,你怎么还不去准备?"

"军师,我正为此事而来。请你帮我跟大王说一声,这先锋换人吧,南郑那鬼都不去的地方,我就是不愿去。军师,我求求你,换别人去当先锋吧!"

张良站起来,严词厉色说:"樊将军,大王已下令叫你当先锋,你敢违抗军令吗?"

樊哙扭着脸回答:"末将不敢。"

张良缓和口气说:"既然不敢,那你就去吧。"

樊哙哭丧着脸说:"可我不知道怎么走啊!"

张良说道:"你不会找向导吗?"

樊哙无奈地说:"当然会找向导。可一路尽是崇山峻岭,我自己心中无数,如果让他领错了道,我就要受军法制裁,要被杀头的啊!"

张良心想,樊哙叫屈也有他的实在困难。于是就把他叫到几案旁,指着地形图说:"你看,从这儿出发,六十里到峡山峰,三十里到安平关,这是头一站;再往前走四十五里到扶风县,四十五里到凤翔郡,这是第二站;再三十里到迷魂寨,三十里到宝鸡县,五十里到散关,这是第三站;出散关,六十里到清风阁,六十里到凤州,入栈道。过了栈道是孤云山的后山,再过了两角山,就是寒溪河,过了寒溪河,再走六十里,就到南郑了!"

樊哙的两个大眼珠,随着张良的指点,不停地转动。当张良说完的时候,樊哙的眼睛还死死盯着那张地形图。张良看到樊哙石头一般愣在那里,便问道:"记下没有?"

樊哙突然醒悟过来,看着地形图回答说:"这下我心中有底了!我的军师,你真是上知天文,下知地理,堪称天底下学问最深的人啊!"

张良微微一笑,拿起地形图折好,送到樊哙手上,说:"好了,你别拍我的马屁了,赶紧把它收好,千万不要弄丢了。有了这个东西,你就不是睁眼瞎子啦!这次我不去南郑,我要回韩国一趟。以后有什么事,你就问你大哥吧。"樊哙接过地图,深深地点了点头。

4

两天后,汉军开往南郑。

咸阳城外,"刘"字军旗作为前导,长龙般的队伍朝郊外移动。人们看到,路口跪着许许多多咸阳百姓,男男女女、老老少少,黑压压一片。还有许多人正从四面八方奔来,大路小路都被严严实实地堵塞着,使得队伍无法前进。

刘邦的黄罗宝盖伞座车也被堵在路中央。

刘邦询问侍从:"怎么回事?"

就在此时,樊哙从人群中挤到刘邦座车前,报告说:"禀汉王,咸阳百姓要挽留我们,都跪在路中央,把道路都堵塞了。"

刘邦听后略有思索地点点头,便说道:"我们去看望一下父老乡亲吧!"说完起身下车,朝前走去。

萧何、张良等随刘邦来到百姓之中,将前面的数十位三老、豪杰一一扶起。

刘邦躬身说道:"众位三老、豪杰,快快请起!"

其中一个三老见到刘邦,十分忧伤地说:"大王啊!我等指望你为关中之主,不想今日大王要到汉中去,不知大王何日才能东归,让我们再睹天颜啊?"说着,便嚎啕痛哭起来。其他三老、豪杰亦不禁大哭……

刘邦看到咸阳百姓对自己如此留恋,心中是既高兴,又感伤,止不住也哽咽地说道:"乡亲们,你们不要这样,赶快回去吧。本帅去汉中,也是不得而已啊!大家还不知道吧?本来两路伐秦时,楚王有约,先入关者为王。可是项羽背约,自封为西楚霸王,把我差遣到汉中去。范增还时刻在想加害于我啊。如今是范增去彭城未归,我才得以趁机前往南郑,不然生死难料啊!"

众位三老气愤地说道:"项羽歹毒如此,真是蛇蝎心肠!"

刘邦接着解释说:"父老乡亲们!我一定会回来的,那时我们再来相聚,好不好?现在就请大家把道路让开,好让我们继续赶路。刘邦再次谢过诸位啦!"说罢抱拳一揖。

百姓们听刘邦一番话,知道了刘邦的为难之处,也知道的确是挽留不住了。但是在感情上仍然割舍不开,许多人就攀辕附辙,依然拦住车子,不忍离去。

萧何看到如此局面,心中十分着急,连忙登上一高地,喊道:"父老乡亲们,霸王的残暴,你们不是不知道,若不让开道路,耽误了时日,霸王带兵前来,不但害了汉王,也害了你们呀,大家还是赶快让开吧!"

经过萧何一番劝说，百姓们虽然心中有千万不舍，但终于磨磨蹭蹭地让出一条道来。张良立即命令樊哙说："速速前进！"于是樊哙连忙指挥队伍迅速地穿过人群，向峡山峰方向进发。

许久，刘邦回过头来，还看得到咸阳城外那些在翘首远望的百姓们……

大队人马，向都城南郑进发。只见刘邦乘坐的车辇，那黄罗伞盖在迎风颤动着。夏侯婴坐在车辕上，手握缰绳，挥鞭催马，不时回头看看刘邦，刘邦闭着眼睛，好像在想什么心事。夏侯婴也不好意思打扰他，一心挥动着鞭杆，催动着马车前行。

队伍在逶逶迤迤地行进着……

翻过了峡山峰、安平关……

走过了扶风县、凤翔……

穿过了迷魂寨、宝鸡县……

好不容易来到了散关。

只见此关横亘在一座隘口上，那"散关"二字，威威赫赫。这里，便是秦降将，也就是项羽封赐的雍王章邯的管辖之地。因此时章邯尚滞留咸阳，还没有就任，所以这里暂时无兵卒防守，是一座通行无阻的空关。关的左右两侧有几栋简易营房，有的瓦片已经被大风掀走，开了天窗，有的门被拆卸丢弃在地，一片破败荒凉的景象。

樊哙看到天色已晚，又看到此处适合大军露宿，便命令道："就地宿营，吃饱睡好，明天再继续赶路！"得到命令，疲惫不堪的士卒纷纷散开，四下寻找宿营的处所。

月明星稀，一晚歇息。

第二天一大早，吃过早饭，队伍集合，便离开散关，顺着山道，走到了一片六里宽、二十里长的大沙滩。

刘邦站在沙滩上，回转身，望着山上兀立的散关，抬手一指，感慨深深地对张良说："子房呀！你看这散关，真是一处'一夫当关，万夫莫开'的天险之地啊！项羽马上就要在此把兵扎下，章邯替他守着这个关隘，我以后还能从南郑回到关中去吗？"

张良倒是颇为淡然，微微笑着，反问刘邦道："主公，你怎么见得回不去呢？"刘邦指着面前的景象说道："你看，这里是二十里沙滩，以后我们来，怎么安营？地势这么险，我们怎么打呀？"

在一旁的郦食其插嘴说："大王，这个不必担心，善御世者，在德不在险！将来，有智者为你用兵，到那时，取任何关隘都是易如反掌！"

萧何也信心满满，向刘邦鼓劲打气道："汉王，老子有言：道生一，一生二，二生三，三生万物。只要有一，就有万物！我们此去南郑，就是夺取天下的起步。这起步就是'一'。"说着，萧何伸出一个食指，继续说："老子又说：'天得一以清，地得一以宁，神得一以灵，谷得一以盈，万物得一以生，侯王得一以为天下正'，许多事情都是以'一'起步，从'一'出发。'一'在数字中最小也最大，有了'一'，就可能生出'万紫千红'。以'一'为起点，就可能创造出一个令人惊世骇俗的大千世界！今天，我们这就是从'一'起步，从'一'出发，向前而走，会越来越发！又何愁不能取得天下？"

张良、郦食其听到萧何这一番高论，纷纷伸出拇指夸赞说："何公此乃至理名言也！"

刘邦听了萧何的话，也不禁精神振奋，脸上露出来一种幸福的微笑：这是相信自己一定能取得最后胜利的自信的微笑。

第二十八章　萧何主张去南郑

1

又是几天疲惫不堪的行军旅程，在这弯弯曲曲的小道上，一支形如蚁群的队伍在行进：那"刘"字旗，那手持戈戟的士兵，那装着粮草的辎重，那骑着高大战马的将领……人和马，全都带着一种不可名状的艰难与疲倦。

队伍来到一座哨所，刘邦下车，站在哨所前远眺，看见接连不断的平房和许多砖砌的高墩，形成一条曲线，延伸到天边。刘邦不禁询问："这是什么所在？"张良指着哨所回答说："这是古代的边防哨所。"刘邦指着远处询问："远处一线平房和高墩是作什么用的？"张良说："那些小平房叫铺，五里一铺，铺就是军营，是住铺兵的地方。那些高墩叫作狼烟墩，十里一墩。当发现有敌人来犯时，就把狼烟墩上早准备好的狼粪和马粪点着，一个接着一个地冒烟，这样能把信息传到很远的地方，做好应战的准备。"

刘邦微微地点点头，不再言语。忽然樊哙跑过来报告说："大王，前边的连云山山势太陡，实在过不去。士卒们费尽九牛二虎之力，车辆刚上到半山腰，就连人带车滚下山去了。这可怎么办？"

刘邦愁容满面，一时也想不出办法来，只好来回踱步……

樊哙却有些不耐烦，叫道："干脆，南郑不去了，就冲这道，以后去了也回不来！不如趁着散关尚无人把守，我们杀回咸阳，跟项羽以死相拼，夺回关中！"

周勃也凑过来说："对，咱们生为关中人，死为关中鬼！"

卢绾、夏侯婴、任敖等将领也来到哨所前说："对呀，杀回咸阳去！"

顷刻之间，队伍从头至尾混乱起来。刘邦面对如此局面，一时间感到手足无措，不知如何是好。

一会儿，刘邦自言自语道："如今大军已经到达此处，难道说真的依从众将领之意，趁三秦尚无人据守，再杀回咸阳去与项羽决一雌雄？"

萧何听到了刘邦的喃喃之声，赶忙上前劝阻道："大王，万万不可！你想想，现在是你一个人先走，而其他诸侯均尚未离开咸阳。你回去拼，对付一个项羽尚且不易，加上所有的诸侯，就等于将一撮鸡毛撒于炉火之上，焉能不化为灰烬？"

张良也说："何公说得有理！大王如今已是无有退路，只能一心一意去南郑。到那儿以后，厚养臣民，招贤纳士，等到人强马壮了，再兴兵东进，关中不愁不取。如果现在改弦更张，要打回咸阳，那么，不等你兵到咸阳城下，项羽带着天下诸侯之兵西向迎战，他乃是势如破竹，形如压卵。你是必败无疑！到那时，你要再想维持今日汉王这个地位，那就已经是悔之晚矣！"

刘邦思索片刻，拉着萧何走到一个僻静处，小声地说："军师讲的这道理，其实我也明白。伤脑筋的是，我拿什么话去说服众人呢？"

萧何想了想，便笑道："这有什么为难的？大王你就想想以前，在芒砀山起事的时候，那时你对大家说，'谁想回去的随时可以走，我决不阻拦！可是，我刘邦只要还有一口气，我就要在这芒砀山坚持下去！'大王，当年的那句话，如今正好在这里讲啊！"

"哦，对对对，想起来了！"刘邦一拍脑袋，恍然大悟，迅速回到众将领面前，大喊道："大家听着！刚才大哥和军师已经把道理讲得非常透彻了，我现在给你们说的，只有一句话，请你们听明白：本王上南郑的决心已定，就是上刀山下火海，也在所不顾！谁不愿去，谁就回去，就是剩下我一个，我爬也要爬到南郑去！我死也要死到南郑去！"

众将领听到刘邦如此坚定的一番话，都不再言语了。然而，依然没有一个人挪动脚步。

张良看到如此情况，便急忙对樊哙道："樊将军，快传命令呀！让部队继续前进！"

想不到樊哙也依然不挪脚步，搪塞地说道："连云山不好过呀！"

张良生气地说："难道你不知道想办法？"

樊哙满面乌云，嘟嘟囔囔说："我想不出。"

的确，无论是在弱肉强食、物竞天择的自然界，还是在胜者为王、败者为寇的人类社会，要想活着并活好，就必须有那种义无反顾的生命突围，有那种英勇顽强、不畏艰险的雄壮气概。

张良有些气恼，正想训斥樊哙一番，萧何连忙站出来，热情地拍拍樊哙的肩膀："樊将军，走，我们到前边去看看，看到底是什么情况。"

樊哙默默点点头，便领着萧何、张良，来到连云山一个拐弯的路口。只见路的一侧是高耸的山峦，另一侧是陡峭的石壁，下边就是深约数丈的山涧。樊哙指着滚到涧底的车马说："你们看，车和马都在这涧底下，如今是救都救不上来啊！"

萧何默默无言，回转头，看看那山口，只见一排排辎重和车辆正拥挤在那里。他前后左右仔细看了一番，想了想说："樊将军，我知道你们为什么上不去了，你过来，我教你们一个办法。"于是，樊哙便走到萧何身边，萧何对他如此这般说了一番。樊哙一听，脸上露出欣喜之色，连连点头，接着赶快向山口的那些辎重和车辆走去。

樊哙指挥众人，按照萧何的办法，巧妙上山，只见两匹马拉着一辆车，几个人在旁边掌握车辆的平衡，几个人在后面推，这办法也并不如何巧，但是到底能够踽踽前行了。许久之后，一辆又一辆辎重车，就按照萧何这办法，爬上了一个高坡。众人就像是打了一个很不容易的大胜仗，高兴得又叫又跳起来。就这样，军队继续前行了。

当大队人马翻过了一道山梁之后，一条稍显平坦的山路已经显现在眼前。

刘邦感到比较轻松了，对张良说："子房，这下子，这路可就好走了。"

张良却摇摇头说："汉王，最难走的路还在前面呢！"

刘邦不禁惊讶："怎么，还有更险的路？"

张良点点头回答道："对呀！前面三十里的地方，就是金牛岭，过了金牛岭，就是栈道入口处的孤云山，那一段栈道，就是天底下最难走的路啦。"

刘邦无言，只见他凝视着远方，陷入无限沉思之中……

最后，摸爬滚打，含辛茹苦，队伍终于来到了褒中的栈道入口处。

2

张良指着峭壁，对刘邦说："大王，这就是栈道。从暴秦之前开始，历经数百年开凿而成，又叫栈阁，全都是沿着河道修建而成的！"

听着张良的话，望着眼前这栈道，望着这悬崖峭壁上的奇特之道，刘邦有一种不寒而栗的感觉：这栈道，望一眼都会吓出冷汗，这人，又怎么能上去走呢？

一眼望去，雄伟壮阔，巧夺天工，无不令人感到我们先人的伟大！

一会儿，刘邦询问："这栈道加起来有多长？"

张良回答说："大约有三百五十多里。"

刘邦接着问道："整个栈道都是这个样子吗？"

张良回答说："也并不是完全如此，地势不同，修建时因势制宜，形式各异。这一段的栈道，是在离河床不太高的悬崖峭壁上凿孔，插以横木为梁，又在河底岩石上凿孔，插以竖木作为横梁一端的支撑。然后在横梁上铺木板成道，路宽一丈五尺，可以容纳两部辎重车辆并行。另一种，因离水面较高，则在悬崖上凿斜孔，孔内立斜桩以支撑横梁。还有第三种，即在陡壁地段，难以用竖柱或斜柱支撑，则修成仅有横梁的栈道。"

刘邦听过张良的讲解之后，感慨道："这栈道如果安上重兵把守，鸟都难以飞过，真天险也！"

刘邦定了定神，喊道："樊将军，指挥人马上栈道吧！"

樊哙得到命令，便大声命令三军马上通过栈道。

在樊哙指挥下，大队人马有序登上栈道。由于承载量颇大，脚下的栈桥有点闪忽。有的士卒如履薄冰，吓得放慢了步伐；而有的士卒胆大，故意恶作剧般地跳起来，使栈桥颤动，以吓唬胆小的士卒。

经过一番惊心动魄的行军，大队人马终于走过栈道，来到了栈道的出口处。

那辆黄罗宝盖伞车，从出口处驶了出来。

刘邦从车内走出，回过头看着那峭壁上绵延的栈道，依然是心有余悸，唏嘘不已。

他正想要和萧何说说心中感受，却见张良走到了自己面前，拱手一揖，说道："汉王，从咸阳出来，我是送你一程又一程，已经整整七天了。如今险路已经走完，前面就是南郑，我就不送了。"

刘邦一听，急问："你要到哪里去？"

张良道："我该回去了，就此向你告辞！"

刘邦听到张良说要走，不禁一怔，困惑道："子房，你不去南郑了？"

"我就不去了，我该走了！"

听到张良说要走，萧何赶忙上前拉着张良的手说："好你个张子房，闹了半天，原来你想回去图清闲？不行，咱们一起上南郑！"

张良反诘道："哎，萧何，你自己说的话怎么就忘记了？你当时不是说借'良'吗？还说'有借有还，再借不难'，怎么，想赖账啊？"

萧何一听不禁笑了，一边点头一边反问："这么说你一定要走？"

张良解释说："走是一定得走。但希望何公知晓，我走，可不是图清闲，而是去给汉王办事。"

萧何疑惑道："什么事，非得你亲自去不可？"

张良道："为了与项羽争天下，有这样三件大事一定要办。第一，今后，不能让项羽待在咸阳。我们打三秦的时候，项羽如果还在咸阳就麻烦了，所以必须想个法子，诱使项羽离开咸阳，回他的彭城去。第二，我们将来和项羽争天下，不能孤军作战，必须联合各地诸侯，要效法当年的苏秦游说六国，让诸侯们弃楚归汉，要把项羽孤立起来。第三件事特别重要，俗话说，'千军易得，一将难求。'现在汉王战将虽多，但缺少一位文武双全、能够统领三军的将才，我得去物色这样的将才啊！"

萧何听了，不禁对张良的远见卓识敬佩不已。

刘邦听了很高兴，很满意，就问张良："子房，办好这三件事，需要多少时间？"

张良想了想说："多则三年，少则一二年吧。"

刘邦豪爽地说："刘邦等候先生的佳音，我特别等候的，就是军师给我物色的文武全才大元帅。不过，将来先生推荐的元帅来到，以什么为凭呢？"

张良略一思索，说："以角书为凭，持我角书来见者，即我所荐之人。"

刘邦郑重地点了点头。

张良接着语重心长地说："大王，临别之际，恕卑职说几句直言：你这个汉王，也算来之不易，千万不可轻看。到南郑之后，希望你遇事冷静，千万不可浮躁。蜗居汉中虽然是暂时的，但必须把它治理好。就目前来说，这是韬光养晦，为夺取天下积蓄力量；从长远来说，这是治理国家的需要，治天下，要从治小郡开始，如果连一个小小的汉中都治理不好，更何谈治理天下？恕卑职心直口快，冒犯之处，请多加原谅。"

刘邦拉着张良的手，心潮澎湃，依依不舍地说："放心吧，先生的金玉良言，刘邦铭记在心。"

张良点头微笑，接着又说："汉王，临行之前，我还想跟萧何说几句话。"

刘邦道："先生请便。"

于是，张良便转身对萧何说："何公，走，我跟你说个事。"说着拉着萧何向山下走去。

3

萧何感到十分疑惑，一边走一边问道："什么事，非要背着汉王说？"

张良也不回答，径直拉着萧何来到一棵大树下，这才说："我离开以后，汉王一定会骂我的。到时候要请你帮忙说明一下。"

萧何十分疑惑，说："这就怪了，你对他忠心耿耿，刚才一番话已经把你的意图说得明明白白，他怎么会骂你呢？"

"何公你不明白……我临走还要办一件遭人咒骂的大事！"张良笑道。

萧何一怔，忙问："你还要做什么大事？"

张良不紧不慢地说："我打算离开的时候，放一把火，把栈道烧掉。"

萧何一听，简直不敢相信自己的耳朵，惊讶道："什么！你要烧掉这条唯一的交通要道？"

张良连忙示意萧何小声一点，说道："我估计你会沉不住气的，所以把你拉到这儿来。你要知道，这栈道无论如何是不能留下的。"

"为什么不能留下？"

"为的是让项羽死心，为的是麻痹项羽，让他以为我们再不会踏上归程，这样对于我们就……"

萧何是何等聪明人，他立马明白了，点头说道："此计甚好！应该烧掉！"

但萧何转念一想，又担忧地问道："这栈道烧了，岂不会把我们闭死在这巴、蜀、汉中？以后还谈什么出兵三秦，夺取天下呢？"

张良就附于萧何耳边，说了一阵悄悄话。萧何听后，脸上立刻漾起高兴的笑容，不住地点头。接着，张良就指着不远处的八个随从和那些马匹，以及放在地上的十六个大袋子，说："我准备了十六袋硫磺和硝药，都是些引火的东西。"

"好！就照军师说的办！"接着萧何又说，"子房，我也拜托你一件事。刚才你说的三件事中，有一件是物色一位能文能武的三军统帅。我记得在咸阳时，曾见过楚营的执戟郎中韩信，我觉得那人算得是个文武全才，你不妨去考察一下。"

张良道："我也听说此人不错。你放心吧，我会去找他的。"

一会儿，二人回到了刘邦身边，张良对刘邦又说了几句告辞的话。

在栈道口，张良拱手一揖，然后转身，在苍茫的日影山色里，踏上了归程……

刘邦带着队伍继续向前，等到离开栈道出口处大概十多里的时候，一个卫士突然匆匆赶到刘邦马车边报告，说后面孤云山方向大火冲天。刘邦急忙回头，看到孤云山上烟雾腾腾，火焰冲天，立刻走出车辇，好像在问萧何，又好像在自言自语，"不好了！该不是栈道起火了吧？"

这时樊哙跑过来大叫道："汉王，全完了！栈道起火了！全完了！这条唯一的通道烧掉，我们东归还有什么希望？如今是救火也救不了啦！这三百多里栈道，全是用木头架起来的，烧起来快得很。全完了！前人修了几百年，如今就要变成灰烬，以后没有个十年八年也别想修好！"

灌婴也十分伤心地说："我们的父母妻儿远在楚地，这一世也别想和他们见面了！"说着，说着，情不自禁抽泣起来。

众人见灌婴啼哭，就像得了传染病一样，跟着就是哭声一片。渐渐地，由哭转怒，骂道："这是哪个没良心的家伙，干出这缺德的勾当？害得我们骨肉不得团圆！"刘邦也不禁愤怒了，厉声说道："此人也太坏了！如果被我擒获，非将他剁成肉酱不可！"

萧何见众人愤怒如此，不禁哈哈大笑起来。

刘邦看到萧何此时幸灾乐祸，更加生气，一把拉住萧何，嘴唇发抖地问道："萧何，你你你安的什么心？你是笑我刘邦陷入死地不得翻身是吗？"

萧何轻轻将刘邦推开，说："大王莫生气，这放火者我知道是谁。"众人听了十分惊疑，连声问道："是谁？快说！"萧何严肃地说："就是我们的军师——张子房！"

一石激起千层浪，队伍之中顿时就像开了锅似的，争相骂起张良来。骂声一浪高过一浪，最后才慢慢平息下来。萧何这才不慌不忙扬扬手说："大家骂够了没有？听我来说几句好不好？"

待大家静了下来，萧何放开声音说道："我与大家不同，我却要说——这栈道，烧得好！"萧何在这个时候竟然说出这样话来，自然又招来骂声一片，甚至有人冲上来，想要挥拳打他！刘邦立即大声喝道："谁敢！"那几个人立即乖乖退后……

制止这一无理行为后，刘邦冷静地对萧何说："大哥，说说你的理由吧！"

萧何便解释道："起初我也想不通，经张良说明之后，我才茅塞顿开。张良说，栈道非烧掉不可，留着它，对汉王有百害而无一利。我以为张良的思考是大有道理的。大王你想想，如果栈道不烧，项羽就会经常派奸细来刺探军情，甚至利用栈道派兵来袭。这是其一；其二烧了栈道，雍王、翟王、塞王见我们无路可出汉中，就会放松警惕，不加防备，这就有利于我们在此韬光养晦，休养生息。又有利于我们将来出关东进，夺取三秦。这岂不是一个大利大益？"

刘邦及众将听后，恍然大悟，连连点头称是。大家的情绪立即来了个大转弯，由怒而喜，纷纷夸赞张良，说军师这一把火烧得真是好！

当众人议论纷纷时，萧何又将刘邦叫到一旁，悄声说："汉王，我们这几万士卒，大都是山东、河南人，到了南郑，必然思念家乡，今天走几个，明天走几个，日子一长，不都跑光啦？烧了栈道，断了归路，他们才会死心塌地跟定你，这岂不又是一件大好事？"

如此一说，刘邦更是高兴，连连说道："对对对，有道理！烧得好！只是……"

"大王还担心什么？"

"将来发兵东进的时候，却是无路可通啊！"

萧何笑笑，说道："张良说他自有安排的，车到山前必有路嘛，请汉王放心好了。"

刘邦听如此一说，瞬间便提起了精神，回到队伍之中，发出命令：继续向南郑进发！

大军再次上路，栉风沐雨，披星戴月，终于到达南郑。

在南郑这块土地上，刘邦决定带领大家扎下根来，休养生息，操练人马，储存实力，以图大计。虽然都是外乡人，但没有多久，大家也就习惯了巴蜀的生活。

这一天，汉王把萧何、曹参等人召集到营帐开会，商议长远之计和一些具体事宜。

散会后，萧何回自己的住所，途经南郑街头，只见一个拐角处有一片空坪，这空坪是个小集市，横竖相交地布满各种小菜、粮食、肉类、蛋品等摊点，这时，稀稀拉拉有几个顾客在这里买东西。

一个穿着胸前胸后缀着"汉"字的士卒，站在一个小吃摊前，看着热气腾腾的包子垂涎欲滴。于是就问老板："包子多少钱一个？"

老板回答说："一钱银子三个。"

汉卒便说："来三个吧。"

老板递给三个包子，汉卒接过后狼吞虎咽地吃起来，一口气就把三个包子都吃完了。他咂咂嘴，品尝着包子的香甜味道，觉得还未吃饱，便说："再来三个吧。"老板又递过三个包子。汉卒紧接着又把三个包子吃完了。他从口袋里摸出一钱银子，再摸时，却怎么也摸不到了。

他将银子交给老板。老板接过一看，就说："还要一钱。"

汉卒尴尬地说："我没有了。"说完转身就走。

老板连忙追出索要："你还差一钱银子啊，怎么就走了呢？"

汉卒掀了掀衣襟，说："我确实没有了，算了吧。"

老板就用可怜巴巴的口气说道："我这是小本生意啊！这蚀本生意我们做不起啊！"

汉卒终于不耐烦了，蛮横地说道："我们是汉王的部队，讲究个纪律，才给你银子。要是西楚霸王，保管一个子都没有给你的呢！"

老板却依然纠缠着，说："我不管什么汉王、霸王，只认得银子就是我们老百姓的大王！"

汉卒看到老板竟然如此说话，顿时火了，举起拳头说："怎么，你敢把我们汉王和霸王相提并论？"

老板毫不相让说道："论了又怎么样，你敢打人？"

"就打你个红黑不分的混账东西！"汉卒挥拳打过去，那老板也不是软蛋，伸手一格，两人就你来我往打了起来。

萧何在两个随从陪同下正好路过，见此情形，赶忙喝道："住手！"接着问道："这是怎么回事？"

老板回答说："这位老总买包子少给了银子。"

萧何问道："老板，差你多少银子？"

老板低声回答说："一钱。"

萧何说道："汉王的部队纪律严明，买东西一分钱也不能少。"边说边掏出散碎银子，送到老板手上，问道："够不够？"

"够了。"老板接过银子，却余怒未消，说，"你们这算什么义军？吃东西少给钱，还要打人！"

其他商贩也附和道："是呀，跟强盗似的！"

萧何听在耳里，心里很不舒服，很生气。他不是气百姓，他气那个不争气的给汉王丢脸的兵。于是他对那汉卒喝道："还愣着干什么？快给人家赔不是！"

汉卒只得老老实实向老板躬身致歉："老板，得罪了，请多加原谅！"

老板摆摆手说："算了，下次你不要这样啊！"

接着，萧何又对那老板说："老板，请借我一根绳子。"老板不知其意，但还是拿来了绳子。萧何接过绳子，大声命令道："给我绑了！"

汉卒一听，吓得赶紧跪在地上，向萧何连连磕头。那位老板就觉得很有些过意不去，于是也替那汉卒求情。

萧何不依不饶，义正词严说道："军纪如山，王法如山！汉王军队是为老百姓打天下的仁义之师，决不能因为一颗老鼠屎坏了一锅汤。父老乡亲们，如果以后发现还有破坏军纪损害百姓利益之事，望你们前来报告于我，照样严惩不贷！此人一定要按军纪处理，以儆效尤！"说完一挥手："把他带走！"

只见几个随从已经把汉卒五花大绑，在众目睽睽之下，萧何和随从押着这个倒霉汉卒离去……

第二十九章　赠送韩信元戎剑

1

萧何押着这名汉卒回到军营，立即命令部队在坪场紧急集合。

大家集合后，窃窃私语，不知发生了什么事情？片刻，随着一阵呜咽的号声，只见几个汉卒押着五花大绑的那名买包子的汉卒来了。场上的汉卒们一下子紧张起来，场内变得鸦雀无声。

萧何走到队伍前面大声说："弟兄们！汉王早就公布了纪律，不准随意拿老百姓的东西，不准欺行霸市，不准奸淫妇女。可是，这个兄弟买包子竟然少给钱，老板讨要，他不但不给，反而打人，引起百姓对义军的不满。"说着问那个汉卒："说，是不是这样？"

汉卒瑟瑟发抖地小声回答说："是的。"

萧何转对众人问道："你们说，该怎么处罚？"

队伍里出现些零零散散的回答声："按律当斩！"

萧何坚定说："对，应当斩首示众！"

汉卒一听，不禁恐惧万状，求生的欲望使他哭着哀求道："丞相，请容小卒一禀，也好死个明白！"

萧何不知道这个汉卒此时还有什么好说的，便点点头，表示同意。

汉卒忍住哭泣，解释说："今天我下了哨，肚子实在饿得不行，便去买包子充饥，付款时才发现自己带少了银子。老板索要时，和我吵起来，他将汉王与霸王相提并论，我感到受了侮辱，才出手打他的……丞相，我是为了维护汉王的尊严，我错了吗？"

萧何回答说："维护汉王的尊严也不能不讲道理啊！"说着萧何又转向对大家说："弟兄们！我们初来此地，百姓尚不了解。如果都像他一样，百姓就会和我们离心离德，甚至痛恨我们，我们还怎么立足？更何谈厉兵秣马，待机东进？所以，对这种行为必须严惩不贷！"

就在这个时候，卖包子的老板和几个商贩匆匆跑了过来，见状，连忙向萧何跪下，说："大人，饶了他吧！"

"快快请起！"萧何赶忙扶起他们说，"乡亲们，我们到此就是为了保护你们不受欺负，安心生产经商，过上好日子。因此汉王有令，不准欺行霸市，不许扰乱市场，不许侵犯你们的利益。而他今天竟敢如此无理，我们岂能容忍？必须军法从事！"

卖包子的老板心想，竟然因为这么一件小小的事情就要处死这个士兵，心中大为不忍，就向萧何再次跪下乞求说："大人，请念他是初犯，饶了他这一次吧！"

萧何坚决地回答："不行，斩！"

另外一个商贩看到萧何态度如此坚决，便声音颤抖地请求道："大人，你看这么年轻的小伙子，离开父母及家乡的亲人，跟着汉王，千里迢迢来到这深山老林吃苦受累，只因一念之差，竟然丧了性命，多可惜啊！"说着，眼泪涌了出来，接着，转过身，指着卖包子的老板埋怨说："你！就为了一钱银子，送掉人家一条性命，你你你……你于心何忍啊？"

包子铺老板很尴尬，很内疚，他不想因为自己的一钱银子，而背上一条人命的良心债，于是赶快解释说："当初我心里只想着钱，所以才这么斤斤计较，但是没料到你们的纪律这么严，我该死，我该死！"说着说着，忽然抬起手来，猛抽自己的耳光！

此时，所有在场的士兵们都一齐跪下，向萧何大声道："丞相，饶了他吧！饶了他吧！"

看到如此情景，萧何眼中也噙满了泪水，竟一时为难起来……

终于，经过一阵思考，萧何便对众人说："大家请起！既然所有人都为他说情，那么看在乡亲和弟兄们的分上，也念在他对汉王的一片忠心，就饶了他这一次。大家听着，今后如果有谁再犯，定斩不赦！"

听到这句赦免的话语，所有人一齐欢呼雀跃起来，称赞萧何英明。包子铺老板，长吁一口气，如同卸下千斤重担。

只见那名汉卒流着眼泪走到萧何面前，磕了一个响头，说："谢丞相不杀之恩！"他又走到包子铺老板和商贩面前，屈膝跪了下去。

2

筚路蓝缕，创业艰难。不久，南郑地区又出现了问题：由于张良烧掉了进入关中的唯一栈道，食盐难以运进，于是，南郑爆发了盐慌。一些居心叵测的商家趁机抬价，一时间盐价涨了好多倍，百姓苦不堪言，又怨声载道。

这一天，萧何经过一家盐号，发现店子尚未开门，门外却已经排着长长的队伍。等到门开，人群争先恐后涌进店内。萧何走进店内察看。只见一块木板上写着"盐一斤三十钱"，他不禁大吃一惊：平时五钱一斤的食盐竟然涨了六倍，于是愤怒起来：没想到现在这些商家，竟然如此大发灾难财，真是没有良心！

只听一个顾客说道："盐这么贵，再这么下去就根本吃不起了，但是人不吃盐就没有力气，有什么办法？只能任凭宰割呀！"

店员听到立马就回答说："我们也是没有办法啊，汉王带来几万大兵，就是一座盐山也会吃掉。现在栈道被人家烧了，盐运不进来。等这点库存卖完了，那就说不上贵不贵，就是出再贵的价钱，也是有钱无市啦！"

顾客更加埋怨说："汉王来到南郑，什么东西都是猛涨，老百姓被害苦了！"

萧何听了这些议论，心中很不是滋味，但是又有点高兴：因为未雨绸缪，自己早就料到会有这种情况，已经采取了措施，于是大声说道："乡亲们，汉王来到南郑，给你们带来许多生活上的不便，请大家原谅！为了满足大家的要求，我们已从外地调来了大量的食盐，从明天起，设两个平价供应点，每斤五钱，大家可以互相转告！"

众人用怀疑的目光看着萧何，问："你是何人？说的话有没有用哦？"

萧何身后的一个随从说："他是汉王的丞相萧何萧大人。"

众人一听是萧何，怀疑尽释，一个个喜笑颜开，因为自从上次那个士兵的包子事件之后，萧何在南郑百姓的眼中是一个大大的好人，知道他每件事都为百姓们着想，百姓敬佩萧丞相，当然就相信萧丞相的话。

3

虽然盐荒的事情顺利解决，可是在军营内部出现了一个重大问题：逃兵！因为众人都是初次来到南郑，在这样一个几乎与世隔绝的地方，离家千里远，日夜念家乡，于是，军营之中有些人相继脱逃。

这天晚上，哨卡前的木杆上，那个黄黄的灯笼在夜风中晃动着，几个手持武器的戍卒睁大眼睛，注视着四周的动静。忽然之间，当值的戍卒发现北边有一个人影，于是对着黑影喊话："什么人？站住！"

可那黑影听到吆喝声，不但没停下，反而加快了脚步。

见此情况，戍卒队长指着一个身材矮小的戍卒说："你留在这儿继续观察，其余的人跟我去追！"

说罢，带着两名戍卒向那黑影追去。不一会儿，他们便押着一个人回来，此人就是逃兵。他们把逃兵绑在木杆上，用麻鞭抽打起来。

逃兵疼痛难忍，大声叫喊着，哀求着："大哥，行行好吧！我上有八旬老母，下有不满周岁的孩儿，我想回去看看，你们就放我一马吧！"

萧何在远处听到凄惨的哀叫声，循着声音飞奔而来，见逃兵已被打得奄奄一息，赶忙制止道："别打啦！人都被打晕了，再打就要断气了。"

一名戍卒报告说："丞相，汉王有令：逃兵须处斩刑。我们只抽他几鞭，算是便宜了他！"

萧何说："话虽如此，但要看情况而定，有时也需要网开一面，这位兄弟可能有什么难言之隐，你们问过没有？"

戍卒回答："他说'上有八旬老母，下有不满周岁的孩儿'，我看不一定，大凡被抓住的都是这几句话。要真是这样的话，当初就不会来投军。"

这时，逃兵苏醒过来，睁眼看见萧何，连连呼喊求救。

萧何询问说："你跟他们说的话是真的吗？"

逃兵望望萧何，然后便实话实说道："丞相，我跟你实说了吧，我尚未成亲，哪来的孩儿？这些话我都是从老兵那儿学来的。"

萧何接着问道："你现在要跑，当初何必要来呢？"

逃兵回答说："当初杨春他们去投奔刘亭长，我觉得好玩，就跟着他们来了。一路打仗，日子过得倒挺有味道。谁知来到这个鬼地方，睁开眼睛就是山，仗也不打了，天天操练，还不知道何年何月能够回去看娘？我想我娘啊！"说着，竟然嚎啕大哭起来。

萧何一听，觉得既可笑，又可怜。问道："你今年多少岁了？"

逃兵回答说："再过十天就满二十啦，我想回去跟我娘一起过生日。"

萧何觉得他天真可爱，便一边帮他松绑一边说："你十天能赶回去过生日吗？我们来的时候，那时有栈道，我们都走了十多天，现在栈道没有了，你要走多久？咸阳离沛县远隔数千里，你又要走多久？一路上千难万险，你不饿死也会被项羽抓去杀死，也可能被野兽吃掉。"

逃兵十分惶恐地说："这么说，逃走是死，如今我回来也是一个死？我还不满二十岁，我不想死呀！"随后心一横，噔的一声跪在萧何面前说道："事到如今反正是一死，不如死在你的刀下。丞相，你把我杀了吧！"

萧何扶起他，说："起来，起来……我看是不是这样，你跟我回去向汉王认罪，也许还有一线活的希望。"

逃兵十分为难地说："我可以回去认罪，你若不帮我作保，我也是死路一条啊！"

萧何想了想说："我可以帮你作保，但你要依我一个条件。"

逃兵连忙说道："只要能保我一命，十个条件我也答应！请说，什么条件？"

萧何说道："把你这次逃跑的教训告诉你的同伴，行吗？"

逃兵深深地点了点头。

4

日理万机，宵衣旰食。萧何作为丞相，已经被众多事务压得喘不过气来，终于有一天，他病倒了。只见他睡在一张简易木板床上，额头上盖着湿热布，身子微微颤抖着。丫鬟翠娥端来一碗汤药，扶起萧何，让其慢慢饮尽。

萧夫人随后又拿来另一条湿巾，给萧何换上，说："老爷，你自己的身子骨也要紧啊！来南郑后，你风里来，雨里去，没日没夜，大事小事都要亲自过问。这不把身子累坏了？汉王的帝业还有很多的事要做，路还远着呢！"

就在此时，屋外响起一个声音："对，我们的路还远着哩！"

萧何听到是刘邦的声音，连忙挣扎着坐起来。

刘邦跨进门，关切地问："怎么样，没有大碍吧？"

萧何低声回答说："只是偶感风寒而已，何劳汉王牵挂？"

刘邦把萧何按下躺在床上，安慰说："大哥病即我病，自是放心不下啊！"

萧何微微一笑，低声说："汉王身负重任，日理万机，怎敢让你分心？"

刘邦回答说："你一病我就没了主心骨，千头万绪，难分孰重孰轻，简直让人头疼！"

萧何咳嗽几声，休息片刻后说："臣以为当务之急，必须禁止士卒欺压百姓，强买强卖。还必须多方储备生活物资，防止商家哄抬物价，这是百姓最关心的问题。生活安定了，就要组织士卒进行农耕，生产粮食，保证大家住好、吃好。这样，弟兄们抛妻别子，背井离乡，来到汉王麾下才感到有奔头。同时，要为老百姓减轻赋税，鼓励商业流通。这些都是治国之本啊！至于士兵逃跑，虽然比较严重，但不宜从严惩处，避免引起物极必反。最好是采取感化的办法，实在感化不了，要走让他们走。现在，那条秘密小路尚不为人知，他们跑不出去还是会趸回来的。"

刘邦感慨地说："丞相想得周到啊！"

萧何接着说："我还在想，张良为你物色元帅一事，不知如今进展如何？"

刘邦说："是呀，可一直没有他的消息。"

萧何又咳嗽了几下，停顿后说道："不过汉王尽可放心，张良办事是靠得住的。"

刘邦赞同地点点头，说："好，我们就等着吧。"他静默了一会，关切地说："大哥，你安心调养，没有大事，我不会来找你。"说着便向萧何告辞离去。

5

自从张良与刘邦等人分别之后，就悄悄来到咸阳，暗暗进行招纳韩信的行动。这一天傍晚，有一个人悄悄走在蒙蒙的暮色之中，此人就是化装成生意人的张良。只见他站在一个街口，远远地望着雄伟壮观的皇宫。不一会儿，看到范增、项伯、钟离昧、季布等人依次出宫，最后有个人也低着头走了出来，此人就是这次张良的猎头对象：韩信！

张良悄悄尾随着韩信。韩信在前面埋头走着，张良一直跟在后面，韩信并没有察觉。只见韩信走到"恒发布庄"和"顺昌药号"之间，折入小巷，一直往前走，就进了一座院子。张良跟到院门前，四下打量着这院：青砖灰瓦，木格窗棂，院门两旁蹲着一对石狮子，古香古色。院旁有一棵大槐树，对面有几家销售食品和日用杂货的店铺。他把这些反复看了看，记下了这些标记，然后就离开了。

张良和韩信的相遇，本身是历史的标志。但不是每个擦肩而过的人都有缘相识，也不是每个相识的人，都能在对方心里留下深深的印记。每一次相遇都是一次奇迹。

这天晚上，华灯初上，一弯新月挂在天边，街上行人渐渐稀少。"恒发布庄"和

"顺昌药号"门前的大红灯笼十分夺目。张良沿着白天跟踪韩信时走过的小巷,来到院子门前,这里也挂着一盏小小的灯笼,却见大门紧闭,于是张良便上前叩打门环。

里面传出一声"谁啊",张良回答说:"韩将军的淮阴老乡。"片刻之后,只听见一阵沉重的脚步声,随后大门打开,出现在面前的是一个老头。老头望着张良,疑惑地:"先生,你找谁呀?"

张良回答说:"请问,霸王麾下执戟郎中韩将军住这儿吧?"

老头有些傲慢,回答说:"我这儿住着一位执戟郎中,名叫韩信,可不是什么将军,你是做什么的?"

张良说:"在下卖宝剑为生。"

老头不耐烦地说道:"原是做生意的,怪不得满口奉承话。既然是卖宝剑的,为何不白天来,哪有黑灯瞎火做生意的规矩?"

张良笑笑,说:"在下唯恐白天韩将军不在家,故而趁着月色而来,请老伯不要多心。他可在家?"

老头说:"让我进去看看,请稍候!"说完便转身进入院内。

等了很久,那老头还没有出来,张良就径自进入院内,来到一间亮着灯的房间前,透过门缝,看到里面老头正在和一个人说话,那个人说了一句"不见",老头闻言,就转身向外走,恰恰与站在门外的张良撞了一个满怀。

老头不太高兴地说:"哟,先生已经进来了?"

韩信听说客人已经进来,也就只好起身,来到门外迎接,说:"先生,请!"

张良礼貌地说:"韩将军,不速之客登门打扰,请将军海涵!"

韩信说:"先生不必客气,快快请坐。"

张良在房中坐定,韩信抬头,仔细观察着他的面貌,心中不由一愣,面前这个人看起来有些似曾相识。想了半天,突然想起半年前在鸿门,项王宴请沛公的时候,自己曾经见过一个与沛公一起前来赴宴的人,此人与那人好相像!可是今天怎么成了一个生意人呢?

韩信便试探着说:"先生深夜造访,有何见教?"

张良笑笑,谦虚地说:"不敢有什么见教,只是卖剑而已。"

韩信问道:"不知先生有何好剑?"

张良介绍说:"我家祖辈相传,藏有三口宝剑,乃稀世珍宝。不才遍访天下,想找到与之相匹配的英雄豪杰,然后出卖。鄙人卖剑,不图奇货可居,谋取高利,只是要先观其人,后卖其剑。三口宝剑已卖完两口,仅剩下这一口了。如今遇到将军,也算找到了它自己的主人。"说着从背上取下宝剑,双手捧到韩信面前,接着说:"此剑暗临黑水蛟龙泣,潜倚空山鬼魅惊,君得此剑逞英豪,威风凛凛满乾坤!"

韩信接剑在手,借着灯光一看,惊喜不已,只见此剑金云子,金吞口,金什件,绿鲨鱼皮鞘,杏黄灯笼穗,左手一按绷簧,右手一拉剑把,白光一闪,拉出来二三寸长，桌上的灯烛也为之黯然失色。韩信从头上拔下一根头发，放在剑刃上，用口一吹，头发立马断为两段。韩信惊喜之余，推剑入鞘，还给张良说："先生，此剑真乃稀世瑰宝，价值千金。可是，我韩信买不起呀！"

张良忙说："将军，我已说过，我卖剑与别人不同，以卖义交友，以卖财为耻。只要我觉得主人和宝剑相匹配，即以宝剑相赠；若不相匹配，虽有黄金万两，我也不会卖给他。我说呀，今天此剑有幸与将军相遇，就算是你的了！"说着又将剑递给韩信。

韩信有些困惑，迟疑片刻说："这么说，你是要将宝剑送给我？"

张良点点头回答："正是。"

韩信推辞说："我韩信何德何能，敢受先生如此厚赠？"

张良诚恳地说："如果我不是觉得你相匹配，决不会轻易赠给你的。"

韩信看着张良诚挚的眼睛，思索片刻便接过宝剑，受宠若惊地说："如此，不才愧领了！"

韩信接过宝剑之后，接着问道："先生，你说有家传宝剑三口，另外两口是什么剑，卖与什么人了？"

张良有些自豪地说："我们家的三口宝剑，一口是天子剑，一口是宰相剑，这两口都卖出去了。这一口叫元戎剑，现在也有主了。"

韩信又问道："只是不知先生将天子剑与宰相剑卖与何人了？"

张良回答说："天子剑卖给了沛县丰邑刘邦，宰相剑卖给了他的同乡萧何。"

"刘邦？萧何？"韩信有些吃惊，没想到天子剑竟然卖给了当初的西路伐秦大将军，而宰相剑卖给了萧何——这萧何，韩信又觉得似乎也是似曾相识……哦，对了！韩信不由想起：当初刚进入咸阳城的时候，在一处人家的院子外边，曾经遇到一个推着小车，沿路拾捡竹简图册的人，那人不就是自称萧何吗？

韩信自言自语："萧何……"

张良惊讶地问："你认识萧何？"

韩信说："曾经在咸阳街头有过一面之交。但凭这一面之交，我就发现此人不同凡响。"

张良朗声笑道："这回好啦，我的天子剑、宰相剑、元戎剑都找到主人了！"

韩信感叹道："先生，你那两把剑也许真的找到了主人，而这一把就可能被辱没了啊！"

张良道："将军此话怎讲？"

韩信叹息一声，说："不怕先生笑话，我韩信自投军以来，混了三年，只是个执戟郎中。破秦之后，人人都得到霸王的封赏，唯我原封未动。似我这样无职无官之人，怎能与此剑相配？"

张良便劝慰道："将军此言差矣！我看将军的才学，就是孙武、穰苴两人加在一起，也比不过将军。你现在是时机未到，好比千里马混杂于槽枥之间，暂不为人赏识。

一旦遇到伯乐，就会引颈长嘶，奋蹄飞腾，享九锡之荣，极人臣之贵，岂是今天之碌碌乎？"

韩信听张良这么一说，勇气陡增，说道："先生，你哪里是什么卖剑商人？分明就是当今的伯乐！"他停顿一下，接着道："先生，在这明月之下，灯烛之前，我仔细揣摩你的一举一动，恕韩信直言，其实你根本不是什么卖剑商人，你就是韩国丞相、汉王军师张——子——房！"

张良发现韩信已经知道了自己身份，连忙站起，高兴而道："既为将军识破，我就不再相瞒，在下正是张良。久仰将军大名，不敢冒昧相见，今晚拜访，实为有意而来。我虽然口称是卖剑之生意人，其实我是以卖剑为名，来为汉王物色三军统帅。不是我张良夸口，凡经我过目之人，是良是莠，总要断个十之八九。对于你，萧丞相和我不谋而合。故而我才来此，把元戎剑送给你。"

韩信不禁被张良一番苦心诚意给深深打动。对张良如此不远千里，专门来咸阳寻找自己，还说要让自己做刘沛公的三军统帅，心中不由十分兴奋，连忙说道："既如此，韩信决不辜负二位厚望！"

张良望着韩信，满意地点点头，然后从怀中取出三角帛书递给他，接着念了四句话："此物贵如和氏璧，奇似照殿夜明珠，休言吕望千条计，不及区区一纸书。"

韩信接过三角书，疑惑说："就凭这三角书，我能到汉营执掌帅印吗？"

张良肯定地说道："对！我和汉王、萧丞相约定，凡持角书者，就是我荐去执掌帅印之人，必当重用。"

韩信喜笑颜开，旋又问道："去南郑的栈道已经烧毁，我怎么走？"

张良便笑了笑，然后打开包袱，取出两张地形图，放在韩信面前，指着其中一张说："这一张是陈仓地图。将军此去，出了散关，入岔口去陈仓，过乱石滩就是峨嵋岭，过了峨嵋岭是太白岭，过了太白岭就到了孤云山的后山，从这里穿过两角山就到南郑了。走这条小路比走栈道还近两百多里。将来你出兵东进时，可走这条路。"然后又指着另一张地图说："这是三秦地图，是我游历三秦四十多天而亲手绘制的，你将来攻取三秦时可能有用。有了它，连向导都可以不要。"

韩信如获至宝，赶忙接过张良递过来的两幅地形图，小心翼翼地收好，对张良深深一揖，说："谢谢先生！"张良看到韩信有意归附汉军，便认真地对韩信说："还望将军早日登程，速去南郑。我这就告辞！"说罢欲走。韩信便提起灯笼把他送出来。

张良快步向大街走去，韩信目送他消失在夜幕之中。

第三十章　韩信弃楚投汉王

1

韩信返回住处，拿起宝剑又摸又看，爱不释手，然后走到院子里舞了一回。看门的老头站在旁边一声不吭，饶有兴趣地欣赏着。

一套剑法下来，老头连忙夸赞道："好剑法！想不到先生平日文质彬彬，只是看书，却原来还有如此高超的武艺！难怪卖剑人执意要找你做买卖。"韩信笑着说："好久没有练过了，手都有些发僵，还说什么高超武艺？"边说边收剑入鞘。

老头望了望漆黑的夜色，说道："时候不早了，该休息了，还望先生早点安寝。"说罢便打着呵欠走了。韩信也回到房中，枕着剑躺在床上。可是躺下后一直浮想联翩，辗转反侧，久久不能入眠，心想，单人独马去投奔刘邦，没有通关文书是不可能的，于是他想到了陈平。

第二天傍晚时分，韩信来到陈平府门前，对门人说："烦劳通禀陈都尉，就说韩信求见。"门人答道："请稍候。"说完入内，片刻之后出来说："都尉有请！"便领韩信向里面走去。

陈平见韩信来访，忙出书房迎接。韩信上前行礼，陈平以手相搀，说："免礼，请！"陈平把韩信让到书房，分宾主落座，门人见室内昏暗，便点燃油灯，然后退出门外。

韩信说道："卑职造访都尉，是有事相求。"

陈平随和地说："有什么事，尽管说吧。"

韩信便直截了当说出了心里话："韩信自投楚军以来，执戟郎中当了几年，毫无长进。如今霸王要迁都彭城，难道我还跟着他到彭城去站岗放哨？我其实更想回老家淮阴去重操旧业，钓我的鱼去，所以还请求都尉替我除名。"

陈平稍作沉吟，问道："你要我为你把名除掉，名正言顺地离开楚霸王，准备回淮阴去喝锅巴粥，以钓鱼为生？"

韩信轻轻地点点头。

陈平断然地蹦出两个字："不行！"

韩信问道："何以不行？"

陈平解释说："韩信，我告诉你，霸王手下的人成千上万，谁不想干了要辞职，除名，都可以，唯独你韩信不行。"

韩信十分奇怪，问道："我一没有懈怠懒惰，二没有得罪上司，更没有违犯军纪，为何独独跟我过不去？"

陈平只好耐心地为韩信讲明利害："不是这些原因，而是因为你有本领，还不是一般的本领，是大本领。你若默默无闻地当个执戟郎中，也许还能苟全性命。你若想名正言顺地一走了之，不但脱不了身，而且还是你的死限到了！"

韩信理直气壮地反诘："我韩信何罪之有？"

陈平不由一声长叹："韩信，你太年轻了！罪，什么是罪？当今这个时代，有大才者不用就杀。大概你还蒙在鼓里，范增这次从彭城回来，除了迁都的事外，特别关注的就是你。他对霸王说，'韩信这个人，用则重用，不用则必除之。'你想，范增若知道你要走，是什么后果？他不杀了你才怪！"

韩信这时才明白过来，忙问："都尉，你看我怎么办？"陈平沉思片刻，说："恐怕只有一条路可救你，那就是私下里逃走。"

韩信故意问道："逃走？往哪里逃？"

陈平思索着回答："往哪里逃？还须慎重考虑，不是什么地方都能去的，要去就去一个敢于收留你的地方。否则，不管你逃到哪里，只要霸王知道了，随时都可以把你抓回来，这可比不逃更危险！"

韩信装作为难的样子，说道："现在，普天下都是霸王封的诸侯，哪个敢收留我呢？"

陈平想了想说："天下总有胆大之人，敢于和霸王作对，"他瞟了瞟韩信，又接着说："若去投奔他，他一定会收留你。"

韩信见陈平是在真心真意地帮自己，便直截了当地说出心里话："天下敢于跟霸王作对的只有汉王刘邦，我可以去投奔他。可各个关津隘口都有重兵把守，没有通关文书也是枉然啊！"

陈平十分欣赏眼前这个世上少有的人才，决心为他排忧解难："这个不难，你先回去，明日戌时再来，我会给你想办法的。"

韩信的目的已经达到，心里十分高兴，便对陈平深深地鞠了一躬，告辞而去。

翌日，韩信依旧和往常一样，手持大戟，在皇宫门口站班值勤。陈平、钟离昧、季布等人进入皇宫。范增进宫时，特地停下脚步，盯了韩信一眼。

众人走进宫殿，一一坐定后，项羽说道："各位贤卿，亚父去彭城考察，已经回来几天了，关于迁都的事，大家准备得怎么样了？"

钟离昧连忙起身回答："士卒们听说霸王要迁都彭城，欣喜欲狂。因为大家都是楚地人，在这里不服水土。现在一切准备就绪，只等霸王择日宣布启程。"

项羽听后十分高兴，拍着坐墩扶手叫道："好！"又对范增说："亚父，你给选个启程的黄道吉日吧！"

范增却回答说："且慢！我的彭城之行已经向霸王陈述清楚，在这里我要再向诸位阐明我的看法。咸阳乃龙脉所聚，为历代帝王建都之地，根基稳固；而彭城仅是一个小小的县城，战略位置不佳。迁都彭城是大大的失策之举啊！"

项羽十分不满，便冷冷地说道："我意已决，无需再议！"说完还生气地起身举剑将几案砍去一角，闷声宣布："退朝！"

众人看到项羽生气，便纷纷悻悻然依次出宫，项羽也准备起身欲走。范增虽气得青筋直暴，仍以长者风范说道："霸王，请留步。"

项羽不悦地说道："还有何事？快说！"

范增问道："霸王，韩信这个人你打算怎么处理？"

项羽执傲地："怎么处理？不是还当他的执戟郎中吗？"

范增连忙说："大王，万万不可！我说过'用则重用，不用则必除之'。他在咸阳有如龙困沙滩，难以施展抱负。若回到楚地，人亲地熟，就会如鱼得水，大展才华。将来西有刘邦，东有韩信，你站得稳吗？"

项羽不以为然地说道："一条泥鳅翻得起什么大浪？"

范增急了："此言差矣！韩信不除，终归是个祸患！"

项羽想想也对，于是说："依亚父之见呢？"

范增做了个"杀"的手势。

项羽却有些为难："没有个罪名怎好动手？"

范增坚定地说："杀个执戟郎中要什么罪名？'无毒不丈夫'，罪名不就在你的口里吗？"

项羽思索一番，才冷冷说道："让我再想想吧。"

范增听后，对项羽十分生气，但是也不好再说什么，只得怏怏地离去。

当天晚上，韩信应约来到陈平书房。

陈平示意韩信坐下，到门口看了看，见四下无人，便关上门转身回到房间，对韩信说："我为你办了一张通关文书。上面载明，由军师府派你到孤云山检查栈道烧毁情况。凭这份文书，你可顺利通过各个关隘，到了孤云山，就等于到了汉中。"

韩信接过文书，感激道："都尉，你这么好，叫韩信如何报答？"

陈平赶紧示意他打住："现在不说这些，只看如何尽快脱离虎口。这文书虽然是真的，可是内容是捏造的。我拿着，平安无事；一旦交给你，就等于把我的脑袋也交给你了。你必须慎之又慎，千万不能有一丝的疏忽啊！"

韩信连忙回答说："都尉，韩信用脑袋担保，你尽管放心！"

韩信说着将文书折好，放入兜中，热泪盈眶地道谢："都尉，你的恩德，韩信没齿不忘！"

陈平抓住韩信的手说："多多保重，后会有期！"韩信的眼泪终于夺眶而出，他伸手抹了一把泪水，双手一揖，对陈平说道："谢谢都尉，告辞！"

韩信回到家中，从柜子中挑选出重要的书籍、物品装入囊中，将张良交给他的角书打开看了看，放入囊中最稳妥的地方。他想了想，又拿出陈平为他办的通关文书从头至尾看了一遍，然后小心翼翼地按原样折好放进衣袋。觉得一切均已办妥，再没有什么纰漏，才抱着张良赠给他的宝剑和衣躺下休息。刚刚合眼，传来雄鸡报晓之声。他睁眼一看，窗外已晨曦初露，便一骨碌起身，拿起宝剑、行囊刚欲出门，却见看门老头站在门外，不禁猛地一惊！

2

韩信正惊诧间，只听老头说道："韩先生，客会。"

韩信忙问："什么人？"

老头回答说："不认识。"

韩信只得吩咐："你去告诉他，我随后就来。"

老头边走边说："你要快点哟。"

老头离开之后，韩信从窗棂间向外张望，一眼看见化装成老百姓的钟离昧，竟吓得一屁股坐在床上。略一思索，果断地放下行囊，抽出宝剑扬了扬，复插入鞘内，然后镇定自若地向外走去。刚一出门，便与迎面而来的钟离昧撞个满怀。

钟离昧不由分说，急将韩信推回屋里。

韩信一头雾水，问道："你是谁，想要干什么？"

钟离昧脱去便装，说："韩信，连我都不认识了吗？"

韩信木然地说道："我知道你是钟离昧将军。你来做什么？"

钟离昧急得呼呼直喘："做什么？死到临头了，你还蒙在鼓里！范增已决定置你于死地，你还不赶快逃走！"

韩信听到钟离昧竟然是来帮助自己逃跑的，连忙感激地跪下说："谢将军救命之恩！"

钟离昧赶紧扶起韩信："少啰嗦，快走！"说罢抽出自己的宝剑来。

韩信看了不禁吓了一跳，问道："钟将军，你要干什么？"

钟离昧回答说："杀掉那个老头，以免走漏风声。"

韩信连忙制止："不可！杀了他会引起范增注意，我就更难逃了。"

钟离昧只好收起宝剑，然后告别韩信快步离去。

韩信再次背囊挂剑准备离开，来到院内，看门老头又笑着迎上来说："将军要出远门？"

韩信回答说："不，刚才那个朋友邀我一起去访友。霸王快要迁都彭城了，和咸阳这些朋友分别后，不知何年何月才能见面。所以，要去一一辞行。"

老头看着韩信身上还背着包袱，疑惑道："看朋友还背个包袱？"

韩信忙掩饰说："天气炎热，带几身换洗衣服。"

老头点点头，然后又问："要是有人问你什么时候回来，我如何回答？"

韩信想了想，说："你就回道，三五日，八九天，都不一定，反正不耽误霸王迁都的事，会准时回来的。"

老头不再言语。韩信便走出院门，飞身上马，朝城门奔去。

韩信刚刚离开，看门老头便飞奔跑到范增处，把这个情况报告了他。范增一听，感觉这件事情有些蹊跷，便跟着老头匆匆来到韩信居住的房内，见里面一片狼藉，气得跺脚道："这哪里是去访友，明明是逃跑了！"于是立即对随从喊道："命卫士关闭城门，四城搜索，捉拿韩信！"

钟离眛得知这一情况，立即纵马来到城门口，见韩信已经出城走远，遂命令卫士："你们听着，紧闭城门，任何人不得出入！"卫士答应一声，便将城门"轰"地关了。

韩信逃离之后，范增带人满城搜遍，都不见其踪影，不由恨恨说道："到底还是让这小子逃跑了！"

旁边的季布说："五湖四海都是霸王的天下，他能跑到哪里去？"

范增摇摇头，对季布的话很不以然："错！还有巴、蜀、汉中，霸王鞭长莫及，他准跑到那儿去了。"范增说完思考一番，便命令季布道："命你带领三百骑兵前去追赶，生要见人，死要见尸！"

季布领命急急告辞离去。

韩信逃出之后，生怕范增派人追杀自己，便日夜兼程，马不停蹄地向前跑。最后实在累得不行了，看看后面似乎也没有追兵赶来，这才收鞭慢行。走不多远，看到前面有一酒家，旗幌上写着"仙客来酒家"，门口客人来来往往，十分热闹。而在旁边还有一处酒家，叫作"长乐酒肆"，这处酒家却灯光黯淡，冷冷清清，与"仙客来"形成鲜明对比。

韩信牵着马，疲惫不堪地来到"仙客来"门前，心想进去填填肚子，可一看如此热闹场面，怕引起麻烦，只好踅过身来，低着头向"长乐酒肆"走去。他拴了马进入酒家，老板娘见来了客人，忙笑嘻嘻地迎上说："客官请上坐！"

韩信选了墙角边一个不起眼的位子坐下。刚坐下，便听到那边有人在讲话。定睛一看，只见不远处坐着几个年轻人。他们酒已半酣，谈兴正浓。

一个瘦个子后生说道："天下总是不太平啊！去了一个暴秦，又来了一个暴楚。前天，谏议大夫韩生劝阻楚霸王迁都，惹怒了项羽，被油烹了！"

另一个胖点的年轻人说道："岂止一个谏议大夫，就连他的亚父范增也不放在眼里。范增从彭城回到咸阳，也去劝楚霸王不要迁都，结果楚霸王抽出宝剑，咔嚓一声，将几案砍去一角。这下把范增给气坏了。"

瘦个子接着说道："还有一件事，也把范增气得不行。在霸王帐下有个叫韩信的执戟郎中，范增认为是天下奇才，建议霸王重用，如果不用，就干脆杀了，以免留下后患……"

韩信听到这里，吃了一惊，但马上镇定下来，照常抿酒吃菜，耳朵却更加注意他们的谈话。

那瘦个子继续说道："霸王居然既没有封赏，也没有杀掉韩信，使得范增只好决定亲自动手除掉他，可不知谁走漏了风声，韩信溜之大吉，范增差点没有被气死。但是范增这个家伙老奸巨猾，立即传令各关津隘口严加防范，并到处悬赏捉拿韩信。"说罢，指着墙上一张画像说："你们看，这就是韩信。"

大家的目光立即投向画像，韩信心头一紧，微微侧头看去，墙上果然贴着自己的头像。

瘦个子后生又开了口："听说抓住韩信可领到一大笔赏钱，我们何不到处去找找他？"

众人听了，纷纷点头表示同意。这个说，要是找到他，就发财了；那个说，我娶媳妇正缺钱呢，要能领到这笔赏钱，我就能成亲啦！这些话，听得韩信一阵阵头皮发麻，觉此地不宜久留，便叫来老板娘，赶紧结账离开这个是非之地。

韩信匆匆行走的神色被那个瘦个子年轻人注意到了。他紧紧盯着韩信，又看看画像，猛然清醒，指着韩信的背影大叫道："那不就是韩信吗？"众人一听，顺着他手指的方向看去，韩信早已经走远。于是众人便拍了拍他的脑袋说："你想钱想疯了吧，见个人就说是韩信，韩信那么聪明，估计早跑远了，还能让你看见？"瘦个子看着韩信离去的身影，脸上依然还是一副疑惑的表情。

韩信又是一阵策马狂奔，当夜申牌时分，来到了安平关。守关军士拦住韩信："将军，你去什么地方。"

韩信答道："上孤云山检查栈道。"

军士接着说："请出示通关文书！"韩信赶紧从囊中取出公文交给军士。军士接过一看，惶恐地说："啊，原来是军师府的文书，小人多有得罪！"说着毕恭毕敬地将文书还给韩信，讨好地说："将军，你从咸阳到这儿，已走了九十多里，今晚就住这儿吧！"

韩信哪敢在此逗留？便连忙说："不了，趁夜里凉快，再走一程。这里到凤翔还有多远？"

军士回答说："到扶风四十五里，从扶风到凤翔又四十五里，一共九十里。"韩信想了一下，说道："好吧，我走了。"说罢翻身上马，扬鞭飞奔而去。

第二天，季布率三百骑兵也来到了安平关，只见一路尘土飞扬，马嘶人吼。季布翻身下马，来到守关军士面前，守关军士见这阵势，十分不解地上前问道："将军，你这是……"

季布怒斥道："少啰嗦！快说，韩信可曾打这儿过关？"军士一听季布如此语气，不知道到底发生了什么事,便只好低声回答道:"过去了。"季布接着问道:"过去多久了?"

军士回答说:"昨天晚上过去的。"

不等军士说完,季布翻身上马,命令队伍继续追赶,于是马队又像刮起旋风一般,呼啸而去。

季布一路狂追,来到凤翔城,城门上方的"凤翔"二字依稀可见,门口站着两个守卫的军士。季布率众骑兵气喘吁吁地赶来,对着守卫的军士吼道:"看见韩信过去没有?"

军士回答说:"早就过去了。"

季布听后有些泄气,但是依旧用衣袖擦了一把汗,带着队伍继续追赶,绝尘而去。

3

再说刘邦大军到达南郑之后,立即着手扶持南郑本地的商业、农业,投入很大精力帮助南郑地区百姓开垦荒原,种植作物,发展生产。这一天,萧何带着几个随从行走在田间小路上,视察乡间农作物的生长状况。他走走停停,不时掰开已经胀苞的禾苗,看看密度,捏捏粗细,还拔了几根杂草。

一旁的随从说:"丞相,这禾苗长势不错啊!"

萧何笑着点点头:"是啊,今年一定会有个好收成!"话音刚落,只听得前面传来一阵吵闹声。随从指着不远处说:"丞相,你看那边好多人咧!"

萧何说:"走,看看去!"

他们来到一座院子里。只见一位大娘指着儿子哭诉着,旁边围着一堆劝解和看热闹的村民。这位大娘早已声嘶力竭:"陈元,你这个忤逆不孝的东西!你爹死得早,娘吃尽千辛万苦把你拉扯大,指望过几年好日子。谁知你翅膀硬了就想飞,就不管娘了!你你你……"说着就要用巴掌抽打儿子。

旁边的邻居看到大娘要打儿子,连忙上前劝止,问道:"大娘,陈元究竟做了什么错事?"

陈元不等母亲说话,便在一旁抢着回答:"什么错事?我想去投军,参加汉王的部队,她不让我走!"

众人释然,道:"原来只是这样一件事而已。"

大娘连忙解释:"乡亲们,你们不知道,我给他定了一门亲事,后山周七家的闺女秀姑,聪明伶俐,人见人爱,眼看就要成亲。他这一走,闺女也不来了,留下我一个人可怎么过呀?"

萧何听到这里,便向前一步,对陈元说:"小伙子,常言道'养儿防老,积谷防饥',你母亲的心情应该体谅。既然这样,你就留在家里嘛!"

大娘听到有人站出来为自己说话，顿时脸上笑开了花："这位先生说得好！说的是这么个理！"

陈元却急了："我是在城里看了汉王的招贤榜，心里就痒痒的，一直想去跟着汉王打天下！"

萧何觉得这小伙子很有抱负，便建议说："我看这样好不好，反正汉王一下子不会走，你们先把喜事办了，让老人享享天伦之乐。想投军，以后还有机会，汉王对你家里也一定会给予照顾的。"

一旁的乡亲们看到萧何说话诚恳，态度和蔼，都夸赞说："这位先生说话句句在理，那就这样办吧。"他们不知萧何是什么人，于是问道："这位先生有些面生，应该不是本村人吧，敢问先生尊姓大名？"

不等萧何回答，随从便介绍说："这是汉王的丞相萧何，萧丞相。"

众人惊奇地望着萧何，一位乡亲疑惑地问："丞相是什么官？"

随从回答说："丞相嘛——反正除了汉王就是他的官大。"

众人听了，发出一阵啧啧赞叹，显露出敬佩的神情。

萧何笑了笑说道："什么官大官小，反正都是爹娘生的，同沐阳光雨露，同吃五谷杂粮。你们看，我和你们不是一样的吗？"

陈元一听面前这位先生是汉军的丞相，心中大喜，激动地对萧何说："丞相，我听你的，先把喜事办了。到时候我来投军，你可一定要收下我啊！"

萧何呵呵一笑，拍着陈元的肩膀说："一定！"顿了顿又问道："哎，什么时候办喜事？记得告诉我一声，我也好来讨杯喜酒喝呀！"众人一听不禁乐了，堂堂一个汉王的丞相怎么会缺这一杯酒喝呢？这是对咱老百姓的亲热呀！

几日之后，陈元成亲了。办喜事的这一天，只见门口贴着大红"喜"字，众多穿着崭新衣服的宾客们出出进进，好不热闹。

辰时刚过，萧何便与随从款款而来，大娘和陈元满脸笑容出门迎接。萧何拱手相贺："恭喜啦，恭喜！"

大娘和陈元说着"同喜同喜"，一起将萧何请进屋里。

就在这个时候，远处传来喇叭锣鼓之声。人们纷纷聚在门口翘首眺望，只见一顶喜轿在乐声中晃晃悠悠而来。刚到大门口，人们便欢欣雀跃地推着陈元往喜轿前走。陈元有些不好意思地慢慢挪步到喜轿前，将顶着盖头的新娘从轿内牵出来。人们跟在新娘、新郎后面，欢天喜地簇拥着他们向屋里走去，准备拜堂。

成过亲后，陈元便急忙赶往招贤馆报名参军。他娘实在有些放心不下，便带着媳妇也尾随而来。

第三十一章　制服烈马显奇能

1

招贤馆两边砖墙向东西拓展，门楣上"招贤馆"三字清晰可辨。墙上赫然贴着《招贤榜文》，共十三条，条文如下："一、熟谙兵法，深知韬略，可为元戎者；二、骁勇过人，搴旗斩将，可为先锋者；三、武艺出众，才堪驱使，可为散骑者；四、通晓天文，善占风候，可为赞画者；五、素知地理，深通险易，可为向导者；六、心术公平，为人正直，可掌纪录者；七、机变精明，动能料事，可与议军情者；八、语言便利，足能动人，可为说客者；九、精通算学，毫厘不差，可为掌书记者；十、饱读诗书，以备顾问，可为博士者；十一、素明医学，神灵功巧，可为国手者；十二、智能驰骤，善探机密，可为细作者；十三、掌管钱粮，出入有经，足可以给军馈者。凡十三件中晓一件者，即可入招贤馆报名，听候看验，果称其实，奏请重用。立贤无方，不拘贵贱，尽心王事，务期报效，懋着功绩，不次超擢，封侯拜相，敬兹告示。"

"招贤馆"前，人头攒动，看榜文者、报名者络绎不绝，喧嚣一片。萧何站在高台之上，大声说："乡亲们，请安静，请安静！"可是在这种场面，萧何的话很难引起人们注意，喧嚣声依旧不绝于耳。夏侯婴纵身跳上高台，双手用力拍了几下，并用炸雷般的声音喊道："大家安静！听丞相说话！"这一招果然奏效，嘈杂的场面终于安静下来。

这时，萧何理了理头巾，接着说："乡亲们，你们苦秦久矣！汉王领兵率先攻入咸阳，推翻暴秦。可是项羽不守怀王'先入关者为王'之约，自封为西楚霸王，分封十八个诸侯，将沛公封为汉王，管理巴、蜀和汉中两郡。最近他又借口迁都，把义帝楚怀王杀死，将国家弄得四分五裂。他是个十恶不赦的罪人！为了国家的统一，为了给怀王报仇，我们要扩大队伍，整顿兵马，在时机成熟的时候，发兵东征，消灭霸王，平定天下！希望大家踊跃报名投军！"

众人听了，顿时又叽叽喳喳议论起来。一个青年举手发问："请问丞相，我们投军去了，家里的田谁来耕种，父母妻儿的生活谁来照顾？"

萧何不慌不忙地答道："大家尽管放心！这些事，汉王都已经考虑妥当。家里的田会安排人代耕，父母妻小的生活也会妥善处置，而且汉王还决定，凡投军入伍者，其家人暂免赋税一年。除此之外，凡八十岁以上老人的衣食，我们全部包起来，每年还赠送米一石，酒五十斗，肉二十斤。"

萧何话音一落，全场立即欢呼雀跃，纷纷高呼："汉王英明！""汉王万岁！

这时，站在最后面的陈元跑到到母亲身边，小声说道："娘，让我去吧！我走后，有秀姑在你身边，生活上有汉王关照，怕什么呀？"老大娘已经听到了萧何说的这番话，也放心下来，对陈元说："儿啊，刚才萧丞相给了我一颗定心丸，现在我不反对你从军了，赶紧报名去吧！"陈元听后，立即兴奋地穿过人群，挤进"招贤馆"报名去了。

有了从军后的这些保障，报名参军的青年几乎挤破了门，他们的家人也都十分放心地把自己的孩子交给汉王。汉王边扩军边对从军家属和耄耋老人进行了优抚。

青山脚下，十多间茅屋一字排开，民房与商铺相间而建。几个汉卒挑着插有"敬老慰问"三角旗的担子走过来，一边走一边吆喝："年满八十岁的老人领慰问物资呀！""从军者的家属都有优待哟！"

在吆喝声中，时不时有家人扶着老人出来。汉卒走到一位佝偻着腰的老大爷身边，亲切地问道："爷爷，你今年高寿？"旁边搀扶老人的家属代答说："八十一岁。"汉卒接着问："叫什么名字？"老大爷有些含糊不清地回答："张……张、石山。"

汉卒便把这些情况记录在案，随后取出米一包，酒一瓶，肉一块交给其家人说："这是今年的慰问物资，请拿好。"家人拿到抚慰品后感激万分，连连道谢。

汉卒告辞后，又继续吆喝着向前走去……

就这样，短时间内，刘邦手下的军队陡然增加了很多。萧何吩咐樊哙、周勃等人把所有新兵造册在案，并编排军号队伍，然后集合在一起训练，为东征做准备。

2

而这个时候，韩信仍在季布等人的追击之下，正马不停蹄地奔驰在投奔汉中的路上。

在散关休息了一夜，东方发白时，韩信便起床捡拾好行囊，然后走进饲马房。他见马在默默地吃着草料，便看了看马槽，又将马的肚子压了压，摸摸它的鬃毛说："伙计，这几天你也够辛苦了，到了南郑，你就好好休息几天吧！快点吃，吃饱了好赶路。"他返回卧室，背上行囊，正准备动身时，守将章平进来了。

章平一见韩信，便诧异地问道："韩将军，起这么早干什么去？"

韩信回答说："世子爷，我想趁太阳没出来，天气凉爽好赶路。"

章平劝道："韩将军，我早就说了，孤云山你就不必去了。那里我去过，栈道被烧得一塌糊涂，什么也没有了，人根本过不去。你就在这儿休息几天，回去把我说的情况向军师一报，不就得了。"

韩信一本正经说："世子爷，你不知道，在军师手下做事，一点儿也不能马虎。我必须去亲眼看一看，还得画个图什么的。不然，军师问起来，心中没底，说不清楚就麻烦了。所以，孤云山我是一定要去的。"说着就要上路。

章平还是十分热心地说："急什么，要走也得吃了饭再走啊！"

韩信说道："不用了，我备有干粮。"

章平也就不再坚持，便客气地说道："那我送送你。"

章平徒步把韩信送到散关关卡，一个守兵牵着韩信那匹驮着行囊的马走在后面。章平回头看了看那匹马，说："韩将军，你这坐骑又老又瘦，出关后那二十里沙滩，绝对走不过去！"

韩信回答说："走慢点应该可以过去吧？"

"肯定不行！"章平摇头说道，然后对手下人吩咐，"来人，把我那匹新买的战马牵过来！"

韩信怕拖延时间惹出麻烦，连忙推辞说："世子爷，不必烦劳你了，我先告辞！"说罢就要上马。

章平赶紧拦住："哎呀，客气什么？我又不是送给你，是借给你。等你从孤云山回来，还给我不就得了？"

说着，一个守兵牵来了一匹白龙战马。韩信一看，此马高大肥壮，毛色放光，嘶鸣震耳，踢踏有声，心里不由得高兴起来。章平看到韩信很兴奋的表情，便问道："此马如何？"

韩信回答说："那还用说？我看和霸王的乌骓不相上下。"

章平听后，不禁心花怒放地在马屁股上拍了一下说："看来我这五百两银子没有白花。"韩信奉承道："别说五百两，就是一千两也值。世子爷堪称当今的伯乐了！"

章平连忙谦虚道："这我可不敢，只要你喜欢就行了，骑走吧！"

韩信赶紧谢过章平，翻身跨上马背。白龙马抬起前蹄，长啸一声，又尥起后蹄弹跳几下，几乎将韩信掀下马来。韩信神色自若，任其腾挪翻拱，经过一阵较量之后，马终于乖乖地停了下来，打着响鼻，表示认输。

韩信拱手道："谢世子爷，韩信告辞了！"

章平也抬手一揖："韩将军，请！"

韩信便紧勒缰绳，两腿一夹，骑着白龙马飞奔而去。

章平送走韩信回到关内，略显劳累，往墩子上一坐，喊道："茶来！"侍从赶忙送上茶水。章平接过，刚抿了一口，差人急忙来报："世子爷，东面一队轻骑，直向关内奔来！"章平听后不禁一怔，说道："啊？去看看！"

来到散关前，章平仔细一看，只见一支马队旁若无人地从东门鱼贯而入，一个个弃镫离鞍，无论是人还是马，满身都印上明显的泥巴花。

季布走到章平跟前，拱手叫道："世子爷！"

章平定睛一看，才发现是季布，赶紧还礼道："季将军，你这么风尘仆仆而来，要到哪儿去？"

季布直入正题，问道："世子爷，执戟郎中韩信到这里没有？"

章平不知道季布问这话有何意思，略有迟疑地回答："来过。"

季布接着问道："现在哪里？"

章平回道："刚才出关，上孤云山去了。"

季布气得直跺脚，指着章平说："哎呀，韩信是钦犯，你！你为何要放他出关？"

章平虽然吃了一惊，随后仍辩驳说："季将军，我可没听说韩信是钦犯呀！"

季布只好解释："告诉你吧，我是奉军师之命来捉拿他的，已经追了两天两夜了！"

章平针锋相对，说道："你就是追上三天三夜，也不能怪我呀！"见季布气得满脸通红，章平觉得也不好再跟他争辩，便用缓和的口气说："季将军，要不这样，你就在这儿歇一歇，我替你去追。"

季布心想再怪章平也无益，只得急急回答说："也好！这一带地形你比我熟悉，我们就一起去追吧！"

章平领着季布一行出西门，向前追赶。

出了散关，都是盘山路，弯弯曲曲，羊肠一般。来到山顶，章平往下望去，看见半山坡上韩信正往下走，忙用手一指说："将军你看，那个小不点影子就是韩信。"

季布不由精神一振，连忙大喊："快追！"

士卒听到命令，马上扬鞭催马，争先恐后，纷纷向前猛追。路弯道窄马多，居然互相践踏，有的竟被挤下山去，跌得粉身碎骨。季布见此混乱局面，一时慌了手脚，赶紧扬手大叫："大家不要乱！慢马靠左，快马靠右，快追！"

此时韩信已走上一段平路，忽听一阵嘈杂之声，回头一看，只见盘山道上马嘶人吼，尘土飞扬，一个马队正朝自己追来，不禁倒抽了一口冷气。他将缰绳一紧，两脚猛夹，白龙战马便哒哒腾空而起，很快就跑到了沙滩上。沙滩的沙粒松散，马蹄子一陷尺来深，怎么也跑不动。韩信边走边回头，尽管追兵越来越近，但他毕竟有大将的胆略，临阵不慌，依然沉着地一步一步往前赶。

不久，季布的马队也到了沙滩边上。季布见韩信就在前边，便扯开嗓子喊道："韩信站住！站住！"

韩信就当没有听见，毫不理会地继续前行。季布见韩信根本不理睬自己，心中十分气恼，于是催马急追。可疲惫不堪的马脚陷进沙里，怎么也提不起来，便又急忙弯弓搭箭向韩信射去，可箭也根本够不着他。眼看着自己和韩信之间的距离越拉越远，很快，连韩信的影子也看不见了。他气得暴跳如雷，抽出宝剑"咔嚓"砍断了路旁一棵碗口粗细的栎树。

章平在一旁劝慰道："将军消消气，韩信骑的白龙马膘肥体壮，昨夜又喂得饱饱的，跑起来当然有劲。而你们长途跋涉，人困马乏，自然跑不过韩信嘛！"季布愤怒地说道："跑不过他难道就不跑了吗？继续给我追！"

章平只好不再言语。精疲力尽的兵卒也只得继续催马向韩信追去。

3

韩信甩掉了季布等人之后，如离弦之箭纵马奔跑在驿道上。来到一路口，忽然听到前边有人在喊："站住！"

韩信连忙勒马停下，定睛一看，两个铺兵站在道边。其中一个问道："做什么的？"韩信回答说："军师府派来检查栈道的。"铺兵问道："有没有通关文书？"韩信回答说："自然有的。"说着掏出文书交给铺兵。铺兵仔仔细细看了一阵，问另一个铺兵："这是个什么字？"另一个铺兵摇摇头表示也不认识。

韩信看到这情形，心中十分焦急，便立即凑过去说："这是个栈道的'栈'字。"

铺兵立即装作懂了似的连连说道："哦，对对对，栈道，栈道。"韩信担心季布随时会追过来，急得额头都冒出了汗珠，便说道："请将文书还给我，我好赶路。"

那铺兵回答说："这我可做不了主，跟我到里面和我们头儿说去。"说着就要往铺房走。

这真是"急惊风遇着了慢郎中"！韩信忍不住了，命令道："站住，给我拿来！"

铺兵吓了一跳，但是随即又壮起了胆子，没好气地说道："你要什么威风？"说完便转身继续往前走。韩信只好掉转马头跟了上去，说："贻误军情，你担待得起吗？"

铺兵不以为然地说："什么军情不军情？到了我们这里就得按我们的规矩办事！"

韩信终于忍无可忍，猛地抽出宝剑，手起剑落，铺兵便倒在了韩信的马下。韩信急忙拿过铺兵手中的文书，策马飞奔而去。另一个铺兵吓破了胆，一时间竟然不敢动弹，待到韩信远去之后才回过神来，连忙大喊："杀人啦！"

铺房里的铺兵听到叫喊声，纷纷跑了出来，看到铺兵尸体，个个都惊呆了。一个队长模样的铺兵还算清醒，连忙命令道："追呀，不要让他跑了！"

于是，众人连忙上马向韩信追去。追赶了一阵子，根本追不上韩信，只好蔫头耷脑地跑了回来。

也就在这个时候，季布的马队赶到了这里。见铺兵被杀，其他铺兵也是狼狈不堪，问道："这是怎么回事？"铺兵队长赶紧报告："韩信杀了铺兵闯关，我们追了很久，可连他的影子都没有追上！"

季布顿足长叹一声，只好自认倒霉，让韩信逃脱了。

韩信，一阵策马狂奔后，终于安全到达南郑地区。

进入南郑之后，韩信便放下心来，他跳下马，身背行囊，手牵白马，漫步在南郑街头。只见街市繁华，百姓安乐，秩序井然，几天来的担惊受怕、饥饿疲劳，顿时全被驱散，感到前所未有的轻松惬意，脸上不禁漾起了笑纹。

突然，街上人群惊恐万状地四处奔跑，不少人还被撞翻在地。韩信正在惊愕，片刻之间，只见一匹战马四蹄腾空，穿街闯巷狂奔而来，滕公夏侯婴在后面紧紧追赶。韩信见状，毫不犹豫地立于街心，飞身跨上战马，抓住猎鬃，夹紧双腿，任其左冲右突，尥蹄嘶鸣都不松手，最后终于将烈马制服。

夏侯婴连忙上前，对韩信竖起大拇指说："壮士马术高超，佩服！"韩信微微一笑说："谢将军夸奖！"夏侯婴拿出几两银子给韩信："一点薄礼，不成敬意，请壮士收下。"韩信推辞说："将军见笑了，区区小事，何足挂齿？"夏侯婴见到韩信拒不接受，只好再次向面前这个人说道："谢谢！"然后一拱手便骑上烈马走了。

韩信牵着马来到一家客店前。

这家客店门楣上挂着一块"高升店"的招牌，他看了一眼，正在犹豫之际，店老板热情迎出，殷勤地说道："客官，住店吗？咱们店里干净舒适，伺候周到，收费经济。"

韩信朝店内看了看，觉得老板说话诚实，看不出有什么欺诈迹象，便打定主意说："好，就住这儿吧。"

老板十分高兴，提高嗓音喊道："伙计，来客啦！"店小二应声而出，接过韩信手中的缰绳，将白龙马拴到马槽上，又在槽内加上草料。

店老板将韩信带进店中，直接让到客房，待韩信在房间里面观察一番之后，便问道："客官，这房间怎么样？"韩信卸下肩上的行囊，说："还算可以。"老板见到韩信已经决定住下，便忙恭敬地递上茶水："请用茶！"

这时，客店的账房先生走进来对韩信说，依照南郑的规矩，要韩信填个店簿，于是翻开店簿问道："先生，贵姓？"

韩信不再隐讳，说出了自己的名字。

账房先生又问："贵庚？"

韩信回答说："二十八岁。"

"从什么地方来，到什么地方去？"

"从关中来，就到你们这儿不走了。"

"办什么事？"

韩信虽然觉得住个店真麻烦，但还是耐心答道："求取功名。"

问完之后，账房先生一一记录在簿，这才告辞离开。

随后，客店老板便和韩信攀谈起来："客官，我一看就知道你是来求取功名的。"

韩信不禁感到疑惑，反问道："何以见得？"

老板得意地笑笑说："这我见得多了。一般人住店，都有个讲究，讨个吉利，像那些做买卖的要住'兴隆店'，图个生意兴隆。你住敝店当然想高升啰！"

韩信插话道："那带兵的住什么店？"

老板回答说："住'得胜店'，好旗开得胜。我看你路过咱店时，看见'高升店'三字，便站着不走了，我就看出你是来求取功名，图个升迁的。"

韩信哈哈大笑："掌柜的，你可真会揣摩别人的心思！"接着，问道："听说汉中是秦国的'罪乡'，把犯人都放到这儿来，是不是这样？"

店老板说："是呀！不瞒你说，我们的祖先就是发配到这里落籍的。现在如果把我们再发配回去，还真不愿意离开这里呢！"

韩信听后，十分疑惑，问："为什么？"

老板显出几分骄傲的神色："客官，你是初来乍到，还不熟悉情况。这'罪乡'并不如人们所说的是穷乡僻壤，而是一块风水宝地呢！"

韩信觉得这位店掌柜对南郑充满感情，说的话也很有意思，便接着问道："你说这地方好，好在哪里？"

老板见韩信喜欢听他侃大山，就更加滔滔不绝地夸起南郑来："这儿有山有水，土地肥沃，物产丰富，四季花木果蔬，应有尽有。春有碧桃银杏，夏有莲藕香瓜，秋有稻浪如金，冬有寒梅映雪。牛肥马壮，鱼跃鸢飞，美酒佳肴，任君尝品。还有绝妙观赏处，石顶关、瀑布泉、盘云坞、天汉楼、柱石堂、四照亭等景散落境内，美不胜收！故素有'天府'之称。"

韩信听了也不由兴致勃勃地说："这确实是一块风水宝地！"

老板意犹未尽，继续摆着这里的好处："尤其自汉王建都南郑以来，萧丞相治国有方，给百姓免除两年劳役赋税，奖励农桑，人民安居乐业，就更好了！"

韩信一听老板提到汉王，忙抓住时机进入正题："老板，听说汉王为了广纳贤才，设了一个招贤馆，请问在什么地方？"

老板笑着回答说："客官说的一点不错，那里每天报名的人络绎不绝。你啊，从这儿往北走，不远就是丞相府，旁边呢，就是汉王宫，再走过去一点就是招贤馆了。"

韩信听后赶忙起身："谢老板指点。"说罢就往外走去。

第三十二章　谈兵论战惊萧何

1

韩信来到街上，信步而行，四处张望。走到一座衙门前，见门额上"丞相府"三字赫然在目，便从怀里掏出张良的三角帛书，展开看了一遍，正准备走进丞相府大门，却又停了下来。心想，现在不能进去见丞相，我要把张良的角书先藏起来。自己还没有寸功半劳，靠别人的面子混饭吃算什么英雄？一定要凭自己的真本领取得丞相的赏识，得到汉王的重用。于是便将角书揣入怀中，继续向前走去。

不一会儿，韩信来到了招贤馆，将墙上的《招贤榜文》仔仔细细看了一遍。这时，从招贤馆里出来两个差人，见了韩信，问道："贤士是来报名的？"

韩信点点头回答说："正是。"

差人便要登记，韩信不以为然地说道："我要见侯爷。"差人一听，感觉面前这个人有些不识好歹，脸色就变了："任何人都必须登记！"

韩信也不计较，依旧说道："听人说夏侯将军礼贤下士，我不填表，就不能见他吗？"

差人不耐烦地说："侯爷很忙，要按报名先后进行安排，这是规矩！"

韩信头一扬，赌起气来："我不管！我今天非见到夏侯将军不可！"说这话时故意放开嗓门，让门里的人听见。

片刻，大堂里面果然有差人出来了。差人一到门口便问道："什么人在这里喧哗？"

刚才那个差人指着韩信说："这位贤士要见侯爷，又不肯登记，还在这里吵闹！"

大堂差人看了韩信一眼，眼前马上闪现出韩信驯服烈马的情景，于是满脸堆笑地问道："今天在大街上驯服烈马的就是你吧？"

韩信点点头："正是。"

大堂差人赶紧说道："贤士稍等。"说罢转身入内，片刻之后又走了出来，毕恭毕敬地对韩信说："贤士，侯爷有请！"

说着，差人便领着韩信走进内堂。

夏侯婴看到韩信，连忙起身相迎。

韩信赶紧作揖道："参见侯爷！"

夏侯婴见果然是制服烈马的贤士，心里高兴不已，说："贤士请坐。"

韩信道谢之后，一屁股坐在夏侯婴旁边的位子上。夏侯婴也不在意，只向他问道："贤士高姓大名，从何而来？"

韩信回答："免贵姓韩，名信，从咸阳而来。"

夏侯婴接着问道："可曾出过仕否？"

韩信又答："原在项楚驾下担任执戟郎中，项王不能重用，才背楚归汉。"

夏侯婴颇为惊诧："栈道烧绝了，山路险峻，贤士是如何过来的？"

韩信沉吟片刻后说："栈道没有了，但可以攀藤揽葛，涉水登山。我弃暗投明，为的是报效汉王，自是不顾山高水深，路途艰险。"

夏侯婴感慨地说："壮哉！贤士看过外面的榜文没有？那榜文罗列了一十三条，不知贤士精通哪一条？"

韩信微微一笑道："那十三条加起来，就是一科。"夏侯婴听了不解地问："一科？"

韩信点点头说："一科，就是军事科。这不过是一枝一节之能，未足以尽展信之所知。"

夏侯婴不禁十分惊愕，说："这十三条加在一起，还不足以显示贤士之所知，那你还精通哪一科？"

韩信自信地说："我精通的那一科，招贤榜上含糊不清。榜文上应该写上这么一条，'才兼文武，学贯天人，出将入相，百战百胜，取天下易如反掌，堪为破楚元帅者。'这就是我最精通的一科。"

夏侯婴一听，傻眼了，呆呆地望着韩信，半晌没有出声。

韩信看出对方的怀疑态度，便说："侯爷以为我在说大话，不敢置信是吗？"

夏侯婴便顺着韩信的话点了点头："然也，贤士未免过于自信了吧？"

韩信笑道："侯爷，这你就错了，而且是大错！请问，你这儿是什么地方？"

夏侯婴回答说："招贤馆。"

韩信坦言道："招贤馆是专为招贤纳士而设的，不管报名者是贤是愚，均需经过测试考察方能决定取舍，我仅谈了自己的看法，你尚未经过测试就表示怀疑，岂不是错了？"

夏侯婴一时语塞，不知该说些什么。韩信见夏侯婴尴尬地愣在那里，便起身在室内走动起来，以打破沉闷。当他来到内堂书架边时，灵机一动，给夏侯婴递过一个台阶："侯爷，你随便出个题考考我，看我是不是在说大话？"

夏侯婴像是黑暗中看到了光亮，顿时豁然开朗，马上想到了一个考题，说："你读过些什么书？"

韩信笑着回答："侯爷，我什么书都读，随便你考我什么都可以。"夏侯婴更不相信，便顺手从书架上拿下一本书，问道："此书你读过吗？"

韩信一看，漫不经心地说了一句："《六韬》？读过的。侯爷，这是身为元帅的人非读不可的书。"

夏侯婴放下《六韬》，又拿起另一本书问道："这一本呢，读过吗？"

韩信又瞄了一眼，说："《孙子十三篇》？读过，当然读过。"

夏侯婴便摆出考官的架势："那你给我说说《孙子十三篇》有些什么内容？"

韩信胸有成竹，滔滔不绝地述说起来："《孙子十三篇》是两百多年前军事家孙武的著作，共十三篇，分《计篇》《作战篇》《谋攻篇》《形篇》《势篇》《虚实篇》《军事篇》《九变篇》《行军篇》《地形篇》《九地篇》《火攻篇》和《用间篇》等。"

夏侯婴没读过多少书，听韩信说起这些内容，如牛听弹琴一般，不知所云，只是张着嘴不断点着头。

韩信为了显示自己的知识渊博，又接着对夏侯婴说："侯爷，让我背一段给你听听。"说着便朗朗地背诵起来，"《计篇》第一，孙子曰：兵者，国之大事也。死生之地，存亡之道，不可不察也。故经之以五，校之以计，以索其情：一曰道，二曰天，三曰地，四曰将，五曰法。道者，令民与上同意者也，故可与之死，可与之生，民弗诡也。天者，阴阳、寒暑、时制也。地者，高下、远近、险易、广狭、死生也。将者，智、信、仁、勇、严也。法者，曲制、官道、主用也。凡此五者……"

夏侯婴越听越糊涂，如坠五里云雾，不由得赶紧打断说："停，停！不要背了。"他对韩信肚子里的学问到底有多深，不敢下结论，但无论如何不可轻视，于是说："韩贤士学富五车，高深莫测，真乃天下奇士，难得的人才。今天时间不早了，明日我向丞相尽力举荐。"

韩信觉得自己的目的已经达到，便对夏侯婴告辞而去。

2

第二天，萧何、夏侯婴等人来到宫中，拜见刘邦。

刘邦首先问萧何："萧爱卿，咱们自到南郑以后，就着手大规模地招兵买马，积草囤粮。现在准备得怎样？军卒究竟有了多少？"

萧何答道："禀汉王，粮草堆积如山，军卒已将近六十万了。"

刘邦心里十分高兴，不由跃跃欲试地脱口一句："这么说，咱们已经兵齐粮足，可以和项羽比拼了？"

萧何点头道："除此之外，士气高涨，足以和项羽一决雌雄！"

刘邦已经急不可耐，接着问："何时能够出关东征？"

萧何思索片刻方才答道："汉王，东征的事，尚不能操之过急。"

刘邦不禁有些疑惑："你不是说准备充足了吗？"

萧何答道："其他一切都准备充足，但还差一样，现在还没有掌印的元帅呀！"

刘邦不假思索地说道："从我这七十多位战将里挑一个，不就得了！元帅在自己窝里，难道一定要从外边去请吗？"

萧何却不以为然："千军易得，一将难求。我们这些将官大都没有读过多少书，勇有余而谋不足，一个元帅料都没有，可不能抓到篮子里就是菜呀！"

刘邦急了，便问道："那你打算怎么办？"

萧何倒是不急："你不记得了？张良临走时说，他要帮你做三件事，访一个元帅就是其中之一，还是耐心等着吧！"

刘邦颇为不快："那要等到何时啊？"

萧何回道："汉王，应该不会很久。他临走之前不是说过多则三年，少则一、二年吧？"

刘邦只得叹了口气，无奈地说："那就等吧！"

萧何等人退朝下来，在出午门时，夏侯婴便笑嘻嘻地追了上来。萧何看着夏侯婴的笑脸，莫名其妙地问道："什么事，这么春风满面的？"

夏侯婴高兴地直捻胡子："招贤馆来了一位大贤士。"

萧何一听，连忙问道："什么大贤士？"

夏侯婴回答说："此人学富五车，才高八斗，堪称元帅之才。"

萧何一下子来了精神，连连发问："刚才为何不向汉王禀报？这元帅真的说来就来了吗？这位大贤士是何许人也？"

夏侯婴见萧何连问几句，不由笑了，说："我没跟丞相禀报，敢向大王说吗？这位贤士是从咸阳而来……"

萧何赶紧打断："咸阳？是不是张良举荐的？"

夏侯婴摇摇头："不是，他在楚营只是个执戟郎中，抱负不能实现，便毅然弃楚归汉。"

萧何接着问道："他叫什么名字？"

夏侯婴回答说："姓韩名信。"

萧何不禁紧皱眉头想了想，口里念着："韩信？"

夏侯婴看到萧何的反应，就问道："你认识此人？"

萧何回答说："在咸阳见过一面，当时给我的印象不错。他——是不是张良推荐来的？"夏侯婴："不是"。

萧何迟疑着："只是他不过一区区执戟郎中，张良又没有举荐，未必有将帅之才。"

夏侯婴袖子一甩，说："丞相，古人云'凡人不可貌相，海水不可斗量'，我昨天和他一番交谈，发现他确实是满腹经纶，学问渊博。你不相信，考他一考就知道了。"

萧何想了想说道："还是等一等张良的消息吧。"说着加快了脚步。夏侯婴沉不住气了，跨上一步追上萧何："丞相，《招贤榜文》上不是写着'立贤无方，不拘贵贱'吗？为什么一定要等张良的举荐呢？"

经夏侯婴这么一提醒，萧何立刻感到自己失误了，思索片刻便说："对，你说的不错。马上叫他到丞相府来见我！"

夏侯婴高兴得像个小孩子似地蹦了起来。

3

夏侯婴一路小跑回到招贤馆,吩咐手下找到韩信,又领着他来到了丞相府。

萧何看到韩信,连忙降阶以迎,然后分宾主就座。

萧何仔细端详着韩信,说道:"韩壮士,当初咸阳街头一别,不觉又是半年有余,没想到你还是那么英俊潇洒。"

韩信微微一笑:"当时丞相说'后会有期',今日果然得见,韩信三生有幸!"

萧何客气地说:"壮士远道而来,投奔汉王,我们非常欢迎!"顿了一下,切入主题:"听夏侯大人说,壮士博学多才,令人赞佩,萧某渴望能与壮士交谈,壮士若能对天下形势谈些看法,萧某愿洗耳恭听。"

韩信一听便知道了萧何的意思,是想看自己的实力到底如何,于是笑了笑,谦虚地说:"丞相过奖了,信乃井底之蛙,何能奢谈天下形势?但是丞相既然愿听陋见,我就不揣冒昧了。"

韩信稍作停顿,接着便说:"那我就先从霸王迁都谈起吧。关中山河聚天地之灵气,历代帝王建都于此,彪炳史册。而霸王一意孤行,舍此而迁都彭城,是大错特错矣!常言道,'天与不取,反受其咎;时至不迎,反受其殃'啊!并且为了迁都彭城,而逼楚怀王迁郴州,并派人弑杀于途中,这就更失去了民心。项羽只是匹夫之勇,全无谋略可言,自以为能得到天下人的拥护,其实天下诸侯只不过暂畏其强而已,背叛之心,藏而未露。项羽眼下危机四伏,末日已为期不远,却还全然不知,真是可悲啊!"

萧何同意地点点头,随后又问道:"以壮士的看法,你认为汉王的形势如何?"

韩信不假思索地答说:"汉王左迁于褒中,可以养精蓄锐,积聚力量,有如虎豹占据山林之势,为有志之士提供了施展才能的天地,汉王得天下势在必然。"

韩信喝了一口水,接着说道:"具体而言,汉王约法三章,废除秦廷苛法,虽左迁南郑,而天下属望。章邯等三人,秦民恨入骨髓,而项羽封他们为三秦王,以阻汉兵,实为资敌国也。若汉王举兵东向,百姓莫不引领来归,三秦传檄可定。总的说来,得人心者强,失人心者弱,汉家占一'治'字,楚家占一'乱'字。楚危而汉安,这就是当今天下的形势,不待智者推论而可知也!"

萧何深感韩信说得正确,于是进一步询问道:"依你之见,汉王现在可以东征吗?"

韩信点点头答道:"正是时候!"

见韩信说得这样干脆,萧何颇为赞赏,但还不能十分确定他的实力,于是故意问道:"现在栈道已毁,军队无路可走,如何东进?"

韩信意味深长地一笑:"丞相明知故问!烧毁栈道绝不是随意而为,一定是经过丞相认可的。如果没有别路可通,根本不会下此险棋。其实烧毁栈道的目的是要使项羽消除西顾之忧，三秦放松警备。但是此举只能瞒过项羽，智者一看便知。所以说，发兵之时，不要多虑，要是我当了元帅，自有办法出关！"

萧何听得不由在心里叫了一声"好！"边听边用手势将夏侯婴叫到身边，在他耳边吩咐了一番。夏侯婴点点头，然后离去。

萧何对韩信完全刮目相看了，便想进一步考察他的用兵之道："壮士，若是汉王任你为帅，你打算如何用兵？"

韩信见萧何产生了兴趣，便敞开胸怀大谈起来："汉王如果信任我，任我为帅，我将把伊尹、武丁、傅说、乐毅、子牙、孙子等人的军事著述加以融会贯通，灵活运用于实战之中。这是一般人难以运用的战法，保证百战不殆！"

韩信过于自信，倒使萧何生出几分怀疑："真有这么神奇吗？"

韩信滔滔不绝地说："古人之战法非短期能够领会，它自天之上始，由地之下终，自内而外，自外而内，无所不包。十万之众，百万之师，无有不变。或昼而夜，或夜而昼，无有不兼。范围曲成，各极其妙，运达古今，精深博大。定安险之理，决胜负之机，伸运用之权，藏不穷之智，奇正相生，阴阳终始，如循环之无端。而后仁以容之，礼以立之，勇以裁之，信以成之！"

萧何见韩信所言大气恢弘，丝丝入扣，非奇才不能有此见解，于是怀疑过半，改用探讨的语气问道："古人如此，你又将如何融会贯通，灵活运用呢？"

韩信继续说："我用兵是守之以静，发之以动，兵之未出如山岳，兵之既出如山河，变化如天地，号令如雷霆，赏罚如四时，运筹如鬼神。能使亡而能存，死而能生，弱而能强，柔而能刚，危而能安，祸而能福，机变不测，决胜千里！"

这时，窗外雄鸡高鸣，东方渐白，夏侯婴从外面走了进来，提醒说："丞相，鸡叫三遍了！"

萧何此时已对韩信十分佩服，便由衷地说："贤士的高论，令人精神振奋，时光在不知不觉之中消逝，真乃幸会，幸会！"

韩信见时候不早，便站起身来拱手道："丞相该休息了，韩信告辞。"

萧何看韩信要走，连忙挽留："贤士上哪儿去？"

韩信回答说："回高升店。"

夏侯婴在旁边笑道："贤士不用了，丞相已派人去高升店结了账，把贤士的行李取回相府了。"说着，从外面叫来一个书童，吩咐书童带韩信到外书房休息。韩信见了，十分不好意思，连连道谢："那就叨扰丞相了！"说罢随书童离去。

夏侯婴在韩信走后，凑到萧何身边问道："丞相，韩信到底怎样？"

萧何连连点头，说："不错，不错！我看即便是张良推荐的人才，也不过如此吧？"说罢，不觉一阵困意袭来，便吩咐夏侯婴回府休息，自己也摇摇晃晃地回到房中安寝。

观今宜鉴古，无古不成今。为官之人肩负着选人用人之责，首先应当学会慧眼识人。既不要降格以求，又不求全责备，用独立、全面、辩证、客观的眼光考察识别人才,是为贤者用人之道。萧何就是这样一位贤者。

书童带着韩信来到书房,把手中的行李等放置好,然后对韩信说:"贤士休息吧,小人失陪了。"韩信点点头:"请便!"书童便退出门外。韩信待书童离开之后,环顾房内,只见房内摆设整齐清洁,尤其是书架和几案上堆放着许多竹简,心下非常满意。

韩信放松地躺在床上,忽然想到什么,连忙又坐了起来,从行囊中取出张良的角书。他打开来看了看,心想,张良先生的角书,暂时还是不要示人,等汉王封我当了元帅,再交给丞相,这样就免去了攀附骥尾之嫌。想到这里,他就把角书重新放入囊中。接着,又取出陈平帮忙办的通关文书,也展开看了一遍,觉得它没有什么用了,便就着灯火烧掉了。做完这些,韩信才睡下,安心地进入梦境之中。

而在隔壁卧室,劳累了一天的丞相也打起了鼾声。

第三十三章　韩信临刑吐豪言

1

　　第二天一大早，红玉便轻轻走到萧何床榻边喊道："爹，该上朝了！"

　　萧何马上翻身起床，拨开窗帘看了看，见时候不早，便赶紧盥洗梳理一番。红玉一边帮着萧何穿上朝服，一边问道："爹，住在外书房的是个什么人呀？"

　　萧何说："是一位文武双全的贤士。"

　　红玉疑惑地接着问道："你让他住在家里做什么？"

　　萧何笑笑说："我要随时和他谈天说地，讨论国是，还要请他向你们姐弟传授武艺哩！"

　　红玉十分高兴，连忙说："哎呀，那太好了！"

　　萧何穿戴完毕，走出卧房，吃过早点，便匆匆赶去上朝。

　　大殿之上，灯火辉煌，文武大臣站立两厢，庄严肃穆。刘邦端坐如神，接受大臣朝贺。

　　萧何上前施礼，道："恭喜我王，贺喜我王！"

　　刘邦摸不着头脑，忙问："丞相，喜从何来？"

　　萧何答道："一位能统帅三军的帅才到了招贤馆，不是一喜吗？"

　　刘邦听了，心中大悦，赞叹说："张良办事果然可靠！"

　　萧何摇摇头："禀大王，这可不是张良推荐的。"

　　刘邦好像被浇了一盆冷水，问道："这是哪里冒出来的？"

　　萧何说："是从楚营弃暗投明来的。"

　　刘邦一听是从项羽那边过来，顿时显得有些担忧，迟疑着说："从楚营而来，要谨防奸细啊！"

　　萧何宽慰道："汉王多虑了，此人熟读兵书，精通韬略，见识高远，抱负不凡，具有将帅之才，只因得不到霸王重用，才毅然投奔汉王的。"

　　刘邦"哦"了一声："原来如此！霸王封他何种官职？"

　　萧何回答："执戟郎中。"

　　刘邦又问："姓甚名谁？"

　　萧何答道："姓韩名信。"

　　刘邦眉头紧皱起来，想了很久，才问道："是不是淮阴那个乞食于漂母的韩信？"

萧何回答："正是那个饿夫。"

刘邦一听竟然是这个人，便带着几分嘲讽地说："据说当时韩信坐在淮河沿岸一边钓鱼，一边看书，而旁边不远处有一群漂母正跪在石板上漂洗衣服、布匹。等到日当正午的时候，漂母们纷纷回到岸上，拿出事先准备好的午饭摆在石头上，津津有味地吃起来。而一旁肚中已经十分饥饿的韩信，看到漂母们吃得香甜，不禁目不转睛地望着她们，口水都差点流出来。漂母们无意中发现了韩信的窘态，便以手招之，将自己的饭菜匀出一半，递到韩信面前，是不是如此？"

萧何点点头说："微臣也听说过。"

刘邦"嘿嘿"冷笑一声，更加不屑地说："听说他还受过胯下之辱，是不是？"

萧何仍然不紧不慢地答道："臣闻听说，当时一群小混混在街头游荡，打打闹闹，嘻嘻哈哈，韩信身背宝剑，一副贵族打扮，从他们身边经过。一个混混鼻子里不屑地'哼'了一声，说'穷得饭都吃不上，还要装出一副有钱人的样子，走，我们去跟他逗逗乐。'混混们便追上去拦住韩信。韩信停下脚步客气地说'各位兄弟，小的去与朋友约会，请给个方便吧！'混混们乐了，'方便，什么方便？把宝剑留下，就方便你！'韩信的宝剑乃是家传之物，实在难以割舍，便依旧客气地说：'各位兄弟，我与你们往日无仇，今日无冤，何必如此？请高抬贵手，让小的过去吧！'混混们的老大哪肯轻易放过韩信？说：'想要过去？有种你就拿剑刺穿我的心窝。如果不敢，就从我的裤裆下爬过去，否则，就休想走！'韩信听后虽然是满腔怒火，不由双目圆睁，拳头紧握，汗水都从指缝中渗出，但略一思索，还是咬住牙根，俯身从混混老大的胯下爬了过去。起身之后，拍了拍手上的灰尘，回头瞪了混混们一眼，然后昂首挺胸地走了。"

刘邦大笑道："丞相，如此卑贱之人，我要用他当元帅，三军能服吗？诸侯也必耻笑于我，项羽则更会骂我是瞽目之人，拿着朽木当栋梁。元帅一职关系着国家兴亡，全军胜负，必须慎重从事啊！"

萧何耐心进言："大王，古代名将出身寒微者，大有人在啊！伊尹就是个山野村夫，却为成汤建立了商朝；姜太公不也是垂钓渭水的渔翁吗？也为创立周朝立下不朽功勋，名垂青史。韩信虽然出身微贱，但有经文纬武之才，如果舍弃不用，岂不可惜？而且，我是经过再三考虑才保举他的。"

刘邦考虑片刻，只得让步："好吧，看在丞相保举的份上，封他个连厩官吧。"

萧何感到十分惊奇："连厩官？大王，杀鸡焉用牛刀呀！"

刘邦见萧何还不满意，便不悦地说："别看连厩官不大，可也管十个人呢。他在项羽那里只不过是个执戟郎中，别人管他，他管过谁？"

萧何虽然心中多有不快，但也不好惹恼刘邦，只得暂时作罢。

萧何回到府中，韩信站在书房外，见萧何回府，连忙笑脸相迎："丞相，散朝啦？"

萧何说："进屋说吧。"

于是二人走进书房，落座之后，韩信问道："丞相，我的事情怎么样？"

萧何迟疑片刻，说："今日早朝，我保举贤士，汉王还是给了我一个面子，已封你为连廒官。"

萧何觉得很不好意思，也怕韩信不满意，于是又安慰说："贤士请不要见怪，事情得一步一步来……"

不料韩信不等萧何说完，便高兴地说："连廒官？好啊！什么时候去上任？"

萧何见韩信不是失望反而叫好，如释重负，但还是忍不住问道："你不嫌官小？汉王对你如此大材小用，不觉得委屈吗？"

韩信十分爽朗地回答说："哪里，连廒官手下还管十个差人哩！想我在楚营，小小执戟郎中一个，总被别人管着，如今翻了十倍，可算一步登天啰！再说，汉王没有看到我半寸功劳，一举就封我连廒官，去管十个人，我已经受宠若惊了，哪还有什么委屈？"

萧何不禁赞赏道："贤士真丈夫也！"

韩信微微一笑，接着说道："丞相，你就赶紧派个差人送我去上任吧，我已经等不及，要有一番作为了。"

萧何高兴地点点头，然后吩咐一个差人带领韩信前去赴任。

静水流深，雅致蕴藉，寓意深远。静水，象征着低调为人，平静处世，锋芒不露，大智若愚；流深，则意味着胸有沟壑，底蕴厚重，博大精深，内涵丰富。两者结合起来，相得益彰，就是一个洞彻人生的大智慧。韩信赴任有何作为？人们拭目以待。

2

差人领着韩信到治粟都尉府报到，等办完一切手续之后，治粟都尉府的康总管便领着韩信来到三十二号粮仓。

仓里的十名差人见大堂上的总管来了，纷纷上前打招呼说："康总管，你有事吗？"

康总管说："来，我给你们介绍一下，这位是你们三十二号仓新来的连廒官韩大人。都尉说了，韩大人是丞相保荐、汉王封的，你们都过来见礼。"于是众人纷纷上前拜见韩信，又依次做着自我介绍。这十个人便是陈大、王二、张三、李四、朱五、杨六、侯七、马八、刘九、苟十。韩信一一予以回礼。

康总管见大家都已见过，便吩咐说："以后你们都要恪尽职守，听从韩老爷的吩咐！"又转头对韩信说："韩大人，要没什么事我就先走啦。"

韩信说："康总管请便。"

康总管走后，韩信便对这十个人说："大家都坐下吧。"众人坐下后，又接着说："你们谁管账？把账本拿来看看。"

"我。"陈大回答后，转身把账本拿来，交给韩信，"请韩大人过目。"

韩信打开账本一看，说："你管账的时间很长了吧？"

陈大答道："自从这个仓库建起来，就是我管账，一直管到今天。"

韩信接着问道："出过差错没有？"

陈大自信满满地回答："从未出过差错。"

韩信笑着夸奖了一句："很好，你的经验很丰富。"

陈大连忙作揖说："谢韩大人夸奖！"

韩信停顿一下，然后接着说道："我想问问，你这账上的数目，跟库房里的粮食实物相符吗？"

陈大不知韩信这些话是什么意思，连忙肯定地回答："相符，相符，要是不相符，那还叫什么账目呢？韩大人，请你相信，绝对不会有错。"

韩信又转过头问众人："你们大家都说说，是这样吗？"

众人一时也不知韩信到底想要做什么，便齐声说道："是这样的！"

韩信笑了："大家都很负责，我非常高兴。"顿了顿，又换了一种认真的语气说："不过，我可得检查检查，证实大家说的话是不是真的。"

众人见韩信似乎不相信他们所说的话，便纷纷说："听凭韩大人检查！"

韩信就吩咐道："这样吧，你们替我准备几条绳子、一把尺。"

陈大很为不解："韩大人，准备这些东西何用？"

韩信说："我用这两样东西检查一下，就知道库房里实物和账面的数目相不相符。"

众人也感到实在玄乎，一个大胆的差人说道："韩大人，检查库房的粮食数目，我们平日都是用斗量的。用绳子、尺子量粮食，我们听都没听说过，这能行吗？"

韩信摇摇头，解释道："用斗量这库房里的粮食，要花费多大工夫呀？非用十天半月不可。用绳子和尺子一量，立即知道结果，很省事，准备去吧！"

差人们听了，也不好再说什么，就赶紧准备去了。稍后，韩信便领着众人拿着绳子和尺子，来到一排粮食囤前，指挥他们一个个上下左右地量。量完之后，韩信坐下来用算筹一算，发现实物与账面不符，便说："经过刚才的检查，这粮食少于账面上的数目三百石！"

陈大先是一惊，接着诡谲一笑，说："韩大人，你用绳子这么一量，就知道少三百石粮食吗？嘿嘿，我明白了！"

韩信不知他是什么意思，就问道："你明白什么？"

王二在一旁抢着说："韩大人，这还用说？你刚上任，手头上一定很紧。别着急，我们瞒上不瞒下让你搛一点，但你的胃口也太大了，张口就是三百石！"

韩信不禁火冒三丈，厉声说道："你们认为我说少三百石粮食，是讹诈你们吗？"

陈大见韩信生气了，便赶紧解释说："我们不敢这样认为，不过，你用绳子这么一量，就说少三百石粮食，也太玄乎了吧？你让我们怎么交差？"

韩信看到众人都不相信自己，只好说道："我暂不追究这粮食的去向，先让你们明白我这量法是否可信。现在你们去拿个斗来。"

众人不知韩信又要搞什么名堂，迟迟未动，王二却从库房的角落里拿来一个斗放在韩信面前。韩信便用绳子量这只空斗，量完一算，说："我已经得出结果，这斗米一共有多少粒了。"

众人觉得更加不可思议，瞪大了眼睛瞅着韩信。韩信看到众人的表情之后说道："不信？那好吧，你们去拿粮食灌满这个斗，然后分开去数，看看我说的对不对？"

大家半信半疑，但还是饶有兴趣地按照韩信的说法去做，一个个趴在地上数起米来。等到数完之后，发现和韩信所算出来的数量一粒不差，一个个惊得目瞪口呆，于是众人对韩信佩服得五体投地。

很快，韩信这些奇怪的事情便传遍了整个南郑，当然也传到了刘邦的耳朵里。在一次早朝时，刘邦便向萧何打听："萧爱卿，近日南郑风传治粟都尉府有个'活神仙'，这是怎么回事？"

萧何答道："禀汉王，一位连廒官用绳子和尺，将库房内的所有囤子横量竖量之后，算出实物比账面少三百石粮食。众人不信，他又用同样的方法算出一斗米有六百万粒。大家一数，一粒不差。所以，称他为'活神仙'。"

刘邦惊叹："真有此事？这个连廒官是谁？"

萧何得意地捋捋胡子说："就是韩信。"

刘邦一听是韩信，神情顿时冷淡下来，不屑地说："雕虫小技，不足为奇。"

萧何见刘邦对这件事不以为然，便申辩道："大王，这不是雕虫小技，而是当元帅必备的本领。兵法有云：'夫未战而妙算胜者，得算多也；未战而妙算不胜者，得算少也。多算胜，少算不胜，何况于无算乎？吾以此观之，胜负见矣。'这说明算法对于用兵是何等重要！一个元帅不精通算法行吗？"

刘邦似有所悟，点点头说："嗯，说得有理，改日本王得亲自领教领教。"

萧何看到刘邦开始重视起来，高兴地赶紧又进一言："如此说来，韩信的将帅之才汉王认可了？"

刘邦依旧不买账："这不过是一技之长，谈不上是什么将帅之才。"

萧何有些失望，但还想坚持最后一搏："大王，韩信上任才几天，就有'活神仙'之称，全城上下，无人不知，这足以说明他当个连廒官，是大材小用了。"

刘邦随即反诘："依你之见，要当个什么官才不是大材小用呢？"

萧何答道："封为大元帅。"

刘邦不由哈哈一笑："天下哪有连廒官一跃而为大元帅的先例呀？"

萧何辩驳说："招贤榜文上不是写着'立贤无方，不拘贵贱'吗？量才而用，人尽其才，乃用人之道啊！"

刘邦只好再一次让步："好好好，丞相既然极力保举他，寡人再给一个面子，封他为治粟都尉吧。"

萧何仍然不满足，还想继续为韩信争取一下："大王——"可是刘邦已经不耐烦了，挥手打断萧何的话说："丞相，治粟都尉统管全国的粮食，责任不小，还是先看看他能不能当好这个官吧！"

呛得萧何眼睛发直，只得把所有还想说的话全部咽了下去。

于是，韩信从连廒官升任治粟都尉，接手管理全国的粮食。这天晚上，韩信正在灯下写粮草管理规章，萧何推门而入。韩信抬头见是萧何，连忙起身相迎。萧何走到韩信案前，拿起绢帛仔细看。

韩信在一旁解释说："我发现都尉府对粮草管理混乱，没有一套规章制度，让不轨之人钻了空子，干了许多营私舞弊之事，一个粮仓的亏空就多达三百石，全部粮仓就可想而知了。所以必须建立一套完整的规章制度，严格管理，赏罚分明，以此杜绝营私舞弊、贪污受贿的事情发生。"

萧何翻着粮草管理规章看了看，说："很好！你把这件事情做好了，汉王一高兴，定会重用你。"

受到赞扬，韩信颇为欣喜，但还是谦虚道："还要请丞相多多赐教！"

萧何客气地摆摆手，关切地说："时候不早了，不要太劳累，早点休息吧。"说罢便转身离去。

送走萧何，韩信依旧坐下来继续赶写章程。

3

韩信升任治粟都尉之后，便召集各连廒官和部分差人开会，说道："各位连廒大人！我韩信受命来治粟都尉府任事，还要仰仗各位的鼎力支持，共同来管理好汉王的粮草，以不辱使命。如今我拟了一套规章，等报请汉王下旨后执行。在新的规章未正式施行之前，仍依旧制行事。希望大家恪尽职守，报效汉王！"

众人纷纷应和："恪尽职守，报效汉王！"

韩信接着说："现在我宣布汉王的一项任命：陈大升任二十二号粮仓连廒官。"

众人羡慕地望着陈大。陈大显得有些不好意思，腼腆地笑了笑低下头去。散会后，陈大和王二在私底下秘密交谈起来。王二祝贺道："陈大哥当官了，恭喜啊！"

陈大懒洋洋地伸了伸腰，说："三年的媳妇终于熬成婆啦！"

王二摆起老资格，说："你这个婆可要灵活点，让我们这些小媳妇也沾沾光噢！"

陈大赶紧望了望四周，压低嗓子说："这个韩大人可不是一盏省油的灯，我们在他的手下做事可得小心啊！"

王二却不以为然："我看不见得吧，新官上任三把火，时间长了，还不是依然故我。"

陈大说："那不见得！新的规章一施行，这把火就会一天天烧下去"

王二眼里突然冒出异样的光芒，说："那我们就要趁新的规章施行之前抓紧想办法，能捞多少就捞多少。"

陈大心里虽然也同意，但还是十分谨慎："被他抓住了，可不是好玩的！"

王二赶紧给他壮胆："怕什么？前任连厩官符通一口吃了三百担，还不是平安无事？常言道'一朝权在手，便把令来行'，不捞白不捞。"

陈大有些动心了："依你看怎么办？"

王二便凑上去附在陈大耳边嘀嘀咕咕说了一番。

陈大依旧担心："这样做行吗？"

王二答道："就说是为了准备东进，大家省着点，每人少配一合，十人就是一升；一匹马少配一升，十匹就是一斗。你算算，一个月下来，你手中要抓多少粮食？"

陈大终于被王二说动了，咬着牙点了点头，决定按照王二所说的来做。一段时间里，陈大等人便暗中窃取粮草，大肆谋取私利。

但是，纸是包不住火的。这些日子，士卒们都感觉吃不饱，身体瘦小了很多，连战马也已经变得瘦骨嶙峋，无精打采。俗话说："饥荒起盗心"，饥肠辘辘的士卒们为了填饱肚子，想尽办法搞东西来吃，有的甚至还打起了战马的主意。

这一天，几个士卒拿来屠刀、绳索，将一匹老马牢牢捆住，放倒在地，正准备宰杀时，突然听到大喝一声："住手！你们这是干什么？"

士卒们忙停下手来，抬头一看，竟然是樊哙！

众人只好纷纷站起来，赶快溜走。一个小队长被樊哙抓住，说："你给我老实交代！"小队长低声回答说："弟兄们饿得慌，准备杀马充饥。"

樊哙不禁大吃一惊，连忙问道："你们不是都配给了足额的粮食吗？怎么会饿肚子呢？"

小队长不满地说："近来不知怎么减少了配给，每顿都吃不饱了！"

樊哙觉得事有蹊跷，决心要查一查到底是什么原因。于是说："就是饿肚子也不能杀马呀！"

小队长嘟嘟囔囔地说："这马反正也饿得不行了，杀了也不会影响打仗。"樊哙暴跳如雷，厉声说道："我说不能杀就不能杀！听到没有？！"

小队长被吓坏了，不敢再做声，连忙把捆马的绳子解了。

樊哙便决定把这件事情禀告刘邦。

今天坐在龙位上的刘邦显得有些困倦，他对萧何说："我说丞相呀，最近寡人净做噩梦，是何缘故？"

萧何连忙问道："大王，你做过什么噩梦？"

刘邦想了想说："梦见到了山上，忽然对面跑来一只猛虎，本王转身就跑，一着急就醒了。再一睡着，梦又接上了。这回是到了大泽里，忽然对面游来一条巨蛇，张着大嘴直吐舌头。这是不是不祥的预兆啊？"

萧何一听，连忙作揖祝贺："恭喜我王！"

刘邦不解地望着萧何，做噩梦还有什么好恭喜的？于是问道："喜从何来？"萧何解释说："据《周公解梦》说，上山遇虎，入泽见蛇，这叫龙虎风云会，是要成君王帝业的上上之兆。不过，要说不祥，我们当前的确存在着三个不祥。"

刘邦问道："哪三个不祥？"

萧何掰着手指头一一列举："有贤士而不识，是一不祥；识而不用，是二不祥；用而不用其长，是三不祥。"

刘邦听出了萧何的意思，不禁微微一笑："我说萧何呀，你是不是又要保举韩信啦？"

萧何上前再次禀奏："韩信是帅才，我怎么不保举呢？这是我的责任呀！"

刘邦心里虽然有些不快，但对韩信上任之后的一些作为还是感到满意的，便面有难色地说道："萧何，你也不是不知道国家兴亡系于一将的道理。现在未见韩信尺寸之功，我怎么好封他为帅呢？"

萧何正想接着说出己见，樊哙忽地跑出来奏道："大王，下面的士卒在杀马充饥，你知不知道？"

刘邦被这突如其来的问话吓了一跳，一看是樊哙，心里这才坦然，便淡淡问道："哦，有这种事？"

樊哙说："近来有人克扣粮食，配给减少了，人、马都在挨饿！"

刘邦感觉有些意外，忙扭头问萧何："丞相，这是怎么回事？"

萧何听了也莫名其妙，按道理来说，这是不可能的事情，因而答道："据我所知，以前有的连敖官确实存在不法行为。但自从韩信担任治粟都尉以来，制定了新的规章，加强了管理，应该不会再有这种现象。不知樊将军的情况从何而来？"

樊哙回答说："是我亲眼所见。"

萧何很有些疑惑，便请示刘邦："大王，请容我再去查一查吧！"

不料，刘邦这个时候已经生气了，恨恨地说道："还查什么，樊将军难道还说假话？"

萧何不相信韩信的手下会做出这样的事情，仍然辩解着："即便有这种情况也只是个别现象，着韩信加以制止就是了。"

刘邦口气十分严厉地："个别现象也绝不能容忍！"说罢便吩咐樊哙："樊将军，去把擅自扣留军饷的人，连同韩信一起处斩，任何人不得求情！"

萧何看到刘邦如此坚定的态度，顿时懵了，呆若木鸡地站在朝堂上，半响没有动弹。

很快，连同韩信和他手下一切贪污军粮的人都被抓了起来，全部押到南郑城郊一片空地上。刑场周围"汉"字旗哗哗飘荡，旗子下站着全身披挂的士卒。空地中间放着一把大铡刀，透着一股森森杀气。猛然号声呜咽，震得人毛骨悚然。不一会，韩信等十四名死囚被一群士卒押了上来，监斩官樊哙走在最后，许多看热闹的百姓也跟着来到刑场。

樊哙命令死囚们一字排开，面对铡刀跪着。然后大声对众人说道："这些家伙目无王法，私吞军饷，罪在不赦！我奉汉王将令，前来监斩。现在时辰已到，开——铡！"

刽子手接过令牌，将第一个囚犯推到铡刀底下，用力一按，只听"嚓"的一声，人头落地。接着第二个、第三个……直至第十三个均被铡死，行刑台之上早已经血流成河，人头满地。

最后轮到韩信，刽子手照样去推他，却被韩信一脚踢开，然后毫无惧色地大步跨向铡刀，躺在刀口下，然后仰天长啸："汉王不是要得天下吗？为何要杀一个能打败项羽的壮士！"

樊哙听了，不禁冷笑道："哼，死到临头，还说大话，真是不知天高地厚。开铡！"

刽子手抓住刀柄，正准备往下按时，猛听得一声喊："刀下留人！"

原来是萧何来了！只见他急忙跑到铡刀面前，掀开刽子手，拖出韩信，气喘吁吁地看着樊哙："将军，贤弟！韩信不能杀呀！"

樊哙又惊异，又为难："丞相，这可是汉王的将令呀！"

萧何只好以身相威胁："你怕不好向汉王交令，就把我杀了吧！"说着就要往铡刀下躺。

樊哙见状，连忙拉住，说："丞相，使不得，千万使不得哟！"樊哙迅即踢了韩信一脚，说道："好吧，先饶你一命。"说罢便转身离去。

樊哙急到宫中向刘邦禀告："启奏大王，私吞军饷的人犯均已正法，唯犯连坐罪的韩信被丞相救出。"

刘邦气愤地说："什么！丞相竟敢违抗王命？"

樊哙："丞相说如果汉王怪罪，就先将他铡了。"

刘邦大为惊异，不禁叹道："这个胯下匹夫真值得丞相这么冒死相救吗？"

樊哙接着禀道："大王，说实话，韩信这个人倒是真的与众不同。其他所有人犯见了铡刀无不战战兢兢，脸色惨白；唯有韩信从容躺在铡刀之下仰天长啸，口吐狂言。"

刘邦好奇地问道："他说些什么？"

樊哙答道："他说'汉王不是要得天下吗？为何要杀一个能打败项羽的壮士！'"

就在此时，萧何急急忙忙闯进宫来，随即匍匐在地，大声说："汉王，请治臣死罪！"

刘邦看着萧何，十分不解地问道："丞相冒死救一胯下匹夫，于己何益？"

萧何抬起头，眼里竟噙满了泪水："汉王，我不是为一己之利而救韩信，而是为了成就你的帝业，建立起一个统一的国家，以结束连年战乱、民不聊生的局面啊！"

刘邦仍不以为然："区区一个韩信，有这种能耐？"

萧何正色道："此人文韬武略，举世无双。杀了他，无人敢与项羽匹敌。"

樊哙在一旁颇为不服："我就不信死了张屠夫会吃连毛猪！"

刘邦想了想，也说："张良会为我推荐三军主帅的！"

萧何担忧地问道："要是张良没有物色到合适人选怎么办？"

此时，刘邦也有点犹豫。萧何说得不错，如果张良真的没有找到合适人选又该怎么办？但是嘴上依旧坚持己见："拜将之事，反正要等他来了再说。今天我就看在你这个大哥的份上，赦免韩信的死罪，降为连廒，以观后效。"

萧何这才放下心来。韩信的命总算保住了，虽然对降级任用还有些不满，但毕竟留下了再议的余地，所以也不再多说，只得赶紧叩谢离去。

第三十四章　萧何月下追韩信

1

萧何把韩信救下来之后，韩信对萧何一直心存感激。这天晚上，萧何正在灯下翻阅竹简，手里捧着一碗莲子羹喝着。韩信走了进来，双膝跪地说："多谢丞相救命之恩！"

萧何连忙放下莲子羹，起身扶起韩信。

韩信很为自责地说："韩某来到褒中，给丞相带来不少麻烦，实在于心不安呀！"

萧何连忙劝慰："将军快别这样说，你是打着灯笼也难找的奇才，我们相见恨晚，何谈'麻烦'二字？只是暂时没被汉王重用，委屈将军，萧何还有些过意不去呢！"

韩信不觉有些气恼地说："我韩信差点连性命都不保，还谈什么重用？"

萧何替刘邦解释："这次是误会了将军，请勿挂怀。其实汉王求贤若渴，只是因张良与汉王有约，答应推荐一位三军主帅。汉王不见张良回音，故此迟疑未决。"

韩信心情更加不爽："原来汉王不是看重我的才能，而只看重张良的面子，这叫什么求贤若渴？"

萧何也很无奈，只好说道："汉王赦免了你，叫你仍当连敖官。你就先安下心来，耐心等待汉王重用吧！"

韩信心中焦躁，也不再说什么，便告辞萧何匆匆离去。

当晚，韩信心烦意乱，睡意全无，便来到大街上散步。晚风徐徐吹来，朦胧的月光，暗淡的街灯，拉长了韩信的身影。他望着自己的身影，心想，我韩信一个堂堂七尺男儿，身怀韬略，历尽千辛万苦来投汉王，指望有个施展抱负的机会，汉王竟然看不起我，不仅不予重用，还差点连命都丢了，我待在这里还有什么意思？想到这里，急步返回了住所，收拾行囊。每拣入一件什物，都沉思片刻，难舍之情流于眉眼之间……天刚放亮，他背上宝剑，跨上马，直奔城门而去。

清晨，萧何来到治粟都尉府，刚欲进门，差人连忙上前报告："启禀丞相，韩大人早已出城去了。"

萧何一愣，问道："到什么地方去了？"

差人回答："不知道。"

萧何接着问："做什么去了？"

差人摇头："不知道。"

萧何又问："什么时候回来？"

差人依旧回答："不知道。"

萧何见差人一问三不知，顿时感到不妙，连忙说："走，进去看看！"

二人来到韩信的办公处，只见室内陈设整整齐齐，未见异常。萧何拿起桌上的表册看了看，也没发现什么，于是放回原处。

差人突然喊道："丞相，你看墙上写的什么？"

萧何抬头一看，只见墙上题写了一首诗：

日未明兮小星竞光，运未遇兮才能隐藏。
霜蹄寒滞兮身寄殊乡，龙泉埋没兮若钝无钢。
芝生幽谷兮谁为与采，兰长深林兮孰识其香。
安得美人兮愿从与游，同心断金兮为鸾为凰。

萧何看了，感叹道："唉！怀才不遇，一气而走，这也难怪！"转过身来又问差人："韩大人什么时候走的？"

差人回答说："大约五更时分。"

萧何思索片刻，说道："走得还不久，你们赶快去备马，跟我一同去追！"

就这样，萧何连朝服都没换，也来不及奏知汉王，便领着两个差人骑着马，直奔东门而去。来到东门，萧何问守门官："你们可曾看见一位骑银鬃马、身背宝剑的将军出城去了？"

守门官答道："城门一开，就有一位将军出城飞马而去。"

萧何听后，便带着随从一起向城外追去。

马不停地奔驰在官道上，扬起一路灰尘。萧何累得满头大汗，只好把帽子取下，捺在马鞍下，又把朝服的纽袢解开，敞开胸膛，任风吹拂。虽然感觉凉爽了许多，但心中仍焦急如焚。如果真的失去了韩信这么一个将帅之才，那就真是太可惜了！想到这里，他也不顾炎热，连连挥鞭，催动坐骑飞速向前追赶。

三人策马来到一座小镇上，都已累得精疲力尽，见前面不远处有个酒店，便放慢了脚步。

萧何擦了擦额头上的汗水，问道："我们追出多远了？"

差人看了看天空回答说："至少八十里，你看日头都快当顶了。"

萧何接着问道："你们饿不饿？"

差人回答说："饿，饿得慌哩！"

萧何点点头说："我五更起来上朝就没有吃东西，现在又跑了这么远的路，也是早就饿了。那我们在这里吃过午饭再赶路吧。"

三人便牵着马来到酒店门前。

店掌柜看到来了客人，迎上前来，一看竟然是萧何，于是更加热情地说："原来是丞相呀，快进店歇息！"

旁边的店伙计连忙接过他们手中马的缰绳，系到槽上，加水添料。掌柜把萧何等人请进店内，跑堂伙计连忙送上清凉可口的泉水。

萧何喝了一口，问道："你们店里吃什么最快？"

掌柜诚恳地说："吃面条快是快，不过，总不能让你光吃碗面条吧！你是丞相，起码也得给你打壶酒，再炒几个菜吧！"

萧何摇摇头说："不必了，今天我有急事，就吃面条，吃完好赶路。"

掌柜听了，只得说："好的，请丞相稍待。"说罢便向里面喊道："三碗阳春面条！"

萧何又问道："掌柜的，我向你打听一件事。今天，你看没看见一位穿箭袖袍，身背宝剑，骑银鬃马的人从这里过去？"

掌柜回想了一下，回答说："是有这么一个人，过去大约一个时辰了。"

萧何听了，不禁心急如焚，但是肚子里面空空如也，实在没有力气继续追了，只好按捺心中的焦急，等吃过饭之后再说。一会儿，伙计把面条端来了，萧何等人接过，便狼吞虎咽起来，好像几天都没有吃东西似的。

萧何边吃边想着第一次见到韩信时，以及韩信当治粟都尉被判斩等情景，越想心中越不是滋味，喉头哽咽，吃不下去了，一碗面才吃了一半便起身欲走。

差人奇怪地问："丞相，你不是饿了吗，怎么不吃了？"

萧何"嗯"了一声说："不吃了，赶紧走吧。"

说完，萧何来到马槽边，解下缰绳，跨上马便往回走。

差人以为他弄错了方向，便提醒地说："丞相，是走这边。"

萧何并不回答也不回头，只是径直往前走着。差人感到莫名其妙，面面相觑，也只得赶紧去牵马。

突然，萧何猛然想起自己曾经对刘邦所说的话来："我不是为一己之利而救韩信，而是为了成就你的帝业，建立一个统一的国家，以结束连年战乱、民不聊生的局面啊！"想到这里，觉得不能就这样算了，于是调转马头，差点撞着正相随而来的两个差人。

萧何下马对一个差人说："你去办一件事。"

差人询问说："丞相，你叫我办什么事？"

萧何便在差人耳边嘀咕几句，随后跨上马，说："办好了，迅速赶来。"

那个差人领命而去，萧何则带着另一个差人继续追赶韩信。

2

又经过大半天马不停蹄地追赶，来到了寒溪河畔。这时已经明月当空，清辉将大地染成了银色的世界。萧何驻马一看，只见寒溪河涨满了水，哗哗流淌，闪着耀眼的银光，岸上柳林中水鸟在窃窃私语。他停了片刻，继续往上游追去。走了一程，对身后的差人说："寒溪涨水，又没有渡口，韩将军过不去，一定就在这附近，我们来大声呼喊吧！"

差人点点头，二人便同时高声喊起来："韩——将——军！"喊了很多遍，可都不见回音，两人只好垂头丧气地下马休息。

片刻之后，差人突然一指，对萧何说："看，前面有人！"

萧何顺着差人指的方向看过去，果真有一个黑影在闪动，不禁大喜，连忙说："一定是韩将军，快叫他！"

差人立即站起来，高声冲着黑影喊道："韩将军，请等一等！"萧何和差人立即翻身上马，边喊边追。谁知，喊得越紧，那人影跑得越快。

萧何恼了，便朝着黑影高声说道："你就是跑到天边，我也要追上你！"说罢，用马鞭不停地抽打马屁股，那马便四蹄腾空，风驰电掣般地追了上去。

等到两个人快要追上时，只见前边那马忽地失了前蹄，将马背上的人甩到了地上。萧何与差人趁机追到跟前，将那人扶起，一看竟然不是韩信！于是很气恼地问道："你是什么人？"

那人回答说："我是商人，正路过此地。"

萧何接着问道："你跑什么？"

那人又答："我以为遇到了强人！"

萧何不由一阵失望，便对他摆摆手说："没事了，你走吧。"

商人立即上马离开了。

萧何抬头仰望着月空，闭上眼睛，深呼了一口气。良久，又突然睁开眼睛，吩咐差人继续追赶韩信，说："哪怕是追到天边，也要追到他！"

约莫又追了半个时辰，萧何二人最终在寒溪河渡口追上了韩信。这时，韩信正望着宽阔的河面发呆。萧何看见他，不由兴奋得赶紧下马，一不小心，竟然跌倒在地，把帽子也摔掉了。

韩信一看是萧何，慌忙迎上去把他扶起，问道："丞相，你怎么来了？"

萧何抓住韩信的手，久久没有松开，也没说一句话，只用两眼紧紧盯着他。

韩信歉疚地低头说道："丞相，请恕韩信不辞而别！"

萧何深深咽了一口唾沫，这才缓过气来，说道："这不能怪你，要是你来辞行，你能跑得掉吗？"

韩信叹息一声，转身望着湍急的河水说道："丞相，你三番两次地保举我，知遇之恩韩信没齿难忘！无奈韩信时运不济，在楚不被重用，归汉也遭此冷遇，我还有何脸面赖在南郑？所以，想来想去还是回淮阴去重操旧业，钓鱼钓到死的那天算了！"

萧何挽着韩信，说道："韩将军，你我一见如故，视为知己。你能忍心放弃老朋友一走了之吗？你还是跟我一起回去，如果汉王再不重用，那就是他不思东进，要留在南郑养老。我可不愿在南郑埋掉这把老骨头，也同将军一块离开！"

说到这里，只听后面人喊马嘶，萧何等人回头看去，却是夏侯婴带着一彪人马赶来了。

夏侯婴来到跟前，下马对韩信说道："韩壮士，你怎么说走就走了？自从你到招贤馆，我就十分佩服你的才学，马上报告丞相。丞相连保三本，虽然汉王未用，我们可以再保举嘛，急什么？听说丞相来追你，我也带着人来了。壮士，跟我们回去吧！"

萧何见夏侯婴也来了，便对韩信说道："韩将军，你看夏侯将军也追来了，大家都希望你能留下，为汉王的一统天下出力啊！"

韩信想了想说："二位的好意，韩信心领了！只是韩信生性愚钝，不善逢迎，今意已决，请多多见谅！"说罢跪倒在地。

萧何、夏侯婴见状连忙扶起，说："快别这样！"

就在这时，萧何吩咐离去的那个差人飞马而来，对萧何禀告说："丞相，你要办的东西都带来了。"

萧何点点头，伤感地对韩信说道："人各有志，不能勉强，既然将军去意已决，我们也不便强留，这些酒菜，本来是怕你饿了，带来给你充饥的，现在，就把它做我们的饯行酒吧！"

说完，命差人把酒菜摆在河滩上。众人心情沉重地在一旁看着。

萧何看看天空，又看看河面，感叹地说："多好的月色，多美的寒溪啊！清风习习，树影婆娑；小鸟在林中低飞浅唱，鱼儿在水里任意沉浮。如此美景良辰，应该是朋友聚会，畅谈理想的时刻，不想我们竟在此饯别啊！唉！世事沧桑，人生难料，韩将军此去，还不知何时能够再见，也许在共庆团圆之日，也许只能在梦里相逢。还望将军多加珍重！"说着便端起酒杯，跪在地上，说："来，为韩将军的离别干一杯，也不枉我们朋友一场！"说罢将杯中酒一饮而尽。

韩信与夏侯婴也跟着跪下。韩信端着酒杯，双手打战，眼含热泪，一时不知如何是好。

夏侯婴对韩信劝慰道："韩壮士，别想那么多，只怪汉王一定要凭张良的角书启用元帅，要不然，你早就执掌帅印了！"

萧何噙着泪水，激动地说道："韩将军，来吧，喝了这杯酒，好赶路！"

韩信猛地将酒一口吞下，毅然从怀里掏出角书递给萧何："丞相，你看！"

萧何接过仔细端详一遍，不由惊疑地望着韩信，喜出望外地喊道："这是张良的角书啊！"

夏侯婴立即抢了过去，高兴地给韩信当胸一拳，大声叫道："韩壮士，你怎么不早说啊？"

韩信破涕为笑，便把自己不愿借着别人的面子活着，而要凭真本事得到别人肯定的想法说了一遍。萧何听了，连连点头，心想自己果真没有看错人。

有经验的人，往水中投一石子，便可知水之深浅。石子入浅水，水花四溅，虚张声势；石子入深潭，悄无声息，不动声色。即所谓深水不响，响水不深。萧何认定韩信就是一潭深水，所以才不厌其烦、不辞劳苦、三番五次地举荐他，追赶他。功夫不负有心人，最后还是达到了目的——韩信跟着他和夏侯婴回城了。

3

第二天早朝，刘邦将诸事商议完毕，便宣布退朝。

站累了的百官纷纷告退。等到所有人都离开，萧何问道："大王，封元帅的事，不议了吗？"

刘邦起身正准备回去休息，见萧何问到此事，只好停下来说："还是等张良的推荐角书到了再议吧。"

萧何故意卖一个关子："如果张良举荐的元帅已经来了，那议不议呢？"

刘邦立即兴奋地盯着萧何说："当然要议，他举荐的元帅在哪里？"

萧何说："早就到了南郑。"

刘邦十分疑惑："本王怎么不知道？"

萧何微微一笑："大王你不知道，微臣我也不知道啊。大王，请你看一样东西吧。"边说边将张良的角书递了上去。

刘邦接过瞥了一眼，惊喜地说："这不是张良的角书吗？哈哈，萧何呀萧何，幸亏没有用韩信，不然，咱可怎么安置张良荐来的元帅？"

萧何见刘邦被这喜悦冲昏了头脑，于是提醒说："大王，你可要仔细地看看哟！"

刘邦疑惑地将角书细看了一遍，顿时目瞪口呆，竟不知道该如何说话。

许久，刘邦才回过神来，咽了一口唾沫说："原来韩信就是张良举荐来的！这个人也真是，怎么不早将张良的角书献上呢？事到如今叫我们多难堪啊！"

萧何解释说："此人性情孤傲，他就是要凭自己的真本事做三军主帅，而不愿靠别人的面子提携。所以，来到南郑以后，就将张良的角书藏而不露。"

刘邦为难地说道："他这一孤傲，给我们造成了多大的麻烦，使得我一再为难他，还差一点把他杀了。幸亏你冒死救了他，他要离去时，又是你将他追回来，要不是你这双慧眼，我将铸成大错，遗恨千古啊！"

萧何听到这里，知道刘邦已有愧悔之意，便说："现在有了张良的角书，你放心了吧？"

刘邦爽朗地说："放心了，完全放心了！你现在就去把韩信宣上殿来，封他为三军大元帅！"

萧何轻轻地摇摇头："不行。"

刘邦心想说：先前没有角书，你倒一直冒死推荐韩信，如今就要封他为三军元帅了，怎么又不行了呢？于是急切地问道："为何不行？"

萧何解释说："大王，你一向对人简慢无礼，随便呼叫，而韩信是最忌讳人家看他不起的。现在要拜他为元帅，可不能把他当孩子，喊来就来，说封就封。若如此草率从事，一来对他礼貌不周，二来对三军将士无法树其威信。因此，必须在广场上设拜帅台，选择一个黄道吉日，大王亲自沐浴斋戒，按礼仪进行拜帅，以示隆重！"

刘邦略一沉吟，便笑着对萧何说："还是丞相想得周到，那就依丞相所言吧。"

萧何进而建议："大王，拜帅的事还须保密，因为国家的最大典礼，除了国王登基，其次就是金台拜帅。在拜帅之前，拜谁为帅，一定要秘不外宣。"

刘邦点头说道："这个自然。"

萧何接到任务后，对拜帅筹备工作，进行了周密的思考与准备，然后召集灌婴、卢绾，向他们派发任务。

首先，向灌婴宣布说："奉大王旨意，命你带领本部人马一万，前往南郑西南二十里锦屏山下修筑拜帅台，限期一月完成。"随之将设计图本交给灌婴，说："严格按照图本督工修造，不得有误！"

灌婴接过设计图本领命而去。

随后，萧何又给卢绾派发任务，命令他从即日起，将汉王准备拜帅之公文行走全境四十一县，晓谕军民，拜帅之日，前来庆贺。卢绾也接令告退。

灌婴办事雷厉风行，几日功夫，拜帅台便已修得有了雏形。工地上，木头、青砖、石灰等建筑材料堆积如山，周围搭满了大大小小的工棚，施工者忙忙碌碌，热火朝天。樊哙和夏侯婴来到工地参观，见灌婴正在指挥下属做事，樊哙笑着问道："灌将军，大兴土木，这是干什么啊？"

灌婴知道樊哙明知故问，还是回答说："奉大王之令，修建拜帅金台！"

樊哙不以为然地说道："不就是拜帅吗？何必要这么大兴土木？"

夏侯婴却说："樊将军，金台拜帅古有先例，比如商朝成汤拜伊尹，周朝武王拜吕望。这是汉王要拜……要拜……只是不知道他要拜谁？"

樊哙没有听到下文，十分失望，便趋近灌婴问道："灌将军，你总该知道拜谁吧？"

灌婴也一本正经地回答："樊将军，我也不知道。"

樊哙觉得实属无趣，便嗤之以鼻："真闷死人了！这有什么稀奇，还要保什么密？"

夏侯婴"扑哧"一笑，说："保密就保密吧，这要纳闷做什么？到时候自然就知道了。"

樊哙似乎并不死心，接着说道："那咱们猜猜，汉王究竟会拜谁作元帅？"

灌婴看到樊哙那着急的模样，不禁数落道："我看你呀，八成是想拜自己为帅吧？"

樊哙一听灌婴说出了自己的想法，顿时觉得有些尴尬，只好"嘿嘿"笑了几声："这种事，想是想不到的，要看真本事。"

夏侯婴便问樊哙："那依你看谁的本事最大？"

樊哙不假思索地回答："项羽英勇无敌，谁是他的对手？鸿门宴上，只有我敢跟他瞪眼睛，你们说还有谁敢？"

灌婴不禁哈哈大笑起来，问道："难道说，敢跟项羽瞪眼睛就能当元帅吗？"

夏侯婴拍了拍樊哙的肚子说道："你呀，瞪瞪眼睛，冲冲杀杀还可以，就是这里还少点墨水。"

樊哙感到有些失望，嗫嚅着道："这么说，我不够资格？"

夏侯婴说："你确实差那么一点点。"

樊哙只好转而恭维夏侯婴："夏将军，你总可以吧？"

夏侯婴微微一笑："我还在荐举元帅呢，总不能自己荐举自己吧！"

樊哙觉得更加无趣，着急起来："左也不是右也不是，到底是谁呢？"

夏侯婴笑着拍拍樊哙的肩膀说道："我看你就别猜了。张良跟汉王说过，咱们这些将领中没有一个够帅才的，猜也猜不到。干脆，叫我们做什么就做什么，到拜帅的那天你就知道了。"

樊哙听后无可奈何，只好瞪瞪眼睛不再言语。

不久，拜帅台修筑完毕，萧何便上殿拜见刘邦："启奏汉王，拜帅台已修筑完毕，我已经验看过，一切都是按大王的旨意办的，颇为壮观。大王要不要去看看？"

刘邦满意地笑着回答："丞相看了就行，本王就不必去了。"

萧何接着说道："臣算过日子，把拜帅吉日定于七月初一，各类执事人等也俱已派就。近三日内，请大王宿于外宫，斋戒沐浴，通令各衙门不判押、不动刑、不宰生、不饮酒、不茹荤，文武百官都要斋戒五日。还要晓谕百姓，肃清御道，伺候拜帅。"

刘邦听到萧何已经把所有事情办妥，十分高兴，于是说道："就依卿所奏，本王即日入住外宫，斋戒沐浴。其他一切就烦卿妥善安排。"

萧何领命，拜辞而去。

拜帅的那天清晨，雄鸡三唱，东方发白，南郑城中依然灯火通明。张灯结彩的店铺陆续开门，人们呼朋唤友，纷纷向城外走去。军队也整队步出营帐，开到锦屏山帅台下集结。满朝文武则穿戴整齐，牵着马两人一排地等候在宫门之外，队伍延伸很远，十分壮观。

樊哙和周苛两人正好站在一起。樊哙依旧按捺不住自己的好奇心，又打听道："周苛，听说这位元帅就住在丞相府，是真的吗？"

周苛回答说："我也听说了，好像是真的。"

樊哙眼珠转了一圈，便对周苛说："你给照看一下马，我有点事去。"周苛问道："上哪儿？"樊哙回答："去丞相府看看这位元帅何许人也！"

周苛连忙阻止："樊将军，去不得啊！上头有严令，扰乱了秩序负责不起。你如果要去丞相府，估计半路上就会有人把你抓起来。"

樊哙顿觉被泼了一盆冷水，再也不敢走动，可是心里依旧焦躁不宁，老是在胡乱猜想，这么隆重拜封的元帅究竟是谁呢？

第三十五章　拜将风波罚樊哙

1

丞相府中，韩信感到时候差不多了，便手握宝剑，从外书房走出来。

翠娥见了，立刻送上一杯清水，说："韩将军，今天汉王拜你为帅，夫人吩咐让你喝足水，以免口渴。"韩信接过茶杯，道一声谢，然后一口气将水喝完。萧红玉和萧延兴奋地跑过来，和韩信亲热地打招呼。萧延看到韩信手中的宝剑，便要过来拿在手里，仔细端详了一番，然后拿出自己的手绢把宝剑擦了又擦，直擦得寒光四射。红玉见韩信的发髻有些松乱，便叫他坐下，给他重新梳理，将他皱褶的衣服扯平。

这时，萧夫人也走到韩信身边，将韩信端量一番，然后夸奖道："像个大将的样子，等会把元帅服一穿就更威风啦！"韩信谦逊地微微一笑，没有说话。

拜帅典礼就要开始了，刘邦身着礼服从宫中出来，后面跟着一文一武——萧何、夏侯婴。来到宫门之外，刘邦骑上高头大马，目不斜视，威风凛凛。马夫牵着韩信那匹打扮一新的银鬃马紧跟其后。其他人也纷纷上马，前呼后拥，逶迤前行，直奔丞相府。大队人马来到相府门前，夏侯婴跳下马来，搀扶刘邦下马。萧何对刘邦说："请大王稍候！"言毕，转身进了丞相府。不多久，萧何带着韩信出来，萧夫人、红玉、萧延、翠娥及家人尾随在后。

刘邦看到韩信出来，便对身后的马夫摆手道："马来！"马夫便牵着银鬃马上前。刘邦左手接过丝缰，右手用马鞭点着马蹬对已走到面前的韩信说："请贤士上马！"

韩信连忙拱手道："礼尽足矣，臣不敢当！"

萧何见状上前说："大王，为臣代劳吧！"说着将马牵到韩信面前，说道："请贤士上马！"

韩信向萧何一拱手，这才接过马鞭，踩镫上马，然后与刘邦并辔而行。萧何、夏侯婴也随即上马，跟在刘邦、韩信身后，队伍继续前进，旌旗猎猎，金鼓震天。

队伍中的樊哙总想知道今天要拜的帅究竟是谁，所以一直找机会往前面人缝中窥探。趁车队拐弯的时候，他终于看清了此人竟是韩信，顿时感到十分不悦，心中想：我等万苦千辛，出生入死，随大王到此，现已三年，大王要拜韩信为帅，我们今后就要听饿夫节制，大丈夫焉能受这种晦气？不行！我非到汉王马前拦驾参本不可！

想到这里，樊哙将缰绳一摆，掉转马头，来到汉王马前，甩镫离鞍，跪奏道："汉王，韩信乃淮阴饿夫，乞食漂母，受辱胯下，在楚国当了三年执戟郎官，今天要一步登天拜为元帅，我等不服，这拜帅典礼，就取消了吧！"

刘邦听罢，半晌无语，面呈迟疑之色。旁边的韩信听罢也不言语，镇定自若，抬头挺胸，凝视前方。萧何一见气得差点从马上掉下来，又见汉王面有迟疑神态，只得催马向前一步，高声叫道："大王，金台拜帅乃国家大典，樊哙竟敢拦马进言，扰乱秩序，依法当斩！"

夏侯婴亦奏道："大王号令已出，众当遵守。樊哙却自恃功高而目无法纪。倘使人人效尤，元帅何以行令？大王何以东征？大王不能怜惜樊哙一人，而坏了国家大事！"

2

刘邦不得已只好下令说："来人啊，将樊哙斩首示众！"几名军卒立刻将樊哙五花大绑，推出队列。樊哙没想到刘邦竟然会为了韩信而怪罪自己，刹那间也愣住了。萧何看到樊哙被推出去之后，连忙轻声对身边的军士命令道："先带在马后，听候发落！"

军卒奉命将樊哙拴在马后，樊哙只好低着头，懒洋洋地跟着马走。众将士瞥见之后，不禁暗暗发笑。

来到锦屏山下的拜将台，只见四周环山，每一面山坡上都站满了人。将台有三层，下宽上窄，每层都设有香案祭器，周围站着一排排军卒，手执红旗，随风飘摆，形似一片火海，无比壮观。司晨官见人到齐，便上前迎接韩信："时辰已到，请贤士更衣。"韩信跟着引礼官进入更衣棚。不多时，韩信走了出来。此时音乐大作，韩信在引礼官导引下，走上第一层将台。刘邦、萧何、夏侯婴紧随其后。

等到韩信、刘邦、萧何、夏侯婴及太史官各自站在自己的位置后，太史官便开始宣读祭文：

大汉元年，孟秋月朔丙子日，褒中汉王遣汝阳侯夏侯婴，敢昭告于五岳四渎名山大川之神曰：呜呼！天生众庶，俾牧司之。牧司不善，厥罪于谁。秦政暴虐，荼毒黔黎。位嗣项籍，孑类不遗。弑君坑卒，大逆周辞。臣邦不忍，特建义旗。拜信为将，救民立基。维神其翼，鉴兹在兹。尚飨！

太史官读罢祭文，夏侯婴捧着朱弓、赤矢走到刘邦面前，刘邦接过，十分隆重的赐给韩信，韩信跪而双手受之。

随后，引礼官又引韩信等人上第二层台基，太史官接着宣读第二道祭文：

大汉元年，孟秋月朔丙子日，汉王遣丞相萧何，敢昭告于日月星辰风云雷雨，历代圣帝明王之神曰：唯神知兴衰，识成败，达治乱，明去取。数虽有定而为则在德，故强秦暴虐，神绝其祀。项籍凶狠，天岂冥佑。生民涂炭，土地荒芜。为人上者欲解倒悬之危，须仗稀世之才，职专征伐，莫如韩信。仰赖神祇，翌卫启迪，吐纳风云。

嘘哧，拯救下民，匡扶帝业。竭诚唯享，昭格于斯。尚飨！

太史官念罢祭文，萧何将白旄、黄钺递给刘邦。刘邦接过，再一次赐给韩信，韩信再一次跪而受之。

紧接着，引礼官又引韩信等人上第三层台基。太史官继续宣读第三道祭文：

大汉元年，孟秋月朔丙子日，汉王刘邦敢昭告于昊天上帝后土神祇曰：臣邦仰赖天地之德，百神之威，肃清海宇，镇抚万民。为国求贤，礼敦三荐，故古人云，吴兵强若无智将，安得坐收人心，风行八表也哉？是以拜韩信为大将，专兹征讨之权，实为生民之计，荡天下之妖氛，扶乾坤之正气。效黄帝拜风后，颛顼用武，告辛氏祝融，大舜拜皋陶，成汤拜伊尹，周武拜吕望。自古国乱浸夷，无不拜将兴师，以伐不道。今项籍乃亡秦之续，横暴西楚，乘鸱张之势，踵崩坏之余，大肆凶恶，恣意狂悖，背约为王，弑君独霸，劫墓取财，开宫恋女。屠戮咸阳而百里火飞，焚烧阿房而万民恐怖。真为强横，实乃独夫，天厌神怒，死有余辜。臣邦欲建义旗，拜信为将，假弓矢以定四方，执铁钺而专征伐，有鬼神不测之机，抱沧海难度之起。国士无双，人中豪杰，用以为将，允孚公议，自天申之，保佑命之。尚飨！

太史官读罢祭文，刘邦捧着一个盘子，盘子里放着虎符、玉节、金印、宝剑。刘邦将盘子高举空中，韩信虔诚地三跪九叩之后接在手中。

刘邦随即道："上至于天，下至于渊，尽从将军节制。若见其虚则捣，其实则止。勿以三军为众而轻为，勿以授命为重而必死，勿以身贵而贱人，勿以独谋而违众，勿以强辩而自饰，与士卒同甘苦，与三军同寒暑，如此，则士庶亲上死长，罔有不竭尽力者矣。将军其钦承之！"

韩信跪着发誓说："臣闻，国不可以从外而治，军不可以从中而御。二心不可以事君，疑志不可以应敌。臣既受命专铁钺之威，臣敢不益竭驽骀，以报大王知遇之恩哉？"

刘邦满意地点点头，亲手把韩信扶了起来，韩信居中而立。这时走来八员战将，分立韩信两旁，每人手中都拿着一件所授之宝：左朱弓、白旄、虎符、帅印；右赤矢、黄钺、玉节、宝剑。

汉王的御用乐队及时奏起激昂的音乐，即刻，台下撼天动地的欢呼声响彻云霄。

拜将大典结束之后，萧何便跟着汉王回到银安殿。

刘邦对萧何道："今天这拜将大典多亏贤卿安排，本王非常满意。唯一美中不足的是樊哙拦驾进言，扰乱秩序，我下狠心要将他斩首，你又救他一命。现在你看这件事该怎么处置？"

萧何道："大王，樊哙扰乱秩序，破坏大典，的确是犯了死罪，依法当斩！"

刘邦询问："那你为何又要救他呢？"

萧何解释道："我也没说救他，只是觉得那么隆重的场合杀人不吉利，才说'听候发落'，这'听候发落'，不等于不杀呀。"

刘邦十分困惑，惊疑道："这么说，还是要杀？"

萧何反问道："大王你既不想杀他，为何当时要下令斩首呢？"

刘邦叹了一口气，无奈地说："当时那个阵势，我不下令行吗？但是，丞相啊，你不是不知道，樊哙是有功之人，也是我们的好兄弟，我能为这点事儿忍心杀了他吗？"

萧何正言道："大王，樊哙是有功之人，你已经赏过他了，封了他舞阳侯。现在犯了罪，就得罚，赏罚要严明，该杀就杀。虽然他是我们的好兄弟，但是王法无亲疏，儿子犯了死罪也得杀，亲戚就更不用说了。即便你舍不得杀他，还有人会杀他。"

刘邦问："谁？"

萧何道："韩信。"

刘邦疑惑了："韩信？"

萧何点点头，说："大王你想，樊哙瞧不起韩信，以后却偏偏又要听韩信的指挥，他若是不听，韩信就会按军法处置杀了他，是不是？"

刘邦觉得十分有理，可还是不忍心杀掉樊哙，求计于萧何："我说大哥，可不可以想个万全之策，让他逃过这一劫？"

萧何回答："你若想让他逃过这一劫，就必须叫他打心眼里佩服韩信才行。"

刘邦叹了一口气，为难地说："唉！他那个牛性子，你又不是不知道，恐怕难得转弯哟！"

萧何建议道："那就必须下重药，首先将他的舞阳侯革了，贬为士卒，派到将军府去当差。等他看到韩信的真本领，他就不得不服了。以现在的情况看，非如此不可。你要知道，现在看不起韩信的大有人在。只有这样，让那些看不起韩信的人从樊哙身上吸取教训，才能提高韩将军的威信。"

刘邦觉得有理，便点头同意，决定把这件事交给萧何去办。

萧何告辞刘邦之后，便对所有人宣布：把樊哙的舞阳侯革去，贬为士卒，到将军府当差。

3

第二天一大早，樊哙便用青绦帕罩着头，穿着号坎，那号坎白白的，胸前一个醒目的"卒"字，打着裹腿、白袜布鞋，完全一副士卒打扮……来到将军府门前。

守门卫士看到樊哙，盯了一眼，惊讶地说："哟，这不是樊将军吗？"

樊哙尴尬地微微笑着说："莫喊我将军了，大王已经革去了我的舞阳侯，现在和你们一样了。"

守门卫士问道:"那你来这儿干什么呢?"

樊哙拱手道:"烦你通禀一声,樊哙求见元帅。"

守门卫士请樊哙稍候片刻,便进去了。

片刻之后卫士走出来,请樊哙进去。

樊哙大步进了帅府,见到韩信,施礼道:"参见元帅。"

韩信回礼说:"免礼。"然后对差人说:"看座侍候。"

樊哙见状,连忙推辞说:"在元帅面前,哪有我樊哙的座位?"

这时,差人已搬来一个墩子置于厅堂右边。韩信示意樊哙:"坐下来好讲话。"樊哙听到韩信这么说,便不再左顾右虑,一屁股坐了下来。

韩信看到樊哙一身士卒打扮,不解地问:"樊将军为何这等打扮?"

樊哙尴尬地回答:"元帅,我犯罪了。我——不该参元帅的本。"

韩信问道:"噢,参了本帅的本,你跟本帅有仇吗?有恨吗?"

樊哙回答说:"无仇也无恨"

韩信疑惑道:"既然无仇也无恨,为什么要参奏本帅呢?"

樊哙犹豫片刻,只好脱口而出:"因为你出身微贱,乞食漂母,受辱胯下,你当元帅,我心里不服。"

韩信不紧不慢地说:"我出身微贱,当元帅你不服,那你一定是公侯门第出身?"

樊哙摇摇头说道:"元帅,我不是公侯出身。"停了停,不好意思地接着说,"我只是个卖狗肉的而已。"

韩信调侃道:"卖狗肉是否也捎带着偷狗啊?"

樊哙也不遮掩,坦白道:"一点不错,谁家的狗不肯让咱拿来杀,可不就得偷?"

韩信一笑,接着问:"樊将军,你卖狗肉出身,是怎么当上舞阳侯的?"

樊哙不禁语塞,片刻之后,脑筋才转过弯来:"我跟汉王是亲戚。"

韩信又笑了一下,说道:"好哇,你我同殿为臣,我韩信有什么不周之处,还望将军在汉王面前多多美言才是。"

樊哙听了,觉得韩信日后还会有求于他,于是拍着胸脯说:"元帅放心,你有什么事,我樊哙会当成自己的事去办。"

韩信点点头,随后话锋一转说:"樊将军,你犯了死罪,是如何得救的呀?"

樊哙回答:"禀元帅,是丞相替我求情,才免去死罪。"

韩信问道:"丞相对你有救命之恩,你给他道谢了吗?"

樊哙摇摇头回答:"尚未拜谢。"

韩信建议说:"那你就先给丞相道谢去吧!"

樊哙领悟过来,憨笑着起身告辞而去。

樊哙来到丞相府,找到萧何。

萧何见樊哙一身士卒打扮，忍不住暗暗好笑，却装作一本正经地说："你不到帅府去当差，却来见我，又出了什么事吗？"

樊哙连忙说："没有没有，是元帅叫我来给丞相道谢。"

萧何询问道："你去过元帅府了？"

樊哙说："去过了。要我说啊，元帅还真客气，把我请进去，还给我安了一个座儿呢。"

萧何接着问道："他跟你说了什么？"

樊哙说："元帅问我为什么这样打扮？我说是犯了罪，被贬为士卒了。他又问犯了什么罪？我说'你一个淮阴饿夫当元帅，我不服，冲撞了汉王'。他还问'你犯了死罪，是如何得救的？'我说'多亏丞相搭救。'所以，他叫我来谢丞相救命之恩。"

萧何趁机问道："你觉得韩信这个人怎么样？"

樊哙赞叹道："比我心目中的淮阴饿夫要好，起码他的肚量就很大。"随后又说道："丞相，你坐稳了，我给你叩几个响头。"

萧何见状，拦住樊哙，说："樊哙呀，昔日你我义结金兰，跟随汉王打天下，今日又同殿为臣，辅佐汉王，你犯了罪，我能看着不管吗？我的本分只能为你求情，是汉王赦免了你的死罪。你别给我道谢，快到宫中去给汉王道谢吧！"

樊哙于是又告辞萧何，走了出来，准备去王宫找刘邦道谢。

此时，刘邦正和韩信在宫中谈天说地。一会儿，只见刘邦走下宝座，抓住韩信的手说："丞相再三推举将军，今已拜将军为元帅。本王愿闻将军以后的用兵计划。"

韩信沉吟一下，反问道："大王，你是不是要东向与项羽争雄？"

刘邦认真地点点头。

韩信接着问："那么，你自认为在仁、勇、悍、强方面能不能与项羽匹敌？"

刘邦低头沉思片刻，随后实话实说："我不如他。"

于是，韩信便毫不客气地说："臣以为大王说的是实话。在这些方面，大王确实不如项羽。不过，他也有他的弱点。臣在项营多年，对他的为人了如指掌。项羽叱咤风云，勇武无比，却不能知人善用，选贤任能，他的勇，只不过匹夫之勇也。他对人慈爱恭敬，常与人嘘寒问暖，但遇到要论功行赏时，却又舍不得授予，只不过妇人之仁罢了。而且他曾经坑杀秦卒二十万，入咸阳大肆烧杀掳掠，后又迁都彭城，弑义帝于江中，其残暴无人可比。名虽为霸，实则已失尽天下人心。大王，你如果反其道而行之，以仁心待人，何所不归？以城邑封功臣，何所不服？以思念家乡之士东征，何所不克？且三秦王章邯、董翳、司马欣皆秦旧将，三秦父老恨之入骨。而汉王入关秋毫无犯，约法三章，秦民无不希望汉王为三秦大王。只要汉王举兵东进，三秦传檄可定！臣计划用三个月整顿训练兵马，即举东征，不知大王以为如何？"

刘邦听了韩信一番高谈阔论，顿时对韩信佩服得五体投地，便十分高兴地说："就依元帅之谋！"

就在这时，门官进宫报告说："禀大王，樊将军求见。"

刘邦看了韩信一眼，厉声说："什么樊将军？不见！"

韩信知道樊哙是来认错的，便说："大王，樊将军知错了，还是见见吧。"说罢告辞而去。樊哙恰好看见韩信从宫内走出，连忙回避。韩信看在眼里，便叫了声："樊将军！"

樊哙听到韩信叫自己，不好意思地迎上前去，叫声"元帅"就要下跪。

韩信连忙扶住："樊将军！古人说'过而能改，善莫大焉'，有错改了，仍是英雄。去吧，大王等着你哩。"言毕拍了拍樊哙的肩膀，走出宫门，樊哙看着韩信的背影渐渐远去，良久，才转身进入宫中。

刘邦见了士卒打扮的樊哙，也不觉有点好笑，故意没好气地说："樊哙，你不是到帅府当差去了吗？来此何事？"

樊哙回答："来给大王道谢。"

刘邦问道："给本王道什么谢？"

樊哙回答："大王赦免了为臣的死罪，丞相叫我来给大王道谢。"

刘邦询问道："你没到元帅府去吗？"

樊哙闷声闷气地说："当然去了。可是元帅叫我给丞相道谢，丞相又叫我给大王道谢，把我像踢球一样踢来踢去，这是玩的什么把戏啊？"

刘邦叹口气，沉思片刻说："樊哙呀，你知人不如萧何啊！萧何屡次荐举韩信，本王都没有重用他。韩信一气走了，萧何又把他追回来。韩信献出角书，我才知道他是张良举荐来的，这才拜他为帅。这些事情已经弄得我很难堪，而登台演礼之际，你却出来那么一闹，岂不是给我添乱吗？我若把你杀了，既绝了兄弟之情，又伤了君臣之义。是因为萧何求情，才给了我一个台阶，免去你的死罪，叫你到元帅府去当差，以挽回影响。没想到你还是那么放肆，元帅给你个座位你就大大方方地坐下了。别说是你，就是本王我到了元帅的跟前，不给座位也得站着。元帅有阃外之权的！你若还是这么下去，一旦再犯下什么罪行，本王恐怕也救不了你啦。樊哙呀樊哙，为人要学着谨慎一些，别老是那么毛毛躁躁，也好让我少为你担心啊！"

樊哙听了刘邦一番推心置腹的叮嘱之后，认真地说："大王但请放心，臣以后绝不会再叫你担心了！"

刘邦这才满意地点点头，把跪在地上的樊哙扶了起来，叮嘱他先到元帅府中，好好从士卒做起。

樊哙十分感激地告辞刘邦，缓步走出宫去。

第三十六章　韩信治军斩殷盖

1

自从韩信做了汉军元帅，便开始着手训练士兵，整顿军纪，为日后东征做准备。这一天，韩信率部分将领来到军演场，军卒见了，表情各异，有的向韩信行礼，有的视若路人，根本不予理睬。韩信走上指挥台，抬眼一看，这座指挥台破败不堪，人走上去，摇摇晃晃，那悬挂在竹竿上的军旗已经褪色，破破烂烂。

韩信在指挥台上站定，环视台下，只见满场军卒稀稀拉拉，有的在格斗练武，有的在操练步法，有的在围坐聊天，有的在偷偷喝酒，有的在躺卧休息……看不到一点严肃军营的气氛。

对此，韩信充满忧虑地对身边将领们说："诸位将军，似此等人马，此等营阵，将不知兵，兵不知将，队伍如何排列？阵势如何调度？奇正如何相生？动静如何起伏？若不严加整饬训练，怎能作战？"

曹参立刻回应："将军所言极是！"

韩信接着说："当务之急必须定下训练规章，严加管束，方能有效提高队伍的作战能力。诸位以为如何？"

众将互相注视了一眼，然后纷纷向韩信点头称是。

于是，韩信即刻着手编写军中法纪规章制度。这天晚上，他在自己的帐中起草训练规章，劳苦一番之后，终于书写完毕，从头看了几遍，觉得没什么漏洞，十分满意，便传令士兵把叔孙通叫来。叔孙通来到元帅帐内，见了韩信，叔孙通施礼，韩信也回礼，二人便相依而坐。

叔孙通问道："不知将军召唤属下前来有何吩咐？"

韩信表情略带严肃，说："今日我去军演场看了一番，情况令人惊讶！军容不整，军令不齐，军不成军，营不成营。"

叔孙通听了，建议道："将军，你是三军元帅，应该对此进行整饬。"

韩信点点头："本帅正是此意。现已将平日所集队伍之数，调度之法，营阵方向，出入纪律等等都写在这里面。"边说边从一摞文件中，找出一卷，交给叔孙通，说："请召集一班缮书者连夜抄写二十份，明日操演军法，本帅要用。"

叔孙通接过，说："老夫照办，请元帅放心。"

随后韩信又拿出一卷《军政条约》，说："此卷《军政条约》，共十七条，也请抄写双份，交给本帅。"

叔孙通拿着两卷文件来到缮写房，招来数十名缮写者，把韩信交给自己的两卷文件分发给他们，要求按照卷上的规定一字不落地抄写。

于是，众位缮写者开始埋头奋笔疾书《军事操演法》和《军政条约》，一时间，缮写房内灯火通明。其中一位缮写者写着写着，不觉有些惊疑，便停下笔，拿起《军政条约》细看，只见上面写着"一、闻鼓不进，闻金不退，旗举不起，旗按不伏，此谓悖军，犯者斩之；二、呼名不应，点视不到，违期不至，动乖帅律，此谓慢军，犯者斩之；三、夜传刁斗，怠而不报，更禄违度，声号不明，此谓懈军，犯者斩之；四、多出怨言，怒具主将，不听约束，梗教难治，此谓横军，犯者斩之……"凡十七条，每一条最后都有一个"斩"字，看得吓出一身冷汗。大家交头接耳，惊恐万状。

叔孙通见众人停下笔来，便走过来，厉声问道："怎么停下来了？"

一个抄写者指着《条约》说："你看，这《军政条约》一共十七条，条条不离一个'斩'字，好吓人噢！若不夹紧尾巴做人，随时都有掉脑袋的危险！"

叔孙通说："韩元帅治军就是严格嘛！"然后又对众人说："你们看见没有？在韩元帅手下做事绝对不能马虎，今后可都得夹紧尾巴啊！"

众人一片唏嘘，继续抄写。

第二天，韩信再次率领众将来到军演场，登上将令台。只见将令台早已焕然一新，旁边更是"韩"字旗高悬，迎风飘扬，台两边已经张挂上崭新的十七条《军政条约》。

韩信站在台上扫视全场，脸绷得紧紧的，一副不满的神情，忽然喊道："曹将军！"曹参应声上前。韩信将一叠册页交给他，说："本帅令叔孙通博士连夜将《军事操演法》抄了二十份。请分发给二十位识字的将军，叫他们带领士卒照此操演，使之有章可循，如何入队，如何出队，如何行营，如何安营，如何对敌，如何摧敌，如何埋伏，如何攻击，这些都要弄得清清楚楚。抓紧时间，不得有误！"

曹参接过《军事操演法》，然后一份份分发给每一个识字的将领。此时，樊哙已经官复原职，和灌婴、周勃、卢绾、周苛等将领接过《军事操演法》之后，从头到尾看了一遍，大家十分惊讶韩信的规章法纪，于是各自严格地带领军卒操演。

韩信看到法纪已经开始实行，便站在台上对着台下满意地点点头。随后便走下台来，向正在操演的军队走去，四处巡视。见一军卒动作不准确，便上前加以纠正，并教其搏斗，只一招，便将军卒撂翻在地，如此连续三次。这个军卒吐吐舌头，表示敬服。

韩信走到另一处，见一军卒躲在树荫下偷懒睡觉，便将他叫醒，问道："大家都在练武，你为何在此乘凉？"

军卒正在梦中，不由吓了一跳，等明白是怎么一回事之后，便满不在乎地说："老练做什么？不练我也能杀敌。"

韩信更加生气地呵斥："胡说！你看到《军政条约》没有？"

军卒回答说："看到了。"

韩信接着问道："看到了，为什么不执行？"

军卒不以为然地说："写在绢帛上的东西，未必一定要执行？"

韩信问道："你犯的是哪一条，知道吗？"

军卒依旧不以为然地回答："'呼名不应，点视不到，违期不至，动乖帅律，此谓慢军'。"

不等话音落地，韩信紧逼着追问："下一句呢？"

军卒回答："'犯者斩之'。"

"你知道就好。"韩信说着，随即大声命令："来人，推出去斩了！"跟随在他身后的几名士卒听到命令，立即上前，将这名士卒反剪双手，往外拖去。这名士卒看到韩信动了真格，顿时吓得六神无主，连连求饶。可是韩信不为所动，任凭几名军卒拖着这名士卒离去。

顷刻之后，士卒提着人头向韩信复命。韩信抬头向前方看了一眼，指着一棵大树说："悬首示众！"随后便转身离去。经过这件事后，军演场上气氛更加紧张起来，人人自危，积极操练。

2

经过韩信一番严厉的整顿，队伍纪律和实战能力有了很大提高。刘邦闻听之后，特意率文武百官来到军演场视察，萧何等人随他登上将令台。只见韩信挥动令旗，指挥军卒操演，阵势排列整齐，奇正相生，首尾相应，进入格斗表演时，个个精神抖擞，孔武有力。

刘邦看罢营阵表演及韩信张挂的《军政条约》，不胜欣喜，感慨道："前些日子操练人马，懒懒散散，没有一点规矩。今日如此调度，章法迥然，三军岂有不整？人心岂有不服？以此东征，本王就放心了！"

韩信便令人拿来两本《军政条约》，将一本交给刘邦："这是我制定的十七条禁约，请大王审阅！"刘邦接过翻了翻，满意地点点头："好，这些禁约，对于军队是十分必要的。"韩信又将另一本《军政条约》交给曹参："曹将军，你是汉王封的军正，希望你执法如山，不徇私情！"曹参接过之后，点头表示同意。

随后刘邦命摆驾回宫，韩信依旧指挥全场继续操练。

在偌大训练场一隅，萧红玉正带领一队女兵练武。她们两两成对，长枪对短刀，单刀对双剑，只听得叮当作响，杀得难解难分。红玉在一旁观看，发现谁的动作不对，便走上前去予以纠正。

其中一名女兵一边练一边问道："红玉姐，你说韩将军会让我们上战场吗？"

这时，另外一名女兵也疑惑道："是呀，我也担心韩将军看不起我们！"

红玉自信满满地说："你们只管把本领练好，韩将军一定会同意的，不要想太多，专心训练就是。"

众位女兵被萧红玉这份自信感染，训练得更加积极刻苦了。

训练完毕，萧红玉握剑在手，回到家中，在大厅之中疲惫地坐下。

翠娥送上茶水："小姐天天操练，累成这样，夫人看见又要心疼了，何不歇息几天？"说着动手给她按摩。

萧红玉说："翠娥，你没看见，姑娘们刻苦操练，热情很高，一定要跟随韩元帅东征，我哪能歇得下呀？"

翠娥问："那韩元帅答应没有？"

红玉说："元帅要看我们武艺精通的程度再定。所以，姑娘们只好没日没夜地苦练，争取元帅应允。"

翠娥继续为萧红玉按摩，目光投向高处，无限向往地说："可惜我不会武功，不然我也跟你们一块去！"

红玉不禁一笑："看你纤手纤脚，细皮嫩肉，生成不是拿刀拿枪的料。"

翠娥有些失望道："这么说，我就只能当一辈子下人啰？"

红玉故意打趣说："不不不，说不定哪一天爹娘生了恻隐之心，把你嫁出去也未可知。"

翠娥不禁脸红耳赤，说："我愿意侍候老爷夫人一辈子。"

红玉盯着翠娥，说道："不见得吧，看你，脸怎么红了？"说完，不禁笑起来，翠娥也腼腆地笑了。

就在这时，萧何从外面回来，看到两个姑娘在笑，便问："什么事这么高兴？"

翠娥见萧何回来，起身对着他作了一揖："老爷回来了！"然后进了里屋。萧何略显疲惫地在红玉旁边坐下。红玉问："爹，我们投军的事，韩将军答应没有？"

萧何说："只要你们把武练好了，他自然会答应的。"

红玉有些泄气，揉着自己的胳膊说："我们还要怎么练？天天起早贪黑，一身骨头都快散架了。"

萧何微微一笑："你们这些丫头，个个娇生惯养，经得起韩元帅那一克吗？"

这时，翠娥从里面给萧何送来一杯水。萧何接过喝了一口，说："今天我去军演场看了，韩元帅定了十七条《军政条约》，对军队约束甚严，违犯任何一条都要斩首。"红玉十分惊讶道："哎呀，我的天呀！"

萧何看到红玉脸上吃惊的表情，继续说："所以说，你要对那些丫头说，打仗不是绣花，必须有严明的纪律。明天，你叫她们去看看那些条约，按照条约的要求去练，否则韩元帅是不会答应的。"

红玉来了兴致，也不顾疲惫，立即起身："我现在就去！"说罢向外跑去，还不等萧何反应过来，红玉早已不见踪影。

萧何微微一笑说："这丫头！"

翠娥也笑着对萧何说："她的脾气和老爷一模一样。"

萧何望着红玉远去的方向，眼神中流露出某种渴望。随后起身准备回房，突然感到两腿无力，仍然坐下。

翠娥见了，惊讶地问："老爷，怎么啦！"

萧何回答："这几天跑上跑下，腿都跑痛了。"

翠娥听了，体贴地说："我给你揉一揉吧。"说着便给萧何做腿部按摩。

第二天清晨，韩信率众将来到将令台前，他登台而坐，诸将纷纷站立两厢。见众位将军都已到齐，旁边等候多时的司辰官报告："报——卯时已到！"

韩信听了，站起身宣布："各位注意，时辰已到，本帅要点卯了。"说完便吩咐曹参点卯。曹参向前走了几步，先后点了樊哙、灌婴、周勃、卢绾、任敖、周苛、周昌等人，最后点到殷盖时，一连点了三次均无人答应。

见到这种情况，众将不禁面面相觑，不知道接下来会发生什么。出乎意料的是，韩信对监军殷盖没到之事，竟然没作任何表态，只当无事一般。照例挥动令旗，指挥各队开始操演。

过了许久，殷盖才踏着醉步来到辕门外，刚欲跨进门去，不料被守门军卒拦住。殷盖推了军卒一把，说："休得无礼！"

军卒也不顾及殷盖的将军身份，继续阻拦道："殷将军，元帅操演阵法已经两个时辰，没有军令，不得擅入。将军若要进营，须传与旗甲，旗甲传与牙将，牙将传与军政司，军政司报告元帅，元帅下令才能进入。"

殷盖不以为然地摆了摆手说："何须如此烦琐？正是小人得志，便要威风。既然如此，本将军不为难你们，快与我传禀，倒看他如何行令？"

于是，军卒便马上传给旗甲，旗甲进去不久，一名巡哨军卒持火牌出，火牌上写一"进"字，高呼："着违令者进来！"殷盖听见"违令者"三字，心中火气更旺了，"哼"了一声，迈着八字步跨进辕门，径直往里走。

3

韩信见殷盖旁若无人地来到台前，傲然挺立，便强压着心中怒火，冷冷地说："殷将军，前有汉王圣谕，本帅亦有禁令，你身为监军，不以身作则，此时方到，是何道理？"

殷盖轻描淡写地回答说："今日亲戚来访，陪坐饮酒，因此来迟。"

韩信转过头向司辰官询问说："司辰官，现在是什么时辰？"

司辰官禀报道:"午时已过。"

韩信听了,转过头对殷盖说:"昨日交代你们一律参加点卯,你却过午方到,故意违犯军令,按律当斩!"

殷盖若无其事地说:"元帅,迟到一次就要斩首,未免过于苛刻吧?"

韩信已经遏制不住心中的怒火,立即大声喊道:"执法不严,等于无法。无法怎么治军?来呀,将监军殷盖拿下!"

站立在旁边的军卒听到命令,立即拿下殷盖,跪于帐前。

殷盖这才如梦方醒,先是一惊,旋而强硬地喊道:"本将军是汉王的亲戚,你其奈我何?"

韩信不为所动,依旧严肃地命令道:"将殷盖推出辕门,午时三刻斩讫来报!"于是殷盖被绑赴辕门。

午时三刻斩杀殷盖,这件事情很快传到刘邦耳中。刘邦感到疑惑略带生气地询问:"什么?要斩殷盖!"前来通禀的侍从点了点头称是。刘邦不知到底是怎么一个情况,便宣萧何上殿。

萧何来到殿前:"大王,召唤微臣有何要事?"

刘邦说:"刚才得到快报,韩信未曾出战,就先要杀我一员大将,恐怕欠妥啊!殷盖乃本王至亲,请丞相代传口谕,免其一死。"

萧何想了想,不无担心地说:"大王,韩元帅受命整饬军队,依令行事,理所当然。大王若从中掣肘,叫他今后怎好行令治军?"

刘邦恳求地说:"他是你举荐的,你的话比我还灵,你就去劝劝他吧!"

萧何依旧晓之以理,对刘邦说:"殷盖藐视军法,违犯禁令,按律当斩。我去劝阻岂不是帮了你的倒忙?大王,这种违心的事,请恕微臣不能遵命!"

刘邦有些生气,摆摆手说道:"算了!"

随后又想到郦食其,便吩咐内侍前去传唤郦食其前来,看郦食其是否可以说动韩信。可是,还不等内侍离开,另一名内侍急急忙忙地跑了上来,向刘邦报告说:"殷将军已被斩首辕门!"

刘邦拍案而起,气急败坏地说:"可恶!韩信小人得志,胆大妄为。本王这就去罢了他的元帅!"

萧何连忙劝道:"大王,千万不可!韩信按军法行事,何错之有?"

刘邦气昏了头,厉声说道:"什么军法?难道有了军法就连皇亲国戚都不要了吗?"

萧何略一思考,说:"古代孙武杀吴姬,并非不知吴姬为吴王所爱,而是法不私于爱;今天韩信杀殷盖,也并非不知殷盖是大王的亲戚,而是法不私于亲。杀一人而警千万人,正是为将之道。大王封韩信为帅,是为了让他领兵东征。要想东征取胜,军队就必须纪律严明,能征善战。如果元帅说话没人听,令不能行,禁不能止,还谈什么东征取胜?一个元帅和一个皇亲比起来孰重孰轻,不是显而易见吗?"

刘邦怒气似乎消了一点，微微哼了一声。

萧何继续说："韩信出身微贱，名声不佳，既非首义之人，又非功劳显赫，初升元帅，威信全无，若不诛杀一两个违法的大员，何以让三军诚服？有道是，用人不疑，疑人不用。既已用之，就要让他有职有权，严明赏罚。韩信不徇私情，冒险行令，不正是大王求之不得的吗？因此，大王不但不能罢黜韩信，反而应当降旨褒奖。如此一来，韩信的威信自然就立起来了。韩信得此明主，心存感激，必将愈加效忠大王，破楚兴汉岂不指日可待？请大王三思！"

刘邦听了萧何的一番话，思索片刻，恍然大悟，喟然叹道："丞相所言极是！既然如此，不予追究就是，就请丞相派汝阴侯携猪羊五十头、牛十头、酒五十担，送往军营，以资犒赏！"

萧何听了，心底暗自高兴，对刘邦作揖而去。

自从斩杀殷盖之后，军营面貌大变，从上到下，练兵习武，热火朝天。韩信站立在将令台上，手握令旗，操练人马，前后左右队形多变，各种阵势变幻莫测，进退有法，启闭有门，旗帜严整，金鼓响应。大小军士见韩信调度有方，指挥若定，人人钦服，个个勤谨。

三军操练完毕，韩信下令休息。随后对樊哙说："樊将军，请过来一下。"樊哙不知是什么事情，也不多问，便跟着韩信进了营帐。

两人在营帐之中坐定，韩信说："汉王即将御驾东征，授予将军先锋之职，而栈道焚烧殆尽，将军打算如何通过？"

樊哙不假思索地回答："栈道非修复不可。"

韩信点点头说："是啊，没有栈道，人马插翅难飞。本帅命你率领一万士卒民夫，重修栈道。绛侯周勃，棘蒲侯陈武，一同监修，限一月完工，否则军法从事！"

樊哙一惊，连忙说："元帅军令，理当执行。但栈道连绵三百余里，悬崖峭壁，惊险难攀，一月之内岂能完工？末将实难从命。"

韩信微微一笑，随即一脸严肃地说："樊将军智勇过人，此任非你莫属！"

樊哙看到韩信一副严肃认真的样子，心中十分委屈，便直言道："元帅，你这岂不是为难末将？如欲杀我，请就地处死，何必让我去受此折磨？"

韩信笑了笑，说道："将军别误会。打通道路是先锋的职责，也是汉王的厚望。将军素怀忠义，智勇过人，正当建此奇功。请将军以大局为重，切勿推辞！"

樊哙虽然心中百般无奈，但是身为三军先锋，这件事确实是自己分内的职责，于是只得答应："好吧，尽力而为。"

韩信嘴角微微上扬，随后看着营帐之外，眼神之中流露着满足之情。

第三十七章　留守汉中固后方

1

樊哙、周勃和陈武等人率士卒民夫一万人，浩浩荡荡开进孤云山。只见栈道遗迹，绵延而去，见不到末端，而栈道一旁是万丈深渊，十分险峻。

周勃看了一眼，倒吸一口凉气，不无担心地说："山崖如此险峻，仅凭这一万来人来修复栈道，莫说一月，就是一年也修不成！"

樊哙心直口快，无奈地说："多半是韩信无力伐楚，找个借口拖延时日，到头来还是我等的罪过！"

陈武在一旁赞同地点点头："如今军令甚严，大王又宠爱元帅，我等若不勉力为之，便是抗违军令，没有办法，只得着手修复。"

樊哙思索片刻，忧郁始终挂在脸上，但也没有办法，军令难违，只能硬着头皮吩咐下去：即刻开始修复栈道。于是，万名士卒民夫一齐动起手来。但见士卒民夫砍树凿石，架设栈道，个个情绪低落，懒懒洋洋，进度非常缓慢。

这一天，中大夫陆贾领着一队人马从山外而来。打头一人扛着一块木牌，上面写着"汉王即将东征，责令樊哙从速修复栈道，若到期不能完工，军法从事！"樊哙、周勃、陈武见到陆贾，叫苦不迭。

樊哙抱怨说："陆大夫，山崖如此险峻，仅凭这一万来人来修复栈道，莫说一月，就是一年也修不成啊！高空架设，险象环生，常有人从悬崖摔下，开工才半月，已经伤亡四五百号人了！"

陈武附和着说："可你还在催工，叫我们如何是好？无论如何要请陆大夫向元帅美言几句，下令延缓工期。"

陆贾便四下走了一遍，举目四望，感慨地说："工程确实艰险，苦了你们这些将士！本人回去定当进言，不过，能不能延缓工期，那就要看元帅开不开恩了。"

"那是，那是！"听到陆贾这样说，樊哙立即笑着说，"你看，陆大夫一来，我们就像见到了亲人，只顾诉苦。来来来，到工棚歇息，喝杯茶去。"

于是，众人拥着陆贾一起走进工棚。

樊哙等人引陆贾入座，几个士卒在几榻上放上酒菜，随后退下。坐定后，樊哙说："工地条件简陋，聊备薄酒，还请陆大夫将就一下。"

陆贾摆手笑笑："都是为国效力，何须客气？"

樊哙也展开笑颜，举起酒杯："陆大夫不辞辛苦，远道而来，我敬你一杯！"

陆贾举杯，一饮而尽。

然后左右看了一眼，见四周无人，便悄悄地告诉樊哙："元帅另授密计，命你依计而行。"说着附在樊哙耳边嘀咕一番。

樊哙听后，立即眉开眼笑，认真地说："请转告元帅，末将一定不负重托！"

此时，周勃等人对施工的属下吩咐一番之后，也走了进来，一干人等便开始互相敬酒吃菜。

待到吃饱喝足之后，陆贾还要赶紧回去复命，不能逗留。樊哙送陆贾至路口，临别时，陆贾故意提高嗓音说："樊将军，元帅的军法是严厉的，你必须按时完工，切莫误了大事！"

樊哙也装出一副为难的样子说："请汉王增派民夫，否则我是无能为力啊。"

陆贾依旧高声说道："我回去一定向汉王禀报。"说罢便转身离去。

樊哙见陆贾已经远去，嘴角不禁微微上扬，然后摇着脑袋返回工棚。

这天夜里，樊哙把周勃、陈武唤进营帐，二人不知有什么事情，一脸疑惑。樊哙便对他们说："元帅密令你们两人各带民夫五十名，化装成逃兵，从栈道工地进入散关，打入章平内部，以策内应。"

周、陈二人互相注视一番，面有难色，但是军令既已下达，只好领命。临走之时，樊哙特意叮嘱二人，一定要千万小心，不可泄密。周勃、陈武认真地点头表示明白，随后便带领民夫踏上征程。

自从萧禄从军之后，也是每天都在苦苦操练。这一天，他一身军人打扮从外面回到家中。一进门便亲热地叫爹喊娘，萧夫人听到熟悉的声音，笑着迎出，见到儿子英俊威武，喜不自胜，说："又长个儿了，皮肤也晒黑了！禄儿，在军队辛苦吧？"

萧禄回答说："天天练武，时间长了，也就习惯了。"

萧夫人微笑着点点头："习惯了就好！"

萧禄四下看了一眼，没看到萧何，便向娘询问爹怎么不在家中。

萧夫人说："他呀，比谁都忙，每天清早出门，有时候半夜还没回来。"

就在这时，萧何正好回来，已听到母子俩刚才的话，便说："你们在说谁呀？"

萧夫人和萧禄听见萧何的声音，转过头，看见萧何正迎面走来，便上前迎接。

萧何看到萧禄，便带着赞许的目光拍了拍萧禄的肩膀："禄儿回来了！"

萧禄点点头，跟随萧何坐了下来，然后问："娘说你忙，你究竟在忙些什么？天天喊东征，可只打雷不下雨。将士们可都在私底下议论着呢！"

萧何问道："议论些什么？"

萧禄说："他们说韩元帅只会操练军队，能不能指挥打仗还不一定。他命樊将军去修复栈道，那么浩大的工程，何年何月能够完工哦？等你栈道修通了，项羽早就独霸了天下，还谈什么东征？听说汉王对此也有所怀疑，是吗？"

萧何听了，点点头说："汉王是有些沉不住气了。"

萧夫人在一旁插嘴说："老爷，你三番五次举荐韩信当元帅，如果他真的不会指挥打仗，你如何向汉王交代？"

萧禄表示同意："汉王身边那么多从沛丰一路打过来能征善战的将军，现在都憋着一股劲，倒要看看你推荐的这个元帅有多大的本领？弄不好，连你这个丞相都要跟着倒霉！"

萧何吃了一惊，思索片刻，起身欲走。萧夫人问："你要去哪里？"萧何说："元帅府！"说罢匆匆向外走去。

2

萧何来到元帅府。此时韩信正在灯下查点各路起兵文书。看到萧何来访，韩信连忙起身迎接。

坐下后，萧何问道："韩元帅，出征准备得怎么样了？"

韩信说："基本就绪，我正准备写请战表呢。"

萧何半信半疑，接着问道："据樊将军报告，三百余里的栈道才修复几里地，几十万大军何以得过？"

韩信微微一笑，然后取出一张地形图放在几案上，说："丞相，你看。"

萧何凑上前去，看着那张图。

韩信告诉萧何："丞相，从这儿到这儿，是烧毁的栈道。真要修复，非三五年不可。我命樊将军抢修，主要是虚张声势，迷惑项军，至于能修多长，无关紧要。从这儿到陈仓，有一条山中小道，我就是从这儿过来的。道路狭窄，荆棘丛生，平日很少有人走。我们从这条小道疾行，不需十日就可到达散关。这就叫明修栈道，暗度陈仓。"

"好！"萧何听到韩信原来有如此打算，心中万分激动，一拳打在几案上，连声说，"打他个措手不及！"

韩信见萧何对自己的计谋十分满意，很是高兴，便说："请丞相、大王放心，一切早已安排停当。"

萧何按捺住自己的兴奋之情，问："不知元帅打算何日出兵？"韩信斩钉截铁地回答："九月初一！"萧何想了想说："九月初一，好日子。就这样定了！"

而化妆成民夫的周勃一干人等已经到达散关，准备向守关副将章平投降。这一天，章平正在自斟自饮，突然一个守卒进来报告说是汉军修筑栈道的一百多民夫前来投降。

章平听到汉军里面竟然有人前来投降，十分高兴，连忙吩咐放他们进来。化装成民夫的周勃、陈武见了章平，跪在地上佯装着哀求："请将军救救我们吧！"

"站起来回话。"章平看着众人说,"你们从何而来,来做什么?"

周勃说:"我们是普安郡的农民,被汉王征调去修栈道。樊哙对我们穷凶极恶,开口便骂,动辄便打,连饭都吃不饱。工地十分危险,一不小心就掉到悬崖下,粉身碎骨。我们一计议,逃回去也是死,要想活命,唯有投奔章将军。"说着,众人一同请求说:"章将军,收下我们吧!"

章平问:"那栈道修得怎么样了?"

周勃抬起头说:"修了半个多月,才修了几里路,这样下去,何年才修得完啊?"

章平诡谲一笑,然后厉声说道:"我看你们根本不是民夫,而是樊哙派来的细作!"

周勃、陈武被吓了一跳,但旋即镇定下来,说:"我们的确是民夫,将军可以一个个拷问,如果有假,小民愿意受死。"

章平依然不相信,起身走到周勃身边抓起他的手端详一番,说:"手上无茧,果然不是劳工。说!到底是干什么的?"

周勃见居然没有使章平相信,脑子一转,说道:"将军好眼力,小民的确不是劳工,来到工地也从不用手,只是用肩膀扛树。"

章平紧逼着询问:"那你平日是干什么活的?"

"我是个吹鼓手。"周勃回答说。见章平依旧半信半疑,他只好继续说:"将军如若不信,我可以给将军吹个曲子听听。"

章平深深地注视着周勃的眼睛,吩咐一个手下找来一只喇叭交给周勃,用来试探一下周勃所言是否属实。周勃接过喇叭便有门有道、十分在行地吹奏起来。

章平这才放心地哈哈大笑起来,说:"好,你们没说假话,就让你们留在关内听用!"周勃、陈武见章平不再怀疑,心里悬着的一块石头终于落了地,便长舒了一口气。

就在这时,一名士卒来报:"老将军来到关外。"章平听后不禁一怔,疑惑道:"他怎么来了?快快出迎。"

章平匆匆来到门口,见章邯迎面而来,连忙跪下说:"孩儿拜见父王!"章邯表情十分严肃,略带生气地训斥道:"大敌当前,你还在奏乐取乐?真是不知死活!"章平解释说:"孩儿正在拷问一个来降的民夫。"

章邯听后不禁疑惑起来,便问:"站起来说话,什么民夫?"

章平说:"修复栈道的一百多个民夫经不起樊哙的虐待,逃跑过来了。据他们所说,半个多月才修了几里。韩信三年五载休想出兵。父王,你说大敌当前,纯属多虑了。"

章邯惊讶起来:"此话当真?"

章平说:"你若不信,可以去问那些民夫。"

章邯犹豫一下便随着章平进了营帐。

且说汉营一切准备妥当，韩信得到刘邦的命令，择日东征。这一天秋高气爽，万里无云，锣鼓喧天，旌旗招展。刘邦亲领四十五万大军，分作四队从这里誓师出发。四个方阵，分别举着"樊"字、"夏侯"字、"韩"字、"刘"字大旗，整齐威武。一队女兵由红玉率领，站在方阵中央。旗帜上绣一"萧"字。他们身着红装，英姿飒爽，分外引人注目。萧何站在刘邦身边，纵览这一壮观场面，他的目光投向队列中的萧禄和红玉，一双儿女也在用目光表示与爹互道珍重。

"帅"字大纛下，韩信手执令旗，发布军令说："樊哙将军听令，命你为先锋，领第一队人马，逢山开路，遇水架桥，直指陈仓，不得有误！夏侯将军听令：命你率第二队人马作为接应，不论遇到什么情况，均不得后退！第三队人马由本帅统领，分四十小队，听候调遣。第四队人马由汉王并文武百官总领，着灌婴、周昌监押护卫。"

众人接过令旗之后纷纷领命退下。韩信便转身对刘邦说："下面，请汉王训示！"

刘邦站上高台，清了清嗓子，高声道："将士们，西楚霸王无道，坑秦卒，杀义帝，残害百姓，将国家弄得四分五裂，民不聊生，天人共愤，是天下的罪人！今天我们兴仁义之师，讨伐逆贼，望大家同心协力，不畏艰险，冲锋陷阵，直捣咸阳，再图中原！"

刘邦说完，韩信请萧何也讲几句话。萧何便走到高台之上，说："将士们，你们上前方打仗，我们在后方积草屯粮，扩充兵员，保证供应，免除你们的后顾之忧。盼望你们节节胜利，捷报频传！"说完之后，刘邦上前抓住他的手说："后方的一切就有劳丞相了。"萧何坚定地回答说："请大王放心。"

随后，韩信令旗一挥，高呼："出发！"

几十万大军便浩浩荡荡向着陈仓小道进发。

3

刘邦韩信离开之后，巴蜀、汉中开始普降大雨。狂风呼啸，电闪雷鸣，大树被狂风卷着连根拔起，平日干涸的溪流，陡然间洪流滚滚，哗哗而过。一幢幢泥坯茅屋被洪水卷走，一座座山坡崩塌，泥石流将田垅、房屋冲毁。人们在风雨中呼号，奔跑，相互救助。

萧何立即吩咐下去，投入抗洪救灾，自己亲自头戴斗笠，身披蓑衣，冒雨指挥吏卒转移受灾群众。他看到不远处有一栋茅屋在风雨中摇摇欲坠。一位老妇人正从山坡上下来，冒雨朝茅屋艰难地走去，便连忙奔过去，将老妇人从屋里搀扶出来，刚走几步，只听得一声巨响，茅屋坍塌。老妇人听见响声，回头一看，惊得目瞪口呆，手一松，怀里抱着的一只老母鸡掉在地上，母鸡飞逃。

随后，萧何带领众人来到一座石拱桥旁边，只见这座桥横跨在山溪之上，大量的树枝、茅草塞满桥洞，水流受阻，漫桥而过，致使上游水位上涨，淹没了不少农田和房屋。眼看拱桥就有被冲垮的危险，萧何便和几个吏卒手拿砍刀，腰系麻绳，奔上拱桥。一边用砍刀清理树枝，一边将茅草捞上来。

身边跟随的一名吏卒看到萧何如此不顾自己的性命，十分担心地劝说："丞相，这儿危险，你下去吧！你年纪大，又不会水性，桥万一垮了怎么办？"萧何说："不要管我！你们不也危险吗？"

话音刚落，一股激流冲来，撞在桥墩上，掀起一丈多高的浪头，差点把萧何卷到水里。大家都为他捏了一把汗，连连劝说："丞相，你快走开！"萧何依旧全然不顾，站稳身子后，继续清理草木。

经过众人的奋力清理，桥洞终于疏通，流水畅通无阻，水位逐渐下降，庄稼又冒出水面，伸直了腰杆。萧何见了，长舒了一口气。

如果你不能飞，那就跑；如果跑不动，那就走；实在走不动了，那就爬。记住：无论做什么，你都勇往直前；无论有多难，你都要多坚持一下。萧何心里总是记着这几句话，并随时付诸行动。所以他没有办不成的事情。

洪水过后，天气逐渐好转，可是洪流留下的足迹依然存在。到处都是被毁坏的房屋、庄稼，灾民们无处栖身，只好用竹木和布料搭成棚子，作为临时住所。

萧何指示，要赶紧着手做好灾后的重建工作。于是便亲自带领吏卒向灾区人民送来大米、猪肉、油、盐、蔬菜等生活物资，灾民们领到物资之后，个个喜笑颜开。

一位灾民按捺不住心中的感激之情，激动地说："丞相，你这么好，叫我们怎么谢你？"

萧何回答说："不用谢，只要你们能过上安稳日子就好。"

灾民不无担忧地说："丞相给我们送来救灾物资，救了燃眉之急，可是以后何以为生啊？"

萧何面对眼前一片狼藉的景象，不觉心情沉重，但仍坚定地说："治标莫如治本。大家不用担心，我将请三老、豪杰一起商量，群策群力，灾害总是可以对付的！"灾民们受到鼓舞，一扫灾后霉气，对前途充满信心。

接着，萧何召集三老、豪杰前来一同商议。他说："各位三老、各位豪杰，前几天巴蜀、汉中普降暴雨，山洪泛滥，房屋倒塌，农田被毁。现在急需要做的是迅速安置灾民，生产自救，保持安定。具体应该怎么办？请诸位发表高见。"

一位三老说："丞相，这样的山洪暴发，老朽痴长七十多岁，还是第一次遇见啊！损失这么严重，确系前所未有。我以为，目前要动员所有村民互助互救，有材料的出材料，有力的出力，先帮没有屋住的人家建起房屋，使之有个安身之所。同时还要抓紧恢复农田，种上秋荞一类的秋冬作物，保证有充足的过冬粮食。从长远计，还要治理这条褒河，使之不再泛滥。"众人听后纷纷点头表示同意："对，这才是根本。"

萧何想了一下，问道："那要如何治理呢？"

一位豪杰说："拦河筑堰，就山浚川，引水灌溉。"

萧何觉得十分在理，随即兴奋地问："那么，这堰要建在什么地方呢？"

一名三老回答："这就需要到实地去勘察才行。"

萧何点点头："好，我们下一步就办这个事。当务之急还是生产自救，请诸位回去做好动员，紧急行动吧！"

会后，众人纷纷告辞离去，忙碌各自要做的事情去了。萧何和众三老豪杰率领成千上万的村民搭建房屋，修理冲坏的农田，种植农作物，每一个人都不屈服于自然灾害，都干得热火朝天。

紧接着又准备修理褒河。褒河在山间流淌，秋天的阳光照在河面上，波光粼粼，分外夺目，不时传来几声鸟叫，平添了几分幽静和神秘。萧何带领几名三老、豪杰走在羊肠小道上，一个个气喘吁吁，满头大汗。

萧何停下脚步，说："各位辛苦了，休息一会儿吧！"一位三老气喘吁吁地说："丞相，你事必躬亲，为我们办事，我们还怕辛苦吗？前面不远，就是褒河源头了，还是继续前进吧。"

于是，众人又走了一段，突然看见一个空坪，就在一块干净的石头上坐下。朝下望去，只见山间有一峡谷，三条溪水汇集成一条白练奔腾而下。

一位三老看到眼前的一切，对萧何说："丞相，这条河叫褒河，又叫三河，从这里流出去，经过留坝县，叫寒溪，然后东拐，从勉县进入汉江，全长约一百三十余里。"

萧何听后便征求意见，问："大家说这堰址选在哪里好呢？"

一名豪杰四下看了一番，说："我看就选在这峡谷处。"

众位三老、豪杰表示同意："对！这里地底子结实，峡谷不宽，可以省下许多人工石料，最合适不过了。"

萧何仔细看了看面前的一切，觉得众人说得不错，这里确实是一个十分理想的地方，于是说："好吧，既然大家认为这里好，那就定在这里吧。回去以后再具体筹划一下，看看要动员多少人力，需要多少石料等等。一切筹划好了，再择日开工。"三老豪杰纷纷点头表示赞成。萧何带着一帮人经过一番简单的实地勘察之后便返回住处。

第三十八章　韩信睿智破咸阳

1

萧何疲惫不堪回到家中，翠娥连忙送来茶水。这段时间劳苦奔波，已使他面黄肌瘦，蓬头垢面。萧夫人看在眼里，痛在心头。"老爷，你这是何苦啊！"说着禁不住掉下泪来。

萧何却不以为然："夫人，汉王好不容易开创了褒中这片天地，如今交给了我，是他对我的信任，我不能不把它治理好啊！"

萧夫人埋怨说："你呀，生成就是一块垫脚石！出生入死将刘邦扶上王位，又千方百计将韩信荐举成元帅。如今，他们风风光光东征去了，你却在泥里水里没日没夜地打滚，唉！这究竟是为了什么？"

萧何认真地说："我不是为自己，也不是为了成就他们个人，而是看中了他们的治国之才。他们珠联璧合，必然打出一个统一的天下，结束连年战乱、民不聊生的局面！"

萧夫人依旧十分担心："我只怕天下统一了，那时你的命也就没有了！"

萧何微微一笑："如果真是如此，那我死也瞑目，含笑九泉啦！"

萧夫人带着异样的眼光看了萧何一眼，不再言语，让萧何赶紧洗脸，洗手，准备吃饭。

她来到厨房，见翠娥正准备做饭，便说："翠娥，这里让我来弄。你去街上买只鸡，买点肉，再买一条鱼，快点回来。"

翠娥听说要买这么多东西，问道："家里来客人了吗？"

萧夫人说："你没看见，老爷他累得不像个人样了，得赶紧给他做些好吃的补补身子。"翠娥便放下手中的活出门去了。

萧何洗漱完毕，饭菜还没有做好，便在厅堂坐下，稍事休息，闭目养神，竟然渐渐睡着了。待饭菜做好，翠娥才叫醒了他。萧何睁开眼睛，揉了揉太阳穴，便进入饭堂。

萧延看到面前丰盛的美味佳肴，惊喜地说："啊，这么多好吃的？"

萧何疑惑起来，问道："今天是什么日子，弄这么多好吃的？"他想了想说："未必是我的生日？"

萧夫人说："你的生日是前天。"

萧何恍然大悟："哦，对对对，前天，是前天！"

翠娥插嘴道："看你，又把自己的生日给忘记了！"

萧延在一旁只顾大块吃肉。

萧何看在眼里，不由想起了红玉和萧禄，说："要是红玉、禄儿和我们一起吃饭该多好啊！"话音刚落，只听外面传来敲门声，翠娥连忙起身，稍后，拿着一张快报进来交给萧何。萧何接过一看，脸上立刻洋溢着兴奋之情："好啊，红玉和禄儿都立功了！"萧夫人也凑过来看了看，没说什么，但看得出她为自己的儿女能有这样的成就感到高兴。

萧何和萧夫人还在看快报，萧延站起来说："哥哥、姐姐都立功了，我也要投军去打仗立功！"

萧何拍拍萧延的肩膀，笑着说："那你加紧练武吧，仗有你打的。"

萧延听了兴奋地连连叫好。

萧夫人倒急了起来，赶紧说："不行！都去打仗，家里怎么办？"

萧何指了指萧夫人，说："家里有你嘛。"

萧夫人摇摇头，忧虑地说："我啊，老啦！许多事情都做不来了。"

萧何又说："不是还有翠娥吗？"

萧夫人用异样的眼光盯着翠娥，若有所思，又诚恳地说："老爷，你这么忙，需要有人照顾，而我确实有些力不从心了。翠娥这孩子做事能干，心地又好，你就纳她为妾吧！"

萧何不觉一怔，连忙说："现在这样不是很好吗？为什么一定要纳她为妾呢？这可万万使不得。"说完便起身进里屋去了。翠娥在一旁听了，也有些不好意思，面红耳赤，低头不敢言语。

晚上，萧何正在灯下翻阅简册。翠娥送来洗脚水。萧何头也没抬，"哦"了一声，说："放那儿吧。"

翠娥见萧何这么认真地工作，便催了一句："等下水凉了，趁热赶紧洗洗，解解乏。"说完便给萧何脱鞋袜。

就在这时，萧夫人来到门口，看到这个情形，掩鼻而笑，随即将房门关上，并且反锁了。

翠娥见了，慌忙跑到门边，可是门已经从外面锁住打不开了，便猛拍房门，喊道："夫人，你这是干什么？开门，开门！"萧夫人早已离开，她只好无助地回过头看着萧何。

萧何抬头看着翠娥一脸无奈的样子，便安慰说："翠娥，别害怕，夫人并没有恶意，等下她会来开门的。"

翠娥像是自语，又像是说给萧何听，嘟嘟囔囔说了一句："其实我早就看出夫人有这个意思。"说着来到萧何身边，思忖许久，说："老爷！翠娥从小死了父母，是姑妈把我拉扯大的。来到老爷家里以后，你们把我当亲人一样看待，我就铁了心，要在你们家过一辈子。既然夫人成全，我就是你的了。"

萧何听了，连忙回绝说："翠娥，你是个好姑娘，应该找个好婆家，过应该属于你的生活……"

"别说了！我说过，我已经铁了心了。"不等萧何说完，翠娥便打断说，"如果你不喜欢，我也要赖在你家，老在你家，死在你家，哪里也不去！"

萧何看到如此情况，叹了一口气，无奈地说："你还年轻，不要一时冲动，误了终身，你再好好想想吧！"

翠娥坚定地说："我早想好了！"萧何看到如此情形，实在不知如何是好了。从此，萧何身边便多了一个贤内助。

不久，拦河筑堰工程开工，一时间峡谷里旌旗招展，民工如潮，歌声动地。萧何与三老在工地巡视工程的进展。民工见到萧何，纷纷亲切地和他打招呼。

民工们一边清理堰基，用石碛夯紧底层，还一边唱着碛歌：

萧丞相呀么嗨哟！

带领村民嗨哟！

修堰坝呀么嗨哟！

泥里水里嗨哟！

带头干呀么嗨哟！

……

萧何听着嘹亮的歌声在山谷中回荡，倒觉得有些不好意思。就在这时，一吏卒跑来报告："丞相，一支人马向南郑开来！"萧何感到奇怪，说，"这个时候哪来的人马？走，看看去。"说完，随吏卒匆匆走去。

2

萧何来到队伍前，只见中间竖着"杨"字旗，走在最前面的竟然是杨春。杨春走到萧何面前，施礼道："丞相！"

萧何扶起杨春，不禁疑惑地问："将军不在前方打仗，为何返回南郑？"

杨春说："禀丞相，汉王听说你在褒河上兴修堰坝，特派我领三千人马前来支援！"

萧何一听，高兴地说："如此看来，前方战况一定很好吧，不然何以能分兵支援后方？"

杨春自豪地说："丞相说得不错，韩元帅率领人马从陈仓小道进发，不到十天就到达散关。"杨春随着萧何边走边说，把攻克散关的情况详细说给萧何听。

当初，守将章平自以为占据散关这个万夫莫开的雄关，就可以高枕无忧，整天站在城墙之上得意扬扬地望着前方，说："如此雄关，万夫莫闯。韩信若自不量力，胆敢以卵击石，定叫他有来无回！"

周勃在一旁附和道："他要修复栈道非三五年不可，将军尽可刀枪入库，马放南山！"

这个时候，陈武捧上酒菜，说："将军，秋高气爽，清风徐来，正好开怀畅饮，欢度良辰。"

章平看见酒菜，垂涎欲滴，连连说："正合我意！"说罢便坐在城墙上吃菜喝酒。可刚坐下抿了一口酒，突然想到什么，说："可惜没有歌舞助兴，情趣欠佳。"

周勃听了，连忙逢迎地说："这军中也没有助兴的歌女，就让我给你吹上一曲，请将军凑合凑合吧。"

章平觉得如此也十分雅致，便点头同意。

周勃拿出喇叭吹奏起来，一时间，悠扬的喇叭声在山谷间回荡。

忽然，远处尘土飞扬，一彪人马手举"樊"字大旗飞奔而来。城墙之上守卫的士卒见了，指着远处对章平惊呼道："将军，快看！"

章平已有几分醉意，正在悠闲的雅兴之中，突然被这名士卒打扰，十分不悦，恼怒着站起来正要开口训斥，可是突然觉得情况不对，仔细一看，只见大队人马压城而来，顿时慌了神："这是哪来的天兵？"

周勃心知肚明，抑制住内心的喜悦，说："旗帜上好像写着一个'樊'字。"

章平怒火中烧，将酒杯一甩，对周勃大声喊道："你们不是说栈道要三年五载才能修复吗？他们从哪里过来的呢？"

正说时，樊哙已率领大军来到关下。只见他大声吼道："章平小儿，快打开关门受降，免你一死！"

章平听了，更加生气，但事已至此，反而镇定下来，上前一步，俯视着樊哙，没好气地说："樊屠夫，你来得正好，老子的酒兴发作，来战他几个回合醒醒酒！"说罢便拔剑准备下城作战，可是刚一动身就被一旁的陈武钩脚绊倒。周勃看到时机成熟，迅速上前，与陈武一并将章平捉住。

章平被这突如其来的情况弄懵了，连忙喊道："你们这是干什么？快放开我！"

二人把章平制服后，周勃拍着章平的脑袋说："做梦吧！你看看我们是谁？"说着，他和陈武脱去楚衣，亮出套着的汉服。章平看到后，顿时气得差点吐血。随后，周勃、陈武打开城门，顷刻之间，汉军便一声呐喊，蜂拥入关。

听完杨春的述说，萧何兴奋异常，问道："那樊将军把章平杀了没有？"

杨春说："没有，樊将军把章平交给韩元帅，韩元帅也没有杀他，只割了他的一只耳朵，让他去给章邯老贼报信。章平把这个消息告诉他的老子之后，章邯气得七窍生烟，慌忙迎战我大汉军队。韩元帅乘胜前进，又是火攻，又是水淹，直捣他的老巢，最后章邯被逼得自杀身亡。栎阳董翳、高安司马欣见废丘失守，章邯殒命，先后归降汉王。于是三秦已定。"

萧何更加兴奋起来，连连拍手叫好："好啊，韩元帅不愧是天下第一将才，看来收复咸阳指日可待！"

杨春说："众位将军对韩元帅佩服得五体投地，汉王也宠爱有加。真可谓众望所归，一呼百应！汉王命令暂作休整，犒赏三军，待机再取咸阳，我才得以回师后方，听候丞相调遣。"

萧何高兴地说："汉王的盛情难却，而现在堰坝工地不缺人手，你就带领这三千人马去拓宽陈仓小道吧，以便今后将粮草源源不断地送往前方。"杨春领命而去。

萧何到受灾地区走访视察，一路上看到秋荞已好几寸高了，在阳光照射下生意盎然，农民们正在间苗浇水。他一边帮着间苗一边与农民闲谈："大爷，你看今年的秋荞来势如何？"

这位大爷高兴地回答说："好啊！你看这苗苗多壮实，看样子是个丰收年！丞相，没想到洪水倒把这地给淹肥了，真是天无绝人之路。"

萧何抓起一把泥土放在手中捏了捏，说："的确是这样，洪水过去以后，把潮泥留下来，这可是上等的肥料，如此看来，有些事一方面是坏事，另一方面又是好事。再说，如果不发这次洪水，谁会想到要修三河堰？堰坝修好以后，水旱无忧，多好啊！"

几个穿着当地服装的妇女提着茶壶来到田间，用方言喊道："大家歇会儿，喝杯茶吧！"

萧何跟着农民们走上田埂，一个妇女给萧何送上一杯茶说："丞相，请喝茶。"

萧何喝了一口，咂咂嘴感觉味道怪怪的，于是询问："这是什么茶？"

那妇女说："这是从山上采的败毒茶，洪水过后病痛多，容易发生瘟疫，喝了这种茶，就可以败毒防病。"萧何感慨这些女人们的细心，便把茶喝完，道了声谢。

那位老大爷说："丞相，我们这里的女人粗活细活都能干，还个能歌善舞哩！"

萧何颇感兴趣地问："好啊！能不能给我们跳一个？"

妇女们根本不见外，也不觉得在生人面前跳舞不好意思，于是放下茶壶水杯，开始歌舞起来。

萧何一边观看一边称赞，对身边的老大爷说："她们这么能干，我看可以多养些猪羊鸡鸭，除了自己吃以外，多余的可以卖出去，既赚了钱，又支援了前线，一举两得。"

老大爷点头表示同意。

3

在战争前线，刘邦和韩信率军已经打到咸阳城外。刘邦想一鼓作气拿下咸阳城，便召唤韩信来到自己的营帐内，说出自己的想法："元帅，我军出褒中，破散关，取栎阳，淹废丘，平定三秦，一路势如破竹。我想一鼓作气拿下咸阳，不知元帅以为如何？"

韩信思索片刻，回答说："汉王，虽然咸阳守将司马移、吕臣不是我军对手，但城池坚固，易守难攻。只宜智取，不宜强攻，以免伤害城中百姓。"

刘邦问道："如何智取呢？"

韩信认真地回答说："大王请放心，这个我已有安排。"

这一天，司马移与吕臣正在咸阳城巡视。

吕臣显得十分泄气地说："司马将军，现在刘邦已平定三秦，咸阳危在旦夕，我们多次向霸王求救，可如今不见一兵一卒，你说怎么办？"

司马移镇静地说："咸阳乃历代都城，军事要地，霸王不会不保。只是他远在彭城，鞭长莫及，救兵一时难以到达，情有可原，我们耐心等待吧。"

二人突然发现城外不远处一彪人马正自东而来。吕臣见了十分惊恐："该不是韩信的兵马吧？"

司马移摇摇头不屑地说："吕将军恐韩过甚吧？韩信在西，这支人马自东而来，一定是霸王的救兵来了。"

队伍越来越近，旗帜上的"楚"字清晰可辨。

司马移更加得意地说："将军你看，那不是楚军吗？我说的没错吧？"

吕臣看到遍地的楚军旗帜，顿时喜出望外，连忙命令军卒："快打开城门迎接！"

司马移连忙阻止道："慢！韩信用兵，诡计多端，谨防有诈，须验看防守批文，方可开城。"吕臣觉得有理，还是小心为好。

吕马通来到城墙之下，叫道：司马将军，吕臣将军，别来无恙啊！"

司马移在城墙上也叫道："请问将军高姓大名？"

吕马通嘴角微微上扬，高声说道："末将吕马通，奉霸王之命前来与将军固守咸阳，请打开城门吧！"

司马移接着询问："将军可有防守批文？"

吕马通回答说："当然有的，将军请看。"说罢便用箭将批文射到城上。

城墙之上一名士卒拿到批文递给司马移，司马移接过仔细审阅，没有发现什么可疑之处，顿时大喜，连忙命令道："赶快开城迎接。"很快，城门大开，司马移、吕臣来到门口迎接吕马通。吕马通却不急于进城，说："还有一支后续人马，行动缓慢，不久即到。"正在吕马通磨磨蹭蹭进城之时，只见后面尘土飞扬，马嘶人吼，一彪人马飞奔而来。司马移见状，连忙上前阻挡说："后续人马屯在城外，明日进城。"可是为时已晚，话音未落，后续人马已经一拥而入，其中为首一将不由分说，一刀将司马移劈了。吕臣被吓蒙了，根本不知道发生了什么事，连忙跪下投降。另一将举枪欲刺，被吕马通拦住，留住了吕臣一条性命。而这两员大将便是樊哙和周勃，随后刘邦便率大队人马涌入城内，将"汉"字旗插上城头。

这天晚上，吕臣来到吕马通的营帐，跪在吕马通面前，三拜九叩，感谢吕马通的救命之恩。吕马通连忙扶起吕臣，让他不必如此。吕臣知道吕马通是一个很好说话的人，所以并不遮遮掩掩，直接问吕马通道："将军本是章邯的手下，为何现在成了汉军将领？"

吕马通便把自己的情况对吕臣说了："当初章邯一死，大势已去，我便归降韩元帅。汉王宽仁大度，封我原职，并说待有功之时再加封赏。我感激涕零，指望有立功之日。恰巧韩元帅要智取咸阳，便召我委以重任。他知道是你和司马移驻守咸阳，城池坚固，防守甚严，不宜强攻，只能智取。于是请我仍用楚军旗号，带领原班人马，佯装霸王救兵，绕道从东面开赴咸阳，以消除你们的疑虑，骗你们打开城门。由樊哙、周勃二位将军率一万人马续后，一举拿下咸阳。我将从前的旧批文找出来，请郦食其先生洗磨修改了一番，然后带着批文来到咸阳城。后面的事情你都知道了，也就不多说了。"

吕臣略有所思地说："韩元帅真是用兵如神啊！其实，我也早已料到咸阳难保。"吕马通劝说道："'识时务者为俊杰'，至理名言。请将军也考虑一下，是否愿意投靠汉王，以谋大业。"吕臣低头思考着，一时未作回答。

第三十九章　萧何喜获夜明珠

1

萧何忙完一天回到家中，萧延见了，迎了上去。萧何边走边问："延儿，近来武艺练得怎样？"

萧延兴奋地回答："按照韩元帅教的方法练，长进快多了。爹要不要看看？"萧何听了，停下脚步，看了萧延一眼，饶有兴趣地点点头。于是萧延立刻从里屋拿出一把剑，拉着萧何，来到院中。

这时，萧夫人也从屋子里出来了，见了萧何，揶揄道："又是什么风把萧大丞相吹回来了？"

萧何听了，打趣说："丞相不回丞相府，难道去喝西北风？"

萧夫人见萧延准备练剑，有些生气地说："练剑可以当饭，就不要吃饭了。"

萧延正不好说什么，萧何在一旁开口了："饭要吃，剑也要练，练剑吃饭两不误。"

萧夫人还想数落一番，萧何却边推边说："走吧，一起去看看延儿的武艺怎么样了？"萧夫人没法，只好勉强跟着萧何一起观看。

只见萧延剑法娴熟，出手有力，一招一式，咄咄逼人。一套剑法下来，他收起宝剑，来到父母面前说："请爹娘指教！"萧何见儿子的剑法大有长进，十分高兴，便夸赞了一番。萧延听了，兴奋地问是否可以从军上阵了，萧何点头表示，当然可以。

萧夫人听了，却不悦地说："上阵上阵！一个上阵，两个上阵，三个还要上阵吗？我不同意！"

萧延连忙说："娘，我不是没有去吗？你急什么？"

萧何也借机说："对对对，别急，走，吃饭去。"说着便将夫人推向屋里。

这时翠娥已将饭菜摆好，一家四口坐下准备吃饭。萧何扫了一眼饭桌，说："怎么没酒？"

翠娥听萧何说要酒，不禁疑惑道："老爷不是白天不喝酒吗？"

萧何笑着说："今天特殊，喜事连连，喝了酒再说。"

翠娥见萧何在卖关子，便微微一笑，转身从里屋拿出一坛酒，给萧何斟上。萧何抿了一口，然后缓缓说："韩元帅旗开得胜，一举拿下散关，接着又收复三秦，正准备夺取咸阳。这是不是喜事？"他停顿一下，喝了一口酒，接着说："三河堰工程进展顺利，不久就要竣工。这是不是喜事？还有杨将军带领人马拓宽陈仓小道，以便运送粮草，支援前线，是不是喜事？"

一连几个"是不是喜事"问下来，大家都乐了，纷纷点头微笑。

萧何接着说："夫人，我举荐的韩元帅现在是叱咤风云，一呼百应，深受汉王宠信。我的眼力还算不错吧？"

萧夫人举起酒杯说："不错又怎么样？是不是要我来敬你一杯？"

萧何说："你觉得该敬就敬，绝不勉强。"

萧夫人说："那就为你的眼力不错干杯！"于是夫妻碰杯，各抿一口。接着萧延以萧何为国事操劳辛苦一生为由，也敬了萧何一杯，父子碰杯，一饮而尽。

翠娥这时也为自己倒上一杯酒，举起来对萧何说："我也敬老爷一杯。"萧何听了，阻止说："慢来慢来，你以什么名义？"翠娥经萧何这么一问，一时竟不知如何回答，脸一下子红了。萧延跟着起哄。翠娥无奈，急得面红耳赤，突然逼出一句话："老爷是天下最好的老爷！你们说该不该敬？"众人一听，先是一愣，然后拊掌大笑，都说该敬该敬，于是，萧何举杯和翠娥相碰。

吃过晚饭，萧何披上外套，率领几名吏卒，手持火把视察工地。走着走着，突然发现一石堆中幽光闪烁，便好奇地走近仔细观察。只见光芒越来越强，又从石堆中传出轻微的"啪啪"之声。萧何感到非常奇怪，便命令手下士卒将石堆翻开，从中取出一块略呈圆形的石块。石块约笸箩大小，周体尽是不规则的棱角石刺，光芒耀眼。萧何如获至宝，随即命令吏卒抬回府中。

到了相府，士卒把闪光的石块放置在大堂，家人闻讯纷纷前来围观，惊喜不已。萧何让萧延找来铁锤，轻轻敲打石块，将棱角除尽之后，竟然变成一颗通明透亮的圆珠。萧延见了，万分惊讶，不禁说："一颗好大的夜明珠啊！"萧何也对这大的夜明珠感到不可思议，吩咐史卒拿秤来称一下，竟然有九斤五两。

萧何脸上露出一丝兴奋，说："这是一颗母珠。上次我送给汉王的那颗九两五钱的是子珠，现在它们母子终于可以相会了！"

萧延在一旁询问："爹，这一颗大的也要送给汉王吗？我觉得我们可以留下来。"

萧何却说："留下来，它们母子就不能相会了。"

萧延不想把这么一个宝贝让出去，尽力为自己争取，再次询问萧何："你怎么知道它们是母子呢？"

萧何回答："你想想，一颗是九两五钱，一颗是九斤五两，为什么这么巧？所以说，它们很大可能就是母子，所以我觉得还是送给汉王比较妥当。"萧延听了便不再言语。

这天夜里，萧何与翠娥一起睡在床上。萧何心中依旧惦记着那颗夜明珠，根本睡不着，于是便问："翠娥，这颗夜明珠你说是自己留着好，还是送给汉王好？"

翠娥见萧何竟然还在为这件事挂心，便说："我素来认为不是自己的东西，就不应该自己留着。不过这颗夜明珠是你掘得的，你留着也有道理。这可是个无价之宝啊！"

萧何思索着，默不作声。翠娥见萧何不再说话，便翻身看着他，并摇了摇他的肩膀说："怎么不说话呀，我说错了吗？"

萧何微微叹了一口气："你说的没错。不过我在想，上次那一颗重九两五钱，这一颗重九斤五两。为什么都是'九五'？'九五'就是'九五之尊'的意思。'九五之尊'是什么意思，你知道吗？"

翠娥摇头。萧何便说："'九五之尊'是指皇帝。"

翠娥一听，立即翻身坐起，不假思索地说："这么说来，那汉王就是小皇帝，你就是大皇帝！"

萧何听了，觉得好笑，也坐起身来："看你想到哪去了，我怎么能做皇帝呢？做皇帝有做皇帝的命，这是天意，不是每个人都可以做的。再说，两颗夜明珠，大的是母珠，小的是子珠，只有母子相会才是最完美的结合。所以，我想把这颗母珠送给汉王，让它们母子相会，成就汉王的帝业，以便一统天下。你看好不好？"

翠娥回答说："既然这样，那就应该让它们母子相会。"萧何见翠娥这么通情达理，十分高兴，这才安心躺下睡觉。

万物的成熟只是为舍弃自我，在奉献中陶冶出完美。而且，人生的真快乐、大快乐，也是来自这样的为善，这样的舍弃，极乐来自奉献。为善最乐，最乐为善。

2

接下来的一段时间里，萧何指挥部分士兵帮助农民把粮食运进仓库，吩咐部分士兵打造兵器。只见工棚中，炉火熊熊，铁锤叮当，铁匠们光着膀子，系着围裙，专心打造着各种短刀、长枪、戈、矛、剑、戟等，将已打造好的兵器一堆堆摆放在地上。同时，还吩咐工匠们自己酿酒。他们聚在一起拌料、烧火、挑水、接酒、封坛，不久便生产出了许多佳酿。

萧何进入酿酒房视察，工匠们便递上一杯热酒说："丞相，尝尝这酒的味道怎样？"

萧何抿了一口，咂咂嘴，笑着说："好酒！醇香甘洌冲劲足，将士们喝了一定能打胜仗！大家加把劲，再多酿几坛，等汉王进了咸阳，就作为贺酒送去。"

而这个时候，堰坝已经竣工。堰内早已蓄满水，绿波荡漾，青山倒映，俨如仙境，男女老少成群结队从四面八方涌来，欣赏这人工杰作。萧何与三老、豪杰也纷纷登上堰坝，看着自己动手修建的工程，兴奋之情，溢于言表。

其中一位三老建议说："丞相，这堰坝是你领着大伙儿做成的，功不可没啊！这堰是前所未有的工程，可得取个响亮的名字才好。"

另外一个三老立即说："就取名'萧何堰'吧！"

萧何连忙摆手："不行，不行！这可使不得。我看这褒河又叫三河，不如就叫'三河堰'好了。"

刘邦率军进入咸阳后，萧何便决定离开汉中，把粮草运往咸阳以解决刘邦的后顾之忧。于是，吩咐家人收拾好东西，择日启程。就在离开的这一天，南郑的百姓闻听萧何要走，陆续来到丞相府门前。等到大门洞开，萧何走出，人们便一齐跪下，高呼"丞相"！

萧何莫名其妙，连忙问道："乡亲们，你们这是干什么？"

一名三老说："丞相，你不能走，留下吧！"

萧何看到众乡亲纷纷挽留自己，心中也是万分难受，便赶紧说："乡亲们快快请起，请起！汉王已经顺利进入咸阳，即将发兵东进。我必须尽快将粮草武器送往咸阳，以便早日讨伐项羽，夺取天下。任重道远，责无旁贷，请乡亲们谅解！"

众人起身后，纷纷询问："丞相何日回来？"

萧何望着远方，充满真诚地说："国家统一了，我一定回来看望乡亲们！"

随后，众人把自己带来表示心意的东西塞给萧何。卖包子的大叔做了一笼大包子递给萧何，让他在路上充饥，也有送鸡蛋、送干菜的，萧何一一回绝："乡亲们，你们的心意我领了，东西请你们带回去！"

话音未落，那个曾经被萧何从茅屋救出的老妇人，怀抱母鸡，一路小跑而来。老妇人挤进人群，走到萧何面前，跪倒在地，说："丞相，那天要不是你救了我，我早就到阎王爷那里去了。我这条老命，全是你捡回来的。听说你要走，我一早起来，抓住这只老母鸡，可还是来晚了。丞相，你不责怪吧？"

萧何扶起老妇人："哪里哪里？快快请起。"

老妇人在萧何的搀扶下站起身来，然后说："家里没什么好东西，这只老母鸡你就拿去补补身子吧！"

萧何对于这位老妇人的东西更加不能接受，连忙说道："还是你自己留着吃吧。"

"自己吃？"老妇人见萧何拒绝，喃喃自语，不胜惊讶地说，"它给我做伴，还每天下一个蛋，我还舍不得杀哩！"说罢将母鸡塞在萧何手里，匆匆走了。

萧何望着老妇人远去的背影，回头将母鸡交给吏卒，又从身上摸出几块散碎银子交给他，吩咐他立刻给老妇人送去。

萧何终于说服了大家，才从人群中离开，来到早已等候在路口的杨春身边，只见运送粮草的车马，肩挑车载，排着长龙，准备前行。

杨春见了，上前施礼道："丞相，末将等候多时了。"

萧何高兴地说："好！杨将军扩修陈仓小道有功，我一定向汉王给你请赏。这些运送粮草的民夫大都没有出过远门。你交代几句注意的事项吧。"

杨春点点头，站上高坡，大声说："乡亲们！汉王在咸阳准备发兵东进，你们此去正是锦上添花。将来汉王得了天下，也有你们的一份功劳！此去路途遥远，山路崎岖，十分辛苦，尤其还要谨防秦楚余部和强人打劫，大家须要小心！"本来带着兴奋的众人，听这么一说，便有点惊恐起来。

萧何见了，便解释说："大家不要怕，一路上有杨将军率领的三千人马保护你们，绝对万无一失！"经过萧何的一番保证之后，大家这才放下心来，再次喜笑颜开。

交代完毕，萧何和杨春便带着队伍浩浩荡荡沿陈仓小道进发。

3

刘邦坐在咸阳城中也十分挂念萧何，他不知道萧何现在是什么情况。这一天，刘邦坐在宫中，心情十分舒畅。张良得知刘邦进入咸阳后，赶来庆贺，说："诸位！汉王又回到了咸阳，可喜可贺！今天，为犒赏各位将士，在此举行宴会。首先让我们举杯，祝贺汉王万岁！"众人纷纷举杯高呼："汉王万岁，万万岁！"

刘邦听了，心里美滋滋的，笑着对大伙说："当初项羽封我为汉王，贬到巴、蜀、汉中，企图将我困死在那里。幸亏诸位厉兵秣马，发奋图强，今日终于重回咸阳，功莫大焉，邦当置酒相庆。尤其是韩大元帅，运筹帷幄，用兵如神，一路破关斩将，所向披靡，已立头功。本王敬你一杯。"

韩信举起酒杯说："谢大王！"

刘邦喝完，放下酒杯接着说："正当大家相聚一堂，举杯相庆的时候，不禁使我想起一个人来，那就是丞相。现在丞相仍在褒中，单枪匹马，茹苦含辛，勉力筹集粮草，令邦时刻挂怀。"说着说着便动了感情，声音哽咽起来。

曹参安慰说："大王，丞相才智超群，精明干练，办起事来得心应手，左右逢源，大王尽可放心。"

张良这时却不无担心地说："大王，倒有一事值得忧虑。霸王项羽见大王攻下咸阳，必然不肯善罢甘休，若发兵西向，恐咸阳不保！"

刘邦听后点头："我也正有此虑，不知先生对此有何高见？"

张良说："我想必须派一能言善辩之士出使彭城，稳住项羽，以保无虞。"

刘邦说："此任非先生莫属，请先生辛苦一趟。"

张良推辞说："良反复于汉、楚之间，犹恐引起项羽疑忌，汉王还是另择高明吧！"

刘邦信心满满的说道："先生此次来汉，项羽尚不知情，即使有所疑忌，凭先生之应变才能，也定可化险为夷。"

曹参见机插言："汉王已决，先生别再推辞。愿先生马到成功！末将曹参敬先生一杯。"说着举起杯一饮而尽。

刘邦赶紧说："来，大家一起为先生此行干杯！"

张良面对众人的盛情，难以拒绝，只好答应下来。

刘邦在咸阳皇宫故地重游，踌躇满志，后宫佳丽们纷纷出来迎接，前呼后拥，一如既往。他望着众多美女，眼前浮现着韩信单枪匹马英勇杀敌的场面，想着韩信为自己一统天下的事业立下了汗马功劳，功不可没，可是自己还没有对他进行嘉赏。思前想后也不知道赏赐什么好，如今看到这么多佳丽，便计上心头。刘邦叫内侍来到跟前，吩咐去请韩信进宫。不久，韩信进宫。

韩信上前施礼一番。刘邦笑着说："我看元帅戎马倥偬，生活起居需要有人照料。这宫里美女如云，你任选一个去吧。"

韩信听刘邦如此说，脸上露出一丝为难之色，说："大王厚意，末将心领。只是目前天下未定，战事繁忙，尚无暇考虑儿女之事。"

刘邦不以为然，说道："谈婚论嫁也是人生一件大事，不可不虑，目前丞相的粮草未到，队伍也需要休整，你就趁这个时候把这件大事办了吧。"

宫女们听到刘邦要为韩信选择妻子，纷纷注视韩信，只见韩信体态魁梧，堂堂仪表，个个做着各种媚态，在韩信面前晃来晃去。

刘邦见了，笑着问道："怎么样，满意吗？"

韩信略一思索，说："容末将想想吧。"

刘邦也并不为难韩信，点头表示同意，吩咐韩信如果想好了就赶紧禀报，韩信答应下来，告辞离去。

第四十章　项羽被诓攻齐赵

1

　　韩信从皇宫出来，默默走在街道上，刚才刘邦所提之事，让他想起救费氏姑娘的那件往事。眼前不觉又浮现出姑娘那像是刚刚出水的芙蓉、乌云过后的明月一般的面容。令人赏心悦目。

　　想到这里，韩信不禁加快脚步，他决定重返故地，看看那母女两个现在过得怎么样。他走进通往小院的那条巷子，来到院门口，探头往里望去。正在扫地的费氏一眼看见了他，立即认出这就是当初救过自己女儿的那位将军，便连忙上前迎接："恩人，真的是你！"

　　韩信跨进院门，说："大婶，你好！"

　　费氏笑着回答说："好，好！你就别大婶大婶的了，我姓费，大家都叫我费嫂，你也叫我费嫂吧。"

　　说着，费氏放下手中的扫帚，请韩信坐下，递上茶水，说："恩人，许久未见，今天怎么来了？"

　　"说来话长，今天路过这里，顺便进来看看。"韩信一边扫视屋内，一边说，"费嫂，你女儿呢？"费嫂回答说是上街买菜去了，还没有回来。当韩信问及费嫂的女儿是否已经婚嫁时，自己马上又感觉有点唐突，但话已出口，无法收回，便尴尬地笑了笑。

　　费氏无奈地叹了一口气："唉，别提了！一个十六七岁的大闺女，做媒的踩破了门槛，可她一个也不答应。问她为什么，却总是撅着嘴不说话。"说到这里，费氏看了韩信一眼，若有所思地说："恩人，等她回来，你帮我劝劝她吧！"

　　韩信正要回答，费氏的女儿从外面回来。费氏招呼女儿说："琪儿，你看谁来了？"

　　费琪走进屋内看到竟然是韩信，不由喜出望外，菜篮一丢，叫声"恩人！"就要下跪。

　　韩信一把扶住，说道："姑娘，快别这样！"

　　二人就这样互相盯着对方，久久没有分开，费氏看在眼里，面带微笑。韩信忽然觉得有些失态，赶紧松开了手。

　　费琪问道："恩人这些时候都干什么去了？"

　　韩信说："军人除了打仗，还能干什么？"

　　费琪连忙说："你们军队里也要洗衣做饭的吗？如果可以的话，我去给你洗衣做饭，好吗？"

韩信显得有些为难地说："军队很辛苦，也很危险，你不怕吗？"

费琪脱口而出："你不怕，我也就不怕！只要在恩人身边，我什么都不怕！"

费氏在一旁听着，故意说道："娘不同意，我可就你这么一个女儿。"

费琪故作生气地说："不同意？留在身边做老女！"说着便提起菜篮进里屋去了。

费氏笑着对韩信说："这孩子在男人面前从来不说话，可今天却变了另外一个人似的。你就把她带去吧。"

韩信支吾着："这……"

费氏又说："她爱和你说话，你就去跟她说说话吧。我做饭去，等下你就在这里吃饭。"韩信心下当然愿意，只是口头上没有表达出来。

费琪进里屋后，一想到韩信，总是坐立不安，拿起花绷准备绣花，却又放下，见着墩子，心烦地踢了一脚。

不久，费氏领着韩信进来，说："琪儿，你陪恩人说说话，我先做饭去，今天就留恩人在我们家吃饭。"说罢便退了出去。

费琪等到母亲离开后，扶起墩子请韩信坐下。韩信说："以后不用叫我恩人，就叫我韩信吧。"

费琪略显得有些不好意思，说道："韩大元帅，领兵出陈仓，一路势如破竹，直抵咸阳，大英雄啊！咸阳的百姓都知道你的事情。"说着将韩信仔细打量一番，继续说："英雄就是英雄，到底与众不同！"

韩信故意地看了看自己，问："有什么不同？不也是横眼睛，竖鼻子，穿粗布大褂，食人间烟火吗？"

费琪刷地红了脸，为难地说："我也说不出究竟有什么不同。只是自从你救了我的那天起，我就天天只想看见你，连晚上做梦都梦见你。你说怪不怪？"

韩信听了，心中暗自高兴，便试探地说："你以后就跟着我，天天看着我，好吗？"

费琪的脸红得更加厉害了，故意说："可是娘不同意！"

韩信说，"刚才在外面你娘已经同意了。"费琪听后先是一惊，随后忘情地扑到韩信怀中，韩信立刻耳热心跳，不知所措……

从此以后，韩信和费琪的事情竟然在咸阳城中传播开来。而一直对韩信情有独钟的萧红玉得知这件事情后，心中万分伤感，整天闷闷不乐，忧心忡忡。这一天，萧红玉回到营房，便往床上一躺，独自抽泣起来。

一个女兵看到后亲切地问道："红玉姐，你怎么啦？"萧红玉不予理睬，依然独自落泪。女兵见了，心里有些着急，接着问道："谁欺负你了？告诉我，我们去揍他！"萧红玉依然不理不睬，女兵不知到底发生了什么事情，正想问个究竟时，萧红玉一骨碌起身，向外跑去。女兵望着她的背影，感到莫名其妙。

萧红玉独自来到一棵大树旁，靠树干坐下，往事历历涌上心头。她还清楚地记得当初韩信教自己练剑的情形，以及两个人的密切交往，在萧红玉的眼前一点点浮现出来。韩信骑马从城外回来，路过大树旁，见萧红玉坐在那里，便连忙下马，来到她身边，问："红玉，你一个人在这里做什么？"

萧红玉见是韩信，赶紧躲过他的目光，擦掉眼泪，然后回过头，若无其事地说："一个人在这里清静一会儿。"

韩信注视红玉，感到有些异常，问道："你不舒服吗？"萧红玉掩饰地摇摇头，韩信看到这种情况更加疑惑，"不，你有什么事情瞒着我。"

萧红玉也不正面回答，而是反诘道："你有什么事情瞒着我吗？"

韩信听萧红玉这么一问，是丈二和尚摸不着头脑，根本不知道到底是怎么一回事，想了半天才恍然大悟地说："哦，对了，我是有事情要告诉你呢，我快要成亲了，到时候请你喝杯喜酒。我还想请萧丞相主婚哩。"

萧红玉故作镇静地问："姑娘是谁家千金？她很钟情于你吗？"

韩信不明就里，随口说："不是什么千金，是一介平民百姓。"

萧红玉不再言语，沉默许久后才开口说："还有一个人在想念你，你知不知道？"

韩信听萧红玉这么一说，充满疑惑，立刻询问是谁。

萧红玉见韩信这么不明事理，生气道："不知道就算了！"说罢就往前走。

韩信这时候才意识到萧红玉说话的意思，马上追了上去，诚恳地说："红玉，我知道你对我好。可你是相府千金，而我韩信出身微贱，不能有非分之想。所以对你总是敬而远之，请你谅解！"

萧红玉说："如此，我祝贺你们幸福美满，白头偕老！"

说罢便飞奔而去，留下呆若木鸡的韩信，看着红玉远去。

人生本来就是一次旅行，我们何必因为是坐车还是步行而斤斤计较？境由心生，属于我们真正的快乐，唯清欢而已。在平淡的日子里，只要我们细细地品尝生活，就有许多赏心悦目的快乐。想到此，萧红玉也就坦然了。

2

萧何正在赶往咸阳的路途之中，经历了一番劳苦奔波，这天晚上星月黯淡，山虫唧唧，运送粮草的队伍露宿道旁，鼾声此起彼落，站岗守夜的哨兵手持大戟，注视着周围的动静。

忽然一个黑影闪来，哨兵对着黑影喊道："孤云山！"黑影一边回答"寒溪水！"一边向哨兵走来。临近眼前，哨兵终于看清黑影，原来是杨春。杨春询问了一下，没有什么异常情况，便继续向前巡视。杨春刚刚过去不久，这个哨兵又看到一个黑影向他移动过来，于是喊道："孤云山！"黑影没有回答，哨兵警觉起来，再一次谨慎地喊道："孤云山！"黑影回答"是我"，径直向哨兵走来。哨兵一听不对劲，连忙大喊："有贼，抓贼！"一些睡觉的士卒被叫醒，迷迷糊糊就把黑影捆绑起来。黑暗中黑影挣扎着说道："是我，你们这是干什么？"

杨春闻声走过来，定睛一看，原来捆的竟是萧何。于是一边给他松绑，一边给萧何道歉："丞相，为了防止意外，我给哨兵规定了暗号，忘了禀告丞相，没想到丞相会来巡视，使你受惊了，望乞恕罪！"说着就要下跪。萧何连忙扶住杨春，说道："起来起来！这不怪你，你也是为了谨慎起见。一路而来，我总担心粮草有什么闪失，晚上全无睡意，所以便出来看看。"杨春说："这里有我，丞相尽管安心睡觉。"边说边与萧何向前走去。

经过数日的艰难跋涉，萧何与杨春押着运送粮草的车马终于到达咸阳。径直来到咸阳王宫门前。刘邦、韩信、曹参等闻讯出来迎接。萧何见到刘邦等人，行过礼后，说："汉王，萧何运来粮草武器，请清点收讫。"

"好！"刘邦高兴地看着粮草说，"丞相劳苦功高，本王当置酒洗尘！"

韩信摸摸萧何带来的自制武器，说："丞相急前方之所急，短期内筹备这么多武器粮草，殊为不易，韩信感佩不已！"

萧何谦虚地说："为前方尽责，分内之事，何足挂齿？"随后，刘邦等人请萧何到宫中休息，于是，萧何便在众人的簇拥之下走进王宫。

接风洗尘后，萧何在刘邦陪同下在宫里散步，互相嘘寒问暖。萧何边走边看，见宫内到处是烧毁的痕迹，一片狼藉，不禁感伤起来。刘邦发现萧何神情有些不对，当然明白他的意思，便感叹地说："一个好端端的都城，被项羽破坏成这个样子，真是可恶！现在要修复这座都城，没有十年八年是根本不可能的。"

萧何也说："我从大街上一路过来，看到的也是满目疮痍，全然不是我们刚进咸阳时的景象。不知汉王准备定都何处？"

刘邦思索一番，回答说："栎阳如何？谈谈你的看法。"

"栎阳？"萧何想了想说，"秦国在那里建都长达三十四年，后来又是塞王司马欣的都城，只要稍加修缮，作为汉王的临时都城应该是可以的。"

刘邦点点头表示同意，并说："况且，那里水陆交通发达，有着重要的军事地位，有利于东进出击，战胜楚军。"

萧何说："不妨就暂时定在那里，等到打败项羽，全国统一，再从长计议。"

刘邦说："这样也好，就请丞相先去栎阳考察一下，如果确实可以，再与大臣们商议定夺。"

萧何点头，表示愿意去栎阳一趟。

他们继续向前走着，刘邦又想起了一件事情，对萧何说："还有一事，韩元帅偌大年纪也该成个家了。我叫他在宫女中挑一个，可他一直没有吭声，你去问问他是何缘故？"

萧何说："汉王的好意，他未必敢不领情，我一定去问问。"

就在这个时候，得知萧何到达咸阳的萧禄前来，兴奋地叫着："爹！"

萧何看到自己的儿子，心中十分欢喜，对萧禄说："禄儿，快见过汉王！"于是，萧禄便对刘邦施以大礼。

刘邦笑着说："我听人说，萧禄为人厚道，打仗勇敢，深得元帅赞许，真是有其父必有其子啊！好了，你们父子许久未见，好好叙谈叙谈吧，我先走了。"说罢便大步离去。

刘邦走后，萧何打量萧禄一番，说："是啊，许久未见，我和你娘都很想念你们兄妹！你在军队还习惯吧？"

萧禄回答说："孩儿在这里过得很好！"

萧何接着说道："汉王和元帅夸奖你，你更要好自为之，不愧萧家之后啊！你妹妹呢？"

萧禄说："今天本要一块来的，因女兵队里有事，说改日再来。"

萧何点点头说："公事要紧，来不来无关紧要。"

萧禄接着问道："爹知道吗？韩元帅要成亲了。"

萧何刚才听刘邦说过此事，所以对这个消息并无太多的惊讶，只是随口问道："噢，是不是相中了一个宫女？"

萧禄回答说："不是，听说是一位姓费的平民姑娘，只是这件事情似乎对妹妹的打击挺大，为了这事，她大哭了一场，后来就平静下来了，也没见她再哭过。"

萧何听儿子说起这些情况，没再说太多其他的话。随后，在萧禄的陪同之下，回到自己的住处，准备休息，长时间的旅途劳顿已经把他的这把老骨头颠簸得快要散架了。

第二天，萧何见到了很久未见的女儿红玉，父女相见，自然显得非常亲切，便尽情攀谈起来。

萧何关爱地说："你们兄妹在这里很好，为萧家争得了荣誉，我心里很是高兴！"

红玉询问："娘和弟弟、翠娥何时来咸阳？"

萧何回答说："我在这边安顿好了，就去接她们过来。"

红玉脸一沉，说道："只怕他们一来，我又要出征打仗了。"

萧何微微叹口气，说："战争是个无情的怪物，它使无数家庭妻离子散，又使无数生灵涂炭。所以，我们要尽快结束战争，建立一个没有战争的国家，使百姓们过上安定的生活。只有用战争才能消灭战争。你们要舍得抛开家庭和一切牵挂，英勇杀敌，打败项羽！"接着又故意提起韩信说："你看，韩元帅挨到二十多岁尚未成亲，就是为了打败项羽。"

红玉听到爹提及韩信，也没有太多的激动，而是说："韩元帅快要成亲了，你还不知道吧？"

萧何说："知道，若不是汉王做主，他还全然没有考虑哩。"

就在这个时候，韩信偕费琪走了进来。他们互相施礼问候，红玉看到韩信虽然有种莫名的感伤，但还是上前施礼道："红玉见过元帅。"韩信微微点头答礼，随后萧红玉便进了里屋，不再出来。

接着，韩信向萧何介绍说："丞相，这位是费琪姑娘，她愿和末将白头偕老，特来给丞相过目，看看合不合适？"

萧何看到费琪虽然是普通人家女子，但是生得清秀诱人，高兴地赞赏说："元帅的眼力非同一般，堪称龙凤和谐，天作之合！"

韩信十分高兴地说："丞相如认为可以，成亲之日，还要请丞相主婚哩。"

萧何笑着说："承元帅看得起，老朽一定应命。"

3

张良正被刘邦派去项羽营中游说，以使汉军能在咸阳稳固休整，为东进作好充分准备。

范增在刘邦刚刚打入咸阳城的时候，曾向项羽询问："霸王，刘邦已经打进咸阳，你打算怎么办？"

项羽不做回答，反问道："亚父，你说呢？"

范增不假思索地说："这还用问吗？趁他立足未稳，打他个措手不及！"

项羽对此十分不屑，他根本不相信刘邦能搞出什么大名堂，轻蔑地说："刘邦一班乌合之众，值得我从彭城兴师动众，远道出征吗？难道置齐、赵于不顾吗？"

范增听了不禁眉头一皱，不无担忧地说："别小看刘邦，你不出征，终成大患！齐、赵犹如沟里的泥鳅，掀不起大浪；刘邦却是大海蛟龙，可以翻云覆雨啊！"

项羽听着这些不顺耳的话，不耐烦地起身说："亚父不要长他人志气，真正的蛟龙在这里，就是我项羽！"

范增见项羽不听谏言，生气道："你——不听忠言，终归要败在他的手里！"说罢便气呼呼地离去。

范增离开不久，内侍向项羽禀报说韩国丞相张子房求见，项羽本不想接见，可是转念一想，还是见一见为好，便吩咐内侍相请。张良见到项羽之后作揖施礼。

项羽问道："子房先生不在韩国，来彭城何事？"

张良说："皮之不存，毛将焉附？韩国已破，特来投奔大王。"

项羽疑惑道："刘邦占领咸阳，正走上风，先生为何不去投奔他，却来这弹丸之地做甚？"

张良微微一笑说："刘邦一时得意，哪能与霸王相比？良禽择木而栖，自古而然。

为了表示我的诚意，也为了大王的霸业，良很想略陈浅见，不知大王愿闻否？"

项羽说："先生请讲。"

张良接着说道："大王，刘邦刚入咸阳，立足未稳，大王何不来他个出其不意，攻其不备？"

项羽故意地说："现在齐、赵尚未拿下，我怎好分兵西向？"

张良暗喜，道："大王不愧天下第一将才！各个击破正是高明的用兵之道。此时如果分兵西向，齐、赵必将乘虚而入，彭城旦夕不保，那时就悔之晚矣！"

项羽略显担忧说："可是，亚父说，只要镇住了一个刘邦，天下无须忧虑了。"

张良忙道："大王，亚父的话有他的道理。可是纵观全局，难免有些偏颇。"

项羽疑惑道："依你之言，还是不要去打咸阳？"

张良点点头说："先平齐、赵，实为上策。"

项羽听到这里不禁冷笑道："张良啊张良，你果然是刘邦的说客。来呀，给我拿下！"

左右侍卫便立即捉住张良，张良不慌不忙，竟然哈哈大笑起来。项羽感到十分疑惑，说："你死到临头，为何发笑？"

张良从容地说："我笑自己瞎了眼睛！人说项羽宽仁厚道，广纳贤才，有雄霸天下之气。原来却是个心胸狭窄，闭塞言路，连市侩小人刘邦都不如的无道昏王！"

项羽气急败坏地大喊："什么，我连那个刘三都不如吗？给我推出去斩了！"

"慢！"张良依然从容不迫地说，"让我最后说一句，也不枉来投你一场。想我张子房不大不小也是韩国一个丞相，曾经又为刘邦作过军师，普天之下广为人知。今天这样不明不白被霸王杀了，天下人会怎么看待霸王的德行？如果因此失去天下民心，对你今后的霸业何益？请霸王三思！"

项羽被张良这一番举重若轻的话语冲击，竟然一时语塞，不知如何作答。良久，他终于转过弯来，命令道："快放了先生！"并对张良说："子房先生，当今之世，人心不古，尔虞我诈，防不胜防，项籍不得不小心从事，请先生谅解！"

张良双手抱拳对项羽说："谢大王不杀之恩！"

项羽便心平气和地向张良询问："先生不主张攻打刘邦，是何道理？"

张良胸有成竹地说："大王，别看齐、赵目前较汉王弱小，可是小不防必成大祸。你想，秦末那些起义军，哪一股不是由弱小而壮大的？陈胜、吴广揭竿时不过九百人，结果数十万人跟从；大王与令叔会稽起事时也仅八千子弟，现在呢，竟有三四十万人马。大王在齐地所封的三个国王，均被田荣所灭，统一了齐国；陈余赶跑了张耳，还兼并了代国。这样下去，小股势力就会汇成大股洪流。如果大王不及早征服，他们将与汉王连成一体，到那时你腹背受敌，就难于对付了。"

项羽默默点头说："说得有理。"但是转念一想，又警惕起来，说："子房先生，目前汉王的势力明显强于齐、赵，我若只顾收拾齐、赵，而将汉王放在一边，岂不是本末倒置？"

张良再次长篇大论起来："非也！打个比方，齐、赵和汉王都是惯爱偷鸡的黄鼠狼，齐、赵离彭城近在咫尺，而汉王远在咸阳，千里之遥。你若防远不防近，那才真是本末倒置啊。目前，刘邦已得关中之地，正踌躇满志，在咸阳乐享帝王之福，哪还有心东进？况且，刘邦本来就不是你的对手，不堪一击。你若先平了齐、赵，免去后顾之忧，再兴兵伐汉，唾手可得也！"

项羽一听，不禁高兴起来，说："子房先生言之有理，不愧为一代雄才，本王不日出兵，收拾齐、赵！"

张良听了这句话，心中窃喜，他终于凭借自己的三寸不烂之舌，对项羽游说成功，误导了他对形势的正确估计。

第四十一章　韩信费琪结良缘

1

韩信和费琪终于决定成亲，便择了一个日子准备拜堂。这一天，汉军上上下下，很多人都来参加韩信的婚礼。只见堂内红烛高照，人头攒动，说笑连天，喜气洋洋。周勃在使劲吹奏喇叭，锣鼓伴奏。唯有萧红玉站在角落里偷偷抹泪。

夏侯婴充当傧相，他双手一挥，音乐与吵闹声戛然而止。然后大声宣布："婚礼开始！一拜天地！二拜高堂！夫妻对拜！不入洞房！"听到这里，众人哄堂大笑。

樊哙对夏侯婴说道："成亲不入洞房，你要干啥？"

众人也疑惑道："对，你要干啥？"

夏侯婴回答说："因为还有人要讲话。"向萧何做个手势说："请！"

但是，有刘邦在场，萧何便对刘邦作谦让状，刘邦摆摆手，示意让他说。

萧何这才上前开口说："诸位，今天这是一个特殊的婚礼。特殊在哪里？其一，部队即将上前线打仗，时间特不特殊？其二，有这么多将士参加，规模特不特殊？其三，也是更重要的一点，汉王亲自参加，规格特不特殊？"众人一听连忙高呼"特殊，特殊！"

萧何接着说道："所以，我衷心希望这对新人好好珍惜这段美满姻缘。祝你们恩恩爱爱，白头到老！"

随后，萧何依然请刘邦再说几句。

刘邦笑笑说："免了吧，我要说的丞相都说了。我就只说一句，祝新人幸福！"

夏侯婴接着主持婚礼，说道："下面——新郎讲话！"

韩信激动地一拱手，说："首先谢谢各位光临！韩信出身微贱，无德无才，能有今天，完全是汉王和丞相的栽培，诸位的抬爱，在这里，我表示深深的感谢！古人云：'不孝有三，无后为大'，我韩家四代单传，今天没有别的奢望，但求生个一男半女，为韩家延续香火。苍天在上，韩信有求了！"说着声音哽咽起来。

夏侯婴待韩信讲话完毕，便接着宣布："新郎新娘入洞房！"众人叫喊着簇拥着一对新人向洞房走去……

再说张良打消了项羽发兵攻打刘邦的念头，项羽留张良在营中喝酒，一直到深夜才回到住处休息。是夜，万籁俱寂，梆打二更。张良躺在床上，辗转反侧，一直没能入睡。忽然听到有人敲门，立即警惕地问："谁？"

只听门外回答说："是我，陈平。"

张良这才起身开门，说："陈都尉，请！"陈平进屋，随手把门关上。

张良问道："都尉深夜造访，有何见教？"

陈平不做正面回答，而是对张良赞赏说："子房先生不愧当今高贤，来楚游说项王，马到成功！"

张良听了，暗自吃惊，但表面上仍镇定地说："都尉不要误会，子房确实是为霸王着想。"

陈平微微一笑，说："子房先生，你瞒得了项羽，瞒不了陈平。项羽此时不打刘邦，更待何时？"

张良见事情已经隐瞒不住，也微微一笑，说："都尉果然厉害，佩服！"

陈平认真地说："你前次推荐韩信，这次又亲自出马，连子房先生这样的高贤都这么死心塌地为刘邦效力，可见刘邦非等闲之辈，确有人主之风。"

张良已洞察出陈平话中的意思，便肯定地说："都尉所言极是，刘邦主宰天下，势在必然，只是时日迟早罢了。"

陈平赞同道："陈平也有同感，所以打定主意去归顺汉王，请先生做个引荐之人。"

张良见陈平直说了来意，于是微微一笑说："都尉大名早在汉王心中，何须不才饶舌？"

陈平心中暗自高兴，疑惑道："这么说我就先去咸阳？"

"不！"张良说，"你暂缓几日，让我先行，不然，我就走不成了。"

陈平略一思索便辞别张良回去，做择日动身的准备。

2

刘邦见时机成熟，想继续扩大战局，便召集文武大臣商议。他说："诸位，本王攻下咸阳已经有些时日了，军队经过休整，元气大增，加上丞相及时送来粮草武器，又可以上阵了。我想趁军师在楚营稳住项羽的时候出兵东进，拿下洛阳。诸位以为如何？"

韩信首先说："汉王决断，正合我意。占领洛阳，就拥有中原大片土地，整个西部都在我掌握之中，再图东进就有了足够的兵员粮草。战胜项羽也就更有把握了。"

众人点点称是。

此时，外面传报萧何归来，刘邦一听大为惊喜，吩咐请萧何上殿，萧何进宫施礼："臣萧何参见汉王！"刘邦摆摆手，萧何便站直身子，说："禀汉王，臣此去栎阳，详细考察了那里的周围环境和房屋建筑，总的印象不错，真不愧是古秦都。汉王暂时建都于此，再合适不过。"

刘邦听后脸上露出满意的笑容说，"诸位，我们离开南郑，必须在关中建都，以为根基。而咸阳被项羽破坏得满目疮痍，一时难以修复。经丞相亲自考察，觉得栎阳不错，就暂时在那里建都，诸位以为如何？"

众人齐声道："请汉王定夺。"于是，刘邦便决定东向洛阳，把建都栎阳的事情交给萧何办理。

这天晚上，萧何找到刘邦说："恕臣深夜打扰汉王。"

刘邦见萧何来访，必有要事，于是询问："何事？说吧。"

萧何说："汉王，建都事大，我想请汉王趁东进之前，亲自去栎阳看看，以便按你的旨意做好建都准备。"

刘邦想了想说："也好，明天我们一同去。"

萧何说："只是须以平民身份，以免惊动地方。"刘邦点头表示同意。

第二天，刘邦与萧何以平民打扮来到栎阳城中，到处察看。萧何指指点点，向刘邦介绍古秦宫的现状及其修缮计划。不久他们来到一座古建筑前，萧何说："这就是秦代的社稷坛。"

刘邦看到后，立刻作出指示："必须将它废掉，重新建一座新的社稷坛，以示与秦朝有别。"

萧何非常同意地说："这个十分必要，使人们看到新的国家、新的气象。"

刘邦随后问道："此地的信仰习俗，祭祀何帝？"

萧何回答："祭祀四帝。有白帝祠、青帝祠、黄帝祠、赤帝祠。"

刘邦道："我听说天上有五帝，他们为何只敬四帝？哦，我明白了，他们是留一个位子想让我加上。"

萧何微微一笑，然后问："汉王欲加上何帝？"

刘邦充满自信地说："黑帝。秦人自称水德。黑为水，所以他们崇尚黑色。我们建一个黑帝祠，他们自然高兴。这岂不是深得民心之举？"

萧何赞叹说："汉王深谋远虑，臣一定在此修建一个黑帝祠。"

刘邦高兴地点点头，说："丞相啊！建国事大，我领兵东进，这里的一切就全权交给你了。你尽管放手去办吧！"

萧何坚定地说："蒙汉王信得过，我当不遗余力去办，请汉王放心！"

刘邦接着说："我还有一事相托，就是太子刘盈年幼无知，生性愚钝，还望多加教诲，使他今后能当大任。"

萧何双手抱拳，认真地说："萧何一定不负重托！"

随后，刘邦、韩信便率领大军向着洛阳而去。萧何便留在栎阳主持建都的事宜。新建的黑帝祠坐落在一片开阔的高地上，周围绿树掩映，颇具气势。黑帝祠落成的那天，阳光明媚，清风徐来，善男信女们手提香篮，面带微笑，从四面八方走来。他们仰望着新祠，纷纷议论："这个黑帝祠好大呀！比那白、青、黄、赤四个帝祠都要大，又更漂亮，更威武！汉王一来便修起了黑帝祠，还要修一个社稷坛哩！这正是我们所想的。看来这个汉王比秦王好多了！"

萧何领着几个巫师款款而来，看见众人便招手致意，众人跟着萧何进入祠内，只见殿内香烟缭绕，庄严肃穆，黑帝塑像威武雄壮，金光闪闪。萧何面向众人说："乡亲们！汉王建黑帝祠供你们膜拜祭祀，今天特地请来巫师给黑帝开光。现在开光仪式开始！"

于是音乐大作，巫师开始作法，口中念念有词，全身舞动起来……

3

刘邦带领军队打到洛阳城下，不几日便拿下洛阳，举着"汉"字大旗的队伍浩浩荡荡开进城内。刘邦坐在黄罗伞盖车内，一副得意的神情。占领洛阳之后，刘邦便召集众人在洛阳城王宫议事。

刘邦说："诸位，军师去楚营已有些时日了，尚不见回来，该不会有什么变故吧？"

曹参说："军师足智多谋，应变自如，常蹈险如履平川，大王尽可放心。"

夏侯婴却不无担心地说："这个也很难说。因为项羽是个反复无常的小人，很难对付。"

樊哙义愤填膺地说："对付小人的办法只有一个字——打！大王，发兵吧！"

韩信连忙阻止："樊将军别急。据我所知，项羽虽是小人，但一般礼俗还是知道遵循的，何况军师这等大贤，他更不敢怠慢。"

刘邦听了之后，只好叹口气，低声说："那就耐心等待吧。"

就在这个时候，内侍来报："禀大王，门外来了一位楚人，口称要见大王。"

刘邦便询问何许人也，内侍回答说："那个人说是要见了大王才肯透露自己的姓名。"刘邦便吩咐内侍让他进来，看到底是谁。

少顷，只见一个平民走上前来，见到刘邦便施礼道："参见汉王！"

刘邦问道："你是何人？"

此人答道："不才楚都尉陈平。"

韩信一听是陈平，连忙下位，抓住陈平的手说："陈都尉，你终于来了！"随后向刘邦介绍说："末将前来投汉，就是这位陈都尉办的通关文书。"

刘邦这才恍然大悟说："我想起来了，鸿门宴上我们见过，不知陈都尉来此有何贵干？"

陈平说："不才弃楚归汉，望大王不嫌疏浅！"

刘邦一听是来投靠自己，不禁高兴起来，笑着说："哪里？凡是愿意来投者，本王一概欢迎！只是暂无高职可就，请仍任都尉之职如何？"

陈平一揖说："谢汉王不弃！"

刘邦接着询问："你在楚营见到子房先生没有？项羽有没有为难他？"

陈平回答说:"见到了,项羽并没有为难子房先生。再说当今之世,凭子房先生的才智和声誉,谁敢为难于他?项羽不但没有为难他,还对他十分客气,言听计从,准备集中兵力攻打齐、赵。"

刘邦十分高兴,觉得要趁此机会再接再厉,乘胜东进,一心想打仗的樊哙立即表示同意刘邦的看法,其他人蠢蠢欲动。唯有韩信不同意,说,为了张良的安全,也为了更加稳妥作战,还是等到张良回来后再作打算。作为三军统帅,韩信的话理由充分,掷地有声,深得众人敬服。于是,便暂时放弃了立即前进作战的计划。

第四十二章　刘邦侥幸占彭城

1

萧何把萧夫人等从汉中接到栎阳，并领着夫人、翠娥、萧延从客厅到卧室、厨房，里里外外看了一遍，然后在客厅坐下。

萧何说："怎么样，这栎阳的丞相府比南郑的丞相府不差吧？"

萧延抢着回答："这里好多了！"

萧何转而问萧夫人："夫人，你说呢？"

萧夫人显得不冷不热，略带埋怨地说："再好又有什么用？反正刚刚住惯又要走。跟着你呀，别想过安稳日子！"

萧何笑着说："好嘛！倒吃甘蔗，越吃越甜，有什么不好？将来汉王得了天下，建起永久的都城，那时的丞相府就不是这个样子哦！我们一家就可以坐享清福了，你们翘首以待吧。"

张良游说项羽成功，项羽正准备出兵攻打齐国，于是便回到刘邦的军中。刘邦觉得可以攻打楚军了，便决定继续东进。

刘邦见张良回来，非常高兴，起身相迎："军师回来得正好！听陈平说项羽中了你的计谋，准备出兵攻齐，果有此事？"

张良说："他是有此打算。"

刘邦不禁暗自叫好，然后说："本王自出南郑以来，平定三秦，洛阳王、西魏王相继归汉，兵马已聚集五十余万，意欲直捣彭城，军师以为如何？"

张良紧皱眉头，思索片刻，回答说："大王，你的军威虽然大振，但项羽目前正手握重兵，士气高涨，况且项羽生性多疑，变幻莫测，何时攻齐，尚很难说。大王现在出兵，为时过早，不如暂时在此厉兵秣马，养精蓄锐，等他与齐开战以后，两败俱伤之时再图出兵，则胜券稳操。所以，现在不宜出兵，还请大王三思！"

刘邦笑了笑，不以为然地说："子房之言差矣！项羽虽勇，半年征战，也不过打败一个田荣。本王不到两月，却扫平了三秦而入中原。由此可见，霸王不足为惧！本王东进之心甚切，决不能久居于此！"

张良见刘邦执意要出兵，便无奈地让步："汉王若执意东征，不妨听听韩元帅的主意，再作定夺。"

刘邦觉得如此也好，便吩咐内侍召唤韩信前来。

韩信来到时，张良已经退出皇宫，二人正好在门口相遇。

韩信看见张良，上前打了一声招呼，问："军师大人回来了？"张良回礼。韩信接着又问："不知汉王召我何事？"

张良回答说："商量东进之事。"

韩信诧异道说："此时东进，军师，是不是你的主意？"

张良见韩信误以为这是自己的决策，微微一笑，反问道："何以见得？"

韩信说："你想趁项羽攻齐之时，乘虚而入，对吗？如果是这样，你就大错特错了！此时去打，实为下策。"

张良这时才说出实情："没想到我们想的一样，不谋而合。只是张良手无寸铁，所谏不能为汉王接受。而元帅之言的分量就不同了，所以还请元帅在大王面前直言相谏，不要落入失败的深渊。"

韩信得知，便告别了张良进入王宫。

刘邦便说："元帅，本王欲出兵东进，攻打彭城，军师连说不可，不知你的主张如何？"

韩信不做正面回答，反问道："大王，你现在去打彭城，有必胜的把握吗？"

刘邦信心满满地说："本王拥有诸侯联军五十六万，项羽的主力在对付齐、赵，彭城守军最多不过五千来人。现在出兵夺得彭城，不费吹灰之力！"

韩信听刘邦如此说，心里不禁有些担忧，因为刘邦被暂时的胜利所蒙蔽，看不清现在真正的情况，如果此时出兵，必定会一败涂地。便极力劝阻，说："大王拥有五十余万联军，从数量上说，确实是彭城守军的百倍之多。但是，大王之兵，多为拼凑而成的散兵游勇，尚未经过严格的整训。他们打起仗来，如果战局有利，则相互争功，蜂拥而上；战局不利，则畏缩不前，竞相逃跑。彭城自然可能拿下，但怎么守，却是个问题。据臣所知，项羽虽然暴戾，对楚民却呵护有加。故彭城之民拥戴项羽，而我想要守住彭城难度较大。再说，我军从未与项羽交过战，尚不知他的底细。目前项羽的实力正处在强盛时期。他们的家属也多在彭城，若知我军攻下彭城，肯定会在盛怒之下，找我拼命。有道是'一人拼命，百人莫敌'。大王，我们能挡得住他的锐气吗？"

刘邦听韩信一番话，心中有些胆怯，以为也很难真正取得胜利。

韩信看刘邦似乎被自己说动，于是接着说："依末将看来，恐怕是挡不住的！到头来落得个损兵折将，鸡飞蛋打的下场。所以，不如抓紧时间整训队伍，变乌合之众为必胜之师，只待时机成熟，再重拳出击，方能立于不败之地。"

刘邦沉默不语，微微低头，紧皱眉头沉思着，许久之后才缓缓说道："将军的话不无道理，但项羽并非将军说的那么厉害，本王的军队也不至于那么不济于事吧。"

樊哙、卢绾等将领闯进来，对刘邦施礼之后，便说道："大王，发兵攻打彭城吧！士卒们都想家了，一致要求打回去。"樊哙这个心直口快的家伙甚至直言不讳，说："大王，你是不是害怕项羽，不敢出兵？"

刘邦被激得生起气来，断然回答："谁说我怕他？现在，我宣布：整顿兵马，直指彭城！"

韩信看到自己好不容易将要建立起来的成功基础，就这样被樊哙几个人打乱了，心中愤愤不平，正要极力劝阻刘邦。可是，刘邦一摆手说："不要说了，我意已决！"接着又说，"这样好不好？为防万一，元帅率三万兵马，镇守栎阳，倘有意外，元帅即来救援，如何？本王亲率大军东征，你暂时交出帅印，以魏豹为帅。"

韩信听到刘邦要以魏豹为帅，不禁心生疑虑，迟疑片刻，知道已经没办法劝说刘邦了，只好缄默不语。

有道是：人生只是风前絮，欢也零星，悲也零星，都作连江点点萍。虽有点悲怆之意，却告诫我们浮华如烟云，权欲无止境，许多痛苦缘于我们自己。人生在世，不必刻意追求那些可望而不可即的东西。刘邦不懂得这一点，吃亏就在眼前。

2

韩信心事重重、无精打采地回到家中。费琪见了，迎上前去问："大王叫你去做什么？"

韩信没好气地说："夺了我的帅印。"

费琪不禁一惊，急问："这是为何？"韩信叹道："唉！一言难尽。"

费琪见他一个心烦意乱的样子，便安慰说："也好，乐得在家图个清闲。"

可是韩信根本不同意这种看法，说："清闲？军人不打仗，就像死了没埋，那是一种什么滋味？"

费琪撒娇地倒在韩信怀里，说："我天天陪着你到郊外去钓鱼，打猎不好吗？而且，我们就有时间在一起生个孩子了。"

韩信搂着费琪不再言语，良久才说："大王命我镇守关中，明天我们就去栎阳好吗？"

费琪高兴地说："不去前线打仗，我还巴不得哩！"

萧何在栎阳得知刘邦将要继续出兵东进，只好祭祀上天为汉军祈福。只见空旷的广场上，新修的社稷坛四周插满了旗帜，摆满了鲜花，较原有的社稷坛更具气势，也更漂亮。百姓们穿着节日的盛装，扶老携幼，成群结队来到广场上。他们在场内走走看看，喜笑颜开。仪仗队簇拥着萧何款款而来，众人肃然而立。翠娥陪着萧夫人站在人群中，时不时踮起脚望着萧何。

一切准备妥当后，司礼官唱道："祭祀大典开始！奏乐！"于是锣鼓震天，音乐大作。一曲完毕，司礼官唱道："杀牲开祭！"武士杀了一头猪和一头羊，将血洒在社稷坛上。接着司礼官请主祭人就位。萧何便牵着太子刘盈，高举宝剑，步上台阶。

萧何大声说道："诸位，这位小公子你们不认识是吧？他是汉王的长子刘盈，今天就由他来代表汉王主祭！"随后转身对刘盈说："开始吧。"刘盈接过宝剑，高举过头，双膝跪下，众人也跟着跪下。

三拜九叩后，众人纷纷起身，萧何便拿出准备好的祭文大声宣读："维大汉三年三月上浣，汉王刘邦设祭祷告天地曰：邦奉天命，顺民心，芒砀起事，越四年，顺利取代暴秦王朝，立大汉社稷。祈求上苍庇佑，风调雨顺，五谷丰登，六畜兴旺，万民安乐！邦发兵东征，节节胜利，早日平定中原，完成统一大业。是祷，尚飨！"

宣读完毕，萧何停下，看了看下面的人群，然后说："乡亲们！社稷的建立，标志着大汉王国已经正式诞生，从此，你们都是大汉的臣民，受到保护。汉王东征期间，后方的一切事务全权交由本相处理。现在，我代表汉王宣布：自即日起，废除秦政苛法，按汉王约法三章，加以完善施行，并免除你们一年的兵役。"

众人欢欣雀跃，连连高呼："汉王万岁！"

祭祀典礼结束后，萧何回到家中，翠娥起身相迎，并替他脱掉外衣。萧何坐下问道："今天的祭礼，你觉得怎么样？"

翠娥兴奋地笑着回答："我从来没有见过这种场合，真是热闹！事情都是你在办，他们为何只喊'汉王万岁'，不喊'丞相万岁'？"

萧何微微一笑，回答说："江山社稷是汉王的，丞相只是替他管理，当然只有汉王才能称为'万岁'。"

就在这时，门官来报说韩信来访。萧何一听，又连忙吩咐门官有请。片刻后，韩信偕费琪进来，施礼道："丞相万福！"萧何回礼后，请韩信坐下。而费琪拿出礼物，说："洛阳特产一盒，不成敬意，请丞相笑纳。"萧何客气一番，接过礼物，交给翠娥。翠娥拿着礼物，和费琪一道进里屋去了。

萧何充满疑惑地问韩信："元帅不在前方，回栎阳做什么？此时汉王正欲东进，元帅哪有闲暇来我这里？"

韩信如实说："汉王东征，封魏豹为帅，命我带三万人马镇守栎阳……"

萧何不等韩信说完，急切地问道："这是为何？"

韩信无奈地说："只因汉王要急于攻打彭城，我极力劝阻，他一脸不快，便夺了我的帅印。"

萧何听了，觉得刘邦这件事做得十分荒唐，事已至此，无法挽回，便按捺自己激动的心情劝慰道："元帅且忍心头不快，汉王会回心转意的。"

韩信苦笑一下，说："等到他回心转意，为时晚矣！汉王此行，注定会要受挫！"

萧何也深知刘邦这么做是不对的，但又有什么办法呢？只好说："一个人的成熟总是要付出代价的。任何大业的成功都是用鲜血换来的，几次挫折不足为奇。汉王自有天相，元帅尽管放心。"

韩信不悦地说："这是他自作自受，我有什么不放心的？"说罢起身把费琪喊出来，就要告辞，萧何想留下他们吃饭，可韩信执意要走，只好把他们送到门口，眼见韩信远去，萧何才无奈地回到家中。

3

刘邦出发攻打彭城之前，接受洛阳三老八十二岁的董公建议，为义帝出征讨之师。命人在广场上搭一高台，两根灵柱立于东西两侧，两柱顶端拱门相连，灵柱、拱门均用白色绢帛缠绕，台上置白色莲座，座上置义帝棺椁，莲座前摆着义帝灵位，上书"楚王熊心之灵位"，以振奋士气，师出有名。

在对着义帝的灵位三拜九叩之后，刘邦起身，面对众将士大声说："项羽无道，弑杀义帝，倒行逆施，天人共愤！本王亲为义帝发丧，兴仁义之师，率诸侯联军五十六万，直指彭城，讨伐项羽，为义帝报仇，替国人消气。不灭项羽，决不收兵！"经过刘邦一番激情洋溢的演讲之后，下面群情激奋，振臂高呼："不灭项羽，决不收兵！"刘邦看到士气高涨，下令出发。几个士兵抬起义帝棺椁，走下高台，走向大道，众将士后面相随，浩浩荡荡，向彭城进发。

经过连日行军之后，刘邦率领大军来到彭城之外，先锋樊哙率领高举"汉"字大旗的军队向彭城冲去。彭城内只有少许老兵守卫，樊哙很快冲入城门，拿下彭城，紧接着刘邦率众长驱直入，冲进城内。

进入彭城后，刘邦设酒宴犒赏三军。在一阵狂欢之后，将士们个个酩酊大醉。刘邦带着醉意说："将士们！我们这次攻打彭城，未经一战，就将守城的五千老弱残兵杀得七零八落，端了项羽的老窝，本王特设宴庆贺，请大家多喝几杯。来来来，干杯！"众人端起酒杯一饮而尽，响起一阵酒杯碰撞和欢笑之声。不久，一个个醉得东倒西歪，不省人事，丑态百出。

在彭城待了几日，刘邦每天都以胜利者的姿态吃肉喝酒，晚上怀抱楚宫的美女一同欣赏歌舞。这天晚上，郦食其、叔孙通一同进宫面见刘邦。刘邦见二人带着一脸忧愁进来，心想可能有什么重要之事，便示意舞女退出，然后问："爱卿进宫，有何本奏？"

叔孙通说："大王，我等认为彭城乃危险之地，不可久留，应及早退守河南，方为上策。"

刘邦摇摇头，说："不行！本王好不容易打进彭城，怎么能这么轻易退出呢？"

郦食其解释说："大王轻而易举拿下彭城，是因为项羽在伐齐前线，城内只有老弱残兵把守。项羽知道彭城失守之后，必定统兵来救。你的联军虽然人数众多，却是杂凑而成，经不起项羽一击啊！"

刘邦已经被胜利的喜悦冲昏头脑，不以为然地说："这话，韩信也说过。你们都是过高估计了项羽，项羽再凶，也是血肉之躯，本王的五十六万联军，两百余员战将，难道都是泥塑木雕不成？"

郦食其、叔孙通还想继续劝说，刘邦以手止之，问："你们想过没有？本王这些将士早就渴望打回家乡，与亲人团聚。如果匆匆撤退，他们会作何想法？本王将何言以对？"郦食其与叔孙通听到刘邦如此一说，面面相觑，不知该再说些什么，脸上现出一副无奈的神情，只得告辞，退出宫去。

还在攻打齐国的项羽得到这个消息后，气得七窍生烟，破口大骂："刘季呀刘季，你这个流氓，骗子！鸿门宴上极尽卑躬屈膝之能事，我放了你一马。而今，居然如此猖狂，占我霸王的国都，据我霸王的宫室，淫我霸王的妇女，掠我霸王的财宝。本王若再放过你，枉为西楚霸王！"

龙且、钟离眛、季布、项庄等人异口同声，信誓旦旦地说："刘邦欺人太甚，我等愿随大王杀回彭城，枭了他的狗头！"谁知项羽一摆手，竟然说不必，众人大惑不解，龙且便问道："刘邦占了咱的国都，大王还说不必，难道要等他把彭城百姓斩尽杀绝了，大王方肯回救？"

项羽不以为然地说："非也！对付区区一个刘邦，不劳尔等费力。尔等只管留在齐地，戮力攻打城阳。本王只需带三万人马，便可收拾刘邦！"

钟离眛听项羽如此说，担心地问："大王，刘邦固不可虑，可他有五十六万兵马，你带三万人能够收拾得了吗？"

项羽似乎对刘邦不屑一顾，冷笑一声，道："哼！五十六万兵马，听起来吓人，其实是一群乌合之众，诸侯各怀私心，必不肯为刘邦卖力，真要打起来，是不堪一击的。尔等尽管放心，十天之内，本王必将收复彭城！"

众人便再也不多说什么。项羽便吩咐季布即日与自己一同去收拾刘邦。

第四十三章　项羽神威败刘邦

1

　　接下来的日子，刘邦依旧日夜笙歌，完全不担心项羽打回来。而项羽第二天便带着军队骑着乌骓马，奔赴彭城。深夜来到彭城城下，趁汉营中的将士正在酣睡之时，立刻吩咐轻骑闯入汉营。汉军从睡梦中惊醒，慌乱中匆忙寻找武器，大多来不及抵抗即被项军杀死。

　　拂晓时分，刘邦似醒非醒地躺卧在美女之间，只听得外面一迭声地要见汉王报告军情，刘邦擦了一下倦眼，门被突然打开。一名内侍慌慌张张地走进来高声嚷道："大王，不好了，楚军已经打到城下！"刘邦一听，直吓得胆战心惊，急忙掀开身边的美女，带领手下逃出城去，留下樊哙一帮人马抵挡项羽。

　　樊哙等人根本不是项羽的对手，纷纷败下阵来，汉军一时间被项羽打得四下逃散。项羽跨着乌骓马，身穿乌铁甲，手执火尖枪，金刚一般，威风凛凛地追赶刘邦。汉军此时失去主心骨，阵脚顿时大乱，被楚军杀得大败，逃到谷水、泗水河边。由于船只少，争相抢渡，自相踩踏，被楚军追上厮杀，死伤过半，河水被鲜血染得通红。项羽发现刘邦，便紧紧盯住，紧追不舍，最后将刘邦围在一块洼地上。刘邦看看身边只剩下数百兵卒，不由得泪流满面，仰天长叹："难道天将灭我乎？"正在刘邦走投无路、悲观失望之时，突然乌云翻滚，狂风大作，飞沙走石，碗口粗的树木都被连根拔起。风沙吹得双方将士睁不开眼睛，刘邦便趁机逃出重围，不知去向，气得项羽一阵怒骂，率兵四处寻找刘邦。

　　刘邦突出重围后，慌不择路，纵马狂奔。这时天色已晚，只见身后火光闪烁，马嘶人吼，知道是追兵来了，不由心灰意冷，正准备束手就擒时，忽然看到路旁有座枯井，便连忙将马赶入树林，然后跳到井里藏身。追兵赶了过来，四下不见刘邦踪影。领头追踪而来的便是雍齿、丁公二人，雍齿四下观察一番，充满疑惑地说："刚才好远就看见刘邦一人一骑，怎么一下就不见了？真是怪了，他能跑到哪里去呢？"

　　这时，一名军卒发现了那口枯井，便连忙上前报告，丁公去井边看了看，说："里面黑洞洞的，深不可测，刘邦可能躲在这井里。"

　　雍齿也上前看了看，说："对！军士们，搬石头往里砸，砸死他！"众人便纷纷搬来石头，向井里砸去，一连砸了许多石头，却没发现井里有什么动静。

　　丁公便说："算了，我们已经砸下去不少石头，即便他刘邦是铁打的，也已经被砸成肉酱了。"雍齿点头同意，便吩咐众人上马回营，去向项羽复命。

雍齿等人走后，井内只有大小石头，却不见刘邦的踪影。忽然刘邦从井壁一个小小的洞内爬出来，朝井口看了看，又侧耳听了听，见外面没有动静，便试图往外爬。可是井壁光滑，几次都未成功，便从腰上拔出宝剑，在井壁上挖洞，然后一边挖洞，一边手脚并用攀着挖好的小洞逃出井口。

刘邦从井里吃力爬出来，惊魂未定，又迅速从树林中找到坐骑，准备上路。忽然发现远处尘土飞扬，一队骑兵朝他奔来。刘邦生怕是楚兵，赶紧躲进树林。等到那队人马临近，却发现队伍之中"萧"字大旗迎风飘荡，旗下全是女兵，为首一将，正是萧何的女儿红玉。刘邦连忙从树林里跑出来，萧红玉被吓了一跳，发现竟是汉王，便下马拜见刘邦，说："汉王，我们突围后到处找你，不想你在这里，总算是把你找到了！汉王，此处不可久留，快走吧。"

于是，刘邦上马前行，萧红玉和一队女兵随后。

他们正向西行，没过多久，忽见前面又一支人马飞奔而来。刘邦连忙勒马不前，萧红玉仔细看了一会儿，对刘邦说："汉王，别怕，那是我兄长萧禄的队伍。"说话间，萧禄的队伍来到眼前，张良也在其中。

张良下马，对刘邦施礼道："大王受惊了！"

刘邦下马扶起张良，十分惭愧地说道："先生和韩信再三劝谏，我却一意孤行，终于落到如此下场，惭愧啊！"张良劝说道："事已至此，大王不必后悔，待退到下邑，再作计较吧！"

这时，萧禄也上前施礼道："小将萧禄拜见汉王！"刘邦看了看萧禄，又看了看萧红玉，无限感慨地说道："萧禄啊，你们兄妹辛苦了！"萧禄兄妹二人连忙说："报效汉王是我们应尽之责，何言辛苦！"随后，刘邦便随同张良等人一起前行。

2

汉军被打得七零八落，樊哙的一小队人马被楚军包围，经过一番厮杀，才勉强突出重围。此时，樊哙领着那一队人马快速奔逃，队伍之中飘扬着破损不堪的"樊"字大旗，手下士兵更是衣衫褴褛，疲惫不堪。

来到一个山口，樊哙停了下来，环视四周，竟不知道自己身在何处。随从者四下看了看，忧心忡忡地问："樊将军，我们这是在什么地方？两眼一抹黑，现在该往哪儿走啊？"樊哙丧气地说："我也弄得晕头转向，鬼知道这是什么地方？至于要去哪里，去找汉王呗！只是当时彭城昏天黑地，飞沙走石，不知道汉王跑到哪里去了，我估计他一定会去荥阳，那儿有敖仓，粮草储备丰盈，再往西北走，就是关中，进可攻，退可守。我们就去荥阳吧！"说罢，便吩咐队伍，奔赴荥阳。

可是还没动身却发现另一山脚处露出了军旗。大家立即警觉起来，生怕是项羽的追兵，结果那高高举起的军旗上面"曹"字赫然在目，原来是曹参的队伍。尽管军旗也是破烂不堪,但众人还是感到非常亲切,于是兴奋地高呼起来。

樊哙看见曹军更是激动万分,高兴地自语道:"汉军是斩不尽杀不绝的!狗日的项羽,我一定要再与他拼个你死我活!"曹参也发现面前竟然是樊哙的部队,便高叫着朝这边跑来,樊哙也扬鞭策马奔过去,两个人一见面立刻滚鞍下马,高兴地拥抱在一起,激动得说不出话来。这两支劫后余生的队伍在此刻重逢,士兵们也是互相拥抱,激动不已。战争的乌云一扫而光,狂欢赶走了惊恐,信心取代了悲观。士兵们又是跳,又是叫,又是拉手,荒凉的山野顿时汇成了一片欢乐的海洋。

经过彭城一战,刘邦大败,得到了深刻的教训,也对张良、韩信先前的苦劝十分信服。来到下邑,经稍事喘息,便召集张良、陈平研究下一步对策。刘邦无限感慨地说:"彭城这一惨败,教训深刻啊!二位对下一步行动有何良策?"

张良略一思索说:"依良之见嘛,先要沉住气,从长计议,万万不可操之过急。目前项羽兵力雄厚,正面硬拼是不行的。必须利用英布、彭越、韩信三方面的力量,对项羽全面出击,使他四顾不暇,时间一久,必垮无疑!"

陈平补充道:"的确如此,英布是项羽手下第一枭将,如果他反楚归汉,就大大削弱了项羽的力量。只要他按兵不动,也可牵制项羽。彭越居于梁地,他若诚心助汉,就是插在项王心脏上的一把尖刀,使他腹背受敌。这可是两个关键人物啊!"

张良继续说:"至于韩信,他有独当一面的能力,放在汉王身边倒不能充分发挥作用,不如让他独立去开辟北方战场,对项羽形成包围之势。大王正面迎敌,阻止项羽西进。如此四方配合击楚,必胜券稳操。不知大王以为然否?"

刘邦频频点头表示赞同,并说:"先生所言极是。只是如何能使英布弃楚归汉?恐怕还要费些周折才行。"

张良满有把握地说:"英布因弑杀义帝一事与项羽有隙,项羽伐齐,他称病不出,彭城大战,他坐山观虎斗,就可以看出端倪。只要派一能言善辩的使者去说合,就一定能使他就范。而游说之人,我看谒者随何可当此任。"

刘邦点点头说:"就依军师,请随和前去游说英布。"刘邦又想到韩信的事情,因为自己的一意孤行才导致这场战争的失败,并且自己还罢黜了韩信的元帅之职,不知道如何收场,于是便问:"那么韩信那一边该如何是好呢?当初只因本王一时糊涂,夺了他的帅印,致使他消极低沉。彭城新败,他没有派遣一兵一卒前往救援,说明他心存怨恨啊!"

张良思考一番回答说:"韩信对大王一向忠心耿耿,只要大王屈驾,亲自去请,用诚意感动于他,他便不好推托了。"

刘邦显得有些为难,说:"本王亲自前往……恐有不妥。一则这里不便脱身,二则嘛……我也不便开口啊。"

陈平插话说:"我看就请军师去一趟,韩将军也会给面子的。"

刘邦像是找到了救星，对张良抱拳说："请军师辛苦一趟吧。"

张良连连扬手说："不不，子房哪有这个面子？"

刘邦想了想说："要不你去栎阳，找丞相共商良策，定能请动元帅。"

张良听到有萧何和自己一同前往，于是便不再推辞。

3

韩信退居栎阳之后，整天无所事事，只是陪着费琪偶尔钓鱼看书，倒也显得悠闲自在。

萧何深知韩信不会这么自甘消沉，而只是对汉王罢黜了自己的元帅一职耿耿于怀而已。于是，便决定好好拜访韩信一次，对他加以劝说，毕竟现在汉王打天下不能缺少韩信这种难得的人才。这天，萧何吩咐萧夫人做了几个韩信最爱吃的菜，然后一样一样地放进食篮内，有爆炒黄鳝，清炖狗肉，还有翠娥亲手做的油糍粑。

萧何见了这些可口的饭菜，脸上露出满意的笑容，连连夸奖萧夫人和翠娥。翠娥不好意思地说："老爷，这油糍粑我还不会做，是夫人教了几遍才做成的。"

萧何尝了一块，说："嗯，味道不错！"

萧夫人微微一笑，问道："老爷，这都是韩元帅平时最爱吃的东西，你是不是要去找他。"

萧何点点头说："对！韩元帅和汉王有些疙瘩，从洛阳回来以后，总是闷闷不乐，我想带点他爱吃的东西去看看他。"

翠娥听说萧何要去韩信家，便说："我也去和韩夫人说说话可以吗？"

萧何说："当然可以。"

翠娥高兴地稍微打扮一番，便随同萧何去拜访韩信和费琪。

萧何偕翠娥以及随从来到元帅府前。守卫的门官见几个陌生人到来，便问来者何人？萧何报明身份，请门官前去禀报。门官说韩信外出打猎，尚未回府。萧何听了不免有些失落，便对门官说："本相多日不见元帅，十分想念，今天特来看望。"说着从随从手里接过食篮，说："这里面有爆炒黄鳝、清炖狗肉和油糍粑，都是元帅爱吃的东西，请转交给元帅。本相改日再来拜会。"门官接过食篮，对萧何感谢一番，萧何一行便径自离去。

少顷，韩信从府内走了出来，门官递过食篮，说："元帅，这是萧丞相送来的你爱吃的东西。"

韩信打开盖在食物上面的罩布一看，不禁怔住了，忙问："丞相呢？"

门官说丞相已经离去，韩信一听，赶紧朝街上望去，不见萧何踪影，便回头向门官质问道："丞相驾到，为何不来禀报？"

门官见韩信有些生气，委屈地辩解说："你不是说闭门谢客吗？"

韩信啪地甩了门官一耳光道："丞相也是能谢的吗？"说罢向外追去。

萧何一行离开没走多远，韩信便追了上来，叫了一声"丞相"，萧何听到身后有人呼唤自己，停下脚步，转过身发现原来是韩信。

萧何便问："元帅，打猎回来了？"

韩信摇摇头说："打什么猎？我根本就没有出门。只是不愿见客，便吩咐闭门谢客。谁知丞相你来了？多有得罪，还望恕罪！有劳丞相关怀，送来食品，韩信感激不尽！"

萧何心平气和地说："平常往来，无伤大雅，元帅不必挂怀！"

韩信恳切地说："请丞相打转，到舍下一叙。"

萧何犹豫一下，翠娥在一旁催促说还是去坐坐，自己也想和费夫人说说话，于是，萧何一行便再次跟随韩信回到元帅府。

韩信引领萧何一行进入府中，然后对着里屋喊道："费琪，你看谁来了？"

费琪从里屋出来，看见萧何一行，欣喜道："哟，来贵客啦！来来，快请坐。"费琪吩咐下人为客人端上解渴之用的茶水，随后便拉着翠娥的手说："姐姐，他们谈的总是治国呀，打仗呀，我们到里屋谈我们的去吧。"于是拉翠娥进里屋去了。

待到两个女人进入里屋之后，萧何问韩信："怎么样，心情好些了吧？"

韩信生气地说："好什么！当初汉王不听我等劝阻，一意孤行，现在果然一败涂地，真是自作孽不可活啊！"

萧何听了说："他打了败仗，你怎么不去救援？"

韩信更加生气，没好气地说："他有魏豹，还用得着我韩信？"

萧何微笑着劝道："元帅还在生气？汉王一时糊涂，定能从失败中吸取教训，你又何必计较？必要时你还是要出马啊！"

韩信说："汉王若不亲自登门，我是不会去的！"

萧何听韩信如此说，试探地问："要是萧何来请呢？"

韩信看了看萧何，然后说："丞相若有其他吩咐，韩信赴汤蹈火，在所不辞！若谈'打仗'二字，恕末将不能从命！"

翠娥和费琪正在里屋叙家常。翠娥说："元帅这个人真怪！说闭门谢客，可客人走了又去追回来。"

费琪解释说："丞相是个例外。不过，自从洛阳回来，他确实有点怪，打猎故意不射中猎物，鱼钓上来又把它放了，就连他最爱的看书、舞剑都没有心思。常常无精打采地翻阅书籍，看几页又丢到一旁，舞剑的时候总是动不动就生气，有次见旁边一棵碗口粗细的小树，还气得一剑将它劈为两段呢！"

翠娥感慨道："好凶噢！那他对你怎么样？"

费琪回答说："他对我还是很好的，只要我在身边，他就有说有笑。男人都是一样，在外面风风火火，冠冕堂皇，回到家里就婆婆妈妈，一点架子都没有了。只是他对我还有个特殊要求。"

翠娥疑惑起来，颇感兴趣地问道："什么要求？"

费琪有点不好意思，但还是回答说："他硬是要我给他生个孩子，只是这种事情命中注定有就有，没有就没有，想要也是枉然。"

翠娥安慰说："不用担心，你就加紧敬奉送子娘娘吧，说不定很快就能怀上哩。"

就在这时，外面传来萧何呼唤翠娥的声音，费琪便起身陪翠娥从里屋出来。萧何对翠娥说："翠娥，我们该回去了。"费琪听萧何说要走，便挽留道："丞相，吃了饭再回去吧。"萧何并无留意，推脱说："还有事情，饭下次再吃吧。"费琪听了，不便多说，便和韩信将萧何一行送出门外。

第四十四章　张良设计激韩信

1

　　随何受刘邦派遣，前去游说英布，经过一路奔波，终于来到英布所在地。他站在英布的营帐外，正准备进去时，门吏拦住问："何许人？竟敢擅自闯入军营。来此何事？"

　　随何这时才发现，自己因急着见英布，竟然忘了礼节，于是赶紧说："本人汉王麾下随何，特来拜见英王。"

　　门吏一听是汉王刘邦的人，没好气地说："汉王打了败仗，无力与项王抗衡，你是来当说客，劝降大王的吧？"

　　随何微微一笑说："哪里？汉王屯兵荥阳，我得以有暇回乡祭扫先人坟墓。路过此地，若不前来拜见大王，世人会说我礼貌不周，哪里是来当什么说客哟！"

　　门吏并不相信随何所言，把他往外轰撵。

　　随何自然不会走，与门吏争执起来，故意高声说道："今日英王若肯见我，说明他敬老尊贤，礼贤下士；要是不见，旁人将说他倨傲无礼，岂不有损大王的英名？"

　　英布在营帐内听见帐外吵闹声，便急忙出来，问："什么事？"

　　随何看见英布，连忙拱手说："汉王麾下随何，求见大王。"

　　英布听到是汉王刘邦派来的人，于是客气地说："先生远道而来，想必有要事相商吧？"

　　随何说："随何回乡扫墓，因久仰大王威名，特来拜见。"

　　英布略有所思，请随何进帐叙谈。双方坐定，英布说："先生事汉日久，熟谙汉军情况，可知汉王攻打彭城为何不用韩信？"

　　随何说："汉王为义帝发丧，兵皆缟素。诸侯痛恨霸王弑杀义帝，纷纷来助汉王伐楚，实力雄厚。汉王遂令韩信镇守三秦，稳固后方，以为根本。"

　　英布叹道："这事汉王失策了！"

　　随何见英布对汉王并无恶意，便就弑杀义帝一事做起文章来，说："相比之下，项王弑杀义帝就有失忠义了。"他停下来看了英布一眼，继续说："更不应该的是，他竟秘密差人遍告天下诸侯，说义帝系大王所杀。挑起诸侯对大王的仇恨。诸侯若联合进攻，大王将如何应对？"

　　英布一怒而起，骂道："项羽这个无耻之徒！弑义帝分明是他指使，现在反诬于本王，真是个无赖！"

随何看到英布生气，连忙劝道："大王息怒！恐旁人听见，传到项王耳里，来个兴师问罪就不好办了。"

英布这才按捺住心中的怒火，说："我经常想，杀子婴、掘皇陵、弑义帝这三件事，是我一生都难以洗刷的污点，一直为此愧悔不已。但绝非我主动而为，都是受他项羽指使，他若全推在我身上，则我英布虽九死仍不能谢天下！"

随何见英布在跟着自己的思路走，不由暗自高兴，于是直奔主题说："大王若想洗刷此污却也不难，只要倒戈归汉，将项羽的罪行公布于众，岂不真相大白了？"

英布疑惑道："倒戈归汉？"

随何进一步说："现在汉王聚诸侯，守荥阳，粮草丰盈，守而不攻，处于优势；而项王西拒汉，东击齐，兵力分散，进不能攻，退不能守，明显处于劣势。大王何不舍劣从优，以建奇功？"

英布听后陷入犹豫之中。突然门吏来报："楚使求见。"英布对随何说："请先生回避一下。"

楚使进帐，大摇大摆入座，高声说："九江王英布，前些时汉王攻占彭城，你不发兵相助主公，却坐山观虎斗，有失君臣之礼。今项王命你率本部人马合力攻汉，即日起兵，不得有误！"

就在这时，随何连忙闪出，故意大声说："英王已经归附汉王，哪有助楚伐汉之理？"英布没想到随何会出此一招，顿时惊得目瞪口呆。

楚使也被这一突如其来的情况惊呆了，惊问道："你是什么人？"

随何理直气壮地说："我乃汉使随何。已经和英王商量好了，决定和汉王合力击楚。岂容你在这里耀武扬威，颐指气使！"楚使见情况不妙，想赶快溜走。

随何提醒："英王，放虎归山，必为后患！"

"贼子哪里逃！"英布大吼一声，一剑将楚使劈了。

面对这种局面，英布迫不得已，只好答应随何的要求。不日便与随何一起赶往洛阳。

一路颠簸之后，随何带着英布来到洛阳汉王营帐。

随何先行入帐，对刘邦说："禀汉王，英布率本部人马前来归顺。"

刘邦见随何归来，且带回这么好的消息，心中大喜，高兴地说："好！你这三寸不烂之舌还真管用！"

随何骄傲地说："大王，你若亲自发五万精兵去征讨九江王英布，十天之内能够取胜吗？你常说靠马背打天下，腐儒无用，今天凭我的三寸不烂之舌说降了英布，顶上五万精兵，能说腐儒无用吗？"

刘邦听了哈哈大笑，说："马背上的要，有利嘴的也要，你的功劳我一定记下！"

随何微微一笑，然后提醒刘邦道："大王，英布在外面候着哩，快请他进帐吧？"

刘邦摆摆手，不以为然地说："忙什么？让他久等一下有什么要紧？"

陈平听到刘邦如此说，有些担忧地说："大王，千军易得，一将难求啊！你还是……"不等陈平说完，刘邦手一扬："都尉不必多虑，这个我自有安排。"

陈平也不好再说些什么，思索片刻后，改换话题说："大王，根据下邑策划要用的三员主将，韩元帅有军师和丞相亲往说合，叫他出兵指日可待；英布也已来降，听候大王调遣；唯有彭越仍在大梁观望。大王不如迅即遣使前往大梁，说服彭越断楚粮道，袭扰楚军后方。如此三管齐下，不愁项王不灭！"

刘邦觉得十分在理，于是兴奋地站起，对随何说，"随先生，还是用你的三寸不烂之舌，去大梁说合彭越，再立一功！"随何只好再次应允。

2

自张良受刘邦之托回到栎阳，来不及休息，便风尘仆仆赶到相府，面见萧何。萧何得知张良从荥阳赶回来，立刻出外迎接。二人施礼过后，萧何问："军师远道而来，一路辛苦！前些日子听闻汉王新败，不知近况如何？"

张良忧心忡忡地说："损兵过半，幸亏汉王无恙，主将尚存，现驻兵荥阳，准备再战。"

萧何听了才放下心来。

张良接着说："其实，我和韩元帅都曾力谏汉王，彭城必须等到明年再打。可他就是不听，还轻率地夺了韩信的帅印，以致遭此惨败！拿下彭城以后，郦食其、叔孙通都劝他赶快撤离。他不但不听，反而留恋楚宫，置酒高会，纵容将士奸淫掳掠，引起项羽的极大愤慨，故而夺回彭城时，竟杀红了双眼，恨不得一举全歼汉军，灭掉汉王。幸亏一阵狂风，救了汉王性命。"

萧何叹了一口气说："这是汉王咎由自取。但是得天之助，也算是汉王的福分。"

张良点点头说："经此一败，汉王深感不安，愧悔不已。所以这才特命我前来，请元帅去荥阳重新执掌帅印，整顿兵马，伺机伐楚。"

萧何微微一笑说："军师的面子可能还小了一点，恐怕得汉王亲自前来才行！"

张良说："这个我有自知之明，而汉王觉得没有颜面对韩信，不好意思前来，所以特吩咐我请丞相出马，共同玉成此事。"

萧何犹豫片刻，说："韩信自洛阳归来，抑郁寡欢，闭门谢客，说起彭城败绩之事，总是牢骚满腹，若非汉王亲自前来相请，恐怕难以使他顺过气来啊！"

张良却信心满满地说："汉王不来，我们两个——丞相加军师，难道就没有办法请动一个元帅？"

萧何见张良如此自信，笑着说："看来军师成竹在胸咯？"

张良也笑着说："丞相，我有个办法，你看如何？"说着便凑到萧何耳边，将自己的办法说了出来。萧何听后露出会心的一笑。

第二天，萧何命令几名军卒，提一只糨糊桶，拿一把毛刷，拿一叠帛质布告，在几处显眼的墙壁上张贴。布告上写着：

汉王旨意：

　　凡三秦辖内丁口，不论男女老幼，均须登记造册，望全体官吏、臣民遵照执行，不得借故推脱违抗。

　　此布。

大汉丞相府
汉二年夏月。

　　百姓看到军卒到处张贴布告，以为又发生了什么大事，纷纷驻足围观。看到布告上的内容之后，疑惑起来："登记丁口，汉王这是什么用意？造册作什么？"有些人开始胡思乱想起来："听说汉王在彭城打了败仗，该不是向霸王投降了吧？霸王和秦王没有两样，若真如此，那就麻烦了！"随后众人便也不再关心，纷纷散去，说："官府的事，谁猜得透？听天由命吧！"

　　随即，萧何召集一大群文士汇集相府厅堂，对他们说："诸位，你们都是读书人，字写得工整、漂亮。今天把大家请到这儿来是有事相烦。什么事呢？从明天开始，到各家各户去造丁口文册，无论民户、官户都要登记清楚，多少男丁，多少女丁，多少老人，多少儿童，一户不少，一人不漏，听清楚没有？"

　　其中有人提问说："丞相，自从布告贴出以后，引起许多猜想。这文册造了究竟有何用处？听说汉王要将关中之地还给项羽，是否确有其事？而且还有人说霸王扣留汉王的老父太公和娘娘作为人质，如果不从速交出关中，太公和娘娘性命难保，而且霸王的使者已经来到栎阳，坐催文册，是真的吗？现在已经是满城风雨，人心惶惶了。"

　　萧何听着这些问话，笑而不答，只是说："这是奉汉王旨意办事，自有他的道理，你们不必多问，只管尽快造好文册就是。"众人听了，不再多说，领命而去。

　　这件事很快传入元帅府，一名军士对韩信禀报："禀元帅，军师已来栎阳数日，会同丞相，安排不少文人挨门挨户登记丁口，造具清册上报霸王。汉王将三秦所属郡县交还霸王了。"韩信先是一怔，随即镇静地说："此不可信！汉王未必一战失利就出如此下策？"而这名士兵接着说道："此一战损失兵马过半，汉王元气大伤，况且太公、娘娘沦为人质，在这样严峻的现实面前出此下策，也有可能。现在整个栎阳城里都在议论此事，恐怕不是空穴来风吧？"

　　韩信心里不免有些疑惑，但是依旧不相信刘邦会出此下策，于是说："这么大的事，丞相为何没有向我通报一声呢？"话音未落，突然传来一阵敲门声。军士便出去查看。看到两个文人站在门口。军士便问："你们是干什么的？"

"造册的。"

"造什么册？"

"丁口册。"

军士气不打一处来，指着头上的门匾说道："看见没有？这是将军府。"文人回答说："丞相有令，不分官户和民户，所有丁口统统都要登记造册，所以，还请军士不要为难我们，我们也只是奉命行事而已。"军士听了，也不好再说什么，于是说："请稍待，我去禀报将军。"

就在此时，韩信已经来到门口，问道："什么事？"军士回答说："禀将军，他们要进府登记丁口。"韩信不悦地说："将军府乃军机要地，不容闲杂人等入内！知道吗？"文人无奈地说："元帅，我们奉丞相之命前来……"韩信立即扬手阻止："回去禀报丞相，就说将军府不让登记！"文人十分委屈，再次央求说："将军，你就行个方便吧，听说楚使催得很紧呀！"韩信听到这里怒不可遏，吼道："楚使是什么东西？你们给我滚，滚！"文人们只好悻悻离去。

文人走了之后，韩信想，还是要找丞相把事情问清楚才行，便吩咐几个军士随自己一同前往丞相府。进了丞相府。只见堂内摆开数张条案，几十个文人在埋头整理、抄写丁口册。

韩信见此情况问："你们这是在干什么？"

众人听到问话，抬起头看了韩信一眼，依然继续抄写文册。不久，还是有人低着头回答了一句："我们在抄写上交楚王的丁口册。"

韩信听了，气得青筋暴起，说："什么楚王？项羽算什么东西！"

有人提醒道："请将军轻声，旁人听见传到楚使耳朵里不好。"

韩信更是火冒三丈，大声吼着："别左一个楚王，右一个楚使。汉王投降，我不投降！三秦是我韩信打下来的，谁也别想拿去！你们别抄了，都给我出去！"边说边将所有的条案都掀了个底朝天。

萧何闻声而出，见此情形，连忙上前对韩信说："将军息怒！"说罢萧何拉着韩信的手，请他到客厅说话。韩信虽然余怒未消，但还是顺从地跟着萧何去了。

二人在客厅坐下，韩信对萧何一如既往，仍十分尊重，故压住火气，抱歉地说："丞相，韩信一时鲁莽，望乞恕罪！只因这件事太使我恼怒了。"

萧何和缓地说："这件事不怪将军，只因楚使前来催交文册，去将府与将军商量不遇，就只好先办了，故有此误会。"

韩信听萧何这样一说，吃惊地问："适闻军师来栎阳会商丞相，欲将关中之地归还项羽，此事当真？"

萧何点头说："彭城一战，惹怒了霸王，若不将三秦之地归还，恐怕连巴蜀、汉中都难以保存。故汉王决定先稳住霸王，再从长计议。"

韩信虽依然生气，但不敢在萧何面前动怒，只好强压着怒火说："恕我直言，此实为下策！"

萧何见韩信已然就范，心中窃喜，问道："依元帅看来，何为上策？"

韩信斩钉截铁地说："暂驻兵荥阳，整顿兵马，储备粮草，蓄势待发。"

就在这时，张良从屏风后转出，对韩信一拱手，说："元帅别来无恙！"

韩信忽见张良，一脸不快，但还是向张良拱手，一语双关地说："军师为汉王出谋划策，劳苦功高啊！"

张良微微一笑："元帅夸奖，张良受宠若惊！适闻元帅之言，实为高论。但恐霸王凭借强大的实力，一鼓作气进攻荥阳，汉军兵弱将寡，心有余悸，有谁敢与之争锋？"

韩信一听，气上心头，不假思索地说："韩信视楚军为不堪一击之朽木也！"

张良继续说："元帅不可轻敌。项羽身边的范增计谋如神，龙且勇冠三军，他都信而用之，珠联璧合，威力无比，就是元帅亲自上阵，恐怕也难以匹敌啊！"

韩信见张良竟然如此说，愤愤不平地回敬道："先生当初以韩信为可用之才，今日为何相轻如此？某若亲自上阵，不枪挑龙且，生擒范增，韩信枉为人也！"

这个时候，萧何在一旁再添了一把柴，使得韩信的火烧得再旺一点，说："元帅之勇，我们当然明白。可是造册半途而废，叫我们怎好向汉王交代？"

韩信随口说："二位不必多虑，韩信随你们同赴荥阳，面见汉王！"

如此，萧何、张良的计谋成功实现，他们抑制内心的兴奋，相视一眼，会心而笑。

事业的成败往往并不取决于人才的得失，而在于人才的有效使用。世上只有错位的人，没有无用的才，问题的关键在于如何慧眼识才，合理用才。

3

韩信便与张良一道前往洛阳。张良先进入营帐拜见刘邦。

刘邦见张良回来，立刻起身相迎，急切地问道："子房先生栎阳之行，事情办得怎样？"

张良得意地回答："托汉王洪福，得丞相相助，马到成功！"

刘邦惊喜道："这么说，韩信请来了？"

张良说："不是请来，而是用激将之法'激'来的。"

刘邦微微一笑，说："请也好，激也好，来了就好。"

张良接着说："他现在帐外候见。"

刘邦正准备宣召韩信进来，可话到嘴边又咽了回去，略一迟疑，说："先生你说，本王见了韩信该如何应对？"

张良略加思索后，在刘邦耳边嘀咕一会儿，刘邦心领神会，点头称是。

韩信入见，施礼就座。

刘邦歉疚地说："本王不听将军之言，致有彭城之败。连日来愧悔不已，寝食难安。今喜将军远来，甚慰我心！"

韩信说："臣奉命镇守三秦，未闻大王之败，故未发兵相助，请大王恕罪！"

刘邦心平气和地说："不知者不为过也。"

韩信接着把自己的心中所想向刘邦坦言："日前子房先生到栎阳，欲将关中之地，归还于楚。臣闻之不胜惊惶之至！汉王，关中是多少人的鲜血换来的，岂可因一败而拱手送人？若果真如此，恐招天下诸侯耻笑啊！"

刘邦故作为难地说："将军，这一败非同小可！大兵既失，太公、夫人被虏，又闻燕齐等国皆降于楚，楚的势力越来越大，所以才出此下策。而且项羽曾对汉使说，'韩信入关中遇的是章邯，才得出人头地，若是遇着我西楚霸王，管叫他一败涂地，有来无回！'我想霸王虽是夸口，不可全信，但也不可不信，故而只好放弃关中。将军，彭城之战，你是没有亲历，要是你在场，恐怕也无力回天啊！"

韩信脸涨得通红，一弹而起，说道："大王何以长他人志气，灭自己威风？若蒙汉王不弃，韩信愿统领人马，只需一战就要杀他个片甲不留，生擒项羽！"

刘邦见自己的激将法奏效了，便高兴地站起身来，说道："将军既要决心破楚，有何妙策？请略陈之！"

韩信便把自己闲居栎阳时所设想的计划，犹如东去之水，滔滔不绝说了出来。刘邦说："就按元帅所说行动！元帅先回栎阳安顿家眷，然后速来洛阳点兵出击。"韩信领命而去。刘邦和张良听了都十分赞同。

刘邦兵败的消息自然也传到自己的儿子刘盈耳中。这天晚上，萧何正在灯下辅导刘盈读书。

刘盈忽然心事重重地问道："先生，听说我父王打了败仗，是真的吗？"

萧何笑了笑，回答说："真的，不过，他现在好好地驻兵荥阳，你尽可放心。"

刘盈接着问："我娘和爷爷呢？"

萧何知道吕雉和刘太公被项羽作为人质掳去楚营，但是不敢对刘盈说出实情，怕他引起忧伤，于是略一迟疑，说："他们也安然无恙，你不用担心，就安心读书吧。"

刘盈这才放下心来，继续埋头读书。

萧何问道："太子，我教给你的《大学》，你都背熟了没有？"

刘盈点点头，骄傲地背诵如流："大学之道，在明明德，在亲民，在止于至善……"

萧何连忙阻止："停！说说太子刚才所背诵这一段是什么意思？"

刘盈回答说："大学的道理，在于使人的美德更加显明，在于使民众的生活不断改善，在于使人处于至善的境界。"

萧何点头赞许，接着刘盈背诵第二段："古之欲明明德于天下者，先治其国。欲治其国者，先齐其家。欲齐其家者，先修其身。欲修其身者，先正其心。欲正其心者，先诚其意。欲诚其意者，先致其知。"

萧何笑着说："公子读书颇为用功,很好!古代圣贤告诉我们,做人必须先获得丰富的知识,而后诚心诚意地正心,修身,齐家,才能治国平天下。要想当好一个帝王,首先必须学会做人。你既将正式被立为太子,就要按照这个要求去做。你的书读好了,心正了,我再告诉你礼制。治理国家的人一旦失去礼制,那么荒淫祸乱就会产生。新的帝王一定要继承以前帝王的礼制,加以增删,以顺应时势,符合百姓的要求。这样,国家才能长治久安。明白吗?"

刘盈懂事地回答说:"明白。"

渐渐,萧何开始疲倦得昏昏欲睡,刘盈也瞌睡重重,几次强打精神,最后还是伏在几案上睡着了。萧夫人进来,看到这情形,便叫醒萧何:"看你,这么晚了,还在这里硬撑,明天再说吧!"萧何醒来,揉揉眼睛,把刘盈叫醒,让他赶紧回房睡觉。刘盈便睡眼惺忪地回到自己的房间去了。

刘盈离开后,萧夫人对萧何埋怨说:"你呀,一个八九岁的孩子,教他读那么多书有什么用?"

萧何回答说:"夫人,汉王把他托付给我们,我们就要将他教育好嘛。而且夫人有所不知,他将来会被立为太子,接任王位要管理一个国家,没有丰富的知识,不懂得做人的道理是不行的。"萧夫人便不再多说,催萧何赶紧回房睡觉。

萧何来到翠娥的房中,可是睡在床上,辗转反侧,反而睡不着了。回想着刚才刘盈问自己的娘和爷爷的情况,不禁陷入沉思。想着想着,突然不安地坐起来。这个时候翠娥也还没有睡着,见萧何起来,她也跟着起来,问:"老爷,你这是怎么啦?"萧何忧心忡忡地说:"汉王在前方打了败仗,急需补充兵员粮草。粮草我已经命人在筹集,问题不大,就是兵员不好解决。"翠娥说:"你照南郑的办法,贴一张榜文,报名的不就来了吗?"萧何为难地说:"只是前不久我已经向关中百姓宣布,免除他们一年的兵役,现在怎么好张榜征兵呢?这件事可难坏我了,故而夜不能寐。"翠娥只好劝慰萧何,说了很久才使得萧何重新躺下,可是萧何依旧不能入睡,桩桩往事不断在脑海中萦回……

第四十五章　萧何烦搬骑兵

1

躺在床上，萧何突然想到了不久前遇到的一件事情。

当时，正赶上一场庙会。大庙外到处撑起帐篷，写着"酒""茶"和各种小吃名字的旗幌高挑，摆着各种产品的地摊遍地皆是。庙会上人来人往，车水马龙，场面十分热闹。

萧何在人群中缓步穿行，时不时蹲下来看看货物，有时又与人们交谈，喜悦之情溢于言表。突然，他被一阵叫卖声所吸引。循声望去，原来是几个身穿楼烦人服装的青年，牵着驮有毛皮的骆驼和马匹来到了庙会上。他们手拿毛皮样品叫卖着："毛皮毛皮，上等毛皮！""上好的羔子皮，松软又暖和！""好毛皮啊，便宜卖！"

叫卖声吸引了不少顾客，他们经过几番讨价还价，毛皮很快就卖完了，这几个青年正准备离开庙会时，又听得远处传来一片喧闹之声，他们便朝那喧嚣之声走去。

萧何跟随那几个年轻人向前走。来到一群人围着的地方，近前一看，只见地上用石灰画着一个圆圈，旁边放着一只关着许多小鸟的笼子，原来人们在看射猎比赛。萧何便饶有兴趣地站在那里观看。

少顷，只听主持人打一响亮的呼哨，场内顿时停止喧闹，人们的目光一齐投向圆圈。一名参赛者走进圆圈，弯弓搭箭，向天空瞄准。主持人喊道："预备——放！"便有人从笼子里抓出一只小鸟，向空中抛去。小鸟扑棱棱飞起，参赛者便开弓放箭，竟没有射中，小鸟飞向远方……人们不禁纷纷发出惋惜的唏嘘之声。接着一连几人都告失败。

突然，看热闹的人群中走出一个人来，毫不客气地拿起了弓箭。萧何定睛一看，竟是那些卖毛皮的年轻人中的一个。那个年轻人自信满满地对着观众一拱手说："献丑了！"当又一只小鸟飞起时，只见他将弓一扬，"嗖"的一声，小鸟便一个倒栽葱，从空中掉下来。场上顿时就像开了锅似的，又是叫好又是鼓掌。

萧何见这个年轻人箭术高明，是一个难得的人才，便在他下场之后上前和他打招呼，并且邀请他和他的同伴一起去吃东西。几个楼烦青年也不拒绝，跟随萧何来到一个小吃摊坐下。老板随即端上丰盛的酒菜。

萧何端起酒杯说："你们是远道来的客人，我先敬你们一杯，感谢你们来参加我们的庙会！尤其是这位朋友，箭法高超，使我们大开眼界，来，干杯！"

"不敢！"那个射箭的年轻人端起酒杯说，"谢长辈夸奖，让我们先敬你一杯！"

于是众人纷纷碰杯，一饮而尽。

萧何放下酒杯，问这青年："请问这位朋友，高姓大名？"

年轻人回答说："我叫骆燕。"

旁边的另一青年插话说："他是我们的头人。"

萧何笑着说："好！头人，你们以前是不是常来这里做买卖？"

骆燕回答："我们过去从来没有来过。以前秦皇封锁边塞，敌视邻邦，我们那边的商人根本不敢过来。近来听说汉王举睦邻之策，鼓励贸易交往，我们便冒险过来试试。今天一见，果然不虚，我们回去以后，一定将这边的情形遍告乡里，叫大家都到这边来做买卖。"

萧何高兴地一边为众人劝酒敬菜，一边问骆燕："你怎么练出了这么好的箭法？"

骆燕笑笑，回答说："我们楼烦人，个个都会舞刀弄枪，骑马射箭，我这点功夫算不了什么。但这些武术，只能打打野兽，射射雀鸟，太没意思了！我们只想打仗，就是没有机会。"

萧何忙说："这你们就错了！打仗使得生灵涂炭，家国不安，所以最好不要打仗。不过有些仗是逼出来的，不得不打，比如汉王打霸王就非打不可。"

骆燕疑惑着问道："那又是为什么？"

萧何说："因为项羽违先约，自称霸王，杀宋义，坑秦卒，烧秦宫，掘陵墓，毁阿房，杀子婴，弑义帝，罪恶累累，罄竹难书。不将他打垮，他就会继续作恶，遗患无穷！"

骆燕于是举杯说道："但愿你们早日打垮霸王！"

萧何微微一笑："必要时，还要请你们助一臂之力哩！"

骆燕坚定地说："只要你们汉王或丞相一句话，我们赴汤蹈火，在所不辞！"

萧何身边的随从指着萧何说："他就是我们的丞相。"

众人先是一愣，然后纷纷下跪叩拜萧何，萧何赶忙一一扶起……

想到这里，萧何的脸上露出一丝微笑，一阵倦意袭来，不觉酣然入梦。

第二天，雄鸡报晓，晨曦初露，萧何起床，见翠娥仍在熟睡，便蹑手蹑脚地走了出去。一会儿翠娥醒来，不见萧何，刚欲下床去找。萧何返回来了。

翠娥问道："昨晚没有睡好，何不多睡一会儿，起这么早干什么？"

萧何边挽袖筒，边回答："我要出一趟远门，你不要多问。"萧何出门乃寻常之事，翠娥就没有做声，趁着困意去睡回笼觉了。

随后，萧何便带领数名随从纵马奔驰，向北而去。

2

萧何走后不久，韩信偕费琪来到了丞相府。萧夫人、翠娥忙起身相迎。一阵寒暄过后，韩信问道："丞相呢？"

萧夫人回答："出远门了，三五日内可能回不来。"

韩信说："韩信受汉王之命，即将出征，特来向丞相和夫人辞行。我想把费琪留在栎阳，望二位多加关照。"

萧夫人欣然应允："我们理当互相照应，元帅尽可放心。"韩信听了，心下欢喜，让萧夫人代向萧何问安，然后便告辞离去。

萧何日夜兼程赶到塞外，请求楼烦王发一支骑兵援助刘邦。楼烦王见萧丞相亲自出面相请，便答应下来，随即令骆燕点兵，带着萧何给刘邦的书信朝嘉峪关奔去。

萧何回到栎阳，准备押运粮草去往前线。

不几日，骆燕的兵马到达汉军营外。汉营军哨连忙禀报刘邦："大王，北方尘土飞扬，一支人马朝这边奔来！"刘邦有些惊恐，连忙询问："打的什么旗号？"军卒说没有看清楚。刘邦好不焦躁，便亲自走到帐外观看。果见一支骑兵飞驰而来。旗帜上的字歪歪扭扭，奇形怪状，难以辨认。正在纳闷之时，只见领头的年轻军官已纵马来到大帐之前。

年轻军官下马问道："请问，汉王在哪里？"

军卒答道："这位就是汉王。"

军官看着面前的刘邦，连忙施礼道："番将骆燕叩见大王！"

刘邦一见，不觉惊奇地问道："将军来自何方？"

骆燕回答说："末将乃楼烦王麾下骆燕，受贵国萧丞相之邀，特来助汉王伐楚。现有萧丞相荐书在此。"随即将荐书呈上。

刘邦忙接信展读，只见上面写道："汉王：臣闻大王彭城新败，不胜惶恐！若征关中之兵前往救援，因来不及训练，恐难救燃眉之急。故往邻邦请楼烦王发来骑兵三千，由骆燕将军统领，听从汉王调遣。臣萧何拜上。"

刘邦看完书信之后，喜出望外，激动地抓住骆燕的手，说："将军，太谢谢了！将军一路辛苦，请进帐说话。"于是将骆燕邀入营帐。

此时，萧何的粮草队伍也正在路上艰难地前行。

得到骆燕这一支骑兵之后，刘邦觉得开战已经是箭在弦上，不得不发了。便召集队伍在军演场集合。曹参、樊哙、周勃、卢绾、灌婴、夏侯婴、骆燕等各领一支人马，举着锦帛大纛，从四面八方疾驰而来，整齐地站在场上，听候汉王发令。

旌旗猎猎，剑戟闪光，战马嘶鸣，将士肃然。汉王登上指挥台，看到全军的勃勃生机，面呈喜色，慷慨而言："各位将士！我军自彭城兵败以后，经过休整，训练，补充兵员，元气得到恢复。这是大家的功劳啊！现在，韩元帅领兵击楚北翼，英王反楚淮南，梁王扰楚后方，本部人马则正面迎击楚军，使楚军陷入四面受敌之势。萧丞相亲赴友邦，得楼烦王相助，派遣铁骑三千，由骆燕将军统领，前来参战，更壮我军神威！请骆将军上来和大家见面！"

骆燕大步登上指挥台。汉王便介绍说："这位就是骆燕将军！"众人热烈鼓掌，骆燕不住地鞠躬。汉王继续说："以后，望各路人马互相配合，不灭项蛮，决不收兵！"全场将士振臂呼应："不灭项蛮，誓不收兵！"

萧何运送粮草的车队也终于到达，来到场上。萧何下马，急步趋至刘邦面前，施礼道："汉王，萧何来迟，望乞恕罪！"汉王走下台阶，搀起萧何，说："丞相辛苦！来得正是时候，真可谓雪中送炭啊！"曹参、樊哙、夏侯婴、骆燕等将领看到萧何到来就像见到了亲人，一齐跑到萧何身边，问长问短，好不亲热。

阅兵结束，刘邦便请萧何一起喝酒。

刘邦说道："今天丞相从关中运来粮草，长途跋涉，一路辛苦，本当大帐设宴为你洗尘，让文武官员作陪，以示隆重。我却没有那样做，而是单独在这里对饮，丞相不会见怪吧？"

萧何说道："哪里哪里！汉王的盛情萧何心领了。"

刘邦端起酒杯，深情地说道："这就好！先让我叫你一声'大哥'吧，大哥！"遂站起身来。

萧何也端起酒杯站起身，满怀深情地叫道："贤弟！"

刘邦显然有些激动，没有说话，只是用酒杯与萧何的杯子碰了一下，随即一饮而尽，萧何也仰头将酒一口干了。

接着二人重新坐下来。刘邦说："大哥，刘邦不纳忠言，吃了大亏，惭愧啊！"

萧何看到刘邦自责，便劝慰说："胜败乃兵家之常事，不能以一战论英雄，贤弟不必过多自责。"

刘邦继续说："不过，现在士气有所上升，韩信、彭越、英布都已接受调遣，大哥又搬来骑兵，送来粮草，整个战局正在扭转。因前方面临强敌，战事紧张，我无力顾及后方，后方之所以稳固，全是大哥的功劳。为此，我再敬大哥一杯。"说着二人又碰杯一饮而尽。

萧何放下酒杯说："现在后方稳固，秩序井然，巴、蜀、汉中粮草丰盈，兵源充足，大王挥兵东进，尽可免去后顾之忧。"

刘邦满意地点点头："大哥，我想只待在此立稳脚跟之后，就回关中立太子，赦罪人，部署武关、峣关、函谷关及临晋关的防守，以深固关中根本，大哥以为如何？"

萧何高兴地说："好，我将做好一切准备，等汉王回来！"

刘邦接着说:"按立长之古制,当立盈儿为太子,你看他能当此大任吗?"

萧何回答说:"这个孩子纯真本分,求学认真,是一块可塑之材。"

刘邦听了,不禁满意一笑,然后接着和萧何把盏狂饮,尽兴方散。

3

韩信部署好北伐部队之后,来到汉营,见各路兵马整装待发,大有主动出击之势。他认为汉王的总体战略不错,但具体战术还须周密部署。于是向汉王进言,经汉王同意后,便召集曹参、骆燕、樊哙、夏侯婴等人商议。他说:"诸位,汉王对整个楚汉战争作了全面部署,本帅不再赘述,现只就如何打好阻击项羽这一仗做出具体安排。大家知道,彭城之败除了决策错误之外,我们吃亏在没有骑兵。所以,汉王决定启用原秦军骑士为左右校尉,拜灌婴将军为中大夫统领骑兵,现在又有番将骆燕带领三千骑兵参战,这就为我此战必胜奠定了基础。具体的打法,就是要抓住项羽的骄纵和急躁心理,打一场伏击战!"

曹参首先赞同地说道:"对,项羽认为汉王败走荥阳,元气一时难以恢复,必定会乘胜追击。"众将附和道:"他来得正好,送肉上砧板!"

韩信说:"所以,我们不要主动出击,而在此以逸待劳,稳操胜券。我们埋伏在京、索一线,让他进入我们的防线后,四面包抄,打他个措手不及,一鼓聚歼!"接着他把将领们召到地形图前,对着地形图一一分派任务,众皆领命散去。

为了激怒霸王,韩信差人给他送去书信,项羽展信看过,果然大怒,说:"胯下匹夫竟敢戏弄本王,若不杀此匹夫,誓不为人!"范增见项羽如此生气,便急忙接过信细看。但不等范增看完,项羽已发布命令:"季布、钟离昧二位将军,速点本部人马,向荥阳进发,讨伐韩信!"

范增将信阅毕,方知书信为韩信的激将之法,意欲引项羽出兵,便劝说道:"大王!此为韩信激将之策,他激起大王引兵出击,必有埋伏。故切不可轻举妄动,中其奸计!"

项羽不屑地手一挥:"堂堂西楚霸王,岂容他如此侮辱?我意已决,亚父就别再阻拦了!"于是下令季布、钟离昧立即召集队伍,出发讨伐韩信。

韩信得到探马回报,项羽已经发兵前来,不由剑眉顿立,嘴露冷笑,项羽果真上当!便立即遣动兵马,隐蔽起来。项羽飞马来到京、索附近,却见周围山林茂密,中间一块开阔地,静静的空无一人,只有几只小鸟被吓得噗愣愣飞离枝头,箭一般扑向天空!

钟离昧感觉有些异常,担忧地对项羽说道:"大王,此地离京、索不过五十里之遥,为何不见汉军动静?莫非果真如亚父所说,韩信设有埋伏?"

项羽微微一笑:"不至于此吧,准是韩信要待我近前,方肯与我对阵!"

正在说话之际，韩信领一彪人马飞奔着从山的一侧杀出，顷刻便来到楚军阵前。两军对垒。韩信说道："大王，咸阳一别，不觉一年有余，没想到在此相遇，请大王手下留情啊！"

　　项羽听到韩信在挑衅自己，不觉勃然大怒，说道："胯下匹夫，竟敢写信戏弄本王，死到临头，还在这里饶舌。看枪！"

　　说罢便挺枪纵马向韩信刺去。韩信并不畏惧也以枪迎击。双方大战数十回合，韩信佯装败走，项羽策马紧追。韩信向山林之中逃遁。项羽追至山林，转眼却不见了韩信踪影。钟离昧感到有诈，赶来劝道："大王，恐中埋伏，赶快退兵吧！"项羽依然不以为然，骄横地说："本王自会稽起兵以来，历经数百战，从未退过兵，难道还怕这胯下匹夫不成？"

　　话音未落，忽然鼓声、喊杀声轰然大作，项羽等人猛吃一惊，惊慌地四下望去——只见汉军人马从四面八方涌来，将楚军团团围住。项羽这个时候才知道中了韩信的计谋，于是指挥兵卒与汉军展开厮杀。战不数合，楚军大败。项羽左冲右突，好不容易才突出重围，向回路逃走。

　　韩信追了一段路程，最后决定鸣金收兵，不再追击穷寇。

第四十六章　册立刘盈为太子

1

刘邦再战项羽，取得重大胜利，自然是喜不自胜，命韩信整顿兵马，巩固阵地，以图再战。于是自己暂且班师回朝，着手筹划册立太子之事。

萧何在栎阳得到消息，便拥刘盈率领郡县官吏站在城门口，迎接汉王回朝。

等了许久，不见汉王仪仗，刘盈不禁焦急地对萧何说："先生，父王怎么还没有来呀？"萧何安慰道："快了。"说罢抬头向远方望去。

片刻之后，便有军鼓乐声隐隐传来。刘盈顺着萧何指的方向看了过去，果见远处红旗招展，尘土漫天，一辆黄罗伞盖车疾驰而来，后面跟着樊哙、周勃等一队人马。一会，车马来到城门外停下，刘邦从车上下来。

萧何率众走了过去，施以大礼。众人也纷纷跟着跪下，刘邦笑着扶起萧何，并示意大家起身。

刘盈跑到刘邦身边，叫了声"爹"。刘邦高兴地抱起他，说道："盈儿，又长高了！"

萧何指着身后的官吏们，对刘邦说："汉王，这几位是栎阳的父母官。"刘邦放下刘盈，拱手说："谢谢你们盛情迎接！"

萧何接着说道："想不到汉王来得这么快呀！"

刘邦满心欢喜说道："韩元帅在京、索一线埋下重兵，项羽不知有计，悍然长驱直入，结果陷入包围之中，被打得大败，率残部仓皇逃窜。丞相，你搬来的骑兵可派了大用场啊！现在成皋、荥阳已经安稳无虞了。"

萧何连连叫好，随后便请刘邦回王宫休息。

刘邦进入宫中，左右观看，一副满意的神情。

萧何说："这王宫修得仓促，不免简陋一些，请汉王将就。"

刘邦笑着说："这不过是临时居所，不必过分考究，有这个样子就算不错了。"

萧何说："那是，将来正式定都了，肯定要修一个像样的王宫。现在，你们父子难得在一起，今晚就让刘盈睡你这儿吧？"

刘邦点点头说道："也好，时候不早，你也早点去歇息吧。"

萧何走后，刘邦把刘盈揽在怀里说："盈儿，想父王了吗？"

刘盈回答："想啊！我还想娘和爷爷。我娘呢，她为何没跟你一块来呀？"

刘邦听到儿子如此发问，一时间不知道该如何作答，苦笑一声，搪塞道："父王只是回来看看你,过几天还要上前线,所以就没有让你娘跟随而来。"

刘盈说:"我也要上前线,我要和娘在一起!"

"前线打仗很危险,小孩子怎么能去?你在丞相这里不是很好吗?"刘邦听到刘盈竟然也嚷着要去前线,便低声嗔怪起来。

刘盈嘟着嘴说:"丞相这里什么都好,就是……就是每天要读书,那书很难记,可丞相偏偏叫我背,我只好拼命地读,拼命地记,简直累死人了!"

刘邦哈哈大笑,问道:"你最近读过些什么书?"

刘盈回答说:"《论语》《孟子》《大学》等等,都是教人如何做人呀,如何齐家呀,如何治国平天下的。父王,这些东西不学不行吗?"

刘邦断然回答:"不行!父王就因为小时候没学这些东西,吃了好多亏,受了好多挫折,现在还要重新学呢!"

刘盈略有所悟:"难怪丞相叫我非学不可咯!"

刘邦微微一笑,便吩咐刘盈早些休息,于是父子并肩而眠。刘盈很快进入梦乡,刘邦却全无睡意。想着萧何为自己做了这么多事,帮了自己这么多忙,为了刘家的事业和江山社稷,真是付出了全部的心血。想到这里,觉得自己亏欠萧何太多,将来一定要好好报答。

第二天,萧何与刘邦在栎阳城中视察。他们每到一处,市民都和萧何亲热地打招呼,点头招手,叫着丞相。他们来到黑帝祠前,只见祠内善男信女络绎不绝,不少人向萧何点头问候。一位老太太见了萧何说:"丞相,你为我们修了这个黑帝祠,我们常来敬奉,病痛都少了,你看我这身子骨好硬朗哟!"

刘邦看到这里的百姓都纷纷向萧何问好,却不和自己打招呼,对于他们所受到的恩惠,也根本不联想到自己这个汉王的身上,心里不免有些不快。但还是随同萧何走进大殿,殿内香烟缭绕,钟磬声声,跪拜者此起彼伏。

祠内执事见了萧何,连忙迎上,说:"丞相,你好久没来了,今天怎么有空呀?"萧何回答说:"我陪汉王过来看看。"执事听到站立一旁的就是汉王刘邦,惊喜地跪下施礼。刘邦冷冷地说了声"起来吧",便顺手拈起一炷香,跪拜下去,默默祷告一番。萧何也陪着跪在旁边,不久,二人便起身向外走去。

他们来到社稷坛旁,萧何向刘邦介绍建坛和祭坛的情况,刘邦不禁转愠为喜,兴致勃勃地走上祭坛,举目四望,仰天长叹。这个时候,几个青年来到萧何面前说:"丞相,你为我们免去一年兵役,让我们过着安稳日子,真是大恩大德啊!"说着就跪了下去。萧何连忙加以制止。

刘邦见此情形,又是一脸阴云。

二人继续前行,在路上又见到很多人,向萧何打招呼致意。这时,一老农过来,见了萧何说:"丞相,你设坛祭祀天地,立时有了应验,今年水旱无忧,连虫子都少了,你做得太好了!"萧何连连扬手,说:"不不,这都是汉王命我所做。"老农笑笑回答说:"汉王也好,丞相也好,反正比秦皇好!"刘邦听了这些,才微微露出一丝笑容。

2

晚上回到丞相府,萧何便开始辅导刘盈。刘盈背了一段《孟子》:"孟子对曰:地方百里而可以王。王如施仁政于民,省刑罚,薄税收,深耕易耨,壮以暇日修其孝悌忠信,入以事其父兄,出以事其长上,可使制梃以挞秦楚之坚甲利兵矣。"

背诵到这里,萧何便示意刘盈停下来,然后问刘盈这一段的意思。

刘盈便回答说:"就是说,一个国王应该施仁政,减免刑罚,减轻赋税,让百姓能够深耕细作,使年轻人孝顺父母,尊敬长辈,待人真诚守信。这样,即便是用木棒也能打败有坚甲利枪的敌人。"

萧何抑制不住心中的喜悦,高兴地赞赏说:"不错,你以后如果做了国王,就要施仁政,使国家强盛,百姓安乐,记得吗?"

刘盈坚定地点点头。

萧何接着说道:"明天就要正式册立你为太子了,现在我来教你一些基本的礼仪吧。"

不等萧何说完,刘盈吞吞吐吐说道:"先生,我不当太子行吗?"

萧何不禁一怔,问道:"为什么?"

刘盈回答说:"当了太子,将来就要当国王。当国王要管那么多地方,那么多百姓,我怕管不好。再说,国王要指挥打仗,打仗要死好多人,我怕!我看见血就睡不着觉,睡着了就做噩梦。求求你,别让我当太子吧,我不要当太子!"说完,竟哭了起来。

萧何没想到会是这样。略一思索,便给刘盈擦去眼泪,劝道:"你现在还小,长大了胆子就会大起来,见得多了也就不怕了。再说,你的书读好了,能学到很多治国的知识。况且,还会有很多人帮你,你一定能够管好国家,管好百姓。你父王不也是由小孩子长大的吗?他现在当了王,你看他当得多好哇!别怕!"

刘盈听了,这才不哭了,默默地点了点头。

突然,一个内侍进来禀报萧何,说有客人来访。萧何听了,便要刘盈早点休息,明晨再讲关于礼仪的事情。他吩咐翠娥照应刘盈回房安歇,然后来到客厅。

来的是樊哙、周勃,他们正在客厅坐着喝水。萧何打过招呼,便问他们深夜来访有何事情?

樊哙说:"趁今晚无事,我们来看看大哥。"

萧何不觉有些过意不去,便道:"本当我去看你们的,可一直抽不开身。"

周勃连忙说道:"哪有大哥看小弟之理?"

萧何一笑："不过，我估计你们一定会来的，所以酒、狗肉都准备好了。"说着便命人赶紧把酒菜端上来。

樊哙听到有狗肉吃，不禁哈哈大笑起来，说道："哎呀，战场上哪里有狗肉解馋哟？有时连饭都吃不上哩！还是大哥想得周到！"少顷，内侍把酒菜端上来了，大家依次而坐。

萧何为樊哙、周勃二人斟满酒，然后说道："来来来，我们一边喝酒，一边叙旧吧！"二人便端起酒杯一饮而尽。

萧何放下酒杯，说道："我们先干一杯，以后就随意，不敬酒，不碰杯，以吃饱吃好为原则，兄弟之间不用讲那么多礼节。"

樊哙品着狗肉，塞得满嘴都是，嘟嘟囔囔说："好鲜啊！不知我那狗肉店好了哪个发财去？"

萧何也想到从前的日子，便微微笑道："狗肉店没有你樊屠夫经营，没有他刘老三光顾，谁也别想办好！"

樊哙接着说："我一想起我那狗肉店就好像闻见狗肉香，一闻见狗肉香就浑身是劲，一想起在沛县的日子，那一帮朋友就好像到了身边，打起仗来就什么都不怕了！"

萧何不禁感慨说："唉，战争把我们这些好兄弟分开，天天是打呀杀呀，刀光剑影，血雨腥风，真是残酷啊！"

樊哙没好气地说道："要不是他娘的项羽捣乱，我早回去卖狗肉了，害得我的手艺也丢了！"

萧何连连摆手道："别说这些了，兄弟们难得在一起，说点高兴的吧。"

樊哙嘻嘻笑着转移话题："大哥，听说你娶了一房小妾，长得怎么样？请出来让我们见见嫂夫人吧。"

萧何便推托说："她在侍奉太子哩。"

周勃笑道："太子也不要时刻守着吧，请出来和我们一起喝杯酒有什么要紧？"

萧何无奈，只好呼唤翠娥出来见客。

翠娥应声而出，说，"哟，来客人啦？"

萧何说："都是我的兄弟。"

樊哙、周勃一边叫着"嫂子"，一边做着自我介绍。

翠娥笑说："都听说过，都是打仗的英雄！"

周勃道："嫂夫人，来，兄弟敬你一杯。"

翠娥忙推辞说："谢谢！我不会喝酒。"

萧何在一旁说："盛情难却，表示一下吧。"翠娥这才端起酒杯，抿了一口。

樊哙又吃了一大块狗肉，然后说："周勃，酒醉饭饱了，我们走吧，别耽搁大哥的良辰吉时了。"于是喝完杯中酒，笑着告辞了。

次日辰时，栎阳王宫大厅早已布置得富丽堂皇，四周站着仪仗队，樊哙、周勃等分立两厢。厅内站满了郡县官吏和老百姓。萧何从内宫出来，朗声说道："诸位，今天汉王在这里册立太子。现在，请全体肃立！"众人立即严肃起来，笔直站在原地不敢动弹。接着，强烈的音乐声响起，刘邦牵着刘盈，在仪仗队护卫下款款走出，立在大厅正中。

萧何躬身一诺："请汉王致辞！"

刘邦便上前说道："本王戎马倥偬，打下半壁江山，汉室既立，必图天下！为了江山永固，后继有人，特册立刘盈为太子，以继王位。期天下周知，共相扶助！"汉王话音一落，厅内一阵欢呼。

萧何郑重地说道："册立太子关系到国之能否长治久安，民之能否安居乐业，故为国之大事，也是一件喜事！刘盈天资聪颖，诚实本分，汉王立刘盈为太子，汉室幸甚，万民幸甚！"随后又转身对刘盈说："太子，说两句吧？"刘盈听说要自己上前讲话，不禁哆嗦了一下，犹豫着上前拱手说："……刘盈望各位赐教，辅助，以不负众望！"刘邦见刘盈只说了这么一句话，心中有些不快，但脸上却没有表露出来，而是一直等到册立仪式结束之后，才召刘盈回宫中谈话。

刘邦脸带笑意地问道："盈儿，父王立你为太子，高兴吗？"

刘盈点点头回答："高兴。"

刘邦接着问道："那么今天在仪式之上，你怎么就说了那么一句？"

刘盈说："先生教了我很长一段话，本可以照着说出来的。可平日先生又教我说，成功的秘诀是急事慢慢地说，大事想清楚了说，小事幽默地说，没把握的事小心地说，做不到的事不乱说，伤害人的事坚决不说，没有发生的事不胡说，别人的事谨慎地说，自己的事怎么想就怎么说，现在的事做了再说，未来的事未来说。不知为什么脑子里又突然蹦出了这段话，两段话打起架来了，那么多人都望着我，我心里一急，就说不出来了。"

刘邦不悦地教诲说："有什么好急的？不论有多少人望着你，你就当没有人一样，该讲的只管讲，该做的只管做，知道吗？"

刘盈点点头不再言语。

这时，萧何进宫，面见刘邦："汉王，我给你送来一样东西。"刘邦疑惑地问道："什么东西？"

萧何不做回答，捧上绢帛裹着的夜明珠，说："你看！"刘邦接过，打开绢帛，惊喜地发现里面包着一个巨大的夜明珠，便问萧何从何得来。

萧何回答说："在三河堰工地发现的，重九斤五两，和先前那颗九两五钱的都为'九五'，象征九五之尊。汉王，恭喜你啊！"

刘邦欲退还夜明珠，说："这一颗是大哥所得，你就留下吧！"

萧何推辞说："这两颗夜明珠是母子关系，现在他们相会了，岂能分开？九五之尊只归于你,这是天意啊!"

刘邦一听,激动不已,忙对萧何跪下,连声感谢萧何的献宝之功!慌得萧何连忙躬身将刘邦搀起。

刘邦在栎阳办成了几件大事,最后又得此宝珠,满载而回前线去了。

3

刘邦在栎阳册立刘盈为太子的事,很快传到了项羽的耳中。项羽听后气得像一头发怒的狮子,在帐内走来走去,破口大骂:"立太子?想独霸天下,真是白日做梦!"

这时,范增进帐,看到项羽满脸怒容,便问所为何事?项羽便把刘邦册立太子的事情说了一遍。范增听了,不禁一阵感叹,幽然而道:"项王,当初将刘邦赶出彭城,没有乘胜追击,一鼓聚歼,而东出击齐,就是个错误的决策,致使刘邦有了喘息的机会,故有京、索之败。如今他已占住要点,形成了以成皋、荥阳为中心,南北为两翼的防线,并加强了后方的防御。立太子,赦罪人,刘邦无非是想向世人做出姿态,俨然是一国之君,这倒并不可怕。关键是应如何采取有效措施,打破他的白日美梦。我认为当前必须趁韩信、彭越远离荥阳之际,集中兵力,正面突破成皋、荥阳防线,穷追猛打,直逼关中,他的南北两翼就失去作用,除此别无捷径可走。"

项羽只好说道:"就依亚父,集中兵力,向荥阳进军!"

不几日,项羽率领楚军攻到汉军营外,刘邦天天听到外面传来楚军的骂阵和喊杀之声,便召唤张良、陈平商议应对之策。

刘邦问道:"项羽攻城已有数日,若再不采取措施,恐难以坚持下去,二位有何良策?"

张良略微思考一下,说:"攻城数日不下,项羽一定也心烦气躁,大王可用缓兵之计,派一使者前往讲和,以后再作计较。只要他停止攻击,我们再用计离间他们君臣,瓦解楚军。"

刘邦不无担忧地说:"此使臣需要说服项羽和范增两个非同一般的人物,没有高超的辩才是不可能的。二位认为何人可当此重任?"

张良建议道:"窃以为随何可任。"

刘邦认可,即决定派遣随何前去议和。随何接到命令,便马不停蹄地赶往楚营会见项羽,商谈和解之事。

范增得知此事,连忙面见项羽,说:"项王,听说汉王已派随何前来讲和,此事当真?"

项羽回答说:"随何前来言道,刘邦本无称霸天下之意,今已得关中,心满意足。他愿以荥阳为界,与本王各守东西疆土,永息干戈,共图富贵。亚父以为如何?"

范增十分担忧,劝说道:"此为张良缓兵之计,大王千万不可听随何一面之词,与他议和啊！"

项羽便问道："那依亚父之见呢？"

范增不假思索地说："必须增添兵马，加紧攻城，不给他喘息之机，此为上策。"

项羽犹豫一下道："亚父暂去歇息，容我再想想。"

范增见项羽如此优柔寡断，甚为不满，但也没有什么办法，只得提醒说："项王千万别中他们的奸计啊！"说完便忧心忡忡地转身离去。

项羽稍作思索，便吩咐侍卫再次宣召随何。随何闻宣即入项羽营帐。项羽说道："议和之事关系重大，让我考虑一下，再作商议。你先回去吧。"

随何却游说道："随何虽为汉使，但原是楚臣，仍有思乡之忧，故为项王着想，欲说几句心腹之言，请项王详察。"

项羽似心有所动，示意随何把话说完。于是随何言道："正如项王所言，此事关系重大，还须项王自己拿出主见。他人各怀私念，不可偏听。听说汉王已下令韩信速来救援，并召令各路诸侯前来接应。若大兵一到，内外夹攻，其势将不可阻挡！而你屯兵日久，士卒厌战，粮草不济，恐难御敌。不如将计就计，停战议和，以策安全。"

项羽一听，正中下怀，笑道："言之有理！你先去回禀汉王，本王不日就差人前去议和。"随何见项羽已被说动，心中暗喜，便赶紧告辞，返回汉营。

第四十七章　陈平离间除范增

1

随何离开之后，项羽前后想了一番，便派遣虞姬的兄长虞子期前往汉营商谈议和。虞子期快要到达汉营之时，陈平便抢先来到刘邦的营帐，对刘邦禀报说："禀大王，项羽的兄长和谈特使虞子期，已经到达我营。"

刘邦喜不自胜，高兴地说："随何那三寸不烂之舌，终于将项羽说动了！"

陈平思索一番，对刘邦说："如何接待楚使，平有个想法，不知大王以为然否？"

刘邦忙问："都尉有何想法？"陈平凑到刘邦耳边嘀咕一番，刘邦听完满意地点头称是，便吩咐他照计行事。陈平便领命而去。

陈平吩咐手下准备了两桌酒菜，一桌摆在宴客厅中，席面十分丰盛，是国宾级排场；在宴客厅不远处的一个很小的餐厅里，还准备了一桌简单的饭菜。少顷，随何陪虞子期来到宴客厅。张良、陈平等人连忙上前热情招呼。虞子期还礼，看见豪华的宴客厅摆满了酒菜，心中煞是欢喜。

张良满脸笑意地问道："亚父近来贵体可好？今日派先生前来，不知有何吩咐？"

虞子期听后不禁一阵疑惑，只好解释说："亚父身体康健。只是，我不是亚父所派，我乃项王所遣。"

张良顿时变得冷若冰霜，其他人也没好气地说道："原来如此！"张良站起身来："汉王酒醉未醒，你们先进餐吧，进完餐听候召见。"说罢扬长而去。

陈平也满不在乎地对随何说道："请随先生陪虞先生到小厅用餐，本人失陪了。"说罢也告辞走了。

虞子期不禁一愣，不知道是何缘由，只好莫名其妙地跟着随何来到旁边的小餐厅就座。虞子期看着这里几榻之上只摆着两三个简单的小菜，甚至还没有酒水，与刚才进入的宴客厅简直是天壤之别。虞子期先前以为宴客厅是专门为接待自己而设置的，没想到众人在听到自己是项羽的使者之后，个个脸上变了颜色，似乎都懒得理睬自己，甚至还径自离开了，心中不是个滋味，便问随何："随先生，汉王对亚父的使者那么客气，对项王的使者却冷淡若此，这是何意？"

随何诡秘一笑，回答说："对此我也不甚明白，汉王可能对亚父有什么特殊的期盼吧？"

虞子期心里直犯嘀咕，开始琢磨起随何的话来。正在他满腹狐疑之际，一名内侍来报，说是汉王酒醒，请楚使准备进见。随何便带领虞子期向刘邦的营帐走去。来到营帐，虞子期发现汉王并未在营帐内等候，却注意到营帐里的几案上面摆放着许多竹简文件。

随何见汉王不在，便对虞子期说："先生请坐下等候片刻。我去看看汉王梳洗完了没有，稍后请汉王前来接见。"说罢便躬身离去。虞子期等了片刻，见仍然没有动静，便起身去翻看几案之上的文卷，无意之中，忽然发现文卷之中夹杂着一封书信，好奇的展开一看，不禁大惊失色，慌忙藏入袖内。

随何在帐幔中早已看个明白，见虞子期已经落入圈套，便陪同刘邦一同进入营帐，接见虞子期。心中忐忑的虞子期哪还有什么心思议和，只是搪塞一番便匆匆离去了。

拿到书信的虞子期，心中豁然明朗。返回楚营后便向项羽禀报说："禀报大王，我到汉营之后，张良等人竟然以为我是亚父所派，为我准备了丰盛的酒宴，可是当他们听我说是大王所派时，便改以粗茶淡饭相待，真是令人生气。"

项羽也是万分不爽，捶着面前的几榻说道："他们竟然如此可恶？"

虞子期接着说："更可恶的还在这里哩！"说罢，便将自己在刘邦营帐之中发现的那封密信交给项羽。项羽接过，急展开一看。

只见上面写着："……项王提兵远来，大兵不过二十万，且人心涣散，天下叛离，势渐孤弱。大王当急召韩信回荥阳，老朽与钟离昧等为内应，楚军指日可破矣……"

项羽看到这里，顿时火冒三丈，骂道："这老匹夫竟敢如此出卖本王，定要严加惩处！来呀，传亚父进帐！"

传令官便急去召唤范增。范增来到项羽的营帐，不知为了何事，心里倒是十分平静。哪知刚走到项羽面前，没等他开口，项羽将一封信往案上一放，生气地问道："这是怎么回事？"

范增一时愣住了，不知到底发生了什么事情，便疑惑着上前，拿起书信打开一看，顿时惊恐万状，连忙跪伏在地，哭诉着说："大王息怒，臣跟随大王多年，忠心耿耿，苍天可鉴，岂敢有悖大王？此乃汉行反间之计，使我君臣不和，大王千万不可轻信啊！"

项羽全然不信，依然生气地说："子期是我姻兄，他已打听确凿，难道还有假的不成？"

范增见项羽根本不相信自己，知道即便是跳进黄河也洗不清，事已至此，只好大哭道："既然大王不相信老臣，如此看来，天下大势已定，你好自为之吧！只是请念老臣侍奉大王多年，愿将功折罪，允许我这把朽骨还乡，归葬祖先坟地！"

项羽心想，范增毕竟跟随自己多年，有功在先，现在提出这一请求，也没有什么不妥，便同意了他的要求，吩咐虞子期安排车辆送范增回归故里。屈愤交加的范增在回到家乡之后，竟然卧病不起，过不多久便一命归西。

张良、陈平等人听此消息大喜，连忙向刘邦报告说："汉王，自从虞子期回到楚营之后，把我们准备的书信交给项羽，项羽看后果然中计，一气之下便废黜范增，范增告老还乡，不久便含恨而亡了！"刘邦不禁喜上心头，连连赞赏："好啊！这都是二位的功劳！"

陈平说："其实此计并不高明，只能对付项羽那种仅有匹夫之勇者。故谈不上什么功劳。其实若不是随何那张能言善辩之利嘴，恐怕也难以成功。"刘邦认为三人都是有功之臣。便吩咐设庆功宴，犒劳他们。

这一天刘邦非常高兴，和张良他们约定不醉不归，到最后果然真的醉了。酒宴之后，侍女扶着醉醺醺的刘邦回到寝宫，服侍刘邦休息。刘邦嘴中还在喃喃说道："除却了范增，去了本王一个心腹大患。陈平，你立了大功啊……"

2

刘邦睡了一会儿，忽然惊醒，起来四处张望，见无人影，便又躺下，可是再也无法入睡，翻来覆去，不觉想起了当时回到栎阳时所见到的情况、栎阳百姓对萧何十分尊敬，在百姓的眼中，萧何的地位比自己这个汉王的地位要高得多。想到这里，他不禁担心起来：萧何在后方威望远远超过自己，拥有夜明珠却又迟迟不报，是否有拥珠为王之想？倘若他一旦称王，窃据关中，我则受东西夹击，进退维谷，如之奈何？

这时，刘邦不觉惊吓出一身冷汗，于是，翻身下床，焦急地在房间里面踱步，反复一想，即吩咐内侍宣召陆贾进宫。

少顷，陆贾便走了进来，问："大王有何吩咐？"

刘邦说："本王有一事放心不下啊！"陆贾询问是什么事？刘邦叹了一口气，道："唉，现在前方战事尚紧，本王不能顾及后方，不知关中情况如何？"

陆贾不假思索地回答道："听说萧丞相治理有方，百姓安居乐业，夜不闭户，路不拾遗，兵员、粮草也及时送到，大王尽可放心！"

刘邦一听，更担心了："正因为如此，我才不可不虑。'人心隔肚皮'啊！"

陆贾明白了刘邦的意思，不觉一怔，便问刘邦有何打算？刘邦便小声对陆贾交代一番，陆贾便领命而去。

是日，陆贾率领军卒将许多大小箱笼运往栎阳，然后径直来到丞相府。

萧何见陆贾来到，连忙降阶迎接。

双方就座后，萧何指着箱笼问道："陆大夫，这是何物？"

陆贾微微一笑，回答说："丞相劳苦功高，汉王经常念及，特令陆贾送来礼物，以示慰劳。"

萧何诚恳地说："萧何为汉王效力，理所应当，何功之有？汉王如此厚爱，实不敢当！请陆大夫回去代为向汉王表示感谢。"停顿片刻，又关切地问道："陆大夫，汉王近来龙体可好？不知前方战事如何？"

陆贾回答说："汉王龙体安康，不劳丞相远念。前些日子，汉王采用陈平之计，离间楚君臣，范增已死，钟离昧现在也已遭疑，楚军实力正在大大削弱。"

萧何喜出望外，站起身说："好啊，天助汉王也！楚军之亡，指日可待！陆大夫远道而来，旅途劳顿。"萧何当设酒宴为陆大夫接风洗尘，请予赏光！

陆贾略作推辞便答应下来。酒宴过后，陆贾便回到驿馆休息。

陆贾走后，萧夫人、翠娥将箱笼一个个打开，只见里面满是金银、珠宝、绢帛等物，琳琅满目，金光灿烂。萧何走在箱笼之间，看着这些宝物，感慨系之。

翠娥十分惊讶道："哎呀！这么多宝贝，叫人看得眼花缭乱！老爷，这都是汉王送的？汉王为什么要给你送如此厚礼？"

萧何思索一下，说："大概是汉王认为我劳苦功高，才有此赏赐吧？看来，他还是个明白人，识好歹，辨善恶，知道感恩戴德。汉王和我亲如手足，肝胆相照，岂能不识我的功劳？"萧夫人也不禁一笑，然后便和翠娥一起重新把箱笼盖好。

就在此时，内侍前来禀告，说是鲍生前来拜见。萧何连忙请鲍生进来。鲍生一进客厅，萧何即拱手问道："不知鲍先生前来，有何见教？"

鲍生首先有些犹豫，支吾道："没什么，没什么……！"停了一下，还是忍不住开了口："听说中大夫陆贾先生来到了相府？"

萧何不知鲍生问及此事是什么意思，便回答道："是的，他受汉王之托，送来了一些礼物。"

鲍生这才把话引到正题上："丞相，现在楚汉战争正烈，后方不去慰劳前方，前方反倒慰劳后方来了，这岂不颠倒了礼信？说明汉王在时时担心着远在关中的丞相啊！汉王虽算是个重情重义之人，但这一次送如此厚礼，出于何种目的？却值得三思。恕学生大胆，冒昧问一句，你想过没有，汉王慰劳你，是否别有他意？古人云'祸兮福所倚，福兮祸所伏'啊！"

萧何不觉一震，一种朦朦胧胧说不清的感觉在脑海中盘旋起来。他猛然想到，做人应该像日月经天，而日月从不解释自己的缺蚀；做人应该像江河行地，而江河从不解释自己的流向；做人应该像挺拔的树木，而树木从不解释自己的年龄；做人应该像矫健的雄鹰，而雄鹰从不解释自己的翅膀……

鲍生见萧何发怔，又笑着说："学生听说过一个故事。从前有一个国王，带领全国的军队到前方打仗，一去就是数月不回。在国内留下一个几岁的太子，委托一位德高望重的丞相辅佐。时间一长，丞相的威望与日俱增，一呼百应，慢慢有了私心。太子年幼，等于虚设，结果丞相篡夺了王位。国王打完仗回来时，丞相不开城门，将国王拒于城外。汉王不会不知道这个故事呢？"

萧何一听，明白了此中厉害，不禁吓出一身冷汗。

鲍生接着说："丞相，这毕竟是个故事，切勿在意。你和汉王一个忠，一个信，君臣关系堪称世之楷模。我的推断也许是杞人忧天，不足为信，请丞相休要见怪。打扰，打扰！"说罢，起身告辞。

萧何见鲍生要走，连忙拦住说："鲍先生，再坐一会吧。先生所言不无道理，我与汉王日久暌违，难免生分，偶有猜忌也是理所当然的。先生认为我该如何摆脱这种猜忌呢？"

鲍生重新坐下来，思索片刻，建议说："我想汉王最担心的，就是怕你在关中积蓄力量，聚众称王。如果丞相肯将自己的子侄、亲戚召集起来，通通送往前线，庶几能消除汉王的疑虑，望丞相察之。"

萧何细细思量了一番，便击掌道："嗯，此举似可奏效。谢先生指点！"

鲍生摆摆手说："丞相不要客气。学生食丞相俸禄，为丞相着想理所应当。"

随后，鲍生便告辞离去，留下萧何一个人在客厅陷入沉思。

第二天，陆贾按照刘邦的交代，打扮成平民模样，走上栎阳城街头，四处观察，又循着刘邦上次回栎阳时，曾经去过的地方走了一遍，发现随处都是一派升平景象。再到草料场和武器库，看到堆积如山的粮食和摆放整齐的枪戟，使他深为赞叹。心中暗想：如此看来，汉王的疑虑也是很正常的，萧丞相的治国之才无人可比，真若举旗称王，汉王无可奈何。难怪汉王执意命我来此一行！

已经把汉王交代的事情办完了，陆贾便决定启程返回前线。萧何前来送行。来到一个路口，陆贾停下，对萧何道："丞相，送君千里终须一别，请留步吧！"萧何说："陆大夫，此次烦你送来慰劳物品，回去请向汉王转达我的谢意。另外，兵员和粮草我会尽快筹集，亲自送往前方，请汉王放心。"

陆贾爽声说道："陆贾一定转告。丞相，请回吧！"说罢，便与萧何揖别，纵马离去。萧何望着陆贾一行渐行渐远，心生惆怅，微微叹了一声，遂转身回府。

3

刘邦近日来总是觉得忐忑不安，一是不知后方情况怎样？二是不知齐国方面如何？于是宣召张良与陈平进帐，把心中的烦恼告诉了他们。二人还没来得及说话，一个内侍进来报告，说是韩信的使者求见。刘邦宣召，使者进来便跪拜于地，刘邦挥手让他起身，急问前方战况如何？使者回答说："韩元帅斩龙且于潍水，擒田广于成阳，现已平定齐地。"刘邦等人不觉暗自惊喜。

使者接着说："禀大王，元帅思之，自古以来，齐系狡诈之地，反复多变，请大王暂封元帅为假王，以保安定，防止动乱。"

刘邦听这么一说，不禁大怒，厉声呵斥道："大胆！本王受困于此，他不但不回师前来救应，反而想自立为王？真是岂有此理！"

张良见如此情形，忙说："汉王息怒。请使者暂且退下休息，待心情平静下来，再行计议吧。"

刘邦看了看张良，只见他对着自己连连眨眼，便强压住心中的怒气，答应了张良的建议。于是，使者便退了下去。

使者退出之后，张良便建议说："汉王，你现在正与楚军对峙，暂处劣势，无力制止韩信称王。他既有如此欲望，你不如来个顺水推舟，封他为齐王。这样，他就仍在你的手中，听从调遣。你就只有一个对手项羽。韩信若自立为王，那就成鼎足之势，变为三分天下，请大王慎思之！"

刘邦恍然大悟，觉得张良之言十分有理。便宣召韩信的使者进账，对他说道："回去禀报元帅，教他不要胡思乱想，别出心裁，当什么假王？要当就当真王。本王即日遣使前去宣诏，封他为齐王。"使者便领命谢恩，告辞离去。

自从刘邦的爹和妻子被掳去作为人质，项羽便常常前来向刘邦叫阵。这一天，项羽又一次率军阵前挑衅。这时，楚汉两军分别驻扎在广武东西两个山头之上。这广武山位于荥阳、成皋两城的东北边，中间有一深涧，将广武山分为东西两半。

东边山头上是项羽的楚军。只见山头之上放置一块大砧板，和一口烧得翻滚的油锅。项羽命人将刘太公五花大绑，跪在旁边。士卒们则向着西边山头大声叫喊着："刘邦，快过来投降吧，不然项王要烹死你老爹！"

刘邦率汉军在西边山头之上与楚军隔涧对峙，刘邦看到如此情景，不免十分紧张，连忙向张良道："这，这……该怎么办？"

张良镇静地回答道："大王，别着急。这是项羽的激将法，目的就是要把你赚出来应战。项羽虽然心狠手辣，但是我想他再狠毒，也不得不考虑后果。要是真胆敢下此毒手，将受到天下人的谴责。他不会冒天下之大不韪，把大王的老父怎么样的，大王必须镇静以对，拖延时间，千万不要中他的奸计！"

刘邦觉得有理，于是放下心，振作起来。他对着涧西喊道："项羽，你张开耳朵听着！我俩同在义帝驾前为臣，金兰结拜。我的爹就是你的爹，你若真要烹杀我们的爹，那就留一杯肉汤给我喝吧！"

楚军听刘邦这么一说，立刻发出一片咒骂声："呸，这还像人说的话吗？哪有亲儿子喝老子肉汤的？为了争得天下，连亲老子也不要了！真不是人！"

项羽没想到刘邦竟会说这种话，一时不知如何回答，过了一会才转过神来，说"既然这样，那你就准备喝汤吧！"转身指着刘太公："军卒们，把这老东西放入油锅中烹了！"

就在这个时候，项伯冲出来拦住项羽说："大王，刘邦竟然如此漠视自己的老爹，你杀不杀他已毫无意义，如果杀了他，你反而会遭到天下人的指责。不如留下他一条老命，以示大王的宽宏大量。"

项羽听了，觉得有理，这样做对自己确是有百害而无一利。便吩咐军卒放开太公，押回军营再做处置。

项羽这一次的挑衅便以无果告终。

第四十八章　萧何寻得金疮药

1

晚上，月朗星稀，清风习习，萧禄独自一个人在山头上散步。看着对面楚营灯火通明，陷入沉思。突然，旁边响起一阵脚步声。萧禄警觉起来，循着声音望去，只见一个黑影朝这边走来。便问来者何人？对方回答之后，方知原是骑兵首领骆燕。

骆燕来到萧禄身边。萧禄笑着说道："原来是骆将军！"骆燕摆摆手说："萧禄！什么骆将军？我和你谁和谁？就叫骆燕多好。"萧禄便改口说："骆燕，你看今日之事好气人！项羽竟以太公相威胁，逼汉王出战，弄得汉王好不尴尬。现在，韩信、英布、彭越之军尚未集拢，汉王不便对阵。他这样天天叫骂，真烦死人！估计他明天还会前来挑衅，不知该怎么办才好？"骆燕也有同感："是呀，得想个办法治他一下！"

萧禄看了骆燕一眼，不由一计涌上心头："骆燕，你是个神箭手，明日楚军若再来叫骂，你何不潜伏在隐蔽处，用暗箭伤他几个，灭灭他们的嚣张气焰！"

骆燕捅了萧禄一拳说："萧禄，这个办法太好了！明天我们就照计而行，打他一个晕头转向！"说完，二人仰天大笑起来。

第二天，项羽果然再次前来挑衅。萧禄和骆燕便按照先天晚上商议的办法动作起来。骆燕早已找好了一个隐蔽点，藏身其中，观察对面的动静。只见东西山头，两军对阵如故。

项羽在大声叫喊着："刘邦，你这个混蛋，好好听着！因为你与我争霸，天下混战几年了。今天，我要和你战几回合，一决雌雄，免得老百姓陪着我们受苦受累！"

刘邦哈哈一笑，大声回答："项羽，你不过有几斤蛮力，没有什么了不起！本王不屑与你斗力，只是与你斗智！"项羽一听，就想挑战，可隔着深涧，无法过去，只能干着急。

这时，只见楚军之中一裨将举着长矛，耀武扬威，挑逗汉营将士，惹得汉军士兵个个都气得嗷嗷叫！突然之间，只见涧西隐蔽处，骆燕弯弓搭箭，"嗖"地射出一箭，裨将应声倒地，汉营士卒顿时一片欢呼。

紧接着，楚营之中又有好几个裨将站出来骂阵，同样被骆燕射倒。如此一连射倒三四个，项羽气得怒火冲天，横枪跨马冲到涧边，高声骂道："大胆狂徒，放暗箭算什么本事？卑鄙！无赖！刘邦，你有种的出来与我决战！"刘邦觉得很是没有面子，一气之下，便要出帐。曹参见状连忙拉住，谏劝道："大王，冷静！现在，韩将军尚未到达，我军兵力不够，暂时只能与他相持，不能出战！"刘邦余气未消，仍执意要出帐：

"匹夫欺人太甚，是可忍孰不可忍！我这样蜷缩帐中，岂不被天下诸侯笑话？"于是不顾阻拦，跨马走出帐外，毫不示弱地对项羽吼道："项羽，你知不知罪？你违先约，杀宋义，坑秦卒，烧秦宫，掘陵墓，毁阿房，杀子婴，弑义帝……罪恶累累，罄竹难书！今天我特地带领天下诸侯来讨伐你这个逆贼，你前来受死吧！"项羽顿时被骂得脸色发青，连话都说不出来。他用手一挥，四周潜伏的弓箭手立即一跃而上，朝着涧西一顿乱射。刘邦见势不妙，正要打马回撤，不料被一箭射入胸部，几乎跌下马来，幸被众将扶住。他灵机一动，用手掐住脚趾，故意对着涧东喊道："真是好箭法，恰好射中我的脚趾！"可是，真实的情况被这边汉营中的将士看得清清楚楚，曹参连忙上前把刘邦救进营帐。

将刘邦安顿好后，曹参命令士卒将擅自行动的萧禄、骆燕押进帐中，斥责道："军师再三交代，没有命令不能出击，以拖住项羽，赢得时间。你们身为将领，居然违反军令，擅自射击，结果引起楚军回击，射伤汉王，该当何罪？"

骆燕道自己的做法有违军纪，急切地解释说："箭是我射的，与萧禄无关。请将军按军法治我的罪吧！"

萧禄见骆燕把罪责揽到自己身上，便连忙说："骆燕是友邦将领，不熟悉汉军纪律，是我怂恿他射的，罪责在我，我愿接受军法处置！"

曹参思索片刻，说："骆燕是客，处罚可免。萧禄明知故犯，必须严惩，以肃军纪！来人，将萧禄绑了！"

于是士卒便将萧禄五花大绑起来。骆燕跪下为萧禄向曹参求情。可是曹参全不理会。骆燕见没有办法改变曹参的决定，不觉一阵忧伤，握着萧禄的双手默默落下泪来。萧禄倒是满不在乎，还在安慰骆燕不用担心。

2

自从陆贾的栎阳之行，又经鲍生的一番说辞之后，萧何竟然变得夜不能寐，吃饭不香。这些天，又整天在外面奔波，很少在家中逗留。此时，翠娥又一次把饭菜准备好了，一家人都在眼巴巴地等着他回来吃饭。

等了很久，还是不见萧何回来。萧延不耐烦地说："这个时候了，爹怎么还让我们傻等啊？"

萧夫人微微叹了口气说："自从陆大夫来过以后，他便更加忙碌起来，也不知忙些什么？好像总是在走亲访友呢！"

萧延调皮地说："走亲访友还怕没有饭吃？娘，我肚子饿得咕咕叫了，我们先吃饭吧？"萧夫人犹豫一下也只好同意先吃。就在众人拿起筷子正准备吃饭之际，萧何回来了。

翠娥看到萧何进屋，起身迎接说："老爷回来了，还没吃饭吧？"

萧何一脸忧虑，轻声回答："让我休息一会儿，你们先吃吧。"说着，便在旁边睡榻上躺了下来。萧延也不顾及有什么事情发生，仍然在一边狼吞虎咽，翠娥也只好坐下开始吃饭。

片刻之后，萧夫人看到萧何还是忧心忡忡的样子，似乎有什么心事，便边吃边问："老爷，你最近这么忙，是不是汉王又打了败仗？"

"非也！是……"萧何欲言又止，想了一下，接着说道："你可知汉王为什么给我送来礼物？"

萧夫人不禁有些奇怪，说："不是说你劳苦功高，慰劳你的吗？"

萧何摇摇头，叹息一声："历来只有后方慰劳前方，哪有前方慰劳后方的道理？从这件事可以看出，是汉王对后方不放心，怕我另立山头，故而前来探听虚实。"

萧夫人惊讶万分："如果真是这样，该怎么办？"

萧何无奈地说："现如今，我只有动员亲属去前方打仗，以消除汉王的疑虑。这几天，凡是姓萧的子弟，和与萧家沾亲带故的青壮年，我都已动员好了，雨屏、春宝、世阳、光胜他们都要上前线，延儿也得前去。"

萧延听说要让自己到前线打仗，立即停止吃饭，兴奋不已。

可是，萧夫人却不赞同，家里面只剩下这一个儿子，怎么能让他也去打仗呢？只见萧夫人把碗筷一放，生气地说道："三个儿女去了两个，还不够吗？算了，你这丞相别当了，我们回丰邑种田去，免得人家猜疑！"说罢冲进里屋不再出来。

萧何见萧夫人生气，起身追了过去。萧夫人二话不说便躺在床上，躲在被子里抽泣着。萧何看到这样的情景，心中也是万般不忍，实在不好意思呼唤夫人，伸手去拉被子时，萧夫人却把被子紧紧拽住。

萧何无奈地深深叹了一口气，在床沿边上坐下来，耐心地劝慰说："夫人，别生气，听我说好吗？"

萧夫人掀开被子，没好气地数落道："听你说，说什么？又是帮助刘邦打天下呀，为了国家统一呀，为了老百姓过好日子呀……这些话都听你说了半辈子了，我都背熟了！"

萧何想缓和一下气氛，微微一笑说："背熟了好！就是要懂得这个道理。"

萧夫人恼怒地一瞪眼："道理不道理，你实在舍不得丢掉这个丞相位子，你就去当你的丞相，我带着延儿回老家！"

萧何见萧夫人如此执拗，便故意顺水推舟说："也好，你们回去我不强留，只是途中要经过楚汉相争的战场，你们根本别想过得去。即使过去了，丰邑如今被项羽占领，他知道你是萧何的夫人，能有你的活命吗？"

萧夫人依旧嘴硬，坚持自己的意见："反正一大把年纪了，不活就不活！"

萧何进而又将一军："你不想活就算了，可延儿这么年轻，陪着你去送死，你舍得吗？"

听到这里，萧夫人顿时软了。说的也是，本来就是为了保住延儿，如果真的遭遇项羽的追杀，那自己的一番苦心岂不白费了？

萧何看到夫人无言以对，便趁热打铁地继续进言："与其那样去死，还不如让他上前线去打败项羽，赢得天下太平，或许还能立个功劳，光宗耀祖！到那时候回去，平平安安，风风光光，岂不是好？"

萧夫人终于明白自己所想的确不如萧何周到，当下实在无话可说，只好默不作声继续躺下睡觉。萧何看到如此情景，知道夫人已经默许，脸上终于泛上轻松的笑容。

萧何几乎动员了萧氏家族中所有能当兵的青年壮士奔赴前线，其中就有萧延。在得知刘邦受了箭伤之后，萧何随即赶赴终南山中寻药。终南山山势险峻，林木茂密，流水淙淙，野兽出没，鸟类长鸣，攀爬许久之后，萧何看到高处有一古洞，洞口一块石头上刻着"金华洞"三个字，虽经风雨剥蚀，仍依稀可辨。萧何走得实在累了，见一块石头，便想坐下休息一会儿。刚刚坐下，忽然听到一声长啸，猛然抬头，只见一只貘豹正在向他走来，顿时吓得他拔腿就跑。

此刻，从金华洞中走出一位童颜鹤发的老者和一个年轻人来。老者见此情景，连忙叫道："丞相别怕！"萧何听了不觉一怔，便停下脚步，转身抬头一看，见一位老者正在向他招手。老者继续说道："丞相，上来吧，那家伙不会伤害你的。"

萧何犹如坠入五里云雾，不由自主地走到老者面前。老者看着萧何，微微一笑说："丞相，我等候你多时了。"

萧何不禁更加惊疑，迟疑片刻，询问道："老前辈，你怎么认识我？"

老者神秘地一颔首，回答说："我虽然不认识你，可我知道汉王负了箭伤，必定有人到终南山来采药。此人不是你萧丞相，还能有谁？"

萧何一听，方知老者非等闲之辈，连忙跪下，说："蒙前辈关爱，请受萧何一拜！"

老者扶起萧何，道："起来，起来！你对汉王如此忠诚，天人可鉴，老朽自当助一臂之力。金创之药我已经给你炼制好了，拿去给汉王疗伤吧。此药出自金华洞，名叫'金香玉'，对金创具有特效。涂在汉王的伤口上，不用多久，即可痊愈。"说着，就将一只小小的陶罐交给萧何。

萧何接过陶罐，拜谢说："叩谢前辈！"接着问道："敢问前辈尊姓大名，仙踪何处？日后汉王也好前来相谢。"

老者仰头哈哈大笑，说："老朽了无名姓，居无定所，救死扶伤，不图回报。只要汉王早日平定天下，免除灾黎苦难，吾愿足矣！"

萧何听后，只觉是神仙下凡专门来拯救刘邦，便再次叩首拜谢。老者挥挥手，便在身边年轻人的搀扶下返回洞中。萧何诚惶诚恐，对着山洞再拜后，便带着草药匆匆下山。

不几日，萧何一切准备停当，便亲率两支人马赶往前线。一支是运粮车队，高举

"萧"字大旗，车上装满为前方将士准备的粮草。另一支就是新组建的萧家军。萧何带着专门治疗刘邦箭伤的膏药"金香玉"，骑着高头大马走在前面。他目光炯炯，展望着远方。紧随其后的队伍里，萧延挺胸走在最前面，虽然稚嫩，却也颇具军人气概。

3

经过一路颠簸，这一日终于遥遥见到汉营大旗。此时，刘邦因为受了箭伤躺在床上，疼得满头大汗，虽然紧咬牙关，但还是忍不住呻吟着。旁边守候着张良、曹参、樊哙、周勃、陈平等人。医官一边给刘邦擦洗伤口敷药，一边说："大王万幸，箭镞未伤着骨头，并无大碍，疗养一些时日，就会好的。"

刘邦对医官感谢一番。医官恳请曹参、张良等人回去休息，让汉王好好静养。众人便告辞离去。他们刚刚出去不久，一个侍卫突然闯进来面见刘邦，医官示意他不要说话，可是刘邦还是看到了，便问道："什么事？"

侍卫迟疑一下，说："萧丞相送来大批人马和大量粮草，已经到达军营！"刘邦一阵惊喜，就要起身，却忘记了自己是个伤病之人。

医官连忙按住，说："大王，别动。"

刘邦也不顾及自己的伤势，吩咐说："快请丞相！"

侍卫应声而去。

少顷，萧何来到床前，轻轻叫了声"大王！"刘邦看到萧何，想勉强着坐起来，萧何按住说："大王别动。我已经送来兵员、粮草，以解军中之急。对了，大王，终南山一位老者为你炼制了特效金创药'金香玉'，我已为你带来了。"说着便从怀中拿出药罐。刘邦连忙取过药罐细看，心中无比感激萧何为自己所做的一切。他把金创药交给医官，命他替自己的伤口敷上。医官接过膏药替刘邦敷上。看到一切弄妥，萧何才放下心来，劝慰刘邦要安心静养，不要过多操劳，叮嘱一番之后，便告辞离去。

第二天，刘邦坚持带着伤痛来到军演场，查看萧何送来的粮草，接见征集来的新兵队伍。只见队伍之中"萧"字大旗迎风飘扬，场上停着各式各样的粮车，另一边站着一群兵卒。刘邦十分满意，不停地赞扬萧何。然后，走到一个年轻人面前，问道："你姓什么，哪里人氏，从何处来投靠汉军？"

年轻人回答："小民姓萧，关中人氏，从栎阳而来，甘愿为大王的统一大业贡献自己的力量！"

刘邦听到是姓萧，不禁有些疑惑，但是有如此美妙的回答，心里仍然十分高兴。接连询问了好几个，每个人的回答都大同小异。刘邦觉得奇怪，于是对一个年龄稍大的壮年人询问说："你总不会也是姓萧吧？"

壮年人微微一笑，答道："我的确也是姓萧。汉王，你别问了，我们都是萧丞相的子侄和亲属。"他分别指着几个人说："他叫萧雨屏，丞相的堂弟；他叫萧春宝，丞相的侄儿；他叫萧世阳，也是丞相的侄儿；他叫张光胜，丞相的外甥；他叫萧延，是丞相的小儿子。"

刘邦听说萧何的小儿子也来了，连忙走过去，摸着萧延的头说："萧延，你这么小，怎么也来了？"

萧延掷地有声地回答说："汉王，爹说前方兵力吃紧，希望萧氏子侄踊跃投军，儿臣身为丞相之子，岂有不带头报效汉王之理？"

刘邦听后满心欢喜，转身对萧何说："大哥，你把三个儿女都送到前方，倘若有个三长两短，叫我怎好向嫂夫人交代？"

萧何虽有苦衷，但还是强装笑脸说："我们一家心甘情愿，大王不必多虑！"

刘邦十分感动，说："大哥送来治伤良药，又送来这样的精兵和粮草，你的忠心真是天人可鉴啊！"

萧何真像一株小草，无论在旷野，或是在山崖；无论在河畔，或是在谷底；无论在花旁，或是在树下；无论有人赏，或是无人知，都是一副无欲悠然的神情；抬头迎日出，低头听雨嘱；舒展观彩云，舞动贴风神；喜与"鸟兽鸣以号群兮"，乐以"草苴比而不芳"。

随后，刘邦便吩咐下去，把粮草运进仓库好好保管，萧家军整编一下就开始进行正规训练，务使他们成为真正的战士。

再说楚军情况。楚营之中，项羽的几十万军队因为粮草不济，眼看无法再坚持下去。公元前202年11月，楚、汉双方在广武山相峙两三年，刘邦审时度势，为了解救被羁押在楚营的刘太公和吕雉，向项羽提出议和。项羽也实在没有什么精力继续对峙下去，也同意暂息干戈。双方认定以鸿沟为界，东为楚，西为汉。不久项羽便履行协议，起兵东返彭城。

刘邦、张良、陈平、曹参、樊哙等人带着胜利的微笑，站在山头，朝东望去，一支高举"楚"字大旗向彭城回撤的楚军，像一条长蛇蠕动在蜿蜒的大道上，渐行渐远。刘邦无限感慨地说道："和他打了五年，终于可以歇口气了！"樊哙颇不赞同，说道："歇什么气？继续打吧！"刘邦看了樊哙一眼，没有作答。张良与陈平相视一笑，默不作声。

刘邦终于把吕雉和太公从项羽手中解救出来，高兴地连夜举行家宴，摆上各种各样的菜肴与美酒来招待爹和妻子。

刘太公端坐上首，刘邦与吕雉坐在两厢，刘邦新纳的嫔妃戚氏和薄氏在旁边作陪。

刘邦举起一杯酒递给刘太公，然后热泪盈眶地说道："爹，三儿不孝，害得你老人家受惊了。现敬上一杯，以示谢罪，请干了这一杯！"

太公接过酒杯放下，哽咽着呼唤了一声刘邦的小名，便再也说不下去了，不一会竟抽泣起来。太公这么一哭，使室内刚刚稍微有的一点温馨空气，一下子又冷却下来。不知过了多久，太公才强忍心中愤恨，擦去眼泪，说："当年你不听为爹的教训，闯下这等大祸，事到如今还有什么好说的？此后我们都听天由命吧！"说罢，一口将酒干了。

  刘邦不禁愣在原地，良久，急忙跪下，说："请爹恕罪！"

  刘太公不做回答，摆摆手便让刘邦起来。

  刘邦重新坐下，吕雉不失时机地端起酒杯，对丈夫说："汉王，你为天下百姓东奔西走，出生入死，也为家庭操心费力，不愧血性男儿，来，妾身敬你一杯！"

  戚氏和薄氏也端起酒杯，说："我们来敬公公和姐姐一杯，请赏光！"于是，众人一同举杯，一饮而尽。

  随后，刘邦说道："爹和娘子在楚营担惊受怕，辛苦备尝，需要早点歇息，以后找机会再拉家常吧。"

  刘太公及吕雉因为长期处在楚营，已经过够了那种日夜担惊受怕的日子，如今已经回到刘邦的身边，不觉心中松弛下来，人一旦放松，就会觉得十分劳累，于是，便各自回房歇息去了。

第四十九章　四面楚歌战垓下

1

项羽撤军东去，刘邦也觉得是该西归的时候了。于是召集文臣武将在一起商议西归事宜。

刘邦首先说道："诸位辛苦了！我们推翻暴秦，打了三年，和霸王争斗，又打了五年，已经精疲力竭了。我想，霸王拔营东去，我们也该收拾收拾，准备西归啦！"

陈平问道："大王，真的打算西归吗？"

刘邦见陈平如此发问，觉得有点突然，便说："不回去怎么办，难道在广武山长住？"

张良随即插言："大王，不是要长住广武，而是要照樊将军所说，继——续——打！汉王，机不可失啊！"

刘邦犹豫起来，为难地说道："我和项王刚刚签订协议，以鸿沟为界，各守东西，互不侵扰。现在墨迹未干，即去进攻他，是大丈夫所为吗？"

张良直陈己见道："大王，自古兵不厌诈。我们和他定约，是为了把太公和娘娘赚回来。现在目的已经达到，那个约定还有什么意义？只不过是一个计谋而已。现在楚军将士思乡心切，无意恋战，我们用有备去攻无备，一定能够出奇制胜。如不抓住这一战机，则是大大的失策啊！现在的天下，我们已掌握了十之七八，何不乘势追击，夺过那十之二三呢？如果任楚军东归彭城，等于放虎归山，贻害无穷啊！"

陈平、樊哙等人也纷纷表示同意张良的看法。刘邦也渐渐有所领悟。沉思良久之后，明确表示赞同。众人见了，十分高兴，纷纷拍手叫好。

张良便盼咐众人赶紧回去各自准备。就在众人离开之际，刘邦又连忙喊道："军师、都尉留步。"二人留下后，刘邦说："由于韩信、英布、彭越三部屡召不至，致使广武相持达三年之久。目前，项王锐气尚存，若不调来他们三部兵力，恐难制胜，二位以为然否？"

陈平赞同地说："汉王所虑，甚是有理。这三部兵力全为精锐，必须招来会战。这样，总兵力可以达一百万。而项羽手下的兵力不过二十多万，再东拼西凑，也不会超过五十万。力量如此悬殊，胜负岂不显而易见？但他们三部如何能招来？微臣觉得，韩、英、彭三人，你只赏了封号，而没有赏以地盘，故而难以听召。我想，只要赏给他们实际的地盘，使其名副其实，他们必然感谢大王恩德，自会甘愿听从调遣。"

刘邦听了，觉得有理，于是果断地说："那好吧！将陈郡以东，直至东海之地，赏给韩信；睢阳北境，直至谷城之地，赏给彭越；九江以南，直至鄱阳之地，赏给英布如何？"

陈平胸有成竹地说道："韩信的老家就在淮阴，现在把这块家乡之地封给他。他可以衣锦荣归，肯定非常高兴。我相信十日之内，他必会前来听令。到时候，韩信、英布从东、南包抄，彭越从北夹攻，我们自西推进，形成四面包围之势，定能将楚军一鼓聚歼！"

刘邦又问张良："军师以为如何？"

张良肯定地说："这是个完整的用兵之策，但求指日实现。"

刘邦连连点头："好！就烦劳军师亲自去三地宣诏，督其早日发兵。都尉则做好各部协调，准备决战！"

张良、陈平各自领命而去。

张良从汉营出发，首先去见韩信。而韩信此时正在等候刘邦的号令。不料蒯彻来见，一番说辞却把他的思绪搅乱了。

蒯彻问韩信道："现在楚汉相争，难决胜负。不知将军有何打算？"

韩信不假思索地回答："受汉王封赏，唯有听从汉王号令而已。"

蒯彻便故意问道："汉王封赏，你的封地在哪儿？"

韩信一时语塞，不知如何作答。

蒯彻接着说道："将军，恕我直言，一个空头齐王只能哄哄孩子，而大王难道看不出汉王在玩弄你于股掌之间吗？目前，唯有将军举足轻重，具有左右局势的能力，投汉则汉胜，投楚则楚赢。但不论投向哪一方都要受制于人，有志难酬。何不另树一帜，与楚汉三分天下，鼎足而立？"

韩信犹豫地说："先生的话不无道理。但是，汉王一贯对我恩厚，如果我向利背义，岂不引天下人耻笑？"

蒯彻嗤之以鼻："将军，盖闻'天与不取，反受其咎；时至不行，反受其殃'乎？将军功高震主，最终必遭其祸。你对汉王的忠诚，能为汉王理解吗？须知野兽即尽，猎狗烹之；飞鸟既尽，良弓藏之，自古而然。愿将军慎思之！"

韩信依然犹豫不定。就在这个时候，有人进来禀报，说是张良来到。蒯彻连忙回避。他刚刚躲起来，张良便进了营帐。

韩信对张良施礼道："不知先生驾到，未曾远迎，望乞恕罪！"

张良说："本人受汉王之命，前来宣诏，请元帅听宣。"

韩信立即令人摆上香案，跪下指旨。

张良宣读诏书："分茅胙土，所以为建国之典；锡予蕃庶，用以报齐王之功。兹封尔为三齐王，陈郡以东，直至东海之地，皆尔统领，凡一应租税钱粮等项，悉归尔支用。子孙世荫，万年永怀。尔其益励初心，勿违所命！"

韩信三拜九叩，感谢刘邦的恩典。张良扶着韩信，像是对兄弟一般地说道："元帅当及早起兵，与汉王约会伐楚。良即往英布、彭越二处调兵，以助元帅。"

韩信连称"遵命"，然后便请张良先到驿馆休息，待晚上再设酒宴款待。张良称还有急事，不能久留，即告辞离去。

韩信送走张良之后，蒯彻便从帐后走出，感慨地说："刘邦真是厉害！"

韩信自信地说："我说汉王对我不薄吧，果然如此！"

蒯彻依旧心怀忧虑："现在还要用你，当然要施以恩惠，但是到他得了天下的时候，那就可能是另一番光景啰！"

韩信仍不以为然，不再理会蒯彻，着手调集兵马去了。

2

张良离开韩信，又奔波于英布和彭越之间。经过封赏，英布、彭越二人也决定服从刘邦的调遣。而陈平这方面也早已做好了部署。待到三军都到达大营之后，刘邦便召集萧何、张良、陈平等商议进军的方案。

刘邦说："众卿，韩信、英布、彭越三部及各诸侯兵马均已到齐，必须及时商议攻守之策……"说到此，忽停止说话，环顾左右，问道："韩元帅怎么不在？"

张良向全场扫了一眼，见韩信确实不在，连忙吩咐军卒去把韩信请来。军卒应声而去，片刻返回，说："禀大王，韩元帅不在营寨，据说他领数十轻骑，向东南而去，不知所往。"刘邦大吃一惊，连连顿足，道："楚汉两军相峙，上百万甲兵屯驻于此，主将夜晚逃遁，莫非他惧怕与项羽对阵？"

张良觉得此事有些蹊跷，便劝刘邦稍安勿躁，说韩信不会是如此胆小之辈。可刘邦总觉得有什么祸事就要发生，心急如焚："或是韩信已和项羽暗下沟通，陷我于此？"张良一听，也不免有些担心，再次令军卒前去兵营探看。一会儿，军卒回报："元帅营中戒备森严，巡查甚密，仍不见元帅回营。"刘邦闻言，更加不安，站起身来说："难道他真的舍我而去？"

萧何始终不相信韩信会在这个时候变节，即对刘邦劝慰说："大王，据我所知，韩信不是那种知恩不报、见利忘义之徒。前些日子，项王派谋士武涉去劝他归楚，被他坚决拒绝。门客蒯彻曾劝他据齐为王，与楚汉鼎足而立，也被韩信逐出门去。所以大王不必多疑，其中必有缘故。"

张良深有同感，也为韩信说话："日前我奉旨前往宣诏时，韩信感戴汉王恩德，焚香顶礼，虔诚有加，且如期率部来会，我想他不会在转眼之间，说变就变的。韩信是个忠义之士，决不致被小人迷惑。"

经大家这么一议，刘邦的疑虑才有所消除，便说："既如此，就等到天明，请丞相去查问清楚，再行商议吧！现在，请诸位回营歇息。"于是，众人便各自散去。

第二天，萧何匆匆来到韩信的营帐之中，看到韩信正在研究什么东西。韩信看到萧何到来，起身相迎："丞相大早驾临，有何吩咐？"

萧何擦了一把汗，道："昨晚元帅外出，深夜未归，令人担心啊！决战在即，不见主帅，叫人怎能不挂牵？连汉王都在着急哩！"

韩信微微一笑，说："此次是在平坦的地方打仗，无屏障之物，我军恐难适应，故必须前往实地考察，以便因地制宜，分兵布阵。只有把整个战场装在心中，才能指挥若定，克敌制胜。我外出考察是军事机密，就是君臣父子之间，亦不会相告，请汉王勿虑！"

萧何一听，原来是这个原因，心中一团乌云便刹那间消散。于是便告辞，急把此事告知刘邦。刘邦也就放下心来。

随后，刘邦便决定按照韩信的部署，出兵和项羽决战。

这一日，刘邦召集全军到军演场誓师，他在一片欢呼声中走上检阅台，看着这旌旗蔽日、大军如云的壮观场景，精神大振，举剑说道："诸位将士，我们与项羽决战的时刻到了！从成皋到荥阳一线数百里，都是我们的营寨！韩元帅运兵如神，屡战屡胜，望全军上下，在韩元帅指挥下，齐心协力，一举破楚营，擒项羽，完成一统大业！现在，请韩元帅挥兵出战。"

韩信手举斧钺、令旗，走至台前，说："全体将士听令：曹参、樊哙、周勃、卢绾、夏侯婴、英布、彭越、王陵八位将军各领本部人马，按东南西北四方八面布成八卦阵势，待汉王亲自出阵，诱项王到来后，灌婴、骆燕领骑兵入阵冲杀，搅乱项羽部署，然后全阵合力聚歼，叫他此番有来无回！"

刘邦听着韩信的周密部署，喜不自胜。萧何扫视全场，寻找自己的儿女，萧红玉和萧延用目光和爹打招呼，可是一番巡视下来却不见萧禄，萧何不禁心生疑窦，不知是何原因？此时，曹参出列说："元帅，此番出战，部署严谨，不容有违反军纪的行为发生。可是，在广武对峙时就有人违纪，必须在此当众处罚，以儆效尤！"

韩信立即吩咐把违反军纪的人带上来。当这个人被带上来时，萧何大惊失色，原来此人正是自己的儿子萧禄！萧何又羞又气，狠狠打了儿子一个耳光，说："你这不争气的东西！"随后向刘邦自责说，"萧何教子无方，惭愧！"

刘邦也不回答萧何，而是心平气和地对萧禄说："小子，你知错吗？"

萧禄有些委屈，几乎快要哭出来了，回答说："萧禄知错，请大王治罪！"

刘邦转对韩信、曹参说："元帅，曹将军，出师之际，不宜处罚将士，让他上阵戴罪立功吧！"

萧禄这才免除了一场处罚，到战场听命。

誓师完毕，各路兵马按元帅将令分赴各自阵地，待命出征。

开战当天，刘邦顶盔贯甲，亲自率领一支人马来到垓下，与项羽决战。项羽大声喊道："刘邦，日前固陵之败，免汝一死，今日务要与你决个胜负！"

刘邦微微一笑，说："用兵打仗，靠谋不靠勇，我只与你斗智。你不过有一点点血气之勇，终归免不了灭亡的命运！"

项羽大怒，挺枪朝刘邦刺来，刘邦见状勒马便跑。灌婴、骆燕拍马出阵，与项羽交战，没战几个回合，只听喊杀之声四起，项羽便落入八卦阵中。项羽左冲右突，犹如龙腾大海，虎跃深山，力敌众将。萧禄也在混战之中挺枪与楚军激战，英勇无比，一连刺死几名士卒。突然一员楚将从旁直冲过来，挥起大刀，向萧禄砍去。曹参大叫着赶到萧禄身边。可是，萧禄已经被楚将砍倒，曹参举枪刺死楚将，把萧禄拉到马上，往回疾走。

就在这一日之中，项羽大战数百回合，杀得精疲力竭，钟离昧、季布、虞子期杀入阵中，接应项羽回营。回营之后，季布清点人马，发现损失大半，只剩下两三万人了。

曹参拍马驮着萧禄回到汉营，行至帐外，向士卒命令："快去请丞相前来！"士卒应声而去。随后，曹参跳下马，急抱萧禄入帐，将他平放在卧榻上，看着他满身是血，气息奄奄，不禁一阵伤感，带着泪光一边安慰萧禄，一边给他解开衣服，察看伤情。发现伤口还在大量流血，不禁更加伤心，珠泪夺眶而出，一滴滴掉在萧禄的衣襟之上。

萧何听到消息慌忙赶来，看到儿子伤情，也是悲痛不已。曹参连忙向萧何跪下道歉，责备自己没有照顾好萧禄。萧何把曹参搀扶起来，安慰说："这不关你的事，不用自责；再说，萧禄能为打败项羽流血，就是好男儿，就是自己和萧氏家族的骄傲！"

刘邦闻讯连忙赶来察看萧禄的伤势。他快步走到卧榻前问道："萧禄，不要紧吧？"萧禄想挣扎着起来，他连忙按住，并从怀中拿出"金香玉"，吩咐侍从赶紧给萧禄敷上。

3

第二天，韩信召集会议，检讨战情。他有些气恼地说："昨日垓下一战，我军大胜，楚军损失过半。但项羽毕竟英勇，加上八千子弟兵的奋力拼杀，最后，还是让他杀出重围，未能将其擒获，真是令人扫兴！"

萧何在一旁安慰说："元帅不必气馁，此战虽然未擒敌酋，但大大削弱了楚军的士气和作战能力，为彻底战胜项羽打下了坚实的基础。"

韩信接着说："现在如果乘胜追击，可能遭遇顽强抵抗，又出现长期对峙的局面，劳民伤财，此法似不可取。如果坐等战机，旷日持久，也不是办法。"转对张良和萧何问道："二位有何良策？"

张良答道："元帅言之有理。经此一战，项羽短期内肯定会龟缩不出，我军不宜强攻，但也不能给他以喘息之机。良有一计，可叫他阵营解体，八千子弟离散，我军不战而胜。现正当秋风萧瑟，草木凋零之时，离乡之人必思乡心切。项羽的子弟兵均为楚人，已离乡苦战日久，必然厌战思亲。若在夜静更阑之际，在鸡鸣山一带遍奏箫音，吹响楚歌楚调，奏得如泣如诉，听者定会人人动容，伤心落泪。管叫一吹之后，不劳元帅张弓支矢，八千子弟自然离散矣！"

韩信、萧何听后，觉得这个办法简直妙到极点，便连忙组建吹箫的队伍。萧何白天训练吹箫的士卒，晚上则伏案撰写歌词。训练一番之后，这些士卒基本上可以开始学吹曲调了。萧何便召集大家说："诸位，你们都是从各营垒中挑选出来的吹箫者。吹这首曲子不难，要求大家一天之内学会。我们这支吹箫队伍极不寻常，能敌十万雄兵，打败项羽。下面就请周将军教大家练习曲子。"

周勃便上前传授道："吹这个曲子并不难，主要是记住曲谱，运好气。你们看。"说着，示范吹了一曲。大家听后，跃跃欲试。顷刻间箫声四起，抑扬顿挫，哀怨凄楚，催人泪下。萧何等人听了，连连叫好。

这天晚上，月光如水，夜露袭人，遥看楚营帐中透出点点灯光，一片萧索苍凉景象。萧何、张良、陈平、周勃趁夜分别带领军卒，分布各个山头，奋力吹箫。箫声伴着楚歌，随风飘飞到了楚营。此时，楚营的士卒们大都已经入睡，但是也有辗转难眠的。箫声传入楚营，由远而近，由小而大，动人心魄。没有睡着的士卒听到后，连忙将已经入睡的士卒一个个悄悄叫醒。不一会儿，各个营帐的士卒都纷纷坐了起来，倾听幽怨的箫声。钟离昧、季布分别在不同的营帐巡视，见此情景，先予制止，继而竟也不由自主地跟着听起来。

箫声隐约伴着歌声，歌词越来越清晰：

九月深秋兮，四野飞霜。天高水涸兮，寒雁悲怆。

最苦征战兮，远别故乡。亲人离散兮，痛断肝肠。

妻子何堪兮，独守空房。楚军将溃兮，唯有逃亡。

汉王仁德兮，不杀降郎……

四面箫声，八方楚调，撩得人人涕泣，个个心酸。有人哀怨道："这声音是从哪里来的？是不是老天爷派人用箫声叫我们逃命？一定是项王气数已尽，老天爷可怜我们，救我们来了！趁着夜色，我们赶快逃命吧！"

众人觉得这话在理，于是决定赶紧逃命。可是又担心逃不出去，如果被汉军捉到又该如何是好？正在他们犹豫之际，只听得歌声再次传来，里面有一句"汉王仁德，不杀降郎"的话，听到这里，大家便放下心来，相信汉王刘邦必不会加害楚营逃跑的士兵。于是丢下武器，四散逃命而去。钟离昧、季布、项伯似乎也看到项羽的气数已尽，不愿继续留在楚营中等死，便夹杂在士卒队伍里，跟着走上逃亡之路。

第五十章　项羽自刎乌江边

1

楚营之中的士兵逃跑了大半，只剩下一些坚守着的铁杆亲随。项羽得知此事之后，勃然大怒，可再也无暇来处理这些事情了，因为刘邦已率兵攻打过来。汉军来势汹汹，难以抵挡，项羽带着所剩无几的队伍拼杀几合，便败下阵来，只好带领一百多个军士突围。在突围中，项羽单单一人就斩杀汉军一百余众。突出重围之后，项羽带领仅存的二十余骑向着东边逃去。他们来到一条叫作乌江的江边，见岸上既无人烟，江中也无船只，项羽悲从中来，仰天长叹，感慨这是上苍不予眷顾，却要助着刘邦灭了自己。

在项羽无限感慨之时，忽然有一条小船向他驶来，艄公大声喊道："大王，别着急，我来了！"转眼间小船靠岸。

项羽疑惑地问道："你是何人？"艄公回答说："小的乃乌江亭长，特来渡大王过江的。"

项羽并没有太多惊喜，看着身边仅存的二十几个士兵，热泪盈眶，对艄公拜谢说："谢亭长美意！天欲亡我，把我渡过江去又有何用？想当年，我率八千子弟兵渡江而西，威风凛凛，称霸一时，而现在他们却长眠地下，无一生还。即使江东父老能原谅我，我又有何脸面去见他们呢？"

艄公听了也是十分悲伤，依然劝说道："大王不必悲观，到江东去重整旗鼓，东山再起吧！江东地方虽小，但是也拥众数十万，还可以继续为王。希望大王赶快上船，如果汉军到了就来不及了！"

项羽坚持不走，说："老人家，谢谢你！我决心不上船了。只是这匹马，已经跟着我五年了，可以日行千里，所向无敌，我实在舍不得，你就把它带到江东去吧！"

说完便翻身下马，让军卒把缰绳交给艄公。乌骓马也善解人意，在上船之时，依依不舍地望着自己的主人，对天长啸一声。

汉兵高举旗帜，扬鞭催马，从四面八方杀奔而来。项羽见乌骓马已经上了船，便用长戟推船离岸，准备迎战。这时，他身边已只剩下十余人。一个骑兵跳下马，把缰绳交给项羽，说："大王，快骑上我的马！"项羽断然拒绝。军卒们见项王视死如归，也都跳下马，站在项羽周围。随即汉军像潮水般涌过来，项羽及军卒们被迫再战。一阵短兵相接，双方损失不小，而项羽身边的士卒则已全部阵亡。项羽虽然凭借一身功夫斩杀不少汉卒，但是最终抵挡不住铺天盖地涌来的敌手。最后，项羽蓦然瞥见追赶来的汉将中，有一个叫吕马童的，便道："你不是我的旧友吕马童吗？"

吕马童冷笑一声，对旁边的王翳说："此人便是项羽。"然后喊道："项王，大局已定，投降求得汉王宽大吧！"项羽笑着说道："听说刘邦曾言，献我人头者，赏赐千金，封赏万户都邑，如今故友相见，我就把这个好处送给你吧。回去告诉刘邦，项羽想喘口气了，来生再与他较量！"

说罢，举剑自刎，倒地气绝。众人见了，上去争抢项羽的尸体。吕马童抢到项羽的人头，其他几人有的抢到胳膊，有的抢到脚，一代枭雄项羽顿时被撕扯得四分五裂。

生当作人杰，死亦为鬼雄。历史背景上的乌江留下了一位败而不倒英雄的苍凉的微笑！

2

项羽兵败自杀，汉营中欢呼叫好声响彻云霄，次日，即回驻洛阳。这天晚上，刘邦便设下酒宴犒赏三军，庆贺天下归汉。

刘邦举杯，兴奋地说："诸位，我们和项王的战争终于结束，天下一统了！诸位随我征战多年，出生入死，立下了汗马功劳，本王聊备薄酒，表示犒劳。来，我敬大家一杯！"众人拜谢之后，举杯一饮而尽。

刘邦接着说："刘邦何德何能？取得天下靠的是什么？项羽力大无比，英勇善战，为什么倒失了天下？我反复思索，终于明白得失的原因就在于会不会用人。运筹帷幄，决胜千里，我不如子房；镇国家，抚百姓，运饷筹粮，我不如萧何；统百万雄兵，战必胜，攻必克，我不如韩信。他们三人都是当今的豪杰，我能掌握他们，任用他们，故得天下。项羽身边仅有范增，而连此一人都没有发挥作用，自然为我所败了。"张良等三人听后诚惶诚恐，赶紧叩谢刘邦的厚爱。

酒宴毕，刘邦醉醺醺地回到自己的住处，叫来歌妓来为自己献上舞曲，继续享受胜利之欢。靡靡之音中，舞女翩跹起舞。刘邦一边让侍女为他洗脚，一边欣赏歌舞，不一会儿，便开始昏昏欲睡起来。侍女伺候刘邦睡下，他片刻之后便进入了梦乡。

刘邦梦到一面"韩"字大旗迎面而来，韩信手举大戟，一下撅倒"汉"字大旗，又向他直刺过来，刘邦蓦地惊醒，吓出了一身冷汗。旁边的侍女忙问发生了什么事？刘邦此时正为刚才所梦到的情形担忧，便心烦地摆摆手，示意侍女退下，自己则起床独自在室内走来走去，脸上愁云密布。

他越想越不对劲，竟然再也未能入睡。

翌日，天刚亮起来，刘邦便率领一班文武大臣，直奔韩信营帐之中。韩信得知刘邦前来，慌忙出外迎接。刘邦径自走进韩信的营帐，旁若无人地往帅座上一坐，张口就说："元帅，定三秦，灭项羽，一统天下，你屡立奇功，本王心中有数，是不会忘记的。"

韩信不知刘邦这些话是什么意思，便谦虚地说道："此乃微臣应尽之责，何劳大王挂齿。"

刘邦也并不在乎韩信说了些什么，继续单刀直入地说道："如今狼烟已净，干戈永息，百姓得以休养，元帅也可休息一下了。请元帅将兵符印信交还本王吧！"韩信不禁一愣，对这突如其来的举动毫无思想准备，一时之间想不出什么应对办法，只好满口答应着，乖乖地把兵符印信交给了刘邦。

刘邦接过兵符印信，便吩咐内吏宣诏，韩信跪下听诏。内吏大声宣道："汉王诏曰：楚地已经收复，民众安居乐业。齐王韩信原本生长于楚，特改封为楚王。令衣锦还乡，镇守淮北，定都下邳。"

韩信虽然心中有万般苦衷，但还是高呼着："万岁，万万岁！"接下诏来。刘邦把这一切事情办完，心中便稍稍安定，随即率领文武大臣扬长而去。韩信跪伏着，对这件事情百思不解，待起身看时，刘邦早已不见踪影，长叹一声，瘫坐在帅座上。

随后，韩信便到丞相府中拜访萧何，正要作揖施礼，萧何急忙拉住说："元帅不必客气，快快请坐！"二人坐下，萧何接着说："元帅，今天为何有暇走动？"

韩信被刘邦这件事情搞得情绪低落，表情有些木讷，回答说："我要回楚地去了，特来与丞相辞行。"

萧何听后没有多想，随口说："回乡省墓，要不了几天，很快不就回来了？"

韩信不禁叹口气，良久才说："一下子恐怕回来不了，大王夺去了我的兵符印信，罢黜了我的齐王，改封为楚王，定都下邳，不日就要去封地就任。"

萧何惊讶不已，认为刘邦做出这样的事情实在难以理解。他不安地起身走了几步，又关切地问："大王还有什么吩咐？你又有何打算？"

韩信十分丧气地回答说："还能有什么打算？带着费琪回到楚地，安闲度日，渔猎而终！"

萧何见韩信如此憨厚，毫无戒备之心，便提醒道："你觉得汉王会让你安闲度日吗？元帅，你功高震主，威播天下，汉王难免不对你起疑。为元帅安全着想，请恕我直言，汉王三次夺你的兵权，现在又将你封到弹丸之地楚国，此乃不祥之兆啊！"

韩信一听，不禁紧张起来，点头说道："是呀，楚地是项羽的老巢，他在那里根基深厚，我去将如何立足？汉王将我封到那里，不是故意为难我吗？丞相，我当如何使汉王释疑？"

萧何想了想，说："汉王已得天下，当即帝位。你何不趁机联合其他六王，联名劝进汉王称帝？汉王一遂心愿，心中自然高兴，对你也许会增添几分好感。"韩信如醍醐灌顶，心境豁然开朗，便连声称谢而去。

3

第二天早朝时，萧何出班奏道："禀大王，今有楚王韩信、梁王彭越、淮南王英布、衡山王吴芮、赵王张敖、燕王臧荼联名上疏，劝进汉王称帝！"说完，将奏表呈上。内臣接过，放到汉王的龙案上。

汉王翻开奏表，草草浏览一遍，不禁眉舒眼笑，却又故作谦让说："帝号神圣非常，只有德才兼备的贤人方能配此称号。本王德才低下，不敢当此大任。请诸位详加斟酌，另举贤能吧！"

萧何看到刘邦故作谦虚推让，只好再次进言："大王本是一介平民，奋起推翻暴秦，击败项羽，一统天下，功高盖世。大王公平待人，全无私意，所有功臣都得以封王晋爵。若大王与诸侯王混同，一概以王称之，则难以统领天下。因此，改称帝号，势在必行。大王称帝，当之无愧，恭请大王万勿推辞！"其他大臣也纷纷附议。

刘邦这时才微笑着顺水推舟说："大家的美意，本王却之不恭。好吧，就请太尉择定黄道吉日，定下礼仪程序，在定陶汜水之阳举行登基典礼吧！"

刘邦对自己即将称帝，无比的欢喜，到了晚上，心里惦记的还是这件事情。前思后想之后，又召集萧何、张良、陈平商议登基之事。

见众人到了，刘邦开口便道："诸位，本王称帝，登基在即，以什么字作国号为好？请发表高见。"

萧何想了想说："大王，我认为可以用'汉'字作为国号。古人云，'维天有汉，监亦有光。汉，天河也。星者，元气之英，汉，水之精也'。再者，大王在汉中为王，多年被称为'汉王'，所以，"汉"最为合适。"

张良也赞同说："丞相所言极是，朝为大汉，帝为汉帝，众望所归，天人共庆！"

刘邦听后，甚觉妥帖，便同意了萧何的意见。

登基这一天，广场上早已修筑了一个祭台，周围满插旗帜鲜花，台上放置着一个硕大香炉，炉内香烟缭绕，文武大臣站在祭台周围，外围则站着士卒和百姓，人们兴奋地期待着这隆重的新朝开启大典。

萧何作为丞相亲自司礼。他走上祭台一侧，高声宣布："大汉帝国皇帝登基典礼现在开始！请大汉皇帝登台！"在高昂激越的音乐声中，刘邦头戴皇冠，身穿龙袍，率皇后吕雉及太子刘盈，款款登上祭台。

待到刘邦等人站定后，萧何便宣读礼序。刘邦按照大典礼仪，与吕雉、刘盈一起跪下，对着天地三拜九叩。台下将士、百姓也跟着刘邦跪拜天地，并高呼："大汉皇帝万岁，万岁，万万岁！"

接着，萧何请刘邦宣读诏示。刘邦接过萧何为自己准备好的诏示朗声宣读："朕本沛民，赖上天眷佑，祖宗灵庇，资尔文武之力，克秦灭楚，平定天下。群臣议欲尊朕为皇帝，众命难违，今在此告祭天地，即帝位于汜水之阳，立社稷于洛阳，号曰大汉。凡秦楚苛刻之刑，悉为赦除。兴以教化，奖励农桑，以图国富民强，永享太平。布告天下，咸使周知！"

众人激动地再次山呼："大汉皇帝万岁，万岁，万万岁！"

登基典礼结束后，刘邦便又召集文臣武将商议定都的事情。

刘邦道："诸位，帝国已立，定都何处？尚待商议。请各陈己见，以便定夺。"樊哙抢先说："洛阳居天下之中，定都于此岂不是好？洛阳是一方风水宝地，东有成皋，西有殷涹，背靠黄河，面临洛水，为国中形胜，是建都的最佳之处。若建都于此，则汉室亦可延续数百年矣！"

周勃、夏侯婴、王陵、任敖等人觉得也十分合适，便都劝说刘邦定都洛阳。

就在刘邦犹豫不定之时，内臣进来跪报，说是有一布袍草履之人想见汉王。刘邦一听是山野草民，便不愿接见。而张良却说还是见一见为好，因为山野草民敢见陛下，定非等闲之辈，刘邦这才同意接见。随后果然看见一个反穿羊皮袍，脚穿草鞋，不修边幅的人进宫跪拜刘邦，说："草民参见陛下！"

刘邦对此人如此邋遢的形象没有什么好感，以不屑的口吻问道："你是何人？见朕何事？"这个人回答说："臣齐人娄敬，自陇西而来，为陛下计，臣有一言禀奏。陛下以神力戮定四方，以威德制服万国，华夷一统，礼乐同文。建都之事，非同小可。臣以咸阳、洛阳相比，定咸阳实为上策。盖因关中之地，被山带河，四方屏障，进退自如，此乃万世之业，子孙之基也！昔霸王不听范增之言，不从韩生之谏，执意舍咸阳而都彭城，故失天下。望陛下圣裁！"

樊哙听来人是要劝说刘邦定都咸阳，和自己定都洛阳的想法大相径庭，于是连忙向娄敬呵斥道："一派胡言！竟敢蛊惑圣听……"

"樊将军勿躁！"刘邦见樊哙有些激动，连忙制止，随后对张良说："军师有何高见？"

张良回道："洛阳虽为形胜山河，但四面空旷，绝非用武之地。而关中左崤关，右函谷，陇蜀沃野千里，三方稳固，独一面以制诸侯，此所谓金城千里，天府之国。娄敬所言有理。"

刘邦又向萧何征求意见，萧何也表赞同："军师言之有理，定都咸阳，顺应天意。"

刘邦听了，遂同意定都咸阳，随即宣布："即日起驾，前往西都关中！"

萧何却又阻止说："陛下，咸阳被项羽毁坏得不成样子，非大加修缮不行。请陛下暂时在栎阳屈居一时待咸阳修复之后再行迁都吧！"

刘邦听后，觉得有理，便吩咐萧何加紧修缮咸阳城。

4

一切商定之后，萧何即打马回栎阳。途中，他想到萧禄受伤之后将是残废之躯，不知该如何向夫人交代。来至相府门前，刚欲进屋，却突然停步，伫立在门外，想着自己心爱的儿子不禁热泪长淌。

翠娥出来，发现萧何站在门外，喜出望外，便赶紧走过去请萧何进屋。萧何躲过脸去，擦拭泪水。

翠娥见萧何泪流满面，惊问道："老爷，你怎么啦？"萧何依然不语，却哭得更加厉害。

翠娥只好边给萧何擦泪，边劝慰他："老爷，有什么事，进屋再说吧。"说着便将萧何推进屋里。

翠娥扶萧何进屋后，急去请萧夫人。萧夫人一听萧何回来了，笑嘻嘻地走出，说："老爷回来了？"萧何眼里依然噙着泪水，默不作声。

萧夫人看到如此情况，很是疑惑，于是惊诧道："老爷怎么啦？哪里不舒服吗？到前方去了许久，今天回来应当高兴才是，怎么老是涕泣不止？"

萧何依然不说话，只是摇头。

萧夫人意识到一定发生了什么事情，急忙问道："老爷，我的三个儿女怎么样了？"

萧夫人这么一问，萧何勉强忍住的泪水不禁又滴落如断线之珠，仍闭口不语。萧夫人、翠娥看到萧何总不作声，更加焦急起来，催问几个儿女的情况。

萧何招架不住两个女人的逼问，只好忍住悲伤，回答："禄儿在前方受了伤，虽然死里逃生保住了性命，但是因为伤势太重，现在已是一个废人了！"

萧夫人一听，放声恸哭起来，几乎就要昏厥过去。还是翠娥在一旁急忙扶住，让她坐下休息，随后又赶紧替她泡了一碗姜汤。萧夫人喝过之后情绪才稍稍稳定。萧何看到萧夫人如此悲伤，心中虽十分难受，但还是安慰说："禄儿作战勇敢，杀死了不少敌人，他是我们的好儿子，没有辜负我们的养育之恩！"

萧夫人只顾眼泪横流，啼哭不止，根本不理萧何。萧何见了唯有叹气，也不好再说什么。

一连几天，萧夫人都沉浸在无限的悲痛之中，整天无精打采，眼神迷离。这一天萧何外出有事，夜里，月色朦胧，传来几声犬吠。突然一个黑影从丞相府门内闪出，把正欲回府的萧何吓了一跳，走近才发现原来是翠娥。看着翠娥一脸焦急的样子，萧何上前询问道："怎么了，慌慌张张的？"

翠娥结结巴巴地回答："……是、是找夫人！吃完晚饭，我进房洗脸，出来不见夫人，到处寻找，还是不见踪影！"

萧何也着急起来，连忙说："赶快去找！"

二人边喊边找，忽然看到有一个人在前面，定睛一看，正是萧夫人。萧何跑上前一把将她拉住，问她要到哪里去？萧夫人似乎神经有些错乱，无精打采地回答说："我要去把红玉和延儿找回来，要把他们找回来！"

萧何无奈地说："夜色茫茫，你上哪儿去找？我告诉你一个喜讯，现在你不要去找，他们就快回来了！"

萧夫人一听，立即抓住萧何的手问道："真的吗？"

萧何点点头，回答说："现在天下一统，朝廷无需养那么多兵了，大部分都要回去从事农桑、商贾。所以，儿女们很快就会回来的，夫人就不用担心了，赶紧回去吧！外面寒气袭人，小心着凉。"

说完，翠娥与萧何就搀扶着萧夫人往回走。

此后不久，萧红玉、萧延都解除军职回到了家中，萧夫人脸上才浮现出了开心的笑容。

萧何心中的一块石头落了地。才把迁都修缮皇宫的事提到日程上来。

第五十一章　伪游云梦捕韩信

1

这一天，萧何急急赶到刘邦的便殿，向刘邦谈修缮皇宫的打算："陛下，修复咸阳皇宫难度太大，新建都城目前又尚无条件，我看不如在秦皇的离宫——兴乐宫的基础上加以修缮扩大，作为大汉的都城。兴乐宫在咸阳宫与阿房宫之间。项羽为害时，咸阳宫与阿房宫均化为灰烬，兴乐宫却幸免于难。此宫规模宏大，周遭二十余里，有高达四十丈的鸿台，还有大夏殿、鱼池、酒池等。改建以后，可更名长乐宫，此城就叫长安城，取长治久安之意，陛下以为可否？"

刘邦听了非常高兴，说："丞相所想甚合朕意，就请你全力修缮吧。"

少顷，刘邦又对众臣说道："现在天下已定，项羽手下所存大将俱已归附于我，唯有钟离昧下落不明。此人为楚名将，勇冠三军，才智不在范增之下，不除终是祸患！我已悬赏多日，亦不见有人来报，不知是何缘故？"

陈平奏道："钟离昧与季布同在垓下逃走，季布或许知其下落，陛下何不问一问他？"

刘邦听了，心头一亮，急忙命人宣召季布觐见。

不久，季布入见，施礼道："季布参见陛下！"

刘邦问道："季将军，朕不念旧恶，封你为郎中，望你能为大汉效力。钟离昧将军若能来归，朕同样赦免其罪，用其所长。惜不知钟离将军现在何处？"

季布回答说："钟离将军与我分手时，他说可能去投韩元帅，最后去没去就不得而知了。"

刘邦点点头轻声说道："如果去了韩元帅那里，那就好办了。季将军，下去吧。"

季布离开后，萧何对刘邦说道："陛下，季布所说只是'可能'，是否到了韩元帅那里并不能确定。依臣之见，元帅对陛下一向忠心耿耿，决不会隐匿钟离昧这等罪人。陛下可派一心腹之人假托别事，前往韩信府暗中察访，以弄个明白。"

刘邦觉得有理，心想此事非随何前去不可，于是召见随何道："随爱卿，朕命你去郴州为义帝修造陵寝，顺路去西楚见见韩信。如果钟离昧在他那里，就要他劝说其前来投降！"随何即刻领命而去。

从宫中出来之后，萧何忧心忡忡地回到家中，无精打采地坐在客厅里，一言不发。翠娥关切地问道："老爷又怎么啦，闷闷不乐的？"

萧何感慨着回答说："一下子跟你说不清，你就不要过问了。"说罢进里屋去了。

萧何想来想去，钟离昧这件事情还是早点通知韩信为好，如果钟离昧真的藏在韩信处，让随何察觉出来，韩信就要陷入险境。毕竟与他已是很深的老交情。想到这里，便连忙起身找到红玉，对其说道："红玉，你刚到家不久，本该让你好好休息，可是有件事刻不容缓，非你去办不可。汉皇听说钟离昧藏在韩将军府中，命随何前去暗访。你必须抢在随何之前，到西楚去告知元帅，如果真的在他那里，就叫他果断处置，若等到随何到达，发现了钟离昧，韩将军就有性命之虞！明白吗？"

红玉一听是韩信的事情，心里也特别在意，尤其听说韩信竟然可能会因此丧命，更加担心，于是便毫不犹豫地答应下来。

萧何接着又说："你娘望穿双眼，好不容易把你们姐弟盼回来，你又要走，她肯定不会答应。你要悄悄出门，我来设法搪塞她。"红玉点点头，随即便转身离家，踏上了征途。

红玉一路马不停蹄地赶到下邳楚王府，不等通报，便径直往里面走。门吏拦住："你要找谁？""找你们楚王！"说罢甩开门吏，大步进入府中，恰好碰上费琪，施礼问好。

费琪看到竟然是萧红玉到来，惊讶不已，急问："这不是红玉小姐吗？"萧红玉点点头，然后急切地询问韩信在何处？费琪回答说在后花园。萧红玉便来到后花园，果然见到韩信正在练剑。韩信见是红玉到访，便停止舞剑，问萧红玉怎么来到了下邳？萧红玉正欲回话，费琪走来说，我们还是到屋里坐下好好聊吧！

进入客厅坐下，红玉也不作寒暄，直截了当问道："你是不是把钟离昧藏起来了？"

韩信犹如遭了一闷棍，怔怔地反问道："你说什么？"

于是萧红玉便把萧何告诉自己的情况对韩信讲了："汉王怀疑你隐藏了钟离昧，便派随何前来暗访。爹叫我赶在随何之前告诉你，如果真的在你这里，就要赶快采取果断措施，否则大祸就要临头了⋯⋯"说到这里，萧红玉突然发现客厅外面有一个人影晃了一下，便问："外面是什么人？"韩信吞吞吐吐，不知如何回答，萧红玉便起身向外走去查看，韩信也忙追了上来。

萧红玉追到花园，发现阁楼之上又有人影晃动，萧红玉追上阁楼，喝道："什么人？"

这时，钟离昧站了出来，面对萧红玉说："这不是丞相千金萧红玉吗？"

萧红玉见是钟离昧，眼前立刻闪现出他们对阵时的情景，于是说道："钟离昧，你还认识本小姐？"

钟离昧微微一笑，说："曾在战场上领教过小姐的剑法，哪有不认识之理？"

萧红玉接着说道："钟离昧，你跟着项羽南征北战，最后得到了什么？项羽别你而去，把天下送给了汉王。现在大汉业已建立，狼烟已净，你不去归降汉王，为新的朝廷效力，龟缩在这一隅，算什么英雄好汉？"

钟离昧哈哈大笑，说道："屈膝投降才算英雄好汉吗？大丈夫顶天立地，铁骨铮铮，岂有归降那地痞刘三之理！"

　　萧红玉听钟离昧竟然出口侮辱汉王，便大声呵斥他胆大妄为。钟离昧根本不在乎什么汉王，他对刘邦一点好感都没有，继续破口大骂。

　　萧红玉实在听不下去了，便拔剑喝道："住口！现在我就要取你的首级回去领赏！"

　　钟离昧听了，嘴角露出一丝微笑，挑逗地说："来呀！"

　　韩信见此情况，上前劝说萧红玉不要生气。可是，萧红玉不听韩信劝告，扬起宝剑便向钟离昧刺去。钟离昧连忙赤手空拳相迎，二人就此开打起来，惹得韩信在一旁干着急。二人斗了几个回合，萧红玉因为体力不支，跌倒在地。钟离昧一把夺过她手中的长剑，说："黄毛丫头也敢在本将军面前逞能，真不知天高地厚，我叫你知道本将军的厉害！"说罢，便举剑向红玉刺去……

2

　　就在钟离昧的剑要刺进红玉胸膛时，韩信急忙上前夺过长剑，对钟离昧大声喝道："将军休得鲁莽！"随后抱起红玉急急呼唤！费琪这个时候也来到花园中，看到韩信抱着萧红玉这一幕，心中立时涌上一种酸酸的感觉。但是，费琪还是平静地来到韩信面前，说是外面有客人来访，要他出去看看。韩信便叮嘱费琪搀扶红玉回房休息，又叫钟离昧赶紧退下，随后便向客厅走去。

　　韩信来到客厅，见随何正坐在厅中等候，不觉一惊，但马上镇定地上前施礼道："随大夫来此，有何贵干？"

　　随何回礼，说："受汉王差遣去郴州修造义帝陵寝，路过楚地，因念大王旧日恩德，特此前来拜见。大王，随何还有一事相告。"

　　韩信有些惶恐地问："何事？"

　　随何说道："有人在汉王面前状告大王隐藏钟离昧。汉王斥之曰'楚王受一国之封，岂有容纳叛臣之理？'汉王虽然不信，但人言可畏，久而久之，也可能会引起他的怀疑。我为大王着想，特直言相告。倘若事情泄露，恐大王要担'负国'之名啊！"

　　韩信虽然已听萧红玉说过此事，但是并未彻底相信，现在听了随何一席言辞，就不觉紧张起来，连忙询问说："依大夫之见，要怎样才能释汉王之疑，塞众人之口？"

　　随何见韩信已经被自己说动，便对他斩钉截铁地说："唯有杀钟离昧，以示大王清白。"

　　韩信迟疑片刻，说："钟离昧与我乃数十年旧交，怎能忍心杀他？此事关系重大，容我再想一想吧！"

　　随何点头同意，然后起身告辞。韩信想挽留随何多住几日，随何去意已决，韩信也不好勉强，便把随何送到门口。临别时，随何对韩信再次说道："大王心肠太软，望三思！不要为了私情而置国法于不顾，当断不断，必然反受其祸啊！"说罢，便上马挥鞭离去。

此时，萧红玉与费琪也走到门口。萧红玉也决定赶紧回家，韩信担心地说："红玉，你身体虚弱，养息几天再走吧！"萧红玉没好气地回道："叛臣在此，我怎能养息？"一句话说得韩信尴尬不已。萧红玉接着说道："元帅，刚才随何之言我也听到了，不无道理。还有爹之意，请慎思之！"说罢，举手一揖，纵马飞驰而去。

韩信望着红玉渐渐消失在尘埃之中，顿时觉得茫然无措。

随何根本未去郴州，马上回到栎阳面见汉王，把自己在下邳所见到的情况做了禀报。刘邦听说钟离昧真的藏在韩信之处，不安地踱起步来。片刻之后，便吩咐内侍宣召陈平。

刘邦见到陈平，不无担忧地说道："陈爱卿，钟离昧果然藏在韩信那里，你看如何处置？"

陈平沉吟一下，问道："军师有何打算？"

刘邦喟然一叹："军师有病，多日不上朝了。"

陈平似有所思，接着又问："那其他将军的意见呢？"

刘邦回答说："将官们都主张发兵征讨。"

陈平心中有了底，从容地问刘邦："请问陛下，目前陛下的兵与韩信的兵，谁强谁弱？"

刘邦自知根本不如韩信，不管从士兵队伍的强弱力量来看，还是从用兵谋略来看，自己手下都没有一个人能够与韩信相匹敌。便答道："朕不如韩信。"

陈平接着说道："既然陛下的兵将都不如韩信，你发兵去征讨，结果是不但打不过他，反而迫使他起兵反叛。陛下，臣为你担忧啊！当然也不能任其如此猖獗，可是不能硬拼，只能智取。"

刘邦急切地询问："都尉有何良策？"

陈平答道："古代天子有巡狩天下，会见诸侯的惯例。陛下不妨假托巡游云梦泽，并在楚西边界的陈县会见诸侯。韩信得知陛下出游云梦，必前来拜谒。在他毫无戒备的情况下，一举将他擒获，岂不胜过用兵百万？"

刘邦欣然接纳了陈平的主意。

萧何在红玉离开之后，一直悬心等着她回来。虽然夫人那儿已打了马虎眼，敷衍过去，但她此去干系重大，又怕女儿自己有什么闪失，因此，更是坐立不安。就在萧何着急之时，萧红玉回到家中，来不及喘口气的红玉，忙把自己在韩信之处所见到的一切告诉了萧何，萧何一听，不免为韩信担心起来。

随即刘邦开始准备巡游云梦泽。

韩信得知这一消息，连忙召集诸将议事："昨日接到传诏，皇上将驾幸云梦，会诸侯于陈县。本帅去与不去，诸位有何高见？"

孔熙起身答道："看来汉王已经知道你收藏了钟离眛，所谓云梦游，就是冲你而来，若再不交出钟离眛，你这蓄意谋反的罪名，恐怕就洗刷不掉。愚以为元帅犯不着为了一个朋友去得罪汉王。不如把钟离眛绑了，交给皇上，以释其疑。"

旁边的陈贺听后，却不以为然地说："大王，汉王生性多疑，又不讲信用。他既已知道你私藏了钟离眛，就不会再信任你。交与不交，都是一样。以末将之见，与其坐以待毙，不如干脆反了，凭大王的本事……"

韩信大声呵斥，打断陈贺的话，可是自己又实在拿不出什么好主意，只得满脸忧虑地让众人下去，然后一个人坐在屋子里沉思起来。

想了许久，韩信终于起身走向后花园，来到阁楼之上找到钟离眛。钟离眛看到韩信，忙起身相迎，说道："将军找我，有何急事？"

韩信迟疑一下，嗫嚅着说："钟将军，你来这里，有多久了？"

钟离眛答道："蒙将军不弃，已有五个多月，钟离眛感激不尽！"

韩信又问："不知将军下一步有何打算？"

钟离眛感到韩信话中有话，便道："将军是否遇到了什么麻烦？"

韩信只好如实回答："汉皇已经发现你藏在我这里，不日即前来陈县会见诸侯，恐怕到时候会有什么事情发生。"

钟离眛急切地问道："将军打算如何处置我？是将我交出去，还是放我一条生路？"

韩信答道："我想带你一起去拜见汉王，也许会像季布那样，能将你赦免！"

钟离眛愤然说道："将军，谁不知道汉王的脾气？只要他对你起了疑心，就别想再得到他的信任。你这样做会是什么结果，不是可想而知吗？"

韩信说道："如果不这样，汉王更会怀疑我与你一同谋反，那就罪不容赦了。因而我只能拿你的头颅去见汉王，以释我前嫌。这也是不得已而为之，请你不要怨恨于我。"

钟离眛激动起来，大声说道："你这是在做梦！汉王既然起了疑心，即使见了我的头颅，也不会消除对你的疑虑。如今，有我和你在一起，汉王还有所顾忌，才不敢轻易动手。你若今日杀我，他明日必定杀你无疑！"

韩信坚决地说道："宁肯汉王杀我，我也要先杀了你，以表我并无反叛之心！"

钟离眛听到这句话，不由心生怒气，指着韩信说："你为何死到临头，还执迷不悟？我们只有联手反叛才是唯一的生路啊！"

韩信仍丝毫不为所动："你住口吧，不管你怎么说，也动摇不了我对汉王的一片忠心！"

钟离眛看到韩信如此顽冥不化，便忍不住骂道："你这个胯下匹夫，竟这么无情无义！我真后悔交了你这个朋友。可惜我今日死了，看不到刘邦杀你的那一天！韩信，你就等着看吧！"说完，便拔出自己的宝剑，当着韩信的面自刎而死。

韩信当即斩下钟昧离的首级，准备献给刘邦，以解除猜疑。

这一天，当刘邦到达陈县时，韩信双手捧着内装钟离昧首级的木盒，跪在道旁，迎候汉王。刘邦的黄罗伞盖车在仪仗队伍的护卫下，缓缓而来；樊哙和曹参率领大军，尾随其后。当刘邦的车辇驶到韩信身旁时，韩信高呼："臣恭迎圣驾！"刘邦拉开车帘，见韩信举着木盒跪在地上，便突然大喊："左右，给我将韩信拿下！"

3

听到刘邦一声喊，守候在车驾旁的卢绾、任敖等人冲上前去，像饿虎扑羔羊一般，抓着韩信的双手，反扭过来。韩信手中的木盒啪的一声落在地上。

韩信以为刘邦不知缘由，大声叫道："陛下，微臣前来奉献钟离昧的首级，为何这等待我？"

刘邦回答说："有人告你私藏项羽旧将，蓄意谋反！"

韩信苦笑一声，急忙辩解："钟离昧是微臣的故交，在舍下住了一段时日不假，可也只是叙旧而已，哪有谋反之意？为了解除陛下的疑虑，我现在将他的头颅献上，请陛下详察！"

刘邦不信，说："钟离昧在你处藏匿多时，你不来报，今见我出游云梦，事已败露，才不得已来献人头，这显然不是你的本意！"

韩信心凉了半截，高呼冤枉。

刘邦接着说道："你四罪当诛，何冤之有？"韩信一听更加不解，大声分辨："何来四罪？微臣不明。"

于是刘邦便一一列举："你受封楚王之后，不思报效朝廷，却专门收买人心，图谋不轨，此其一也；每次出巡，随从多达三五千人，车马喧哗，以示威武，使见者无不惊惧，此其二也；为母迁葬，侵占民宅民田，扰害百姓，此其三也；窝藏钟离昧，蓄意谋反，此其四也！"

韩信一听，知道这是刘邦故意罗织出的罪状，为捉拿自己找的借口，但他还是不相信刘邦会是这样的人，会做出这样的事，依旧想要申辩一番："陛下，如此四罪，微臣均有理由申述，请陛下容臣一禀！"刘邦已经显得很不耐烦，厉声喝道："叛臣贼子，还想狡辩？"

此时，韩信见已无挽回余地，便大笑道："难怪人言：'狡兔死，走狗烹；飞鸟尽，良弓藏；敌国破，谋臣亡。'果真一点不假。现在天下安定了，你干脆将我烹了吧！"

刘邦不做回答，下令说："休得啰嗦！把韩信缚在车后，带上钟离昧的人头，驾返洛阳！"

韩信是卓越的军事家，却是笨拙的政治家，他对刘邦仍充满幻想。其实只要自己勤于修身，严于律己，堂堂正正，清清白白，不以善小而不为，不以恶小而为之，就不要作任何解释。

韩信被刘邦抓捕回到洛阳的事情被红玉得知之后，便匆匆回到家里，告知萧何。萧何始而一惊，随后又镇定下来，感觉这样的事情迟早是要发生的，只是叹了一口气："这一天果然来了！"

倒是萧夫人十分担心，在一边埋怨道："老爷，你派红玉去给元帅通风报信，汉王知道了，你这个同党的罪名洗得清吗？"

萧红玉听了，忙安慰说："娘尽可放心，我去帅府无人知道。"

萧夫人摸着红玉的头叹道："唉，汉王耳目众多，哪有不知道的？"

萧何则自信身正不怕影子斜，坦然说道："知道又怎样？是非曲直，自有公论，怕什么？夫人放心，汉王和我亲如手足，他不会难为我的。"

萧夫人生气地说："你不怕我怕！你若有个三长两短，我们这一家子怎么办？你要知道'伴君如伴虎'啊！哪有老虎不吃人的？走，我还是那句老话，回老家种田去！你萧丞相要是舍不得这个相位，那么你留下。红玉，我们娘儿走！"说着就要进屋收拾东西。

萧何连忙阻止说："夫人，如果汉王真要治我的罪，是要诛灭三族的，你们逃得脱吗？一家人与其分开死，还不如死在一块！"

萧夫人仿佛觉得死神已到跟前，便大哭起来，跌坐在墩子上，凄凉地叫了一声："我为何这么一条苦命噢？"红玉上前安慰。而萧何却急步向外走去。他说要去洛阳找汉王为韩信求情。萧夫人一听，哭得更加厉害了。

4

萧何连夜赶到洛阳，面见刘邦。刘邦见萧何跪倒在地，连忙上前扶起，说："丞相平身，赐坐。"

萧何起身却站立在一旁，没有坐下。

刘邦问道："丞相从栎阳赶来，莫非为了修造宫室之事？"

要是从前萧何便会直接质问韩信之事。可现在毕竟身份不同了，只好支吾着回答："哦，是呀，长安宫室已快完工，到时还请陛下驾临勘验。"

刘邦听到这个消息，心中高兴，说："有劳丞相了！朕不日即起驾前往。"

萧何转而露出为难之色，刘邦便问还有什么事情，是不是修造皇宫遇到了困难？萧何顿了顿回答说："陛下，臣还有一事启奏。听说陛下南游云梦，将韩信拘捕，并带回洛阳下狱，可有此事？"

刘邦回答说："韩信窝藏反将钟离昧，企图谋反，朕故而将他捕获归案。"

萧何轻声地问："敢问陛下，韩信谋反，何人为证？"

刘邦说："钟离昧就是铁证。"

萧何说："韩信已诛钟离昧，不正好证明他们不是一伙的吗？"接着又问："韩信谋反，有何物证？"

刘邦摇摇头，说："暂无物证。"

萧何即刻提出疑问："既无人证，又无物证，怎能说他谋反呢？"

刘邦这才明白萧何这次来洛阳，并不是为修造皇宫的事，真正的目的是为韩信求情来了，心中便多少有些不高兴。但想到萧何毕竟是自己的丞相，为自己做了很多事情，也不忍拂他的面子，便坦率地答道："丞相，你几次在我受困之时，总是源源不断送来兵员粮草，使我转危为安，而韩信则一直坐视不理。破齐之后，他又请为假王，改封他为楚王后，又窝藏钟离昧，可见他怀有二心，蓄谋已久。此人不除，终归是个祸患！"

萧何听刘邦如此说，便举出例子，为韩信辩解："陛下，你三次夺他的兵权，他毫无怨言，照样领兵克敌制胜，才有陛下的今天。他若欲谋反，不在他重兵在握之时，也不在蒯彻劝他与大王、项羽鼎足而立之时，却要等到陛下一统天下、自己偏于一隅、势单力薄之时再来谋反呢？就韩信的智谋看来，不至于愚蠢到这个地步吧？陛下，韩信率三军暗度陈仓，战定三秦，灭代，破赵，取燕，平齐，一气呵成；在楚汉战争中八战八捷，立下十大功劳，结束了历时五年的苦战；韩信战功赫赫，天下皆知。陛下如此对待功臣，岂不令将士们寒心？微臣斗胆进言，请陛下思之！"

刘邦经过萧何一番说辞突然醒悟，连连赞许："爱卿言之有理！韩信虽有谋反之嫌，但未有真凭实据，姑念其佐汉有功，可削去王位，贬为淮阴侯，留居京都，以观后效！"萧何听了，这才放下心来——好歹保住了韩信的性命。

当即，刘邦下令把韩信从牢狱之中放出来，同时宣召韩信觐见。韩信进殿，看到萧何竟然也在，心中不觉有了指望，但是当着刘邦的面又不敢说什么，而是对着刘邦跪下道："罪臣参见陛下。"

刘邦摆摆手，说："平身吧，赐坐。"

韩信一怔，忙说："陛下面前，哪有罪臣的座位？"

刘邦心平气和地说："叫你坐你就坐吧！"韩信这才拜谢刘邦坐了下来。

刘邦又说："韩信，这次朕宣布你四大罪状，抓捕了你，你在恨朕吧？"

韩信回答说："韩信对四大罪状虽然不明就里，但陛下圣明，总有一天会弄明白的。"

刘邦微微一笑，说道："还什么'总有一天'？现在不是已经赦免了你吗？过去了的事情就让他过去吧，别放在心里，噢！现在天下尚不太平，朕还有用得着将军的时候，希望你一如既往，帮我治理好国家！"

韩信连忙起身拜谢："蒙陛下不弃，韩信定当效力！"刘邦叫韩信不要客气，然后转换话题说："朕手下战将如云，你认为谁最善战？"韩信想了想说："曹参当为第一。"刘邦点点头，接着问道："你看寡人能将兵多少？"韩信不假思索地回答："陛下将兵不过十万。"

"那么你呢？"

"多多益善。"

刘邦听了，心里很不高兴，说道："朕仅能将兵十万，你却多多益善，那么，你为何反而为我所擒呢？"韩信脑子一转，马上说："陛下不善将兵，却善于将将，所以能够擒我。况且，陛下乃神权天授，非人力所为也！"刘邦转怒为喜，不再责怪韩信，安抚了几句后，便把自己的决定告之韩信：免楚王封号，贬为淮阴侯，留居京都。韩信再次拜谢。

萧何见了，心中暗喜，这才放心告辞，回转栎阳。

第五十二章　萧何功劳堪第一

1

不久，咸阳城修缮完毕，刘邦决定择日启程迁都咸阳，并将咸阳改为长安。这一日，刘邦的车辇在将士们的簇拥下浩浩荡荡从洛阳出发，起驾奔赴正式的国都长安城。洛阳百姓闻讯后，纷纷自发来到城门外夹道欢送。

刘邦不时伸出头来环顾左右，与道旁的百姓招手致意。韩信则骑着马跟在刘邦车后。来到长安城下，只见城门城墙粉饰一新，城门上方"长安"二字清新夺目，城墙上飘着"汉"字大旗。萧何与郡县官吏站在城门口恭候，百姓们更是在一旁敲锣打鼓迎接。刘邦在车内向城门口瞟了一眼，露出满意的微笑。刘邦下车，萧何率众迎了上去。刘邦激动地抓住萧何的手，一时间竟然说不出话来。萧何请刘邦巡察皇宫，刘邦点点头，于是二人在长安百姓的欢呼声中并肩迈步前行。

来到未央宫宫门口，刘邦看着新修的宫殿巍峨壮丽，气势非凡，不愧帝王之家，原来的几处行宫根本无法比拟。萧何领着刘邦和一班文臣武将穿廊入室，到处察看，包括"武库""太仓""石渠阁""天禄阁"等都一一过目。所到之处均有内侍或宫娥迎送，众人目不暇接，啧啧称奇。最后众人来到宫中大殿休息，几案上摆着茶水和新鲜果品，人人品茶尝果，满面春风，纷纷议论起来。

樊哙开口说："这个未央宫修得好，有气派，这才像个皇宫的样子！陛下率领我们打了这么多年仗，是该享受享受啦！丞相督修这么一座宫殿，规模宏大，装饰华丽，堪为全国观瞻，真是劳苦功高啊！"

刘邦心里虽然十分高兴，但是嘴上却说："现天下初定，百废待举，丞相主持修这么豪华的宫殿，劳民伤财，太不应该了！"

萧何站起身，但陈己见说："陛下，天子以四海为家，在天下初定之时，若没有壮丽的宫室，不足以显示威严，威震天下。夏后氏有世室，商人有重屋，周人有明堂，皆同此理也。而'武库'乃国家收藏兵器之所，'太仓'是国家储备粮食的地方，都是立国之根本；'石渠阁'作收藏国家档案之用，'天禄阁'是收藏图书资料的地方，都是一个国家缺一不可的。目前虽然动用了一些人力物力，但为大汉的长治久安，江山永固，打下了坚实的基础。如果陛下认为微臣做得不对，萧何愿接受陛下治罪！"说罢便跪了下去。

刘邦见萧何说得如此圆满，正是他想说而不好说的话，于是一笑说："原来丞相为了汉室江山，煞费苦心，考虑得如此周到，朕错怪你了。快快请起。"说着亲切地将萧何扶起。从此之后，大汉王朝正式定都长安，刘邦便生活在属于自己的豪华皇宫之中，尽情享受。

再说韩信，自从被贬为淮阴侯来到京城，便再也无心过问朝事，经常带着费琪到郊外的森林打猎。山林中大小树木参差不齐，花草遍地，阳光明媚，春风和煦，这一天，韩信又身背弓箭偕费琪来到山下。突然，费琪指着山腰说："看，一只野兔！"韩信弯弓搭箭，向野兔射去，很可惜没有射中，让野兔逃掉。费琪泄气了，揶揄地说道："哼，你这样的箭法，能当元帅？连只野兔都射不中。"

韩信一笑，并不多言，只是拉着费琪来到一棵小树前，让费琪握住这棵小树，中指和食指之间留一条缝隙，然后对她说："你笑我的箭法不行，好，我就让你见识见识我的箭法。你现在保持这样的状态不要动，我走出一百步，定能把箭镞射在你指缝之间。"

费琪听韩信竟然要这么做，不由吓得连忙将手缩回，说："我怕！你连一只兔子都难以射中，万一射到我手上怎么办？"韩信却笑道："别怕，抓好！"说完，就向前走去。

费琪看着韩信这样坚定自信，只好重新抓住树干，但还是害怕，便闭上眼睛，似乎在等待着一场灾难的降临。韩信走出一百步，然后弯弓搭箭，使劲一拉，只听"嗖"的一声，箭镞不偏不倚穿过费琪的指间，射在树干上。费琪没有感觉到一丝疼痛，睁眼一看，不由惊喜地叫起来："哎呀，真神啦！"

韩信笑着问道："我可以当元帅吗？"

费琪深深地点头回答："完全可以！可是你这么好的箭法，刚才那只野兔为何射不中？"

韩信说："别看一只小小的野兔，却也是一条生命嘛！我无缘无故射死它做什么？"

费琪听了，大惑不解："你在战场上杀死那么多人，又是为什么呢？"

韩信解释说："战场上不同，你不杀他，他就要杀你。那是为了保全自己，也为了保护更多的人，懂吗？"

费琪微微一笑，回答说："懂了！以后你打仗的时候，可要注意保全自己哟！"

韩信不快地说："兵符印信都拿走了，还打什么仗？其实不打仗更好，免得担惊受怕。像现在这样，天天钓鱼打猎，甚是优哉游哉呀！"

费琪很开心，突然想起一事，便有些不好意思地说道："有一件事，你还记得吗？要和我一起去敬奉送子娘娘的。"

二人不由相视大笑，随后便携手下山。

有一天，韩信、费琪来到一条河边。只见这河面十分宽阔，水急浪翻，伸向河中的石矶头，减缓了水的流速，形成一个回流，许多鱼儿在这里游动觅食。韩信手拿鱼竿坐在回流边的一块石头上，把钓竿伸向河中。可等了很久，浮标还是一动不动。

费琪似乎看出了什么蹊跷，便提醒说："你还没上鱼饵吧？"韩信却不理睬，默默地坐在那里，饶有兴趣地欣赏着鱼群。费琪以为他没有听见，便拿过鱼竿，扯起一看，果然没有上饵。费琪赶忙给钓钩挂上鱼饵，韩信接过鱼竿，伸向水里，欣赏如故。

费琪不解地询问说："你不上鱼饵，能钓到鱼吗？"

韩信饶有兴趣地回答说："你看，鱼儿在水里游动，嬉戏，无忧无虑地活着，多好啊！何必用诱饵去骗它上钩，夺他的性命呢？"

费琪解释说："钓饵只是诱惑，吞钩就只能怪它自己了。"

韩信不以为然地说："人类自愿吞钩的都有千千万万，何况鱼乎？吞钩者有的是为了名利，有的是为了生存，所以，我觉得施饵者可恨，吞钩者可悲！"

费琪听了疑惑道："这么说来，你是决心不再做施饵者啰？"

韩信点头答道："过去，我钓了那么多鱼，杀了那么多人，我要洗刷自己的罪孽，做到清心寡欲，清静无为！"停了一会儿，转而叹道："唉，施饵者不知不觉又成了吞钩者——人生难料啊！"

费琪便劝韩信别再钓了，如其这样，还不如直接把鱼饵倒入河中，让鱼吃个痛快。韩信一听，立马同意费琪的看法，就和费琪又说又笑地一起把鱼饵慢慢撒入河中。水里游动的鱼儿似乎闻到了鱼饵的香味，纷纷聚集在鱼饵周围，争相抢食起来。待到把所有的鱼饵都撒完，韩信和费琪才高兴地回家去。

次日，鸡鸣三遍，晨曦初露，更夫走过，梆报五更。此时，侯门洞开，韩信率领随从骑马从府门之中出来，准备上山打猎。突然，一个人影蹿到韩信面前，把韩信吓了一跳，连忙勒马站定，低头一看，原来是萧何！韩信连忙下马参见："丞相，来此何事？"

萧何说："元帅，这几天，我两次登门拜访，你都早早外出打猎钓鱼去了。今天只好天不亮就赶来，果然如愿以偿。"

韩信感到十分过意不去，连忙吩咐随从把马匹带回府中，然后抱歉地对萧何说："韩信多有得罪！丞相请进。"

萧何跟随韩信进入府中，在客厅里坐了下来。萧何将手中食盒放到条几上，说："这是翠娥学着做的当地风味小吃油糍粑。"

韩信看了一眼后，说："上次我吃过了，味道挺好的，这次又烦劳嫂夫人了。"

萧何微笑一下，转而问道："将军，出去打猎，何须这般早起？"

韩信感叹道："近来总睡不好，翻来覆去想起许多往事，心中烦躁，不如早点出去呼吸一点新鲜空气。说来也怪，只要到了山野之中，立刻就宠辱皆忘，无比舒畅！"

萧何说："是不是还在生陛下的气呀？"

韩信沉闷地答道："可不是？他太不把我当人了！说夺印就夺印，说抓捕就抓捕，随心所欲，谁受得了啊？"

萧何劝解说："人的一生难免被人误会猜忌，你能受胯下之辱，表现出大丈夫的气量，现在何不也拿出那种气量来呢？汉王听了谗言，一时糊涂做了糊涂事，总会有清醒的时候，他已经明白自己错了，不是释放了你，还封你为淮阴侯吗？"

韩信急忙说道："此一时彼一时，此一人彼一人啊！跟王五那种无知小人有什么好计较的？而汉王乃一国之君，怎能与小人同日而语？至于淮阴侯，这不过是掩人耳目而已。由王而侯，软禁长安，等于死了没埋！"

萧何依然替刘邦说话："治国有治国的难处。作臣子的，要设身处地多替君王想一想。所谓忠君，就是一切服从君王的意志，心中如有疙瘩，要自行化解，否则后果不堪设想啊！"

韩信坚持说："丞相，道理我也知道，只是一时难以想通而已。"

萧何便道："心平气和，日子久了，慢慢就会想通的。"

韩信满心忧郁，便不再言语。萧何起身告辞，韩信送至门外，看着丞相渐渐远去，不由深深叹了一口气。

而萧何赶去早朝时，不料想又被汉王排列功名榜之事弄得烦恼起来。

2

新修的凌烟阁，富丽堂皇，文武百官无不称奇叫绝。刘邦端坐其中，朗声说道："我们从沛县打到咸阳，又从咸阳打到彭城，历经百战，终于平定天下，建立大汉。这些成功全靠诸位出谋划策，英勇战斗，大家都是有功之臣，我在这里向你们表示谢意！"说罢起身一揖。

众人连忙欠身说："谢汉王！"

刘邦继续说："凡是有功之臣都要绘制图形，立在这凌烟阁内。当然功劳也有大小之分，所以还是要排个座次。若论功劳大小，朕以为萧何功当第一。大家以为如何？"

萧何谦让地推辞说："微臣实不敢当！"

樊哙心直口快，说道："陛下，臣等出生入死，冲锋陷阵，多则百余战，少则数十轮，反而不如徒能舞文弄墨，没有汗马功劳的萧何吗？"经樊哙这么一说，一帮武将们纷纷大声应和起来。

刘邦看到如此情景，立即说道："你们只是一人随朕出生入死，而萧何则是举家投军，连儿子都差点牺牲在战场上，你们有何人能比？"众将听了依旧嘟嘟囔囔不服气。

刘邦接着说道："打猎时，追逐野兽的是猎狗，但发现猎物，指挥猎狗的是猎人。武将们的功劳就像猎狗，而萧何的功劳就像猎人。功狗与功人是不能相比的。"

樊哙反问道："平阳侯曹参身经百战，受伤七十余处，难道也只是个功狗吗？"

刘邦听樊哙这么一问，竟然一时无言以对。

就在此时，关内侯鄂千秋站起来说："恕微臣斗胆进一言，曹参固然很了不起，但攻城略地不过是一时之功。皇上与项羽争斗五年，常与军队走散，失去将士，每次都幸亏萧何及时从关中发来兵员粮草，使汉王在危急关头得到救应而转败为胜，最后终于一统江山，这才是万世不朽之功！我等怎能将一时之功与万世之功相提并论呢？依微臣看来，应该是萧何第一，曹参第二。"

刘邦似乎找到了台阶，连忙大声说："说得有理！就这样定了：酂侯萧何为汉家第一功臣，以后，丞相可以带剑上殿，入朝不跪。"

萧何看着一帮人为了自己所谓的功劳大小，竟然争得面红耳赤，实有不愿，便启奏道："谢陛下恩典！如此殊荣，萧何实不敢领受。陛下，臣愿意告老还乡，永不参与论功行赏，望陛下恩准！"

刘邦有些不悦，便冷冷说道："别推了，萧何第一，曹参第二！"

萧何宣布"不参与论功行赏"，这确是他的真心话。他知道，一个人如果一旦卷入明争暗斗的名利场，那定是有百害而无一利，甚至还会导致身败名裂的下场。因此，不论是谁，都应该淡泊名利。唯有这样，一个人才能够时刻保持平静的心态，才能在人生的道路上不越轨，平安到达幸福的彼岸，演绎出更精彩的人生。

曹参却不然。只见他低下头，一副闷闷不乐的样子，散朝时大步出殿，走到门外便立即跨上座车，命令车夫急速离去。萧何一见连忙跟出，跨上座车，追赶曹参。曹参的座车奔向东街，突然发现萧何在追，便指挥车夫掉转车头，奔西街而去。萧何见曹参的座车掉头西行，忙又指挥车夫穿小巷追赶。曹参情急之下，夺过车夫手中的鞭子，策马狂奔。萧何的座车依旧紧追不舍。

曹参很快进入曹府，呼的一声将门关上。萧何赶到，赶紧下车亲自敲门："曹将军，请开门，我有话跟你说！"可是任凭萧何如何叫喊，大门始终不开。萧何身边的随从说道："丞相，他不开门，我们回去吧？"萧何坚定地回答："不，我一定要等他把门打开，不然以后大家就难以相处了。"

于是，便站在门外静静地等候，随从们也只好陪在身边。

这一等，便等到了夜幕降临。此时北风呼啸，微雨飘零，萧何不由冻得瑟瑟发抖。许久，萧何发现曹府中亮起了灯光，随之而来的便是"吱呀"一声门开了，只见曹参站在了门口。曹参看见萧何还等候在门外、冻得脸色紫青的萧何，不由脸上一热，连忙上前拥抱住他，道歉自责，说自己不应如此小肚鸡肠，为了一点小事竟让你如此劳心。萧何并不责怪曹参，而是拍着曹参的肩膀表示安慰。二人之间的隔膜就在这无声的拥抱之中慢慢消融……

其实，封功之事还不算劳心，真正让萧何劳心的还是吕雉引起的另外一件麻烦事。

3

这天晚上，刘邦来到吕雉所在的东宫。吕雉得到消息，率侍女、侍从到宫门前跪迎。刘邦扶起吕雉，两人便一同在宫中坐了下来。

刘邦道："朕有很久未和娘娘见面了吧？"

吕雉回答说："汉六年冬月，陛下在定陶驾幸臣妾之后，至今一年多没有相见了，是不是把臣妾忘怀了？"

刘邦连忙为自己辩解说："哪里，哪里？你为朕生儿育女，为朕受苦受难，怎么会把你忘记呢。"

吕雉微微一笑，说道："陛下太忙，臣妾完全理解。所以，臣妾每日在敬祖拜神，为陛下求福！"

刘邦感谢说："多谢皇后体谅，操心！"

随后二人便不再说话，一阵沉默。许久，吕雉才启口问道："陛下，臣妾有一事不明，想问问陛下。听说陛下今后只封同姓王，不封异姓王，确有此事吗？"

刘邦答道："确有此事。异姓王动不动就要独立，不听朝廷节制，为了江山永固，故只能封同姓王，以策安全。"

吕雉接着问："陛下，我娘家吕氏算不算异姓？"

"当然是异姓。"

"吕家和刘家对汉朝的开国有同样功劳，为何不可以视为同姓？"

刘邦哭笑不得，说："吕氏就是吕氏，怎么可以视为同姓呢？"

吕雉似乎有点理直气壮，说："陛下不要忘了，我大哥吕泽，二哥吕释之，从芒砀举旗起，就一直跟随陛下出生入死，仗也打了不少，伤也负了不少，封个王有什么不可以的？"

刘邦听了，心里有些不高兴，沉下脸来说："你的要求，朕不能答应！因为朕已决定只封同姓王，如果弄出个吕姓王来，朕如何向天下人交代？"

吕雉毫不退缩地道："有什么不好交代？没有吕家，陛下能有今天吗？当年，陛下一个穷光蛋，要不是我爹看上你，给陛下那么多嫁妆，只怕……"

刘邦听了忙讨厌地打断："别提了！你爹看准朕是个贵人相，才将你嫁给朕。他给了朕一个女人，朕给了你们家三个侯爷，还嫌少吗？"

吕雉不觉也来了气，再揭老底："哼，你们刘家靠什么发的？是我们吕家，吕家是你们刘家的贵人呢！"

刘邦大为恼火，厉声呵斥道："你不要在这里胡搅蛮缠！朕警告你：一、你是皇后，管好你的后宫，不得干预朝政；二、你们吕家封三个侯该满足了，不要异想天开！"

说罢拂袖而去，留下吕雉坐在那里生闷气。

刘邦在这儿弄得不欢而散，但淮阴侯那里却有大喜临门。

原来，韩信和费琪经过虔诚地敬奉送子娘娘，费琪就真的怀了身孕。这一天，费琪起床后突然呕吐不止。韩信不觉有些紧张，以为费琪生病了，关切地问道："你这是怎么啦？"费琪摇头说自己也不知道是怎么回事，只感觉腹中有些难受，总想呕吐。

韩信很是担心:"是不是跟我出去钓鱼打猎受了风寒?以后就别去了。"费琪摇着头说:"一不发烧,二不头痛,不像是受了风寒。"韩信也摸不着头脑了,只好说道:"那是怎么回事呢?别急,我去请个郎中来瞧瞧。"

韩信正准备出门,翠娥却提着食篮来到府中。

翠娥说:"将军,我又给你们送油糍粑来了。"韩信说声"谢谢",便把翠娥请进屋内。

翠娥见费琪在呕吐,便问道:"夫人怎么啦?"

韩信回道:"我也不明白,她又不曾着凉,不知为何呕吐。"

翠娥走近琪仔细观察一番,不觉哈哈大笑。

韩信和费琪感到莫名其妙,翠娥这才忍住笑,说道:"我和夫人得了同一个病。"

韩信急切地问道:"什么病?"

翠娥把韩信推开,说:"你走开,女人的病,男人问什么?去去去!"

韩信被翠娥推着进了里屋。费琪看着翠娥一副神秘兮兮的样子,就问自己得的到底是什么病?翠娥微微一笑,说费琪根本没有得病,而是怀孕在身!费琪心中大喜,问翠娥怎么知道的?

翠娥便答道:"前些日子,我也突然呕吐,老夫人请先生瞧了瞧,说是有了。我看你的病和我一模一样,一定是怀上了孩子!"

费琪高兴地叫起来:"送子娘娘显灵啦!"说着便双手合十,敬拜上天。

第五十三章　韩信萧何得贵子

1

当然，相府也沉浸在喜庆之中。萧何在得知翠娥怀孕之后，心中也是万分高兴，想着自己老来得子，真是幸事！只是自己整天国事在身，根本没有空暇时间陪伴翠娥，都是萧夫人在身边照料。这一天，萧何又接到刘邦宣召自己的消息。于是，急急地来到御花园中。这园中有一小湖，湖中小岛上有一座小巧玲珑的凉亭，刘邦就坐在亭中，旁边有几个宫女陪侍。

萧何随着内侍穿过曲径向凉亭走来。

刘邦看到萧何，连忙招呼："萧爱卿，过来过来。"

萧何上前施礼道："微臣参见陛下！"

刘邦摆了摆手说："这里不是宫中，免去繁琐礼节，我们还是以兄弟相称吧！来，先坐下。"

萧何推辞说："岂敢！陛下，毕竟君臣有别。"

刘邦并不在乎，仍请萧何就座，萧何只好在旁边坐下来，然后问道："陛下，召见微臣不知有何吩咐？"

"大哥！"刘邦说，"你为修缮长安城劳心费力，业绩辉煌，我却在未央宫里当众责怪于你，实在太不应该，请大哥见谅！"

萧何却淡淡一笑说："你将耗费人力物力的责任推在我的身上，以堵众口，是完全可以理解的。这对我并无妨碍，因为以后的事实会证明我做的完全必要。"

"对对对，确实完全必要！"刘邦说，"这件事就让它过去了吧！我今天请你来，是有要事和你商量。想当年，我初任沛令，后来当上汉王，该先干什么，后干什么，都是你精心筹划，安排得井井有条，毫无纰漏。现在帝国甫立，千头万绪，百废待兴，当务之急该干什么？我很茫然，大哥要一如既往，不吝赐教啊！"

萧何拱手说："陛下信得过我，我就姑妄言之吧。愚以为当前要做好四件事，第一，连年战争，征用了不少劳力，荒芜了不少农田，必须让大部分军队官兵退役，回乡耕种，发展生产；第二，赐给吏卒以爵位，给予田宅，使有军功的吏卒获得土地；第三，招抚流亡，令因战争而流亡山泽的农民回乡耕作；第四，释放奴婢，令因饥饿而自卖为奴者，皆免为平民。"

刘邦面露喜悦，高兴地说道："对，这是安定百姓生活，恢复和发展生产的有力措施，我认为可行，就请大哥颁发诏令，立即施行吧！"

萧何便领命而去。

刘邦回到宫里,内侍前来禀报,说是番邦犯境,逼近代州。刘邦一听,不禁大怒,连忙宣召陈平觐见。

刘邦在宫殿里接见陈平,急切地对陈平说:"今有番邦犯境,逼近代州,你看该如何处置?"

陈平想了想说:"陛下,番邦兵强马壮,非智勇双全的大将难以征服。而目前韩信致仕,英布、彭越远在梁、楚,一时不便调遣,恐怕帷有陛下统兵亲征了。只是陛下多年征战,鞍马劳顿,需要休息调养,不宜远征,幸另有一人可当此任。"

刘邦忙问:"谁?"

陈平答道:"陈豨。陈豨足智多谋,勇武出众,让他统十万精兵,必能平定番邦。"刘邦准奏,便让陈平即刻传诏陈豨起兵出征。

萧何奉旨裁军,雷厉风行。这一天,他召集部队在军演场集合。众人看到如此架势,不知发生了什么事,就悄悄议论开了:"刚刚喘口气,又要打仗了!唉,不知道这仗又要打到何年何月?""听说番邦又在捣乱,莫非又要我们上前线?"樊哙见下面议论纷纷,便大声说:"都别说话了,听丞相宣读皇上的诏示!"

萧何神情严肃地走到队伍前面,宣诏道:"大汉皇帝诏曰:大汉已立,天下平定,无需蓄养如此庞大的军队,拟将多年征战的官兵复原为民,愿留在关中者,免除十二年劳役;愿回原籍者,免除六年劳役。根据功劳大小,爵位高低,赐给数量不等的土地。凡无爵位者,赐为大夫。爵在七大夫以下者,免除全家赋役;七大夫以上者,封给食邑。望遵照执行。钦此!"

场上士卒听了,顿时沸腾起来,欢呼声响彻云霄。

诏示颁发之后,士卒们便纷纷收拾东西出发回家。这一天,有一群士兵来到乌江,需要坐船过河,看到一艘渡船泊在江边,一个老头坐在船上打盹。一中年军士走到船旁,叫了声:"大爷!"

那老头抬起头眨巴着眼睛,疑惑地望着中年军士。那军士仔细一看,说:"这不是亭长吗?"

那艄公迟疑道:"你是……"军士说:"我是王家坪的王雨辰啊,你不认识啦?"

亭长这才想起来,连连致歉:"哦,原来是雨辰啊!来来来,快上船!"说着,便把一帮人让上了船。

艄公一边划船一边和他们搭讪:"你们回来,不走了吧?"

军士道:"不走了!当年我们背井离乡也是出于不得已呀!现在不打仗了,皇上下了诏书,令我们各回原籍,从事农桑,我们哪里还会走啊?"

艄公笑着说:"不走了好!现在好多土地都荒芜了,再不耕种,田里小树都长成林啦！"

望着艄公，军士疑惑地问："亭长，你怎么当起渡曳来了？"

那艄公回答道："唉，说来话长！项王在垓下一战，大败而回，逃到乌江边，我欲驾船接他过江，他称无颜见江东父老，便举剑自刎而死。可怜一代雄才，就这样瞬间消失了！汉皇统一天下，命我仍为亭长。我一方面感戴汉皇恩德，一方面又为项王感到惋惜，心中总是不安，因此情愿辞去亭长之职，来此把渡，迎来送往，与民方便，借此忘却过去，以安其心。"

那军士感慨地说："风云多变，世事难料，幸战事已毕，大家可以不要再行厮杀了，过上安定的日子了。"少顷，艄公划船到岸，众人纷纷下船，拱手间艄公表示谢意。

2

日子一天天过去，费琪和翠娥的肚子越来越大，眼看就要到了临盆期。萧何和韩信对自己的妻子都十分照顾，不敢有所怠慢。这一天，韩信特意请来费琪的母亲到长安照顾女儿，毕竟自己是一个大老爷们，不懂生育之事，心思也没有那么精细，生怕会照顾不好怀孕的娇妻。

韩信引领岳母费氏来到长安之前，又故意卖了个关子，没有告诉费琪。当费琪腆着肚子从里屋出来，突然见到娘，非常高兴。费氏看到自己的女儿就要做娘了，上前打量着女儿，又摸了摸她的肚子，眉开眼笑地说："哟，恐怕快要生了！"

韩信不知道自己应做些什么，只好询问说："娘，我们要做些什么准备？"

费氏回答说："尿布我带来了一些，你去买些娃娃的衣服、褓裙就行啦，再买点片糖、黄花之类，给琪儿补补身子。"

韩信便立即转身出去购买这些东西，费氏母女会心一笑。费氏一直夸赞韩信不愧是一个好丈夫，费琪对于这样的称赞自然是十分赞成的，因为自从自己怀孕以来，韩信无时无刻不在自己旁边照顾着，可也把一个本该在外面统率千军万马的元帅困在家中，也真够难为他了。

果真，几天之后，费琪便叫嚷着肚子痛，费氏毕竟是过来人，看到如此情况便知道费琪要生了，立即吩咐韩信准备好需用的东西，并把他推到门外等候。韩信眼看着自己的孩子就要出生，心里十分高兴，可是又担心费琪的安全，一个人在门外焦急地踱来踱去，根本停不下来。突然，房间里传出一声婴儿的啼哭，韩信大喜，呆呆地站在原地，尽情倾听着那个新生儿响亮的哭声，觉得那是世界上最美好的音乐！

片刻之后，费氏打开门让韩信进屋。韩信进入房内，看到费琪睡在床上，身边躺着一个婴儿。当费氏说是个男孩时，一时竟高兴得不知如何是好，走到床边，看着自己的儿子，顿时喜泪涟涟，不由倒地便拜，大声说："谢天谢地，我韩家终于有后啦！"

韩信起身抱着儿子，思索片刻，对费琪说："我的儿子起名'平'，天下太平的意思，好吗？"费氏母女都点头同意，脸上挂满了喜悦的笑容。

与此同时，翠娥也躺在床上大声喊叫着：她也要分娩了。萧何守候在一旁，看着翠娥疼痛的样子，也不知道自己能帮上什么忙，只好焦急的等候着，额头之上已经渗出汗水。萧夫人在安慰萧何，一家人提心吊胆地看着接生婆在翠娥床边忙活着。最后，萧何实在看不下去了，眼睁睁地看着翠娥难受却分担不了什么，心中很不好受。于是，便起身向外面走去。刚走到门外，室内便传来婴儿的哭声。

萧何回到房中。此时，接生婆已经把婴儿洗干净包裹好了。萧何上前接过，看到是个男孩，喜滋滋地说："不料年过半百还得了个儿子！"

萧夫人在一旁说道："你得要好好感谢翠娥噢！"

翠娥听到之后诚恳地说："要不是夫人成全，哪有今天？要谢就先谢夫人吧！"

萧何忙说："你们两个人都值得感谢。"

萧夫人从萧何手中接过婴儿，说道："还是先别谢了，赶紧给儿子起个名字吧。"

取个什么名字呢？萧何想了片刻，便说道："就起名为'同'，取天下大同之意，好不好？"众人纷纷点头同意。

萧红玉、萧延得到消息也连忙赶了回来，见萧夫人怀中抱着一个十分可爱的婴儿，于是便上前来看自己的小弟弟。

喜得贵子，萧何、韩信两家也并没有向外张扬，而是各自在家中做了一些好菜，一家人自个庆贺一番。可是，毕竟纸包不住火，两家喜得贵子的消息还是传了出去，樊哙等人得知后，纷纷赶往两家探望庆贺。

自然，审食其也听说了此事。他决定将此事告诉自己的小情人——大汉皇后吕雉。此时，吕雉正在宫中休息，宫女在一旁给她捶背。审食其进宫施礼说："臣参见娘娘千岁！"吕雉见审食其来到，便以手势示意宫女退下。审食其便在吕雉身边坐下，伸手就去摸吕雉的大腿。吕雉呵斥道："放规矩些！汉王就在宫里。"审食其尴尬一笑，只好起身坐在一旁。

吕雉问道："吩咐你注意韩信的动向，近来他在做些什么？"

审食其回答说："前些天钓鱼打猎，最近很少出门，听说生了一个儿子。"

吕雉问道："听说？怎么不查问确实？"

审食其道："容臣再去查探清楚。"说罢起身欲走，却又想起什么事情，停下又说："哎呀，还有一事差点忘了！汉王命陈豨去边关镇压匈奴，陈豨临走之前去过韩信那里。"

吕雉听后拍案而起："怎么不早说？他去韩信那里干什么？"

审食其摇摇头说："不知道。"

吕雉还在生气，但转念一想，改用缓和的口气说："你呀，就知道快活。算了，你走吧。"审食其诡秘一笑,便退出宫去。

吕雉得到陈豨拜会韩信的消息之后,心里满是欢喜。因为最近又听说陈豨联合王黄在赵、代谋反,自立为代王。这下韩信可有把柄落到自己的手中了,终于可以借此除掉韩信这个眼中钉、肉中刺了,不然自己这个皇后以后还怎么施展拳脚?

可吕雉不知道,陈豨谋反,给刘邦出了一道天大的难题。

3

刘邦在得知陈豨叛乱的消息后,连忙召集文武大臣商议对策。刘邦怒斥说:"陈豨这个逆贼!朕待他不薄,为何叛朕?"

萧何忙道:"人心叵测,世事难料,陈豨素有谋略,武艺精通,必须尽快剪除,否则将酿成大祸。"

刘邦不无忧虑地说:"朕遣谁去为好?"

萧何想了想说:"依微臣看来,唯大梁彭越、淮南英布方是陈豨对手,有此二将同心协力,陈豨可擒也!"

刘邦便点头同意,吩咐派人赍诏前往彭越、英布二人处传令,让他们一同前往剿灭陈豨。

英布得到刘邦的宣诏之后,打开来看。只见上面写道:"大汉皇帝诏曰:逆贼陈豨谋反,自称代王。今命尔率本部人马,会同大梁彭越,共讨逆贼,不得有误!钦此。"英布看后面有难色,便起身在房中踱步思索。就在此时,下人来报,说是一个自称来自大梁的人求见。英布心想远道而来必是贵客,便吩咐请进。

来者刚进门,英布发现原来是彭越!于是迎上前去:"不知彭将军驾到,未能远迎,还请见谅!快快请坐。"二人分主客坐下,英布先开口道:"将军星夜到此,定有要事相商,敬请直言。"

彭越也不多说,只从怀中拿出一封诏书递给英布。英布见了,也从怀中拿出诏书,彭越看后便和英布相互对视一眼,心照不宣地一笑。

英布问:"将军有何打算?"

彭越答道:"鄙人不远千里而来,就是想听听将军的打算。"

英布直截了当地说:"将军信得过我,我就直说了吧!汉皇为人,只可以共患难,不可以处太平。当忧患之时,则思重用;当太平之后,则思杀戮。韩信之功远大于你我,且说贬就贬,说捕就捕,何况你我乎?你我若去征讨陈豨,则陈豨既除,你我也难逃活命。不知将军以为然否?"

彭越连连点头:"将军所言极是!但如何应对汉皇的征召,将军有何良策?"

英布想了想说:"强行抗旨是不行的,恐怕只能——装病。"彭越会心一笑。

刘邦得知彭越、英布装病不便出兵的消息,不觉气得七窍生烟,拍着几案大骂不已。随后，召来萧何、陈平商议。

刘邦说："二位爱卿，英布、彭越托病不出，如之奈何？"

陈平说道："他二人不出，陛下身边再也找不到能与陈豨抗衡的将领，恐怕就只能请陛下御驾亲征了。只是陛下日理万机，若领兵亲讨陈豨，朝政必将疏于顾及，孰重孰轻？请陛下慎思之。"

刘邦显得有些为难。

陈平接着说道："陛下，陈豨、英布、彭越是仅次于韩信的三员大将，一员谋反，两员按兵不动，严重威胁着汉室江山。陈豨若不早除，恐怕要危及长安！至于朝中之事，不如就托付丞相，陛下大可放心。"

萧何推辞说："微臣哪敢当此大任？"刘邦见此情景，一时犹豫起来，不知该怎么办才好，只好先让萧何、陈平退下，让自己好好想一想再做决定。

萧何、陈平离开后，刘邦独自一人思前想后，觉得陈平所说不无道理，于是便决定御驾亲征。可是又一想朝中竟然无人能代为出征，心中就很是不爽，生起闷气，起身前往后宫，去准备寻找吕雉倾诉放松一下。吕雉得知刘邦临幸后宫，起身出迎，跪拜曰："妾身恭候陛下！"

刘邦摆摆手说："不必多礼，坐下说话。"

二人并排坐下。吕雉见刘邦一幅忧心忡忡的样子，便问发生了什么事情？刘邦只好说："陈豨谋反，朕欲遣英布、彭越前往讨伐，怎奈他二人托病不出，朕只好御驾亲征。只是朕离开之后，朝中之事就只好托你全权处理，若遇难于决断之事，就与萧丞相商量定夺。"

吕雉听到刘邦竟然把朝中大权交给自己，心中说不出的高兴，口里却故意说："你不是不准我干预朝政吗？"

刘邦答道："此一时彼一时也，我知道你有这个能力，所以才决定远征。"

吕雉便点头同意说："陛下既信得过我，就放心去吧。"

刘邦方略为放心，可随之又陷入忧虑之中，不由说道："朕离开之后，一切政务有丞相辅佐，我自可放心。只是担心韩信废置在此，倘若与陈豨遥相呼应，东西并起，那后果就不堪设想！"

吕雉不觉暗自欢喜，连忙答曰："陛下不说则罢，说起韩信倒使我想起一件事来。我听说陈豨离京时特意到韩信府第，是否密谋反叛也未可知！"

刘邦不禁一惊，说："这就更要密切注意，一有异常，要采取果断措施，决不能让其得逞！"

吕雉点头表示明白。刘邦见皇后如此心思缜密，自己离开之后应无大的差池，便不再思考这件事情，而是把吕雉揽在怀中，亲手褪去吕雉身上的衣服，二人就此在后宫睡下。

第二天，刘邦便在未央宫召见萧何，说："朕再三考虑，陈平之言有理，故决定领兵亲征。朝中之事暂由吕后总理。你是开国元勋，当朝股肱，请与吕后襄理国事。凡有事需要谋划者，可与陈平计议。就此拜托了！"

萧何说道："陛下既已决定，微臣敢不从命？希望陛下旗开得胜，早日奏凯而还！"

刘邦便亲自率领大军前往剿灭陈豨，而这一走便是很长时间没有回来。岁月如白驹过隙，眨眼间一年过去，刘邦还在前方征剿陈豨，而在后方，萧何的儿子萧同也已满两周岁。

这些天，萧同已经开始牙牙学语和蹒跚走路。萧何教他喊"爹""娘""大娘""哥哥""姐姐"，他每喊一个，都会引得哄堂大笑。他们又逗他走路，时而走到这个面前，时而走到那个面前，摇摇晃晃，十分有趣。

而韩信的儿子自然也和萧同一样大了。韩信平常也没有什么事情可做，每天都是高兴地陪伴着妻儿。韩信爱儿子，抱起小韩平就亲上去，韩平先是咯咯笑着，后来竟然哭起来。费琪见了不觉心疼地从韩信手中夺过韩平，直埋怨韩信把儿子弄哭了。韩信不好意思地尴尬一笑，说自己是个粗人，本该是在前线带兵打仗，在家带孩子肯定是个外行，连亲一下儿子都会把儿子弄得哭闹起来。韩平便停止了哭叫，继而又咯咯地笑起来。

费氏在一旁看着，沉浸在幸福喜悦之中，拍着手说："平平，到外婆这里来！"费琪便将韩平放在地上，看着韩平跟跄着向费氏走去。韩信也拍手叫道："平平，到爹这儿来！"韩平走了几步，却又转身向费琪走去，逗得费氏母女大笑不止。韩信很是难堪，却也跟着不好意思地"嘿嘿"笑了。

韩信赋闲在家，喜得贵子，一家人和睦相处，其乐无穷。淡定，故不伤；淡然，故不恼。欲望是壶里沸腾的水，人心是杯子里的茶，水因为火的热量而沸腾，心因为杯体的清凉而不惊。当欲望遇冷，沉淀于心，便不烦、不恼。

第五十四章　易子存孤义盖世

1

　　吕雉睡在龙凤床榻上，陷入梦境之中。梦见自己骑着一只彩凤，在蓝天白云间惬意地飞舞。忽然看到，刘邦带着戚姬、如意也在骑凤飞翔。刘邦见了吕雉，怒目而视，驱凤向吕雉冲去，吕雉慌忙躲闪，随后便惊醒过来。吕雉发现自己浑身湿透，竟惊吓出了一身冷汗！突然，吕雉又惊叫一声，惊恐地坐起，原来吕雉发现竟然有一个人在身边！吕雉用布满血丝的双眼细看——原来是审食其。

　　"娘娘，怎么啦？"审食其关切地问。

　　吕雉说："我刚才做了一个噩梦。梦见骑着凤在天空遨游，却遇见皇上带着戚姬和如意，也在天空飞翔。突然，皇上一巴掌把我打落尘埃，我便惊醒过来。难道说这是一种不祥的预兆，上天在提醒我？"

　　审食其诡谲一笑："娘娘，戚姬、如意有皇上护着，你目前斗不过她们。因此，你必须露点手段给她看看，使她们不敢小觑你，不然你在宫中的日子会不好受！"

　　吕雉疑惑道："这手段该怎么露？"

　　"杀人立威！"审食其狠狠地说道。

　　吕雉不由自语道："杀人立威？"好像在问审食其，又好像在自言自语。

　　审食其接着侃侃而谈："这还不明白？皇上的威信就是杀出来的嘛！他杀了一条巨蟒，大家便说他是赤帝之子，把他奉若神明；杀了沛县县令，便当了沛公；接着率领西路大军过关斩将，一直杀到咸阳，天下扬名；楚汉相争，他又杀了多少人？项羽及众多诸侯王都死在他的手里。他的皇朝就是在累累白骨上建立起来的。娘娘不要心慈手软，杀！只有把大家杀怕，别人才不敢与你争宠！"

　　吕雉茅塞顿开，说："对，我首先杀掉戚姬的儿子赵王如意，其次是曹氏之子齐王刘肥，然后是楚王刘交、荆王刘贾……"吕后滔滔不绝地说起来。

　　审食其摆手打断说："这些都是刘姓王，只要皇上在世一天，你就杀不了他们。"

　　吕雉又茫然了，说："异姓王只有彭越、英布、吴芮、卢绾四人，可他们手里都握着重兵，如何下手？"

　　审食其回答道："你看皇上的眼中钉是谁，你就拿谁开刀不就行啦？"

　　吕雉说："这还有谁呢，不就是韩信吗？此人确系皇上早就想杀的，不过没有掌握新的罪证，也不好动手。"

　　审食其说："新的罪证，这很好办。"说着便趴到吕雉耳边说了一通。

吕雉立即展露笑颜,随即便高兴地将审食其揽在怀里。

第二天,吕雉召见萧何,准备实施自己的计谋。萧何得知吕雉要召见自己,便急急忙忙赶往宫中。进殿之后,对吕雉施礼说:"微臣参见娘娘。"吕雉要萧何不必多礼,然后便请萧何坐下说话。萧何拜谢过后便坐下来,说:"不知娘娘命微臣进殿有何吩咐?"

吕雉知萧何精明过人,又大权在握,自己的计划不能急于求成,一定要谨慎行事,便小心翼翼地说:"皇上领兵东征,朝中之事托付本宫总理。本宫深感责任重大,感到力不从心,甚是诚惶诚恐!好在丞相德高望重,干练精明,堪为股肱,有你在朝,我才心中踏实,勉为其难。孰料下车伊始,即遇到一件棘手之事,不知如何是好?"说完,故意叹了口气。萧何见状便问吕雉何事棘手,吕雉这才抖出话底:"韩信与陈豨暗中勾结,蓄意谋反!"

萧何惊讶万分,疑惑道:"真有此事?"吕雉拿出一封密信,说:"你看,这里有密信一封。"萧何上前接过书信,展开一看,半晌无语。吕雉似乎在征求意见一般,问道:"丞相,你看此事该如何处置?"

萧何想了想,不相信韩信会做出这样的事情来,便说:"娘娘,我想韩信自弃楚归汉以来,一直忠诚不贰,出褒中,定三秦,楚汉战争中八战八捷,立下十大功劳,怎么会谋反呢?"

吕雉反驳道:"丞相此言差矣!韩信窝藏钟离昧,就有反意;皇上抓捕他,又贬王为侯,他怀恨在心,难免不反。陈豨临走之前,曾过府拜望韩信,不是密谋,又是为何?"

萧何依然不相信会有此事,便为韩信辩护说:"陈豨是皇上最为宠信的将领,与韩信并无私交,礼节性地拜访一下,也不能认定就是密谋造反。韩信如果真欲谋反,不在陈豨手握重兵、威震一方的时候动手,而要到皇上领兵亲征时仍在坐等呢?韩信不至于出如此下策吧?所以说,这件事情有人诬告也是可能的。"

吕雉见萧何精明过人,感到甚是难缠,便说道:"不管怎么说,这写信的人绝不会无中生有,所以本宫不可不防。我知道丞相与韩信交情非同一般,可不要被友情蒙住了双眼啊!"

萧何听到这里不觉脸一沉,没想到吕雉竟然把这件事情扯到自己身上来了,于是严肃地说:"娘娘言重了!萧何虽然愚钝,也不至于连朋友和国家孰重孰轻都分不清楚吧?此事究竟该如何处置,娘娘自行定夺就是!"

吕雉知道自己有些操之过急,缓和了口气说:"让我想一想,再与丞相商议吧。"萧何便起身告辞离去。

吕雉随后便宣召审食其、吕泽兄弟进殿。商议如何对付韩信的事情。他们各抒己见,直到掌灯方散。

这一天,韩信手拿鱼竿准备外出钓鱼。费琪抱着韩平出来,问:"又去钓鱼?"韩信说:"不去钓鱼,还有什么事可做?"随后又笑着对韩平说:"是吧,儿子?"说着便在韩平脸上亲了一下。

韩信离开之后,费琪将韩平放在地上,任其走来走去。不一会,翠娥抱着萧同来到了门口。费琪看到翠娥,高兴地迎了上去,说:"翠娥,你怎么来了?"翠娥笑道:"没事来串串门,让两个小家伙在一起玩玩。"说着便将萧同放在地上,两个小家伙果然走到一块,互相指指划划,咯咯笑着。两个孩子放到一块才让人发现,竟然十分相似,像是孪生兄弟似的。

这时,费氏拿出一块尿布对韩平喊道:"平平,该换尿布啦。"说着便抱起萧同,解开裤子一看,尿布竟然不一样,不觉惊讶地愣在那里——她发现认错人了,费琪看了大笑起来,说外婆眼睛真是花了,连自己的外孙都认不准了!

费氏放下萧同,抱起韩平,不好意思地说:"你看我这眼睛!不知道怎么搞的,我觉得两个小家伙挺像的,一时间没仔细看,竟然看错了。"翠娥说:"这不能怪你的眼睛,只怪他们长得太像了。"费琪替韩平换完尿布之后,饶有兴趣地对萧同叫道:"同同,过来。"萧同真的就走到费琪面前。费琪抱起萧同说:"同同,叫我娘好吗?"没想到萧同还真的开口叫了一声:"娘!"

费琪听了大喜,说道:"好啊,我有两个儿子啦!"翠娥此时也连忙抱起韩平,说:"平平,叫我娘。"韩平也稚声嫩气地喊着:"娘!"翠娥也欣喜地大叫:"我也有两个儿子哟!"随后,费琪、翠娥抱着彼此的孩子"哈哈"大笑起来。几个女人的笑声,仿佛都能把韩府震翻了。

此时萧何也从宫中匆匆回到了家里。

2

萧何一进家门,见萧夫人独自坐在那儿,忙问道:"同儿呢?"萧夫人见萧何回来了,便说:"翠娥带到韩府玩去了。怎么,半天不见,就不舒服啦?"萧何笑道:"是啊,老来得子乃人生一大快事嘛,家里有这么个活宝贝,时刻充满笑声,生活就有趣多了!"

突然,外面传来"娘娘驾到"的喊声。萧何听了,心想,什么事值得娘娘亲自出马?未必还是为了韩信之事?萧夫人却一惊:"她怎么来了?"说罢赶紧进了内室。

萧何整理衣冠,准备外出迎接,可是吕雉已经进屋了。萧何即跪拜道:"臣参见娘娘千岁!"

吕雉笑着说:"起来,起来!在家里就随便一点吧!"萧何起身,又道:"不知娘娘驾到,未及迎接,望乞恕罪!"吕雉又是一笑:"我来探望丞相,无须迎接。"萧何请吕雉在客厅坐下,吩咐下人奉上茶水。

吕雉接过喝了一口,抿抿嘴说:"有件事想跟丞相商量一下。"

萧何忙问:"娘娘有何大事?"

吕雉说:"刚才皇上传来捷报,陈豨已除。我想召集群臣庆贺一番,不知丞相以为如何?"

萧何听了,异常欣喜:"皇上除了陈豨,乃天大喜事,理当庆贺!"

接着,吕雉果然把话题绕到韩信身上:"大小群臣俱到,淮阴侯也不能例外吧?"

萧何不知吕雉这是什么意思,便答道:"韩信一个暂居京城的侯爷,去不去均无足轻重。"

吕雉便以推心置腹的口吻说:"他与皇上心存隔阂,众所周知,韩信若能去,皇上定然高兴。由此君臣隔阂消除,齐心治理国家,岂不是国之大幸?他若不去,话就不好说了。"

萧何点头说:"娘娘言之有理。我想韩信是个聪明人,这种场合,他是一定会去的。"

吕雉却道:"韩信聪明不假,但聪明一世,糊涂一时也是有的,他万一不去怎么办?我想请丞相去邀他一同前往,成全这桩美事。"

萧何听了,觉得这件事情实在有些蹊跷,但一时又说不出哪里不对,先是愣了片刻,但很快镇定下来,只好回答说:"谨遵娘娘懿旨,臣一定效力。"

吕雉满意地点点头,便吩咐起驾回宫。萧何跟着送吕雉到门口。

刚刚走到门口,恰巧遇上翠娥抱着萧同回来。吕雉目不转睛地盯着她们母子。萧何一见,连忙对翠娥说:"快拜见娘娘。"

翠娥赶紧施礼:"拜见娘娘。"

萧何在一旁对吕雉介绍:"这是我的侧室。"

吕雉盯着翠娥,笑着说:"丞相艳福不浅呀,还有这么一个年轻漂亮的如夫人!"随后又盯着翠娥手里抱着的萧同。

萧何又道:"小儿子萧同。"

吕雉摸了摸萧同的脸蛋,夸赞说:"长得多可爱啊!"说罢,乘辇而去。

吕雉一行走后,萧夫人出来道:"老爷,皇上报捷,群臣庆贺,韩信一个淮阴侯,何足挂齿,为何非去不可?吕后一向心怀叵测,是不是另有图谋?"

萧何也十分担忧:"吕雉早有除掉韩信之心,明天韩信一去,恐怕吉凶难料!"

萧夫人责怪地说道:"你既然知道吉凶难料,为何还要答应吕后去邀他一同前往?"

萧何无奈地摊摊手说:"夫人有所不知,现在皇上不在长安,朝中之事就由吕后一手遮天,我若抗旨不遵,必定会受到连累,说不定招来灭门之祸啊!"

萧夫人惊得瞠目结舌,想了一下,转而宽慰萧何:"不过,吕后确是为了缓和君臣关系也未可知。"

萧何此时宁愿往好处想,信心满满地说:"若果真如此,韩信就更应该去,否则就会增加皇上和吕后对他的忌恨,这对他是极为不利的。况且吕后若想借机治他的罪,现在怕也不敢。"

萧夫人不以为然道："她大权在握，有什么不敢的？"

萧何解释说："韩信为汉室江山立下十大功劳，当年皇上亲口赐他'三不死'。吕后敢当着满朝文武公开违抗皇上的许诺吗？这三不死就是见天不死，见地不死，见兵器不死。"

萧夫人高兴地说道："那他不是根本死不了吗？"

萧何点点头。萧夫人这下就放心了，韩信不会有事的。

可是萧何在安慰萧夫人的同时，自己其实还在时时刻刻悬着心，不怕一万就怕万一啊！

第二天，萧何就带着这样一种担心来到韩信府上。此时，韩信一家正在和韩平逗趣。

韩信迎上去："丞相前来，不知有何吩咐？"

萧何迟疑片刻，回答："侯爷，皇上已经诛灭陈豨，你可曾听说？"

韩信闻言，淡淡说道："丞相知道，我已不问国事，无从听说。"

萧何点点头说道："捷报已经传入长安，吕后召集文武百官进宫庆贺，特命我前来邀请侯爷一同前往。"

韩信疑惑起来，自己这个淮阴侯一直闲置着，从来就不曾被人想起过，如今怎么会来邀请自己参加宴会呢？反复考虑，最后觉得不管怎样，自己也懒得过问这些事，现在又有了儿子，一家人过得很幸福，更无需去凑热闹了。便对萧何说道："请丞相回禀吕后，就说韩信身体欠佳，不能前往。"

萧何听了，有些为难地说："此事我已替你想过，你与皇上已经心存芥蒂，你若前去，也许能使君臣芥蒂消除，同心同德治理国家，此乃万民之幸。你若不去，则恐芥蒂加深，于国于己都很不利呀！"

韩信还在犹豫之中。费琪见状，劝说道："丞相已经亲自来请，你就随他去一趟又如何？"

韩信看了看费琪，思索片刻，便答应下来，跟随萧何一起进宫，参加吕雉举办的庆功酒宴。

萧何、韩信一起来到金銮大殿，只见吕雉和刘盈坐在雕龙宝座上，身旁仅有几名侍卫，殿内空空荡荡。他们还没来得及施礼，就见吕雉一拍龙案，喝道："来人，将反贼韩信拿下！"顷刻之间，埋伏在周围的几十个武士蜂拥而上，一把将韩信捆住。萧何根本没想到会发生这样的事情，顿时不知所措。而韩信更是一头雾水，连忙问道："娘娘，韩信身犯何罪？"

吕雉厉声喝道："哼！你与陈豨密谋反叛，还不知罪么？"

萧何此时才清醒过来，明白自己上了吕雉的当，落入了吕雉设下的圈套，便生气地质问道:"娘娘,不是让微臣与韩将军前来贺喜吗?怎么会发生如此之事?"

吕雉根本不在乎萧何说些什么,命令道:"丞相,你到一旁歇息去吧!"

萧何知道刘邦不在宫中,吕雉一手遮天,自己根本无可奈何,只好退到一旁。

吕雉看到萧何退下,便对韩信呵斥道:"韩信,皇上已将陈豨擒获,对于你们合谋反叛之事,陈豨供认不讳,你还不从实招来?"

韩信哈哈大笑,说:"你这是纯属无中生有,阴谋陷害!"

吕雉气不打一处来,连忙下令:"来人,推出去斩了!"左右武士一拥而上,将韩信擒住。

韩信立即吼道:"谁敢!当年我韩信出生入死,为汉室立下十大功劳,皇上赐我'三不死',你们谁敢违抗圣命?"

吕雉听了嘿嘿冷笑道:"圣命哪个敢违?可我有办法叫你死!来人!将韩信推入钟室,遮掩门窗,不让他见到天日;铺上地毯,不让他着地;不用兵器,而用篾针将他刺死!明白没有?"

武士立即将韩信推入钟室。萧何没想到刘邦当年许诺下来的"三不死"竟然被吕雉篡改,还想出了这么一个歹毒办法擒杀韩信,真是可恶至极!但是,也只能恨在心中,不敢对吕雉的行为加以制止。因为他深知吕雉心狠手辣,一则制止不了,二则如果现在替韩信求情,不仅救不了韩信,还可能落一个和韩信有同谋之罪的下场。

于是,只好忍气吞声告辞离去。

3

萧何跌跌跄跄回到家里,瘫软地坐在墩子上。翠娥赶紧抱着孩子走到萧何身边,对孩子说:"快叫爹。"萧同叫了一声"爹",萧何无精打采地看了萧同一眼,还抱起亲了亲,说:"同同真乖!"

萧夫人来到客厅,一见萧何,忙说:"你今天是怎么啦,脸色这么难看?"萧何长叹一声,不作回答。

萧夫人见状,连忙询问:"韩将军没事吧?"

萧何不由老泪纵横,道:"韩将军被吕后杀害了!"萧夫人和翠娥听了,十分悲痛,这样的事情最终还是发生了。翠娥突然想到费琪,"韩元帅被杀了,真不知道费琪接下来该怎么活?"

萧何沉重地说:"不仅韩元帅被杀,还要诛灭三族,费琪和韩平母子二人也都性命难保!"萧夫人、翠娥都替韩信一家人感到悲伤,都不觉落下泪来。尤其是费琪的儿子韩平才两岁多,和萧同一般大,难道说那么小的孩子也要杀吗?这个吕后可真够歹毒啊!

萧何叹道:"唉,可怜韩信四代单传,幸喜生下一子,偏偏又遇上这场飞来横祸,最终还是无人接后啊！"

翠娥果断地说："我去把韩平抱过来，将他抚养成人，也好为韩家续上香火！"

萧夫人也十分支持，说："好！你快些过去，官兵一到，就来不及了。"

萧何却不同意，阻止正准备动身的翠娥，说道："吕雉已经知道韩信有个儿子，你把他抱过来，吕雉不会来找我们要人？到时候不仅韩平保不住，连我们一家都要问成死罪！"

萧夫人恍然大悟，翠娥心有不甘，哭着对萧何说："难道就眼睁睁地看着他韩家绝后？老爷，你给想个办法呀！"

萧何想了想，然后把眼睛落在萧同身上，面露难色地说："办法倒是有一个，就不知道你们能不能答应？"

萧夫人、翠娥连忙催问："有何办法？快说！"

萧何沉思良久，好不容易才说出一句话来："用萧同去把韩平换过来！"

翠娥大吃一惊，下意识地连忙将儿子抱得紧紧的，说："这可不行！"说完，抱着萧同走进内室去了。

萧夫人看到翠娥伤心的样子，便埋怨萧何说："老爷，用同儿去换韩平，亏你想得出来！朋友再要紧，也不能这么做呀！"

萧何有苦难言，只好解释："不帮他留下个儿子，我心中不安啊！"

萧夫人却不管萧何的苦衷，依然埋怨："你呀，当初禄儿好好的，你非得把他送到前方去打仗，搞得满身刀伤箭伤，如今只剩下一口气了……同儿这么可爱，你又要让他去替死，你这是要让儿女们都死光，你才心安是吗？"说完不禁放声大哭。

萧何也不禁珠泪横流。纵然自己提出拿萧同去换韩平，心中也是万般不情愿，万般无奈啊！他噙着泪水，半晌无语，待心情稍微平静下来后，对萧夫人说："夫人，你知道，韩信是我再三向汉王举荐的，中途他本来要离开，是我把他追回来。拜将以后，他屡立奇功，打下汉室江山。按理，他应该享有最高爵禄，受到人们尊敬。可是恰好相反，汉皇几次夺他的兵权，降他的禄位，最后居然落得如此下场！我们作为好友，他对我尊重有加，我却不能帮他一把，反而约他进宫去，我……有罪呀！"说着更加痛哭流涕，难以克制自己悲伤激动的心情。半晌，才又平放情绪说："夫人，我现在唯一能做的就是帮他延续香火，以赎我罪，使他在九泉之下得到安息，也不枉我们朋友一场！请夫人谅解！"

萧夫人听这么一说才转过气来，心疼地说："老爷，事情已经过去，你也不要过于自责，保重身体要紧啊！你的心情我理解，就怕翠娥不会答应哦！"

萧何想了想："翠娥那里我会去说，相信她也会通情达理的。只是还要请夫人多劝劝她。"

萧夫人也只好无奈地点头答应。

随即，萧何轻轻来到翠娥的房间。翠娥带着萧同躺在床上，萧同已经入睡。翠娥知道萧何进来便佯装睡着，不予理睬。萧何坐在床沿，沉重地呼唤着翠娥，翠娥实在没法，只好坐起，看着萧何默不作声。

萧何躬下身来，耐心劝道："翠娥，同儿是我们的亲骨肉，我舍得吗？我心里也在滴血啊！可是，我们能看着韩门绝后吗？你也说不能吧？那就只有这一条路可走了……"说到这里，萧何哽咽着说不下去了。

翠娥喃喃说道："同儿可是我身上掉下来的肉啊……"说着放声大哭起来。

萧何接着道："韩将军是我约他进宫的，如果不能帮他延续香火，我会后悔一生，内疚一生，到死都不得安宁。你能忍心看着我受此煎熬吗？"说着"噔"地一跪说："翠娥，你就帮我赎了这宗罪孽吧！"

翠娥也连忙下床跪下，夫妻双双抱头痛哭。哭声把萧同吵醒，他也跟着哭起来。

萧夫人听到哭声，忙走进来，抱起萧同，问："商量好了没有？再拖延，恐怕就来不及了！"

翠娥抱起儿子，狠狠地亲了几口，萧何也亲了亲，萧同竟然停止啼哭，咯咯地笑了起来。

翠娥一狠心，毅然将萧同交给萧夫人，说："夫人，拜托你赶快去换韩平过来！"

萧夫人眼里噙着泪水，点点头，就叫丫鬟抱着萧同，一起向外走去。当萧夫人她们离开之后，翠娥竟然更加舍不得，奔到门口呼喊，却看着她们已消失在大街拐弯处。萧何跟着来到门口，把翠娥揽在怀里，抚摸着她的肩膀安慰着。

4

萧夫人她们很快来到帅府。门吏问道："做什么的？"萧夫人理智地回答说："没事，来串串门。"可是门吏不同意萧夫人进去。旁边的丫鬟便呵斥说："你长眼睛没有？这是丞相夫人！"门吏细看了看萧夫人，又瞄了萧同一眼，便连忙赔笑地："夫人请进吧。"

费琪似乎还没有得知韩信被害的消息，正在院子里面带韩平玩耍。萧夫人进来喊了声："费琪！"

费琪一见，上前迎接，说："夫人来了？"

萧夫人也并不多说，就把韩信的事情告诉了费琪，说："韩将军被害，马上要诛灭三族，你们一家恐怕在劫难逃！"

费琪一听，犹如晴天霹雳，惊得半晌说不出话来，只是愣在那里，呆呆地看着萧夫人。

萧夫人接着说道："费琪，事已至此，已经没有其他办法了，估计吕后很快便会带人来擒拿你们！"

费琪这时才突然清醒过来，哭着求救说："夫人，这可该怎么办啊？我们娘女倒是都无所谓了，可是平平是韩家的一条根，这可如何是好啊？！"

萧夫人果断地说："平平给我，你们把同儿留下，丞相和我们都已商量好了，一定要帮韩家留下这条根！"

费琪连忙推辞："使不得，万万使不得呀！"

萧夫人再次说道："丞相已讲，为了给韩门延续香火，这是唯一的办法！你们就别争了！外面看得很紧，恐怕他们很快就要动手了。"不由分说就将萧同塞给费琪，又将韩平交给丫鬟，便立即向费琪母女告辞离去。

丫鬟抱起韩平就走，韩平竟然哭起来！当她们抱着哭泣的韩平来到门口的时候，门吏见孩子在哭，便上前问道："他怎么哭了？"

萧夫人忙笑着说："哎呀，是这样，刚才两个孩子玩得好好的，可是一听说我们要回去了，他还不肯走，你看你看，竟然哭了起来。"丫鬟在一边哄着孩子："别哭，我们回去，噢！"

门吏不再多问，就让他们离开了。

果不其然，萧夫人她们刚走，吕雉便带着一群刽子手冲入了韩府。费琪母子三人瑟缩着坐在一起。为首的刽子手凶狠地问道："谁是韩信的妻子？"

费琪站起来，茫然无措地回答："我就是。"

刽子手看到旁边还有一个妇女，于是又指着费氏问："她是你什么人？"

费琪回答说："我的娘。"

刽子手盯着萧同问："他呢？"

费琪看着萧同，只觉万箭穿心般难受，想起自己的儿子虽然已经脱险，但这个孩子实在无辜啊！万般无奈，只好回答："这是我的儿子。"

刽子手觉得没找错人，便一刀将费氏杀掉。费琪在一旁看着自己的娘被害，顿时撕心裂肺地叫嚷起来。刽子手正要举刀杀费琪时，只听得一声"慢！"——刽子手停下来，原来是吕雉走上前来。

吕雉看着费琪母子，一下子愣住了，尤其是看到费琪怀中那个孩子的时候，想起前两天在萧何家门口，看到萧何儿子萧同时的情景。不禁疑惑起来，便指着萧同问费琪："他是你什么人？"费琪十分悲痛但是仍清晰地答道："我儿子。"吕雉似乎不相信费琪所说的话，又指着费琪问萧同："乖乖，你叫她什么？"萧同叫着："娘！"

吕雉看到似乎并没有错，便断然命令："动手吧！"刽子手便挥刀杀了费琪。正要再次举刀杀那个孩子的时候，刽子手不觉停下了手——那孩子正望着他笑呢！看着面前这个天真可爱的孩子，刽子手愣住了，因为他家中也有一个差不多年纪的小孩，看着萧同便想起了自己的孩子。

吕雉见状，催促着呵斥："还愣着干什么？给我杀！"刽子手无奈，只好眼睛一闭，将萧同杀了。因未伤要害，萧同尚未断气，口里喊着"娘"，向费琪爬去，其状惨不忍睹，连刽子手都落泪了。刽子手只好再次举刀，结束了萧同的生命，不忍心让小孩再多承受一秒钟的痛苦。

吕雉将韩信一家杀害之后,便派人把这个消息带给还在前线的刘邦。刘邦坐在营帐之中,陆贾便递上奏表一份,说:"娘娘派人赍表来报。"刘邦忙接过表展开来看,阅毕顿时大笑起来,说道:"娘娘终于将韩信除了!哈哈哈,真是天大的好消息啊!"刘邦笑着笑着,竟然流下了眼泪,就连自己也没有想到为什么会有这样的反应。

陆贾看了,不解地说:"陛下除了一大心腹之患,应当高兴,却为何落泪?"刘邦感叹道:"韩信归我,丞相数次荐举,拜为大将,屡建奇功,虽古之名将亦不过如此。朕待他不薄,他不应图谋不轨,今娘娘杀之,朕深为悼息,可叹从此再也没有这样的奇才了!"

陆贾不断点头,也不由一阵感伤,眼角顿然涌上泪花。

第五十五章　自污名节实无奈

1

刘邦平定陈豨之后，便班师回朝，摆酒宴犒赏三军。

这天，刘邦回到自己豪华的金銮殿，文武百官急忙上朝拜见。

陈平首先出班喊道："列位大人，陛下亲征叛贼陈豨，今日凯旋，大家欢聚一堂，共同庆贺，祝吾皇万岁！"众人便一起跪下，齐声祝愿："吾皇万岁，万万岁！"

刘邦看到如此情景，喜悦之情溢于言表："朕此次征讨叛贼陈豨，旗开得胜，是为一喜。皇后在丞相鼎力相助之下，除了叛贼韩信，是为二喜。有此二喜，汉室江山方能得以稳固。丞相又立下不朽之功，今特拜丞相为相国，加封五千户食邑，并派五百名士卒充当护卫，以示嘉奖！"

萧何连忙跪下："谢陛下隆恩！"萧何此时此刻心中没有丝毫的喜悦，一想到韩信因为自己而死，便是十分自责，现在皇上又对自己加官晋爵，就坐实了自己伤害韩信之事，心中更添了痛苦，不觉一阵冷汗浸湿了衣裳。

萧何受到嘉奖，原来的"丞相府"便改为"相国府"。朝中上下，文武百官纷纷来到相国府表示祝贺。厅堂内，萧何忙不迭地接待着前来贺喜的官员。

官员们纷纷祝贺说："相国受皇上嘉奖，大喜事啊！"

"相国位极人臣，可喜可贺！"

"相国一人之下，万人之上，恭喜啊恭喜！"

萧何抱拳说："谢谢诸位抬爱！谢谢！"

萧何一边接待前来祝贺的文武百官，一边吩咐下人摆上酒宴。贺喜者相继而至，三五成群在一张张酒席旁边坐下，推杯换盏吃喝起来。萧何端着酒杯向前来贺喜者一一致谢。如此热闹许久，酒宴结束，贺喜者陆续离去，萧何送走所有人，才疲惫地坐下歇息。

刚刚坐下不久，忽然看到一人身穿孝服，手拿孝棍，进门就说："相国，不才吊孝来了！"

萧何一听，感到甚是惊奇，再看来人，似乎并不认识，不由奇怪地问道："你是何人？先生这是何意？"

来人自报家门："不才乃东陵侯召平。"

不待萧何开口，接着说道："相国，你想过没有？皇上亲自在前线平叛，出生入死，而你在后方并无什么战功，即使诛灭韩信也只是'相助'而已，却给你加官晋爵，派遣卫队，这合乎常理吗？表面看来是给你嘉奖，实际上却是对你产生了怀疑。卫队也不是为了保护你，而是为了监视你，防备你啊！"

萧何猛然觉醒，连忙问道："依先生之见，我该如何应对？"

召平建议说："对于皇上的封赏，你可坚辞不受，还可将自己的家产尽数拿出来供给军需。这样庶几能消除皇上对你的猜疑。"

萧何听了，连连点头。

召平看到自己的谏言被萧何采纳，放下心来，但对于自己一副吊孝的打扮前来面见萧何，又感觉到有些不好意思，便道歉说："在一片道贺声中，不才如此举动，无非想引起丞相高度警觉，并无他意。请相国见谅！"

萧何诚恳地说："先生一片真心，萧何感激不尽！"

召平笑一笑，便告辞离去。

萧何独自一人坐在大厅，沉思良久，便起身前往宫中面见刘邦。

刘邦正在宫中与吕雉说话。吕雉依偎在刘邦怀中，开口说道："你不许我干预朝政，这次干预得不错吧？"

"不错，不错！"刘邦高兴地说，"我除了陈豨，你除了韩信，免去两个心腹大患，国家就安宁了！"

吕雉接着说道："我除韩信，要不是萧何出面，恐怕还难以得手哩！萧何为了汉室江山，竟敢于牺牲刎颈之交，可见他对皇上真是一片忠心啊！"

刘邦听后陷入沉思，然后不无担心地说："你对他的评价，过去的确当之无愧，但今后将会怎样，还很难说，'人心隔肚皮'啊！"

吕雉从刘邦的谈话中，似乎察觉出了什么，便问道："你给他最高嘉奖，是不是在防备于他？"

刘邦微微一笑，指着吕雉的鼻子说："了解丈夫莫过于妻子，知邦者，皇后也，你真不愧为女中豪杰！"

说话间，一个内侍上前报告，说萧何前来觐见。刘邦便忙宣其进殿。

萧何进殿拜道："微臣参见陛下、娘娘！"

刘邦摆了一下手，说道："爱卿平身，赐坐。"

萧何起身坐下，直截了当地开了口："陛下，微臣不曾上前方平叛，没有半寸功劳，不敢领受陛下的封赏，特此前来辞谢！"

刘邦不觉一愣，隐隐感觉萧何话中有话，于是笑道："你助娘娘为朕除了一大祸害，怎么说没有寸功呢？没有相国出面，别说是娘娘，就连朕恐怕也难以使他就范啊！"

吕雉也在一旁说道："是呀，本宫有何能耐？之所以能不费吹灰之力，诛杀一名举世瞩目的大将，全是相国的功劳！"

刘邦他们越是这么说，萧何就越觉得不好受，他强忍心中悲愤，说："陛下、娘娘过奖了！我决意辞谢封赏，并倾家财作为军饷，以献微臣绵薄之力。这是财物田产清单，请陛下验讫。"说罢交出一张清单，然后告辞离去。

刘邦接过清单，和吕雉相互对视一眼，不禁哈哈大笑起来。

2

自从把萧同和韩平调过来之后，翠娥整天就像是丢了魂魄似的，无精打采，做什么事都心不在焉，她常常倚着门框，呆滞地望着远方，似乎在等待某个人的归来。

萧夫人抱着韩平站在一旁，看着翠娥竟然伤心成这个模样，感到很是心疼。为了使翠娥高兴，她指着翠娥逗着韩平"叫娘"，韩平就用手去抓翠娥，叫着"娘！"

翠娥听了，心中更是悲伤，看着韩平就想到自己遇害的儿子萧同。翠娥从萧夫人手中接过韩平，不禁脱口而出："同——"陡然想起这不是萧同，便改口道："平平！"两行热泪就像断线的珠子直往下掉。

萧夫人看了，也落泪不止。

萧何回到府中，见到如此情形，也不由一阵心酸，但仍强装镇静地安慰两位夫人："事情已经过去，不要再去想他了。反正平平也没有任何亲人，我们就将他作亲生儿子看待吧。"

萧夫人却不无担心地说道："吕后心狠手辣，又精怪得很，恐怕迟早会被她发现，老爷，我们还是回丰邑去吧，那样最为稳妥。"

萧何感叹一声，说道："韩信三族已灭，吕后不会再留意此事。好在两个孩子的年龄、相貌都难分真假，谅她也无可奈何。我们现在离开长安，反倒会引起她的注意。要去，也要过一个时候再说。不过，你们不要老是哭哭啼啼，也不要老念着同儿，这就是同儿，同儿！明白吗？"说着便张开双臂，对韩平说："同同，来，叫爹！"韩平便开口叫着"爹"，扑向萧何。萧何抱起孩子，逗得孩子在怀中咯咯地笑着。这时，室内气氛才有所回暖。

突然听到外面传来"娘娘驾到"的声音。

萧何等人不觉大吃一惊，没有想到这个时候，吕雉竟然会前来府中，也不知所为何事？萧夫人、翠娥两个人更是慌张，从萧何怀中接过韩平，一起回到里屋躲起来，免得与吕雉相见。

吕雉进府，萧何与她见过礼后便在客厅坐下，说："相国辞掉封赏，又倾家财作为军饷，其忠心天人可鉴。皇上遣本宫前来看望相国，并表谢意。"

萧何忙道："绵薄之意，乃微臣本分，何劳皇上、娘娘挂怀？"吕雉一番唠叨之后，移到正题，扭头问道："相国，你那小小令郎，长得十分可爱，能否让本宫一见？"

萧何这才明白吕雉这次前来的真正目的，还是在那个孩子身上。看来吕雉是要斩草除根，绝不会给自己留下后患！连一个小孩都这么穷追不舍，其狠毒之心，令人发指！萧何有些犹豫，心想，如果被吕雉看出这个孩子是韩信的，恐怕就要大祸临头了！想到这里，萧何一时愣住不好回答。

吕雉见了，不觉疑惑，试探地说道："怎么，不让见吗？"

"哪里哪里！"萧何忙回说："只是孩子偶感风寒，我怕他加重病情，尤其若传染给娘娘，那就是大罪过了！"

吕雉十分不快地起身说："既然如此，那就算了。起驾回宫！"

吕雉正准备离开，翠娥却抱着韩平走出来，高兴地说，"老爷，你看，孩子退烧了。"翠娥这样做是怕吕雉更加怀疑到孩子的身上，就索性赌一把，毕竟韩平和萧同长得很像，吕雉也不至于就那么轻易地认出来。

萧何看到翠娥抱着孩子出来，不免有些担心，但还是说道："这就好！快来见过娘娘。"

翠娥便上前施礼道："翠娥见过娘娘。"

吕雉冷冷地说："免了吧。"说着，紧紧盯着孩子，并用手在孩子的额头上探了探，然后指着翠娥问孩子："你叫她什么？"韩平眨巴着一双眼睛，亲亲热热地叫道："娘。"吕雉依然不放心，又指着萧何问："叫他什么呢？"韩平咬着嘴唇回答："爹。"

吕雉这才放下心来，言不由衷地把这孩子夸赞一番，随后便回宫去了。

萧何等人把吕雉送走之后，不觉长长地舒了一口气，真是吓人哪！可是韩平这个小家伙竟依然拍着小手咯咯笑着，萧何看了，也被这小家伙逗乐了。

3

不久，刘邦为了巩固政权，便把彭越贬至蜀地，吕雉觉得斩草就要除根，于是按照和韩信差不多的方式把彭越骗到洛阳，随即以谋反罪将彭越杀害，然后命人把尸体剁成肉酱，分送天下诸侯，以示警告。同时，派出使者将肉酱专程送给英布。吕雉知道，英布与彭越有很深的交情，也非等闲之辈，杀鸡儆猴，英布首当其冲。

使者到来的时候，英布与费赫等正在喝酒，俱已半醉。

使者手捧陶罐对英布说："英将军，皇上赐给肉酱，请收下吧。"

英布跪接，说："谢皇上恩典！"然后起身打开陶罐说道："正好下酒！"他舀起肉酱，尝了一口，觉得不是滋味，眉头顿时锁了起来。

费赫也跟着尝了一口，说："一股什么味道？"

英布此时感觉胃不舒服，竟然呕吐起来，连忙用酒漱口，然后疑惑地问使者："这是什么肉酱？"

使者支支吾吾道："这是彭越将军的肉酱。"

英布一听，不禁大惊，急问："彭将军怎么啦？"

使者便战战兢兢地把彭越如何遇害的事情告诉了英布。

英布怒火中烧，将条案一掀，大骂道："岂有此理！昨日杀韩信，今日杀彭越，看来明日就要杀我英布了！刘邦，我叫你杀！"说着便拔剑砍了使者，并立即召集军队，准备杀向长安，替彭越报仇，也算是为自己争取一条活路。

刘邦闻报，不免有些慌张。毕竟英布手下有着精良的队伍，虽然彭越已死，但是这个英布也不能小觑，便决定御驾亲征，平定叛乱。可是，刘邦率领军队和英布正面开战之后，才发现根本没那么容易取胜，僵持了很长一段时间，军中的粮草都所剩无几，于是便连忙派遣使者回到长安，吩咐萧何赶紧准备粮草，运往前线。

萧何接到命令，一夜之间便将粮草筹齐，天色未亮，便已经全部装上马车准备运往前线。萧何对押运粮草的军官殷殷嘱咐："淮南王英布谋反，皇上在亲自指挥作战，你要尽快将粮草运到前方，如果皇上需要关中增派兵员，你要速速回来报告，听到没有？"军官点头称是。

萧何一脸忧愁，目送车队辚辚远去。

时光荏苒，数月有余。汉皇剿灭英布的战争还在火热进行中。一天，陆贾策马而来。陆贾见了萧何，下马施礼："陆贾见过相国！"萧何看到陆贾来到，忙上前迎接："陆大夫回来了？"然后便引陆贾回府，二人边走边谈。

萧何问陆贾："大夫，前方战况如何？"

陆贾答道："英布恨皇上、吕雉将彭越醢成肉酱，杀气甚旺，又得栾布相助，东取吴地，西取上蔡，擒楚王刘交，斩荆王刘贾，声势大振，皇上一时尚难以平复。"

萧何听到之后，赶忙问道："大夫回朝，是来催促后方增兵的吗？"

陆贾摇摇头道："非也，皇上手下战将如云，士卒众多，相国不必多虑。相国偌大年纪，身体又欠佳，还要为国操劳，所以皇上最为关心，特命我专程回来看望。"

萧何不觉心中咯噔一下，愣怔起来。已经感觉到陆贾话中有话，汉皇派他回来看望自己，也许就像上次给自己送礼物一样，是要看自己是否在后方有什么动作。萧何此时才终于知道"伴君如伴虎"了。不过，他还是装作十分感动的样子，对陆贾道："皇上对萧何的关心真是无微不至，请大夫转告我对他的感激和问候，希望他早日奏凯而回！。"

陆贾没在相府久留，即匆匆去了驿站。

萧何虽然知道刘邦派陆贾回来的本意，但还是没有往心里去，仍然兢兢业业，稳定着后方。这一天，萧何正在翻阅竹简，鲍生前来拜访，萧何看到鲍生前来，便问："先生到访，所为何事？"

鲍生说："有一句话不知当讲不当讲？"

萧何点头示意鲍生但说无妨。

鲍生这才正色道："恕我直言，相国的灭门之祸不远了！"萧何不禁一怔："这是何意？"

鲍生接着说："前方战事正紧，皇上居然接二连三派人回来，明为看望你，暗地里却在察访你之所为，显然是怀疑你在关中图谋不轨啊！皇上怕的就是你久居关中，深得民心，威望日高，一旦登高一呼，四方响应，他自己就驾出难归了，岂能不虑？"

萧何觉得很有道理，这一点自己也早已经想到，可是并没有太放在心上，如今经鲍生这么一说，便突然觉得事情有些严重，连忙问道："我兢兢业业操持国事，为民谋利，稳定汉室基业，皇上难道不知我的忠诚吗？如果汉皇因此就对我有所顾虑，看来他也确实难以安心在前线打仗了。那么，先生认为，我要怎样才能消除他的疑虑？"

鲍生想了一下，建议说："皇上担心的就是你在百姓中的威望，你只要设法损坏自己的名节，引起百姓对你的不满，这样皇上就放心了。"

萧何十分为难地说："这样做，皇上倒是可能放心，但我萧何从来没有做过违心的事，你叫我从何做起呀？"

"我也知道，叫你去制造冤案，滥杀无辜肯定是不行的。"鲍生想了想，接着又说，"你看能不能这样——"说着便凑到萧何耳边低语一番。

萧何显然有所顾虑，犹豫不定，便让鲍生先行离开，自己好好想一想再做定夺。

4

萧何一连思考几天，都没有想出更好的办法来。这一天，他叫来萧红玉和萧延，把自己现在的处境告诉了他们，并且说，现在除了鲍生的建议外，再也无计可施。所以，萧何决定按照鲍生的办法去做，便嘱咐萧红玉和萧延各自去按计划行事。

红玉和萧延听到爹的吩咐，不觉大惊，嚷着这样做会引起百姓的不满，从而毁掉爹的一世英名！萧何长叹一声，现在看来也只有这样了，管他英名不英名，保住性命要紧。红玉和萧延思考一番，觉得虽有苦衷，但是目前看来也只能这么做了。

这天，萧延带着几个家丁到乡下，找到一户人家，要强行征收他们所耕种的田地。这家几个农民，走到萧延面前说："少爷，行行好吧！我们一家六口，就靠这几亩薄田过活，田粮赋税全在这里面，你把它买去了，我们怎么办呀？"

萧延故意装作一副高高在上的样子，没好气地说："我出钱买呀，又不白要你的！"

农民说："可你出的价格也太低了呀！"

萧延强横地说道："什么低呀高的？我说多少就是多少！"

农民连连叫苦："哪有这么做买卖的？萧相国规定买卖要公平，难道不算数了吗？走，我们找萧相国去！"

萧延身边的随从呵斥说："找什么找？他就是萧相国的儿子。"

农民们不觉一震，一时间竟不知如何是好！

萧延丈量过后，又接连去另外几户农家按照同样的方式买了几块土地。

红玉也找到一户具有典型三秦风格的农家宅院，带着随从旁若无人地走进来。房主连忙笑嘻嘻迎上："姑娘来到寒舍，有何贵干？"

　　红玉故作傲慢地："来看看你这宅子。"说罢，也不等房主回答，萧红玉便径自从堂屋、厢房、卧室，到厨房、猪圈、牛栏通通看了一遍，然后回到堂屋坐下。

　　房主一直莫名其妙地跟着红玉看完所有房子，不知到底是个什么事，也不知该说些什么。

　　红玉粗声大气地说："老人家，这宅子我买下了。开个价吧！"

　　房主听了不禁一愣，疑惑着说："我可没说要卖呀！"萧红玉霸道地哼一声："我说要买就要买，你说不卖也不行！"

　　房主看到面前这个女人如此强硬，也不知她是什么身份，便笑着说道："姑娘，做买卖得讲个公平交易呀！"萧红玉依然强硬地说："我不仅要买房屋，还要买土地！"

　　房主更加惊讶，连忙说："你把我的土地、房屋买去了，我们一家子怎么生活？当初相国让我们离开军队返乡种田，封给我们土地和房屋，刚刚安定下来，你就来强行收买，我不答应！"

　　红玉起身，呵斥说："你不答应又怎样？明天我派人跟你送钱来，限你三天之内搬出这座屋子！"

　　房主听到这里，难以遏制心中的气愤，也站起来，大声说："好大的口气！你是什么人？"

　　红玉身边的随从回答说："她是相国的女儿红玉姑娘。"

　　房主嗤鼻一笑，说："相国乃国家栋梁，人之楷模，哪有这样不讲理的女儿？别冒充好人。"

　　红玉懒得纠缠下去，于是命令随从："少跟他啰嗦，走！"

　　"且慢！"房主看到萧红玉要走，挡在门口，说，"不把话说清楚，别想离开这间屋子！"

　　红玉大声吼道："闪开！"

　　房主毫不相让地说："有种的你踢翻我从这里走过去！"

　　红玉依然强硬地说道："闪开！再不闪开，休怪我不客气！"说着便握住腰间的宝剑。

　　房主仗着自己一身功夫，不觉微微一笑，说："想打架吗？来呀！"

　　红玉便和房主对打起来，从堂屋打到院子里，红玉最后将房主打败。

　　"记着，三天之内搬出这座屋子！"红玉丢下一句话，便领着随从走了。

　　房主看着红玉的背影，疑惑地自语："难道这真是相国的女儿？"

　　一天下来之后，萧延和红玉便回到家中，向萧何汇报收买田宅的情况。

　　萧延摊开账本，说："今天在黄泥滩一带，收买水田八百三十余亩，旱土二百一十亩。成绩可观吧？"

红玉也汇报说:"我买下两座宅院,也算不错哟!"

萧何默默点头,十分沉重地说:"你们的功劳不小,为父的名节可就全无了!唉!没想到我一生谨慎,勤政爱民,深得百姓赞许,如今却落得个贪官污吏的骂名!"

萧红玉只好劝慰说:"爹不必忧伤,老百姓总有一天会明白你的苦衷的。现在也没有办法,落个骂名总比满门抄斩好。"

萧何十分感慨地说:"'伴君如伴虎',至理名言啊!"

萧何的无奈,只能以平常心去对待。有些事无需计较,时间会证明一切;有些人无需去看,道不同不相与谋。世间事,世人度;人间理,人自悟。面对伤害,微微一笑是豁达;面对辱骂,不去理会是一种超凡。

从此之后,长安百姓纷纷咒骂萧何。萧何的名节终于就这样被毁掉了。

又是数月过去,刘邦平定英布,得意凯旋。在长安城大街之上,刘邦坐在黄罗伞盖车内,面带微笑,不时看看窗外。这时,他发现沿途有人手举诉状,拦路告状,其中就有被萧延夺地的农民和被红玉夺房的房主。

刘邦有些惊异,一时之间,长安城变成了这个样子,竟有这么多人叫苦喊冤!于是命陈平将诉状一一收起。

回到皇宫,刘邦便问陈平:"户牖侯,拦路告状的是些什么人?"

陈平回答说:"都是失去土地和房屋的农民。"

刘邦听了不禁疑惑起来,问道:"我不是赐给他们土地、房屋了吗?"

陈平说:"可是有的又被人以贱价强行买去了。"

刘邦不由一愣,天子脚下,竟然有人敢做出这样伤天害理的事情来?便急切地问道:"强行买地的是些什么人?"

陈平支支吾吾不知该怎么回答,在刘邦的追问下。陈平只好递上诉状,说:"陛下,你看吧。"

刘邦接过诉状一看,大吃一惊,说:"萧何!"想了一下,转而露出笑容,说:"请相国上殿。"内臣连忙前往宣召萧何。萧何一听宣召,便已经猜到这次进宫所为何事。

萧何来到宫中,上殿施礼道:"臣萧何参见陛下!陛下宣微臣进殿,有何旨意?"

刘邦笑容可掬地说:"爱卿平身,赐坐。"

等到萧何坐下之后,刘邦说道:"常言道'天下乌鸦一般黑',看来本朝也不例外啊!连德高望重、臣之楷模的相国都在侵夺民田民宅,何况他人?"

萧何连忙跪下:"微臣知罪,请陛下处置!"

刘邦哈哈一笑,说:"你身为相国,亲自制定律令,此事该如何处置,难道还须别人插手吗?"说着,将全部诉状放在龙案上:"诉状在此,你拿去看着办吧。"

萧何拿过诉状,随便看了几眼,作惶恐状,说了一句"谢陛下!"便告辞退出。

刘邦看着萧何离去的背影,心中不禁一阵暗自窃喜。

第五十六章　锒铛入狱蒙大冤

1

萧何回家后，找到萧延、萧红玉，吩咐他们带领自己到前些日子强行购买田宅的人家去。

萧延领着萧何来到他最早购买农田的地方，举目四望，只见一片荒凉景象，他们便向一座茅屋走去。茅屋前，一位老太太正在阳光下做针线活。

萧何走上前去问道："大娘，你们这里的男人都到哪里去了？"老太太并不抬头，回答说："开荒去了。"

萧何接着问道："你们的田不够种吗？"

老太太答道："还有什么种的？都被一个姓萧的相国买去了。"

萧何又问："你们为什么不去告他？"

老太太叹了口气说："告了，可人家官大呀！告也是白告，奈何不了他。"

萧何十分惭愧，于是说道："一定要告倒他！我帮你们去告好吗？"

老太太听说，才放下手中的活计，抬头仔细看了萧何一眼，片刻之后又继续做自己的针线活："我不懂这些，你去找他们男人说去。"

萧何听了，便问老太太男人都在哪里开荒？老太太说是在上林苑旁边。萧何便带领萧延、红玉向上林苑走去。

萧何一行来到上林苑，只见这里大片片土地闲置，遍长草木，野兽、野禽出没其中。苑旁山上，许多农民正在开荒，个个汗流浃背，辛苦异常。

萧何与萧延来到山前，那几个失去土地的农民看见萧延，便跑过来，央求道："少爷，你看，你把我们的土地买去了，我们只好在这里开荒谋生了。你行行好，把土地还给我们吧！少爷，你就行行好吧！"

萧延听着笑而不答。

这时，其他农民也陆续凑了过来。萧何从身上拿出几张地契说："乡亲们，我们贱买的土地全还给你们。这些地契你们拿去吧！"

农民们接过地契，顿时喜出望外，感谢不尽地连连作揖。突然，他们像想起什么，便问萧延道："少爷买下的土地，现在又退了回来。"指着萧何问萧延："他是你什么人？"萧延回答说："他是我爹。"

众人听了，看着萧何，惊讶不已："什么，你就是萧相国？"萧何连忙拱手道："萧何对不起你们啊！"

众人一听是萧何，纷纷跪下施以大礼，萧何叫大家站起来。一农夫指着上林苑，对萧何说："相国，你看这上林苑一望无际，土地肥沃，长期荒废在此，何不让我们开发耕种？山上土地贫瘠，我们开垦出来恐怕也难有收获啊！"

萧何陷入沉思。片刻之后，便带着萧延等人，进入上林苑，察看了几个大小不同的山丘。所到之处，都有人数不等的农民在旁边开荒，他们一见到萧何，便丢下农具，与他攀谈，提出开放上林苑的要求。萧何默默点头，决心把此事奏闻汉皇。

随后，萧何又跟随红玉来到她强购宅子的地方。萧何屋前屋后看了看，只见到处空荡荡的，便对一个随从说："你到别处去问问，看这家人家搬到哪里去了？快把房主找来。"

随从应声而去。红玉拿出房契，看着不由一笑，对萧何道："这事真是荒唐！"

萧何无可奈何地说："有什么办法？这都是逼出来的。"

少顷，房主来到，看到红玉立即愤愤地说："你怎么又来了？"

萧红玉微笑道："不能来吗？"

房主看到萧红玉竟然带着笑容，感到莫名其妙，便说："你笑什么？一时风一时雨的。"

红玉道："不打不相识，我们交个朋友吧？"

房主冷冷地说："相国千金，谁敢高攀？"

"相国让我来把这个还给你。"红玉说着将房契交给房主。

房主见契一愣，疑惑道："什么意思？"

红玉解释说："那天强行买了你的房子，现在退还于你，相国命我向你赔礼。"说着拱手一揖。

房主高兴地看看房契，又看看对自己行礼的红玉，半信半疑地说："我不是在做梦吧？"

红玉不觉好笑起来："大白天，做什么梦？你看，这位就是萧相国。"她指了指萧何说。房主连忙上前跪下拜谢萧何。萧何扶起房主，吩咐随从赶紧去帮房主搬家。房主见此情景，又是欢喜又是疑惑，真不知道自己到底在经历着什么样的风云变幻。

第二天早朝，萧何便把百姓们希望可以开放上林苑的事奏禀刘邦："陛下，微臣有本要奏。"刘邦示意萧何上奏。

萧何便道："陛下虽然封赏了部分土地，但目前仍有许多农民没有分到，他们只好在贫瘠的山地开荒耕种，收获不足以维持生计。而秦代留下的林苑池囿大得惊人，据微臣所知，长安附近就有上林苑、杜南苑、白水之苑、阳陵禁苑、具园、麋圈、东苑等等。这些林苑土地肥沃，只要稍加开发，即可获得大量粮食，蒿草还可作牲畜饲料。现在却任其闲置，实是可惜！臣特奏知陛下，请准开放，让民耕种，实万民之幸也！"

刘邦不觉生气，龙案一拍，斥道："自古以来，林苑为皇家游猎玩赏之地，难道朕就不该有此享受吗？你明明是在借题发挥，以关心百姓为名，行收买人心之实，你的狼子野心岂不昭然若揭？真是可恶！"

刘邦越说越气，根本不等萧何解释，便吩咐侍卫把萧何拿下，打入大牢，听候发落。

萧何看到自己的一番好意，竟然落到这样的下场，不免有些心生哀伤，感慨刘邦的疑心太重。大堂之上的其他文武百官见到这样的情况，也纷纷在心底责怪刘邦总是以小人之心度君子之腹，但是没有一个人敢当着刘邦的面说出来。也就是说，没有一个人上前替萧何求情。

萧何就这样无助地陷入牢狱之灾。

2

萧何被带到牢中，失神地站在监狱栏栅之内。只听两个狱卒在不远处悄悄说话："伙计，你看相国，为国操劳大半生，还要受此牢狱之苦，太不值了！"

"如果为了私利触犯国法，那是罪有应得。可他是为民请命，实在冤枉啊！"

"对待相国尚且如此，以后还有谁敢说话？"

"唉，好人难做啊！"

"别说了，那边来人了！"

萧何听到这里，忙扭头一看，原来是红玉陪萧夫人前来探监。

狱卒上前询问："二位探谁？"萧红玉回答说："萧相国。"狱卒笑着请萧红玉和萧夫人进入牢中。红玉一见萧何，倍感伤心，哭喊着跑到萧何身边。父女两个隔着栅栏双手紧紧地握在一起，痛哭起来。萧夫人见此情形也不免悲伤，站在一旁擦泪。

片刻之后，萧何回过神来，安慰女儿："孩子，别哭，爹不是好好的吗？"

红玉愤愤不平，说道："皇上这样对你，太不应该了！"

萧何苦笑道："人的一生不可能一帆风顺，被人误会，受人冤枉是常有的事。我身为相国，难得有坐牢的机会，这一坐，使我悟出许多道理，所以，我还要感谢皇上哩！"

萧夫人伤心地说道："你这是在自我安慰，哪有受人冤枉，还要感谢人家的道理？"

萧何摇摇头说："我说的是真的。我觉得一个国家如果没有健全的法制，光凭皇帝个人说了算，就不可能有百姓的安全和国家的安定。如果皇上不杀我，我就要尽我的余生，为国家制定一套完整的律条。"

萧红玉听了，惊疑至极，说："爹，现在皇上不要你，你还去想什么国事？你对人家总是一厢情愿，这牢房还没有把你关醒吗？"

萧何解释说："皇上并不愚蠢，他总有一天会明白的。你们放心去吧！"

这个时候，萧红玉拿出一个包裹，说："翠娥阿姨带着韩——同同，不能来看你，这是她给你做的油糍粑。"

萧何接过包裹，说："你代我谢谢她，叫他好好带着——同同。"

随后萧红玉便搀扶萧夫人一步三回头地走了，萧何打开包裹，看着黄灿灿的油糍粑，顿时热泪盈眶。

沉淀自己的心，静观事态变迁。与人相处，需要讲究方式方法。有些事，需忍，勿怒；有些人，需让，勿究。萧何总是抱着这种心态在牢房中过日子，想问题。生活虽苦，但很踏实。

自从萧何被关进牢狱之后，和萧何一起走过来的老兄弟们，都是寝食不安，难以忘怀，纷纷相约，到夏侯婴家商量营救的办法。

这天，周勃、灌婴等人一同进府，夏侯婴忙上前迎接说："诸位来得正好，坐坐坐！"

于是，大家便在客厅之中坐下来，寒暄几句，便马上进入正题。

夏侯婴说道："我想你们一定是为相国的事而来吧？"

樊哙激动地说："什么相国不相国？大哥！我们正是为大哥的事而来！大哥是和我们一起走过来的，想当初我们还什么都不是，是大哥带着我们闯出了这么一个天下！他刘邦当初也只不过是一个小地痞，一个小混子，如果没有大哥在一边帮助，他能有今天吗？我们可不能让刘邦这样对待大哥而坐视不管啊！"

夏侯婴点点头，问道："你们说该怎么办？"

周勃答道："我们明天上朝，要求皇上释放大哥。只要我们联名上奏，我们人多，叫他不得不放！"

樊哙急忙说道："还什么明天上朝，说去就去，现在就去找刘邦说理！"

灌婴见樊哙如此急躁，连忙劝说："此事不宜性急，逼狠了，反而对大哥不利。大家知道，皇上喜欢意气用事，心血来潮，什么事都做得出来。如果我们一同上朝，说不定降一个聚众谋反之罪，不但大哥不能救出，连我们自己也要受死。"

樊哙无奈地问道："这么说，就只能看着大哥遭罪啦？"

夏侯婴想了想，说道："大哥遭罪，大家心里都很难受。不过，若不慎重从事，很可能适得其反。所以大家须要冷静，看看皇上如何处理此事，根据情况变化再作计较吧！"

王陵在一边应和道："看来也只能这样了。"

于是，众人便只能坐在一起唉声叹气，不知如何是好。

自从把萧何关进牢中，刘邦便很少能听到逆耳的谏言，而只有拍自己马屁的逸言。没有了萧何在耳边唠叨，刘邦的心情也变得很好，于是在一个阳光明媚、气候宜人的日子，便效法秦皇，出游赏玩。

长安城中的百姓听到这个消息之后，纷纷来到大街之上观看，真是万人空巷。出游队伍非常壮观——只见旌旗猎猎，号声震天，仪仗簇拥着黄罗伞盖车辇浩浩荡荡而来，其气势较之当年秦始皇出游有过之而无不及。

刘邦坐在车内，不时向百姓们招手致意。看着眼前这样热闹壮观的景象，刘邦不觉想起自己第一次进入咸阳城，看到秦始皇出游时的情景。如今自己也成为天子，也终于可以亲自经历这样的场面，真是令人振奋！只是兴奋之中，他又感觉到了一丝丝的伤感。想当初，是萧何推荐自己，自己才当上一个小小的泗水亭亭长，也是萧何推荐，自己才有机会来到咸阳城，看到当年那样壮观的场面，也才有机会打出自己的这一片天下。这么多年过来，都是萧何在全力帮助自己。可是现在，自己却对萧何这么的残忍……但是，这种伤感转瞬即逝，又陷入这壮观场面的兴奋之中。

不一刻，刘邦的车马便来到上林苑外。

刘邦向王卫尉示意准备下车。

王卫尉站在车辕上，大声说："皇上有旨，只留下少量卫士，大队人马可自由活动！"

队伍散开了，王卫尉和卫士们簇拥着刘邦走进苑内。王卫尉突然发现前方一只山羊在悠闲地吃草，便对刘邦说："陛下，你看！"刘邦一见，来了兴趣，向旁边伸手，卫士赶忙递过弓箭。

刘邦弯弓搭箭，使劲一拉，箭镞正中山羊的脑门。卫士便跑过去捡回山羊。刘邦看到自己打到的猎物，甚是兴奋，自豪地说："看来朕的武艺尚不减当年啊！去，把它烹了，朕今天就在这里尝尝这野味。"

卫士即领命而去。

随后，刘邦站在高处，举目四望，顿觉心旷神怡，笑着说："王卫尉，你看这么好的林苑，留下来游猎多好！可相国却为利禄所陷，要开放给农民耕种，岂不可惜？"

王卫尉疑惑道："陛下就为了此事将相国下狱吗？"

刘邦席地而坐，说："他受了贾人的钱财，出此下策，非治罪不可。"

王卫尉见刘邦的心情很好，便壮起胆子，说道："陛下，只要对百姓对国家有利的事，便随时向皇上进谏，这正是相国应尽之责，怎么说他是为利禄所陷呢？你想过没有，陛下长期出征在外，相国镇守关中，将兵员粮草源源不断送往前线，动员子侄投军，连亲生儿子都在战场上伤成那样，他是为了个人利禄吗？如果他怀有异心，在坐据关中的时候，只要振臂一呼，可以不费吹灰之力便得半壁江山。那样的大利，他尚且不贪，难道会贪贾人的小利吗？"

刘邦听了这一番话，心中自然不好受，但又觉得有道理，不免有些犹豫。便说："你的话有一定道理，不过，他也太放肆了。"

王卫尉接着劝道："你们是老朋友，何必计较？"

刘邦不再多说什么，环望四周，陷入沉思。片刻之后，卫士跑来说是羊肉烹好了。刘邦便起身和王卫尉一起去品尝这味美的野山羊。

3

听了王卫尉的话，刘邦想了很多，当晚回到宫中，便来到后宫休息。

吕雉看到刘邦驾临，起身迎接。待刘邦坐下后，便开口问道："陛下，听说你将相国下狱了，是真的吗？"刘邦回答："是啊。"吕雉又问道："他所犯何罪？"

刘邦不悦地说："他以为朕给了他最高的奖赏，就忘乎所以，公然提出要开放包括上林苑在内的所有林苑给农民耕种。这不明明是在讨好百姓，收买人心吗？现在我已剪除了四员大将，武官对我已经没有什么威胁，而文官对我威胁最大的就是萧何，知道吗？"

吕雉便替萧何辩解："萧何已经年老体衰，手中又无兵权，他能威胁到哪里去？我看你是多虑了吧？"

刘邦却道："不管怎么说，给他一个警告也是好的。"

吕雉埋怨道："你呀，是不是老毛病又犯了？你一贯随心所欲，不尊重人。对别人如何姑且不说，可萧何是什么人？是从扶你当上亭长以来，一直在你鞍前马后，忠心耿耿，帮你打天下，建国家的老朋友。这样的开国元勋，你说关就关，怎么不让满朝文武寒心？难道你不知道，当初秦皇就是因为不愿听人家谈他的过失，总是唯我独尊，一意孤行，致使大臣们都不敢进谏，最终亡了天下的？恕我直言，你若不从中吸取教训，恐怕大秦的今天，就是大汉的明天！"

刘邦一听，犹如醍醐灌顶，连忙说道："娘娘所言极是，明天朕就去释放萧何！"说完，感觉胸口一阵疼痛，连忙用手捂着胸部。

吕雉急切地问："怎么啦，伤口又患了吗？"说着连忙替刘邦解开衣服，看后一惊，说："已经化脓了！"

吕雉起身拿来装"金香玉"的陶罐，可是打开之后，发现药膏都已经用完了。刘邦捧着陶罐，眼泪夺眶而出。

第二天，刘邦便下了一道圣旨——释放萧何。

萧何在狱中，狱吏对他很是照顾，这一天，还特意送来了大鱼大肉。萧何接过一看，疑惑说："又是肉，又是鱼的，这是何意？"

狱吏笑道："萧大人，你身为相国，遭此不白之冤，与其他犯人一样对待，我心中不忍，特意做点好吃的，给你补养补养。"

萧何娓娓说道："谢谢你的好意！不过，我既是犯人就不再是相国，应该和其他犯人一样对待。你们这些管犯人的，心目中应该把所有犯人看成是'人'。除了个别罪大恶极该杀的以外，大都可以得到赦免，重新做人，何况还有不少错捕误关的呢？至于他们身犯何罪，该判什么刑，那不是你们的事，你们只要好好看管他们，不虐待他们就行了。明白吗？"

狱吏回答说："卑职明白。"

就在这个时候，宫中徐公公带来了刘邦的圣旨。他进来宣道，"圣上有旨：赦免萧何无罪出狱！萧何望旨谢恩。"

萧何不觉一阵兴奋，狱吏在一边也替萧何感到高兴。萧何拜谢后连忙起身，鞋也没来得及穿，往外就跑。

萧何走出牢房，便径直来到皇宫，见了刘邦便跪道："臣参见陛下！"

刘邦见萧何竟然打着赤脚，便问道："相国为何赤脚进宫？"

萧何说："微臣为谢陛下不杀之恩，跑得太快，竟然把鞋子跑掉了，故而如此。"

刘邦听后大为感动，笑道："相国一片忠心，为民请命，朕却将你下狱。这说明朕是个行同桀纣的昏君，而你则是个贤相。朕将你下狱，不过是想让百姓们知道我的过错罢了，哪有杀你之心？"

萧何感谢说："陛下用心良苦，微臣却不能察觉，惭愧呀！"

刘邦正要再问，忽然感觉胸口又是一阵疼痛，于是捂住胸部。

萧何连忙询问："陛下，怎么了，没什么大碍吧？"

"哎呀，别提了！"刘邦回答说，"箭伤复发，不要紧的。"

萧何便问："'金香玉'呢，还有没有啦？"

刘邦回答："早没有了。"

萧何又是心疼，又是埋怨："哎呀，你怎么不早说呢？"

便向刘邦告辞，连家都没有回，便再次去终南山寻找'金香玉'来治疗刘邦的箭伤。

刘邦看着萧何离去的身影，陷入无限感慨之中。

第五十七章　刘盈即位图新治

1

时隔几年，萧何再次来到终南山上。

虽然外面的世界已经发生了天翻地覆的变化，可是这山上依然是昔日模样。萧何艰难地爬到金华洞前，不见老者和少年，于是便高声呼唤。喊声在山间回响，却无人应答。萧何看到这座山已是物是人非，不禁瘫坐在地，心想：皇上，这可不能怪我啊！说罢竟然晕了过去。迷迷糊糊之中，看到一只獏豹正向自己走来，在自己身上从头到脚嗅了一遍，然后走开了。等到他醒过来之后，揉了揉眼睛，总觉得这所有的一切，都像是做了一场梦。他可能真的已经感觉到累了，身心疲惫，累得已经不能再坚持下去⋯⋯

过了一会，萧何吃力地站起来，稍微活动一下筋骨，遂往山下走去。

萧何拖着疲惫的身子回到家里，萧红玉见了，连忙惊喜地上前迎接，说："爹，听说你出狱了，一直不见你回家中，我们到处找你，可就是找不着，你到哪里去了？怎么这么晚才回来？"

萧夫人听到萧何回家，忙从里屋出来，看见萧何就像不认识似地上下打量着自己的丈夫，许久之后，才兴奋地流出泪来，说："看你，蓬头垢面，脏兮兮的，不回来洗洗，跑哪儿去了？"

萧何无力地回答："皇上箭伤发作，我给他找药去了。可是到了终南山上，再也找不到从前遇到过的那位前辈，草药也没有找到。"

萧夫人抱怨地道："你呀，还没关怕是吗？他差点要了你的性命，你竟然还如此待他！"

萧何微微一笑，说："不管人家如何待我，我还是应该真诚不二，日久见人心嘛。"

这时，翠娥也牵着韩平从里屋出来，看到萧何不觉也掉下泪来，忙上前欢喜地说："老爷回来了！"韩平也蹒跚着小步走向萧何，叫着"爹"。

萧何看到这个可爱的孩子，弯腰抱起："好儿子，乖！"说着便在韩平脸上亲了一下。

萧夫人说："你那一身污垢，别把平平弄脏了。"说着将韩平抱了过去。

萧何只好尴尬一笑。片刻，又对家人说道："我有个想法，不知行不行？"

家人不知萧何想说什么，于是问道："什么想法？"

萧何回答说："平平放在家里总是提心吊胆，我想将他送走。但是这个孩子举目无亲,只能送到我们的亲戚那里。不是有个远房亲戚在交趾吗?让平儿在那里住到可以发蒙的时候,再接他回来读书。"

红玉听了,点头同意:"我看这样比较稳妥。"萧夫人叹了一声,未置可否。

而翠娥抱过韩平,为难地说道:"不送不行吗?"

萧何解释说:"现在,陛下时刻在怀疑我,我担心总有一天会露出蛛丝马迹。若被他们逮着,就是诛灭九族的大祸啊!我觉得还是应该以防万一,等到日子久了,时过境迁,他们淡忘了前情,平平还是我们的儿子嘛!"

翠娥听了,心想:如果真如萧何所说,万一有那一天,刘邦再一次莫名其妙地动怒于萧家,别说照顾好这个孩子,肯定还会连累这个孩子,也落得像自己的亲生儿子一样的下场。想到这里,便同意了丈夫的意见。于是,萧何便吩咐红玉去做这件事情,并嘱咐她一定要做的隐秘,不能透露半点风声。

红玉立即答应下来。

萧何回家休养了几日,身体状况也差不多恢复过来,只是偶尔会感觉到身心疲惫,会感慨自己到底是老了。这一天,他正陪着夫人坐在院子里聊天,一名宫中侍卫前来,说吕雉召见,请萧何尽快赶往宫中。萧何和萧夫人对视一眼,不知又发生了什么事情,顿时又提心吊胆起来。但是,懿旨不可违,萧何还是起身整理下衣冠,便跟随内侍来到皇宫。

萧何见了吕雉,施礼道:"臣参见娘娘!不知娘娘唤微臣前来,有何吩咐?"

吕雉请萧何在一旁坐下,说道:"相国,我知道盈儿有劳相国教诲,才得以立为太子。可是戚姬却时刻想让他的儿子如意继承皇位,而现在陛下宠幸戚姬,有易立太子的迹象,我实在没有办法。相国知道,自古以来就有立长的规矩,所以,我想请相国设法让陛下打消易立太子的念头,我也相信相国准能办到。吕雉在此拜托相国了!相国之恩,日后我母子定当厚报。"

萧何一听,面有难色,吕雉便起身准备向萧何下跪,萧何见状,连忙扶住吕雉,说:"娘娘莫要这样,折煞老臣了,我全力去办就是。"吕雉这才放下心来。

萧何面对此事,不知所措,于是便去找张良商量。

萧何来到张良府中,见他正在悠闲地侍弄花草,忙拱手道:"侯爷,久违了!"

张良也拱手回礼:"相国,久违了,久违了。快请坐。"

萧何坐下,笑道:"不速之客,打扰侯爷,请多多原谅!"

张良摇摇头,说:"相国说哪里话?相国日理万机,今日有空来到寒舍,真是蓬荜生辉啊!"

萧何叹道:"别说日理万机了,只理一机,就理出了不少麻烦!"

张良不觉一笑,略带嘲讽地说:"你这一代贤相,还怕麻烦?"

萧何摆手苦笑一声:"你就别笑话我了。萧何生性愚钝,未能像你一样功成身退,乐得清闲，可现在后悔也来不及了。"

张良劝慰说："人各有志，不能一概而论。"

寒暄几句，萧何便提起正事："萧何有一事想与侯爷商榷，不知……"

张良打断说："相国知道，我早已退出官场，不再过问朝中之事，相国若谈国事，请免开尊口。"

萧何也知道张良退出朝中之后，已经不再过问国事，只在家中养养花，日子过得十分自在，可今天这事又非求计于他不可，只好和他蘑菇，于是说："我谈的却是家事。"

张良便问："不知相国要谈哪家之事？"

"刘家。"

"哪个刘家？"

"刘邦家……"

张良显出一副不感兴趣的样子说道："刘家之事，与你何干？"

萧何答道："只因刘盈是我的弟子，就与我相干。根据立长不立幼的古制，刘盈应是当然的太子。可是刘邦宠幸戚姬，欲立如意，你说我能不管吗？"

张良一听，不觉咯噔一下，要是别人，他就要下逐客令了。可这是萧何，是自己一向崇拜之人，那是不能轻慢的，便笑着说道："你呀，真是爱国成癖，转来转去还是转到国事上去了。那你打算怎么办？先说说你的主意吧！"

萧何面露难色："如果我有主意的话，还会来找你？"

张良推辞："我早说了不谈国事，你找我有何用？"

萧何赶紧将上一军："太子就是将来的皇上，立得好与不好，关系到国家的命运，黎民的生死。你不辞辛劳，运筹帷幄，帮助刘邦打下的江山，真的就这样漠不关心吗？我却不信。"

张良故作傲慢说地："你不信又能怎样？"

萧何见张良一副油盐不进的样子，便佯装起身，说："好吧，你去当你的神仙，萧何告辞了！"

张良看到萧何似乎有些生气，这才连忙挽留说："相国何必生气？来来来，请坐。"

萧何见张良这个老滑头还是被自己套住了，便再次坐下，问道："怎么，你有主意啦？"

张良思索片刻，自信满满地说："请商山四皓出山，准能成功！"

萧何一听，立即拍着大腿叫好，然后便告辞张良而回。紧接着他又来到皇宫面见吕雉，把张良讲的办法如实相告。吕雉听了，高兴起来，对萧何称赞一番，便宣诏商山四皓觐见。

商山四皓见过吕雉，吕雉便把当前的情况及一些想法告诉了他们，几个人听后都决定效忠吕雉，一定帮助刘盈保住太子之位。

这一天，刘邦与戚姬正在宫内饮宴，推杯换盏，甚是亲热。

戚姬娇声娇气地说："易立太子的事，你到底打算怎么办呀？"

刘邦回道："盈儿生性仁慈、软弱，没有成就大事的气魄；而如意聪明伶俐，从小就与众不同，性格酷似于朕，朕当然想立如意。可几次提出易立太子，总是遭到多数大臣的反对，只好暂时搁着。"

戚姬便催促："你可得抓紧呀！"

刘邦在戚姬的脸上摸了一下，笑着说："你放心吧。"

就在此时，内侍前来报告，说是太子刘盈来见。戚姬听了，不觉十分厌烦，起身躲入帷幔。随后，刘盈进入宫中，后面跟着四个白发苍苍、精神矍铄的老者。

刘盈率商山四皓一起向刘邦跪拜。拜毕，刘邦定睛看时，才注意到刘盈身后站着几个老头，顿时莫名其妙地问刘盈道："这几位是何许人也？"

刘盈躬身回答："儿臣请来的宾客。"于是老者们便一一自我介绍：我们乃"东园公""甪里先生""绮里季""夏黄公"是也！

刘邦听到几个老头报上自己的名讳，顿时惊喜起来，笑着说："原来是商山四皓！朕曾经遍访你们，你们躲而不见，今天怎么会被竖子请来了？"

东园公开口说道："恕我直言，陛下不尊重士大夫，动辄骂人，大家只好躲避陛下。而太子则不然，他礼贤下士，仁义厚道，天下人都愿追随他，为他效力。"其余几个人也纷纷点头表示同意，说道："是呀，所以我们都来了。"

刘邦觉得连自己办不到的事情，却被盈儿办成了。可见他将来能成大器，立他为太子也就放心了。于是果断地说："好，那就请各位尽心辅助太子吧！"四皓连忙拱手回答说："老朽将不负陛下所望，尽力而为！"

事已至此，看来刘盈这个太子是做定了。

刘盈等人离开之后，戚姬从帷幕后走出来，偎在刘邦的身边，不悦地说："你叫四皓辅助刘盈，那如意怎么办？"

刘邦显得十分为难，解释说："爱姬，我本来想改立如意为太子，但盈儿居然将商山四皓都请动了，可见他羽翼已丰，就不好更改了。"

戚姬失望地长叹一声，嘤嘤地抽泣起来。刘邦只好百般抚慰。

2

岁月如梭，一晃数月过去，有一天，刘邦忽然病倒，躺在床上，生命垂危。太医前来救治，众文武官员也纷纷来到宫中探望。

太医检查一番之后，说："陛下，你的旧病复发，只有用名贵药物调理，才能转危为安。"

刘邦丧气地说:"我的阳寿是由上天赐予的,时数尽了,就是扁鹊再世,也无能为力!想我一介布衣,凭一柄三尺之剑,东征西讨,居然能够安定天下,这不也是天意吗?!太医,去吧,去吧!你别多费力气了!"太医看了看旁边的吕雉,吕雉只好示意太医退下。

萧何来到床前,轻轻地叫着"陛下"。刘邦微微睁开眼睛,见是萧何,惊喜地呼唤着他的名字,想要坐起来。

萧何见状,按住刘邦,说:"陛下,别动!"

刘邦只得继续躺在床上,深情地对萧何说:"大哥,三弟恐怕不久于人世了!"说完,眼泪夺眶而出。

萧何连忙安慰道:"快别这样,不要紧的。"刘邦听着也不回答,而是示意吕雉等人上前,将自己扶在床头坐好。

接着,刘邦吃力地开口说道:"相国,你说,我们相识有多少年了?"

萧何沉思片刻后,说:"甲戌年,也就是始皇二十年吧?算起来,到如今已经有三十多年了。岁月不饶人啊,转眼之间我们头发都白了!"

刘邦十分感伤地言道:"当年,我一个泗水亭的无名小卒,四方八里的老乡都看不起我。唯有你,一个县衙的主吏掾却视我为手足,举荐我出任亭长,为我排忧解难,何故?这就叫'同声相应,同气相求'!我相信在泗水河游泳、沙滩饮酒、吕家议婚、四季春酒楼吃狗肉等等这些事情你都记得。后来沛丰起事,大家都是只身投入,而你却是发动全家全族的青壮年投军。攻入咸阳,众人都忙着争抢黄金、美女,而你却到处收缴档案、图籍。项羽故意封我汉王,去控守巴、蜀、汉中这些罪乡之地,众将不服,要与项羽拼死一战,而你却劝我屈就汉中韬光养晦,以成东进大业。是你三荐韩信,拜帅统兵,击败项羽。是你镇抚关中,给我足兵足食,因而每使战争转败为胜。起事以来,各项制度,亲手拟定,凝聚民心,使之军民团结,无往不胜。就是你这位相国,将朕的千斤重担,挑走了八百多斤……所以我说,没有萧何就没有朕啊!"刘邦越说越激动,顿时显得满面红光,神采奕奕,竟然看不出有重病在身的样子。

萧何谦虚地说:"陛下,这些都是微臣义不容辞的责任!"

刘邦似乎有些反常,生气地说:"胡说!为什么别人不像你这样?"

萧何想了想,说:"是陛下相信微臣,优胜于人!"

刘邦用疑惑的眼神看了萧何一眼,然后说:"那你说说,朕是怎么信任你的?"

萧何答道:"丙申年,陛下率军东进,命微臣留守关中,总理内务,侍太子,定法章,立宗庙,建社稷,修宫室,抚黎民,都是一人做主,陛下还允许'事有不及奏决者,辄以便宜施行',这不是你高度信任微臣吗?"

刘邦听萧何这么一说,不觉心生惭愧,便笑道:"相国,你是否察觉,我有时候对你也有疑心?我几次派陆贾、随何带着厚礼慰问你,你不觉得事有蹊跷吗?慰问是假,观察你的动静才是真啊!古人云'疑人不用,用人不疑。'这一点,我没有做到。相国，现在想来，我真是万分愧悔啊！"

萧何对过去的事情已经释怀了，便说："陛下千万不要介意。古人云'天下无全功，圣人无全能，万物无全用'，你对微臣的恩德，永生永世也难以报答！马逢伯乐而嘶，人遇知己而死呀！"

刘邦听后更加惭愧，连忙说道："相国，这句话该由我来说才对呀！"

说完之后，刘邦看着萧何，见萧何笑了，便也微微一笑，随后抓住萧何的手，两个人就这样一直开心地笑着，弄得站立在旁的文武百官个个莫名其妙。

刘邦病中吐露肺腑之言，使萧何感触良深。相互尊重是人与人之间建立友谊的基础，是亲友间维系感情的纽带。无血缘关系者之间，没有人格上的平等交往和相互尊重，即使成为朋友，其友谊也不会长久；父母兄弟之关系，虽为天命所定，无可更改，但相互之间无尊重，其亲情也会受到严峻的考验。刘、萧之间虽也有过龃龉，但最终还是达到肝胆相照的境地，给后世留下了不少佳话。

又是几日过去，刘邦的病情更加严重。审食其等太医查看一番后，便拉着太医躲到一边询问："皇上龙体怎样？"

太医摇摇头说："病入膏肓，圣上又不肯服药，恐怕将不久于人世。"

审食其心中暗自窃喜，但脸上却露哀伤之色。

太医又说："从速安排后事吧！"说罢便垂泪离去。

又过了几天，刘邦的病情依然不见好转，躺在床上，想起前些日子和萧何之间的一席话，心中块垒吐尽，感到浑身痛快，便对吕雉说："皇后，扶我站起来走一走。"

吕雉坚决不同意，现在只能好好躺在床上静养，哪敢便走动啊！但是，刘邦执意要起身走上几步，在床上躺得久了，总觉得自己已经死了。确切地说，是死了没埋。吕雉无奈，只好和宫女把刘邦扶起来，在室中艰难地走了几步。

吕雉看着刘邦虚弱的身子，不安地劝说："陛下，不可勉力而为，还是到床上躺着吧！"

"不，我很高兴！"刘邦拒绝说，"你们赶快把相国宣进宫来，我还想和我的大哥说说话！"

吕雉只好吩咐内侍赶紧去请萧何。

不久，萧何来到宫中，见刘邦坐在床上。萧何施礼道："陛下，召见微臣有何要事？"

刘邦让萧何在自己身边坐下，慢慢说道："相国，我已经看到上天在向我招手了，我将不久于人世。但是，我还有两件事相托：第一，盈儿年幼，望仁兄悉心辅佐，让他掌好国器，以保江山永固，国泰民安。第二，定陶开国大典后，朕曾命韩信、张良整理兵法，将三十五家兵籍编辑成册；张苍制定历法、算术及权、衡、斗、斛的标准；叔孙通制定礼仪；陆贾编次《新语》等等，这些文籍在全国颁布以后，效果很好。但是相国，我感到还少一部法典。你是否可以在秦制的基础上，将大汉历来颁布的法条编辑成册，供全国各地对照使用？"

萧何听了，坚定地回答："陛下放心，微臣必当戮尽全力做好这两件事情。"

刘邦高兴地打了萧何一拳，随即咳嗽起来。萧何在一边拍着刘邦的后背。许久之后，刘邦才停止咳嗽，摆摆手说："朕没事，朕就知道你会答应的，因为你是朕的好大哥。一切事情就拜托你了，朕在这里给你跪下啦！"说着，便吃力地准备起身，可是一个趔趄差点摔倒。萧何吓得惊呼一声，将刘邦扶起。刘邦喘息稍定后，对吕雉说道："皇后，给朕将夜明珠拿来。"

吕雉立即取来两颗夜明珠，交给刘邦。

刘邦接过夜明珠，深情地对萧何说："大哥，朕得江山虽是天意，但与你的无私奉献是分不开的！朕……"说到这里，刘邦直直地盯着萧何，顿时戛然而止，两只眼睛渐渐失去光芒，不再说话。萧何见势不对，急切地喊道："陛下——"可是，刘邦已经停止了呼吸，萧何顿时悲伤不已，老泪纵横。

刘邦驾崩之后，朝中上下纷纷为刘邦的后事奔波着。天下百姓闻听刘邦驾崩，也感到痛心不已。刘邦在百姓的心中还是一个非常好的皇帝。就在刘邦下葬的那一天，大街小巷之中挤满了前来送行的人们。只见长长的送葬队伍望不到头，宛如一条白色的巨龙向前游动。萧何、陈平、曹参、樊哙、周勃等文臣武将骑马走在前面，接着是吕雉、刘盈、戚姬、如意等人的车辇。刘邦的硕大棺椁，由十六个高大健壮的武士抬着，缓缓前行。街道两旁的百姓看着眼前的情形，纷纷落泪，有的甚至嚎啕大哭。在一片悲伤的哭声中，刘邦的送葬队伍渐行渐远，一直走向城外陵园。

3

刘邦葬礼之后，刘盈便登基做了大汉的第二任皇帝。

这天，隆重的登基典礼在皇宫大殿内举行。只见萧何款款走到雕龙宝座旁边，大声宣布："皇帝登基典礼开始！"顿时，皇家乐队奏起了音乐，刘盈戴旌鎏皇冠步入，端坐在雕龙宝座上。

萧何接着唱道："宣读皇帝昭示！"

陈平便上前读诏："朕乃高皇帝长子，册立已久。帝崩，群臣遵帝遗诏，立朕嗣皇帝位。朕自知德薄能鲜，唯望众位大臣与各位诸侯，全力匡扶，以保汉室基业万年，民安国泰！特此昭示，咸使闻知。钦此！"

宣诏完毕，文武百官纷纷跪下，高声呼喊"皇上万岁！万岁！万万岁！"

登基典礼结束，萧何回到家里，翠娥起身迎接说："老爷回来了！"萧何慢慢地坐下，似乎累得浑身酸痛，翠娥便立即替他捶背揉肩。

萧夫人自内出，看到萧何，埋怨道："你一天到晚风风火火，忙够没有？"

"唉，现在终于可以喘口气了！"萧何吁了一声，随后又问："延儿呢？"

萧夫人便向里屋叫了声"延儿"。萧延应声而出。

萧何见萧延来到跟前，便缓缓而言："现在太子刘盈已经登基，从此天下就是刘盈的，做好做不好就看他自己了，我也只能在旁边作为一个辅助而已。戚姬到底还是斗不过吕雉，其实说来，这也不是吕雉的胜利，而是满朝文武的功劳。刘盈在我们家里住了那么长时间，也有你们的一份功劳。现在他已即位，我们家也能太平一时了。现在，新皇有吕雉护着，有陈平、樊哙、周勃、夏侯婴等文臣武将辅佐，还有商山四皓作为智囊，我就可以去放手干我该干的事了。"

萧夫人听萧何这么说，感到莫名其妙，于是便问："你又要去干什么？"

萧何答道："我要为大汉制定一套完整的法令律条。"

翠娥关切地说："这些事，让别人去干不行吗？你辛劳几十年，也该享享清福了。"

萧何笑笑说："这件事情我已经想了好多年，也收集了不少这方面的资料，干起来比别人容易。再说，这也是先皇临终嘱托。你们不用担心，我想干的事就让我干吧！我不做事反而会很不舒服。但是，制定法令律条，需要找一个安静的居所，使自己安心编制不被打扰。因此，我打算离开长安，住到我的封地酂县去，在那里安安心心过几年。我已向皇上禀明，得到皇上恩准。"

萧夫人欣喜道："这倒是一个好主意，那么何时启程？"

萧何说："明日便走，夫人、翠娥和杨春跟我一块去。延儿，你留守京城，府中之事、朝中之事，都由你一人承担，务须谨慎为之。"

萧夫人听了，不无担心地说："他……能行吗？"

萧何答道："我相信延儿有这个能力。"

萧延十分自信地保证说："请爹娘放心，孩儿一定不负厚望！"随后，萧何便吩咐大家赶紧收拾东西，次日启程。

第二天，晨曦初露，萧何便带着萧夫人、翠娥以及一些侍从出发了。刚刚打开大门，却发现很多乡亲聚集在门口。萧何想，准是谁把自己要离开的消息透露出去了，因此惊动了他们。萧何只好上前问道："乡亲们，你们这是做什么？"

一人高声喊道："听说相国要走，我们来送送！"

萧何一拱手，说："乡亲们，你们太客气了。我这次去我的封地河南酂县，住一段时间还要回来的。"

众人听萧何说还要回来，都高兴起来，说道："萧大人，你一定要回来呀！"

萧何认真地点头答应，才辞谢众人，坐上马车离去。

经过长途奔波，萧何终于到达酂县。

萧何要来封地的消息早已传得沸沸扬扬，这一天，酂县县令石大人率领大小官员在路口迎接。当萧何的马车出现在人们的视线时，大家一窝蜂地簇拥上去。萧何看到如此情形，便带着笑容走下马车，频频向人们挥手致意。

石县令挤进人群，迎上去说："相国，我等在此等候多时，请进屋歇息。"

旁边一人向萧何介绍："这是我们的县令石大人。"

萧何听了，拱手笑道："原来是我的父母官，叨扰了，叨扰了！萧某在此谢过各位大人和乡亲！"

随后，萧何便跟随石县令一起前往为他准备好的住处。

众人沿着羊肠小道，来到位于郊外的一幢青瓦泥砖平房前。萧何四下环视一番，只见这座房屋整洁素雅，掩映在绿树丛中，一条小河从门前流过，潺潺有声，树丛中小鸟啁啾，一派生机盎然的景象。

萧何对此十分满意，便对石县令说："石大人，多谢你安排了这么个静谧之所。萧何此番来住一段时间，造完汉律就要回京，你们只管忙你们的去吧。"

石县令道："相国有什么事，尽管吩咐就是。下官就先告辞了！"说完，便带领手下回了县衙。

萧何与萧夫人、翠娥随即走进屋内到处察看。只见书房内窗明几净，卧室整洁舒适，觉得石县令办事真是细致。萧何命随从将竹简搬进书房，整齐堆放，又把行李和其他东西搬进房中，才来到堂屋，坐下歇口气。他看着周围的景致，高兴地对萧夫人和翠娥说："你们看这里多好！山清水秀，景色宜人，远离尘嚣，真可以延年益寿哩！"

萧夫人和翠娥见萧何心情很好，不禁也开心地笑了。

第五十八章　酂城造律名青史

1

　　稍事休息，趁着大家难得的好心情，萧何便带萧夫人、翠娥一同出去赏景。一踏出门，三人都被眼前那蓝天白云和鸟语花香的环境所陶醉。突然，萧何看到自己的左手边有一座高约七米的梯形土台，上面还建有三间砖瓦房。

　　萧何便偕夫人和翠娥来到台前，仔细端详一番。然后说道："我就在这里写我的律令，这个台子，我就叫它'造律台'。你们没事可以去串门，还可以到山间、田野走走看看，扯些野菜什么的，如果没什么事情的话最好不要来打扰我。"

　　萧夫人看到萧何这样认真，心中虽然有话想说，但还是没有开口，只是同意地点点头。

　　石县令得知萧何要上"造律台"工作。便派人将房屋收拾一番，并将他们带的各种文献资料搬进屋内。一切安排妥当后，萧何便开始编写律法。

　　萧夫人和翠娥听了萧何的嘱咐，决定不去打扰萧何，让他潜心做事。

　　这一天，两个人决定去野外走走，熟悉一下周边的环境。她们走进原野，但见一马平川，村舍田畴，牛羊遍地，庄稼绿油油的，小河清澈见底，看得十分开心。

　　她们来到河边。翠娥孩子似的蹲下身子捧着河水喝了一口，不觉惊叫道："好甜呀！夫人，你也来尝尝吧！"萧夫人被她的行为所感染，也掬了一捧河水，品了一下："是有好甜！"随后，两个人继续向前走去。走着走着，翠娥突然又叫起来："夫人，快来看，这是什么？"

　　萧夫人扯起一棵野菜说："这有什么稀罕，是野菜。"翠娥忙问："这野菜能吃吗？"萧夫人微微一笑，回答说："当然能吃。"翠娥于是高兴地说道："那我们扯一些回去吃好吗？"萧夫人看着翠娥简直像个孩子似的，对所有的东西都是那么好奇，只好答应下来。

　　两个人便开始争相寻找野菜，不一会儿，各人都扯了不少。翠娥看着自己收获的劳动果实，开心地说道："我们拿回去烹好，老爷准爱吃！"萧夫人看看天说："时候不早了，我们回去吧。"说罢，两个人便回到住处。

　　翠娥由于这次外出给自己带来了很大的惊喜，便拉着萧夫人准备到萧何那里去，想把自己所见到的事情说给萧何听。萧夫人却有些犹豫，因为萧何说过如果没有大事，最好不要去打扰他。但是翠娥根本不在乎，也不顾及萧夫人到底愿不愿意，硬拉着她来到萧何的"造律台"下。

萧何此时正在一边翻阅竹简，一边在竹简上写字，写了一片又一片。萧夫人和翠娥在台下叫着"老爷——"，可是没有听到回答。翠娥见没有人应，便上台走进房内，萧夫人只好跟了进去。萧何听到推门的声音，一见是她们二人，也没有说话，揉了揉眼睛，继续写着。

翠娥走到萧何身边，心疼地说："看你累的！休息一会吧。"萧何头也没抬说："不要紧！"萧夫人便不由分说，一把夺过萧何手中的笔，嗔道："反正又不是一天两天的工夫，着什么急？"

翠娥举起自己采摘的野菜，说道："你看，我们扯了好多野菜，等一下我们烹饪出来给你尝一尝这野菜的味道！"说着，二人推的推，扯的扯，将萧何拉回住处。

萧何回去待了一会，想起刚才尚未写完的一章，怕忘记，便趁着萧夫人和翠娥做饭的工夫，赶快回到造律台，继续伏案书写。萧何毕竟太累了，写着写着竟然睡着了。

等到萧夫人她们做完饭，不见萧何，估计又是回房工作去了，于是又来到造律台。进去一看，萧何竟然趴在几案上睡着了。翠娥不由眼圈发红，顺手拿起一件衣服披在他身上。萧夫人此时也走到案边，用手在案上轻轻敲了几下。萧何被惊醒，连忙机械地又拿起笔准备写。萧夫人夺过笔，说："你不要命了吗？饭已经做好了，先放下吧，吃完饭再写也不迟。"萧何拗不过两个女人，只好放下笔跟随她们去吃饭。吃完饭，萧何便回到房中，继续孜孜不倦地工作起来。

一段时间之后，萧何编写的《九章律》已近尾声，他更加忘我地工作着，以求尽快完稿。萧夫人看着萧何最近给自己增加了很大的压力，常常是不到深夜就不睡觉，即便到了困得不得了的时候，也只是趴在几案上，稍微合上眼睑盹一下，等瞌睡过去，又继续工作。萧夫人担心他这样下去，迟早会累出病来，便在一个阳光和煦的好日子，和翠娥一起拉着萧何出去转转。

萧何当然是十分的不情愿，无奈，经不起两个女人的死缠烂打，软泡硬磨，只好答应了她们。萧何先把已经写好的竹简从造律台搬到住所里面，以免弄坏，然后才和她们走出房门。

翠娥建议说："老爷，我们去扯野菜好吗？"萧何举目一望，见天气晴好，自己因躲在屋里面，很久没有见过这么好的天气了，呼吸着新鲜的空气，感到甚是轻松，心情顿时开朗起来，高兴地说："不，去芒砀山看看！"萧夫人与翠娥虽然不知道萧何为什么要去芒砀山，但是自从来到这里之后，没有见过山，于是欣然同意前往。

2

萧何便吩咐随从牵来三匹马，三人骑上马向芒砀山奔去。来到芒砀山脚下，只见旁边有一座房屋，一位精神矍铄的老人正在屋前坪场上逗孙子玩耍。萧何几个人便下马走到老人家身边，指着屋后的山问道："老人家，这是不是芒砀山？"

老人回答说："对，这就是芒砀山。"

萧何知道当初刘邦起义就是藏在这芒砀山中，便问道："汉高祖刘邦，你听说过吗？"

老人听了，不由面露喜色，回答说："知道！我就是当年被他押解的囚犯！我们都叫他三哥。此地就是他当年斩蛇的地方。"

萧何听了，不觉感到十分惊喜，忙问："那你为何没跟他一块造反？"

一听此言，老人露出几分骄傲的神情说："造了！我们一块在这山上砍树搭棚，埋锅造饭，习武练兵，闹得热火朝天哩！但是我并没有跟他一起去打天下，不是我不想，而是命中注定我只能窝在这里。他们去打沛县的那天，我得了一场大病。你看窝囊不窝囊？"

萧何不禁微微一笑说："各人头上一块天嘛！你在这里立足谋生，生儿育女，享受天伦之乐，不也很好吗？"

老人笑了笑，觉得十分满足地说："我也这么想，当年要是去了骊山，那是定死无疑；如果上前方打仗，也可能死在刀枪之下，如今可算是因祸得福啰！"

说话之间，老人的儿媳妇送来茶水，萧何几个人接过，连连称谢。老人端详着萧何，良久才问道："先生是路过此地吗？"

萧何回答说："我是慕名而来，想看看高祖当年起义的胜地，以期缅慕英雄的风采！"老人听了，决定亲自带萧何等人上山，萧何赶忙谢过。

经过一番攀援，老人领着萧何等人爬到了芒砀山顶。举目四望，只见一片平原上兀立着几座小小的山头，宛如棋盘上的几颗棋子，青翠欲滴，玲珑剔透。老人兴致盎然地指指点点，滔滔不绝地说："你们看，这里有好几个山头，芒山、砀山、戏山、保安山、夫子山、铁脚山、黄土山……那条河叫王引河。传说这里原来没有山，也没有河的。"

翠娥听了，不禁好奇地问："这些山、河是哪里来的呢？"

老人笑道："这个嘛——传说王母娘娘从东海龙王那里赴完宴，在仙女们的陪侍下，驾着五色祥云在天空飞翔，赶回天堂，路过此地时，忽然听到一阵欢笑声，于是拨开云头往下观望，只见眼前是一望无垠的田野，农民在耕作，妇人给正在辛勤劳作的丈夫、家人送来饭菜；而在农舍里，女子在阳光下纺绩；集市上，人们在交换各种货物；坪场上，杂耍、歌舞正在热闹地进行着……王母娘娘看得出神，情不自禁地拍手赞叹，不慎将一串珍珠甩掉了，串珠用的绿色丝带也落入凡间。珍珠撒落在地上，就变成了一个个山头，丝带变成了一条河，这就是现在的这些山，这条河！"

萧夫人、翠娥连连叫好："真有意思！"

而萧何则风趣地说："我看王母娘娘不是路过，而是特意来的。如果当初刘邦领着那一群囚犯暴露在这一片平原之上，官兵一到，他们到哪里去藏身？王母娘娘甩下这几个山头，刘邦才有了藏身练武之地。看来王母娘娘是专门为刘邦起义的事情而来，助刘邦完成命中注定的大业。"萧何一番话，说得大家哈哈大笑。

突然，萧夫人看到不远处的草丛之中，有一个方形的白色物体，模样十分古怪。萧夫人便指着那怪东西问老人，那是何物？老人走上前去，拾起那个方形的白色物体，看了一眼便回答说："这是大鹏金翅鸟的蛋。"

翠娥觉得更加新奇，急切地问道："大鹏金翅鸟怎么下这种方形的蛋？"

老人微微一笑，说："这可不是一般的鸟！有民谣说，'它是一仙鸟，啼声似狗叫，下的四方蛋，垒窝灵芝草'。来，你们都来摸摸，沾沾仙气。"

萧何等人听到之后，便兴致勃勃地争相去摸鸟蛋。老人看到几个人都已经触摸过了，于是高兴地说道："好，你们都可以无病无灾，长命百岁啦！"说罢大家又是一阵欢笑。

正笑着，翠娥像是发现新大陆似的向着远处一指，说："你们看，那是什么地方？"老人顺着翠娥指的方向看去，回答道："哦，那是夫子洞。走，我带你们去看看！"

老人便带着几个人爬上一座悬崖，来到洞前。萧何发现这是一个长约三十米，宽约五米的石洞，洞前还有一座古庙。翠娥站在洞口，喘息着问道："老人家，这里为什么叫夫子洞？"

老人津津有味地说道："据说当年孔子带着学生周游列国，路过此地时，忽然下起了大雨，他们就在这个洞中避雨。从此以后，读书人都到这里来敬奉孔子。说来也怪，凡是诚心的学子，都能飞黄腾达。所以，这里总是香火不断。这芒砀山到处都充满了仙气！因而三哥从这里起事，不到十年就战胜了所有对手，当上了皇帝。"

萧何听后，便联想到自己的处境，不由说道："夫人，高祖封我为酂侯，原来是让我来守住这块风水宝地。这是他对我的高度信任啊！"

老人听到萧何如此说道，重新打量萧何，疑惑地问道："酂侯？难道你就是相国萧何？"萧何笑着点了点头。

老人纳头便拜，说道："小民有眼不识泰山，请大人恕罪！"

萧何连忙扶起他："老人家，快别这样。我们都是高祖的臣民，共同来守护好这块风水宝地吧！"

萧夫人说道："老爷，天已晌午，老人家也帮我们忙活了半天，想必也是饥肠辘辘了，找个地方去吃点东西吧。"

萧何答道："夫人不说，我倒不觉得。你这一说，我还真感到有点饿了。老人家，这山下有没有可以充饥的地方？"

老人连连点头说有，便带着萧何等人下山。

来到山脚下，老远就看见有一屋角挑出一杆"美味羊头肉"的三角旗，他们便径直走进了小店。

店小二看到来了客人，连忙笑脸相迎，说："客官，吃点什么？"萧何问道："有什么好吃的？"店小二回答说："可多呢，红烧羊肉、清蒸羊肉、卤羊蹄、爆炒羊杂，如果说是最好吃的,那当然是美味羊头肉!"萧何说道:"好吧,一人来一份羊头肉。"店小二便立即向内唱道:"哎,美味羊头肉四份!"

过不多久,羊头肉便端了上来。每人面前放着一个盛羊头的瓦盆、一双筷子,还有一个小杯盏,内盛新鲜大蒜和大葱。羊头热气腾腾,芳香扑鼻。翠娥闻着香味,馋涎欲滴。她拿起筷子,却无从下手,显出一副心急的样子。

"先别忙,我来教你。"老人见了便笑着示范。几个人照老人所说,将羊头肉一块块夹进嘴里,顿感大快朵颐,纷纷夸赞这羊头肉真是天下最好吃的美味。

老人看着他们一副陶醉的样子,笑着说道:"萧大人,美味羊头肉是我们芒砀一绝哩!虽说这羊头肉美味十足,做起来其实也很简单,是以本地山羊头为原料,用八味中药配以葱、姜、盐与猪头、猪蹄、猪下水等同锅卤制而成。具有不膻不腻、骨肉分离、香软可口、四季皆宜的特点。"

萧夫人不禁赞叹说:"没想到芒砀山还有这么好吃的东西!"老人一听更神气地说:"嘿嘿,我们这里不但有好吃的,还有好玩的呢!这里每年正月十五,那个元宵灯会才热闹哩!"

萧何感慨地说:"你们看,这里百姓勤劳,物产丰富,不但有好吃的,还有好玩的,皇上封我这么个好地方,我萧何有福啊!"

话音未落,突然一声闷雷响彻耳边,把大家吓了一跳。萧何往外一看,天空乌云密布,好像大雨就要来临。

3

萧何见状,吩咐大家赶快吃完上路,否则,大雨一来,就麻烦了。

哪知,不等萧何说完,大雨就倾盆而下,地上立即溅起很高的水花。萧何等人只好听天由命,继续优哉游哉地吃着美味。一直等到吃完,雨似乎还没有停的意思。萧何吩咐翠娥付完账,便站在门前,望着令人心惊的雨势,又和这位芒山老人聊起雨来。

萧何说:"这雨来得好快,路上的行人恐怕躲都躲不及。"

芒山老人说:"是呀,十年前,我们刚上山不久,也下过一场这样的暴雨。"

萧何担心地问道:"该不会引发山洪吧?"

芒山老人也很担忧:"很难说啊!那年也是这个样子,雨就像瓢泼似的,把我们搭好的茅棚、砌好的灶台冲垮了不少。河里走水不赢,就漫过堤坝,淹没农田,冲倒房屋,损失可大啦!但求老天爷保佑,今年最好别再发生那样的事情。"

萧何听了,突然想起自己家中刚写好的律法,于是大叫:"糟糕!我们那泥砖房子……"话没说完,就急忙跨上马,顶风冒雨往回跑。萧夫人、翠娥看到萧何进入大雨之中,顿时便被大雨淹没了身影。她们知道萧何担心的是什么,自己也不由着急起来,两人也连忙骑上马去追赶萧何,留下芒山老人独自一个人看着他们消失在雨幕之中。

　　大雨仍然在继续，萧何住处门前小河的水已经漫过堤坝，冲向房屋。突然"轰"的一声，房子垮去一角，一片片的竹简随水漂流出来，萧何赶到时，见家里的随从人员在杨春指挥下，正在奋力收捡竹简。萧何见此情形，急忙下马，不顾一切地帮着收捡起来。雨势很猛，竹简漂流在水上，萧何拼命去捞，几次差点跌倒在泥水里。翠娥、萧夫人也连忙跟着收捡竹简。萧夫人看到萧何在雨中战栗不止，马上就要倒下去的样子，于是连忙扶住说："你还要不要命？快进屋去！"不由分说，将萧何推到屋里，并给他换了一套干衣服。

　　竹简虽然都保住了，但是萧何虚弱的身子因为淋了大雨，便病倒了。他躺在床上瑟瑟发抖，萧夫人细心地用热绢帛敷在他额头上。一会儿，翠娥带着郎中回来了。

　　郎中赶紧给萧何号脉，然后开出一个处方，说："你是受了风寒，并无大碍，吃点药就会好的。"萧何谢过，吩咐打点酬银，并要翠娥跟先生一起去抓药。

　　萧夫人坐在床边替萧何按摩头部，关切地问："好些了吗？"萧何轻声回答说："按摩一下，轻松多了。"

　　这时，石县令进来探望。他深深施礼之后，说："听说萧大人病了，不要紧吧？"萧何回答说："谢谢你，不要紧的。"石县令说："这里太过偏僻，还是住到县衙去吧？有什么事，我们也好照应一二。"

　　萧何摇摇头说："不用麻烦了，我在这里很好。只是对你这个父母官有个要求。这水灾告诉我们，山河必须治理。农闲时你们可带领农民疏浚河道，也可修一些拦河堰坝和山塘，把水蓄起来，以减少水旱灾害，确保丰收。"石县令听到萧何一番话，连连点头："大人说的对，卑职一定照办！"

　　随后，石县令又说了一些安慰祝福的话，便告辞离去。

第五十九章　软硬兼施为封王

1

一缕晶晶亮的阳光穿过雕花镂叶的窗棂，照在一个高雅而精致的内室里，照着那一个华贵的墩子，那墩上坐着的那个丰腴富态的五十开外的女人就是吕后。不过，她现在已经不是皇后而是太后了——刘邦已经驾崩，现在的皇帝是她的儿子刘盈。

阳光柔和绵软地吻抚着她。一左一右两个宫女在给她按摩。这两个宫女的按摩手技当然是天下第一流的。很舒服，很惬意，吕后微微地眯着眼睛，体味着这种舒服和惬意。然而，此刻她的内心里却是很烦，甚至很为窝火！

她正为一件烦心事而纠结着：

吕雉有两个哥哥：吕泽和吕释之。刘邦打下江山当了皇帝，为国家前程计，为了以后不发生外戚干政的祸乱，曾经召集朝廷文武百官开大会，杀白马盟下血誓：不得在刘姓之外封王。这个"不封异姓王"，已成大汉朝野皆知的铁律。刘邦驾崩，新皇登基，吕氏家族便蠢蠢欲动起来。虽是刘盈为帝，可大家全都心知肚明，一些大主意还不是吕雉来拿？于是，吕氏中人，都想从宝鼎里头来分一杯羹，欲望最大的当然是吕释之和吕泽。他们围着吕雉反复嘀咕，要朝廷打破旧规，封他们为王。可吕雉到底也还是一个政治家，知道这件事切切不能轻率鲁莽，不管如何，有先帝定下的铁条摆在那儿，就是要办，也得要绕个弯子，慢慢来。可是这个弯子如何绕呢？

就在这当儿，审食其从后边房里走到了前室，他把宫女支开，然后自己上来给吕雉轻轻地按了一按，捏了几捏，接着就说了一句话："有钱能使鬼推磨。"

"你的意思是……"

审食其凑上来，对着吕雉咬耳朵，向吕雉献上了一条计策……

吕雉点点头。第二天，审食其就带上丰厚的礼品，前往河南郏县。

2

审食其去郏县要走将近一千里的路程。千里迢迢，去寻找谁呢？这位炙手可热的辟阳侯，要去给一个什么样的更重要的人物去送礼呢？

他要找的乃是一个大汉朝里举足轻重、一言九鼎的关键人物，大汉相国萧何。

这位堂堂的大汉相国，本应住在长安城的相国府里，他跑到郏县来干什么呢？原来，刘邦登基之后，犒赏功臣，作为大汉三杰之一的萧何，当然也应该得到一块封地。

可他得的不是宝地、福地，他自己主动地在这偏僻的鄠县山区，要了一块贫瘠之地。萧夫人曾经婉转地对他说："老爷，奏明皇上改封一个地方吧，跟随先皇打天下的，哪一个不是封在富庶的好地方？唯有你被封到这个偏僻的小县……"

萧何笑道："小县怎么啦？这里人杰地灵，没有福分的人还要不到这块好地方呢！"

萧夫人说："老爷你不要苦中作乐了，你得为我们的儿孙想一想啊。"

萧何说："儿孙自有儿孙福，儿孙贤，就会继承我们俭朴的家风，要那么多产业做什么？若不贤，有了产业不但守不住，甚至会招来灾祸！这个古来道理，夫人应该明白呀！"

听萧何如此一说，萧夫人只得无可奈何地苦笑了一下……

这次萧何离开京城来鄠县是为了一件大事：刘盈登基，也想励精图治干上一番，他就向萧何征询治国方针。萧何告诉他："国家要兴旺强盛，就须依法治国。而要依法治国，首先就得有法律条文可依。如今是百废待兴，当务之急就是要赶快编制一部汉律出来。"刘盈很高兴，就把此事交给萧何办理，萧何觉得在京城人来客往不清静，于是来到了自己的封地鄠县。没想到远离京城来山区，却依然也不清静：大人物审食其来了。

审食其先到县衙，那个石县令一听来人是威名赫赫的辟阳侯，赶快施以大礼，道："不知道审大人驾到，有失远迎，望乞恕罪。"

"起来吧，陪我去看看相国大人！"

在那个简陋而整洁的四合院里，审食其见到了萧何。

"审大人，皇太后近来福体康泰否？"

"太后安好，不劳相国牵挂。"

"审大人不远千里而来，有何大事商议？"

"太后要我来看望相国，并赏黄金五百斤、绢帛五百匹，再加食邑五百户，太后心意，请相国笑纳！"

萧何一怔，说："萧何有何功德，敢受太后如此厚赐？"

审食其说："哪里，相国不顾年老体弱，潜心编次汉律，功在社稷，利在黎民，当之无愧，当之无愧啊！"

"太后恩典，萧何心领，但礼物绝不可收。"

"相国，太后脾气你是知道的，你不妨来个恭敬不如从命吧。"

萧何稍稍愣了一下，接着说："辟阳侯，你直说了吧，太后有何懿旨？"

"相国不愧是个明白人。好，我就直说吧：新皇年幼，太后担心新皇如果没有可靠的亲信竭力辅佐，以后会大权旁落。如何办呢？如今刘姓无人，但吕姓家族是大有人才的，可以把吕氏家族封上几个王。当然咯，办此大事，得要有个依据，有个法律条文，所以就请相国将封异姓王的条款作为'赏律'写进汉律，以保无虞。"

萧何一听，原来是此等事，于是不假思索，一口回绝道："不封异姓王是先皇遗训，我等岂能更改？这可是没有商量的余地啊！"

"哎，遗训毕竟是遗训，如今太后的懿旨就是新皇的圣旨啊！"

萧何强硬说道："既然如此，新皇下一道圣旨，直接封几个异姓王不就得了，何必劳你辟阳侯在此饶舌？"

"这……"审食其尴尬地说，"满朝文武都知道先皇有此遗训，新皇初立，如果让他立即分封异姓王，恐怕引起非议啊。"

"我来办理此事就不怕引起非议？"

"相国乃德高望重的老臣，谁敢说三道四？"

萧何道："'德高望重'不敢，可正因为是老臣，就更应该忠于皇上，不能做那些苟且之事！"

审食其的脸刷地红了，但仍在强装镇静，近似求情地说："老相国，此一时，彼一时也！你将此条款写进律法，顺理成章，等于淋上了铁水，封王之事就好办了。太后、新皇不担此干系了，自然会对你感恩戴德，相国，你就为太后和新皇担这个担子吧！"

萧何斩钉截铁地说："萧何生性愚钝，违心之事从来不干！"

审食其阴险地："相国，太后对你恩情匪浅，你可要三思啊！"

"请回禀太后，萧何断然不能从命！"

审食其看到萧何如此强硬，只好转换口气："你被封在这么个偏僻小县，难道就不想挪个地方？再说，你也要为你的子孙后代着想啊！"

萧何回答道："这些我都想好了，不劳侯爷操心！"

"如此说来，你是执意与太后作对啰？"

"萧何不敢。但是我想，太后应该不会与先皇作对！"

审食其理屈词穷，最后说："我劝你还是好好想一想吧。"

"我刚才说过，我已经想好了。"

"告辞！"审食其说着看了萧何一眼，见一张铁青的脸对着自己，不觉一惊，便赶紧拂袖而去。

萧何也毫不客气地："不送！"

这就是萧何的脸，一张不阿权贵、敢于抗争的正义之脸！两千多年前，萧何以身作则，为历朝历代的官员们，树立了一个光辉的榜样！

3

然而，当面对着普通老百姓时，萧何脸上浮现的却是诚恳爱怜之色，洋溢着的是一脉和煦的春风。话说这一天，萧何正在书房里整理竹简。自从辟阳侯审食其走后，萧何奋笔疾书，夜以继日地编写汉律，他把这部律法命名为《九章律》。这《九章律》分别是："盗律""贼律""囚律""捕律""杂律""具律""兴律""户律"和"厩律"。

恰好，萧夫人走了进来。萧何望着自己这些心爱的作品，微笑着，有点志得意满地问萧夫人："夫人，你看我的这些大作怎么样？"

萧夫人把案上竹简扫视一遍，九个题目她都看到了，就是没有看到那个《赏律》，脸上不禁流溢出一丝担忧："这么说，那一章赏律，老爷你还是没有写咯？"

萧何斩钉截铁地说："不写。坚决不写！"

萧夫人道："我知道老爷的脾气，我也知道老爷你这样做是对的，可我总是担心啊！那天你和辟阳侯的争论，我都听到了。他声严色厉地要你写'赏律'，你却这样坚持不写，就怕……"

萧何说："怕什么？凭他审食其一句话，我就会俯首帖耳？"

"可你要知道太后的厉害啊！"

"不封异姓王是先皇的遗训，谅她也不敢拿我怎么样！"

见丈夫如此固执，萧夫人用恳求的口吻说："老爷还是写上吧，以免……"

突然，杨春走进来打断他们的话，通报说："张大爷来了！"萧何的脸上立即洋溢起春风。这个张大爷就是张虎。当年，一群可怜的老百姓受到官府欺压，是张虎找到萧何倾诉冤情。萧何同情张虎，挺身而出帮助蒙冤的老百姓，后来，天下大乱，刘邦举起义旗，萧何为刘邦出谋划策，为起义军队伍招兵买马，这张虎也在萧何的指引下，带着一支队伍走上了芒砀山。刀光剑影，风风雨雨，终于迎来了大汉新朝。刘邦登基之后，张虎解甲归田回到家乡。后来张虎恰好也来到了鄸县，今天他是来看望萧何的。

张虎问道："萧大人你在这里忙什么呢？"

萧何说："我在编写一部律法。"

"编写律法，好啊！"张虎兴奋地说，"萧大人，没有律法好多事情就不好办，比如我们乡下很多人偷宰耕牛，没有律法你就治不了他啊！"

萧何走到案前，指着竹简说："我这里专门写了一章厩律，规定杀耕牛者，处劳役一百五十天……"

"处罚太轻，太轻了。"

"怎么处罚才好？"

"至少要服三年劳役。"

"三年是不是重了一点？"

"不重人家不怕呀！"

萧何点点头道："嗯，有道理。"

张虎接着建议道："萧大人，现在我们乡下人丁太少，我看要把奖励生育写进律法。"

萧何说："好，我记下了。"

张虎笑笑说："萧大人，你看，你们当官者干的事，我这大老粗也在这里饶舌，见笑了，见笑了！"

萧何却说:"国家大事,欢迎大家都来关心啊。何况,据我萧何的经验,富有经验的老粗,比起那些纸上谈兵的假文人,不知要高出多少倍呢!还有什么建议,你继续说说。"

"没有了,萧大人你忙吧,我走了!"

张虎说着就向外走,萧何喊道:"晌午时分了,吃了中饭再走吧。"

"不了不了,我还要上街去办点事!"

说话间,张虎已经迈着大步跨出了月亮门……

这时,翠娥在饭厅里喊道:"老爷,快来吃饭呀!今天有一样格外的好菜呀!"

4

萧何和萧夫人在饭厅坐下,翠娥兴致勃勃地端上来一碗热气腾腾的鱼放在他们面前,扑鼻的香气一下引发萧何的口水,这是什么菜呀?他夹起一块放在嘴里嚼了嚼,立地赞道:"啊,肉软骨酥,不腥不腻,又脆又香!"

萧夫人尝了一口,也赞道:"这鱼怎么这么好吃?"

萧何笑问:"是不是王母娘娘瑶池里的鱼?"

翠娥扑哧一笑说:"看老爷说的!"

萧夫人说道:"你这死丫头,快说呀,怎么做出来的?"

这碗好吃的鱼,原来是这么做出来的:翠娥知道萧何爱吃鱼,三天前就到龙港买了一条金丝鲤,涂上猪油、酒糟、盐、糖、醋、八角、桂皮。先用大火蒸,接着又用文火煨了近两个时辰。做好后,翠娥把鱼送到萧何面前。当时萧何忙于整理竹简,没顾上吃。这碗鱼都已经做好三天了,翠娥乃是凉了又热,热了又凉,这样反反复复地弄了七八个来回,没想到最后却变成了这么个酒糟味道!

萧何兴奋地说:"我就喜欢这个酒糟味道,翠娥,以后你就经常做这种鱼好不好?"

"好呀,好呀!"受到这意外表扬,翠娥很高兴。

"我也伴佛沾光了!"萧夫人也吃得津津有味的。

一家人笑着,吃着,萧何忽然停住筷子,思索道:"这么好的东西应该有个好听的名字。"

翠娥兴致勃勃地说:"那老爷你就给它取一个名字吧!"

萧何思索着,如同吟诗一样,摇头晃脑,忽然说:"就叫酂城糟鱼怎么样?"

萧夫人和翠娥一齐击掌道:"酂城糟鱼,好!这个名字好!"

从此,这个酂城糟鱼便成了酂县这地方的一道名菜。四乡八里,慕名而来,以一饱口福为快。后来,曾经在某年某代,作为佳品上贡朝廷,得到真龙天子的赞不绝口,以后还畅销海外呢!

吃罢糟鱼的这天晚上，鄌城县衙的石县令悄悄来到四合院，汇报萧何交办的一件事。原来在这鄌县城里，有一家生意不错的饭馆，萧何在偶然之间发现，饭馆的老板乃是一张熟面孔，此人就是从前留县的一名吏掾。这个吏掾当年在留县做了不少坏事。起义军打下留县后，他趁混乱逃跑了，许多年不知所终，没想到在这里碰上了。萧何是个谨慎人，一方面叫杨春去进行辨认，一方面叮嘱石县令明察暗访，要将他的来龙去脉搞个水落石出。今晚石县令就是来汇报调查的结果，这个饭店老板果然是当年留县那个逃走的吏掾。石县令请示道："对此人该如何处置？"萧何说："请你连夜派人把他抓起来，明天就送回留县，让他们按律处置。"石县令领命而去。

萧夫人是个糍粑心肠，闻听此事后，不由叹道："你把他送回留县，结果还不是杀头！"

萧何说："是要杀头啊！他就是指挥镇压杨春他们抗税的那个姓谷的吏掾，杀过三个人的头，手里有三条善良百姓的人命啊！恶到极时终有报，这种人早就该杀，还便宜他多活了十来年呢！哦，不谈他了，我还得要抓紧修改《九章律》。"

说罢匆匆走进内室，把油碗里的灯芯拨亮，又开起他的夜工来。

5

元宵节这一天，《九章律》的修改整理工作全部完成。面对着自己的作品，抚摸着一捆捆竹简，萧何就像产妇看着自己刚生出来的孩子，喜悦之情，无以言表。恰好这天晚上外面锣鼓喧天，这是鄌县的老百姓在闹元宵，翠娥如同小孩子一般蹦蹦跳跳走进来说："老爷、夫人，鄌城街上真是热闹极了，我们去看看热闹吧！"三个人兴高采烈地走出了家门。

鄌城街头果然是灯火通明，人山人海，真是热闹得不得了，家家户户都在门前搭起了灯棚，灯棚内挂着各种形状的灯笼。那些灯笼色彩缤纷，有一种走马灯特别的引人注目。许多孩子手里提着灯笼在各个灯棚之间走来走去，流连忘返。那些看灯的人群里，有漂亮的姑娘，有年轻的媳妇，有白发的老头，有慈祥的老媪，人头攒动，笑语纷飞，果真是热闹非常。

表演的队伍过来了，打头的是玩龙灯舞狮子的，接下来是踩高跷的和跑毛驴的，再接下来就是戴着大头娃娃面具的长串队伍。这个表演队伍时东时西，穿来穿去，引得看热闹的人群跟着他们奔跑不停。

萧何一手牵夫人，一手牵翠娥，在人群里挤得满头大汗，忽然听翠娥惊叫道："老爷，我的鞋掉了！"萧何眉头一皱，苦笑一下，回转身一看，捡起翠娥那只鞋，道："你看你呀，还比不上人家的小孩子哩！哈……"

元宵节过后四天，正月十九，冬阳暖日，很好的一个日子，萧何决定回长安复命，把他已经完成的《九章律》交给朝廷。一大清早起来，杨春安排家人在院子里备马，把一捆捆的竹简装到马褡里，再把马褡搬到马背上。一切收拾停当，萧何与萧夫人正要出门时，外边忽然人声哄哄的。原来，是鄚县一些父老乡亲们来了，领头的人就是那个张虎。萧何是个很有人望的官吏，他关心百姓，每到一地，不管怎么忙，他都抽出时间来到民间走一走，看一看，这次来鄚城虽然编务工作繁忙，但他也到乡村农家和小巷穷人的家里去过多次。听说萧相国要回长安，于是张虎领着百姓来了。有的送几斤豆子，有的送几斤红枣，有个拄着棍子的老奶奶，握着萧何的手说："萧相国，我真舍不得你呀！"

萧何说："老奶奶放心，明年这个时候我还会来的。"

老奶奶哽咽着说："明年这个时候不知我还在不在这个阳世间哦！"

萧何说："在，一定在，你老人家长命百岁。"

老奶奶高兴极了，破涕而笑说："多谢相国吉言，我争取长命百岁吧。"老人快乐得像小孩一样，哈哈大笑起来。

巳牌时分，萧何一行出发了。杨春牵引驮着竹简的马，萧何和萧夫人、翠娥坐在马车内，后头是几个家人跟随着。在温暖的阳光下，大家不急不慢地赶着路，中午，在一个路边店每人吃了一碗羊羊肉羹，然后继续赶路。走着走着，他们望到了一片青山，只见红日慢慢地沉入山的背后……山下有一条小河，河边有一座小镇：清源镇。这清源镇上有个瑞安驿馆。暮色笼罩着清源小镇，萧何一行走进了瑞安驿馆。

万万没有想到，这天夜里，这驿馆里发生了一件大事！

第六十章　吕雉暗使偷包计

1

　　青山夜影。清亮的山月挂在夜幕上，映青山，照夜水，笼小镇，射驿馆。
　　这所谓的瑞安驿馆，其实就是那种北方的车马店。一些粗糙的石头砌成的围墙，两扇高大的粗木大门，前面一块大地坪，脏而乱。右边墙角有几辆大车、几匹马，地上散乱着马粪、驴粪和一些杂乱的干草。后头的左边是几间平房，右边是一条走廊，这走廊向纵深穿过去，里边还有几间房子。驿馆伙计热情地迎了上来，帮着牵马、拴马、上水、填料。
　　伙计一边和杨春搭讪道："几位从哪里来，到哪里去？"
　　杨春说："从鄡县来，到京城去。"
　　"这马背上驮的什么货物？"
　　"不是货物，是一些竹简。"
　　"看样子这东西也够沉的呀！……这马也够辛苦的，把竹简卸下来吧！"
　　杨春说："好的，不过得放在保险的地方，可不能损坏和丢失哦。"
　　那伙计说："你放心吧，我们这是官办的驿馆，丢不了。"
　　于是几个家人一起上来卸下竹简，当着伙计的面点了数说："一共九捆，一定要放好啊。"
　　"丢不了。"伙计说着，就和家人一起搬着竹简，沿着那条走廊一直向里边走去。伙计就打开一扇门，这是驿馆的一间小仓库，大家七手八脚，把九捆竹简放到仓库里，整整齐齐码好。
　　这时萧何也走了进来，那伙计满面堆笑对他说："客官，你这宝贝放在这里，该放心了吧？"
　　萧何点点头："不错。这门，你出来时别忘记上锁哦！"
　　伙计连连道："客官放心吧，一定锁好，万无一失！"
　　萧何看着那个伙计上了锁，然后和大家走到饭堂里，草草地吃了一碗饭，说："我有点累了，先去休息。"又交代杨春和几个家人："你们也快点吃完，歇息吧，有什么动静，随时向我报告。"
　　窗外月光，窗内灯光，一坛浊酒，喜气洋洋。萧何走后，这些家人并没有离开，还在喝酒。驿馆的那个伙计却是异常的热情，他见到这几个家人，就似乎见到了自己阔别多年的亲友，又是夹菜，又是敬酒，说着说着，又和一个家人攀起老乡来。话投机，酒添杯，一杯接一杯，吃得喝得真是惬意、痛快。他们喝酒谈笑的声音，萧何其实也听到了，本想出来催促家人们快些歇息，但又觉得他们长途走路辛苦，让他们乐乐何妨？这么一想，萧何就迷迷糊糊地睡着了。

事情居然就发生了。此时还没有到深更半夜，还只是亥时，当家人们正和那伙计在喝着聊着的时候，有一人一马正向清源镇疾驰而来。

这是一匹黑黑的马，马上的人穿着一身黑色的夜行服，头上蒙着一块黑面罩，背上背着一个黑袋子。黑马、黑人、黑面罩、黑袋子，与这黑夜融为一体……这马奔到离瑞安驿馆两丈远的地方，蒙面人下马绕到了驿馆的后头。他掏出钥匙打开了后头的一个小门，熟门熟路地摸进来，摸到了那个小仓库的门前，又掏出一把钥匙，将那仓库门打开，轻轻一推，他走了进去。他把背上的黑袋子拿下，从里边取出一捆竹简，走到那九捆竹简之前，从中取出一捆，将自己手中这捆和取出的那一捆用黑带子紧紧缠绕在一起，于是这两捆就成了一捆。然后再把这一大捆塞回了原处。做好这一切之后，他走出门，上好锁，顺着原路出了后门，跨马飞奔而去。

这一边，酒也吃好了，饭也吃饱了，家人们醉醺醺地站了起来，正好，杨春来催大家休息，于是伙计把大家送到了各自的房里。家人们仰头一躺，鼾声呼呼地响了起来。

此刻，萧何正在温和惬意的梦乡里，萧夫人和翠娥睡得很香。一声鸡啼，东方发白，新的一天来到了。萧何起了床，家人们也赶快起床。他们匆匆吃了几个馍，便到院子里收拾行装，家人把那九捆竹简从里面仓库搬出来，又一捆一捆地放到马背上。杨春抱着一捆竹简说："这一捆怎么这么沉呀？"驿馆里的那个伙计听了，连忙上来帮忙，并且说："我们那个仓库潮湿，很可能是受潮了，所以就沉了。"杨春似乎还是有点疑惑，想打开看看，里边却传来萧何的声音："大家动作快一点，趁早好赶路。"于是那个伙计就一把夺过竹简说："你们老爷在催呢，快点吧。"伙计顺势把这捆竹简放在马背上，又帮着把所有竹简用绳子捆紧。很快，萧何一行人便在黎明的晓色里上路了。

望着渐渐远去的萧何一行，驿馆这个伙计脸上露出了一种神秘而诡谲的微笑。

在那沉沉的一捆竹简里，确实大有文章！可惜杨春没来得及检查，便被糊里糊涂地运往京城了。

2

这里头蕴藏着吕雉的一个惊天阴谋。

吕雉是敬重萧相国的。她不得不敬重，因为这朝中大事必须按律而行；而要依法行事，首先就得有一部律法；这部律法就必须由精通法律并且又担任着相国之职的萧何来编订，因此她不得不来求萧何。她派出审食其千里迢迢到鄁城赍黄金、赠厚礼，不料萧何这老榆木疙瘩就是不开窍，一点油盐都进不得。

三天前，审食其说："民间有话，三讨当不得一偷；民间又有话，生米煮成熟饭……"吕后不耐烦说："你到底还有什么花花肠子，直截了当说嘛！"审食其就献上了这个调包计。就是说，由审食其炮制一章《赏律》，然后偷偷地在萧何回京的途中，神鬼不知地把这部《赏律》塞进去。当萧何回到京城把所有竹简献给皇上刘盈时，刘盈就会看到这部《赏律》，他就以为这是萧何所订，就会照实颁布。于是根据萧何所订的这部《赏律》，就可以顺理成章地把吕雉的两个哥哥都封为王了。这样就可以巧妙地把生米煮成熟饭，吕雉的如意目的也就达到了。

果然，萧何并没有发现这个破绽，把全部竹简交给了皇上。这一天，在金銮殿上摆满了竹简，新皇刘盈正在审阅这部汉律。这时候，随着一声"太后驾到"的呼声，吕雉在宫女太监的簇拥下，来到了金銮殿，刘盈连忙起身："儿皇恭请太后圣安！"

"免礼。盈儿，你在做什么？"吕雉明知故问。

"在读相国编制的《汉律》。"

"有些什么内容？"

"盗律、贼律、囚律、捕律、杂律、具律、兴律、户律、厩律、赏律，共十章。"

吕雉暗暗高兴，问："你认为怎么样"

"其它九章都很好。只是这'赏律'一章规定可以封异姓王。"

"你觉得这一章合适吗？"

"父皇规定不能封异姓为王，怎么……"

"孩子，你还年幼，老一辈的事你还不懂。世上的事情总是要变的，正所谓'此一时彼一时'也。当年你父皇规定不能封异姓王，有他的道理，如今相国把封异姓王写进《汉律》，又有他的道理嘛！"

"这……"

"孩子，《汉律》既成，赶快颁布施行吧！"

刘盈犹豫地："容儿再想想吧。"

吕雉生气地："你——身为一国之君，怎么可以这样优柔寡断？我叫你立即颁旨！"

刘盈："明日早朝再说吧。"

吕雉急不可耐地说："夜长梦多，懂吗？明天非颁布不可！"

3

吕雉好不容易熬过一夜，翌日早朝终于来临。

一道朦朦胧胧的帐幕横亘在金銮殿后面，帐幕前就是龙座上的惠帝刘盈，坐在帐幕后面的就是太后吕雉。

吕雉的心情是高兴的，因为昨天母子俩的一番谈话，刘盈基本上已经认可了《赏律》，也就是说小皇帝已经落入了吕后的圈套，封异姓王的事儿已经定下，只待今天在朝廷上正式宣布了。吕后嘴角泛着微微的笑意，在帐幕后面，看着夏侯婴、周勃、樊哙、陈平等大臣走到了殿上，但怎么不见萧何呢？吕后心里正在疑惑，少顷，萧何匆匆赶来了。只听刘盈说道："这部《汉律》计有'盗律''贼律''囚律''捕律''杂律''具律''兴律''户律''厩律''赏律'，共十章……"

吕后听着，脸上在笑着。但听着听着，阴云就出现在她的脸上了。因为听到那刘盈在说："……相国，你来得正好，朕认为你编制的《汉律》，其中九律都写得很好，无需做什么说明，唯有'赏律'一章，朕不明白，请将编写此章的目的及其含义当众做出解释。"

帐幕后的吕雉不由一愣，心里在骂：这个不争气的蠢材怎么这样问话呢？

萧何乃是一头雾水："赏律？什么赏律？"

刘盈说："这一章规定异姓可以封王。"

萧何一愣："什么异姓可以封王？"

文武大臣们一听此事，纷纷议论起来。刘盈目光里含着威严，逼视着萧何："相国你说啊！"

萧何张口结舌道："陛下，这，这叫我从何说起啊？"

审食其这时也站在大殿里，透过帐幕看到了吕雉的眼色，他会意了，于是也赶忙说："相国，《赏律》是你亲手所写，怎么不好说呢？"

此刻的萧何对眼前一切乃是丈二和尚摸不着头脑，嘴里喃喃地："这，这……"

见萧何这副模样，樊哙、周勃等大臣们终于愤怒了，爆发了："什么这也那的，做了亏心事，当然不好说了。"

"先皇遗训，不准封异姓为王，如今先皇尸骨未寒，你怎么就做出对不起先皇的事来了？"

"我们出生入死打下的江山，岂能让异姓人从中渔利？"

"你该不是得了人家的什么好处吧？"

"相国你这么做，对得起成千上万死去的将士吗？"

"大哥，你又对得起一口狗肉锅里吃出来的弟兄吗？"

"大哥，你是不是老糊涂了？"

大臣们的诘难，老朋友的责骂，萧何有口难辩，竟然一下子在大殿上晕倒了。这一下倒弄得年轻皇帝束手无策，便见吕雉从帷幕后走到刘盈身边，阴冷地说："皇上，还犹豫什么呢，颁诏实行吧。"

"慢！"但见樊哙跨前一步，威严地说："不等相国说明，不能颁诏！"

所有大臣也一齐响应道："对，不等相国说明，不能颁诏！"

刘盈见此局面，只好宣布道："退朝！"

4

萧何病了，他在卧榻上辗转寻思："这到底是怎么回事呢？"

翠娥忽然想了什么，说："那天在驿馆歇宿，一个伙计帮忙把竹简搬上搬下，显得特别热心，是不是他们从中做了手脚？"

听此一说，萧何脑袋一拍，恍然大悟，连忙命翠娥把杨春叫来。杨春来了，大家在一起共同回忆当时的情景。一番琢磨之后，大家认定，就是吕雉派人使了个阴手。真相大白，萧何挣扎着从床上爬起，他要连夜去见皇上，大家劝他明天去，萧何说："不行，明天早朝皇上一颁诏，就什么都晚了。杨春，扶我进宫"。

萧何是刘盈的老师。刘邦在世时叮嘱萧何对刘盈要好好教导，让他将来成为有道明君。萧何不负重托，刘盈也学习努力，他登基之后，心里头一直敬重自己这位师长。所以，当萧何走进他的寝宫时，立马就对着萧何一跪。萧何赶快扶起他："使不得使不得，折杀老臣也！"

刘盈道："使得的使得的，你我在大殿上是君臣，在私底下永远是师生。"接着又说："老师深夜前来，一定是为着'赏律'之事吧？"

萧何忙说："那一章'赏律'并不是老臣所写。"

刘盈对此已有所悟，说道："我估计是太后派人在其中做了手脚。"

萧何忙问："你的估计有何根据？"

刘盈说："我知道相国不会做违背先皇遗训之事，尤其看到你在大殿上那种受冤的痛苦之情，再仔细察看那些竹简，果然发现'赏律'与其它九律字迹不同，所以才有此估计。"

萧何一听，激动得抓住刘盈的手说："一点就通，心明眼亮，皇上你果然长大了。"

刘盈问道："恩师，现在母后催我颁布'十章律'，该怎么办呢？"

萧何便严肃地说道："你是大汉的皇帝，你和吕后先是君臣，然后才是母子，明白了这一点，你就知道该怎么办了。"

"我明白了，明白了。"刘盈激动地说，"谢恩师指点，恩师在上，请再受学生一拜。"

真相大白了，弟兄们的误会解开了。这一天，大家都来看望萧何。见面后异口同声地说："你永远是我们的好大哥。"樊哙又道："哪一天弟兄们又到大哥这里来吃一顿狗肉好吗？"大家一齐说："对对对，吃狗肉，怀怀旧，当年的事儿说不够！哈哈哈……"

众位老臣的高兴之日，恰恰就是吕氏家族的烦闷之时。

二十二岁的吕则是吕雉的大哥吕泽的儿子，堂堂仪表，文雅清秀，这么好的一个书生模样，却爱武不爱文，喜欢打猎。这一天，他全身披挂，两个家人给他收拾好了弓箭，当他带着家人正要出门时，父亲吕泽回来了。只见吕泽怒气冲冲地抓起几案上的茶杯咕嘟嘟喝了几口，突然把茶杯往地上一摔……吕则一愣："爹，发生什么事了？"

"什么事，什么事？你就知道玩玩乐乐，全不想想家中的大事！今天皇上只颁布了'九律'，把那一章'赏律'给扣下了。"

"这么说你和叔叔封王的事没戏了？"

"唉！什么都完了。"

"你不会去找姑妈？"

"你姑妈也有难处。"

"你和叔叔、姑妈是一个父母所生，难道她就全不顾兄妹之情吗？"

"对，还得去找她，邀你叔叔一块去。"经吕则这一提醒，吕泽便邀弟弟一块去找吕雉。

吕雉正在做按摩，两个哥哥找来了。二人喋喋不休地向吕后陈述着、恳求着、纠缠着："太后你就不能给盈儿下道懿旨？"

吕雉说："盈儿现在是一国之君，就算我下了懿旨也是无用的，他下的圣旨是不能随便更改的。"

吕泽说："事到如今总得想一点补救的办法吧？"

吕释之也说："大妹，你要为我们吕家着想啊！"

一听这话，吕雉生气了，兄妹三人就争执起来。当吕氏兄弟怏怏地准备离开的时候，吕雉忽然说："慢，你们去找辟阳侯，看他有什么补救的办法没有？"

第六十一章 审氏尽出馊主意

1

找到审食其的时候，这辟阳侯正和一个侍女在快乐嬉戏。

审食其不避二吕，二吕也只是笑笑。因为二吕是把辟阳侯当成自己人的。二吕心知肚明，辟阳侯与自己的妹妹是那么一种关系，这种关系已经上十年了。刘邦当年也知道的，可这位大皇帝不仅没有醋意，反而在心里面暗暗感激这位审食其呢！这倒也合乎人情常理：在战乱年月，在许多次的危急关头，刘邦在外领兵作战，吕后的事、家里的所有事，都多亏了这位辟阳侯呢。而刘邦死后，辟阳侯更是有点大摇大摆，甚至有点名正言顺的味道了。此刻，见二吕到来，审食其便拍拍那侍女的屁股，那侍女一笑，一溜烟地走了。

为了这"赏律"的事，吕泽对着辟阳侯发一阵牢骚。吕释之却又对他恳求道："你是个智多星，办法肯定是有的，告诉我们一个办法吧！"

审食其哈哈一笑，道："你们是皇上的舅舅，尚且没有办法，我算个什么，你们是挑水找错了码头啊！"

"找你这个码头根本就没错，是妹妹叫我们来找你的。"

审食其又是一笑道："我知道，她要你们找我，是因为她也有她的难处。好，我告诉给你们一个迂回曲折的办法，这个办法就叫'三管齐下'。"

审食其这个"三管齐下"的办法是这样的：第一，清明节快到了，叫二吕就以王爷的规格回乡祭祖扫墓；第二，皇上有一个上林苑，审食其就叫二吕挨着上林苑也修一个园林。待园林修好后，二吕就以王爷的身份大摇大摆去园中狩猎；第三，二吕这样做，就成了不是王爷的王爷，到一定时候，就发动封地的老百姓给皇上上书，要求皇上封二吕为王。到那时，皇上也只好将错就错，只得承认这既成事实了。

"好办法，好办法！"二吕连连拍掌道："辟阳侯你真不愧是我们的智多星！"

2

清明节到了，二吕回乡扫墓了，队伍浩荡，旗幡招展，芝车与华盖齐飞，春草共青旗一色，热热闹闹，好不气派，俨然地道的王爷架势。

这件事很快让京城的老臣们知道了。有一天，夏侯婴正在林子里舞剑，樊哙走来，接着灌婴、任敖、王陵、周勃等老臣都来了。他们都是因为二吕回乡扫墓之事，议论纷纷，争相发表看法。

樊哙说："哎，我听说，吕氏兄弟回山东单父扫墓，规格甚高，热闹无比，以致惊动郡县，前往围观者成千上万呀！"

灌婴说："我也听说，其规模之大，规格之高，简直可以与王府相比。"

王陵说："吕氏兄弟都只是侯爵之位，这样做，不是僭越身份了吗？"

灌婴说："这明明就是摆王爷的架子嘛！"

夏侯婴挥了挥手："此风决不可长！"

周勃问："大哥知道吗？"

夏侯婴答："他可能还不知道。"

樊哙急着说："那我们快去相国府，将此事告诉大哥吧！"

老臣们去找萧何。萧何见微知著，立即看到了这件事的严重性，待众位弟兄走后，便进宫去见皇上。使他想不到的是，这位学生皇帝的口气竟然变了。当时刘盈正在伏案批阅奏章，侍从报告说："相国求见。"刘盈连忙叫侍从把相国领进来。萧何趋步上前，口呼万岁，刘盈连忙扶起他来。萧何就把二吕清明回乡扫墓僭越规格的事情说了一遍，刘盈生气说："舅舅太不像话了！"

听到年轻皇帝斥责二吕，萧何颇感兴奋，接着就向皇上指出二吕这样做的内中阴谋，说他们是要在众人面前故意摆出王爷的架势，用这种架势在人们脑海里造成一个假象：皇上已经默许他们为王了。然后就利用这种既成的情势，迫使皇上就范。

萧何慷慨陈述，一针见血点明其利害关系，他估计皇上会立马下旨把二吕召到大殿上予以严厉训斥，从而打破他们的美梦。没有想到的是，当萧何讲完之后，这刘盈却是犹犹豫豫，竟然这样说："相国，此事还得禀明太后，然后才能决断。"萧何急了，于是恳切劝道："陛下，当断则断啊！"刘盈为难地说："相国，请给我一些时间想想吧。"萧何见刘盈如此，只好忍声道："好吧。"

皇上的犹豫，萧何的忍让，结果引起了一场大乱子。

3

吕泽和吕释之非常感谢审食其，特意罢上酒菜宴请这位智多星。

二吕举着酒杯，用高傲的口吻庆祝着自己的胜利。

审食其抿了一口酒，阴阳怪气地说："二位国舅爷你们还只是走了第一步，要达到目的，非要把第二步、第三步走好才行。你们可不要小看了那些老臣的力量啊！"

第二步是干什么呢？就是模仿上林苑来建一个尚凌园。

上林苑是皇帝的园林，地跨长安、咸阳、周至、鄠县、蓝田五县。纵横三百里，有灞、浐、泾、渭、沣、滈、牢、潏八水出入其中。欲要模仿上林苑，那到哪里去寻找这么大的地方呢？审食其告诉他们说，靠近上林苑的地方不少，还有临潼、泾阳、谷口、高陵、三原几个县可供选择啊！"

吕释之大腿一拍道："对！辟阳侯提醒得好！我们就在这几个县划三五万亩地得了！"

审食其献媚说："二位国舅爷，在下以为你们的园子也可以取个同样的名字，当然，是又同又不同：就叫尚凌园，高尚的尚，凌云的凌，音同义不同，既没有辫子给皇上来抓，你们又可以和皇家比比高低，显一显未来王爷的威风。这一步走好了，第三步就好办了！"

僭越规矩，野心勃勃，志在封王，圈地划界，筹建尚凌园的歪事儿就开始了。于是，老百姓就遭殃了，乱子也就出来了。说那泾阳乡下有一户农家，他们的老家原来在周至县。当年，老头的儿子跟随高祖打仗，南征北战，最后打到了安徽灵璧县的垓下。那惊天动地的垓下之战，是刘、项之争的最后一仗，本来打完这一仗，儿子就可以平安归家了，没想到老头的儿子就死在了项羽的剑下。刘邦关怀阵亡将士的家属，泾阳的这块地就是朝廷给他儿子的奖赏。老人带着大狗、二狗两个孙孙来到这里，在这里盖好了一幢房子，在房前开出了两块田，又在山上开出了一垅地，小日子也算是过得温温暖暖的了。没想到，周吕侯吕泽和建成侯吕释之要修尚凌园，他们家的这块地就被强行征收了。

老头儿与吕释之的儿子吕产讲道理，说："难道朝廷的奖赏只是做个样子，想收回就收回吗？"

吕产骂道："老东西，少啰嗦，这些我们可不管！"

老头的两个孙子大狗、二狗走上来质问道："你们怎么这样不讲理？"

吕产说："叫你搬家这就是理！"

"我们就是不搬，看你们怎么着？"大狗说。

吕产命令家丁道："给我拆！"

两个青年怒吼道："我们跟你们拼了！"

急得他爷爷在一旁呼喊道："大狗、二狗，他们是官府，我们斗不过啊！"

"爷爷别怕，顶多就是一条命。"两个青年操起木棍朝家丁打去。然而他们这是灯蛾扑火，寡不敌众，只见吕产把手一挥，家丁们一拥而上，没到三个回合，大狗、二狗就被打翻在地，被吕氏家丁们用绳子捆绑起来。接着吕产把手一挥，家丁们拿着斧头、锄头一拥而上，将老头的房子拆了个七零八落。吕产觉得还不过瘾，又把手一挥，两个家丁手持火把，跑到农舍前把火把丢到屋顶上，这个小茅屋立马就点燃了，风一吹，大火就熊熊地燃烧起来……

他们对待这个老头是这样，对这个地域里的所有农民都是这样，到处拆屋，到处捆人，到处烧房子，弄得老百姓夹着衣物，牵着牲畜从大火中跑出来，嚎啕大哭，其状惨不忍睹。吕氏为了建林苑，把许许多多老百姓安居乐业的希望给打破了，弄得这些老百姓成群结队，拖儿带女地艰难行走在逃难的大路上。在老百姓流离失所的痛苦之上，吕氏建起了他们的快乐园。只见一条大道从很远的地方延伸到一个向阳的山坡，吕产正指挥工匠们搭建门楼。没几天这门楼就搭好了，高大雄伟，匾额上用金粉涂漆着三个闪闪发光的大字：尚凌园。

吕氏家族的恶行，引起了朝中老臣们的愤慨，于是，樊哙上朝奏道："启禀陛下，周吕侯、建成侯擅自在临潼等县圈地建尚凌园，占地三万余亩实属不轨，应予取缔。"

吕泽、吕释之互相看了一眼，没有吱声。

刘盈说："此事朕也有所闻，已经禀明太后。太后懿旨：建个把园子不是什么大不了的事情，希望众爱卿不要小题大做。"

萧何立即禀告："陛下，此言差矣！僭越王位，有损国之尊严，动摇国之根本。"

夏侯婴也说："他们上次清明祭祖，也是按王府规格操办，两者联系起来，其目的十分明显，就是为了争得王位。"

王陵愤愤然道："高祖生前就不同意封异姓王，谁违背高祖的意愿，我们可不答应！"

众老臣一齐奏道："对，我们不答应！"

吕泽却轻描淡写道："高祖已故，哪能管得了生者的事情？"

吕释之更是轻蔑道："现在是刘氏的江山，封不封王，由皇上做主，你们少操空心。"

萧何立即奏道："利于国者爱之，害于国者恶之。不合理的事，人人都有责任监管！"

樊哙口气更冲，说道："我们兄弟就是要监管你们，不许胡来！"

吕泽嘟哝说："我们建园子，本是一件鸡毛蒜皮的小事，何必夸大其词，动不动就看成动摇国家根本，关系社稷安危？"

萧何反驳道："这并非夸大其词，国有国法，家有家规，事无大小，都要中规中矩，一物失称，乱之端也！"

夏侯婴劝道："相国说的句句在理。周吕侯、建成侯，你们要听从相国劝告，不要做那种有损国舅身份的事情了。"

樊哙干脆说："夏侯将军，这没有什么客气可讲，说白了，他们没有资格做这种事情！"

吕泽恼羞成怒，说："我们为刘氏江山流血流汗，劳苦功高，建一个园子，有什么可以指责的？"

萧何继续晓之以理："道私者乱，道法者治，所以皇家规矩是不能超越的。"

吕释之还强辩："我们没有超越，我们是凭自己的功劳！"

樊哙反问："你们有什么功劳？"

吕释之袒胸露臂，大言不惭地说："曹参身上有七十多处伤疤，我们俩身上的伤疤加起来有八十多处，比曹参还多十处。"

樊哙一听此话，愤怒不已，说："你们看看我身上有多少伤疤？"边说边走到吕氏兄弟面前，亮出自己的伤疤，说："看呀！"

武将们也纷纷亮出自己的伤疤说："你看，你看！"

樊哙又说："我们身上的伤疤加起来数都数不清，刘氏的天下，是我们共同打下来的，你们摆什么功劳？"

刘盈见状，想缓和气氛，就说："众爱卿，安静，安静，刘氏的天下是你们打下来的，我这里谢谢你们了！"说着拱手一揖。

众人连忙跪下，呼道："万岁，万万岁！"

刘盈继续和稀泥道："既然事情都已经过去了，就不再追究吧。只是请舅舅们以后谨慎从事，不再添乱。"

吕泽、吕释之勉强地道："臣遵旨。"

4

对于老臣们和吕氏兄弟的争执，刘盈当了一回和事佬，他觉得这样做既安抚了老臣，又没有得罪舅舅。但就是他的这种和稀泥的做法，使一个更大的乱子出现了。说的是这一天，有一个猎户名叫王长林，在尚凌园外打猎。他带着猎犬，在草丛中奔窜着，眼光向四下扫描着，忽然看见一棵大树下正站着一只肥肥的麂子，王长林把手一挥，那猎犬如同一个听话的战士，立地伏下，以免惊动麂子。王长林弯弓搭箭，对准那麂子一箭射了过去。射中麂子的腿部。麂子没有被放倒，而是带着箭伤向左边一条小道奔逃而去。王长林手又一挥，猎犬如同箭一般朝那逃窜的麂子追去。林中路上，一麂一犬，前逃后追，麂子由于伤势过重，奔跑的速度慢下来了……忽然，一道网墙挡住了它的去路。麂子发现网墙上有一个破洞，便从洞中钻了过去。这网墙内就是那个大园子——尚凌园。麂子没跑多远就一头栽倒在茅草中，腿上流着血，已是奄奄一息。那猎犬也从洞里钻了过去，看守着这头重伤的麂子。

一会儿，王长林也追来了。站在网墙边，他看到了园中那只快要咽气的麂子。因为知道里面就是尚凌园，不能随意进去，犹豫片刻，又往四周看了看，见园里没人，便钻了进去，拖着麂子往外走。可怜他运气不好，碰上吕则带着一帮家丁跑了过来，将王长林团团围住。吕则指着王长林恶狠狠骂道："吃了豹子胆啊，竟敢擅闯尚凌园，把手中野物给我放下！"

王长林以恳求的口气说："这位大人，好久没打到野物了，请放我一马吧。"

"说得轻巧，你知道这是什么地方吗？"吕则问道。

王长林不卑不亢地说："小的明白，这是侯爷的尚凌园！"

一个家丁高叫道："放屁，这是王爷的尚凌园。"

王长林一愣："什么时候封的王，小的不知道啊！"

"啰嗦什么，把猎物放下！"

"是我打的，怎么要给你？"

吕则厉声道："尚凌园内的野物就是我们的。"

王长林不服气："分明是我在园外射伤，跑到园内才死去，原本就不是你们园内之物。"

家丁横蛮喊道："死到园内就是我们的。"家丁这话的的确确是不讲理。可王长林却不知道，你一个小小老百姓，在皇亲国戚面前有什么理可讲呢？要和他们讲理，那是拿着鸡蛋碰石头，是拿着肉身去碰他们的尖刀呀，也活该这王长林倒霉，他却偏偏不信这个邪，据理力争道："你们这是不讲理！"

吕则把脸一横恶狠狠问道："谁不讲理？"

王长林也对着他把眼一瞪："就是你！"

吕则平时还没有碰到过这样的小民刺头，于是他脸上泛起了一个阴阴的笑容，不急不慢地说："尚凌园是我们吕家园子，任何人不得私自闯入，你今天正好碰到爷的手上，就让你带个头，给那些刁民百姓做个榜样吧！小的们，把他绑到树上，乱箭射死！"

可怜王长林一介小民，贫寒猎户，辛勤打猎，只为一家人求个温饱，没想到今天落到如此境地。这个老实良民，一辈子遵纪守法，相信皇帝，相信王法，所以，他如今被绑在大树上，依然不低头，依然开口大骂道："冒充王爷，建这么大的园子，抢占我们农民的土地，我们打几只野物，犯了什么法？天理何在，天理何在啊？"在他的叫喊声中，乱箭齐发，王长林的身子被射成了一个筛子。

一棵大槐树下，一间茅草屋，王家人就住在这里。几个农民兄弟抬着王长林的尸首到屋门前时，王长林的老父亲王云开从屋子里出来了，他扑到儿子的身上嚎啕大哭。乡亲们都走到坪场上，有的劝慰王老伯节哀，有的也在跟着抽泣流泪。

有一个农民则愤怒地呼喊起来："吕则依仗权势，胡作非为，无法无天！"

又有好些人跟着喊道："必须严惩凶手，讨还公道！"

"来！把长林抬到吕府去！"说着就要动手。

王云开赶快拦住说："不行啊，我们斗他们不过的。"

"那怎么办，难道就这样忍了吗？"有人气咻咻地说。

王云开说："乡亲们，谢谢你们了，让我想想吧。"

有一个农民却喊道："有办法了，找皇上说理去。"

一听去找皇上，大家眼前一亮，纷纷喊道："对，找皇上说理去，我们大家一起去！"

5

乔坤山，今年四十六岁，他是吕则的贴心家人。他二十岁的时候，经人介绍进了吕府，那时候吕则才六岁，他带着吕则，给吕则当马骑，带着他四处玩耍，侍候得小吕则舒舒服服。小吕则把他当叔叔、当大哥，在他的呵护中，小吕则长大了，但是乔坤山依然是一名家丁，不过他是家丁中的上等人、小头目，其他家丁都得听他的。乔坤山心里有个小算盘，还在这里干上几年，等到五十岁的时候，就告别主人回老家过小日子去。

但万万没有想到的是，他晚上正在房间洗脚的时候，突然走进来几个衙役兵丁，一索子把他捆了起来，押到了长安城的监狱里。当晚就升堂审问，罪名是："无端射死农民王长林，罪在不赦，杀人抵命，判处死刑。"乔坤山傻眼了，连连喊道："冤枉啊，我冤枉啊。我和王长林无冤无仇，我是奉命放箭，射箭的不止我一个人，我冤枉啊，我冤枉啊！我要见主人，我要见吕则公子。"

一个衙役走上来，对着他就是几个嘴巴，把他押到天牢里。黑黑牢房，漫漫长夜，乔坤山实在是想不明白。他当然不会明白，因为今天上午在皇宫里发生了这样的一场母子对话：

吕雉在品茶。宫女高喊："皇上驾到！"

刘盈款款而入，施礼道："孩儿拜见母后。"

吕雉淡淡地："有事吗？"

刘盈说："吕则哥哥射死王长林……"

吕雉不耐烦地："我知道。怎么啦？"

"现在闹得沸沸扬扬，满城风雨，民众要求严惩凶手……"

"你身为一国之君，这么一点小事都处理不好吗？"

"那我就降旨将则哥杀了。"

吕雉生气地："杀了你表哥，怎么向你舅舅交代？"

刘盈为难地："那……"

"那还不容易吗？民众要求严办凶手，找个射死王长林的家丁处死不就得了？"

"这……说得过去吗？"

吕雉埋怨说："唉！你这么优柔寡断，怎么治国啊？"

"母后……"刘盈还想申述自己的想法，却被吕雉打断："别再犹豫了，赶快命大理寺处死一个家丁，尽快平息事端！"

刘盈勉强地应道："遵命。"

宫内的交易，就注定了乔坤山要见阎王了。

没有拖延，就在第二天上午。细雨蒙蒙，刑场上警卫森严，中间的那根木柱上绑着吕府家丁乔坤山，许多老百姓围着刑场，苦主王云开老人就站在乡亲们的前面。

监斩官在几个衙役陪同下来到刑场，他大声宣布："建成侯府家丁乔坤山无端射死农民王长林，罪在不赦……"

"冤枉啊！冤枉啊！"乔坤山大声呼喊起来，他的喊声立即引起了围观民众的纷纷议论，监斩官怕夜长梦多，于是不顾一切，赶快说道："根据大汉律条杀人偿命之规定，大理寺判处乔坤山死刑，立即执行。"乔坤山又呼："冤枉啊，我是受主人之命才射的啊！"

有个农民喊道："他是代人受过，他的主人才是真凶！"

又有人喊道："要杀就杀他的主人！"

围观群众纷纷喊道："杀他的主人，杀他的主人！"

监斩官慌忙下令道："开刀！"刽子手手起刀落，乔坤山的脑袋落地了，场子里一片混乱……

难道事情就这样了结了吗？难道用乔坤山一条人命就可以遮挡住吕氏家族的罪行吗？没那么简单，在众人支持下，王云开老人继续在告状。他告到皇帝那儿，虽然没告灵，但是这人间世上还有比皇帝更有魅力的人！

此人是谁？

不是天上的玉帝，而是人间的土匪！

第六十二章　萧何磊落照人寰

1

离长安城向东边去两百八十里，有个九龙山，这里啸聚着一帮强人。虽是强人，可他们并不乱来，他们的口号是"劫富济贫，扶弱惩强。"他们人马不少，浩浩荡荡将近二千。他们的头领叫李莽。这李莽其实是王云开老人姐姐的儿子，王云开是他亲舅舅，但这层关系很少有人知道，一方面王云开怕惹事，二方面王云开也看不起这种当强盗的亲戚。但是事到如今，王云开老人的儿子被吕府杀害，本想告状申冤报仇，却想不到他们找了个替死鬼顶缸。看起来，这皇上也罢，官吏也罢，他们都是天下乌鸦一般黑，要伸张正义，报仇雪恨，还得要看山大王。而他自己家里就有一个外甥是山大王啊！两个青年农民弄了三匹马，带着王云开老人就到了这九龙山寨。老人一把鼻涕一把眼泪把事情讲了一遍。李莽大怒。李莽身边有一个副将叫杨龙，李莽授令杨龙，要他速去二珠山和八仙岙联络两处的寨主张通和朱平，请他们集合人马和李莽一同攻打长安。杨龙领命带着两个亲兵飞速而去了。

第二天，三路人马就浩浩荡荡地朝着长安城开过来了。这一下，大汉朝廷可就急了。

兵来将挡，水来土掩，土匪造反，没什么了不起，派兵平定就是。这一天，刘盈上朝，对百官说："各位爱卿，平民王长林被射死一事，引发民众不满，聚众闹事，你们看该如何处置？"

吕泽问："凶手乔坤山已被处死，还要如何处置？"

萧何道："据我所知，乔坤山只是一只替罪羊，真凶却是建成侯的公子吕则。因大理寺没有秉公执法，草菅人命，所以才产生如此后果。"

刘盈把目光投向了吕释之……

吕释之尴尬地说："相国自制的'九律'不是规定'杀人者偿命'吗？乔坤山杀人已经偿命，就是秉公执法了，还有什么真凶假凶之说？"

萧何说："建成侯此言差矣！乔坤山与死者并无利害冲突，只是受主人之命而不得已为之，故不能算作真凶。就好比你打猎，放出猎犬，捕获了猎物，这猎物是归你还是归猎犬所有呢？"

众人附和道："对，就是这个理！"

"这……"吕释之语塞。

"报——"侍卫来报，"皇上，三原等县山寇纠集，举行暴动，正在向周边各县蔓延！"

刘盈有些慌乱，说："这……这便如何是好？"

萧何进言："陛下，周吕侯、建成侯出于私欲，建'尚陵园'，实为肇事之因。吕则射死人命，处理不当，乃为导火索。俗话说，解铃还须系铃人，此事就交给他们两位侯爷处理吧。"

众人附和说："相国说得有理！"

刘盈转向吕泽、吕释之："周吕、建成两位侯爷，你们说该怎么办？"

吕泽："这……"

吕释之："还是请陛下做主吧。"

刘盈说："叛乱如不及时平定，势必危及国家安全，因此还须老将出马。请问：哪位将军愿往？"

众老将均低着头，缄口不语。

刘盈点名："樊将军，命你带领三千人马去剿灭山寇！"

樊哙跪道："陛下不能偏心呀！黄狗闯祸，黑狗当差，这是哪门子道道呀？老臣近日身体欠佳，恕难从命。请皇上另请高明吧。"

刘盈口气软下来："夏侯将军，请你出马如何？"

夏侯婴也跪下："我的身体更不如樊将军，请陛下恕罪。"

刘盈又喊："周将军——"

周勃跪地慢悠悠地说："老臣亦难遵旨。"

刘盈无可奈何地叹了一口气："唉！"

皇帝无奈，只好找母后。吕雉无奈，只好召来萧何。吕雉和颜悦色的苦口婆心的，几乎是在求着萧何，希望萧何运用自己的影响力，去说服老臣领兵上阵。想不到萧何这倔老头却是一点也不转弯，一口咬定：这件乱子根本就不用兴师动众——有一颗人头就行了！

"谁的人头？"

"当然是吕则啊！……吕则杀人，应该偿命，这是'囚律'中写得明明白白的。"

吕雉问："有了法律连皇亲国戚都不顾了吗？"

萧何理直气壮地说："制法容易执法难啊！治国就得依法，有法不依，法律就等于虚设。皇亲国戚更应该带头守法。如果他们逍遥法外，民众对国家就会失去信任，与国家离心离德。这就会危及国家安全、社会稳定，后果不堪设想啊！"

吕雉看着萧何，说："别说得那么骇人听闻吧。"

萧何说："这绝不是骇人听闻，历史上治国依法则兴、无法则衰的例子不胜枚举，无需老臣在此饶舌，请太后三思。"

吕雉知道，这老萧何是铁了心不买她的账了，便沉默下来。

萧何走了。

怎么办呢？吕雉又去找刘盈。

刘盈正要找母后，因为他刚刚得到禀报：九龙山寇众已攻破高陵，正在向长安进发！此时刻，必须马上出兵了，若再拖延，长安就难保了。

怎么办呢？吕雉不能说服萧何。

那就让刘盈用师生情谊去打动萧何那倔老头吧！

这是吕后的最后一招。

2

深夜，传来一声"皇上驾到"，惊得萧何连忙从内室走出来。一看，刘盈已来到门口。萧何跪倒于地，说："臣接驾来迟，望乞恕罪！"

刘盈连忙扶起萧何，说："恩师请起。"

萧何把刘盈迎到了客堂。宾主坐下后，萧何说："陛下有何旨意，宣臣进宫就是，何必亲临？"

"宫内耳目甚多，不便说话。"

"陛下莫非是为了山寇叛乱之事而来？"

"正是。恩师对此有何训教？"

"你知道老将们为何不肯出兵征剿？"

"只因对我舅父与表兄不满。"

"陛下明白就好。"

"我现在该怎么办？"

"既然明白了事端的起因，就必须从根本入手，否则老将们是不会出兵的。"

"可那是我的亲表兄呀！如果处决他，我母后会怎样？"

"你是一国之君，心中装的是千百个郡县和亿万子民，而不是某一个家庭。"萧何义正词严说道，"太后作为你的母后，应该保护你的王位，维护你的尊严，可恰恰是她在纵容兄长提高祭扫规格，私设狩猎园林，并纵侄行凶，根本没有把'九律'放在眼里。如此下去，你父皇辛辛苦苦打下的刘氏江山，有朝一日岂不要改姓吕了？"

萧何的这番话，终于使刘盈猛然一震。萧何又继续说道："你登基伊始，如果能大义灭亲，果断处理此事，就树立了一个依法治国的典型，为你今后顺利施政扫清障碍。若能如此，大汉江山就能根基稳固，国泰民安。倘若你瞻前顾后，畏首畏尾，当断不断，势必酿成大错，那后果就不堪设想啊！"

终于，萧何的话奏效了，刘盈的心动了，年轻皇帝的勇气被鼓奋起来了。只见刘盈眼睛一亮，躬身低头，说道："谢恩师指点！"

第二天，刘盈在金銮殿上宣布："各位爱卿！由于吕则杀死平民，大理寺处置不当，引发民众不满，山寇作乱，危及社稷安全，吕则不杀不足以平民愤。夏侯爱卿，将吕则收监，听候发落！"可是话音刚落，那吕释之走了出来，爱子心切，促使他忘乎所以，一味蛮缠。那吕泽也逼视着刘盈，软中带硬地说："陛下，战争中杀了那么多人，谁去偿命？吕则只杀了一个人，难道非偿命不可？请陛下三思！"

"这……"刘盈一时答不上话来，支吾着，并用求助的目光投向萧何。

萧何义正词严地说道："周吕侯所说两种杀人的性质完全不同，战争中杀人是双方的互相行为，你不杀他，他就杀你，是为了自己的生存而杀人；吕则杀人则不同，对方并无攻击行为，却被无辜杀害。况且是在清平年代，汉律颁布以后，吕则竟然如此无法无天，难道不应受到法律的严惩吗？"

众官异口同声说道："相国言之有理！"

刘盈重新振作起来，说："汉律九章是淋了铁水的，王子犯法也必须按律处置！"

樊哙冒出一声："陛下圣明！"

百官跟着山呼："万岁，万万岁！"

樊哙挺身而出，说："臣愿带三千人马，前去剿灭山寇！"

武将们也附和："陛下，臣亦愿往！"

刘盈兴奋异常，说："好！"

萧何出班奏曰："陛下，区区山寇，何须兴师动众？臣不需一兵一卒，愿一人前往说降山寇……"

"相国一人前去？"年轻皇帝十分担心。

萧何笑道："有了吕则的人头，何愁山寇不降？陛下就请放心吧！"

3

萧何前来说降，也还是带了几个人，除了赶车的随从，还有两个：就是樊哙和夏侯婴。

这天早晨，李莽带着兵马，从营地启程，浩浩荡荡，黄尘滚滚。突然亲兵匆匆跑来报告说：在前头抓住了几个朝廷的官吏。

李莽驱马向前，只见路上停着一辆马车，旁边站着几个人。李莽下马，看了一看："你们是什么人？"

夏侯婴说："你不认识？这是大汉相国萧大人。"

李莽不屑地问："相国，相什么国？你们是在败国！"

樊哙大吼一声："住口！"

李莽愤怒道："不是吗？高祖刘邦领着萧何、樊哙等一帮兄弟辛辛苦苦打下的江山，眼看就要毁在你们这些人的手里！"

萧何从容走下车辕，问道："壮士，此话怎讲？"

一个小头目在一旁说："哎呀，你胆子还挺大啊！"

萧何笑着说："胆子小的就不会来嘛。"他转对李莽说："壮士，你刚才那话是什么意思？"

"什么意思？现在，吕氏一家仗着皇上年幼，肆无忌惮，僭越王位，纵子行凶。你们这些所谓朝廷命官只顾自己的爵禄，不管百姓死活。这样的朝廷还能维持多久？不如趁早将它打个稀巴烂！"

萧何说："壮士言之有理。"

樊哙插了一句："什么有理？他连我们一起骂了！"

萧何接着说："我们如果真的如他所说，确实该骂，骂得好！不过，壮士，你只知其一，不知其二。现在跟随高祖打天下的那帮兄弟还在，他们在全力辅佐皇上依法治国……"

"别说了！"李莽生气地说，"依法治国，说得好听！吕则杀了我的表弟，他们依法治了他的罪没有？"

夏侯婴道："治了，治了。你看，这是什么？"说着拿出吕则的人头。

二头目接过一看，惊愕地："人头！"

夏侯婴说："这就是吕则的人头。"

李莽问："真的？"

看到了真凶吕则的人头，又见到了心仪已久的贤相萧何，李莽高兴极了，队伍停止前进，拥着萧何一行，回到了营地。又立即摆上酒菜，李莽和小头目，陪着萧何、樊哙、夏侯婴几人喝酒。

在酒席上，李莽讲到了老百姓的冤屈，对萧何秉公执法为王长林伸张正义深表感激。李莽举着酒杯，对几位掏心窝子说："其实，我也是个良家子弟，因年轻时被官府所逼，只得上山落草，故而对官府积怨殊深。这次为了替表弟报仇，一时性起，才有这鲁莽行动。不料现在的朝廷与以往的朝廷大不相同，尤其有你们这些老将辅佐皇上，执法严明，我就没什么好说的了。"

夏侯婴笑着说："那你还攻不攻打长安？"

李莽也笑了："你说呢？"

那樊哙却接过话来，说道："我说呀，你还是打吧，你打我也打，我好久没打仗了，手都痒痒了哟！"

说得大家都笑起来。

萧何问："壮士，有句话不知当讲不当讲？"

李莽恭敬地说："相国请讲，草民洗耳恭听。"

萧何说："有朝一日，假若朝廷命你去抵御外侮，你愿不愿去？"

李莽拍拍胸口说："只要朝廷信得过我，赴汤蹈火，李莽在所不辞！"

"好！"萧何端起酒杯说，"来，我敬你一杯！"

李莽也端起酒杯说："来，大家一起干杯！"

4

转眼到了第二年的五月仲夏，正是万物生长茂盛，开花结果的季节，暖意洋洋，生气蓬勃，萧何却病倒了。他躺在卧榻上，萧夫人陪侍一旁。翠娥送来了汤药，萧何却说："这药不吃也罢。翠娥，你就别费力了。"萧夫人忙说："别说傻话，起来吧。"萧夫人和翠娥将萧何扶起，侍候他把药吃了，然后又让他躺下。这时候，外边传来了"皇上驾到"的喊声。萧夫人扶萧何坐起。萧何挣扎着要起来接驾时，刘盈已经来到了萧何榻前。

刘盈亲切地喊道："相国！"

"陛下驾到，恕微臣不能接驾。"

"恩师不必多礼。"

"微臣恐怕来日无多了，恕微臣不能继续为陛下效力。"

"恩师不要悲观，尽管颐养天年。"

"谢陛下！"

"恩师为国操劳，殚精竭虑，总是为巩固大汉江山出谋划策，去年还冒险前去说降山寇，以致积劳成疾，学生实在过意不去啊！"

"这是我的分内之事，陛下不必挂怀。"

"学生有一事，想求计于恩师。"

刘盈求的是这么一件事：萧何病了，又是这个年纪的人了，相国之大位，必须要找一个接班的人。一国之相，就是朝廷的大管家，打江山，刘邦多亏了萧何这位大管家；刘盈这年轻皇帝坐江山，更是靠了这位大管家。一旦大管家撒手西去，年轻皇帝依靠谁呢？当刘盈试探着向萧何询问时，萧何说出的名字是：曹参。

刘盈听到这名字，不由一愣。这其中的缘由，年轻皇帝也是知道的：这曹参与萧何曾经有过隔膜。两人当年都在沛县县衙里当差，都和刘邦是哥儿弟兄，大事成功后，又都是朝廷大臣。可是，在刘邦敕封萧何功劳第一的时候，曹参曾在嫉妒心理的支配下，便对萧何不满，而老是和他较劲，几乎对于萧何的一言一行，都持反对意见，萧何非常恼火。刘邦还在世的时候，为了避免冲突，就把曹参调到外地为官。

刘盈也知道，大汉相国的接班人，曹参是一个比较理想的人选，因为曹参也是一个精明能干、通晓律法的人才。所以，当萧何说出曹参名字时，刘盈十分感动，对眼前这位贤相说："恩师不计前嫌，可敬可佩！"

萧何说："我与他毫无个人恩怨，为了江山社稷，我们永远是一条心！"

"说得好！"刘盈高兴地说，"朕即宣他进京！"

曹参接到宣旨，连夜飞马向着京城赶来，到了长安。首先进宫拜见皇上，得知举荐自己接任丞相的人是萧何时，深受感动，便飞快来看望萧何。

曹参坐在榻沿上，抓住萧何的手激动地说："大哥，兄弟对不起你呀！"

"别说这些了。想我们从沛县共事以来，一直不离左右，共同为了国家统一和百姓安乐而废寝忘餐，出生入死，终于有了今天，不容易啊！现在汉皇不在了，新皇年幼，为人本分，太后又心多叵测，我们打下的江山能不能稳固，就靠贤弟与众位弟兄全力辅佐了！"

"好在大哥为大汉开国制定了一系列法令和良策，为国家的长治久安打下了坚实的基础。兄弟一定全力维护，遵照施行，请大哥放心！"

萧何喜道："好！"

这时，樊哙、周勃、夏侯婴、卢绾、王陵、任敖等沛县那几个老友也来看萧何。他们叫着"大哥"走到榻前，亲切地问道，"大哥，你还好吧？"

萧何高兴地说："好，好！"

樊哙看见曹参，说："好家伙，你倒早来了！"

曹参道："弟兄们都到齐了，可惜三哥……"

夏侯婴说："别提他了，他是天公叫他来的，现在天公又叫他回去了。天公没叫我们，所以如今我们就还坐在这里！"

樊哙笑道："狗肉朋友又坐到了一块哟！"

"对对对！狗肉朋友，我们是永远的狗肉朋友！哈哈哈哈……"大家异口同声道。

樊哙就顺着杆儿爬，说："走，今天请大哥和我们一起吃狗肉去！"

萧何笑着摆摆手说："谢谢弟兄们！大夫说我不能吃狗肉，你们去吧。"

樊哙说："那你就安心养病，等病好了再说。"

曹参看了看大家，说："弟兄们，大哥身体虚弱，需要静养，我们先走吧，以后再来好不好？"

众人都说"好"，便起身向萧何拱手辞行。

萧何轻轻摇了摇手说："多谢了，弟兄们！"

就在此时，萧红玉匆匆进屋。萧何听到女儿萧红玉的声音，喜出望外，十分高兴地说："红玉回来了？韩平现在怎么样？"

萧红玉回答说："他很好，你们放心。我在那边听说爹病了，所以赶紧回来看看。"

萧何微微一笑，看着面前的女儿，感觉十分幸福，在自己生命的最后时刻，全家人都能陪伴在身边，也算是人生一大幸事了。

萧何有点按捺不住心中的兴奋之情，非要起身到外面走上一走。今天确是一个很好的天气，看萧何有这样的雅兴，萧红玉和萧延赶紧扶起老人家，迎着阳光向外走去。

萧何在家人的搀扶下慢慢走到门口。顷刻之间，便感觉到一股温暖的气流扑面而来，和煦的阳光轻柔地洒在他的身上。空气中弥漫着清新的泥土气息，还带着一丝丝花草的清香。萧何顿时感觉心旷神怡，不由自主地闭上眼睛，深情地呼吸着外面的新鲜空气。因为已经很久没有呼吸过这样沁人心脾的空气了，因而感到特别的惬意。这辈子一路走来，经历了太多的风风雨雨，根本没有什么空暇，去好好欣赏这世间的大好河山。一晃，如今自己已经差不多就要走到人生的尽头了。回首往事，一生所经历的每一件事情都涌上心头，不禁感慨万千……

　　萧何睁开双眼，看着眼前的瑰丽景象，按捺不住心中的激动，一种莫名的冲动。他想继续走出去，走到外面更大的世界看上一看。于是，吩咐家人搀扶着继续向前走去。虽然萧夫人生怕萧何过度走动会使病情加重，但也经不住他的一再要求，只好搀扶着他慢慢走出相国府，向着大门外鸟语花香的世界走去，向着他一生都在鞠躬尽瘁奉献的壮阔世界走去，向着他一生追求的美好世界走去……

图书在版编目（CIP）数据

大汉开国丞相萧何 / 萧风, 刘星亮, 萧垠著.
—北京：中国书籍出版社，2016.6
ISBN 978-7-5068-5517-4

Ⅰ.①大… Ⅱ.①萧… ②刘… ③萧… Ⅲ.①传记小说–中国—当代 Ⅳ.①I247.5

中国版本图书馆CIP数据核字（2016）第076370号

大汉开国丞相萧何

萧风　刘星亮　萧垠　著

责任编辑	毕　磊
责任印制	孙马飞　马　芝
版式设计	中尚图
出版发行	中国书籍出版社
地　　址	北京市丰台区三路居路97号（邮编：100073）
电　　话	（010）52257143（总编室）（010）52257140（发行部）
电子邮箱	chinabp@vip.sina.com
经　　销	全国新华书店
印　　刷	廊坊市佰利得彩印制版有限公司
开　　本	710毫米×1000毫米　1/16
字　　数	600千字
印　　张	31.5
版　　次	2016年6月第1版　2017年1月第2次印刷
书　　号	ISBN 978-7-5068-5517-4
定　　价	58.00元

版权所有　翻印必究